Rudolf Frank

Fair play oder Es kommt nicht zum Krieg

Rudolf Frank

Fair play

oder

Es kommt nicht zum Krieg

Roman einer Emigration
in Wien

Aufbau-Verlag

Bearbeitet von Wolfgang Trampe

Mit einer Nachbemerkung

Das Buch wurde durch die
Irene-Bollag-Herzheimer-Stiftung, Basel,
gefördert.

ISBN 3-351-02826-1

1. Auflage 1998

© Aufbau-Verlag GmbH, Berlin 1998
Einbandgestaltung Henkel/Lemme
Typographie Peter Birmele
Druck und Binden Clausen & Bosse, Leck
Printed in Germany

Erstes Kapitel

Sie sehn sich nicht wieder

1

Ein Kuß ist billiger als Schnaps

Werde ich eben geküßt? Gibt es das noch: Berühren der Lippen, das vergehen macht und verrückt; ist man nicht nur noch vor Angst verrückt, vergeht vor Entsetzen? Oder ist dieses Geküßtwerden Vorbereitung zu neuen Qualen?

Lili will fliehen wie immer in diesen Wochen und steht gelähmt an der Heizung. Der Kuß liegt wie ein Verband auf ihrem eingetrockneten Mund, der lange Jahre saftvoll war und zärtliche Worte hauchen konnte. Jetzt hat er die Sprache verloren, und ihr Kopf, ein herrischer mit einer freien Stirn, unter der es von den dunklen Augenbogen bis zum Kinn kampflustig loderte, ist ausgebrannt. Wie dünne Rauchfäden wehen Fragen: Ein Wrack, kann man das küssen? Ist es in meinem Herzen denn nicht grau geworden, wo vorher helle Glut war? Kann ein Mensch küssen, der weiß, was gestern geschah, und ahnt, was morgen geschehen wird – ungehindert, ungestraft, ungerächt!

Reglos steht die große Dunkle in der kleinen Dachkammer, in die sie hinaufgelaufen ist heut früh, weil dort der einzige Mensch wohnt, dem sie noch vertraut und der ihr vielleicht beisteht. Anna Jeschaz, die alte Frau, ist rücksichtslos gut, sie beugt sich nicht. Sie verträgt viel Leid, die feierlich Hagere, eigenes und fremdes, und läßt sich nichts anmerken. In dem Lift, in dem sie rasch hinunterfährt, um für ihre beiden Besucher einzuholen, späht die Siebzigjährige gleich einem Adler im Käfig hinter faltigen Lidern, unbewegt und verwittert. Aber droben in ihren Kammern im fünften Stock läßt sie sich frei, tut, was sie mag. Stundenlang kreist sie um ihren Radiokasten und greift mit der knochigen Hand Paris, Prag, Straßburg, London, Moskau. Da blickt sie klar in die Welt und hinab auf den häßlichen Steinkäfig Berlin mit seinen Millionen geblendeter Insassen.

Muß sie ausgerechnet jetzt einkaufen und kochen wollen, quält es Lili. Warum läßt sie mich mit dem Menschen da allein? Mußte sie ihn hertelefonieren?

Ihr Gesicht, Trotzgesicht einer Verdammten, Leidgesicht einer Heiligen, zerfällt in Schwäche. Sie wacht nicht und schläft auch nicht mehr, seit Tagen. Aus der Haft ist sie gemäß den neuesten Richtlinien beurlaubt. »Betrachten Sie sich als in Haft befindlich!« hatte der piekfeine NS-Blondling ihr bei der Entlassung gesagt. »Es fehlt an Unterkunftsmöglichkeiten, aber wir haben ja Ihren Paß. Sie können gehen. Ist doch anständig von uns, nicht wahr?«

Sie hat ihr Zimmer nicht mehr betreten, die Gegend gemieden. Die riesige rohe Hand der Peiniger beschattet ihre Gänge und will sie zerquetschen wie eine Fliege.

Was wird aus ihr, der mittellosen Schauspielerin, deren guter Paß, ausgestellt im Bundesstaat Österreich, lautend auf den Namen Lili von Crailing, als Faustpfand bei der NS-Staatspolizei blieb, im gleichen Haus, in dem sie in Zeiten der Arbeitslosigkeit Kostüme gezeichnet und Ornamente gepaust hat, in der bunten, unerschöpflichen Kunstgewerbe- und Kostümbibliothek der Prinz-Albrecht-Straße. Jetzt gibt es da nur noch zwei Kostüme: das Fäkalienkostüm der braunen SA, das Todeskostüm der schwarzen SS.

Mit der Paßentziehung hat man der belasteten Ausländerin die Sehnen durchgeschnitten. Sie kann nicht mehr ausschreiten. Man hat die politisch Verdächtige aus ihrem Engagement gerissen. Sie kann nicht mehr spielen. Man hat ihr die Kehle gedrosselt, sie kann nicht mehr atmen. Jetzt soll die Fliege fliegen, wenn sie lustig ist.

Da steht sie noch immer unbewegt und fühlt nichts von den Küssen, die wohl eine frühere Lili suchen, spürt nichts von dem Behagen des Stübchens, in dem es soviel Vertrautes gibt: die breite weiche Couch unter der schrägen Dachwand, die sich über die Ruhende neigt; die friedlichen Aquarelle, die der Vater ihrer Freundin Liza, der verstorbene Beamte Stefan Jeschaz, mit feiner Geduld auf körniges Papier gewischt hat. Schüchtern hängen sie zwischen den großen technischen Fantasien in Holz und auf Leinwand, die von Lizas Geliebtem stammen und die er zurückließ, als er aufgebrochen war, um die spurlos Verschwundene Liza Jeschaz zu suchen.

Das alles sieht Lili nicht mehr. Dieses Zimmerchen, in dem sie so oft bei Liza und Mutter Jeschaz gesessen, diskutiert und genächtigt hat, ist ihr nicht mehr gegenwärtig. Die dicken

Gefängnismauern, zwischen denen sie acht Tage hindurch gehalten, gequält, verhört wurde, versperren ihr die Sicht. Sie hat auch keinen Ton von dem Cello-Konzert aus dem Lautsprecher gehört. In ihren Ohren dröhnen noch die Fern- und Stadtzüge vom Alexanderplatz, die vor dem Fenstergitter ihrer Zelle vorüberrollten. In ihren Augen ist noch das Licht einer ewigen Bogenlampe, die ihr den Schlaf wegstieß, wegstößt.

Sie hat die Augen geschlossen. Sie brennen. Und es schneidet in ihrem Leib wie damals nach der scheußlichen Zystektomie. Da muß ich wohl noch am Leben sein, denkt sie, wie vor acht Monaten, als sie aus der Narkose aufwachte: weil ich das noch spüre. Wie lang muß ich noch am Leben sein, denkt sie jetzt. Und: Wie lang will mich der noch küssen, der Narr? Wozu macht er das? Es ist doch nichts mehr da. Aus mir saugt keiner mehr ein Vergnügen. Sie ruckt den Kopf zur Seite, aber die Lippen des hagern Mannes bleiben auf dem blutleeren Mund.

Fern, fern von ihr erwachen ihre Brüste, die leise, behutsam gestreichelt werden. Sie antworten der Hand wie mündige Wesen, die gewohnt sind, ihr eigenes Leben zu führen; die Lider über den todmüden Augen heben sich verwundert. Sie sieht den Mann im offenen Regenmantel: Er sieht ihr etwas ähnlich, ein scharfes Gesicht, nur härter als ihres, die Farben frischer und unbekümmerter der Ausdruck der schwarzbraunen Augen, in die sie hineinsieht. Er fährt zurück vor der Qual, die aus dem Grund ihrer verfärbten Iris steigt. Das Weh der Tränenlosen dringt in ihn, erregt ihn, er nimmt ihre Hände wie vorher den Mund.

Dieses Leid ist nicht sie, versteht er. Der Feind ist diese ausweglose Verzweiflung. Lili von Crailing, das war doch mal wer, sie muß wieder auferstehen. Ganz muß sie werden. Wir brauchen sie. Vielleicht brauche ich sie auch. Soll mir getrost eine runterhauen, wie ich mich benehme! Was kann ich denn noch mit ihr anstellen? Sie muß ihre fünf Sinne beisammen haben, sonst geht sie vor die Hunde.

Alle, denen sie vertraut hat in diesen NS-Jahren der Knechtung, sind umgekommen oder umgefallen. Zuletzt diese widerlichen, zermürbenden Geschichten: Die erste Haussuchung, bei der sie noch auf dem Klosett die gefährliche

Zeitung verschwinden ließ. Die zweite Haussuchung. Die erste Festnahme. Als sie wieder herauskam, war auch Kurt, ihr weißblonder Freund, schandgleichgeschaltet.

»Ich gratuliere dir zu deiner Befreiung«, war er ihr entgegengekommen. »Ich kann dir nicht sagen, wie mich das alles aufgeregt hat.« Sie hob schon die Hand, ihn zu streicheln, als er fortfuhr:

»Wie leicht hätten sie auf unsere freundschaftlichen Beziehungen kommen können, es war rasend unvorsichtig von dir.« Ihre Hand sank.

»Früher war es ein Ulk, der ganze politische Fez, aber jetzt, nimm es mir nicht übel, ist es sträflicher Leichtsinn, sich derart zu exponieren. Meine Eltern sind schon längst dagegen, und wenn ich mich jetzt auf die Hinterbeine stelle, schenken sie mir womöglich das Rennboot nicht.« Ihre Hand zuckte.

»Es geht entschieden zu weit«, betonte er, »das mußt du einsehen. So leid es mir tut, Kleines, ich mag nicht mehr.« Ihre Hand hob sich zum Schlag, da kam von ihm:

»Im Bett, entschuldige, hast du gottweißwielang nicht mehr richtig funktioniert, in euern Versammlungen warst du viel mehr bei der Sache. Du bist nicht mehr imstand zu lieben, wie sichs gehört. An mir habe ich es nie fehlen lassen, ich habe das Krankenhaus bezahlt und den Doktor. Ich habe mich durchaus anständig benommen, das mußt du zugeben, aber du hast mich politisch kompromittiert. Was bildest du dir eigentlich ein, meinst du, du könntest unsre Regierung stürzen?«

Dabei hob nun er seine Hand in Schulterhöhe, lächelte süßlich und sprach ein Heil Hitler.

Lili spuckte vor ihm aus und rannte aus seinem Schleiflackzimmer wie aus einer Pestbude. Er ihr nach. An der Haustür warf Lili ihm Wahrheiten ins Gesicht, wie mit Steinen warf sie nach ihm, während er neben ihr redete, bis er an der nächsten Ecke zurückblieb.

Lili erbrach sich vor Ekel und Abscheu und weinte auf dem Lager unter der schrägen Dachwand bei Mutter Jeschaz. Damals konnte sie noch weinen und tat es bis zu jenem Dienstag, an dem die kleinmütige Kollegin Juny von der Thüringer Länderbühne einer Staatspolizeistelle alles angab, was sie von ihr wußte. Aus purer Geschwätzigkeit und um sich beliebt zu machen ... Die zweite Festnahme. Bei der Konfrontation, zu der man sie vom Alexanderplatz über das furchtbare NS-Columbiahaus in die Prinz-Albrecht-Straße transportierte, hatte Lili, rasend vor Empörung, mit einem Blick die Gesinnungshure glatt umgelegt. Juny wurde ohnmächtig und Lili fuhr los: »Sonst haben Sie keinen Beweis, meine Herren, nur diese verlogene Person, die zusammenbricht, wenn sie der Wahrheit ins Gesicht sieht!«

Mit diesem Ausbruch riß Lili ihre Selbstverteidigung wie einen Schlitten über alle dünnen Stellen hinweg. Die SS-Kavaliere waren geteppt: Donnerwetter, so etwas brachten selbst ihre Häuptlinge Daraube, Damorde, Dalüge nicht fertig. Mit einem Blick jemanden zu Boden schmettern. Sie kamen gar nicht erst auf den Gedanken, in andern Abteilungen ihres Hauptetablissements nach sonstigen Akten über die tolle Person zu fahnden. Dadurch entging ihnen das Protokoll der ersten Festnahme.

Wie soll sie diesem zudringlichen Holler trauen, den sie kaum kennt und der ihr an den Busen faßt! Wie kann Mama Jeschaz mir so jemand vorsetzen?

»Küssen Sie die Zentralheizung, die ist wärmer!« sagt sie plötzlich.

»Das erste herzliche Wort«, freut sich der Zärtliche. Er kuckt sie ermunternd von unten her an: »Jetzt müssen Sie mir aber auch den Gefallen tun und sich ein bißchen hinlegen.«

»Lassen Sie mich, bitte, in Frieden!« sagt Lili in einem Ton, als habe sie wer auf der Straße angesprochen.

»Oder hier in den Großvaterstuhl setzen, Fräulein von Crailing! Ich will ja nichts, als daß Sie sich ausruhen.« Er legt den Arm um ihre Schultern. »Ich habe einen Plan, den ich Ihnen auseinandersetzen will; wozu hat mich sonst Frau Jeschaz gerufen und wozu ist man sonst notgedrungen vom Theater ins Reisefach gewechselt? Ich habe Tourenkarten mitgebracht. Ich habe auch Informationen. In unserm Reisebüro erfährt man im Lauf des Tages so allerhand. Kaufen tun die Leute ja selten, dafür erzählen sie um so mehr.«

»Was habe ich von Ihren Informationen? Einen Paß brauche ich. Können Sie einen anfertigen, Herr Holler? Nein. Wissen Sie, wo man einen bekommt? Nein. Also was wollen Sie dann?«

»Überlegen, was sich am besten tun läßt.«

»Alles, was Sie wollen, bloß nicht herumknutschen und Dummheiten reden.« Es ist aus mit ihrer Fassung. Gott sei Dank, sagt sich Holler. Ihre Empörung, die endlich losgebrochen ist, wirkt belebend wie eine Gesichtsmassage. Sie durchblutet die Haut, entfernt die schlaffe Hoffnungslosigkeit der Falten, zündet Feuer in den Mienen und gibt den Bewegungen Schwung. Bewundernd verfolgt der einstige Regisseur die gelenkige Anmut, mit der sie aufspringt und durch das Zimmer geht.

»Tourenkarte«, stößt sie hervor. »Ich war doch schon dicht an der Grenze. Am alten Zollhaus der Lugsteinbaude. Sie in Ihrem Reiseladen werden ja wissen, wo das ungefähr liegt.«

»Pension mit ausgezeichneter Verpflegung, drei Mahlzeiten, täglich fünf Mark fünfzig, Vor- und Nachsaison billiger«, lacht der Angestellte aus der Verkehrsfiliale Achenbachstraße und findet es wunderbar, daß sich die Stattliche endlich aus ihrer Niederlage aufrafft. »Warum haben Sie nicht gemietet, Fräulein von Crailing, ich hätte Ihre Bestellung gern von unserer Filiale aus telegrafisch übermittelt.«

Zum ersten Mal, daß sich Konrad Holler über seine schlecht bezahlte Beschäftigung freut, wenn er sie auch heut oder morgen mit Freuden hinschmeißen wird; nun ist sie doch noch zu etwas Besserm nütze gewesen als zur Bemäntelung für Devisenschiebungen, die der Vorgesetzte Hand in Hand mit sudetendeutschen Art- und Parteigenossen manipuliert. Jetzt hat dieses mäßig frequentierte Lädchen mit seinen bunten Prospekten, Plakaten, Kursbüchern, Pauschalreisen endlich einen vernünftigen Sinn. Ein Mensch kann damit gerettet werden.

»Ja, meine liebe Lili von Crailing, im Dritten Klassenreich bedeuten ein paar richtige Zugverbindungen und Prospekte mit Grenzkarten mehr als die schönste Shakespeare-Inszenierung im Deutschen Theater. Sie haben schon so viel geschafft, Lili, das werden Sie auch noch packen!«

Molodjetz! denkt Lili und erinnert sich des Russen aus Stalinogorsk, der ihr das einmal zurief: »Molodjetz!« als herzhaftes Lob, vier Jahre sind das jetzt her, beim Bahnhof Friedrichstraße war es gewesen, in einem Hotel mit vielen viel zu feinen Gästen. Ein streitbarer Bariton hatte »Arbeiter, Bauern, nehmt die Gewehre!« gesungen, und sie war begeistert aufgesprungen, hatte in den Applaus Flugblätter geworfen, ohne Erlaubnis, und sich dann vom Vorstand hinausschmeißen lassen. – Ist es nicht, als wäre es gestern gewesen: der heftige Stoß der revolutionären Opposition in die trägen Gewerk- und Genossenschaften? Schwere Aufgaben hat man ihr daraufhin anvertraut, und sie hat sie ausgeführt, alle. Da sind sie, ihre tüchtigen Taten und stellen sich neben sie wie Kameraden, die in Bedrängnis plötzlich zu Hilfe eilen. Sie stärken ihr den Rücken: Lili, du warst immer bereit, du hast vielen geholfen, jetzt hilf dir selbst!

»Und wieso hat es bei der Lugsteinbaude nicht geklappt?« greift Holler in ihr Erinnern.

»Es gibt keine Grenzscheine mehr«, sagt Lili. Und nach einer Pause: »Also, was soll ich nun Ihrer Meinung nach tun?«

»Mir einen Kuß geben, dann kommt mir bestimmt eine Idee. Ein Kuß ist billiger als ein Schnaps und hält länger vor. Aber etwas Anregendes täte Ihnen gut. Mir auch. Andre Gefühle, andre Gedanken. Sie haben wohl ganz vergessen, wie stark Sie sein können!«

Ihr ist schon alles gleich: Schnaps, Kuß, Haß, Liebe, Schmerz, Überdruß und Unterleib. Also küßt sie und merkt dabei mit Staunen, daß sie es noch kann wie einst, wie einst schmelzen ihre Lippen, und die Arme wandern die sehnsüchtigen Wege der Liebe über Stirn und Haare und Schultern des Mannes. Und während die Schmerzen der Gegenwart in Dämmerung sinken, denkt sie – nicht an den Mann, dessen Herz an das ihre klopft, auch nicht an Kurt, den Freund der letzten Sommer. An einen anderen denkt sie, einen der vielen, die unter den Händen und Marterwerkzeugen zeitgenössischer Unterbarbaren verenden mußten, wie Stacheldrähte reißen die Schicksale der Gefährten durch ihr Herz. Den hat sie vor Jahren, nach der letzten Amnestie, vor dem Gefängnis erwartet. Alt, häßlich, bleich kam er durch das Tor, und sie im Sommerkleid war braungebrannt, schön und voll Mitleid. Er schrie vor Verlangen nach ihr. Viele Jahre hatte er kein weibliches Wesen, keine Schönheit erlebt.

Er war nicht ihr Typ. Vielleicht graute ihr vor seiner Erscheinung und dieser Gier. Du Struppiger hast für uns gelitten, hast gar keine Freude gehabt, und wir hatten Sonne und Blüten und Wein und Freunde. »Da freu dich, komm! Vergiß dich. Erich!« Sie hatte seine Lust gesteigert, seine Freiheit wahr gemacht, hatte seinen und ihren Leib durch Wonnen gejagt und mit weit geöffneten Augen gesehen, wie in ihr sein Leid verbrannte. In einem Kuß kann vieles versinken und manches auftauchen ... Das wußte sie nun und fühlte demütig: Dieser arme Dulder war mehr, mehr als ein Frauenleib geben kann.

Solche Erinnerung war in Lili von Crailing, während sie Konrad Holler den ersten Kuß gab. Weiß der Teufel, der Bursche war hinreichend taktlos gewesen. Aber als sich nun ihre Lippen trennen, ist sie versöhnt. Sie versteht, er hat geglüht und geküßt wie damals sie: in Mitgefühl. Denn jetzt ist sie selbst so zerfallen wie jener Märtyrer, den das Gefängnis entließ. Die Keckheit Hollers war Kampf. Nicht irgendeinem Weib hat er gehuldigt, sondern sich um den Menschen in seinen versteckten Menschlichkeiten gemüht. Er hat sie gerüttelt: Du bist ein Wert, wehr dich! Sie weiß, er wird bei ihr stehen und zu ihr halten, und sie gesteht sich: Er hat sie wohl ganz richtig angepackt. An der Brust, meinetwegen, aber auch an ihrer alten Willens- und Lebenskraft.

Sie streift die Schuhe von den Füßen, dehnt sich auf der Couch, streckt Arme und Beine aus wie über ein Feld und atmet tief wie in Höhenluft ... als rasteten sie schon drüben am Ende einer Wiese, am Saum der Freiheit.

2
Sie wirken nicht, sie werden gewirkt

Ein fester Schritt schlägt draußen an, und Anna Jeschaz, das graue Adlergesicht, kommt in das Bild. Dann folgen ein Pfund Kalbsschulter, das sie gebraten, die Kartoffeln, die sie geröstet, der Kaffee, den sie gekocht, und das hurtige Mundwerk und der gesunde Verstand, den sie für ihre Freunde immer bereit hat.

Konrad rückt den niedrigen Rundtisch vor Lilis Lager, hilft decken und schneidet den kleinen Braten. Lili Crailing schlummert wohl noch am Wiesenrand. Wie auf ihr Junges äugt über ihr das eisgraue Adlerweib. Die Hindämmernde fühlt den Blick und weiß nicht, wo sie ist. Befindet sie sich in Haft ... schläft sie ... hat sie Veramon bekommen ... Wenn nur das Ziehen im Kreuz aufhören möchte, dann könnte sie schlafen ... Schon fährt sie über die Grenze zwischen Wachland und Schlafland. Wenn nur der Regenmantel gut aufpaßt ... sie hat ihm doch die Kofferschlüssel gegeben ...

Ein Messer knirscht auf der Fleischplatte. Lili fährt in die Höhe, Haarsträhnen hängen in das verwirrte heiße Gesicht.

»Frau Jeschaz, morgen früh geht unser Zug! Ich habe doch nicht verschlafen?«

»Scheint, Sie schlafen noch«, schmunzelt die Alte, »so schnell schießen die Malefizpreußen nicht, auch nicht im Dritten Reich.«

Neben Holler liegt das Kursbuch mit einem Notizzettel. Der Zug geht um acht vom Görlitzer Bahnhof, bis Hirschberg Schnellzug ... »Das könnt ihr alles hernach ausmachen«, sagt Frau Jeschaz gutmütig. »Ich denke, da habe ich auch noch ein Wörtchen mitzureden, ich trage dieselbe Verantwortung wie ihr, Kinder, mehr noch, ich bin die Älteste, und ich erkläre hiermit auf Grund meiner siebzigjährigen Erfahrung: Jetzt wird gegessen. Das ist das erste. Zu so einer Sache braucht es Kräfte, jawohl.«

Aus alter Erfahrung setzen die drei sich zum Essen. Aber ihre Gedanken sind nicht dabei.

Packen. Man muß doch auch packen. Kein Gepäck fällt auf. Viel Gepäck fällt auf. Rasch das Notwendigste in den Rucksack stopfen, den Bedarf für drei Tage oder eine Ewigkeit, wer weiß? Kommen beide durch oder eines oder keines von beiden?

»Nehmen Sie nur, Konrad, und essen Sie!« Ob Lili noch das Dutzend Taschentücher gebrauchen und waschen wird? Man hat ja nicht mitzureden über sein Schicksal, man wird nicht gefragt. Es kommt, wie es geht. Wir leben nicht, nein, wir werden gelebt. Wir beschließen nicht, wir werden beschlossen. Wir wirken nicht, wir werden gewirkt, und das Gewebe ist elendig schlecht.

Aber Abschied wird man doch noch nehmen dürfen? Abschied ist so ziemlich das einzige, was unsereiner heut noch nehmen kann, sagt eines von den dreien, und bald – wissen sie – wird niemand mehr da sein, von dem man ihn nehmen kann.

Außer vom Leben.

Konrad Holler hat Frau und zwei Kinder. Denen wird er Lebewohl sagen. Bald bin ich wieder zurück, wird er sagen und sie küssen: auf Wiedersehen! Er könnte ja wiederkommen, sein Paß läuft noch anderthalb Jahre, bis Ende Mai achtunddreißig. Auf baldiges Wiedersehen! wird er ihnen sagen, aber sich selbst: wir sehn uns so bald nicht wieder.

Wie damals, als man ihn nach der NS-Reichstagsbrandstiftung zum nächsten Polizeirevier holte. Nur auf ein paar Minuten, hatte es geheißen, und dann wurden Monate draus. Ich bin gleich wieder da, hatte er damals beruhigt. Weder er noch seine Frau Grete hatten es geglaubt. Wird sie ihm diesmal glauben? Welche Gründe soll ich ihr sagen? überlegt er und kaut sein Stück Fleisch wie Stroh. Einen Grund, den man den Hausbewohnern und der Behörde sagt und einen, an den sie selbst glaubt.

Vielleicht, daß sich draußen Arbeit findet.

Er ißt, und Lili Crailing denkt an Lizas Windjacke; vielleicht borgt Frau Jeschaz mir die. Und Lizas Tourenstiefel. Sie schaut nach ihren Schuhen, die am Boden liegen und so hinfällig sind wie sie selbst.

Die Filiale Achenbachstraße, beschließt Holler, sperre ich zu. Den Schlüssel bekommt der Hausverwalter. Bücher, Rechnungen, Kasse schicke ich dem Revisor und schreibe dem Zentral-Chef ... Während ihm Mutter Jeschaz Geröstetes auftut, schreiben seine Gedanken: ›Sie haben mich für die alleinige Leitung Ihrer passiven Zweig-Niederlage erkoren. Dabei ließen Sie sich von dem Hintergedanken leiten: falls Ihre Devisenverschiebungen ruchbar würden, die Schuld vom Hauptgeschäft auf die Filiale, d. h. auf meine Wenigkeit, abzuwälzen. Schieben Sie Ihre werten Devisen nach altem Brauchtum ruhig weiter, aber, bitte, auf eigene Gefahr.‹

Für eigene Rechnung tun Sie es ja sowieso. Köpfe sind zwar heute kaum mehr im Kurs, aber für fünf Mark gebe ich meinen nicht ab. Wenn, dann schon lieber zu einem anständigen Zweck und einem Menschen, wie zum Beispiel diesem Fräulein mit dem adligen Namen, adligen Beinen, Hüften, Fesseln, Händen und dem proletarischen Sinn!

Ob man wohl – zieht es durch den proletarischen Sinn des adeligen Fräuleins – von Prag nach Moskau gelangen könnte? Das wäre für sie ..., sie findet keine normalen Worte, um auszudrücken, was das für sie wäre. Von einem Wunder möchte sie sprechen, von Heilung des Leibes und der Seele. Aber man soll keine Anleihen bei Kalenderheiligen machen, wenn man in die S. U. will. Im Wolgagebiet, heißt es, haben sie deutsche Theater in Betrieb gesetzt. Wenn man sie da mitmachen ließe! Kinder, denkt sie kindlich, das triebe alle Krankheit und Entmutigung aus ihr heraus! Und wenn sie dort nur Kostüme nähen dürfte oder die Strümpfe und Trikots der Kollegen stopfen, Zettel ankleben, statieren – es wäre ihr lieber als in Düsseldorf oder Hamburg Rodope oder Mutter Messina spielen. Prag! Vielleicht ergibt sich da durch RHD oder SAJ die Verbindung? Das gibts dort noch, die können doch noch was tun! Wie hieß doch der Molodjetz aus Stalinogorsk? Vielleicht läßt sich sein Name und die Adresse ermitteln, ich tu ja alles, was ich nur kann, es gibt keinen Hebel, den ich nicht in Bewegung setze. Bloß treibt mich nicht nach Wien zurück, in dieses schauderhafte Gefängnis, genannt Elternhaus; da habe ich nicht einmal eine Zelle für mich allein.

Der Zwang, zu Hause Schutz suchen zu müssen, ist ihr das Schlimmste. Längst hat sie Schluß gemacht mit der gehässigen Tyrannei der Familie. Nun ist es, als griffe sie wieder nach ihr. Lilis Kinnbacken streiken, sie kann nicht mehr kauen, läßt Messer und Gabel sinken, ihr Rücken wird schlaff. Gleich würde Frau Jeschaz die Appetitlosigkeit rügen und zum Zugreifen nötigen: »Essen!« Aber auch ihre Gedanken sind fort. Eilender noch, wirrer und ratloser als die ihrer Gäste, irren sie fern. Über sechs Monate sind es, daß Liza nichts von sich hören ließ. Wo steckt das Kind? Hat doch früher jede Woche geschrieben und nun sechs Monate nichts. Was haben sie mit dir angestellt, Liza?

Mutter Jeschaz ist nicht so ahnungslos, wie sie selbst Vertrauten gegenüber vorgibt. Und sie ist eine, mit der man Pferde stehlen kann. Und ist stolz darauf und ist auf Liza stolz; in ihrer Jugend war sie genauso: scharf auf Gefahr, voll Begier nach geheimem gefährlichem Wissen und von besonderer Geistesgegenwart. Noch niemand konnte eine Jeschaz einschüchtern.

Aber so kann man auf Dauer nur sein, wenn man in Bewegung ist, dahin und dorthin ausbiegen kann. Im endlosen Warten der einsamen Nächte kann man es nicht. Da ist sie nur noch ein schluchzendes Muttertier und schilt die Tochter: Wie kannst du nur so unvorsichtig sein, du bist ja verrückt, was hattest du in Italien verloren! – Und sie bettelt und schilt und liebkost die Entfernte und schmeichelt ihr und ist selber verrückt: Du Heldin, du Kindskopf, du Dynamiteurin, du Rindvieh, komm doch heim, ich hab ein Sparkassenbuch für dich. Und denkt mit Entsetzen: Mata Hari! Aber das gibt es ja nicht, das ist nur ein schlechter Spionagefilm. Liza ist keine so nichtsnutzige Spionin, sie tut es ja nicht um Geld, sie kämpft für eine bessere Zukunft. Anna, die eisgraue, freilich hat bis jetzt nur immer die schlechtere Zukunft erlebt. Aber die Kinder behaupten ja, daß eine bessere kommen muß. Wann? Wie? Wo? Schon viel zu lang behaupten sie das. Es sieht nicht danach aus, als hätten sie recht. So eine Unfreiheit wie jetzt war noch nie. Ihr Leben würde sie dafür geben, könnte sie nur dort unten in der Genthiner Straße jene Signale vernehmen, deren Rhythmen und Klänge ein ferner Sender allnächtlich von Osten her lockend in ihr Ohr singt.

»Ihr habt es gut, Kinder« , schießt ihr Denken in Worte: »Ihr könnt noch etwas tun gegen das kotzerbärmliche Schicksal. Ich muß hier hocken und warten, nicht einmal erkundigen darf ich mich nach der Liza, bei keiner Botschaft, keinem Präsidium, keinem Komitee: Sie hat es mir verboten. Ich tu es auch nicht, es könnte ihr ja gottweißwie schaden.«

Wie ein Fieber kommt es über sie, und sie stößt hervor: »Jeden Tag, jede Nacht kann sie kommen. Ich weiß nicht, ich habe so ein Gefühl ... Ich kann kaum eine Nacht mehr schlafen; immer wache ich auf und meine, sie steht unten und kann nicht ins Haus, sie hat mir doch ihre Schlüssel gelassen. Dann schlüpfe ich in ihren roten Bademantel, der draußen im Korridor hängt, und im Lift hinunter – wie lang das dauert! Liza friert draußen, es ist kalt, sie zieht sich immer so dünn an. Ich habe den Schlüssel schon in der Hand und sperr ihr auf, Liza!

Aber die Straße ist leer. Um vier ist kein Mensch auf der Genthiner, höchstens mal ein Besoffener oder die Schließgesellschaft. Der Wind bläst durch den alten Bademantel. Liza, Liza! Es ist lächerlich, ich stehe manchmal bis gegen fünf; ich schau um die Ecke und passe auf Autos. Aber es kommt nicht, das Kind, nicht im Wagen, nicht zu Fuß ... Und dann fährt der Aufzug die alten Knochen wieder herauf ... mein Gott, das arme Kind. Sie haben es gut, Lili, Sie kommen zu Ihrer Mama.«

»Ich will nicht«, sagt Lili schroff.

»Aber Sie müssen«, ereifert sich Frau Jeschaz, und es ist gut, daß sie eine Ablenkung hat. »Machen Sie keine Faxen, Lili! Sie werden sich in Wien erst einmal ordentlich herausfuttern, da gibt es Butter statt Kanonen ...« Nein, die Familie zerfällt und spaltet sich, dämmert es in Lilis müdem Kopf, während die Alte weiter zuredet. Der Schnitt, der Geldschnitt, der durch Völker, Kirchen, Berufe geht, teilt auch die Familie; selbst wenn der Vermögens- und Einkommensunterschied noch so gering ist, auch längst vergangene Einnahmen fließen durch die verbitterten Selbstgefühle der Blutsverwandten.

»Ich wollte, Mama Jeschaz, ich hätte Sie anstelle meiner Mutter zu Haus ...«

»Gehn Sie schön heim, Lili«, redet die Alte linder. »Man muß Ihnen doch mindestens Ihre Sachen nachschicken, wie ist denn die Adresse?«

»Schöllerhofgasse Nummer –«, Lilis Kehle ist eingeekelt, da sie die Straße nennt. Ihr Herz will nicht hinein in das Haus. Schöllerhofgasse einunddreißig im zweiten Bezirk wohnt Oberst a. D. Fester von Crailing mit Frau und Sohn. Welche Schmach für das alte Geschlecht: im Wiener Judenviertel und nicht mehr wie unter Kaiser Franz Josef am Ring, wie es sich gebührt. Und warum diese Deklassierung? Der Oberst hat dafür nur eine Antwort und duldet keine Widerrede: »Das haben die verdammten Juden getan, die Juden in Böhmen, Mähren, Ungarn, Galizien, Serbien, Bosnien, Herzegowina, Polen, Siebenbürgen, die Juden in London, Paris, Moskau, Washington, Konstantinopel, Berlin; dieselben Juden, die hier in der Leopoldstadt nicht zum Friseur gehen, sich nicht rasieren wie jeder anständige Mensch: langbärtige, langröckige, langnasige Gespenster. Und mit denen muß ein Fester von Crailing im gleichen Haus in der gleichen tristen Dreckgasse wohnen! Wann endlich wird diese Schande getilgt und die Pension um fünfzig Prozent erhöht werden?«

»Wenn Gott ein Einsehen hat«, seufzt mickrig die Mutter.

»Wenn unser Führer das Steuer um tausend Grad herumwirft«, näselt der Bruder, »und die Pariser Vororts-Verträge als Lokuspapier benutzt.«

Das soll sich Lili nun wieder anhören müssen, Tag für Tag, die gleiche abgespielte Platte, und daß die Tschechen Verräter sind, die Slowaken Überläufer, die Briten ein Krämervolk, die

Russen Massenmörder, die Franzosen verseucht, und soll dabei ruhig bleiben ... Dazu überflüssige Möbel abstauben, Polster und Teppiche klopfen, Böden schrubben, Geschirr spülen, Kartoffeln schälen, flicken, ein pausenloses Großreinemachen wütet durch das dumpfe Stockwerk. Die Mutter nörgelt und Lili ist Aschenbrödel, hat die Schnauze zu halten wie ein Rekrut; sie frißt ja den Gnadenbrei, sie atmet die Luft der Heimat, die stinkt wie ein verfurzter Kavalleriesattel.

»Man muß dem Menschen hie und da eine Hoffnung geben«, sagt Lili leise, »er wird sonst halt auch verdreht. Ist Fliehen eine Hoffnung? Es fragt sich: wohin? Rußland?«

»Sei doch vernünftig, Lili!« will Konrad beruhigen und regt sich dabei selber auf: »Ich wollte auch hin, ich habe schon angefangen zu lernen. Und mein kleiner Bub, der Klaus, hat mir nachgeplappert: Eto moshno – das ist möglich. Aber es ist ja nicht möglich, nitschewo. Mein Gesuch um Einreise und Aufenthalt, neun Monate habe ich auf Antwort gewartet, und dann kam sie und hieß: Abgelehnt.«

»Meine auch«, sagt Lili.

»Alle Gesuche, heißt es, sind abgelehnt«, berichtet Konrad. »Hunderttausend können das sein. Wißt ihr noch, wie wir gesungen haben: ›Wir schützen die Sowjetunion‹ – jetzt schützt sie sich vor uns.« Konrad summt das Lied von den russischen Fliegern, das oft gehörte, dessen Weise und Text immer höher hinaufjauchzt. Mitten im Fluggesang hört er auf, gleitet zur Erde, spricht: »Die Melodie haben die Braunen uns auch gestohlen, den Text versaut.«

»Sonst können sie ja nichts«, sagt Anna. Und es klingt aus ihrem Mund wie aus Volksmund: »Was lernt das Kind in Nazigauen? Hauen, Klauen und Versauen.«

»Man könnte meinen«, sagt Lili, »es gäbe kein Drüben mehr, und das Sowjetreich sei nur ein Traum von uns. Wir hören ja nichts mehr von ihnen, nur die Lügen, die man hier über sie druckt und brüllt. Wir sind dumm geworden, Analphabeten, Verschüttete, kein Laut dringt von oben. Wie vielen Bekannten habe ich schon hinüber geschrieben –«

»Ich auch.«

»Ich auch.«

» – und habe von keinem Antwort.«

»Ich auch nicht.«

»Ich auch nicht.«

»Sie sind wie die Toten im Jenseits.«

»Nein«, widerspricht die Alte und lacht fantastisch: »Die Toten sind wir. Die drüben, die sind im Diesseits und leben.«

Es klingelt.

Das kann der Briefträger sein oder eine Wurfreklame oder die Mieterin von nebenan, die sich das Kuchenblech ausborgen will; oder ein Hausierer mit Gummiband oder ein Stadtreisender mit Staubsauger, ein Versicherungsmann, ein Bettler, der Hausmeister, Annas Kusine Alma oder ihr Neffe, der Fräser, oder sonst ein Bekannter, der Hunger hat und kein Geld und sich gern um die Mittagszeit nach dem Befinden der Kleinrentnerin erkundigt, einen Teller Suppe gibt sie allemal. Es sind viele Möglichkeiten, warum es im fünften Stock der Genthiner Straße um diese Zeit klingelt. Aber die Dreiergruppe denkt – in diesem Land denkt man bei jedem Klingellaut nur eines: »Aufmachen! Haussuchung! Polizei!«

Die drei reagieren automatisch. Die Tourenkarte des Riesengebirges schiebt Lili in Lizas alten Handatlas, da ist sie legal. Konrad steckt das Notizblatt in den Mund.

»Keine Nervosität!« befiehlt Anna: »Zu mir kann jeder kommen, bei mir ist alles in schönster Ordnung« und geht hinaus.

»Darf ich Ihnen Kaffee einschenken, gnädiges Fräulein?« spricht drinnen Konrad etwas lauter als sonst und flüstert rasch: »Wir kennen uns vom Stellennachweis, hatten kein Geld zum Mittag.« Er kaut noch immer an dem Papier, runterschlucken wird er es erst im letzten Moment. Lili nickt: Verstanden!

Anna Jeschaz kuckt vorsichtig durch das runde Loch in der Flurtür.

Aber sie sieht nichts. Komisch. Das weiß getünchte Treppenhaus ist hell und scheint leer. Das Guckloch ist offen und niemand zu sehen. Während Konrad drinnen eine Zigarette dreht und Lili lässig den Lippenstift handhabt, öffnet die Wohnungsinhaberin zaudernd die Tür.

3
Aber sie hatten kein Geld

Gleicht Anna Jeschaz einem grauen Steinadler, so ist die ebenso alte Frau Bertha Livschitz auf den ersten Blick einem gewöhnlichen Wellensittich vergleichbar. Der runde zuckende Kopf mit der gesprenkelten Gesichtshaut, die queren, kaum merkbaren Augenlöcher, ein bißchen rotgrauweiß gesträubtes Haar, Bläue in der Wangen- und Mundgegend; dazu die niedrigen dicken Beine, kleine bewegliche Finger, ein Blähhals und eine Stimme, die wie aus einer Hecke von Sittichen kommt: quäkende, trompetende, piepsende Tönchen, bunt durcheinander purzelnde Sprachelemente Berliner, Lemberger, Budapester Herkunft. Das Ganze in einer zu weit gewordenen Mantel- und Kleiderhülle und samt Hut ein Meter fünfzig hoch – das war der Anlaß der Aufregung. Annas vorsichtiger Blick war durch das Türloch waagrecht über das Frauchen hinweggegangen.

»Jesses, die Livschitz!« hören die Lauschenden in der Stube, und Konrad spuckt das Zerkaute lachend in eine Untertasse. Dann ein erleichterter Blick in Lilis nervöse Augen und ein besorgter auf die Taschenuhr: Wir haben noch viel zu tun, wenn es morgen fortgehen soll. Es ist Zeit.

Das alte Sittichweibchen ist indessen dem Adlerweib schluchzend in die Arme gesunken. Ihre klagenden Töne sind unverständlich. Anna Jeschaz zieht ihr auf dem Korridor den Mantel aus. »Kommen Sie, teure Freundin!« Nein, sie störe nicht, nicht im mindesten. Zwei gute Bekannte seien nur da: Leidensgenossen, und der Kaffee sei schon fertig. Der Wellensittich ist nicht zu beruhigen. »Kein Kaffee!« wehrt sie ab; sie hat zuviel auf dem Herzen.

»Ich vielleicht nicht?« besänftigt sie Anna. »Wer nicht?« beendet Konrad die Litanei. Immer der Reihe nach. Frau Livschitz wird so gut sein und warten und den Kaffee trinken, den Lili ihr eingegossen hat.

Frau Livschitz, vor kurzem noch Inhaberin der bestgehenden Geflügel-Ausschlachterei von Niederschöneweide, wird wieder einmal warten; etwas anderes hat sie nicht mehr zu tun. Dies Warten ist es, was sie mit Mutter Jeschaz verbindet, es ist eine Wartefreundschaft. Sie wartet auf Post von der Tochter, ihrer Elma, und Arthur, der zu Elma gehört wie Memo Cominelli zu Liza. Außerdem wartet sie auf Einfuhr-Bewilligung für Weihnachtsgänse aus Ungarn. Aber es kommt keine Post aus Barcelona. Auch keine Einfuhr-Bewilligung ist in Aussicht. Germanien erzeugt seine Gänse und Hühner selbst. Firma Livschitz' Witwe darf solche nicht schlachten. Das wäre Sünde gegen das Blut. Ein Ritualmord wäre das. Vorgestern hat man ihr den Geflügelstand in der Zentral-Markthalle gekündigt. Fristlos. Die Firma Livschitz' Witwe ist ruiniert.

Bertha Livschitz hat ein angegriffenes Herz. Fast alle jüdischen Herzen sind heute angegriffen. Von mehreren Seiten, auf mancherlei Art. Sie hat von all den Attacken bläuliche Lippen bekommen und eine Aufschwellung des Halses wie eine ihrer Gänse beim Stopfen. Basedow!

Anna Jeschaz bettet die Schicksalsgefährtin liebevoll zwischen die Kissen der Couch, wo Lili und Konrad sich geküßt haben. »Gleich habe ich Zeit für Sie, Bertha, ich muß nur noch hier mit den jungen Leutchen ein Wort reden.«

»Bitte ich warte, ich bitte Geduld habe ...« Auf ein paar Minuten kommt es Frau Livschitz nicht an; sie rechnet nach Jahren. 1932 ist ihre Elma mit Arthur nach Barcelona. In einem Atelier in Berlin hatten sie zusammen das Cutten von Filmen gelernt; in Spanien bestanden damals Chancen. Eine freie Regierung, vom Volk gewählt, gab auf vielen Gebieten mächtigen Auftrieb. Hoffnungsvolle Briefe gelangten nach Niederschöneweide.

Dann aber kam die Revolte der spanischen Generäle, die ihr schönes viereckiges Spanien in eine riesige Menschen-Ausschlachterei verwandelte.

Seitdem sitzt die alte Gansel-Jüdin vor ihren leeren Geflügelställen, aus denen nur noch der Gestank von altem Hühnerkot und blutigen Federn kommt, und liest die deutsch-italienisch-spanischen Kriegsberichte, die ärger nach Blut und Unrat stinken als alle Hühnerställe der Welt. Sie liest: Bombardement Barcelonas ... Barcelona erneut bombardiert ... Und jede Bombe zielt auf Elma und Arthur. Jeder Bericht ist eine Todesanzeige. Die Basedowaugen der Mutter glotzen immer erbarmungswürdiger. Das kann nicht möglich sein, die Zeitungen lügen, das weiß man ja. Warum schreiben sie nicht?

Wo sie ihnen doch jeden Mittwoch einen ausführlichen Brief schickt. Wenn den Kindern etwas zugestoßen wäre, der Brief müßte doch zurückkommen.

Aber der Brief kommt nicht zurück, und sie schreiben auch nicht. Tote Kinder schreiben nicht.

Frau Livschitz aber wartet noch immer und ist so dünn wie ihre Hoffnung, die eine zweimotorige Messerschmidt vor Monaten zerstört hat, als sie über dem Haus Nummer siebzig der Manresastraße zu Barcelona eine Bombe fallen ließ. Manresastraße siebzig, Barcelona, ist die Adresse, die Bertha Livschitz jeden Mittwoch auf einen Brief an Elma und Arthur schreibt.

Anna Jeschaz hat die Tourenkarte studiert, die aus Lizas Schulatlas wieder zum Eßtisch gewandert ist. Jetzt stützt sie die knochige Hand auf Riesen- und Isergebirge, hebt sich hoch und redet: »Kinder, was seid ihr für Kindsköpfe, ihr! Das ist Romantik, was ihr da ausgebrütet habt!«

Mutter Jeschaz denkt für ihre Freunde klar und ohne eine Spur Romantik. Gewiß, in fünf Minuten käme man von der Eichendorf- zur Ziskabaude. Aber wie weit sei der Weg bis zur Eichendorfbaude? Fünf Stunden. Es können auch sechs oder sieben werden, bei dem Wetter zu Fuß, jetzt im November. Und bei dem Zustand, in dem sich die Lili befinde: »Sie können sie doch nicht huckepack tragen. Ja, wenn schon Schnee läge und dann mit Skiern, das ließe sich eher hören, aber so, um diese Zeit, wo kein normaler Mensch auf Gebirgstour geht! Kinder, Kinder, da müßt ihr doch auffallen, lang bevor ihr an der Eichendorfbaude seid. Ich rechne damit, daß man euch schon hier« – sie deutet einen Zoll hinter die Bahnstation – »zum ersten Mal anhält. Ich möchte gewiß nicht mies machen, Kinder. Wenn alle andern Stricke reißen, kommt ihr ja immer noch mit Rübezahls Hilfe durchs Riesengebirge. *›Er half so vielen schon vor Zeiten / Großmutter hat mirs oft erzählt / Ja er ist gut zu armen Leuten / die unverdientes Unglück quält.‹* Das haben wir in der Schule gelernt, heut ist das natürlich verboten, ist ja auch von Freiligrath, und sein Berggeist Rübezahl ist ausgebürgert wie alle guten Geister. Auf den könnt ihr erst jenseits der Baude zählen; in der Tschechoslowakei ist der gute Geist noch vorhanden.«

Ihr Lachen klirrt, unsicher stehen die Ausgescholtenen da. »Warum denn unbedingt illegal?« zieht die schlaue Hausfrau sie auf. »Wenns auch legal geht! Ich möchte bloß wissen, Lili, warum Sie es nicht auf dem normalen Weg probieren und gehen einfach zu Ihrem Konsulat. Das dürfen sich die Österreicher doch nicht gefallen lassen, daß man in Deutschland einer Österreicherin von Amts wegen mir nichts, dir nichts den Paß klaut. Sie hätten auf der Stelle hingemußt, ich habs Ihnen auch gesagt, Kind. Am besten lassen Sie sich gleich morgen früh bei Ihrem Botschafter oder Gesandten, was er nun eben ist, anmelden. Jetzt folgen Sie schön und tun, was ich Ihnen sage! Probieren tät ichs auf alle Fälle, das kostet nichts.«

Sie verabreden sich: Sollte Lili für die Nacht nichts anderes finden, kommt sie natürlich wieder zu Mutter Jeschaz zurück. Besser ist freilich wechseln! Nur kein festes Quartier. Der Portier heut früh auf der Treppe hat sie so merkwürdig angesehen.

Kurze Umarmung. Herzschmerz. Auf Wiedersehen! Rasch betreten Konrad Holler und Lili Crailing den Lift, versinken, blicken vor dem Haus rasch die Straße hinauf, hinab, gradaus. Die Luft ist rein und feucht.

Treffpunkt und Stunde des Wiedersehens sind schon vereinbart. Für alle Fälle soll bis dahin jedes sein Teil für die Fahrt finanziert haben. Jeder nach eigenem Plan.

Am Lützowplatz trennen sich ihre Wege. Das herbstgraue Berlin glänzt wie ein Bottich, trieft und riecht. Acht Jahre haben sie beide in dieser Stadt gelebt und sich nicht gekannt. Sie sind aneinander vorbeigegangen, sie sind wohl den gleichen Menschen begegnet, die gleichen Vorgänge haben sie erregt, sie sind in die gleichen Fehler verfallen, in gleichen Versammlungen gewesen. Ja, das war er doch, fällt der eilenden Lili beim Nollendorfplatz ein, der in der Liga vom Giftgaskrieg sprach, vom Senfgas, das Augen und Haut und Lungen zerfrißt, natürlich, das war er. Sie hat noch über die mächtige Stimme gestaunt, die aus dem schmächtigen Körper auf dem Podium dort oben hervorbrach – da hatte die Polizei des Herrn Zörgiebel oder Weiß die Versammlung aufgelöst und den Referenten abgeführt: der ihr als Helfer jetzt so nahe kommt.

Auch auf der Havel, sonntags, sind sie wohl manchmal aneinander vorübergeglitten ... Lili im flinken Motorboot sich dehnend, mit dem kindischen flachsblonden Kurt, der jetzt endgültig erledigt war. Und Konrad im schmalen Klinkerboot ruderte irgendwo mit. Ein nackter schwarzbrauner Klaus plantschte mit einem Paddel, und aus dem offenen Boots-kasten achtern kuckte ein kleiner Kaspar heraus und winkte Lili wie allen Vorüberfahrenden zu. Da sagte Frau Grete, und Konrad fand es auch: Wenn sie das Geld für so ein hohes Motorboot hätten, könnten sie weit damit kommen: raus aus dem Dritten Reich. Das Boot sei seetüchtig, tauge für große Fahrt, mit dem könne man bis ins Mittelmeer und mit Küsten-fahrten von Larnaka nach Famagusta sein Brot verdienen und dazu Fische fangen und braten.

Und sie fuhren im Geist von Larnaka nach Famagusta und wieder zurück und hatten reichlichen Fang und eine Anlege-stelle auf Zypern und manches Mal Passagiere aus Ägypten, Syrien, Palästina und England. Aber Geld für das Boot hatten sie nicht. Und so war alles anders geworden, und nur eines war unverändert geblieben: Sie hatten kein Geld.

Auch Berthel, die Schwester, hat knapp zum Leben. Konrad trifft die hübsche Frau bei der Unterführung am Zoo. Auf sei-nen Anruf ist sie gleich hin und hat zwanzig Mark mitge-bracht, die kann sie zur Not entbehren. In Eile gibt sie dem Bruder Ratschläge: »Und vor allem viele Grüße an den Kapell-meister Rolf Satory, dumm, daß du ihn nie bei uns kennenge lernt hast; ich habe seine Adresse nicht, er gibt sie nie, er hat so etwas Unsichtbares in seinem Wesen, du mußt dir halt Mühe geben, dann wirst du ihn schon irgendwo auftreiben.«

Während sie ein Stück in den nassen Tiergarten hinein-gehen, fällt Berthel noch eine einflußreiche Adresse ein: Pro-fessor Martin, ein Freund ihres Mannes, ist sogar Mitglied des Rotary Clubs, sie wird ihm telegrafieren. Sie gibt ihm die Hand: »Leb wohl, Konrad!« Sie küßt ihn. »Auf Wiedersehen, Bruder, ich ging so gern mit.«

»Wiedersehen, Schwester! Vielen Dank für die zwanzig Mark.«

»Geh, sei still! Vielleicht kann ich dir im Dezember noch zehn schicken.«

Bertha und Anna, die alten Frauen, sitzen allein und weinen gemeinsam, die Kleine, die Große, der Wellensittich aus

Budapest und das scharfäugige Adlerweibchen aus Xanten am Rhein. Dann trösten sie sich, schweigen und weinen wieder. Bis in die Dunkelheit.

Auf einen Glockenschlag stellen sie den Rundfunk ein und dringen mit ihren scharf gespitzten Ohren durch die Geräusche der Störungssender. Und wenn auch die Störungsmaschine vor Wut aufheult, Wolkenbrüche niederprasseln läßt, wie mit gigantischen Schaufeln Sandmassen auf Wellbleche schmeißt, und alle Sirenen gleich Erynnien hinter die ausgebürgerten Worte der Wahrheit hetzt – die beiden Mütter verlorener Kinder finden den Weg durch das finstere Tosen.

Ihr Gehör hat viele Nächte lang trainiert, es kommt zum Ziel: zu dem geheimnisvollen Schwarzsender, welcher »der Rote« genannt wird, nach dem sie fahnden, den sie anschneiden und doch nie abschneiden, den sie zuschütten und der doch immer wieder aufsteht.

Dort wo das Reden nicht mehr frei ist, müssen die Menschen sich umstellen und hören. Hören ist keine leichte Kunst. Aber im heimlichen Deutschland hat sie unheimliche Fortschritte gemacht. Bertha Livschitz ist wahrlich ein Horchergenie. Ein Ohrmatador. Mit gehaltenem Atem ist sie der Verlesung der deutschen Verlustliste vom spanischen Raubkriegsschauplatz gefolgt. Nun singt eine Stimme das Freiheitslied.

Anna Jeschaz hat dem verbotenen Kurzwellensender die verlesene Liste Namen für Namen nachgeschrieben. Jetzt rollt sie den winzigen Zettel zusammen und versteckt ihn unter den beiden Trauringen an ihrer Linken. In der Frühe wird das eng beschriebene Blättchen durch die Hände einer jungen Zeitungsausträgerin und von da vervielfältigt weiterwandern: Vom Tiergartenviertel in das Zentrum der Stadt und von da an viele Orte hin. Überall warten Soldatenväter, Soldatenfrauen, Soldatenmütter und Soldatenschwestern. Sie schreiben die Liste und reichen sie weiter. Das ist auch ein Störungssender, seine Maschine arbeitet ohne Geräusch.

Sie könnten jetzt schlafen gehen.

Aber das Sittichweibchen will bei Anna warten, ob Lili zurückkommt und dann, wie ein Kind getröstet, zurück nach Schöneweide fahren.

Aber Lili kommt nicht.

Nach Mitternacht fährt Frau Livschitz nach Haus.

4

Sprung auf den Tiger

Lili von Crailing ist zuerst zur Pariser Straße gegangen, in das Büro des Herrn Karlgeorg Donz, den sie auf einem längst vergessenen Kostümfest der versunkenen Sozialistischen Monatshefte kennengelernt hat. Karlgeorg Donz war ein rosiger, ein wenig bequemer, aber recht gutgebauter und gut-situierter Tänzer. Nur seine Haare waren schon damals trotz sorgsamer Pflege im Schwinden. Nach dem Ball war Lili eine Zeitlang zur Kur, wie sie sagte, in seinem behaglichen Dasein geblieben. Der Kurmacher, der von den Einkünften der väter-lichen Bonbonfabrik lebte, glich einigermaßen dem, was sie damals als ihren Typ bezeichnete, besonders wenn dieser sei-nen Unverstand mit kühnen Reden verbrämte. Aber bereits beim zweiten gemeinsamen Frühstück war sie die Überlegene und blickte hinter die strahlende Front.

Dazu gehörte nicht viel. Herr Donz war unendlich viel weniger sozialistisch als selbst die Monatshefte der Her-ren Kautsky, Bernstein, David, Bloch – und so erschienen ihr die Nächte, die sie mit ihm verbrachte, bald ebenso idiotisch wie die Tage, an denen sie sich vergebens bemühte, unter sei-nem dahinschwindenden Scheitel eine Ahnung von Sozialis-mus zu erwecken. Dieser Fall Donz war hoffnungslos. Karl-georg hielt die Kommunal-Verwaltung von Großberlin oder die Hamburger, Lübecker, Magdeburger Kommune auf Grund des sprachlichen Gleichklangs für kommunistische Institutionen.

Ihn vom Gegenteil zu überzeugen, war schwierig. Auch die rote Farbe (sofern sie nicht durch ein Hakenkreuz gebrand-markt war) hielt er, wo immer sie auftrat: als Plakat, als Nelke, als Lichtreklame, Schlips, Warnungsfahne oder Buchdeckel, für eine politische Demonstration der »Roten«. Und Lilis Lippenstift, wenn sie damit über den kühnen Mund fuhr, erschien ihm wie ein Strich durch alle bürgerlichen Begriffe, ein Aufruf zur Liquidation der bestehenden Ordnung. Vom gigantischen Ausmaß der kommunistischen Gefahr, von der die Faschisten schrien, war infolgedessen auch er bis ins tief-ste durchdrungen. Als Nutznießer einer ausgiebigen Apanage hielt er es daher für geboten, sich ungesäumt mit den bald einziehenden neuen Herrschern seines Wahlvaterlandes auf guten Fuß zu stellen.

Eigens zu diesem Zweck war der Oberösterreicher zum Ball der sozialistischen Hefte gekommen, und als er im Verlauf des Abends die Bekanntschaft dieses hochrot kostümierten, aber sonst sehr reizvollen Fräuleins von bestem österreichischem Militäradel machte, pries er sich glücklich, den günstigen Kurs in das sozialistische Fahrwasser und zugleich als Steuermann eine stattliche Geliebte gefunden zu haben. Lili von Crailings wohltuende Hand würde ihn im unausbleiblichen Sowjet-Deutschland leiten und schützen. Vielleicht wäre es das sicherste, sagte er sich, er machte sie vorher zu seiner Frau. Auf alle Fälle stellte er, als Lili über seine Anregung lachend hinwegging, ihr den Betrag von tausend Reichsmark für ihre politische Gefangenenhilfe zur Verfügung. Die Quittungen mußte ihm Lili sorgsam bewahren; in den roten Räten und Komitees würden sie die beste Empfehlung bedeuten. Zur Präsidentenwahl, die nach seinem Dafürhalten nur mit einem erdrückenden Sieg des proletarischen Kandidaten ausgehen konnte, stellte er seinen kleinen Lancia für Propagandafahrten zur Verfügung. Er fuhr Lilis Freunde, wohin sie verlangten.

Mit fünfzehn Jahren hatte er einmal die abenteuerliche Geschichte eines Afrikareisenden gelesen, dem mitten in der Wüste in rasendem Lauf ein wütender Königstiger entgegenkam, und nirgends war ein Entrinnen. Da fand der geistesgegenwärtige Forscher den einzig möglichen Ausweg: Er sprang auf den Rücken des Tigers und war gerettet. Diese Erzählung hatte auf Donz einen unauslöschlichen Eindruck gemacht. Jetzt hatte er sich in der gleichen prekären Situation befunden und genauso verhalten: Er war auf den Rücken des Bolschewiken-Tigers gesprungen und sauste mit kragenlosen Proletariern in polizeiwidrigem Tempo durch die Viertel von Großberlin. Wäre ihm etwas Zeit geblieben, ›Genosse Donz‹ hätte den kleinen Lancia noch rot lackiert.

Als bei der Wahl aber trotz der schandbaren Abnutzung seines Lancia nicht der Prolet, sondern der Generalfeldmarschall Reichspräsident wurde, rutschte Donz mit beklommenem Lächeln augenblicks von dem Tiger herunter, schlug sich in die Büsche und verschwand vier Wochen in dem Radiobad Oberschlema. Der Tigerritt war ihm in die Knochen gefahren.

In Oberschlema konzentrierte er seine männliche Werbe-
kraft auf ein zartes älteres Fräulein Blumenau, dessen respek-
tables Vermögen ihn nach erfolgter Verlobung in Stand setzte,
den abgewirtschafteten Lancia gegen einen Achtzylinder-Pon-
tiac und sein Friedenauer Appartement gegen eine Villa in
Dahlem zu vertauschen. Außerdem erwarb er zur Freude seiner Erwählten einen Verlag für Europäische Kultur. Der Verkehr mit Lili hatte geistige Aspirationen in ihm hinterlassen,
denen er nach seiner Vermählung mit der heftig verliebten
Blumenau im Bereich der reinen Kunst und absoluten Wissenschaft gefahrlos zu frönen gedachte.

In vielen Ländern wartete Donz auf den nächsten Tiger.
Karlgeorg blieb in Bereitschaft. Als Anfang dreiunddreißig
abermals ein Tigertier auf ihn losraste, wußte er schon, was zu
tun war. Ehe das Raubtier ihn noch erblickte, hatte er den Pon-
tiac, braun lackiert, der NSDAP zu Propagandazwecken zur
Verfügung gestellt und den Verlag für Europäische in einen für
Nordische Kultur verwandelt. Nun sollte bloß einer kommen.
Er saß oben.

Daß es Lili Crailing sein könnte, die kommt: mehr als drei
Jahre nach dem geglückten Tigersprung, und daß nun er der
Tiger sein würde, auf den zu springen sie gedachte – das frei-
lich hat er nicht geahnt.

»Fräulein von Crailing ...?« fragt er, als habe er schlecht
gehört, die Sekretärin.

»Ich lasse bitten.« Karlgeorg geht in Bereitschaftsstellung.

Verleger Donz ist von Kopf bis zu Füßen in die Farbe des
NS-Tages gekleidet. Sein lichtbraunes Hemd ist aus Seide, der
braune Gürtel und die ebenso nuancierten Schuhe aus reh-
farbenem Sämischleder, das dunkelbraune Beinkleid, locker
gewebt mit hellbraunen Streifen, aus bestem englischem Woll-
stoff. Passend abgestimmte Wände umrahmen das gleichgeschaltete Exterieur: Die Tapete glänzt schokoladefarben,
Fries und Bodenbelag sind kaffeebraun. Nur Karlgeorgs
Glatze, nunmehr vollkommen, leuchtet in tollem Rot ge-
stapowidrig durch das braune Milieu.

Der Schreibtisch, der wie ein Quai den deutschen Raum
durchzieht, trägt als Garnitur in braunem Achat ein verkleiner-
tes Reichssportfeld mit Becken für braune und schwarze Tinte.
Rechts davon liegen die ersten Korrekturbogen eines nobel ge-

druckten Verlagswerks: »Wisent als Erzieher«. Bogen eins handelt von dem Ersatz des bolschewistisch verseuchten Pelzwerks sibirischer Herkunft durch hochqualifizierte Häute und Felle deutschblütiger Ochsen, Stiere, Kälber. Warum, fragt der Autor, kleide man nur die gepreßten Bücher in autarkes Rinds- oder Schweinsleder, warum nicht auch die Menschen? Was eigne sich besser zum Gehpelz, Sportpelz oder Mantel? Und erst das friderizianisch ruhmvolle Kalbfell! »Schwört zum Kalbfell!« hieß es auf Seite 7. Auf Seite 8 schritt unter den stolzen Blicken des Verlagsleiters das deutsche Volk auf Grund einer um achthundertachtzig Prozent gesteigerten Wisentzucht dem großen Tag entgegen, wo jeder Wagenlenker im deutschen Raum mit Wisent gefütterte Handschuhe sein eigen nannte. Zurück zum Wisent! schloß der aufschlußreiche Korrekturbogen.

»Auch du wirst dereinst einen Wisentpelz tragen«, begrüßt Donz mit ausgebreiteten Armen und einem Lächeln der Wohlhabenheit die eintretende Crailing. Ihr zerzauster Astrachan paßt schlecht in den Dunstkreis von Donz und Wisent; er sträubt sich dagegen wie Lili gegen den Kuß, den ihr der Ehemalige geben will.

»In Rot, das habe ich nie bezweifelt«, flüstert er schmeichelnd, »warst du die Tonangebende! Aber in Braun, das mußt du zugeben, Liebling, bin ich dir über.«

Wo bleibt die bewundernde Anerkennung, die ihm bislang noch kein Besucher vorenthielt? Aus Lilis Mund wäre sie ihm fast ebenso wichtig wie von der Reichsschrifttumskammer. Sie wirkt noch immer auf ihn, er wäre imstand, sie noch heut in seinem Betrieb als Lektorin einzustellen.

»Ja, wenn ich ganz offen sein soll, mein lieber Karlschorsch«, antwortet Lili, die Feine mit der guten Kinderstube, »da muß ich, entschuldige schon, dreimal mit Nachdruck ›Scheiße‹ sagen.«

»Leise!!« fleht er mit besorgtem Blick zur Seitentür: »Leise!!« Aber schon hat sie es laut und dreimal gesagt. Sie weiß, es ist nicht manierlich. Aber es stimmt. Und ist anständiger als alles, was sie hier sieht. Zum Speien, daß diese rosigen feisten Wangen sich hundertmal an sie geschmiegt haben, daß sie auf diesen Laffen je Hoffnungen setzte.

Nein, bitten wird sie ihn nicht um die zweihundert Mark, die sie dringend braucht, sie wird keine guten Worte geben.

Sie kennt die Geschichte vom Tiger. Er hat sie ihr öfters zum besten gegeben. Aber er hat sie nicht fertig erzählt: Der verwegene Reiter auf dem Rücken der Bestie hat eine Keule, mit der schlägt er dem Tier auf den Kopf: »Du bist ein totalitäres Schwein, Karlschorsch. Jawohl, trotz deiner jüdischen Frau, laß mich ausreden, Junge! Du erinnerst dich noch, daß du mir die Ehe versprochen hast. Keine Angst, ich bin heut noch froh, daß es dazu nicht gekommen ist. Mein Bedarf war gedeckt, vielleicht dumm von mir, als mein Mann wärst du nicht unter die Nazis gegangen, du wärst jetzt im Ausland mit mir. Keine Angst, ich verrate nichts. Das ist ja auch noch das Geringste.« Donz zuckt, ist blaß geworden.

»Du bist ein Verräter«, kommt es aus Lilis strafendem Mund. »Verräter en gros. Du hast mich verraten. Du hast unsere Sache verraten, für die du Begeisterung simuliert hast: So« – sie hält ihm die Faust unter das fahle Gesicht, »hast du gegrüßt, du Lump!«

Sie geht zu dem eingelassenen Bücherregal. Darin steht, leicht eingestaubt, die Produktion der Firma seit ihrer Gründung durch Feodor Loewenthal. Eines der Bücher, das sie schon vorher gesichtet hat, greift sie heraus und liest dem bestürzten Verlagsherrn das Titelblatt vor: »Enkel Israels« und ein zweites: »Emile Zola«. »Was der Gebildete von der Relativitätstheorie wissen muß«, heißt ein drittes, ein Heft, von dessen Existenz sie nichts wußte. Er auch nicht.

Sie wartet nicht, bis er sich von dem Schreck erholt. »Das ist eure Verlagstradition, Junge, von der du nicht einen Schimmer hast außer dem des Geldes. Natürlich, wo liest du Bücher! Du stellst sie bloß her und dann läßt du sie stehen. Der Gründer deines Geschäfts, von dessen Idee und Tatkraft du zehrst, hat sich im Frühjahr erschossen. Und du verhunzt sein Erbe und machst aus dem anständigen Institut für Europäertum eine nordische Idiotie.« Karlgeorg steht totenblaß. Es zuckt unter seiner Glatze: Die Müllhofer, die Sekretärin, ist nebenan und beim Bund deutscher Mädchen. Wenn sie vernähme …! Wenn sie vernommen hätte …! Aus. Aus. Wenn die Müllhofer das gehört hat: jüdische Frau, Verräter, Enkel Israels, Zola, nordische Idiotie – jede Silbe ein Dolchstoß. Wenn Herta nur die Hälfte davon verstanden hat – ein Glück, daß die Verbindungstür gepolstert ist. Er zieht sein Taschentuch, trocknet den Schweiß.

Herta Müllhofer, ein strammes Kernstück mit einem noch unfertigen runden Gesicht, hat ziemlich alles vernommen. Sie hat es leichter als Jeschaz und Livschitz, die guten Alten; die Verbindungstür zum Studio Karlgeorgs enthält Kapok und keine Störungssender. Lili von Crailing aber hat einst bei der Bleibtreu in Wien sprechtechnischen Unterricht genossen, das verschafft Resonanz; da dringt jeder Laut tonrein durch Leder, Füllung, Holz und in das geweckte Ohr der Achtzehnjährigen. Es zittern Schreibblock und Bleistift in ihren Fingern und die blanken Knie über den halblangen Strümpfen unter dem kurzen Rock. Sie hört den Chef stottern: »Aberaber, Lili, Liebling, was wir zusammen ... wir haben uns doch immer gut ... Liebling, du kannst dich doch wirklich nicht ... Liebling, Süße, ich gebe ja zu, es war eine Dummheit, mit dir als Arierin stände ich anders da ... der Verlag frißt eh nur Geld, Unsummen verschlingt er ...«

Allmählich findet er sich: »Wenn du zufällig einen Käufer weißt, du bekommst Provision, hätte ich mir nur nichts eingefangen, ich meine, mit dem Verlag, wenn ich dich geheiratet hätte, wäre alles anders. Geh, sei doch wieder gut!«

Wie betrunken versucht er, den gefährlichen Mund mit einem Kuß zu schließen, es mißlingt. Nicht einmal zum Handkuß wird er mehr zugelassen.

Er ist ein zehnfaches Schwein, bebt das Mädchen nah beim Schlüsselloch. Mich hat er auch verraten, der Hund.

Sie fühlt eine Spur Bewunderung für die Frau, die so kalt bleiben kann und den Schweinehund abtut: »Laß den Blödsinn, ich wollte nur sagen: Es sind allerhand Quittungen für Gefangenenhilfe und Mitgliedsbücher bei mir geblieben. Ich habe sie natürlich nicht behalten, das war zu gefährlich, sie sind jetzt woanders ...«

Donz haucht entsetzt: »Ich habe gedacht, es ist alles verbrannt.«

»Das hast du mit dem Reichstag verwechselt. Es ist alles noch vorhanden.«

»Wo?« kommt es aus trockener Kehle.

»Sage ich nicht. Druck du deinen Dreck nur weiter, den liest eh kein Mensch. Papier ist geduldig. Ich auch. Aber sobald du dich etwa an unsere alten Freunde wagst, soweit noch welche da sind ...«

33

»Ich schwöre, Lili!«

»Dann, das schwör ich dir, Junge, dann werde ich zum Verleger und gebe deine gesammelten Quittungen und Büchel heraus. So. Weiter nichts. Ich muß gehen, ich verreise, ich habe nicht länger Zeit. Gib mir zweihundert Mark!«

»Hier, bitte!«

Lili stopft die Scheine, ohne hinzusehen, in die Manteltasche. »Adieu!«

Hinter der Tür eilt Herta Müllhofer mit dem Stenoblock zur Remington.

Lili wendet sich. Donz hält sie fest: »Warum bist du bloß immer so links, Lili, ich weiß wirklich nicht, was du noch willst; die Sache ist doch jetzt hier entschieden und ist genau das gleiche wie drüben in Rußland, bloß mit umgekehrtem Vorzeichen.«

»Und du bist«, antwortet Lili, »ein sehr anständiger Mensch, bloß mit umgekehrtem Vorzeichen, Karlschorsch.«

»Fräulein Müllhofer!« ruft Donz bei der Tür. Seine Stimme ist heiser.

Keine Antwort. Nicht da? Das wäre ein Glück, ein unbeschreibliches. Er öffnet vor Lili die Tür.

Nebenzimmer, Schreibzimmer, Vorzimmer sind leer.

Unbeschreibliches Glück! Oder – ihm stockt das Herz – sollte sie schon zum NS-Blockwart sein? Zum NS-Amtswalter? Zur Staatspolizei?

Die stramme Sekretärin hat es nicht mehr für nötig gefunden, ihren ›Betriebsführer‹ um einen Stadturlaub zu bitten. Sie kann jetzt auf seine Erlaubnis pfeifen. Sie pfeift auf Betriebsführer und Führerbetrieb, rennt pfeifend die Treppe hinunter. Sie braucht keinen Blockwart. Als sie oben die Flurtür gehen hört, stellt sie das Gepfeife ein und huscht zum Tor hinaus.

5

Der Geist des verteufelten Hölz

Erst als Lili sich gegenüber dem Café Rankeplatz befindet, wo sie mit Konrad Holler verabredet ist, kommt ihr zum Bewußtsein, daß sie verfolgt wird. Das Lokal ist für ein illegales Stelldichein unglücklich gewählt, geht ihr schon seit der Pariser

Straße durch den Sinn. Dieses Café hat eine ungute Vorbedeutung. Denn hier, mitten im feinen Westen, war wenige Jahre nach dem Weltkrieg der Hölz hochgegangen, der verwegene Anführer des Thüringer Aufstands. Hier hatten sie den Riesenkerl überwältigt, den dreisten Helden zahlloser Abenteuer und Handstreiche, den das Volk nicht vergessen kann. In den Vorortzügen nach Arbeitsschluß, in den Gruben an der Ruhr und der Wupper, in den Fabriken für Heeresbedarf, überall wo Zweifel oder Verzweiflung in hoffnungslose Ergebenheit umschlagen will, stehen sein Name und Andenken auf, und es pocht an die Schädel: Denkt an den Hölz! Laßt euch nicht dumm machen! Es gibt immer noch einen Ausweg, auch für uns. Dann sprechen die Kumpels von ihm und erinnern sich, wie er allen Nachstellungen entwischte: Der Saal war rings umstellt, aber plötzlich steht der Hölz auf dem Podium, spricht für die Dauer einer Schrecksekunde, springt dann rückwärts zum Fenster hinaus und ist weg. Da kann man einiges lernen, denkt Lili, während sie langsam die Kaiserallee entlanggeht. Ihr Rücken strafft sich.

Hatte nicht in den Zeitungen gestanden, der Hölz sei beim Baden in Rußland ertrunken? Was doch die Zeitungen lügen! Nein, das glaubt keiner hierzulande. Der Hölz, der lebt bis zum letzten Gefecht. Das Volk weiß es besser.

Hat er nicht eben noch deutlich vom Café Rankeplatz über den Damm gerufen: »Lili, paß auf: Spitzel hinter dir!«

Konrad Holler, der hinter der Scheibe im Café bei einem älteren Herrn sitzt und Lili erwartet, sieht plötzlich, wie die Herankommende sich umdreht und auf ein Mädchen mit braunem Affenjäckchen losschießt. Auch der ältere Herr hat es gesehen und grinst.

Wenn Lili zornig ist, fällt alle Schwäche von ihr ab. Dann kann sie auf so eine braune Stute losschnellen und sie anherrschen: »Fräulein, was wünschen Sie von mir, rasch!«

Und als das überrumpelte BDM-Mädchen nichts herausbringt als »Gnädige Frau« und »Entschuldigen Sie«, klatscht sie dem Geschöpf ihre Verachtung wie nasse Lappen um die hübschen hochroten Lauscher: »Jetzt werde ich ihn austreten, Ihren Herrn Chef, den schleimigen Rotzjungen, können Sie ihm bestellen, jetzt ist mir alles egal, Sie Spitzelkaktus! Drum also hat er so ängstlich nach Ihnen ausgeschaut!«

Lili will der BDM-Maid schon den Rücken kehren, da ruft wieder der Geist des Anführers Hölz: »Falsch!« ruft er. »Laß das Weibsbild nicht los. Die rennt zur Polizei und dann packen sie euch da drin wie mich! Die mußt du weich kriegen«, raunt der erfahrene Geist des verteufelten Hölz, und die Müllhofer bettelt: »Gnädige Frau, sagen Sie, bitte, Herrn Donz nichts davon, ich verliere sonst meine Stelle! Ich schwöre, es richtet sich nicht gegen Sie, Herr Donz hat keine Ahnung, daß ich Ihnen nachgelaufen bin, verzeihen Sie vielmals!«

Aber der Tigerin Lili springt eine nicht so leicht auf den Rücken wie dem Betriebsführer nach Büroschluß auf den Schoß.

Sie gehen die Kaiserallee zurück. Lili überlegt, was zu tun ist. Als Herta Müllhofer in die Pariser Straße einbiegen will, packt sie die Schnalle am Ärmel der Weste: »Sie bilden sich wohl ein, Fräulein, ich begleite Sie ins Geschäft? Nein!« Und wendet sich links zur stilleren Achenbachstraße, wo Hollers Reisefiliale hinter heruntergelassenen Rolläden träumt. In der Tür steckt ein von Konrads Hand geschriebener Zettel: »Heute geschlossen«.

Die Stenotypistin hat jeglichem Führeranspruch entsagt. Sie denkt nur an ihre Arbeitsstelle. Und daß sie die auch dann verliert, wenn Donz hineinschlittert. »Wo bringen Sie mich denn hin?« fragt sie bänglich.

»Nicht zur Polizei, wie das wohl Ihre Absicht war.«

Herta Müllhofer blickt verzweifelt empor, durch laublose Kastanienbäume, sucht nach Worten, Ausflüchten: Das habe sie nicht gewollt, und leicht habe sie es in dieser Stellung auch nicht; Herr Donz, da habe die Gnädige recht, sei wirklich ein Schwein, was der ihr nicht alles zumute, und sie habe doch neuerdings einen Freund, aber selbst darauf nehme der Donz keine Rücksicht.

Wenn der Geist des verteufelten Hölz nicht noch immer um Lili kreiste, vielleicht wäre sie nun mit dem jungen Ding in ein vertrauliches Gespräch gekommen. Lili ist von Natur arglos, noch immer. Aber der Hölzgeist warnt: »Nazi ist Nazi«, und Lili sagt sich: Ich muß sie kaltstellen. Mindestens bis ich jenseits der Grenze bin. Aber sie kann doch nicht endlos mit der Braunen flanieren; Holler wartet im Rankecafé. »Schön, daß Sie das einsehen«, sagt sie. »Sieh dich um!«, sagt der Hölz. Hinter sich hört sie Schritte und wirft einen knappen Blick

36

über die Schulter: Es ist Konrad. Er ist ihr nachgegangen, jetzt überholt er sie und kuckt fragend auf die NS-Weste der Begleiterin. Guter Konrad! Dein Anblick gibt den Engeln Stärke! schießen Repertoire-Verse durch den Kopf der Schauspielerin. Hölz und Holler stärken ihr den Rücken. Sie wird die Verwirrung der Sekretärin ausnützen, diese braunen Besen sind vom Bund her gewöhnt, vor hartem Befehl zusammenzuknicken. Und befehlen kann sie. Familientradition.

Also drängt sie Herta Müllhofer in eine Vorgartenecke beim Krankenhaus Achenbachstraße. »Sie können noch etwas ganz anderes erleben als bloß Hinauswurf, Fräulein. Zeigen Sie Ihre Handtasche!« Das sagt sie leise, zu allem entschlossen. Falls sich das Mädchen weigert, reißt sie ihr die Tasche weg.

Bis hart an den gußeisernen Staketenzaun ist Herta zurückgewichen und sieht, wie die gnädige Frau dem Handtäschchen den Freundschaftsausweis, das BDM-Büchlein, den Kraftdurchfreude-Ausweis, die Freudedurchschönheits-Karte und nach kurzer Überlegung auch den Stenoblock entnimmt. Das hat ihr der Hölzgeist eingegeben.

»In drei Tagen kriegen Sie die Papiere wieder, Fräulein Müllhofer«, sagt sie dann friedlich. »Ich habe nicht die Absicht, Sie zu verraten, das ist bei uns nicht üblich. Und jetzt sagen Sie, warum Sie mir nachgestiegen sind!«

Sie biegen in die fahle Nürnberger Straße ein. Im Eckhaus schräg gegenüber ist der Bender hochgegangen, dort rechts bei der Untergrundbahn Peter Laskowski, aus dem Gartenhaus Nummer zwölf haben sie Georg Schwelm und seine Frau geholt, die bekam dabei einen Blutsturz. Die Straße wimmelt von blutigen Gespenstern.

»Ich wollte Verschiedenes fragen«, sagt der braune Backfisch, »was mich halt interessiert. Ich habe noch nie eine Bolschewikin gesprochen. Mein Vater ist Hausmeister in einer Villa, und beim Reichstagsbrand war ich erst vierzehn. Sind gnädige Frau, verzeihen Sie vielmals, eine Nichtarische?«

»Nach euren primitiven Begriffen, Kind, bin ich hundert Prozent arisch«, zieht Lili sie auf, »fünfzig Prozent meiner Freunde waren es auch.«

»Sind also nicht alle Bolschewiken Juden«, sagt das Mitglied der Arbeitsfront und denkt: Hat Helmut doch recht. Helmut ist ihr neuer Freund. Sie hätte Lust, ihn mit der Frau bekannt zu machen. »Die Unsern besitzen eine enorme Dynamik im Schwindeln. Mit allem wollen sie einem Angst einjagen, sogar mit jüdischen Samentierchen. Das behagt mir gar nicht, gnädige Frau, das sage ich offen. Sie brauchen mich nicht auszulachen. Da gefällt mir verschiedenes nicht und meinem Freund Helmut auch nicht. Ah, das tut gut, mal so frei drüber reden zu können.«

Ihre Schultern dehnen sich unter dem Affenjäckchen. Ihr unfertiges Mädchengesicht wird vollkommen kindlich.

»Zu Ihnen habe ich Vertrauen, das hat mir imponiert, wie Sie dem Chef gleich dreimal mit Nachdruck – so was kann ich mir bei ihm nicht erlauben. Das hat mir mächtig imponiert, sonst hätten Sie mir auch nicht so leicht die Papiere wegnehmen können.« Und nach einer Pause: »Sie schicken sie mir doch bestimmt, nicht wahr? Ich weiß, Sie sind ein anständiger Mensch, so was merkt man, gnädige Frau. Sie haben mich jetzt in der Hand ... aber wie eine Mutter, kommt es mir vor. Bei Ihnen hat sich Karlgeorg bestimmt nicht das herausgenommen, was er sich bei mir so erlaubt. Vor Ihnen hat er ja mächtigen Bammel. Ich habe seine Angst durch die Doppeltür gespürt. Der soll mir jetzt noch einmal kommen: Jetzt komme ich ihm. Ich habe etwas von Ihnen gelernt, gnädige Frau.«

Es interessiert Lili psychologisch, wie dieser Karlgeorg Donz, den sie meist auf den Knien als Befehlsempfänger vor sich gesehen hat, sich seiner Angestellten gegenüber erotisch benimmt. Sie stellt eine behutsame Frage.

Herta Müllhofer antwortet unverblümt: »In der Bürozeit, wenn er mit mir allein ist, lacht man noch drüber. Aber nach Geschäftsschluß, jeden Dienstag und Freitag, gnädige Frau, verwandelt sich unser Verlag für Nordische Kultur in eine Art Puff. Drei bis vier Damen, bloß für Karlgeorg. Und mir zahlt er für so eine Überstunde eine Mark ohne Abzüge. Dafür kriegt er nicht einmal eine von der Ackerstraße. Und nach Schluß der Vorstellung, wenn er mit seiner Limousine die Frau Gemahlin für die Oper abholt, kann ich mich an die Maschine setzen und seinen saublöden Werbemist tippen. Nun sagen Sie selbst, gnädige Frau: muß man sich so etwas bieten lassen?«

»Nein«, sagt Lili. Dies komische Gespräch mit dem unfertigen Ding tut ihr gut. Da könnte noch etwas draus werden, fühlt sie, und es ist schön, bis zum letzten Moment seinen Mann zu stehen.

6
Magen, Kopf und Herz sind einer Meinung

Trotzdem würde das NS-Tippfräulein, meint Konrad skeptisch auf Lilis Bericht, beim nächsten Gemeinschaftsabend »Glaube durch Schönheit« sich stramm begeistern, ihren lichten Moment von vorhin vergessen oder in einen völkischen Sieg umlügen. NS bringt noch ganz anderes zuwege.

Sie gehen zur Untergrundbahn Wittenbergplatz. »Bloß keine Illusionen«, sagt er auf Lilis Widerspruch. »Wenn das so leicht wäre, gegen Zwang und Lüge zu kämpfen ... Aber«, erkennt er an, »was du in der kurzen Zeit sonst fertiggebracht hast, Lili, alle Hochachtung! Mit der Handtasche und den Ausweispapieren hast du eine Glanzleistung vollbracht, es hätte sonst verdammt brenzlig werden können. Und wie du aus diesem Verleger zweihundert Mark gezaubert hast, mit Grazie und Grobheit: darum kann jeder Verlagsautor dich nur beneiden. Der Donz hätte dir glatt zweitausend gegeben, du warst noch viel zu anständig.«

Die Stationstreppe hinuntersteigend, kost er Lilis Hand: »Darauf muß ein Schnaps getrunken werden. Wir sind zusammen eingeladen. Ich saß im Rankecafé bei Kai Nieman, es ist sein Stammcafé. Er war auch damals dort, als das mit Hölz passierte. Er ist immer da, wo etwas passiert. Er ist ein politischer Voyeur. Weiß der Teufel, wo er seine Informationen hernimmt. Ich vermute, er unterhält einen eigenen Geheimdienst, aus Sport sozusagen.« Ob er etwas von Liza weiß, geht Lili durch den Sinn.

»So einen Condottiere könnten wir wohl gelegentlich brauchen. Nieman ist übrigens nicht sein richtiger Name. Als ich ihn kennenlernte, im Krieg auf dem Warschauer Bahnhof, hieß er Vizefeldwebel Gaupp. Ein toller Bursche, bestimmt kein Spitzel«, setzt er hinzu. »Er ist, möchte ich sagen, ein konservativ Zersetzender, ein gelehrter Spekulant, ein feudaler Händler, der anständigste Filou, den ich kenne. Na, du wirst dir ja selbst dein Urteil bilden«, sagt er beim Einsteigen.

Lili nimmt sich vor, ihn nach Liza zu fragen. Der Zug rollt. Wieder rennen die Hoffnungen, Sorgen, Ängste von ihnen weg, vor ihnen her, rennen schneller als die Untergrundbahn, die sie nach Neuwestend bringt, wo der Nieman wohnt. Das treibt, stößt, jagt, hetzt, bohrt, drängt, reißt in ihnen wie in den Tagen, die der ersten Festnahme vorausgingen. Sie wittern ein Verhängnis, es kommt nur darauf an, wer behender ist und ob man ein wenig Glück hat.

Es hängt in der Luft schon seit drei Tagen. Es knistert so anders im Telefon ... seit drei Tagen hat die Post keinen Brief mehr gebracht ... ein Freund kam nicht zur Verabredung ... ist auch nicht zu Haus ... wenn man klingelt, macht niemand auf ... der Hausbesorger macht schnell, daß er wegkommt, und seine Frau kuckt so gerührt ... So geht man nicht in unserer Straße ... da sind Menschen, die passen nicht in ihren Rhythmus ... man muß das spüren ... man muß diese Zeichen beachten und deuten. Wenn man sie übersieht, häufen sie sich im Magen wie Säure, die steigt hinauf bis zum Hals. Wenn du dich jetzt nicht davonmachst, Konrad, kommt der Augenblick, da faßt du dir an den Hirnkasten und stöhnst: Idiot, der du warst, warum hast du den letzten Moment versäumt? Der letzte Moment ist im Anrollen, kündet der Magen. Willst du warten, bis die Maschine dich faßt und unter die Räder reißt?

Und Hollers Kopf, der noch gerade auf den Schultern sitzt, warnt seinen Träger: Was suchst du noch hier? Du hast dein Möglichstes getan, hast den Freunden, die aus Lagern oder Gefängnissen kamen, über die ersten schwierigen Tage hinweggeholfen. Schau zu, daß du nicht hineinkommst! Ich will dich nicht rühmen, sagt der Kopf, aber daß du durch den Kurier der ausländischen Botschaft die zweitausend Dollar Hilfsgelder draußen in Sicherheit gebracht hast, war brav. Auch an den schon vor Jahresfrist geplanten Einbruch der NS-Deutschen ins Memelgebiet erinnert der Kopf: Eine Woche vorher erfuhr Konrad durch Nieman Tag, Stunde und Weg des überraschenden Handstreichs, jedes Detail war fix und fertig, das Invasions-Kontingent schon in Bewegung.

Weißt du noch, fragt der Kopf, wie du die heimliche Kunde auf dem schnellsten Weg in die Welt und das Unternehmen zum Scheitern brachtest? Konrad weiß. Er hat sich gerührt, und die Welt hat sich gerührt. Man erlebte, was die Obermacher der Weltgeschichte nicht einsehen wollen: Das Okkupationstrüppchen zog den Bauch ein wie Herta Müllhofer am Staketenzaun beim Achenbachkrankenhaus, und der freche

Nazi-Vorstoß war nun eine Truppenverschiebung gewesen. Die braune Gefahr weicht vor dem unwiderruflich entschlossenen Gegner zurück.

Gut, Konrad, da kann dir zwischen Magen und Kopf schon das Herz aufgehen und an die Rippen klopfen: Gutgut, klopft es, du hast dir einige frische Atemzüge jenseits der Grenze verdient, sei froh! Sonntag wirst du die Frau in Sicherheit haben. Hilf ihr hinaus, das sei deine letzte Tat hier, und hau ab!

Hau ab, hauabhauabhauabhauabhauabhauab, rufen die Räder der Untergrundbahn.

Da Magen, Kopf und Herz einer Meinung sind, blickt Konrad auf seine Gefährtin. Die schweigt. Ihre Lippen sind fest aufeinandergepreßt. Sie verbeißen Schmerzen der Niere, im Kreuz, im Kopf, im Unterleib. Der Rücken ist wieder zusammengesunken. Aus den dichten schwarzen Locken schimmert es weiß.

Da fühlt sie den Blick, der sie von der Seite trifft, und er richtet sie auf. Sie lächelt in Schmerzen. Sie faßt ihre Hand. Auch ihr Herz pocht. Sie zieht ihre schadhaften Handschuhe aus, dann streichelt sie Konrads Hand. So einer hilft man gern, denkt Konrads Herz. Dazu braucht man nicht einmal links zu sein, findet er, und auch nicht selbst in Gefahr. So einer würde selbst ein alter Stahlhelmer helfen, aus Ritterlichkeit, als Mann dem Weib.

Ob sie sich in Wien wohl manchmal sehen werden? Es ist gut, draußen einen Kameraden zu haben, die Bessern sind rar geworden. Aber vielleicht hat Mutter Jeschaz recht, und Lili heiratet einen aus ihren Kreisen, aus denen sie heraussprang, vor siebzehn Jahren bereits, und wird zur gediegenen Hausfrau. Und sie sehen sich nicht wieder und gehen wieder aneinander vorbei. Kann sein. Das Leben ist kein Roman, in dem sich die Fäden kunstvoll verknüpfen, immer die gleichen Personen sich wieder begegnen und Schicksale sich unlöslich verflechten.

Was ist denn in dieser Zeit noch unlöslich? Staaten werden zertrümmert, um wieviel leichter das, was man Freundschaft, Ehe, Liebe nennt. Mit unwiderstehlicher Zentrifugalkraft werden die Menschen aus ihrem Halt und Zusammenhang herausgerissen und ins Unbekannte geschleudert. Was hilft es, sich bei den Händen zu fassen, Leib an Leib zu drängen, ewige

41

Treue zu schwören, Ringe zu tauschen in dieser Zeit! Und bände man sich mit ehernen Ketten zusammen, Not, Gewalt zerreißen sie, und die sich lieben, sind weit auseinander.

Wo seid ihr, Mutter Jeschaz, Liza, Memo, Elma, Arthur, Bertha Livschitz, Grete, Klaus, Kasper, Berthel, Musch, Bender, Schwelm, Peter, Otto, Erich? Die Verlustliste der Freundschaft, Kameradschaft, Liebe wird immer größer, wächst von Stunde zu Stunde wie jene, welche der rote Schwarzsender nachts aus Spanien meldet. Die edelsten Namen stehen darauf, die Titel der besten Bücher, geliebte Werke, mit denen man einschlief und die man vor Haus- und Heimsuchung in die Erde eingraben oder vernichten mußte. Alle deine Jahre stehen auf der Liste: Familien, Heimat, Wirken und Glück.

Bald wird wohl auch Kai Niemans Dasein und Freundschaft in dieser endlosen Reihe stehen. Wie elend er aussieht, der alte Chevalier! Sein Beduinengesicht, sonst bronzen hart, ist porös wie getrockneter Lehm, seine Späheraugen verquollen. Mühsam kommt er den beiden entgegen, bietet mit krampfhaftem Lächeln Platz in behaglichen Sesseln. Dann entschuldigt er sich: »Bitte, nur einen Moment!« Vor einer Dame kann er sich in dieser Form nicht zeigen. Vor einer Frau darf er nicht krank sein, nicht alt scheinen. Er muß obenauf sein, glänzen. Im Schlafzimmer gibt er sich eine Spritze.

7

Von einer sogenannten Wanze

Wie Trompetensignale auf ein altes Soldatenpferd wirkt Lilis Gegenwart auf Kai Nieman. So sehr die Gejagte heruntergewirtschaftet ist, von außen und innen verwundet, schadhaft von der Zeit wie ein altes Meisterbild, diese Lili von Crailing, das hat Kai Nieman schon durch die Scheibe im Rankecafé erkannt, ist so ein Meisterwerk, das aus der Tiefe leuchtet. Die Einladung, an Holler gerichtet, zielte auf Lili. Kai beneidet den Kriegskameraden um dieses Weib. Vor einem Jahr, vor seiner neunstündigen Operation, hätte er schon auf der Kaiserallee versucht, sie ihm auszuspannen. Jetzt? Was nutzt, denkt er zynisch, ein erobertes Land, wenn man es nicht besetzen kann?

Er kennt die Festers von Crailing. Wen kennt er nicht! Holler im Rankecafé brauchte nur den Namen zu nennen, da war er im Bild. Sein Gedächtnis bewahrt den Adelskalender von Gotha und viele Jahrgänge von Ranglisten der Armee. Lilis Vater ist ihm sogar flüchtig in Erinnerung, von der österreichisch-deutschen Flucht 1919 her: k. u. k. Oberst, gleichfalls heruntergewirtschaftet, deklassiert wie das ganze k. u. k. Offizierkorps, leeres Schema, nicht mehr.

Aber diese hochbeinige Tochter mit dem klugen Profil der Leidenschaft paßt in kein Schema. Die ist aus einer verschollenen Rasse: eine kämpfende Skythin – wie sie auf die Braune losschoß!

Der Gehandicapte im Klubsessel schätzt diese Freiheitskämpfer, die aus alten Adelsgeschlechtern hervorschnellten. Sie nur haben den wilden Trotz der unbeugsamen Frondeure und Expropriateure geerbt, die einst gegen Könige und Pfeffersäcke ritten, rastlose Vorfahren, die selber Nachfahren waren jener Nomadenscharen, die in kommunistischen Gentilverbänden mit revolutionärem Ansturm die Latifundien-Wirtschaft des römischen Imperiums liquidierten. Weiber wie diese Crailing waren da mit vorne an, kämpften, siegten, fielen.

»Ihr habt die Völkerwanderung gestartet, Baronesse, das ist euer Erbe, das ihr in die Zukunft tragt. Zugegeben, es ist nicht mehr viel davon da. Ihr verehrter Herr Papa zum Beispiel hat nichts von der Erbschaft abbekommen. Diese Sorte wiehert nur nach der Krippe – pardon, meine Gnädigste –, aber zum Beispiel Arnold von Golssenau, euer Winkelried und Xenophon, Sie und noch einige, die ich nur unter vier Augen nenne, ihr seid die Erben, die Echten. Ihr könntet von eurem Skythensinn vielen eurer Genossen einiges abgeben, denn die beraten erst hundertmal – Politik ist Tat. Der rechte Moment währt immer nur einen Moment und ist weg, wenn man ihn nicht genützt hat.«

Er läßt Cognac in die Gläser rinnen, in den Hals. Gaumig breitet sich seine Stimme aus. »Da hat das französische Proletariat endlich wieder einmal eine neue geniale Waffe entdeckt: Sitzstreik, Fabrikbesetzung. Fabelhaft. Haben Sie eine Ahnung, wie das den Unternehmern in die Knochen fährt! Mit dem altväterlichen Streik sind sie fertiggeworden; der bestätigte ja ihren Privatbesitz. ›Raus aus den Betrieben‹, schrien die Arbeiter und verließen ein Haus, das ihnen nicht gehörte. Jetzt aber heißt es: J'y suis, j'y reste. Das klingt schon anders: Je suis ici chez moi. Das schafft vollendete Tatsachen. Das heißt: Mauern, Maschinen, Produktion gehören uns. Eine neue Waffe entscheidet den Krieg, das war seit Urzeiten so, mein Kind. Haben es ja selbst an den Tanks erlebt, an den Flugzeugen in Abessinien und erlebten es jetzt anscheinend wieder mit den fliegenden Festungen gegen Valencia. Aber gegen jede Waffen, liebe Freunde, gibt es Gegenwaffen, daher darf man mit seinem neuen Geschütz dem Feind keine Zeit zur Überlegung lassen. Ich bin kein Freund des Proletariats, ich bin nur ein Freund aparter Frauen.«

Ein Werben kommt in den genießerischen Ton seiner breiten Stimme, ein Begehren in seinen flackernden Blick. Er verneigt sich, zieht seine politisierten Sätze auf wie ein Segel, die sich im Wind seiner Erregtheit blähen: »Warum haben diese genialen Erfinder des Sitzstreiks ihn nicht sogleich mit dem General-streik kombiniert und als General-Sitzstreik – schlagartig, sagen die Nazis – durchgeführt? Das war eure große Möglichkeit. Schon ist sie verzettelt. Jetzt habt ihr euren Feind gewarnt, jetzt kommt er wieder zu Atem und zum Zug. Gegenmaßnahmen gegen Sitzstreik sind kein unlösbares Problem, man wird schon darauf kommen, und ihr habt wieder einmal den rechten Moment verpaßt. Ihr redet immer von Avantgarde – wo habt ihr denn euer rotes Hundert? Hundert, zum Tod entschlossene Kerls braucht auch eine Millionenpartei. Als dieser Diktator mit dem Pinsel im Wappen frisch in die Reichskanzlei einge-zogen war, verehrteste Baronesse: Wenn Sie mir da hundert entschlossene Dynamiteure gebracht hätten! Mir wäre es ein Vergnügen gewesen und ich hätte die braune Blase aus der Wil-helmstraße und Deutschland herausgeschält wie der Professor die Gallensteine aus meinem Korpus. Wißt ihr, daß Heiligabend achtzehn Berlin ohne Polizei war? Der Präsident hat es mir spä-ter selber erzählt. Ihr hättet nur zugreifen brauchen und Berlin und das Reich und die Macht und die ganze Herrlichkeit in der Hand gehabt. Aber ihr mußtet ja Christbäumchen anzünden, ihr Berliner Bolschephilister! Prost, trinken Sie!« Das schwarz-goldene Zimmer schwimmt im blauen Dunst der Brasil-Zigar-ren. Nieman raucht und redet ununterbrochen.

Holler lächelt resigniert. Er kennt den gewaltsamen Planer, weiß, daß einst hinter den Worten eine Kraft stand, die von keiner Seite genutzt wurde, und sie war zu stolz, wohl auch zu bequem, sich aufzudrängen. So einen, denkt er, hätten wir brauchen können, und trinkt Lili zu.

»Ihr habt eine Marneschlacht nach der anderen verloren und es nicht einmal bemerkt. Ich weiß aber doch«, fährt Nieman sarkastisch fort, »wie nach jenem glücklich verpaßten Heiligen Abend die Herren aus Ostelbien, die sonst nur zur Grünen Woche herkommen, und die aus Westelbien sich nun zusammensetzten und einen Herrenklub gründeten und eine neue antibolschewistische Liga. Gar nicht so dumm von den Herren! Sie besaßen nämlich gewisse Kenntnisse, die Herren. Zum Beispiel wußten sie, wie man Holz spaltet, und daß man nur mit gespaltenem Holz ein Feuer erzielt, auf dem man eine Suppe wärmen kann. Und nun fragten sie sich: Wer soll uns das verdammt widerspenstige Holz, aus dem unsere Arbeiterschaft besteht, gehörig zerkleinern?

Sie selbst konnten es nicht, sie hätten sich bloß in die Finger gehauen. Aber sie waren bereit, Äxte, Beile, Sägen zu stellen und ein anständiges Erfolgshonorar zu zahlen. Da war ein gewisser Noske, ich weiß nicht, ob Sie sich noch an den erinnern, mein Kind, der hieb recht fest in die Knubben, daß der rote Saft nur so spritzte. Bluthund nannten die Arbeiter ihn, den sie selbst gewählt hatten. Der spaltete nun und hieb und schwitzte, bekam sein Geld dafür, aber kaum hatte er die Axt aus dem Hartholz heraus, da klappte der proletarische Stamm schon wieder zusammen. Man sah nur noch die Hiebnarben. Ja, und besser als mit dem Bluthund ging es mit dem zahmeren Ebert, Scheidemann, David, Braun, Severing auch nicht. Die Zahlmeister waren sehr ungehalten. Erinnern Sie sich noch, Holler, wie ich Sie damals in der Kanzlei eures Theaters besuchte, das ein Jahr nach der Novemberrevolution immer noch Hoftheater hieß? Ist ja bald zwanzig Jahre her, jetzt kann ich Ihnen gestehen, was für einen Bären ich Ihnen damals aufgebunden habe.«

Ein heftiges Lachen räuspert aus dem alten Blageur. »Erinnern Sie sich an die hochherzige Stiftung einer theaterbegeisterten Dame – in Höhe von hunderttausend Mark, die ich Ihnen damals verschafft habe?«

Konrad erinnert sich genau. Es war wohl das einzige Mal, daß ihm solche Summen zur Verfügung standen, und es war nur die eine Bedingung daran geknüpft, daß der herrliche Heldenspieler Alessandro bei diesen Festspielen den Tasso, den Faust, den Arzt am Scheideweg und sonst noch einige Rollen spiele. »Ich bin Ihnen heute noch dankbar dafür, lieber Herr Nieman.«

Nieman grinst heiter: »Naiv seid ihr, naiv! Wissen Sie, wer diese namenlose Alessandro-Verehrerin war? Das war unsere neugegründete antibolschewistische Liga. Die interessierte sich zwar nicht im mindesten dafür, ob der Regisseur Holler gute oder schlechte Inszenierungen machte und wer darin spielte: Der Dame Liga kam es allein darauf an, den besessenen Kommunarden Alessandro von den Berliner Straßen wegzubringen, wo er mit einer unwiderstehlichen Beredsamkeit die Arbeiterschaft für Spartacus entflammte. Dame Liga fürchtete Spartacus und liebte infolgedessen Tasso und Faust. Spartacus«, wendet sich Nieman entschuldigend an Lili, »hieß der verzweifelte Aufstand deutscher Sklaven, die ihre frisch geschmiedeten Ketten zerbrechen wollten. Wären die Herren nicht so schlau und die Sklaven etwas klüger gewesen, sie hätten alle Ketten gesprengt. Aber die Klubherren waren halt sehr gerissen. Davon wissen Sie natürlich nichts, Baronesse. Spartacus war vor Ihrer Zeit.«

»Ich war dabei«, kommt Lili leise zu Wort. »Ich bin nicht so jung, wie sie liebenswürdigerweise annehmen, Herr Nieman.« Sie zeigt auf ihr Haar. Weiß leuchtet eine Strähne. »Das ist Patina«, sagte Nieman galant. »Ondulierte Gänschen waren nie mein Fall. Ich liebe Frauen, zu denen man wie zu Männern reden kann. Ihre Augen, Kind«, sagt er schwärmerisch, »erinnern mich an die Augen der Rosa Luxemburg, das war die größte Frau, die ich je kennenlernte. Ich hätte sie lieben können, obwohl sie klein und häßlich war, nur dieser Augen wegen. Diese mutige Trauer! Dieses fühlende Feuer! Dieses Wissen vom Anfang und Ende!«

Er reißt sich wieder empor, renommiert: »Ich habe in meinem Leben so ziemlich alles kennengelernt, was in diesen Jahrzehnten groß und berühmt hieß. Das meiste davon war leider nur aufgeplustert, wie diese Naziführer, Primadonnen, die von unsern schwerindustriellen Produzenten gemanagt wurden. Ich weiß noch den Tag, da man sich im Herrenklub den Kopf zerbrach, wie man die Arbeiter ein für allemal klein hacken könnte. Man war ziemlich ratlos, kann ich Ihnen verraten. Der Vorschlag, Geld in den Vielredner aus Braunau zu stecken, der in Münchener Brauhäusern, im Bratwurstglöckl und der Osteria Bavaria das Maul aufriß, fand wenig Beifall. Aber schließlich, die Auswahl war minimal. Man griff nach jedem Strohhalm, und so stimmten die alten Herren aus Wuppertal, Essen, Düsseldorf, Bochum, die heute tot sind, schließlich für den Gefreiten und Spitzel a. D. Hitler. Sie sagten sich: So einen hat man in der Hand. Ja. Und da haben sie halt eine Kleinigkeit in ihn hineingesteckt, so fürs erste. Es war eine Art Umlage, die sie veranstalteten. Der Betrag spielte keine Rolle bei ihrem Etat. Hat sich aber rentiert. Wird sich auch noch eine geraume Weile rentieren. Sie entschuldigen mich einen Augenblick.«

Er verschwindet im Schlafzimmer. Wieder tritt seine Spritze in Funktion.

Das muß ihr Eindruck gemacht haben, der Frau, denkt er, während er den Saugheber emporzieht. So etwas hört sie nicht alle Tage.

»Man müßte es niederschreiben«, bemerkt Lili halblaut zu Konrad. »Frage ihn nach seiner antibolschewistischen Liga!« rät dieser. »Dir sagt er eher etwas als mir.«

Als Nieman zurückkehrt, aufgepulvert, stellt Lili die Frage. Nieman ist in gesteigerter Geber- und Rednerlaune. Ein Gefühl unendlichen Wohlbehagens, wie er es trotz Spritzen lang nicht erlebt hat, ist mit einem Mal in ihm.

Gleich nach der ersten russischen Revolution hätten die kapitalistischen Staaten, besonders die Unternehmer-Verbände der russischen Emigranten in Zürich, Lausanne, Genf, ebenso auch bei den Unterirdischen in Moskau und Sankt Petersburg ihre Fühler ausgestreckt und Verbindungen hergestellt. Denn diese russische Revolution war schon ein rechter Schreckschuß. Speziell in Deutschland habe man damals den Widerhall deutlich vernommen.

»Stellen Sie sich diese damaligen bolsche- und menschewistischen Emigranten, bitte, nicht zu heroisch vor, Baronesse. Es waren natürlich allerhand zweifelhafte Kreaturen darunter, versteht sich, Lumpen, Spekulanten, die mit der Politik ihr Geschäft machten wie andere mit Baumwolle oder alten Kleidern.« Oder er mit Wolle, Eisenerz, Gold, denkt Holler.

»Wer zu einem dieser Sorte kam, Baronesse, war sein Kunde, wurde bedient und geneppt, je nachdem. Hauptsache war für die Mehrzahl, irgendwie Anschluß zu finden, sich zu retten, auf das richtige Pferd zu setzen.« Oder auf den richtigen Tiger, denkt Lili an Donz und vergegenwärtigt sich die Karrieren einiger russischer Donze: Konnten sehr gut bis in die höchsten Positionen gelangen, zumal wenn sie intelligenter waren als Karlgeorg, und das waren sie. Darum dauerte ihr Tigerritt so lang.

»Als wir damals in Bukarest Abschied genommen hatten«, wendet Nieman sich an Holler, »und ich zum Leutnant befördert war – schade, mein lieber Freund, daß ich Sie nicht mitnehmen konnte, tut mir heute noch leid, ich hätte Sie in Damaskus gebraucht –, hat man mich zunächst als eine Art Verbindungsoffizier an die Hohe Pforte abkommandiert. Ich kann Ihnen sagen, Baronesse, ich lebte wie ein Fürst, es war für mich die schönste Zeit des Weltkriegs. Besaß eine reitende kleine Geliebte, eine verarmte Emirstochter vom Libanon, ein seltenes Geschöpf, unvergeßlich. Beim Rückzug haben die Araber sie in der scheußlichsten Weise massakriert. Ich konnte leider nichts dagegen tun. Ich mußte mich mit Gurkhas und Sykhs herumschlagen. Und bald hatte ich meine neue Aufgabe: Bei den Mittelmächten war der Plan entstanden, die Ukraine zu revolutionieren. Das ist so ein Lieblingsplan unserer Alldeutschen, spukt auch jetzt wieder in ihren Köpfen, nur mit umgekehrtem Vorzeichen. Damals erörterte man eine Erhebung nach sozialistischer Methode. Es ging ja gegen das Zarenreich, da war das natürlich das Gegebene. Ich hatte in Konstantinopel von einem russischen Emigranten namens Helphant gehört. Ein raffinierter Bursche war das, hochbegabt, ganz das, was ich suchte. Für zweihundert Goldstücke arbeitete er mir ein – ich muß sagen – vorzügliches Exposé aus. Darin war unter anderm auf einen mir bis dahin völlig unbekannten Wladimir Iljitsch hingewiesen, der unter dem Namen Lenin als Refugié in der ältesten Zürcher Altstadt lebte. Wenn überhaupt jemand im Stande sei zu revolutionieren, dann sei es dieser.«

Lenin ...? Lili und Konrad sitzen vorgebeugt vor dem, im Sessel behaglich zurückgelehnten, rauchumwölkten Erzähler.

»Um nun das Angenehme mit dem Nützlichen zu verbinden«, fährt Nieman fort, »handelte ich unweit Konstantinopel einen Waggon türkischer Nüsse ein und brachte ihn nach der Schweiz, wo ich ihn mit Gewinn an eine der großen Schokoladefabriken verkaufte. Bevor ich jedoch den unbekannten Lenin in seinem pauvern Zimmer mit Kammer im Spiegelgäßchen in Zürich besuchte, zog ich bei einem bekannten Führer der Schweizer Arbeiterschaft Erkundigungen über ihn ein. Wissen Sie, Baronesse, was ich für eine Auskunft bekam? – ›Lenin?‹ antwortete dieser ehrwürdige Rauschebart. ›Was wollen Sie denn mit dem? Das ist doch eine Wanze.‹ So kann der Mensch sich irren. Ihr Wohl, Baronesse!«

8
Der plombierte Waggon

Man erinnert sich an jenen plombierten Waggon, den die Mittelmächte, um das Ende ihres Weltkriegs zu beschleunigen, aus der Schweiz quer durch Deutschland in das Zarenreich beförderten. Sein Inhalt bestand nicht in jenen Nüssen, die der rührige Nieman in Konstantinopel erstanden hatte, auch nicht aus der daraus fabrizierten Nußschokolade, sondern aus sogenannten Bolschewisten, deren Ziel, Rußland zu revolutionieren, der deutschen Heeresleitung so ausnehmend sympathisch war.

Wessen Kopf die fantastische Idee mit dem plombierten Waggon entsprungen war – den Helphants, Lenins oder Niemans –, ist nie festgestellt worden. Daher widersprechen, als Nieman sich selbst als geistigen Urheber des plombierten Waggoneinfalls vorstellte, weder Konrad noch Lili. Zuzutrauen war sie ihm. Er hatte sie bis in die letzten Konsequenzen, vor denen er nie zurückschreckte, durchdacht: »Wir haben natürlich auch die Richtigen hineinplombiert. Wir hatten auch unsere ›alte Garde‹, mit Zeitzündern im Zwerchfell. Daß freilich dieser Towarischtsch Wladimir Iljitsch keine Wanze, sondern ein Weltgenie war, daß er unsern Waggon als Taste in die Klaviatur einfügte, auf der er seine Internationale spielte, nach seinem eigenen Rhythmus, nicht nach diplomatischen Noten – das haben wir leider ebenso wenig geahnt wie der alte Isegrimm, der ihn für eine Wanze erklärte«, lacht Nieman und pafft dicke Brasilwolken vor sich hin. »Da holt man sich irgendeinen Bolschewiken von der Straße oder aus dem schäbigsten Chambregarni, denkt: was kann der schon wollen, mit dem spielen wir Fangball – und auf einmal stellt sich heraus: Der Bursche mit zerknautschtem Kragen und lottrigen Hosen ist eine Großmacht. Sehen Sie, verehrteste Baronesse, dieser Wladimir war der erste, der genau im richtigen Moment eingriff. Darum hat er es auch geschafft.«

»Und Ihre antibolschewistische Liga?« dirigiert Lili das Niemansche Solo. »Was hat die nun geschafft? Wenig oder noch weniger?« provoziert sie lächelnd.

»Wie können Sie so etwas behaupten«, wehrt sich der Gekränkte. »Ich sage Ihnen ja: wenn man nur Zeit hat, wenn man nicht im ersten Ansturm von der neuen Waffe niedergemetzelt wird, findet sich allemal eine Abwehr. Auch gegen die brisante Ladung des Bolschewismus haben sich Mittel und Wege gefunden, keine Angst, meine Herrschaften! Das mit Koltschak, Denikin und den andern weißen Generälen war nur provisorisch, um Zeit zum Nachdenken zu gewinnen und für weitere Vorbereitungen. Man griff auf meinen plombierten Waggon zurück, der im Grund nichts anderes war als ein modern aufgezäumtes trojanisches Pferd. Der Waggon mit der übermenschlichen Wanze blieb nicht der letzte. Statt ins Zaren-, rollten seine Nachfolger ins Sowjet-Reich, in die Komintern, in die Tscheka, die GPU, in die Industrie und die Fünfjahrespläne. Sie waren nicht mehr plombiert, aber Wanzen, Ungeziefer, Reptilien – was Sie nur wollen, war alles darin vorhanden. Nur denken Sie bloß nicht«, strömt der Liga-Mitgründer weiter, »wir hätten den Sowjetrussen so einen kleinen Plebejer aus Russisch-Braunau oder Mitarbeiter vom Miesbacher Anzeiger hinübergeschickt! Wissen Sie, Fräulein von Crailing, welches das beste Mittel ist, um Revolutionen wirksam zu bekämpfen? Eine Persönlichkeit braucht man da, einen Mann, der die revolutionäre Taktik und Theorie im kleinen Finger und die Massen in seiner Hand hat. Man braucht den verdientesten Kämpfer, den glänzendsten Stilisten, Strategen und Diplomaten, einen von Ehrgeiz gerüttelten, von Fanatismus zerwühlten Cäsar, der nirgends der Zweite sein will, immer der Erste, der immer recht behalten muß und immer Unrecht bekommt, man braucht einen großen Refusierten, man braucht einen Trotzki.«

Die schwarze Brasil ist unter der Rede ausgegangen. Der Raucher wirft den Rest in eine Malachitschale. Während er eine frische abschneidet und von Konrad Feuer entgegennimmt, bemerkt er noch: »Lassen Sie sich nicht durch das kindische Geschwätz irritieren. Herr Trotzki, den ich persönlich nicht ausstehen kann, sei unser Agent oder Spitzel gewesen. So primitiv, wie sich das der kleine Moritz vorstellt, liegt der Fall nicht. Auch Herr Leo Trotzki ist eine Großmacht, wenigstens habe ich immer darauf geschaut, daß man ihn so behandelt. Man verhandelt mit ihm auf gleichem Fuß, man respektiert seine Souveränität und läßt ihm den Glauben, daß er uns bloß als Mittel für seine höheren Zwecke benutzt, daß wir so dumm sind und ihm seinen plombierten Waggon finanzieren. Man läßt ihm die Überzeugung, daß er ausschließlich die Politik seiner Vierten Internationale treibt. Und dabei treibt er die unsre. Tausende treiben unsre Politik. Manche merken es spät, daß wir ein Uhrwerk in ihre Schädel gesetzt haben und die zugehörige Höllenmaschine in ihr Zwerchfell.

Ich kriege mitunter Besuch von so einem präparierten Maschinenmenschen. Dann plaudern wir angeregt, reizende Leute sind das, sehr kultiviert, wir trinken Tee mit Rum und regulieren in aller Gemütlichkeit den Zeitzünder. Dann kann die Höllenmaschine noch jahrelang ticken. Wir rechnen mit sehr langen Fristen, das habe ich im Vatikan gelernt. Es sind ziemliche Mengen von Zeitzündern unterwegs, nicht nur in Rußland, aber dort wohl die prominentesten. Das einzige, was mich dabei ärgert« – er spürt wieder Schmerzen, verzerrt das Gesicht –, »abgesehen von diesen … verdammten Tumoren, ist der Umstand, daß unsere ganze subtile Organisation jetzt den Nazis zustatten kommt. Die verpatzen ja alles, oder meinen Sie, das sei Zufall, daß jetzt auf einmal drüben so viele von unsern besten Jahrgängen auffliegen? Diese NS-Idioten nehmen mit ihren Spitzelarmeen unsern Spitzenleistungen die Pointe. Wozu die ganze Wirtschaft, ich glaube beinah, liebes Kind, am Ende haben Sie recht: ›wenig oder noch weniger‹ …«

Er stiert zur Decke. Wie ein Schlammtier liegt er im Sessel, ein Anfall hat ihn gepackt. Lili will helfen, aber er winkt ab.

»Waren Sie in Sowjetland, Gnädigste?« springen seine Gedanken in logischem Zickzack. »Nicht? Warum nicht?« setzt er ihr zu. »Sehen Sie, das war auch eine neue enorm wirksame

Waffe: diese Masseneinladungen ins proletarische Reich. Das habt ihr gar nicht geahnt, wie peinlich das der Konkurrenz war. Euer Fehler war nur, daß die Waffe wieder einmal nicht im rechten Moment eingesetzt wurde: viel zu früh. Daß ihr doch nie den rechten Zeitpunkt erwischt! Sobald die Zustände drüben wirklich etwas paradiesischer werden: dann raus mit den Einladungen en masse und herein mit der unwissenden Masse, und wenn dann auch Spitzel drunter sind, macht nichts. Keine Propaganda ist so unwiderstehlich wie der Anblick allgemeinen Wohlstands, allgemeinen Aufschwungs. Das hat man sogar schon gemerkt, als damals die ersten Reihen von Eingeladenen aus dem Reich des unvollendeten Sozialismus zurückkamen.«

»Ja«, sagt Lili schwermütig, »die waren wie umgewandelt. Das waren mit einmal richtige Menschenbrüder, nicht Interessenten und Masken. Aber es hat nicht lang vorgehalten. O diese Menschen ...!«

Nieman hat wieder sein beißendes Lächeln. »O diese Menschen! dürfen Sie gar nicht sagen, liebste Baronesse. Sagen Sie vielmehr: ›Das ökonomische Sein bestimmt das Bewußtsein‹. Das hat der alte Jude Karl Marx herausgefunden. Schreiben Sie es sich mit Ihrem Lippenstift auf das Spieglein in Ihrer Handtasche, damit Sie den Satz nie aus den Augen verlieren. Er macht uns die Menschen ganz ohne oh und weh sehr klar. Und sehen Sie: Wenn die faschistischen Saboteure und Spitzel auf jene Einladungen hin nicht in noch größeren Heuschreckenschwärmen hinübergeflogen wären als vorher – ihr zwei könntet noch heute abend oder morgen früh via Warschau nach Moskau reisen. Das haben die NS-Heuschrecken immerhin erreicht: daß Fräulein von Crailing und Herr Holler nicht nach Moskau können.«

Lili fragt mehr sich als die andern: »Und was ist das Ergebnis ... wie ist das Ende ... was können wir tun ... wo sollen wir bleiben ...?«

»Gnädigste«, antwortet Nieman nach einer Weile, »Baronesse, die Weltgeschichte ist keine Wurst, sie hat weder Anfang noch Ende, sie wurstelt immer weiter und wird nie alle. Aber da Sie mich hier auf Ehre und Gewissen fragen, was Sie tun sollen, so kann ich Ihnen nur eines sagen, mein liebes Kind: Bleiben Sie bei der Stange!«

Das ist ihr Abschied

Der Cognac ist alt, sein Jahrgang reicht so weit in die Zeit
zurück wie Niemans Gedächtnis und schenkt doch Vergessen,
er ist dunkelblond und klar und hat, neckt Nieman Lili, drei
Sowjetsterne. Trotzdem: Das beklemmende Gefühl, das dieses
Land in den Mägen hervorbringt, drückt wieder Konrads
Magenwände. Man braucht es nicht Ahnung zu nennen, das
Dritte Reich bietet stündlich Anlaß zu schlimmen Befürch-
tungen, da wird der Magen schon recht haben.

Konrad bittet um die Erlaubnis, schnell einmal telefonieren
zu gehen. »Ich bin gleich wieder zurück.«

Kai Nieman lächelt euphorisch. Zwei Gläser Hennessy tragen ihn aus Kranksein und Politik in bizarre Erotik. Aber Lili
interessiert es nicht sehr, daß er in Nordafrika Krüppelbordelle
besucht hat und in Limmerik den perversen Markt der Zopf-
abschneider. Schnaufend und qualmend erzählt ihr der Schwa-
droneur, wie eine Portugiesin, ein sehr junges Ding, um Kai zu
gefallen, des Nachts auf seinem Zimmer in gestohlenen Kleidern und Handschuhen erschien, und wie er in Rom mit einer
einsamen nordischen Königin im Hotel Umarmungen und Pyjama tauschte. Lili hört an allem vorbei, denn sie denkt an Liza.
In einer Atempause nennt sie den Namen Jeschaz und fragt.
Der Erfahrene wittert: Das ist ein Grund ihres Hierseins und
spielt den Wissenden: »Sieh einmal an: Die kennen Sie auch?«

Er ist allein mit dem Weib und näher dem Ziel. Sind es auch
nur Minuten, schon dies Alleinsein macht rege. Die hohen
Beine, das wilde und milde Gesicht, die schmalen nächtlichen
Hände. Wenn er nur aufstehen könnte, sie fassen. Er kann
nicht mehr. Seine Narben brennen, wie feurige Taue sind sie
und halten ihn fest. Die Skythin soll näher kommen, sich über
ihn beugen: Sie wird es bald. Frauen wie diese muß man als
Großmacht behandeln, geben, was sie verlangen, und vieles
versprechen, dann ist man ihr Alliierter, ihr Freund: So kann
man sie friedlich durchdringen.

Nieman kombiniert mit unheimlicher Raschheit. Er sei im
Bild, wirft er achtlos hin, der Vorgang Jeschaz sei ihm nicht
unbekannt, sie reise und arbeite in besonderem Auftrag und

führe verschiedene Namen, die sich im einzelnen schwer fest-
stellen ließen. Unter einem sei sie in Finnland verhaftet. Also
sei es unmöglich, der Mutter Nachricht zu geben, man würde
jeder Adresse, jedem Zusammenhang nachgehen; aber – und
nun kommt sein Coup: »Ich werde die Befreiung Ihrer Freundin erwirken. Ihnen zuliebe, Baronesse Lili!«

O diese aufatmende Brust, dies hingebend durchglühte Gesicht! Man muß den rechten Moment beim Schopf fassen. Er
wartet auf diesen Moment, er sieht ihn näher kommen. Jetzt
ist es zum Losschlagen noch zu früh; Holler käme dazwischen. »O bitte sehr, keine Ursache!« Wie ein Zauberkünstler
nach geglücktem Experiment wehrt er Dank und Bewunderung ab: »Das macht durchaus keine Schwierigkeiten, meine
Verehrte.« Ja, als Zauberer soll er ihr erscheinen, der alles sieht,
hört und fertigbringt: sogar den kleinen Holler verschwinden
zu lassen. Die Gepflogenheiten des Gestapo-Landes kommen
seiner Absicht zu Hilfe.

Denn die einzige Möglichkeit, frei und unbeaufsichtigt zu
wählen, bietet in diesem Jahr neunzehnhundertsechsunddreißig
dem Deutschen in Deutschland die Fernsprechzelle. Konrad,
der Grete sprechen will, wählt seine Nummer. Da sich aber
Freiheit und Geheimhaltung des Telefonhäuschens nur auf die
Wahl, nicht den Inhalt der Gespräche bezieht, muß einer schon
nach einem Geheimcode reden; wenn nicht, ist er bald ebenso
unter Aufsicht wie seine Gespräche. In den ersten Wochen des
Dritten Reichs genügte es noch, wenn man statt Haussuchung
›Besuch‹, statt Gefängnis ›Krankheit‹, statt Hitler ›Heymann‹
sagte, aber der Scharfsinn der Gestapo-Kommandos dechif-
frierte diesen kindlichen Code so leicht, als handle es sich um
ein Silbenrätsel. Da erfand Konrads Schwester ein undurch-
sichtiges System: Redete man sich am Telefon wie gewöhnlich
mit Berthel, Gretel, Liesel, Conny, Rudi, Willi, Anni an, war
alles in Ordnung. Nannte man aber die ungekürzten
Taufnamen: Bertha, Margarete, Elisabeth, Konrad, Wilhelm und
so weiter, so hieß das: ›Achtung, Gefahr!‹ Die Wiederholung
des vollen Namens bedeutete: ›Verschwinde!‹ Die Begrüßung
mit ›Servus‹ hieß: »Ich bin bewacht, ich kann nicht reden, wie
ich will.« ›Servus‹ heißt auf deutsch ›der Sklave‹, so konnte man
sich die Bedeutung dieses Grußes leicht merken. Das erste Ziel

etwaiger Flucht sollte, wenn möglich, durch den Namen eines Berliner Lokals angedeutet werden, oder auch einer Straße, eines Platzes; wer in die Tschechei fliehen wollte, sagte zum Beispiel etwas vom Prager Platz.

Danach genügt es, daß Grete Holler, sobald sie die Stimme ihres Mannes vernimmt, ihn mit ›Konrad‹ anredet: »Konrad, bist du's, servus!« Ihre Stimme klingt wie erkältet. Und er sieht ihr breites blondes Gesicht, klarer als ihre Stimme tritt es hervor. Es lächelt verzweifelt, an der Unterlippe zeichnet sich die Falte eines unterdrückten Weinkrampfs ab. Ihr Kinn zuckt. Er sieht auch den siebenjährigen Klaus. Mit großen dunklen Augen steht er beim Telefon, eingeschüchtert und blaß, möchte dem Vater erzählen, adieu sagen und weiß, er darf den Mund nicht auftun. SA steht daneben, Bücher, Mappen, Papiere, sinnlos durchwühlt, liegen verstreut. Konrad sagt einige belanglose Sätze mechanisch ins Telefon. Zum Schluß: »Ich gehe noch ein halbes Stündchen ins Café Wien. Auf baldiges Wiedersehen, Margarethe, auf Wiedersehen!«

»Wiedersehn.«

Das ist ihr Abschied.

Der nächste Zug nach Wien geht elf Uhr zwanzig.

Überflüssig zu grübeln, ob es Haussuchung, Polizei, Gestapo war, ein Überfall- oder Rollkommando, SA oder SS, überflüssiger noch zu fragen, warum? Das fragt keiner mehr in diesem Land. Gründe für seine Reise, Gründe für Grete braucht er nun nicht mehr zu suchen. Hau ab! hatten im Rollen der Untergrundbahn Kopf, Herz, Magen und Räder gerufen. Nun ruft es Grete selbst. Der Zug nach Wien geht um elf Uhr zwanzig.

Ist es nicht schlecht, fragt sich Konrad auf eiligem Rückweg zu Nieman, in diesem Moment Frau und Kinder allein zu lassen? Seine Arme und Beine zittern, sein Herz pocht: Bin ich gemein, selbstsüchtig, treulos? Vielleicht. Aber die Warnung galt ja nur ihm allein, sonst hätte Grete, laut Code, ihn mit ›mein lieber Konrad‹ anreden müssen. Und was könnte er helfen? Nur reizen könnte seine Anwesenheit, nur verschlimmern. Während Lili! Wenn sie den Paß morgen früh nicht bekommt, muß er mit ihr über die Bauden; das kann sie allein nicht.

»Fräulein von Crailing bekommt ihren Paß«, erklärt Nieman. »Das lassen Sie meine Sorge sein, lieber Freund. Machen Sie, daß Sie hier wegkommen. Mein Handkoffer steht immer gepackt, bitte, bedienen Sie sich: drin auf dem Schrank. Steigen Sie auf den Stuhl! Er reicht für einige Wochen. Schön«, murmelt er mit dickkörniger Stimme. »O bitte sehr«, sagt er auf Konrads Dank. »Ich brauche ihn nicht, ich habe nicht die Absicht zu fliehen, mir genügt mein Browning. Hier nehmen Sie auf den Schreck noch einen Hennessy! Reiselektüre gefällig?« fragt er aufgekratzt und breitet die Arme gegen die zwischen Bücherregalen und Schränken verdämmernden Wände. »Zu Ihrer Verfügung, suchen Sie bloß nicht zu lang! Ich verspreche Ihnen, lieber Freund, Ehrenwort: morgen vor Mittag fahre ich mit der Dame zum Chef der Gesandtschaft, ich kenne ihn von einer reizenden Abendgesellschaft, seine Gattin war meine Tischdame. Fräulein Lili bekommt ihren Paß. Ihre Gegenwart könnte Sie höchstens gefährden.«

Mit unwiderstehlicher Zentrifugalkraft werden die Menschen auseinandergerissen, ins Unbekannte geschleudert. Lili kann eben noch ihre Arme um Konrads Hals, die Stirn in hilfloser Neigung ihm zwischen Wange und Schulter legen. »Übermorgen um fünf am Stefansdom, oder hole mich ab, ich komme mit dem gleichen Zug wie du, oder rufe an, wir stehen im Telefonbuch.«

»Hier, Bester«, drängt Nieman sie auseinander. »Fahrgeld, den Rest stecken Sie sich in Ihre Mantelmanschette! Zigaretten.« Er spendet freigebig, er fühlt sich als Glückskind, sogar die verfluchte SA arbeitet ihm in die Hand. Seine Ungeduld, sein Triumph sind stärker als die heißen Taue der Narben um seinen Leib. Er geht langsam voran zur Flurtür, zur Treppe.

Lili steht hinter ihm. Konrad ist schon auf den Stufen.

Den Arm gewinkelt, grüßt Lili ihm nach.

Dies ist ihr Abschied.

10

Deine Beine, Ginette, sind wundervoll

»Vieux jeu!« findet Nieman, der diese spontane Zeremonie mißbehaglich wahrgenommen hat, und geleitet die Zögernde in das Zimmer mit den schwarzgoldenen Tapeten, den vielen Büchern, den Fauteuils und dem eichenen Schreibtisch, der wie ein Sarkophag in der Mitte des Arbeitsraums steht. Es riecht nach Cognac und Medikamenten. Seit Jahren, betont Niemann, fand er sich nicht so gelöst. »Es scheint, meine weißen Blutkörperchen treten vor Ihrer Roten Front den Rückzug an. Ihre Anwesenheit tut mir wohl.« Er senkt sich vorsichtig in das weiche Klubsofa. »Indem Sie mich erregen, beruhigen Sie mich. Darf ich Ihnen mein Gästezimmer anbieten für heute nacht? Wenn Sie wollen, verberge ich Sie, auch auf längere Zeit. Sie wären nicht der erste Politische, dem ich auf diese Art einen gewissen Schutz gewährte, aber sicher der sympathischste. Sie müßten nur die Gewogenheit haben, sich selbst das Bett zu richten, meine Haushälterin ist im Urlaub. In meiner kleinen Villa in Pera haben Anführer der jungtürkischen Bewegung sich wochenlang vor Abd ul Hamid versteckt. In München in der Arcisstraße haben Fechenbach und Klingelhöfer etliche Tage bei mir auf dem Fußboden genächtigt; das war zur Zeit der Bayrischen Räterepublik.«

Das hat es einmal gegeben, ist nicht so lang her, denkt Lili benommen: bayrische Räte, gehabt und nicht festhalten können, der Gefreite des Weltkriegs fungierte damals als schlichter Spitzel. Wir haben wohl auch zu viele Fehler gemacht ... Das quält, das gräbt sich in ihre Stirn, als habe sie selbst alle Fehler auf dem Gewissen. Man müßte sich fragen – aber der sprunghafte Solocauser ist schon auf einem Familiensitz in den Moselbergen: »Mein Bruder als Separatist und Franzosenfreund protegierte Vorkämpfer einer Rheinischen Republik. Ich hielt die Befreiung der Rheinlande für meine Aufgabe, dabei verlobte sich mein Bruder mit einer Rittergutsbesitzerstochter aus der Uckermark, und ich tollte mit Ginette, einer Provencalin. Weiß der Teufel, heut wäre mir lieber, mein Bruder hätte gesiegt. Statt der braunen Marokkaner liegt jetzt die braune SA am Rhein, die Marokkaner waren manierlicher und entschieden ein hübscherer Anblick. Trinken Sie, rote Frau!«

»Auf Ihre Gesundheit!« dankt Lili.

»Mein Dutzend Krankheiten meinen Sie wohl. Reicht jede aus, einen Mann um die Ecke zu bringen.« Er hebt sich hoch. »Ich will mich von diesen vermaledeiten weißgardistischen Blutkörperchen nicht umbringen lassen. Das kommt davon«, lacht er grimmig, »ich habe mich zu tief mit den Weißen eingelassen, politische Leukämie! Jetzt wären mir die Roten

lieber. Noch eine Spritze! Ja ... dort drin im Schlafzimmer –
willst du so gut sein, mein Engel, meine Finger sind taub ...
Hier hinein stechen ... langsam hinunterdrücken ... gut, gut
gestochen, Skythin! Am Whitewaterstrand habe ich das
Schwarzwasserfieber überstanden, danke verbindlichst, und
machen Sie sichs bequem! Das einzig Lustige an der erbärmlichen Leukämie ist dieser chronische Priapismus, fantastisch,
selbst nicht in Oberprima hat er so eifrig seinen Mann gestanden, mit solcher vergeblichen Sehnsucht, so keusch ... Morgen
fahren wir zwei in die Botschaft, pünktlich um elf. Wenn es
Ihnen recht ist, speisen wir dann zusammen, wir haben ja Zeit;
der Zug über Passau ... oder fahren Sie via Prag? Grüßen Sie
mir den Kahlenberg, da war ich zuletzt mit Ginette, die von
allen Geliebten die kunstvollste und natürlichste war, nehmen
Sie es nicht übel, Skythin. Du wirst Gelegenheit finden, Ginette vergessen zu machen. Wenn nur das Aufstehen leichter
fiele, ich hätte dich längst in den Armen, es ist kein Mangel an
Höflichkeit. Liebst du den kleinen Holler oder nur den
großen Karl Marx? Vor meinem Tod möchte ich gern eines
eurer Mitglieder sehen, das sein ›Kapital‹ wirklich gelesen hat,
alle Bände tatsächlich gelesen. Lieber laßt ihr euch aushun-
gern, zerschießen, martern, eh ihr das klügste Buch der Men-
schenwelt auslest. Ich habe es viermal gelesen, ich habe den
Gegner studiert, es ist nicht schwer, ihn zu verwirren. Hand
auf dein schluchzendes Herz: Hast du es gelesen? Du bist ja
nicht rot. Silbern bist du wie die Strähne auf deinem verwirr-
ten Kopf, silbern wie Frauenmilch. Hast du die göttlichen Brüste Ginettes? Mit zwanzig Jahren liebte ich die braunen Hüften eines Mestizenmädchens, nachmittags jagten wir Paviane,
sonntags wurden Krickenten geschossen. Ich vermache dir
meinen Browning, Baronesse, Sie können ihn brauchen. Sobald ich schauerlich werde, drücken Sie, bitte, ab! Ein bißchen
früher macht auch nichts. Ich habe drei Lilis geliebt, in München, in der Arcisstraße, ihre Figuren waren von Beardsley
entworfen, das war damals en vogue.«
  Immer wirrer wird das Wortgetümmel zwischen den Zähnen
des alten Priaps. Seine Pupillen sind wie von Schießpulver ge-
sprenkelt. Lili kann nicht mehr trinken, es war schon zuviel,
kommt ihr vor. In fiebriger Trunkenheit starrt sie, vernimmt sie:
  »Darf ich dir eine Spritze anbieten, das pulvert auf? Das ist

schöner als manche Liebesnacht. Dagmar war die gerissenste Ladendiebin von Kopenhagen, für eine Umarmung von ihr hätte ich morden können. Die einzige Frau, die ich nicht genossen habe, war meine Gattin. Lache doch, Skythin, hast du auch Grübchen? Hast du die anmutigen Zehen Ginettes? Trinke, du bist mein letztes Weib! Wo ist meine Sekretärin, das Luder? Ich muß diktieren: Zar Nikolaus ließ sich vor jedem Akt eine Spritze geben, Bericht für die ›Daily Mail‹. Ich war Augenzeuge ... – nein, keinen Arzt, Comtesse, ich brauche ihn nicht, weg von dem Apparat! Diese schauderösen Spione ... Darf ich dir ein bescheidenes Andenken verehren, Lili: ja, das Zigarettenetui, etwas protzig ... Der letzte Sultan gab es mir als Gastgeschenk, während sein Todfeind in meiner Villa in Pera nächtigte. Zur Erinnerung an Kai und Abd ul Hamid behalten Sie es, mein Beichtvater. Als Abd ul Hamid ermordet wurde, war ich dabei, als Alfred Dreyfus verurteilt wurde, war ich dabei, als die Italiener vom Negus Menelik geschlagen wurden, als Willem floh, als Hölz hochging, war ich dabei ... Schreiben Sie eine Reportage über mein letztes Liebesstündchen, Sie sind dabei ... wo ist Ginette ... der Stahlwerkverband soll warten, ich muß diktieren, fünfhundert Silben in der Minute, ich habe für die Baker Chansons gedichtet, die fand sogar Josephine frivol, sie konnte sie nur vor Norddeutschen singen; die verstanden sie nicht ... Deine Beine, Ginette, sind wundervoll, lege dich ruhig zu Bett, ich komme dir gute Nacht wünschen. Wenn ich nur auf könnte ... wie soll ich da in dir schlafen, wenn ich nicht zu dir kann, Ginette, du bist am Schwarzen Meer. Morgen früh liefere ich dich ab, Comtesse, ich muß nach Addis Abeba, noch fünfhundert Silben, du bist so frivol, Josephine, schläfst du schon, arme Faidulla? Wir schlafen um die Wette, Ginette, das wird ein Couplet ... ich muß noch dem Adolf in Miesbach die Grabrede halten, ich werde dem Gesandten sagen ... wie war doch Ihr Name, gnädige Frau ...?«

Schweigen weckt Lili. Sie legt ihre kühlen Finger auf die heißen Augenlider. Ist er ertrunken im Morphiumrausch? Geht das so weiter? Ist er jetzt still?

Sie wartet, sieht dann hinüber.

Sein Mund ist zum Weiterreden geöffnet. Der Leib hebt sich im Kreuz. Die Kehle schickt einen dumpfen Protest, der verröchelt. Die Beine rutschen, nichts hält mehr den Körper, der fällt.

Lili steht auf.

Nun kann sie die Kissen vom Fernsprecher nehmen und die schwarze Reisedecke.

Was sie jetzt in den Apparat ruft, darf die staatspolizeiliche Überwachung hören: »Herr Kai Nieman ist eben gestorben.«

11

Weltkrieg 14/44

Der große Worte- und Plänemacher schläft mit der Ewigkeit um die Wette.

Wer wird nun Liza befreien? Wer wird Lili pünktlich um elf einen Paß besorgen? Der politische Voyeur hat sich gedrückt. Und Konrad ist weg.

In ihren Beinen ist eine Lähmung, als griffe die Starre des Leichnams zu ihr herüber.

Das Retten muß einer allein besorgen, retten muß jeder sich selbst, der andre kann ihm nur helfen, und selbst das kann er nicht. Sie muß sich sogar um den Toten kümmern, sie kann ihn doch nicht so liegen lassen und einfach weg!

Ihr Finger ist, als sie die Unfallstation anrufen wollte, zurückgezuckt. Die werden sie fragen, verhören ... Wie kommen Sie hierher? Name ... Wohnung ... Ausweis ... Polizei!

In einer Tabelle unter dem Apparat fand sie Adressen. Eine Elfriede Nieman stand da. Auch ein Arzt. An beide hat sie die Todesnachricht gegeben und in den Taschen des schlecht Gebetteten – nein, aufheben kann sie ihn nicht – hastig den Schlüssel gesucht, um das Haustor zu öffnen. Hinaus, hinunter! Flucht in die Flucht.

Eine Sekunde denkt sie: Wenn ich gleich ein Taxi finde, zur Bahn, vielleicht kann ich dann Konrad erreichen?

Aber sie muß denen, die sie gerufen hat, den Schlüsselbund geben, sie einlassen. Ein unbiegsames Pflichtgefühl ist in ihr. Darf sie Konrad für sich zurückhalten? Ist er jetzt nicht genauso gefährdet wie sie? Helfen kann einer nur sich selbst. Er hat es gesagt. Er soll sich helfen, nicht ihr.

Sie läßt den Schlüsselbund in die Hand einer Dame gleiten, die dem endlich erschienenen Taxi entsteigt, und ist in den freigewordenen Wagen geschlüpft. Mag man sie ruhig für Niemans Geliebte halten, für ein Straßenmädchen, für eine Diebin, wenn man sie nur nicht fragt.

»Zum Anhalter Bahnhof!« Sie möchte Konrad noch einmal sehen, ihn um Rat fragen. Sie will ihm auch die Adresse von Manne Brings geben; er ruft sonst bei ihren Eltern an, sie hat einen Unsinn gemacht, als sie ihn darum bat. Wenn sein Zug nur ein wenig Verspätung hätte!

Der Zug nach Wien ging um elf Uhr zwanzig. Jetzt ist zwölf. Am Bahnsteig melden andere Schilder andere Zeiten und Züge. Verloren steht Lili in dem Gedränge und weiß nicht, wohin. Sie schaut nach den Ein- und Aussteigenden, es könnte doch ein Bekannter kommen, irgendein Mensch, sie braucht ein Gespräch, das die furchtbaren Eindrücke auflöst in Worte, sie braucht einen Schein von Teilnahme. Aber da ist keine Teilnahme, kein Gespräch, nicht einmal ein Fremder, der sie ansprache, selbst dafür wäre sie dankbar. An einem Tisch sitzen und reden – nein, nicht reden, nicht sich verraten, fort aus dem Bahnhof!

Hat das kahle Mietshaus, in dem Mutter Jeschaz wohnt, sie herbeigezogen?

Das Tor ist versperrt. So spät kommt auch niemand nach Hause. Sie wagt nicht zu klingeln. Von der Telefonzelle anläuten? Sie hat kein Zehnpfennigstück. Auch würde die Gute da oben erschrecken, nachts gegen drei! Sie hat schon genug Angst mit ihr ausgestanden.

Die Todmüde lehnt an der Haustür, die tränenden Augen geschlossen, im Winkel zwischen Holz und Stein kommt Schlaf über sie. Warum hatte dein Zug keine Verspätung, Konrad? Wenn der Schlüsselbund nicht ... klirrt da nicht ein Schlüsselbund ...?

Ein Schlüssel dreht sich, das Tor hinter ihrem Rücken gibt nach, fast fällt sie zurück in den Arm, in den Aufschrei: »Liza!«

»Mutter Jeschaz!« wacht Lili auf.

Ein hysterisches Krächzen: »Gott, haben Sie mich erschreckt, Lili. Wie kommen Sie denn hierher?« antwortet ihr.

Vor ihr im roten Badeflausch steht die hagere Alte mit eisgrauen Haaren, die im Zugwind fliegen. Schon aber hat sie sich wieder gefangen und flüstert: »Ich wollte nur mal sehen, ob die Liza ... schrecklich diese Schlaflosigkeit ... wie sehen Sie denn aus ... kommen Sie schnell! Wieso ist es denn so spät geworden?«

Sie fahren hinauf. »Sie können mir morgen erzählen«, sagt Anna Jeschaz, und ohne sich auszuziehen, sinkt Lili auf ihre Couch unter der schrägen Dachwand.

Was bleibt von Kai Niemans Gelage, Gerede? – Ein Browning, ein Etui, Zuspruch, Erinnerung und eine kleine Hoffnung der Frauen, daß Liza lebt und sie sich wiedersehen.

Sie sehen sich nicht wieder. Das Leben ist kein Roman, in dem sich die Fäden kunstvoll verknüpfen und Menschen sich wieder begegnen. Dies Leben ist ein Ausguß, ein Gully; was weggeschwemmt wird, ist weg.

Konrad sitzt im nächtlichen Zug.

Wie Bergleute durch Stollen und Schächte zum Tageslicht, drängen seine Gedanken der tschechischen Grenze zu. Alle Gedanken, die diese Wagen nach Nichtdeutschland tragen, sind von dem gleichen Verlangen gehetzt: Hinaus in die frische Luft! Das ist wie im Krieg, wenn die Zivilbevölkerung aus der Gefahrenzone flieht: Hinaus, hinüber!

Stumm wie Gefangene, fahl oder mit roten Flecken auf den Gesichtern, sitzen die Passagiere auf ihren Bänken. In den Augen des andern ist jeder ein Horcher. Vorsicht: keine Gespräche! Einige tun, als schliefen sie.

Konrad liest in dem Buch, das er bei Nieman zu sich gesteckt hat. Es handelt von dem Reich der Träumer, das ihn erwartet, von dem Volk, das im Donaubecken aus Mongolen, Kelten, Germanen, Slawen, Magyaren und vielen andern Substanzen gemischt wurde und in nachtwandlerischer Sicherheit durch Jahrtausende glitt, noch in der Unterjochung sich behauptend. Wird es sich retten auf seine alte geschmeidige Art: hinhaltend, hinauszögernd, liebenswürdig um alle Kanten biegend, Zuckerln austeilend, aber kein Brot, den Partner dupierend, den Sieger umschmeichelnd, mit Schmeicheleien ködernd und narrend? Wird mir, sinnt Konrad über dem Buch, dies Land, diese Stadt eine Zuflucht sein? Oder ist dieses Land der Träumer selbst nur ein Traum?

Er will nicht träumen. Er will nüchtern bleiben. Er weiß, er muß sich hüten, Schlüsse ziehen, den rechten Moment für sein bescheidenes Tun abpassen. Der Weltkrieg, in den er 1914 gerückt war, ist nicht beendet. Es ist ein Dreißigjähriger Krieg. Er hofft, daß er 44 zum Ende kommt. Seit 33 ist es im deutschen Frontabschnitt immer brenzliger geworden. Damals im Anbeginn, an der Somme, der Düna wußte man noch, woher die Geschosse kamen; man sah, wie die Fronten liefen, und dazwischen lag Niemandsland. Auf vorgeschobener Beobachtung hatte Unteroffizier Holler den Feind im Fernrohr gerahmt. Jetzt ist der Feind überall, in den Büros, im Haus, auf den Straßen, hier im Coupé, trägt braune, schwarze, grüne Hemden oder das Kleid des Biedermanns, zeigt sich interessiert, teilnehmend, spielt den Kameraden und trägt den Zeitzünder im verräterischen Zwerchfell.

Konrad macht einen Plan für die ersten Tage in Wien, Notizen, die niemand entziffern und die er doch harmlos ausdeuten kann. Man ist ja noch nicht über der Grenze, man kann nicht wissen, was da noch kommt. Er will das Telefonbuch nach alten Bekannten absuchen, in Wien leben Freunde aus seiner vergangenen Theaterzeit, Schauspieler, die zu Lebzeiten Liebknechts und Rosa Luxemburgs laut mitgerufen und einmal sogar gestreikt haben. Auch Verwandte fallen ihm ein: in Wien einer namens Heidenreich. Vielleicht wird einer ihm behilflich sein? Er muß doch sein Brot verdienen. Der kleine verborgene Schatz, hundert und einige Mark, wird rasch dahinschwinden. Er wäre zu jeder Arbeit bereit: Adressen schreiben, Teller waschen, Kulissen schieben, Düngen, Unkraut rupfen. Hoffentlich findet er diesen Satory. Konrad kennt Wien noch nicht und nicht die geschmeidige Art seiner Bewohner, viel zu versprechen und nichts zu halten.

Er zieht seine Uhr auf, zündet eine von Niemans Zigaretten an und schließt das »Reich der Träumer« in die Tasche. In der Früh um sieben soll er am Ostbahnhof sein. Vierundzwanzig Stunden später kann Lili da sein.

Was erwartet er nur von ihr? Er sieht sie: den Blick gesenkt, starr, in böser Verzweiflung. Liebe? So sieht eine gewesene Liebe aus, nicht eine künftige. Soll er mit ihr sein schweres Dasein noch mehr beschweren? Leichtsinn ist es; er muß doch an Grete denken, warum denkt er nicht an Grete? An Klaus? An Kaspar? Warum denkt er immer wieder an Lili? Wohin treibt ihn der Blick, der aus einer wilden und linden Tiefe kommt? Die trotzige Güte ihres Gesichts, das von Mitleid und Tränen geformt ist? Die herrische Sehne des Halses und der Mund, der sich zurückhält und plötzlich grenzenlos gibt? Sie ist doch gar nicht sein Typ. Dem entsprach mehr Grete. Typ? Soll man denn Sorten lieben? Eine Frau ist doch keine Zigarette. Liebe zu einem Typ ist keine Liebe, sondern Angewohnheit, träge Erinnerung. Liebe beginnt erst, wo ein Weib einzig ist, in keine Kategorie sich einfügt. Wie Lili.

War das die ganze Grenzrevision? Das ging ja im Nu. Da sind schon die tschechoslowakischen Beamten! Ein paar gleichmütige Fragen und kaum die Antwort abgewartet, das war alles? Dazu das Grübeln, Herzpochen, Fürchten in allen Abteilen. Genügt auch hier die Drohung statt Tat?

Mit einem Mal lächelt der ganze Zug, und viele denken: Millionen hätte ich mitnehmen können, und Briefe, Dokumente, Aufzeichnungen – warum haben wir sie zu Haus verbrannt? Der ganze Zug, der stundenlang stumm war, plaudert. Man ist in der Tschechoslowakei, und die Spitzel, wofür man sie hielt, sind keine Spitzel, sondern nette anständige Leute. Man ist in der Tschechoslowakei, man erzählt Witze über den Reichsjägermeister und Feldmarschall, über den hinkenden Propagandateufel und »Hitler kommt in den Himmel«. »Großartig«, ruft das ganze Abteil, »Wenn er nur schon dort wäre!«

Wie Ausgehungerte auf den ersten Teller Suppe, stürzen die Fahrgäste auf Prager Morgenblätter, saugen Pariser Nachrichten ein wie Gewohnheitsraucher nach langer Entbehrung die erste Zigarre, tauschen die Blätter, fassen an ihre Köpfe, schütteln sie, staunen … und plötzlich verstehen sie die Weltgeschichte. Man ist in der Tschechoslowakei, und in jedem Coupé sitzt ein kleiner Wahrheitssucher, der irgendwie Bescheid weiß. NS-Missetaten, in Deutschland verhehlt, kommen ans Licht.

Es wird noch viel Wasser die Donau hinunterfließen, noch viele Verlustlisten werden mit dem Blut der Unsern geschrieben werden. Der Dreißigjährige Krieg währt bis 1944.

Es wird Zeit, denkt Konrad. 44 – dann bin ich 54. Ich möchte es vorher erleben: Ich will hören, wenn sie nicht mehr raunen; wenn sie rufen, will ich mitrufen: Es geht los!

12
Es geht noch lange nicht los

Länger und besser als Konrad kennt Lili den Matratzencharakter des Österreichertums, der instand setzt, Belastungen aller Art aufzufangen und in ein melodisches Hopsen zu verwandeln. Seit Urzeiten war das so. Schon die gelbe mongolische Urbevölkerung wird die keltischen Eindringlinge ins Donaubecken mit dem gleichen verbindlichen Lächeln empfangen haben wie der soignierte Herr in der Gesandtschaft die eindringliche Lili.

»Aber gewiß, mit dem größten Vergnügen, gern, ist mir eine Ehre, Baronesse, ich darf Sie wohl gleich mit der zuständigen Stelle ...« Zuständige Stelle: Das ist die Matratze; die zuständige Stelle fängt alles auf und ab, das kennt Lili. Bloß keine zuständige Stelle! Die zuständige ist nicht befugt, und die befugte nicht zuständig. Dagegen kann nur eines helfen, die österreichische Universal-Medizin, ein vererbtes Allheilmittel: der Schmäh.

Schmäh ist nicht Schwindel, Schmäh ist nicht Bluff, ein Schmäh ist gewiß nicht Hochstapelei. Er hat von alledem etwas; er ist die effektvolle theatralische Lüge, Gefasel, das sehr reell tut, Aufschneiderei mit gutem Willen und einem Schuß Wahrheit gefärbt, ein Traum aus Selbstbetrug und Blague. Wenn Lili sich nur besser darauf verstünde!

»Exzellenz«, lautet ihr schüchterner Versuchsschmäh: »Ich bringe Ihnen die letzten Grüße und Wünsche von Herrn Kai Nieman. Er sprach mir so voll Begeisterung von Ihnen, Exzellenz, und von der Frau Gemahlin ...«

»Charmant, meinen verbindlichsten Dank, wir sind leider seit einem Jahr geschieden. Sagen Sie, bitte, Herrn Doktor Nieman –«

»Er ist tot, Exzellenz, heute Nacht gestorben.«

»Was Sie nicht sagen, Baronesse! Da. Heute nacht ...« Er läßt der Ergriffenheit eine Pause. »Scheußlich scheußlich scheußlich. Ich werde selbstverständlich nicht verfehlen, an seiner Bestattung – meine aufrichtige Teilnahme, Sie sind gewiß eine nahe Verwandte, mein gnädiges Fräulein?«

Warum sagt sie nicht ja, die Ehrliche! Warum muß sie sich

mit einem einzigen Kopfschütteln den ganzen schönen Schmäh verpatzen! Die Hauptsache kommt doch erst: Es sei der letzte Wunsch des Sterbenden gewesen, seine letzte Bitte an Exzellenz, er möge ihre Paßangelegenheit ordnen, Herr Nieman hätte es sich nicht nehmen lassen, persönlich bei Exzellenz vorzusprechen, wenn nicht der Tod ...

»Exzellenz werden unsern dahingeschiedenen gemeinsamen Freund« – ihr Freund, da schau her! denkt der Diplomat – »gewiß nicht enttäuschen. Er wünschte nichts sehnlicher ...«

»Aber gewiß net, verehrteste Baronesse. Selbstverständlich soll alles geschehen, was nur in meiner Macht steht, ich lasse Ihnen sofort einen Paß ausstellen. Wo ist denn, bitte, ihr alter Paß? Mit dem Sie aus unserer Heimat hier nach Preußisch-Berlin gekommen sind? Den haben Sie sicher doch mitgebracht?«

Daß Lili noch immer nicht lügen kann! Selbst nicht bei den Hochmeistern der Lüge, den Nazis, hat sie es gelernt. Bei Donz war ihre Offenheit angebracht. Donz ist ein Rindvieh. Bei dem Erben altösterreichischer Diplomatie ist Ehrlichkeit Gift. Lilis offene Auskunft wirkt wie eine Bombe.

»Das hättens net sagen dürfen, gnädiges Fräulein, sehns denn nicht, daß die Polstertür«, flüstert er und schließt sie behutsam, »bloß angelehnt war. Habens das nicht gesehen?« Er lächelt konfuzianisch: »Ich seh schon, ein Diplomat sind Sie nicht, Baronesse.« Lili vernimmt entsetzt: »Was soll ich jetzt mit Ihnen anfangen? Da kann ich jetzt gar nichts mehr machen, so leid es mir tut, Baronesse. Meinens vielleicht, wir hätten auf unserer Abteilung kein Naderer, hier sagens Spitzel dazu! Ich möcht wetten, die haben die Tür mit Absicht bloß angelehnt, und ich hab mir weiter nix draus gmacht, ich hab gedacht, Sie bringen mir Grüße vom Herrn Papa. Bei uns wimmelt's von Naderern oder Spitzeln, wie Sie halt wollen, dafür sorgen schon« – er flüstert trotz der verschlossenen Tür – »die deutschen Brüder von der Gestapo.«

Bis jetzt hatte Lili keine Träne, in all den Wochen nicht, aber jetzt muß sie, es hilft nichts, weinen. Tränen sind vielleicht noch das einzige, was auf ihren Landsmann Eindruck machen kann. Vielleicht sind Tränen das letzte Mittel, wenn selbst der Schmäh versagt. Sie will weinen. Aus ihren Augen, die flehend auf den Vertreter des Bundesstaats Österreich gerichtet sind, fließt es rührend über die weichen Wangen.

»Aber wer wird denn ...! Das ist doch kein Grund, Baronesse, was wird denn der Herr Papa dazu sagen, er war doch, wenn ich nicht irre, bei Przemysl ... netwahr?«

Die Schauspielerin läßt sich auf kein Ablenkungsmanöver ein. Sie sitzt unbewegt, und die Tränen fließen. Da hat der Nieman mir ja ein nettes Vermächtnis hinterlassen, denkt Exzellenz, einen Kranz werden wir auch hinschicken müssen und eventuell einen Legationsrat.

»Ja, was machen wir denn da?« Die Situation wird höchst unbehaglich. Zwar ist Exzellenz bei der NS-Regierung akkreditiert, aber nicht gut. Die ganze Schuschnigg-Regierung ist in Berlin schlecht akkreditiert. Trotz des »Freundschaftsabkommens« vom vergangenen Sommer. Was mußte er in letzter Zeit sich nicht alles an Unverschämtheiten bieten lassen! Und jetzt sollen die deutschen Brüder ihn auf einer Unkorrektheit ertappen? Denn wenn ich sie auf einer Unkorrektheit ertappe, so ist das nach ihrer Ansicht natürlich eine Unkorrektheit von mir. Das gäb einen Ballawatsch! Exzellenz ist nicht für Ballawatsch, es ist ihm zu ordinär. Er sehnt sich nach seinem früheren Posten. Weiß Gott in Liberia war so etwas ausgeschlossen. Was waren das in der Negerrepublik für gesittete formvolle Herren, kein Vergleich mit Preußisch-Berlin!

Noch immer regnet es über die Wangen der Paßlosen. Auf Wochen könnte ihr Vorrat an Tränen reichen, es tut ihr wohl, so zu schluchzen. Der Gesandte kann sich darauf verlassen: die Frau kriegt er mit leeren Worten nicht los, und rausschmeißen kann er sie nicht; die Festers haben wohl auch ihre Beziehungen. Wenn er ahnte, daß Lili das schwarze Schaf der Familie ist ...

»Wissens was, mein gnädiges Fräulein, fahrens nur ruhig zur Frau Mama nach Wien. Ich kann Ihnen zwar augenblicklich hier keinen Paß ausschreiben lassen, aber schauns, unser Bundesstaat hat ja noch mehr Konsulate im Reich. Sie kommen doch über München oder Leipzig oder Dresden, netwahr? Da überschlagen Sie halt einen Zug und gehen hin – erzählens aber bloß nicht, was Ihnen passiert is! Sagens halt nur: Verloren. – So auf der Reis verlieren die Damen ja allerhand, warum net an Paß.« Er lächelt aufmunternd, denkt: Sollen die in München oder sonstwo mit dem Hascharl fertig werden, ich weiß dann von nichts.

München, Dresden, Leipzig – lauter Matratzen. Lili läßt nicht locker, der Rat ist ihr zu österreichisch. »Ich darf mich dabei auf Exzellenz beziehen? Wenn man mir das mit dem verlorenen Paß nicht glaubt?« Die Tränen quellen noch immer.

Exzellenz überlegt, wie sich sein Risiko auf ein Minimum reduzieren läßt. »Na, wenn's halt nicht anders geht, gnädiges Fräulein, meinethalben, ich will sagn: Herrn Nieman und dem Herrn Oberst, Ihrem Papa, zulieb: Probierens erst so, und wenn's Schbombernadeln macht, bitte, dann können ja sagn, sie sollen sich telefonisch bei mir erkundigen, falls da noch irgendein Zweifel besteht. Ich werde dann schon sagn, Sie sind mir persönlich bekannt undsoweiter. Jetzt weinens bloß net so viel, gnädiges Fräulein, das ist nicht gut für den Teint, küß die Hand, meine Verehrung!«

Am späten Nachmittag fährt Lili ohne Paß mit etwas Handgepäck ab. Ihre übrigen Sachen sind noch in ihrer Wohnung. Dort liegt auch schon eine Vorladung in die Prinz-Albrecht-Straße.

Anna Jeschaz, das Adlerweib, steht auf einem Bahnsteig und späht hinaus in das beleuchtete Zwielicht, in dem Lilis Zug entschwindet ...

So ist auch Lizas Zug einmal verschwunden.

Ist doch nicht möglich, beginnt es in ihrem alten zerquälten Kopf: Ein Zug kann doch nicht verschwinden, ein ganzer Zug! Er muß doch einmal wiederkommen. Auf welchem Bahnsteig kommt er denn an? Da? Auf dem?

Ist denn nicht eine einzige von den vielen Damen, die da kommen, meine Liza?

Mutter Jeschaz ist schon ein wenig wunderlich geworden.

Und daß Konrad in der Früh um halb sieben schon wieder zum Ostbahnhof läuft, wo er gestern ankam, ist das nicht auch etwas wunderlich? Wo Lili ebensogut über Passau kommen kann? Ankunft am Westbahnhof.

Er geht auf dem altmodischen Bahnsteig auf und ab. Seit er als Soldat 1916 hier durchkam, hat dieser Bahnhof sich nicht verändert, er riecht noch genauso verschwitzt, verräuchert, vermodert, verkohlt. Er riecht nach ewigen Militärtransporten.

Der Wartende raucht Zigaretten aus Niemans Schachtel. Er raucht nervös, es ist mehr ein Zupfen der Lippen. Er sehnt sich. Das sei Luxus, behauptet er zwar immer, das Sehnen noch mehr als das Rauchen, aber er tut es doch. Er sehnt sich nach einer ganzen Kette von Menschenkindern: Kasperl, Klaus, Grete, Berthel, jetzt ist er bei Lili, das ist ein tiefer Zug Sehnsucht. Es ist so leer um ihn.

Nach diesen vierundzwanzig Stunden hat er schon seine erste Lektion Wien hinter sich. Beim Vetter der Mutter, Herrn Josef Heidenreich, dem Spediteur, hat er sie durchgenommen. Heidenreich, Josef, neunzehnter Bezirk, Chimanigasse, fand er im Telefonbuch. Gleich nach der Ankunft ging er programmgemäß hin.

Wie behaglich wirkt so ein verwinkeltes Wiener Haus! Wenn er da ein Stübchen fände! Die Stiege hat etwas mütterliches, das Treppengeländer reicht ihm die Hand. Es wirkt alles persönlich und freundlich, er könnte sich vorstellen, daß er hier seine Kindheit verlebt hat oder sein Alter zubringen wird. Es riecht nur so merkwürdig, je weiter er nach oben kommt. Anders als hier auf dem Bahnsteig, ein süßlicher Geruch.

Tür Nummer vierzehn. Da steht der Name. Er klingelt. Was ist nur mit der Nieman-Zigarette? Flammt wie Schwefel. Er tritt sie aus, und weil niemand kommt, drückt er die Klinke und die Tür geht auf.

Hier stinkt es noch etwas ungemütlicher. Kampfer? Salmiakgeist? Karbol? Gar nicht drauf achten, die Nase ist wie der Mensch, gewöhnt sich an alles.

Niemand da? Merkwürdig. »Herr Heidenreich! He! Ist da wer? Hallo!«

Keine Antwort. Da kann ich ja wieder gehen. Er will nur ein paar Zeilen hinterlassen. Herein in die gute Stube!

Es ist ein Salon wie aus Arthur Schnitzlers sehr wienerischen Bühnenstücken, die Konrad einst liebevoll inszeniert hat. An den zartgrünen Wänden fehlen selbst nicht Canalettos beruhigende Kupferstiche. Die Möbel haben den Glanz und die Rundung von alten Geigen. Nach Lavendel müßte es hier riechen. Aber es riecht ... niederträchtig nach, nach ...! – sein Blick fällt auf eine geschweifte Etagere, darauf ein Briefbogen, er liest: »Liebe Cilly, verzeih mir, ich kann nicht anders. Niemand hat Schuld, Du nicht, ich nicht, nur die niederdrückende

Wirtschaftslage. Ich sehe keinen andern Ausweg. Meine Versicherungspolice liegt links oben im Schreibtisch. Lebe wohl! Für ewig Dein Joseph.«

Leuchtgas!! Gas!! Konrad reißt ein Fenster auf, holt Luft, eilt rechts zur Tür, die ist verschlossen, stürzt zurück auf den Gang. Wo ist der Haupthahn? Die Küche!! – Er öffnet eine Tür: Gasschwaden stürzen wie Wogen auf ihn. Er schlägt die Tür zu, Gift und Entsetzen zurückzudrängen: Auf dem Küchentisch neben dem Gasrechaud lag ein Unbekannter, grau gekleidet, unterm Kopf ein Kissen, über die Brust geringelt ein roter Gasschlauch.

Es war ein grauhaariger kräftiger Mann, der Vetter seiner Mutter mit dem verheißungsvollen Namen: Spediteur Heidenreich. Der sich selbst in ein Jenseits spedierte.

Das war der Gruß, den Wien, das singende, klingende, Konrad Holler zum Willkommen darbot.

Zweites Kapitel

Vindomina, die Weberin

1

Eine Gattung, die ausstirbt

Wo ist die schöne blaue Donau, von der das Wiener Lied in allen Zungen und Ohren holde Reklame singt? Die schöne blaue Donau fließt draußen am Rande des Stadtplans in den finsteren Gründen. Die Donau fließt nicht über den Opernring. Sie fließt durch die Arbeitervorstadt Floridsdorf, deren Name im Februar 1934 in die Welt ging, weil dort die Regierung des Ständestaates Österreich mit Kanonen in die Wohnungen und Leiber der österreichischen Arbeiter und Arbeiterinnen schoß. Dort fließt eine grünliche Donau. Und fließt flach und breit durch die proletarische Brigittenau, die sich schon sechsundachtzig Jahre früher ihren Weltruhm holte, weil dort die Regierung des Kaiserreichs Österreich einen Theatersekretär namens Robert Blum füsilierte, den Helden der achtundvierziger Jahre, weil er gewagt hatte, im Lande der Träumer von einer deutschen Republik zu träumen. Dort fließt eine fahle Donau.

»Schmäh« ist nicht etwa purer Schwindel. Schmäh ist nicht bloße Hochstapelei. Aber Wiens schöne blaue Donau ist Schmäh. Ein Slogan. Das hatte Konrad am Tag seiner Ankunft erkannt. Die neunzig Minuten Verspätung des Zuges, mit dem er Lili erwartete, ließen ihm Zeit genug, diese Erkenntnis auszubauen.

Zwei Schillinge hat er bis jetzt für ergebnislose Gespräche am Telefon verausgabt. Wie leicht wird ein Mensch vergessen, der nicht mehr im Glück weilt! Wie unwichtig ist er all denen, die sich noch darin befinden. Wie kunstvoll läßt man ihn fallen, von einer Matratze auf die andere, er merkt es kaum.

Professor Martin, dem Schwester Berthel hoffnungsvoll telegrafiert hatte, kam daraufhin gleich gestern nachmittag mit Konrad in dem vorzüglichen Café Birkhuhn zusammen. »Es ist ein leichtes«, sagte er über schimmerndem Schlagobers, sprühendem Streuzucker und duftender Schwärze des Moccas, »Ihnen überall Zutritt zu verschaffen, ich werde Sie baldigst mit einigen Rotarier-Freunden bekannt machen.« Diese Rotarier bildeten als Vertreter aller vornehmen Berufe eine erlesene Gesellschaft, die nobelste Matratze von Wien. Hier würde, versicherte der Professor, Herr Holler glänzende Empfehlungen an Damen des Hochadels empfangen, die ihn gewiß mit Vergnügen der Gattin des Bundespräsidenten empfehlen würden. Diese würde ihm daraufhin ohne weiteres empfehlende Zeilen an Wiens obersten Kirchenführer geben, und dann dürfte es wohl an nichts fehlen. Denn die Empfehlung des Kirchenfürsten sei in allen Anstellungsfragen entscheidend, mochte es sich dabei um den Posten eines Straßenkehrers oder eines Außenministers handeln: Eher gäbe es in Österreich weder auswärtige Politik noch Straßenreinigung, als daß ein dem Kardinal Mißliebiger zu Amt oder Arbeit gelangte. Herr Holler sei hoffentlich katholisch – oh, das sei ein gewaltiges Plus. Herr Holler kenne eben die Wiener Verhältnisse nicht.

Doch. Solche Verhältnisse kennt Herr Holler; es sind die Verhältnisse der Metternichzeit, des alten Polizeistaats. Er sieht: Urösterreich von einst ist wieder hübsch obenauf und die Weltgeschichte tüchtig im Rückfall.

Lili! Den Namen der Ersehnten wie einen Kuß auf den Lippen, die Hand am Hut zum Winken bereit, blickt Konrad den Fenstern des endlich einlaufenden Zuges entgegen, mustert die aus Wagen der dritten Klasse quellenden Passagiere, läuft von der Lokomotive bis zum Gepäckwagen und zur Sperre zurück. Vergebens. Da ist sie doch wohl über Passau gefahren. Er wird sie um fünf am Stefansdom erwarten, es wird ihr doch nichts geschehen sein ... Sie muß doch durchgekommen sein. Lili!

Ach, Lili ist immer noch hinter der Sperre aus Furcht und Gewalt, die sich am Rande der Freiheit durch Täler und Berge und Menschen drängt. Weitab im Lande der Unfreiheit verläßt Lili von Crailing, unruhig wie Konrad den Ostbahnhof, eben jetzt ein kleines Hotel, in dem sie die Nacht ohne Schlaf verbracht hat, und wandert unschlüssig mit leerem Magen durch historische Straßen. Umsonst der Versuch, vor zierlichen Rokoko-Fassaden die barocken Schwierigkeiten ihrer Lage zu vergessen. Sie kann nur denken: Was sage ich? Wie bekomme ich das heraus? Als habe sich alles verschworen, klafft ihr alter Astrachan am Ärmel, und der Absatz am rechten Schuh reißt ihr plötzlich ab.

Donz sei Dank, daß ihr Geld noch für ein paar anständige Schuhe reicht. Sie humpelt zu einem Laden, kauft, schleppt sich dann in ein benachbartes Weißzeuggeschäft, das ihr mit Nadel und Zwirn aushilft. Nun sitzt sie und näht, bis es Zeit ist, das Konsulat aufzusuchen.

Nicht ohne Mißtrauen vernimmt man ihre Geschichte von dem verlorenen Paß. Die Sekretärin, eine selbstsichere Dame, die ihr ein wenig ähnlich sieht, findet, es gingen in letzter Zeit merkwürdig viele Pässe verloren. »Was kann ich dafür?« sagt Lili gequält. Stumm, mit verstehendem Blick geht die Beamtin mit den Papieren in einen Nebenraum. Dann kommt sie achselzuckend zurück: »Alles ganz schön und gut, aber wir kennen Sie doch nicht, Fräulein.«

»Rufen Sie, bitte, auf meine Kosten Berlin an! Exzellenz kennt mich, er wird mich legitimieren.«

Gut, das könnten sie tun. »Nehmen Sie, bitte, solange Platz!«

Immer kleiner fühlt sich die ewig Wartende … so klein wie dort der gemordete Bundeskanzler von Österreich, der Mann mit der Kinderfigur und dem schlauen Bubengesicht, der sie von der Wand hinter dem Doppelschreibtisch aus schwarzem umflortem Rahmen beharrlich anstarrt. Die Verbindung Berlin – schon fragt die Dame mit dem erfahrenen Blick nach Exzellenz.

»Ist noch nicht da?« wiederholt sie gedehnt.

Selten ist eine Exzellenz vor zehn zur Stelle, das hätte Lili sich denken müssen. Exzellenzen sind Primadonnen, die schlafen ausgiebig. Exzellenzen gibt Gott es im Schlaf und nimmt im Schlaf das Risiko, etwas Gutes zu tun. Bevor Lili noch etwas retten, Auskunft erbitten kann, wann Exzellenz wohl geruhen im Amt zu sein – ist das Unglück schon da: Der weibliche Naderer in Berlin hat wohl etwas gefragt. Die Sekretärin nennt Lilis Namen.

Dann ein langgezogenes »Sooo« der Dame am Schreibtisch und »Danke verbindlichst!«

Die Sekretärin hat eingehängt. Ihr Gesicht ist amtlich verschlossen.

»Sie haben mich angelogen, Fräulein. Der Paß wurde Ihnen abgenommen, höre ich eben. Von der geheimen Staatspolizei. Das ändert die Sachlage, Fräulein von Crailing.«

Lili wankt zum Tisch, greift nach der weiblichen Hand: »Ich sage jetzt alles. Dann tun Sie, was Sie nicht lassen können! Zweimal haben sie mich schon gehabt. Hier können sie mir nichts anhaben, ich bin hier auf österreichischem Boden. Hier ist das Konsulat. Ich gehe nicht weg, ich weiche auch der Gewalt nicht, ich mache Schluß. Exzellenz hat mir selbst geraten zu lügen, Sie können es glauben, er hat versprochen, er wird mich legitimieren, ich soll nur anrufen lassen, daß er da sein wird, freilich, hat er nicht versprochen. Ihr seid doch Österreicher«, ruft sie heftig, »läßt euch das kalt, wenn diese Deutschen mich erledigen? So mordet man euch, so hat man den Dollfuß ermordet. Ist euch das recht? Ihr seid doch Menschen? Oh, daß ihr Menschen wäret!«

Oh, daß ihr Menschen seid! Dies Wort hatte achtzehn Jahre zuvor ein Düsseldorfer Dramaturg, der Gustav Landauer, gestöhnt, als ihn ein Freiherr von Gagern unweit dem bayrischen Gefängnis Stadelheim mit seiner Mord-Eskorte tottrampelte. »Oh, daß ihr Menschen seid!« Und sie hatten ihn doch zerstampft. Denn der Mensch ist eine Gattung, der zweibeinige Nicht-Menschen in deutscher Sprache Vernichtung geschworen haben.

Allein unter dem großem Porträt des kleinen Kanzlers, dessen Schicksal seine Landsleute noch vor sich haben, ist diese Gattung nicht völlig ausgestorben.

Die Dame am Schreibtisch nimmt seit einem Jahr am englischen Sprachkurs teil: sie hofft, nach London versetzt zu werden, sie ist schon drum eingekommen und liest zur Vervollkommnung ihrer Sprachkenntnisse die englischen und amerikanischen Zeitungen, die im Generalkonsulat einlaufen, den Eingeborenen aber verboten sind. Vielleicht kommt daher auch ihr erfahrener Blick.

Stärker als viele sensationelle Berichte von Korrespondenten aus Hitlerland berührt sie dieser Fall Crailing, ein kleiner alltäglicher Fall, keine Zeitung würde ihm nur zehn Zeilen widmen. Sie aber liest den Fall aus zwei Menschenaugen, spürt ihn im krampfhaften Griff einer Hand: Eine Ertrinkende faßt nach ihr.

Das Herz der Erfahrenen zieht sich zusammen: die Schiffbrüchige sieht ihr so ähnlich, ihre jüngere Schwester könnte sie sein. Und sie selbst sitzt im rettenden Boot!

Lilis Finger, mit denen sie die Hand der Beamtin gepackt hielt, haben sich entspannt. Ihre Arme sinken. Hier hat sie nichts zu erwarten.

Sie geht zurück zu dem Stuhl, auf dem sie vorher gesessen und ihr Urteil erwartet hat. Sie öffnet die Handtasche. Die Papiere der Müllhofer sind darin, die brillantengespickte Dose Abd ul Hamids und der Browning Kai Niemans. »Ich vermache dir meinen Browning, Baronesse, Sie können ihn brauchen«, ist des Gestorbenen breiige Stimme in ihrem Ohr.

Wie kommt die Müllhofer zu ihren Papieren? fragt sich Lili. Das müßte ich vorher noch regeln, denkt sie. Sie hält auch einer Feindin ihr Wort.

»Geben Sie mir Ihre Paßbilder!« sagt mit einem Mal die Sekretärin. Ihre Augen schimmern. »Kommen Sie mit!«

Sie treten in einen kleinen Raum voll Akten und Staub.

»Ich kann das nicht mit ansehen«, sagt die Frau bestimmt. »Ich weiß, ich darf es nicht, es ist ein Wahnsinn, wenn ich es tue. Aber ich tu's. Ich nehme es auf meine Kappe. Wenn es herauskommt – werde ich sagen: Ich war geistesabwesend. Es wird mir nichts nützen, Exzellenz wird mich nicht decken, wird sich nicht einmal an sein Versprechen erinnern. Ich werde nicht nach London versetzt, ich fliege und bekomme nie wieder eine ähnliche Stellung. Trotzdem ist die Gefahr für mich nicht so groß wie für Sie, Fräulein.«

Sie läßt sich die Personalien sagen, schreibt: »Lili Fester«, das genügt, stempelt, klebt, stempelt wieder, heftet, schreibt, nimmt zwölf Mark in Empfang und reicht das Heftchen zur Unterschrift. Es ist ein gültiger österreichischer Paß.

»Sie müssen mir versprechen, Fräulein Fester, sobald Sie in Wien sind, schicken Sie ihn zurück.«

Lili gibt ihr die Hand. Sie hält ihr Wort. Es ist ja ein Mensch, der zu ihr spricht, ein Geschöpf jener Gattung, die von den Totalitären zum Aussterben verurteilt ist.

Also kam Lili Fester zu einem Paß und wie im Traum zum Bahnhof und über die Grenze nach Wien.

2

Die Emigrantenstiege

Da steigt sie als letzte aus dem Zug, dem man an viererlei Grenzen große Verspätungen beigebracht hat. Sie eilt nicht, drängt nicht, schaut nach niemandem aus. Niemand erwartet sie, nichts als der Sattelgeruch an der Schöllerhofgasse. Der Handkoffer, den sie über den Bahnsteig schleppt, enthält keine Illusionen. Ein Engagement ist für dieses Jahr ausgeschlossen. Niemans Etui, das unbeachtet durch den Zoll ging, ist ihr einziger Rückhalt. Sie wird es zu Geld machen. Soll sie um fünf zum Stefansdom gehen, um den – die Übernächtigte kommt nicht gleich auf den Namen – Holler zu treffen? Aber nein, hat ja auch keinen Sinn, war für gestern, die Verabredung. Wie sieht er denn aus? Sie kann sich nicht mehr besinnen. Sie hat ihn nie so genau angesehen, nur gefühlt hat sie den Mann, sein ganzer Körper war ein Kuß. Ob er gestern um fünf am Stefansplatz war?

Zur selben Stunde, da die Gesuchte vom Ostbahnhof ihren Handkoffer zur Elektrischen schafft, ruft Konrad bei Fester von Crailing an. Die Antwort, die er erhält, ist ganz ohne Wiener Charme: »Fräulein von Crailing ist in Berlin.« Fertig. In Wien kostet jede Telefonminute einen Groschen, auch für den Angerufenen. Lili ist ihrer Familie den Groschen nicht wert. Nichts als Kosten und Schande hat man von der Mißratenen. Auf dem Frühstückstisch vor dem Oberst liegt eine Vorladung zur Polizei. »Behufs Auskunftserteilung«, steht darin. Der Anruf bestätigt den schon geschöpften Verdacht: Es handelt sich um die Tochter. Sie hat etwas angestellt.

Oberst Fester von Crailing kocht und schäumt. Ihn, den vierten Sieger von Przemysl, zitiert man vor den Polizeikommissar wie einen Verbrecher! Alles nur wegen der Mißratenen, sie bringt ihren Vater ins Grab! – Dann ist die Pension, die ohnehin auf fünfhundert Schilling reduzierte, ein Dreck, denkt die vertrocknete Mutter. »Reg dich bloß net so auf!« jammert sie und rechnet: Höchstens ein Drittel kriegt sie dann noch. »Diese Person ist die Aufregung ja gar nicht wert.«

Im Kampf um jährlich sechstausend Schilling wird die Tochter zu einer Person.

»Was hat der am Telefon gsagt? Das muß man doch fragen, warum hastn net gfragt, verfluchte Wirtschaft!« kollert der Oberst in österreichischem Armeedeutsch, und die Frau lügt: »Hat weiter nix gsagt, hat gleich wieder eingehängt. Die wissen a net, was sich ghört. Reg dich bloß net auf, Vater, deine Endokoritis ...!«

Aber der Held von Przemysl läßt sich nicht krankreden. Im Vollbesitz seiner Gesundheit steckt er die Vorladung ein und tritt den Marsch an: Franzjosefquai-Augartenbrücke-Schottenring-Polizeipräsidium und verkürzt sich den Weg, indem er die linksgerichtete Tochter gründlich verflucht.

Kann man es Lili verdenken, daß sie sich nicht in den zweiten Bezirk in die Schöllerhofgasse begibt, sondern in den neunzehnten zu jener Manne Brings, zu der letzten Sommer auch Richard geflüchtet ist: Richard Bachmann, auf dessen Bekanntschaft hin die Gestapo im ersten Verhör Lili Crailing der »Rassenschande« zu überführen gedachte. Marianne Brings wohnt in einem der vergilbten idyllischen Bauwerke, wie man sie häufig in diesem Stadtteil sieht, in der Jordanstraße, nur wenige Minuten von Heidenreichs. Zwei Tage nach Konrad nimmt Lili den gleichen Weg durch Währinger, Nußdorfer, Billroth Straße vorbei an Kliniken, technischen Instituten, Kirchen, vielen Zuckerlgeschäften und zahllosen bettelnden Mitmenschen. Vielleicht findet sie in der Jordanstraße den Bachmann, mit dem sie nie »Rassenschande« getrieben hat, und er weiß Rat für sie, oder die Doktor Brings hat ein Zimmerchen frei. In seinem ersten und letzten Brief nach seiner Flucht hat Richard sie sehr gelobt.

Langsam kommt Lili in ihrem ramponierten Astrachan mit dem Handkoffer durch den schmalen Torgang in das Hintergärtchen, aus dem eine Art Hühnerstiege empor zu der kleinen offenen Empore führt, in die Mannes Zweizimmerwohnung mündet.

Manne steht mit der Hofrätin Attinger auf der Empore im ersten und obersten Stock. »Zu wem wollen Sie denn?« ruft sie hinunter. Vielleicht, hofft sie, ist die Ankommende eine neue Schülerin für Klavier oder Englisch oder Gesang oder Kosmetik oder Spanisch oder kaufmännisches Rechnen oder Individualpsychologie oder Latein oder Augendiagnose; das alles unterrichtet die rastlose Doktor Brings und ist außerdem

jederzeit bereit, eine Schreibarbeit zu übernehmen, zu korre-
petieren, zu instrumentieren, zu begleiten, zu soufflieren und
verdient mit alledem auch nicht die Hälfte von dem bißchen,
was sie für sich und andere braucht.

Lili nennt schüchtern ihren Namen und fragt nach Herrn
Bachmann, doch da ist Manne auch schon die hölzerne Treppe
hinuntergeflattert. »Ich habe schon viel von Ihnen gehört, entschuldigen Sie, Frau Hofrat, das ist ein lieber Besuch, den wir
lang erwarten, ich mache gleich Kaffee, Richard schläft noch.
Wie geht es in Berlin? Geben Sie nur den Koffer her, wollen Sie
bei uns wohnen? Frau Hofrat Attinger, entschuldigen Sie, ich
habe noch gar nicht vorgestellt: meine Hauswirtin und beste
Freundin – Baronesse von Crailing. Sie haben doch nichts dagegen, wenn die Dame ein paar Tage hier wohnt, bis sie halt
was Passendes gefunden hat, oder haben Sie schon? Kürzlich
schliefen wir hier zu sechst, das macht mir gar nichts, in Berlin muß es doch grauslich sein, bitte, erzählen Sie! Die Bials
kommen heut auch, ich nenne sie immer ›die Klagemauer‹, die
leben von nichts, ich eigentlich auch«, kichert sie, »das macht
mir gar nichts« und ruft: »Richard, Besuch! Eine Überraschung!«

Frau Attinger hat sich empfohlen, Manne ist mit dem Besuch am Klosett vorbei in die idyllische Wohnküche getreten,
die oben im Eck etwas Feuchtigkeit durchläßt. »Dafür zahl ich
im Monat achtzig Schilling«, sagt die Brings, aber das macht
ihr gar nichts. Die letzte Miete ist sie noch schuldig.

Richard ist aufgestanden und hocherfreut. Seit Lili zuletzt
mit ihm gespielt hat – ist schon einige Jahre her –, hat sein nettes Gesicht viele Falten bekommen, sie hängen nach unten,
selbst wenn er lächelt. Es ist ein bitteres und zugleich ent-
schuldigendes Lächeln. Lächelnd schimpft er auf Wien: »Laß
alle Hoffnung fahren, Lili, hier kriegt einer kein Engagement.
Stellungsuchen ist ein Luxus.« Er hat ihn sich bald abgewöhnt.
Aber etwas Gebäck wird er holen, und wenn es geht, Milch
und Butter. Beim Greisler drüben ist man schon zuviel schuldig. Da müsse man erst woanders etwas aufreißen, um wieder
zahlen zu können. »Im allgemeinen sind sie recht anständig.
Wenn eins nur hie und da zahlt. Sie sinds nicht mehr anders
gewöhnt. Bloß wenn man gar keine Miene macht, werden sie
unangenehm.«

Manne stopft Zigaretten, mahlt Kaffee, bietet Lili in dem zweiten Zimmer Platz auf einem Schlafsofa, das wie bei Mutter Jeschaz unter der schrägen Dachwand steht. Die Müde legt sich ins Nest, bekommt Kissen und eine Decke. In das Knurren der Kaffeemühle, das Brodeln des kochenden Wassers mischen sich Mannes Geplapper und das Geschnurr ihres schwarzweißen Katers. Trotz Schulden und Dulden erscheint der unermüdlichen Frau die Welt in rosenfarbenem Licht. Sie ist verspielter als ein Kind und sammelt fremde und eigene Sorgen wie Murmeln. Sie rackert für andre, sie dankt dem, der ihre Hilfe beansprucht, das will sie, sie läßt, wie man das in Wien nennt: sich abkiefeln. Das heißt: abnagen wie einen Knochen.

Das magere Gesicht mit dem wirren graublonden Haar strahlt aus graublauen Augen auf Lili. Nun hat sie einen Menschen mehr, dem sie ihre hageren Pianistenhände unter die Füße breiten kann. Sie will Briefe für Lili schreiben, wird um Engagement für sie herumlaufen, zu Agenten, in Filmbüros, man kennt sie dort und weiß: was die Doktor Brings anpackt, ist schon versiebt. Lili weiß es noch nicht. Dankbar, als griffe Hoffnung ihr unter die Arme, richtet sie sich auf und sieht sich um.

In dem kleinen eisernen Ofen knattert das Feuer. Munzi, der Kater, kriecht dicht an die Wärme. Den Bechsteinflügel zieren Zweige roter herbstlicher Beeren und eine Pfändungsmarke. Daneben steht eine Stellage mit Büchern, Noten, Heften. Bis der Kaffee durchgelaufen und Richard zurück ist, spielt Marianne etwas von Mussorgski. Ihr flatterndes Gesicht beruhigt und erregt sich in der Musik.

Von den Büchern und Zeitschriften angelockt, steht Lili auf. Hier existiert noch »Die neue Weltbühne«, »Das neue Tagebuch«, »Das Wort«. Das sei hier alles verboten, erfährt Lili, nur nehme man es nicht so genau.

Sie blättert, versenkt sich, liest.

Ihre Heimat liegt nicht in der Heimat. Viel näher als Schöllerhofgasse und Vaterhaus sind ihrem Herzen diese dunkelroten Hefte der Welt und der Bühne. Hier ist sie daheim, in Familie: bei ihren großen Brüdern. Die haben ihr vieles mitzuteilen. Sie fühlt die zentripetalen Kräfte der Menschlichkeit, grüßt die Keime, die sich ihr hoffnungsvoll entgegenheben.

»Da darf ich wohl nichts herausschneiden?« fragt sie mitten in eine Passage Mussorgski.

A tempo ist Mannes Spiel unterbrochen. »Aber gewiß, das macht gar nichts«, lacht sie demütig. Manne ist politisch ahnungslos wie ein Salzburger Nockerl. Die Fasern ungarischer, polnischer, deutscher Emigration, die sich seit Jahren durch ihre Behausung ziehen, sind in ihren kindlichen Augen nur eine Fülle sehr trauriger Einzelfälle: Schicksal! Pech! Und ihre eigene Wirtschaftslage: Schulden beim Greisler, Bäcker, Fleischer – das macht ihr wohl gar nichts.

Schon hat Lili ihre Auswahl getroffen. Sie nimmt eine Schere aus ihrer Handtasche und zugleich die Papiere der Müllhofer: BDM- und HJ-Karte, Kraftdurchfreude- und Glaubedurchschönheit- und Arbeitsfront-Ausweise, den Stenoblock mit dem Donzgespräch. Zwischen zwei Bänden eines alten Lexikons hat sie eine Dokumentensammlung entdeckt, von der die Brings keine Ahnung hat. Sie entnimmt ihr die Wahrheit über den Reichstagsbrand, der in den Köpfen der Hitlerjugend teils noch als Lüge qualmt, teils schon vergessen ist. Der Jahrgang Müllhofer weiß noch davon. Lili tut alles zusammen: NS-Papiere und Antinazi-Dokumente in einen Umschlag und versieht ihn mit Herta Müllhofers Adresse: Verlag für Nordische Kultur, Berlin.

Wie wird sie es aufnehmen? fragt sie sich. Mag sein, daß das Mädchen in der Kletterweste die Ballade vom Anstreicher Hitler entrüstet verbrennt. Kann aber auch sein, daß ihr darüber ein Lachen kommt und aus dem Lachen ein berlinisches: »Stimmts oder ists wahr?«

Möglich, sie händigt die Sendung laut Vorschrift der - übergeordneten Stelle aus und schwindelt, die Handtasche sei ihr gestohlen worden. Doch könnte sich Lili auch denken, daß dieser unfertige Kopf nicht eher Ruhe gibt, als bis er mit dieser politischen Sendung auf seine Art fertig wird. Lesen wird sie die Auswahl bestimmt, dafür sorgt schon die weibliche Neugier. Schad, daß sie ihr Gesicht nicht sehen kann! Wenn man nur auf der Post das Couvert nicht abfängt!

Den richtigen Absender auf den Umschlag zu schreiben ist zu gewagt. Also ein Pseudonym! Aber wenn sie der Stenotypistin beispielsweise zum Niklasfest eine harmlose Krampuskarte mit Mannes Adresse schickt, ist das Problem gelöst und keine Gefahr dabei.

Schon will sie den Umschlag zuklammern, da fällt ihr noch ein Vers von Brecht ein. Sie kann ihn auswendig, er ist unwiderstehlich einprägsam:

> Sie tragen ein Kreuz voran
> Auf blutroten Flaggen,
> Das hat für den armen Mann
> Einen großen Haken.

Lili greift die Glaubedurchschönheitskarte und schreibt die vier Zeilen mit Bleistift auf die Rückseite. Jetzt kann sie das Ganze getrost in den Briefkasten werfen.

Auch ihr Paß muß weg, sie hat es versprochen. Die schimmernden Augen der erfahrenen Frau sehen sie an ... Nein, sie darf keine schlimme Erfahrung mit ihrer Menschlichkeit machen! Vielleicht kommt schon morgen wieder jemand zu ihr in gleicher Not.

Manne mischt sich ein. »Alles schön und gut, aber Sie brauchen ihn noch zur Anmeldung. Auf einen Tag wird's nicht ankommen.« Also morgen. Aber bestimmt.

Der Paß wandert zurück in die Handtasche. Und Richard Bachmann kommt mit Futter und Hansel Arlt, den er aus seiner Wohnung geholt und der den Einkauf bezahlt hat. Arlt ist ein behender Niederösterreicher in Kniestrümpfen mit einem intellektualisierten Gamsjägergesicht. Er spricht flott englisch, französisch und jiddisch, hat die Vertretung einer Glasgower Firma, etliche Pfunde und weitgehende Absichten und Ansichten, die er vor Lili ausbreitet.

Um ihren Wohnungsschwierigkeiten zu begegnen, schlägt er ihr nach wenigen Minuten vor, sein Zimmer mit ihm zu teilen: »Für ein paar Tage, was ist schon dabei, geh seins do net kleinlich!« Dieser Arlt, findet sie, ist noch viel taktloser als jener Holler, er nimmt sie bereits um die Taille. Taktvoll biegt sie aus und lehnt sein Angebot dankend ab. Worauf sich Hansel am Flügel austobt. Er war, erzählt er, zwei Jahre mit einem Kutter auf Fahrt. Daher die englischen Seemannsweisen, die er zum besten gibt.

Beim Kaffee führt Richard das große Wort. Alle vom Erfolg Abgeschnittenen versuchen, Anerkennung zu finden. »Weißt du noch, damals in Lodz, meine Faust-Inszenierung?« appelliert er an Lilis Gedächtnis und Güte. Lili hat keine Ahnung. Aber sie weiß, was in Bachmann vorgeht. Sie nickt.

»Da hört ihr es!« trumpft der Komiker auf.

Lili hätte große Lust, nach so langer Entbehrung wieder einmal ein menschenwürdiges Stück zu sehen.

Oh, da solle sie erst einmal die Kleinkunstbühnen besuchen, sagt Richard. Österreichische Rückwanderer und deutsche Flüchtlinge haben sie aufgetan. Da riskiere man schon ein Tönchen, natürlich durch die Blume, aber das Publikum denke sich sein Teil. Der Komiker langt von der Wand eine Gitarre herunter. »Willst du es hören, unser Chanson?«

»Ja, sehr gern«, sagt Lili, da gibt es kein Nein. Bachmann, der nicht zu halten ist, kämmt die sechs Saiten mit allen fünf Fingern und singt:

> Wer nur ein Wort riskiert,
> wird bei uns arretiert.
> Jedes Wort ist Politik,
> jedes bricht dir das Genick.
> Sage alles, nur sag nicht, was wahr ist.

»Laß wenigstens das Klampfen!« fleht Manne und versucht am Flügel die Begleitung. Aber Richard reißt wild in den Saiten die zweite Strophe:

> Auf dem Adjektiv ›rot‹
> ruht ein strenges Verbot.
> ›Hohl‹ – das trifft manchen mächtigen Kopf.
> ›Leer‹ – beleidigt den Staatsschatz sehr.
> ›Frei‹ – sag nicht, sonst bist du's nicht mehr!
> Sag, was bleibt dir noch, trauriger Tropf?
>
> Nichts ... Nichts ... Nichts ...

Jetzt vor der unbefangenen Lili ist Richard der Star und kann noch eine dritte Strophe schmettern:

Mensch gedenk des Gerichts!
Sag auf keinen Fall: ›Nichts!‹
›Nichts‹ negiert, ist die schärfste Kritik.
›Nichts‹ ist Opposition.
›Nichts‹, das unterwühlt den Thron.
Mensch, du drehst dir mit Nichts einen Strick.

Aber lauter noch als Gesang und Begleitung tönt da plötzlich die hausherrliche Stimme der Attinger und verbietet sich die Katzenmusik und überhaupt das viele Gelaufe. Logierbesuch dulde sie auch nicht mehr, und wenn es der Doktor Brings nicht passe, könne sie das als Kündigung betrachten. Als Hauseigentümerin könne sie solche aufrührerischen Lieder nicht dulden, das verbiete sie als Österreicherin, das sei illegal, was der Herr Bachmann gesungen habe, sie hätte es Wort für Wort gehört und könne es vor Gericht beeiden.

Manne ist blaß und winzig geworden, Lili und Richard wollen gehen. »Sie können deswegen ruhig bei mir übernachten«, versichert Manne. »Die Attinger meint das nicht so. Oder ist Ihnen die Couch zu schmal?«

Lili will nicht zur Last fallen: »Da schlafen doch Sie, Frau Doktor.«

»Ich schlafe im Lehnstuhl«, lacht Manne. »Das macht mir gar nichts.« Lili kann das nicht zugeben. Wenn überhaupt, wird sie im Lehnstuhl kampieren. Die Frage bleibt offen. Die Jordanstraße hinauf zieht die Klagemauer aus Leipzig.

Die Bials haben unendlich viel zu berichten: drei Biographien mit allen Details. Die neue Bekannte soll hören, und Lili hört und weiß schon, was folgt. Zu oft hat sie es gehört, zuletzt von der Livschitz, in allen Variationen vernahm sie das jüdische Requiem, den Kanon NS-deutscher Missetat.

Frau Bial mit dem breiten vergrämten Gesicht, ihr Mann, der noch gut aussieht, die neunzehnjährige Tochter, deren Liebessehnen sich nur in Gesichtspickeln äußern darf, haben die Emigrantenstiege erklommen. Hier oben befestigt die Klagemauer sich auf der Couch bei Kaffee und Tränen. Manne spielt Mendelssohn, jemenitische Tänze, Lieder aus dem Schi-Ring. Aber die Sorgen und Schmerzen der Bials sind schwerer und lauter, länger und trauriger, eintöniger und disharmonischer als alle Weisen der Welt.

Sorgt nicht, daß ihre mauererweichenden Klagen zu lang auf die Wiener Nerven gehen. Tränen, das weiß schon der Säugling, sind eine Waffe, auch Lili hat sie erprobt. Mit ihren Tränen, dem letzten, was ihnen geblieben, werden die drei im Laufe der Zeit nach Triest und über das Meer nach Haifa gelangen. Vor der ewigen Klagemauer zu Jerusalem wird diese Kleine aus Sachsen verstummen.

Wien sieht die Bials nicht wieder. Wien war nur ein Strudel, der sie einzog und wieder auswarf.

Wien braucht keine Leipziger Klagemauer.

Wien wird seine eigene Klagemauer bekommen.

3
Es kommt nicht zum Krieg

Jemanden anständig behandeln hieß in der toten Sprache der alten Römer »liberaliter aliquem habere«, ein anständiger Kerl war damals ein »homo liberalis«, ein Schmutzian hingegen ein »illiberalis«. So stand es in dem alten lateinischen Wörterbuch, zwischen dessen Blättern Lili Dokumente zur NS-Brandstiftung aufgespürt hatte, und war sehr aufschlußreich: Denn mit Liberté und Liberalität war die menschliche Anständigkeit verbunden und verschwunden.

Wieder hatte der beharrliche Konrad zwei Schillinge dem Telefon geopfert und noch immer kein Exemplar der aussterbenden Gattung des homo liberalis gefunden. Der einzige Trost, mit dem er nach einer Stunde schwitzend die Sprechzelle beim Rathaus verließ, war eine Einladung zur heutigen Premiere in der Josefstadt. Eine Schauspielerin dieser Bühne, die er vor Jahren entdeckt hatte, war gern bereit, sich von ihrem einstigen Regisseur bewundern zu lassen.

»Ich bin so froh, dich in Wien zu wissen«, war ihre Stimme durchs Telefon gerieselt. »Ich weiß nicht, wer mir erzählte, du seist am dreißigsten Juni ermordet worden. Schreibe mir, bitte, wie ich dir in der kleinen Rolle gefiel! Sobald ich a bisserl Zeit hab, dürfen wir dich zum Nachtmahl erwarten.«

Das Stück, das er sehen soll, ist von Giraudoux. Ein zweites, das ihm vorausgeht, handelt von einem Monsignore im Vatikan.

Gibt es nicht bloß theatralisch-literarische Konzentrations-lager, Staatstheater im NS-Land genannt, gibt es noch echtes Theater? denkt Konrad und tritt aus einer alten Gasse in Max Reinhardts Traum von Wien und Österreich: das Theater der Josefstadt.

Er atmet den Duft von Rokoko und höfischem Barock, von sehr alter Kultur und vornehmer Heiterkeit: Wie ein Cembalo, das ewig nicht in Gebrauch war, und nun werden Saiten wieder angeschlagen und klingen mit allen Unter- und Obertönen – so kommt der Theaterentwöhnte sich vor. Es klingt die Taste Anatol, Arthur Schnitzlers Töne schwingen mit, es tasten Claudio, der Tor, und Pagen Tizians in Loris-Hofmannsthals Weise; aufrauscht der Akkord Commedia del arte; Triolen aus Peter Altenberg, Egon Friedell, Alfred Polgar, aus Nestroy, Strauß, Daniel Spitzer tanzen über den Bässen; Grillparzer, Raimund, Kürnberger, Hermann Bahr. Grazie aus Geist und Gold und Seide umschmeicheln ihn.

Nichts hat sich im Innern dieses blaßgelben Altbaus geän-dert als das Beiwerk Mode. Juste milieu, Fin de siècle, L'art pour l'art, ancien régime, Front populaire et impopulaire ver-schmelzen im Widerstand gegen Rückschritt wie Fortschritt. Still steht die Zeit um das tanzende Spiel. So schwimmt das ausgestoßene Theaterkind wieder im Mutterschoß des Thea-ters. Ein kindliches Dankgefühl steigt, eh noch der Vorhang sich hebt, in ihm auf, ein Staunen aus feuchten Augen: Das gibt es noch, Kinder! Vor einem Jahr hat er aus seiner Ge-fängniszelle hinaus auf die unübersteigbare Mauer gestiert, und wenn eine Krähe drauf saß, war das ein Schauspiel. Jetzt hat er im Meer des festlichen Leuchtens ein seliges Inselda-sein. Selbst für den Schein dieses beruhigten Glücks muß er danken nach grauen Jahren der Kümmerlichkeit. Es gibt also nicht bloß Zuchthaushöfe, Gefängnisgitter, Eisentüren, Mäu-ler, Schnauzen, Prügel und Blutgerichte. Es gibt nicht nur Gesinnungslumpen, gierige Nichtskönner, die Rivalen mit Justizmord aus dem Weg räumen. Es gibt – der Vorhang ist aufgegangen – noch den herrlichen Schauspieler Bassermann.

Albert Bassermann, homo liberalis, homo ingenius, du lebst, redest in den unverfälschten Lauten deiner verfälschten Heimat! – Konrad Holler, weit vorgebeugt, hat seinen Kopf mit beiden Händen gefaßt, als wolle er ihn, daß kein Hauch ihm entgehe, hinauf bis zur Bühne heben: Ich hab ihn im Auge, der nicht mehr da war, den Bassermann, den Menschen. Er greift mir ins Herz, das fühlt: Menschheit ist noch am Werk.

Er spielt einen Papst. Wann hatte der Vatikan einen solchen?! Pontifex Bassermann hätte mit den Nazis kein Konkordat geschlossen, nie mit Leugnern der Menschheit paktiert. Solang er spielt, hat das Theater noch einen Sinn.

Während der Pause, die dem ersten Stück folgt, gehen Konrads Blicke über Parkett und Logen und Galerie, über Mädchenschönheit und Frauenschmuck, Exzellenzen und Prominenzen im Frack. Rechts in der Loge, das hat man schon bei Beginn getuschelt, sitzt der Kanzler des österreichischen Bundes und lächelt sympathisch. Sehr gelegen kommt ihm das, wie hier auf der Bühne von Dichters und Schauspielers Gnaden der Heilige Vater als bester der Menschen verklärt wird, als homo liberalis, das paßt in den Kram seiner Politik.

Konrad kennt das kurzsichtige Gesicht des Kanzlers aus Bildern und Wochenschau: ein Studentengesicht, seine Lehrer waren Jesuiten, sind es noch. Vieles und fleißig hat er bei ihnen studiert, sein Kopf ist voll von Erdkunde und Ultra-Montanindustrie, von Landes-, Meeres-, Kirchen- und Kunstgeschichte, Mathematik und Landesverteidigung, Rechtslehre, Poesie, Malerei, Musik und Katechismus. Nur das Proletariat hat er nicht durchgenommen. Das Wort ist ihm unbehaglich, schon seit seiner Leutnantszeit. Er sagt »Volk«, noch lieber »christliches Volk«, denn dieses ist eins mit der Kirche; und die Kirche ist Gott sei Dank eins mit ihm und mit der Schwerindustrie, dem Heer, dem Großgrundbesitz, der Verwaltung und gesegnet von Wiens Kirchenführer und Kardinal, ohne dessen Empfehlung kein Schornsteinfeger aufs Dach und kein Rechtsanwalt auf den Ministersessel gelangt.

Ja, dieser Kirchenfürst, dem die spitzen Zungen der Wiener den Spitznamen »Kardinal Unnützer« angesteckt haben, dürfte wohl etwas drum geben, wenn er ausschauen könnte wie Albert Bassermann: so geistig hoch. »Unnützer« hat abstehende Ohren und einen sehr irdischen Spießerblick, der vertraulich auf seinen Vorteil schaut. Doch davon merkt sein Zögling und Kanzler nichts.

So wenig wie ›das Proletariat‹ hat Kurt Schuschnigg im Jesuitenkolleg zu Feldkirch ›den Menschen‹ gehabt. Wozu den Menschen? Er ist Kanzler im Lande der Träumer und träumt sich die Menschen seiner Umgebung nach seinem Bild: treue Gefolgsmänner, in ihrer Hut liegt das Land in Sicherheit und Ewigkeit, Amen. Und träumt den Traum von großer Monarchie und schwört auf Habsburgs Wahlspruch: Bella gerant alii, laß die andern Krieg führen, mein Österreich siegt mit weiblicher List und Anmut.

Das hat er im Kloster gelernt: die urösterreichische Technik des Ostens: zu zögern, zu warten, viel zu versprechen und wenig zu halten. Wien ist des Ostens vorgeschobenste Bastion. Er muß sie halten mit aller Kunst und ohne Blutvergießen. Bella gerant alii, nie wieder darf es bei uns zum Krieg kommen, und »Es kommt nicht zum Krieg« ist der deutsche Titel des französischen Stücks, über dem nach der Pause der Vorhang aufgeht.

War es Höflichkeit der französischen Botschaft, die die Aufführung protegiert, oder war es der Titel des Schauspiels, daß er die Einladung des Reinhardt-Theaters annahm, oder war es, weil auch Vera hinging, da kann er nachher mit ihr drüber plauschen ... es läßt sich schon allerhand dazu sagen. Der Hektor von Troja ... Es ist Kurt, als schaue Vera aus ihrer Loge durch das Dunkel ihm in die Augen, er rückt den Sessel ein wenig zurück ... Der macht es beinah wie ich, der Hektor, denkt Schuschnigg: und ganz die gleiche Situation ... merkwürdig ... Er will sein Troja, ich will mein Österreich, er will Frieden, ich will den Frieden, bloß die andern, die wollen ihn nicht: die Böotier.

Schau, wie der Kanzler Hektor von Troja alles dransetzt, um diesen Böotiern ja keinen Vorwand zum Angriff zu bieten, da kann ich mir sogar noch ein Beispiel dran nehmen, wie der Held alle Kränkungen einsteckt, Rechts- und Grenzverletzungen still übersieht. Selbst die Ohrfeige – das ist ja allerhand – quittiert er mit überlegenem Lächeln. Der Ulysses von Ithaka, das ist doch der Herr von Papen, wie er in der Metternichgasse steht, lacht Kurt in sich hinein.

Er rückt mit dem Sessel wieder vor wie als Leutnant im Stadttheater in Pola. Wie der Holler sitzt er jetzt vorgeneigt, daß ihm ja nichts entgeht. Das ist ein Stück, wie für ihn geschrieben, ein Lehrstück und Warnstück. Dieses Troja von

Giraudoux, mit seiner alten Kultur und Musik und Boden-
schätzen bis dorthinaus – das ist ganz mein Österreich.

Was haben diese gerissenen brutalen Gauführer aus Theben,
Lakedämonien, Kreta, Korinth, Oberbayern nicht alles getan:
Frevel über Frevel: Eisenbahnen, Brücken, Telegrafenanlagen
gesprengt, die Grenzen gesperrt, den Handel ruiniert, Presse-
vertreter verhaftet, im Rundfunk gehetzt, mit Steuerverwei-
gerung, Raucherstreik, Wirtschaftsboykott den Bruderstaat
kujoniert. Dollfuß haben sie umgebracht, das Land mit einem
Netz von Naderern und Partisanen überzogen, mit Atten-
taten, Fememorden, Vertragsbrüchen ohne Zahl seine Souveränität mit Füßen getreten, seine Existenz als Staat igno-
riert, und zugleich jede begangene Tat geleugnet, ihm selbst,
gegen den sie gerichtet war, und seinen treuen Landschützern
sie in die Schnürschuhe geschoben! Drüben an der Grenze
in Lindau stehen Panzerzüge zum Einfall bereit, die sieht jedes Kind. Der Feldzug der Böotier gegen Ilion ist bis ins
Kleinste besorgt. »Horch, der Wilde tobt schon an den Mauern!« Mais la guerre de Troyes n'aura pas lieu, es kommt nicht
zum Krieg.

Und es kommt doch zum Krieg. Hektor fällt, und Kurt –
der Mund des französischen Dichters, der Mund der trojanischen Tradition verstummt, der Mund eines französischen
Attachés kräuselt sich ... und ein Götterbote, die Spenderin
von Hollers Freibillett, verkündet: Das Wort hat Vergil, der
Sänger der Aeneide.

Geht nicht die Sage, trojanische Emigranten seien nach der
Zerstörung ihrer Stadt auf der Flucht das Tal der Donau hin-
aufgezogen und hätten am Fuß des kahlen Berges den Grund-
stein der Stadt Vindomina gelegt! Hat er nicht so etwas einmal
gelesen, der Kanzler ... oder hat es ihm der Kralik erzählt? Unheimlicher Zusammenhang: Wien, Vindamina, Vindobona,
Vindomala, Tochter der heiligen Ilion, wird dich das Schicksal
der Mutter ereilen?

Wie Holler, Konrad hat Schuschnigg, Kurt die Schläfen mit
beiden Händen gefaßt: ob ihn denn Hektors Los oder das des
Aeneas, des glücklichen Meerfahrers, trifft, oder das Geschick
Pergamons ... läßt es sich noch wenden? Er baut auf die alten
Feinde am Tiber ... Dollfuß hat ihnen die österreichische
Demokratie und denen an der Spree sich selbst als blutiges

Opfer gebracht ... Wir haben ihr Wort, sagt sich der Hektor von Wien, ihre Sympathie: der alte italienische Kultureinfluß im Donaubecken, Architektur, Musik ... dirigiert nicht Italiens Genie, der weißhaarige Jünglingsgreis Toscanini, jeden Sommer vor aller Welt die Werke der Österreicher? Mozart ... unsre Philharmoniker ... Beethoven ... schwelgen die Spitzen der westlichen Gesellschaft in Salzburg nicht in den Offenbarungen unsres Barock ...? Und sie sollten uns preisgeben, undenkbar, eine Welt ohne Österreich – nicht vorstellbar.

Schuschnigg, Kurt, weißt du, was Hekuba ist? Ilion, Reinhardt, Giraudoux, Altenberg, Hofmannsthal, Grillparzer, Homer, Vergil sind den Böotiern Hekuba. Musterschüler, du denkst verkehrt: Du denkst ja wie ein homo liberalis! Hand auf das gestärkte Frackhemd: bist du denn einer? Warum dann hast du die Liberté deines Landes in blutige Klumpen geschossen? Du sagst, du wolltest keinen Krieg, kein Blutvergießen? Ist Proletarierblut kein Blut? Ist Bürgerkrieg kein Krieg? Denk richtig, Kurt! Du hast ein NS-Juniabkommen geschlossen und nicht an den fünfundzwanzigsten Juli, den Mordtag deines Vorgängers, gedacht. Was folgt daraus, Schüler von Stella Matutina? – NS-Vertrag kongruent NS-Verrat. NS-Freundschaft kongruent NS-Totschlag. Lerne das auswendig, Primus, sonst wirst du das Ziel deiner Klasse schwerlich erreichen.

Das Stück ist zu Ende, und mit dem festlichen Publikum applaudieren Konrad und Kurt. Der Kanzler in der Regierungsloge im tadellosen Examensfrack, der Flüchtling unpassend in graugrünem Alltagskleid vorn bei der Rampe, an der sich der Beifall staut. Kurt lächelt verstohlen zu Vera hinüber, zartblauer Tüll und lichtes Gelock liegen um die verführerische Gestalt. Tu felix Austria nube! Wenn er nicht Kanzler im christlichen Ständestaat wäre, dürfte er die geliebte Geschiedene heiraten ... Wenn er kein Kanzler mehr ist, wird er es tun. Er wendet sich zum Gehen. Der begeisterte Holler wird nicht fertig mit Applaudieren: Im Spenden des Beifalls fühlt er sich wieder als Teil einer besseren Gemeinschaft und merkt nicht, wer hinter ihm steht und das gleiche fühlt, hört nicht die schmalen kräftigen Hände, die mit den seinen sich heiß klatschen.

Menschen, die im selben Tempo zu gleichen Zielen streben, müssen sich wohl an solchen begegnen. Und doch wäre

Holler jetzt an der sehnsüchtig Gesuchten vorübergetaumelt, den Kopf voll Troja, Giraudoux, Bassermann und hätte nichts bemerkt – doch da greift Lili Crailing nach seiner Hand.

4
So sieht man sich wieder

Doktor Marianne Brings braucht diese Nacht nicht im Lehnstuhl zu verbringen. Konrad hat gestern am Judenplatz im ersten Bezirk einen altertümlichen Raum gemietet mit Bücherbänden, Bett, Tisch, Ofen, Ledersofa, auch eine geschnitzte Eichentruhe steht da.

Die Wirtin, eine alte Monarchistin, heißt Frau Zischka. »Sind wir also doch glücklich auf einer Zischka-Baude gelandet«, stellt Lili beim Eintritt aufatmend fest.

Es ist ein einfenstriges Zimmer, auf wienerisch »Kabinett« genannt, und liegt im Zwischenstock, in dieser Sprache Mezzanin geheißen. »Mezzanino« bedeutet italienisch Kupperchen, ein Symptom, wie tief der italienische Einfluß ins Donaubecken gedrungen ist.

Arm in Arm stehen die Kameraden am Fenster dieses Kabinetts und schauen über den nächtlichen Platz. Da steht vor finster barockem Gegenüber, massig aus Quadern gefügt, aufrecht der beherzte Hamburger Dramaturg Gotthold Ephraim Lessing, der die Finsternis seiner Zeit, seines Landes erhellt. »Grüß dich, Kollege!« spricht Konrad durch die Scheibe, und Lili: »Jetzt sind wir drei, ich bin froh, Konrad.«

Tiefe Beruhigung ist über die beiden gekommen, seit ihre Hände sich vor Troja gefunden haben.

Konrad macht Feuer, denn es ist kalt. Lili soll in dem Bett schlafen. Ihm genüge das lederne Sofa. Sie wollen zusammen hausen wie Arbeitskollegen, nicht wie ein Liebespaar.

»Ich werde gern bei dir liegen, Konrad.« Sie streichelt über sein ungeordnetes Haar. »Ich werde deine Geliebte sein, aber nicht jetzt, ich kann meinen Leib noch nicht richtig gebrauchen. Du wirst auch nichts mit ihm anzufangen wissen, Lieber. Mein letzter Freund hat mich deswegen fallenlassen, hat treffend bemerkt: mein Unterleib funktioniere nicht richtig. Er kommt mir selbst vor wie ein Verwundeter auf einem Schlachtfeld, ich habe mir Kurts Kind nehmen lassen und hatte kein Geld, um das vollständig auszuheilen. Vielleicht werde ich wieder ganz, wenn du mir hilfst.« Sie faßt seine Hände: »Hebe mich ein paar Wochen auf, laß mir Ruhe!«

Er hilft ihr beim Ausziehen. Ihre nackte Gestalt, die sie nicht verbirgt, ist schön und jung und kühl wie Rodope. Er küßt sacht ihre feingliedrige Hand, die über seine Wange streichelt. Dann nimmt er einen Pyjama aus der Reisetasche Kai Niemans, hilft ihr hinein und hört erst jetzt, daß der Kriegskamerad nicht mehr lebt und wie sein Ende war.

Sie legt sich nieder, er deckt sie zu und hört sie erzählen: von der geschmeidigen Exzellenz und wie sie ihren Paß errang, den sie morgen zurückschicken will: gleich nach der Anmeldung.

»Viel zu anständig«, seufzt Konrad. »Den Paß wirst du vielleicht noch bitter entbehren, wer weiß, wie lang sich das hier noch hält. Man sieht viel weiße Strümpfe. Das ist die weiße Gefahr. Heut las ich in einem Blatt, da schrieben sie von ›unsren Illegalen‹. Unsre Illegalen, das sind ihre freundlich geduldeten, wackeren Nazi-Agenten.«

»Mach das Fenster ein wenig auf«, bittet Lili, »und lege dich neben mich! Es ist schön, einen Menschen wie dich bei sich zu fühlen.«

»Du Liebe …!«

Er legt sich halb ausgezogen an ihre Seite. Sie ruhen still. Nur ihre weiche Wange reibt sich im Dunkel an seinem Kopf, und er nimmt die Bewegung auf und erwidert sie wie im Traum.

Sie schlafen und schlafen nicht zusammen. Jedes hat seinen eigenen Schlaf und am Morgen, da sie gleichzeitig erwachen, schauen sie sich verwundert an. Wie ein Fremdes, Neues betrachtet er sie, die er sich wünscht. Und er, der sich anzieht, kommt ihr vor, als sei er vor langer Zeit irgendwann einmal ihr Freund gewesen und nun wieder da.

Dann wird mit der Wirtin verhandelt. Die alte Österreicherin mit dem tschechischen Namen ist so tolerant wie vorm Fenster der Lessing. Das Paar macht ihr Spaß, und das Etui Abd ul Hamids imponiert ihr. »Da müssen Sie tausend Schilling dafür kriegen, mindestens!« Sie selbst wird für achtzehn

Schilling monatlich extra das lederne Sofa mit Bettzeug versehen. Lili zahlt an.

Es wird nicht gefrühstückt. Statt Frühstück wird gründlich beraten, die Lage nach vielen Seiten analysiert.

Eine dieser Seiten ist folgende: Im Ständestaat Österreich darf einer Arbeit nur in dem Beruf ausüben, den er gelernt hat. Für Lili wie Konrad käme somit nur das Theater als Broterwerb in Frage. Um jede Wiener Bühne aber – das hat man Konrad mehrfach wissen lassen – lagert wie ein Rudel hungriger Wölfe die Schar der »Externen«: Das sind jene Unglücklichen, von denen einzelne vielleicht unter Umständen für eine einzige Rolle oder eine Regie geholt werden, dann ohne Entgelt wochenlang probieren und wenn das Stück durchfällt oder verboten wird, wieder in den vorigen Stand der Arbeitslosigkeit zurücksinken. Konrad ist obendrein Reichsdeutscher, da wird es auch mit der Arbeitserlaubnis Schwierigkeiten geben.

Man müßte, meint Lili und wärmt sich die Finger an dem noch nicht völlig erkalteten Ofen, sich selbst etwas aufbauen. »Ja, ein Luftschloß«, sagt Konrad und reibt ihre Hände an seinen warm, »ohne Kapital läßt sich nicht bauen.« Doch Lili beharrt mit dem schönen Starrsinn, der sie auszeichnet, auf ihrem Vorschlag: Hier in der Innenstadt, erklärt sie, gäbe es so viele Theater, man brauche nur in die Zeitung zu schauen. Auch im ersten Kranz der Bezirke zwischen Ring und Gürtel sei da kein Mangel. Aber jenseits des Gürtels in den weitläufigen Außenbezirken, wo die Arbeiter wohnen, bei den Fabriken – da gäbe es nichts. Von dort die Fahrt zu den großen Theatern koste hin und zurück siebzig Groschen. Wenn sie da hinausfahren würden und Stücke nach dem Herzen der Arbeiter spielten! Für siebzig Groschen Bert Brechts Dreigroschenoper!

Klingen da nicht Melodien auf, oft gehörte, nicht vergessene? Konrad singt, und es ist seine Antwort auf Lilis Idee:

> Ja, mach nur einen Plan!
> Sei nur ein großes Licht!
> Und mach dann noch 'nen zweiten Plan
> Gehn tun sie beide nicht.

Er weiß, was dazu gehört, ein Haus Abend für Abend mit zahlenden Besuchern zu füllen: anhaltende Reklame oder eine dichte Besucherorganisation. Aber Reklame kostet ein Vermögen, und die Organisationen der Wiener Arbeiter sind seit dem zwölften Februar 34 auf Geheiß Mussolinis zerschlagen, die Arbeiterheime samt ihren schönen Bühnen und dem Vermögen der Gewerkschaften geraubt, mit Hilfe eben des Mannes zerstört, der gestern abend erschüttert der Zerstörung Ilions entgegensah.

»Ja, wenn es gelänge«, sagt Konrad, »die Illegalen dafür zu bekommen! Aber wie soll man sie finden? Sie tragen keine roten Strümpfe. Und wenn wir welche entdecken – wie erringen wir ihr Vertrauen? Sie haben wohl allen Grund, mißtrauisch zu sein.«

»Du hast von einem Satory gesprochen«, läßt Lili nicht locker, »allerdings nur in Andeutungen.«

»Mehr weiß ich selbst nicht«, sagt Konrad kurz, »ich habe vergebens nach ihm gesucht.«

Lili wird wieder fantastisch und zeichnet Satorys imaginäres Porträt. Ein bißchen wie Nieman denkt sie ihn sich: Überall ist er dabei, aber nicht als Voyeur, sondern als Akteur, eine Spinne, die rastlos Fäden spult, auch wenn sie immer wieder zerrissen werden. Und plötzlich wird Lili bewußt:

Mit Konrad kann sie weiterleben, zu Kräften kommen. An seiner Seite hat sie diese Nacht zum ersten Mal richtig geschlafen. Sie fühlt sich ermutigt. Vielleicht bauen sie doch noch das Schloß, das eben da in der Luft stand: das Theater der armen Bezirke. Ohne Konrad bliebe ihr nur der Weg über die Emigrantenstiege oder – die Schöllerhofgasse.

Bis in die untersten Schichten von Wien wollen sie steigen, ihr künftiges Publikum studieren, Verbindungen suchen, wenn es sein muß, auch in der obersten Schicht, sonst kriegen sie keine Konzession. Ohne Konzession kein Theater. Sie müssen die Steine kennenlernen, die man ihnen in den Weg legen wird, und wie mit Wünschelruten Geld suchen. Ohne Geld kein Theater.

Es wird nicht leicht sein, wissen beide. Denn Wien, dies ausgedehnte Weichbild, ist eine Stadt des Ostens, mit allen Gebresten des Westens behaftet. Wien ist langsam, umständlich in seinem Tun, verzwickt, verwickelt und verwinkelt. Und

sehr arm. Und ob Lili und Konrad auch sehnsüchtig wie Ge-
rettete in einem Boot mit wenig Wasser und Proviant nach
einer Küste Ausschau halten – Wien hilft ihnen nicht. Wien
rührt sich nicht. Wien läßt sich Zeit.

5
Signale mit Dämpfer

Das Wien,welches den beiden Verbündeten im Lauf der nächsten Wochen die Kraft und die Schillinge aussaugt, unterscheidet sich betrüblich von jenem, das Holler einst als
Regisseur Schnitzlerscher Einakter seinem Publikum vorge-
spiegelt hat. Auf den Gassen und Kirchenplätzen sehen sie
Bettler und Bettlerinnen den Vorübergehenden gefaltete
Hände oder blasse Kinder entgegenstrecken. Manche knien
auf dem kalten nassen Gehsteig. Der Anblick dieser wahrhaf-
tigen Bettleroper geht tiefer als der aller architektonischen
Meisterwerke, vor denen gebettelt wird.

In der Kärntner Straße aber, durch die jeder Tag die Ziel-
losen führt, und in den verführerischen Schaufenstern am
Graben und Kohlmarkt gaukeln liebliche Jesuskinder, humor-
volle Weihnachtsmänner, höllisch rote Teufel in Lebensgröße,
vollschlanke Wiener Weihnachtsengel und künstlerisch emp-
findende Feen.

Ihren Plan zu verfolgen, fahren sie in die Bezirke der Arbeiterschaft und finden Elendsquartiere. Wo soll dies hun-
gernde Volk die lumpigen siebzig Groschen hernehmen, auf
denen sich Lilis bescheidene Hoffnungen aufbauen?

Sie suchen beharrlich, verfahren ihr Geld, ihre Zeit. Es
ist leicht, hinauszufahren nach Ottakring, Brigittenau oder
Floridsdorf, irgendwo auszusteigen und los! Aber dann?

Was nutzt es, daß sie die Stadt studieren! Sie blicken ihr tief
auf den Grund, aber so tief ihre Blicke auch bohren: Auf Menschen, wie sie sie suchen, stoßen sie nicht, nicht auf ein Publikum, das nach ihnen verlangt, nirgends auf Geld oder Unter-
kommen. Sollen auch sie mit gefalteten Händen vor einer
Kirchentür stehen?

Konrad lacht etwas krampfhaft die Kameradin an, die lahm

von Erfolglosigkeit an seinem Arm gegen Regen und Dünn-schnee und Wind den Donaukanal entlanggeht. »Nehmen wir uns an Vindomina ein Beispiel!« Er will ihre düstere Unruhe durch Späße verscheuchen. »Was dieses Weichbild nicht schon ausgehalten hat! Soll man es glauben, daß gegen alle ökono-mischen Gesetze Vienna noch lebt? Aber es lebt und hat so-gar eine aktive Handelsbilanz. Den Hunnen, Türken, Hussi-ten, Protestanten hat dieses Ländchen widerstanden – nicht mit Gewalt, woher denn, sondern wie ein fesches Weib, das sich lachend, geschmeidig der Vergewaltigung entzieht. So macht sie es halt auch mit uns, gewohnheitsmäßig!« Lili hei-tert sich auf. Wenn Konrad mit Späßen kommt, ist ein Lächeln in dem Dreckwetter, ein Strahl Sonne im Hoffnungslosen.

»Seit den bekannten Urzeiten«, fährt Konrad fort und fühlt ihren lieben Blick, »muß das hier so ähnlich zugegangen sein. Sogar der größte Umbruch der Vorzeit hat sich in Wien bis zum heutigen Tag nicht recht durchsetzen können: Hast du bemerkt? Hier herrschen noch immer mutterrechtliche Zu-stände«, fährt er im Schutz eines mütterlich gewölbten Tor-bogens fort. »Wo du nur hinschaust, mutterrechtliche Sym-bole: ›Ring‹ und ›Gürtel‹ umschließen die Stadt, und man geht noch immer auf der linken, der matriarchalischen Seite, und auf jedem Fünfschillingstück siehst du die puppenhafte ›große Mutter‹ aller Frauenreiche, es steht sogar drunter ›Magna Ma-ter Austriae‹. Das ist das Mutterreich, unser Stiefmutterreich, Rabenmutterreich Österreich.

Mit der magischen Kraft eines Sexualmythos kursieren die altösterreichischen Mariatheresientaler noch heut bei allen mutterrechtlichen Stämmen des schwarzen Erdteils. Neger-völker zahlen mit den runden Eiern der Habsburger Mutter, deren Denkmal, als Siegel am Ring, im Zenit der Innenstadt prangt. Im mutterrechtlichen Sumpf, scheint mir, stecken die Wurzeln der urwiener Schlamperei: diese lockere Unlogik, diese zwecklose Umständlichkeit, die uns verrückt macht, sind mutterrechtliches Erbteil, auch die mütterlich linde Nachgiebigkeit, die man zuweilen verspürt, ist Prinzip aller Frauenreiche. Hier läßt drum alles ›sich richten‹.«

Er redet wie der Wasserfall Nieman, denkt Lili vergnügt und hört: »Und mit weiblicher Parteilichkeit werden Vorschriften und Gesetze zurechtgebogen oder ausgeschaltet. ›Für a Göld‹

tun sie alles, Mütter wie Huren; Frauenreiche sind mächtig verhurt. In Verwaltung, Regierung, Justiz, Presse, Diplomatie: Überall schlängelt und windet sich alles wie die Hintern der Straßenmädchen. Sogar die Straßenbahnlinien beschreiben fantastische Barockschleifen. Es gibt hier einen Verein zur Wiedereinführung des Mutterrechts. Es gibt eine matriarchalische Bibel, die eine enorm belesene Wienerin unter englischmännlichem Pseudonym verfaßt hat, es gibt sogar einen weiblichen Antihitler namens Harand, Irene, die mit mütterlichem Plausch Propaganda für Juden, Kleinrentner und Fremdenverkehr macht. Leider kämpft diese Amazone nur mit Worten und Tränen, nicht mit Heeren und Kapital«, endet Konrad. »Gegen Hitler aber braucht es Heere.«

Der Schneeregen hat aufgehört, der Himmel sich aufgehellt. Aber Lilis Augen sind umdüstert, die tiefe Falte gräbt sich wieder in ihre klare Stirn. Das macht dort drüben jenseits der Marienbrücke die lichtlose Schöllerhofgasse. Dieser ihr Mutterbereich kennt keine fraulich linde Nachgiebigkeit, nur Spießbürgerrecht und Versklavung. Sie hat den Arm des Freundes losgelassen. Er aber, der den Grund der Verstimmung erfaßt, läßt nicht los und lenkt ihren Blick in entgegengesetzte Richtung: zur Stadt.

»Diese Vindomina«, erläutert er laut wie ein Fremdenführer und wischt sich das feuchte Gesicht, »diese große Mutter von Österreich, ist ein recht umfangreiches Weibsbild. Da, der erste Bezirk, der sich uns und dem Franzjosefsqueu hier entgegenwölbt, ist ihr Becken. Sehr ungeniert öffnet Madame Vienna dort vis-à-vis am Roten Turm ihren Schoß.«

Er will die Freundin von ihren trüben Gedanken abbringen, es tut wieder einmal not, und führt darum seinen Vergleich mit bewährter Taktlosigkeit zu Ende. Also behauptet er ungeniert, die rote Turmstraße sei Frau Vindominas Vagina und die Kärntnerstraße nichts anderes als ihre Gebärmutter. »Am Muttermund mündet – sehr bezeichnend – der ›Fleischmarkt‹. Die Trottoirmädchen von Wien scheinen für diese Körper- und Straßensymbolik ein ausgesprochenes Verständnis zu haben, sonst würden sie nicht gerade in diesen matriarchalisch dunklen Partien des Stadtuterus herumschwänzeln – wie Protozoen!«

»Nun mache gefälligst einen Punkt!« schlägt Lili ärgerlich vor. »Du hast mir mit deiner unanständigen Symbolik den Weg durch diese Schlagader des Verkehrs kräftig verekelt, unmöglicher Mensch du!«

Sie denkt wenigstens nicht mehr an die Schöllerhofgasse, und Konrad, sehr damit zufrieden, rechtfertigt sich: Er arbeite halt, da es sonst nichts zu arbeiten gäbe, an der Humorfront. Und er meine es ernst. Er mache sich so den Zustand im matriarchalischen »Unnützer-Staat« klar: den Sumpf.

»Frau Vindomina stagniert wie ein Sumpf. Sie tut nichts. Ihre diplomatischen Auslandsvertreter treiben Fremdenwerbung wie Irene, führen Kunden zu, und sie steht wie die Mädchen an der Schlagader des Verkehrs und wartet auf Fremde. Es gibt aber auch Fremde, die kommen und wollen nichts zahlen und nehmen Mistreß Vienna ihr bißchen Geld aus dem Strumpf und hauen ihr noch den wohlgeformten Hintern voll. Und eines Tages, Madame Vindomina, kommt zu dir Jack, der Aufschlitzer.«

Ziellos biegen sie in die alte Römerstraße, die von der Gasse des römischen Marc Aurel zum Ring der Schotten führt, als unerwartet ein Nutzen aus Konrads obszönen Vergleichen springt. Hätten sie Lili nicht abgeschreckt, man schlenderte jetzt durch die Kärntnerstraße und sähe nicht das freundliche runde Gesicht, das sich mit einem Mal vor ihnen befindet und an irgendeine Erinnerung rührt. Welche nur ...? Berlin ...? Ja, richtig; in einem überfüllten Sälchen, da war zwischen vielen Gesichtern auch dieses ... in der Nähe des Halleschen Tors, an der Kulturfront, da hatte der kleine behäbige Mann ein paar beruhigende Worte zwischen die heftigen Debattierer geworfen. Ging es nicht damals um die gleiche Frage, die heute Lili bewegt: um die Forderung, draußen in den Sälen der Arbeiterschaft zu spielen?

»Wartet nicht, Künstler, bis sie zu euch nach dem Westen oder ins Zentrum kommen«, hieß es. »Sucht sie in ihren Quartieren auf!«

Wie heißt bloß der gute Mann, dessen Hand er schüttelt? Konrad schwebt unbestimmt vor, als seien sie nach jener Diskussion zusammen in einem Berliner Vorort gewesen, wo es etwas zu trinken gab und das gemütliche Mondgesicht ein ungemütliches Theaterstück vorlas. Könnt mich totschlagen, wenn ich noch eine Silbe davon behalten habe, denkt Konrad und murmelt Lilis Namen, was bei dem anderen automatisch den

Doppelnamen: »Schulz-Annaberg« auslöst. Richtig: Schulz-Annaberg, nun sind wir ungefähr im Bild: Hatte er nicht Gedichte in der »Linkskurve« und in Arbeiter-Illustrierten gehabt? Immerhin: Vorsicht! Es hat sich später herausgestellt, daß sich an jener niveauvollen Debatte in dem überfüllten Sälchen beim Halleschen Tor auch literarisch versierte Spitzel beteiligten.

Besondere proletarische Kennzeichen besitzt Herr Schulz-Annaberg nicht. In dem kugelig zufriedenen Gesicht stehen ein Paar gutmütig verschmitzte Äuglein. Weiter unten ein Bäuchlein. Dazu spricht er ein Sächsisch, an das man sich erst gewöhnen muß. Allein das Äußere ist nicht entscheidend. Lili wie Konrad haben genügend prächtig proletarische Erscheinungen erlebt, die später widerliche SA-Typen wurden.

Schulz-Annaberg einerseits, Crailing-Holler andererseits fühlen sich gegenseitig auf die Zähne. Es ist als sympathischer, wenn auch nicht völlig überzeugender Zug zu bewerten, daß Schulz die eben Begrüßten ins Café Schlagader einlädt: gleich links um die Ecke. Da ist es warm, das ist gut. Dort lese er seine Zeitungen.

Bald zeigt sich, daß der Schriftsteller über den Regisseur genauer Bescheid weiß, als der über ihn. Er braucht daher auch kein Blatt vor den gutmütigen Mund zu nehmen.

Er läßt sich ein kleines Gulyas kommen, für Lili und Konrad – sie sind beide noch völlig nüchtern – zwei große. Essend meldet er seine Schicksale, die ihn wundersam durch innere Emigration und Gestapo in dieses geruhsame Tschoch mit den schwarzrot gepolsterten Sitzwinkeln und an den Quell vieler Zeitungsnachrichten geführt haben. Der Inhaber des Tschochs (dies Wort bezeichnet in Wien ein kleines Café) ist ein Großvetter von Schulz-Annabergs Frau und ihr infolge einer verwickelten Erbschaftsgeschichte ein kleines Vermögen schuldig. Da dessen Auszahlung ihm unmöglich ist, bleibt dem Ehepaar Schulz nichts anderes übrig, als ihr Guthaben abzuessen. Das Paar Holler-Crailing will ihm gern dabei behilflich sein.

Nein, Schulz ist kein Naderer, sondern einer, den die Zentrifugalkraft des Weltgeschehens aus seinem Kreis herausgeschleudert hat und der dabei an einem Brotbaum hängengeblieben ist. Er ist kein Spitzel, sondern ein kleiner politischer Voyeur, Mäzen und Fouragemeister und versorgt Freunde von der Kulturfront mit Speise und Trank. Auch steckt er Holler diskret ein Heft der Revue mondiale und Lili eine Novelle des Schriftstellers Regler zu, der in Spanien kämpft. »Nicht hier lesen!« ersucht er flüsternd. »Kellner sind von jeher die geborenen Spitzel.« Er wartet, bis sich der Ober verzogen hat. »Im November war wieder einmal Polizei bei mir, hat aber nichts gefunden«, setzt er zufrieden hinzu. Dann, die Sauce mit weißem Gebäck auftunkend: »Sie haben keine Ahnung, was ich alles angestellt habe, bis es mir geglückt ist, den Großvetter meiner Frau in dem Tschoch zu entdecken.« So müßten sie es auch machen, rät er seinen Gästen: familiäre Querverbindungen suchen und ausnützen. »Ihr müßt auf euern Stammbäumen rumklettern wie die Affen.«

Konrad, dem dabei der Gasgeruch beim Spediteur Heidenreich, und Lili, der Sattel- und Seifendunst aus der Schöllerhofgasse in die Nasen steigen, rümpfen dieselben und finden, das sei keine Lösung. »Wie wäre es«, schlägt Lili vor, »Sie geben mir einen Schilling für Spanien …!«

»Leise!« haucht sie der Sachse an: »Sie sind entsetzlich unvorsichtig« und erklärt, seinen Standpunkt verteidigend, jedes Mittel sei recht, um sich durch die feindlichen Reihen zu schlagen.

»Wir liegen im Feuer, da muß man Deckung suchen. Nahrhafte Verbindungen! Das ist momentan die nützlichste Parole, die ich euch geben kann.«

Unter diesen Worten hat er Lili verstohlen zwei Spanienschillinge zum Rand ihres Tellers geschoben, die sie mit flacher Hand ebenso unmerklich einzieht. Sie sagen ihr mehr zu, als die nützlichste Parole des Ängstlichen. Ihre aristokratischen Längs- und Querverbindungen lehnt sie ab. Noch bis zur Reichstags-Brandstiftung hat sie vor den Arbeitern in Berlin rezitiert, so gern die schärfsten Chansons Erich Kästners gebracht, die hieb- und stichfesten Attacken Erich Weinerts, die feierlich dröhnenden Verse Erich Mühsams deklamiert. »Dreimal Erich« nannte sie dieses Programm.

Gern kam sie auch mit den handgreiflichen Balladen und Gesängen Brechts, die in die Häuserblocks drangen und in die Betriebe. Da brauchte sie nicht erst Texte zu suchen, sie wußte noch alle auswendig, in ihrer Zelle am Alexanderplatz hatte sie das gesamte Repertoire repetiert. Wenn sich der Traum vom Theater der armen Bezirke nicht ausführen ließe, müsse es wenigstens möglich sein, trug sie mit neuem Elan den zwei Männern vor, als Rezitierende hinauszuziehen, sei es auch nur für drei Groschen.

»Kämen an einem Abend nur hundert Proleten und jeder gäbe drei Wiener Groschen gleich anderthalb Pfennigen, so hätte ich täglich drei Schilling, mehr will ich ja nicht. Wenn einmal mehr eingeht, ist es für Spanien.«

Schulz, der trotz trefflicher Mahlzeit und einer Runde Cognac die Nüchternheit selbst ist, sieht sich veranlaßt, selbst diese bescheidene Hoffnung zu zerstören: »Mit Weinert und Brecht«, sagt er leise, »kommen Sie nicht nach Floridsdorf, sondern ins Anhaltelager Wällersdorf, Fräulein Crailing.«

Wien sei ein Dorf, erklärt er und empfiehlt den Besuch der Kleinkunstbühnen am Naschmarkt, Luegerplatz und dem einst sogenannten Freiheitsplatz. Da fände sich noch ein wenig Freiheit, eine Art Eselsfreiheit, darin seien die Herren in Wien großzügiger als die Humorlosen drüben. Vor dem Hanswurst hätten sie keine solch entsetzliche Angst hier. »Aber«, dämpft er gleich wieder, »das gilt nur in der Innenstadt. In den Außenvierteln ist es beinah das Gleiche. Einmal kam so ein Kabarett hinaus, da war der Vorhang kaum oben, schon mußte er wieder hinunter und das ganze Ensemble im Polizeiwagen ins Kommissariat. Außerdem«, dämpft er weiter, »kommen Sie durch die Kleinkunstbühnen nie an die Arbeiterschaft. Vielleicht sitzen in den Vorstellungen gelegentlich welche von ihren Vertrauensleuten, aber die erkennen Sie doch nicht, die sehen genauso spießig aus wie ich, ein bißchen magerer«, schränkt er gewissenhaft ein, »das macht bei mir das Tschoch. Kommen Sie ruhig immer her und quittieren Sie dem Ober! Sie sollten beide ein bißchen zunehmen.«

Versöhnter hört Lili den Umsichtigen ausführen, mit welcher Vorsicht die Funktionäre der Arbeiterschaft, »die Wirklichen, nicht die von oben bestimmten Autoritären, die haben keine Autorität«, im dunkelsten Dunkel fungieren. »Die Austromarxisten sind atomisiert. Jeder Mann seine eigene Zelle. Da ist kein Schauspiel möglich, sonst wirds eine Tragödie.« Der Lehrhafte fühlt sich befriedigt. Vielleicht, bemerkt er hinter der Zeitung undeutlich, könne Fräulein Crailing einmal in die »Neuen Konzerte« gehen; da käme sie vielleicht näher ans Ziel. »Aber vorsichtig! Sie scheinen mir ausgesprochen

unvorsichtig.« Auch Lili gelobt Besserung und erfährt daraufhin Interessantes, sehr Wienerisches.

»Du darfst es nur in Tönen sagen«, umschreibt der Behutsame das Thema. »Musik sei unpolitisch, ist die hier herr-
schende Meinung. In Lieder ohne Worte, Streichquartette und
Orchesterstücke brauche die Zensur sich nicht einzumischen.
Wenn einer Klarinette blase, halte er wenigstens das Maul,
meinen sie. Am liebsten wäre es ihnen, es würde bloß noch
musiziert, das ganze Volk müsse man durchkomponieren.«

Schulz schmunzelt charmant wie ein Conférencier: »Das
wäre die österreichische Form der Totalität. Metternich war
schon einmal nahe daran, aber dann kam das Jahr achtundvierzig, und der größte Philosoph des Landes sang ihm in die
Ohren, daß die ›früheren Verhältnisse‹ nicht mehr die von
heute sind: ›S gibt viel gute Menschen, aber grundschlechte
Leut!‹ Nestroys Publikum wußte, wer mit den grundschlech-
ten Leuten gemeint war.«

Ein Lichtblick, endlich! Lili schöpft Atem, nimmt Anlauf:
»Was die Musiker fertigbringen, müssen wir auch möglich machen. Konrad! Wenn das stimmt, besteht doch hier die Verbindung, die wir suchen: die Organisation, die du brauchst
und von der ihr behauptet, sie sei nicht zu schaffen. Wir müssen uns mit diesen Musikern zusammentun.«

Ihr Zuruf klingt wie ein Signal und viel zu laut für den Schulz.
Er muß gleich wieder dämpfen: Zur Zeit fänden keine Konzerte
statt; bis Frühjahr seien die Säle für Christ-Bescherungen und
Karnevalsbälle belegt; daran verdienten die Wirte mehr als an
Berg und Schönberg. »Probieren Sie es halt, Fräulein Crailing,
aber Vorsicht, Vorsicht, Sie verderben sonst alles!« verabschiedet er sich. »Und sorgen Sie für materielle Grundlagen, klettern
Sie auf Ihre Stammbäume, und: Stellen Sie künftig das Rauchen
ein, Holler!«

6

Wisent erwache!

Frau Donz, geborene Blumenau, befolgt schon seit Jahren das
System des weltklugen Schulz-Annaberg und hegt ihren
Stammbaum, der sich in die Breite und Tiefe erstreckt wie ein

gut gedüngter Gummibaum. Bis zu den jüdischen Großeltern von Christoph Columbus reichen seine Wurzeln, auf seinen Blättern steht der märchenhafte Pole Wahl, der für die Dauer eines Tages König von Polen war, stehen Vorfahren der Kaiserin Eugenie, steht Ludwig Börnes Onkel Marcus sowie der große Psalmensänger Akiba Frankfurter, dessen Geist zuweilen befruchtend über sie kommt.

Ihr Gatte jedoch hat, dem Geist der Nürnberger NS-Rassengesetze folgend, wie einst der große Friedrich, die Verbindungstür, die in das Schlafgemach seines Eheweibes führt, zumauern lassen. Nur noch die Geister der Ahnen besuchen seitdem die von Ehefreuden Getrennte. Den Psalm aber, zu dem der große Frankfurter sie begeistert hatte, widmet sie samt sorgsam angelegten Ahnentafeln dem treulosen und doch noch immer geliebten Karlgeorg zum Weihnachtsfest und harrt seitdem einer Äußerung seines Wohlgefallens.

Herta Müllhofer reißt schon den achtundzwanzigsten Dezember von dem Bürokalender des Verlags für Nordische Kultur, als Donz es allmählich für Zeit hält, einen Blick in das Werk seiner Gattin zu werfen. Verse, und gar ein Psalm, sind nicht sein Fall. Lyrik beschäftigt ihn nur in Gestalt saftiger Wirtinnen-Verse. »Frau Wirtin hat auch einen Donz«, brummt er munter vor sich hin, um sich nach dieser Einleitung den blumenauischen Ahnentafeln zuzuwenden. Er liest, blättert, greift sich entsetzt an den Kopf: Ist denn die Ida verrückt geworden? So viele Isaacs, Jehudas, Akibas, Manasses, Samuels, Israels, Eleasars, Sauls, Mordechais, Seligmanns, Oppenheims, Blumenaus, Blumenthals, Blumenfelds, Goldschmidts, Bernsteins, Simons, Sinzheimers, Speyers, Blums, Guggenheimers, Lippmanns, Bings, Hirschs, Bärs, Löws gab es selbst nicht in einem kompletten Jahrgang des Nürnberger Judenstürmers! Und Akiba Frankfurter – womöglich ein Ahnherr jenes Wilden, der unlängst den Sachwalter völkischer Belange auf Schweizer Boden abgeknallt hatte! Rasch in den Papierkorb mit dem Zeug! Psalm von den Stammbäumen – weg damit! Und dann zur Erholung ins Ambassadeur!

Aufgebracht wirft sich Karlgeorg in den Buick mit Wirbelstrom-Motor, den die Gattin zu Weihnachten gegen den Pontiac ausgetauscht hat. Buick, das läßt man sich eher gefallen als Frankfurter.

Der Papierkorb des Nordischen Verlags wird eifriger gelesen als seine gesamte Verlagsproduktion. Gründlich wie die geborene Blumenau hebräische Memorbücher, studiert das Mitglied der Arbeitsfront Herta Müllhofer die Papiere. Gründlicher als ihr Betriebsführer liest sie den Psalm von den Stammbäumen von Anfang bis Ende. Moralische Skrupel? Hat sie nicht; die hat man ihr abgewöhnt. Einige Stellen streicht sie braun an. Es sind die Verse:

> Das ist der Leidwald,
> der Blutwald,
> der Grabwald,
> unser Stammwald, der Wald unsrer Toten.
> Der von den Stammbaumfrevlern entwurzelt ward,
> den sie fällen und roden,
> und der doch immer wieder Wurzel schlägt,
> Schößlinge treibt
> und Früchte trägt
> auf Sumpfboden,
> Steinboden,
> im Bodenlosen,
> der im Sonnenlosen grünt und bleibt:
>
> Unser Kraftwald,
> Tag- und Nachtwald,
> unser ewiger Lebenswald,
> Wald unsrer Ahnen und Enkel.
>
> Sein Anfang heißt Vergessenheit,
> sein Saum reicht in die Ewigkeit.
>
> Du brauchst nicht hineinzugehn;
> du bist schon drin.
> Man hat dich da erwartet
> seit Anbeginn.

Jetzt hat sie den Chef in der Hand. Wieder einmal. Diesmal rettet ihn keine von Crailing.

Herta rollt die Papiere zusammen. Was die dazu sagen würde, die Crailing, denkt sie dabei, denn das Spionieren ist ihr beim ersten Mal schlecht bekommen. Ist ja noch glücklich abgelaufen ... soll ich ihr wohl auf die Zusendung antworten? Was die mir alles geschickt hat! Tolle Person! Aber hochanständig. Menschenskind, ich verspüre schon lebhafte Anfechtungen, wo soll das noch hinführen? Diese Crailing! Die Blumenau hat im kleinen Finger mehr Verstand als der große Karlgeorg. Ich glaub weiß Gott, ich fange schon an zu denken, denkt das unfertige Mädchen.

Im Ambassadeur ist es infolge unerfreulicher Wirtschaftslage oder wie die Kellner entschuldigend meinen, »Weil Silvester vor der Tür steht«, wieder einmal fad.

Donz zahlt und geht und fährt. Er kann ja noch immer ins Tabarin. Vielleicht nimmt man die kleine Müllhofer mit, denkt er im Buick. Sie war in letzter Zeit betont herb, das hat er gern, das macht Appetit. Oder hat sie damals doch etwas gehört, als Lili ...? Aber nein. Vielleicht ist sie eifersüchtig, das wird er schon rauskriegen. Er wird sie einladen, mit ihr tanzen, trinken. Ist er nicht der netteste Betriebsführer von Großberlin? findet er und nimmt die Kurve zur Pariser Straße. Hoffentlich trifft er sie noch, gewiß, sie hat ja noch den neuen Prospekt ins reine zu tippen. Und vielleicht sollte er auch die Ahnentafeln und den Psalm von den Stammbäumen wieder aus dem Papierkorb nehmen. Er bekommt einen kleinen Schreck. Manchmal ist er doch ziemlich leichtsinnig!

Da steht der Korb.

Donz bückt sich danach, sucht, wühlt, wirft wie ein Maulwurf Haufen auf, nichts fehlt, sogar Makulatur von Weihnachten ... Wo ist die Ahnengalerie nebst Psalter?

Tiefrot wie die Sonne über dem Acker taucht Karlgeorgs Glatze über der braunen Fläche des Schreibtischs auf. Dick und grimmig drückt sein Daumen auf den Taster: Langkurzkurz. Und er stellt den Papierkorb als stummen Ankläger vorn auf den Ecktisch, mitten in die braune Herde der eben erschienenen Prachtexemplare »Wisent als Erzieher«.

Herta Müllhofer hat rasch betipptes Papier aus der Maschine gezogen und unter der Filzunterlage verborgen. Im Eifer des Schreibens hat sie die Rückkehr des Chefs überhört. Was fällt ihm ein? Will er vielleicht spionieren?

Wollte er das, so würde Karlgeorg den Grund der mädchenhaften Verwirrung auf den fünf versteckten Durchschlägen entdecken. Denn dort stehen die Verse: »Sie tragen ein Kreuz voran / Auf blutroten Flaggen, / Das hat für den armen Mann / Einen großen Haken.« Aber zu Hertas Glück ist Donz frei von jeder Spionageabsicht. Da käme er auch bei Herta schlecht an, ihre Gegenspionage arbeitet rascher und vorsichtiger. Mit dem Kohlepapier und dem obersten Originalblatt ist sie schon auf dem Klosett. Und Lilis Urschrift auf der Glaubedurchschönheitskarte ist längst ausradiert, das geschah gleich nach Empfang.

Aber während des Ausradierens hat sich der Vierzeiler in ihr Hirn gedrückt. Er ist so einprägsam. Und ist dann in ihrem Hirn hin und her gegangen, als sei er selbst ein Radiergummi, und hat vieles wegradiert, was da geschrieben stand. Wie eine Schlagermelodie ging dieser Radiervers mit ihr zur Post, da schrieb sie ihn in Blockschrift auf eine Schreibunterlage, und mit ihr ins Restaurant Quick, da zeichnete sie ihn auf einen Bieruntersatz, und mit ihr ins Bett, da deklamierte sie ihn mit Schwung, und Dielke, der bei ihr lag, wollte wissen, ob sie das selbst gemacht habe, sie aber sagte bloß: »Du bist ja auch immer so schweigsam.« Und Dielke bestätigte aus eigener Erfahrung, denn er hatte drei Jahre in der Wehrmacht hinter sich: »Das hat für den armen Mann einen gewaltigen Haken.« Er konnte den Vers schon auswendig. »Das ganze Land ist voll von gewaltigen Haken«, meinte er: »Aufhängen sollte man die Bande dran.«

Auf das hin konnte sie es wohl riskieren und dem Bettgesellen die ganze Wiener Sendung zeigen. »So ähnlich habe ich mir das Ding gedacht«, sagte Helmut zur Schilderung der NS-Brandstiftung im Reichstag und nahm das Dokument in der Früh mit. Es gäbe welche, die dafür Interesse hätten.

Langkurzkurz zum dritten Mal. Immer mit der Ruhe! Wenn er es eilig hat, kann er ja auch zu mir kommen. Ich bin nicht neugierig. Die Sekretärin kann sich schon denken, was folgt.

Als sie den Papierkorb auf dem Ecktisch sieht, weiß sie, welchen Mist sie gemacht hat. Wenn man einen Papierkorb ausräumt, dann ganz. Nicht die Rosinen aus dem Kuchen polken! Damit nimmt man sich die einzige Ausrede: bitte, bei mir wird prompt aufgeräumt. Aber das macht jetzt nichts. Der jüdische Psalm, die Stammtafeln, das Wissen um Karlgeorgs Vergangenheit sind besser als die beste Ausrede. Crailings

Vorbild, Brechts Vierzeiler, Dielkes Einverständnis haben das Mädel rebellisch gemacht.

Sie geht also gelassen zum Ecktisch, nimmt den Korb herunter, stellt ihn an seinen Platz zurück, geht dann zur Tür und sagt im Hinausgehen: »Mit mir kannste sone Witze nicht machen, Karlschorsch.«

Der Angeredete steht entgeistert. Sein Mund ist aufgeklappt, geht anscheinend nicht mehr zu. Was fällt der Kröte ein? Das war ja geradezu … das ist … das grenzt direkt an Lili; so ähnlich ist die manchmal mit ihm umgesprungen. Was soll das heißen: »Sone Witze?« Ein unbehagliches Gefühl zieht in ihm auf.

Diese Worte haben Donz einen Schlag versetzt. Wo ist der Tiger, auf den er springen soll? Unsichtbar, ungreifbar lauert er im Dickicht. Auf einmal packt er ihn bei der Kehle, dann ist es zu spät. Zu spät steigt die Moral seiner Tigergeschichte in ihm auf: Es genügt nicht, einem Untier auf den Rücken zu springen, man braucht auch einen Hammer und den Mut, dem Wisent damit auf den Kopf zu hauen.

Er sinkt in den biegsamen Schreibtischsessel. So eine Frechheit von diesem Ding, einfach hinauszugehen, ohne seinen Befehl abzuwarten. Da waren die alten sozialdemokratischen Arbeiter bei Papa in der Bonbonfabrik doch bescheidener. Aber das gibts hier nicht. Noch ist er hier der Herr und Führer. Aber irgend etwas steckt dahinter. Langkurzkurz drückt er auf den Taster. Sonst würde die sich so etwas nicht herausnehmen. Ob sie doch damals bei Lilis Besuch …?

Herta erscheint. Sie hat ihren Mantel an und eine Aktentasche der Firma unter dem Arm.

»Was willste?« fragt sie hochnäsig kühl.

Donz im elastischen Sessel gibt sich den nötigen Ruck. Was zuviel ist, ist zuviel. Diese Pute! Der Österreicher wird preußisch: »Müllhofer, Dienst ist Dienst. Im Dienst wird nicht geduzt, verstanden.«

»Aber in den Überstunden, was, Karlschorsch?«

Sollte das ein Wink mit dem Zaunpfahl sein, ein Versuch, wieder einzulenken? Die Kühle der vergangenen Wochen gegen ein warmes Abendbrot einzutauschen? Dann hat sie es aber sehr ungeschickt angefangen. Jetzt ist ihm der Appetit auf die Kleine vergangen, das läßt er sich von einer Tippse denn doch nicht bieten. Und dann fällt ihm die Hauptsache ein: Wo sind die jüdischen Papiere, das ist doch glatter Diebstahl, außer der Müllhofer war niemand im Zimmer. Nichts Tabarin, nichts Abendbrot, er war ein viel zu nachsichtiger Betriebsführer, viel zu gut, von jeher war das sein Fehler. Jetzt, wo er weiß, worauf sie hinauswill, wird er andere Seiten aufziehen.

»Müllhofer, Sie sind fristlos entlassen. Weitere Schritte behalte ich mir vor.«

Herta sagt bloß: »Du kannst mich!« Und dann: »Gib bloß nicht so an, sonst biste hin, Karlschorsch. Wir wissen Bescheid, über alles!«

Einen Moment ist es, als werde sich Donz auf sie stürzen, ihr den Raub samt der Tasche entreißen. Aber da fallen ihm die Ahnentafeln und die Psalter ein. Er fühlt seine Position schwach und seine Knie weich werden. Hinter der Brünetten im grauen Zellwollmantel spürt er furchtbare Mächte, braune entsetzliche Dinge. Und er hat keinen Hammer, keinen Mut, dem Wisent eins auf den Schädel zu geben.

»Liebes Fräulein Müllhofer, was ist denn bloß in Sie gefahren? Zwei Jahre sind Sie jetzt im Verlag, ich verstehe Sie weiß Gott nicht. Was wollen Sie mit den Papieren bloß anfangen?« Vielleicht ist mit Geld was zu machen, denkt er. »Ich kaufe sie Ihnen ab; was soll ich mit Ihnen herumstreiten, es sind reine Privatpapiere, es handelt sich um –«

»Jawohl, Donz, es handelt sich unter vielem andern darum, daß Sie die Abstammung Ihrer Frau vertuscht haben. Mir persönlich ist das schnuppe. Schlafen Sie bei welcher Rasse Sie lustig sind, nur nicht bei mir!«

»Gut. Einverstanden. Ist ja auch schon eine Weile her. Meine Frau ist übrigens Polin, also Arierin, damit Sie es nur wissen, so gut wie Pola Negri. Unser Führer schwärmt für die Polen.«

»Auch für die Bolschewisten? Dann könnte ich ihm ja einiges vom nationalsozialistischen Österreicher erzählen, der bolschewistischen Freundinnen Geld zur Flucht aus Deutschland gibt. Oder von Mitgliedsbüchern der Roten Hilfe.«

Donz ist so weiß geworden wie die Strümpfe der Austronazis. Der biegsame Schreibtischsessel umfängt ihn und kippt ihn nach rückwärts.

Herta Müllhofer, die öfters mißbrauchte Angestellte, dürfte ihm jetzt getrost in das blutleere Gesicht schlagen, er würde nicht aufmucken; er hat irrsinnige Angst. Er würde, wenn sie davon anfinge, die Kündigung auf der Stelle zurücknehmen.

Aber Herta fängt mit ganz anderem an.

Nationalsozialistische Praxis und Taktik haben sie gelehrt, im ersten Moment der Verblüffung die unverschämtesten Forderungen zu stellen. Man drückt sie durch, wenn der Gegner schwach, dumm, nachgiebig oder waffenlos ist. Alle diese Voraussetzungen liegen hier vor. Der Moment ist da. Sie wird ihn ausnutzen. Er trifft sie nicht so unvorbereitet wie ihren Chef. Sie hat sich vorbereitet. Sie hat sogar in den letzten Nächten mit Helmut beraten und Pläne gewälzt. Selbst während der Weihnachtstage gab es nicht eine einzige Liebesnacht. Sondern immerzu Kriegsrat.

Dem Produkt, das in diesen Beratungen herausgekommen war, merkt man freilich die Zeit und die Arbeit, die es gekostet hat, nicht an. Es ist ein rohes Ultimatum und besteht nach alter NS-Sitte aus zehn Punkten, die Herta ihrem fassungslosen Betriebsführer schwungvoll aufsagt.

»Punkt eins«, deklamiert sie und hat ein welthistorisches NS-Gefühl: »Fräulein Herta Müllhofer erhält Prokura, Punkt zwei: einen dreijährigen Vertrag, Punkt drei: vier Wochen Sommer- und Punkt vier: drei Wochen Winterurlaub. Punkt fünf: Gehaltsaufbesserung um fünfundsiebzig Prozent. Sechs: Kein Abschluß darf ohne ihre Zustimmung erfolgen. Punkt sieben: Herr Helmut Dielke tritt in die Firma ein. Acht: Er hat auf die gleichen Bezüge Anspruch wie Donz in dem abgelaufenen Jahr. Punkt neun: Der Betrieb wird auf unerotischer Basis geführt. Zehn: Der Buick Fünfplätzer ist Geschäftsauto und in der Freizeit abwechselnd zur Verfügung der im Verlag Arbeitenden.«

Sie sieht nach der Uhr: »Unterschreiben Sie, oder –«

Er ist schon dabei. Die Haut ist gerettet.

»Bist du jetzt zufrieden, Herta?«

»Im Dienst wird nicht geduzt. Sie überlassen mir wohl – siehe Punkt zehn! – für heute abend den Buick. Ich bringe ihn dann in die Garage.«

»Haben Sie denn, gestatten, daß ich frage, einen Führerschein?«

»Ich gestatte. Herr Dielke hat ihn schon. Ich werde ihn noch kriegen. Bitte schön um den Garagenschlüssel, Herr Donz.«

<h1 style="text-align:center">7</h1>

Der große Schmäh

Viele Schicksalsfäden waren zerrissen, verweht, aber manche knüpften sich neu. Noch immer war Wien dafür der rechte Ort. Da liefen Fäden in allen Farben wie in den wohlerhaltenen alten Gobelins an den Wänden der Hofburg oder in den Spitzenvorhängen stiller Adelspaläste baroque und en rococo. Du brauchst nur irgendein Fädchen zu lüpfen und kannst das ganze Gewebe der großen Weberin Vindomina von oben bis unten und kreuz und quer verfolgen. Zum Beispiel: Jener Großvetter seiner Frau, mit dem der mondgesichtige Schulz-Annaberg seinen Faden im Wiener Gewebe und Crailing-Holler ein schönes Freitischchen erwischt hatten, dieser würdige Cafetier Franz Ziperny ist ein Vetter und Schulfreund jener Zipernys, denen das viel gelesene Nachrichtenblatt gehört, dessen Nachtausgabe soeben in den Wiener Gassen ausgetragen wird: »Der König von England kommt zu Besuch nach Wien. König Eduard VIII. als Gast Baron Rotschilds. Die Bundeshauptstadt im Fieber der Erwartung. Große Ovationen für Mrs. Wallis Simpson«, berichten die Schlagzeilen.

Schulz-Annaberg wird seinem gefälligen Verwandten und Schuldner Ziperny eine Empfehlung an den Zeitungsmagnaten in die Feder diktieren, die Konrad sämtliche Türen in dessen Pressekonzern öffnet. Aber was nützt ein ganzes Haus mit offenen Türen, wenn man durch sie wieder heraus muß? Dieses Wien, erkennt Holler, besteht aus vielen offenen Türen, durch welche der Wiener Wind alle Energie, Freundschaft, Solidarität, Überlegung, Gesinnung hinauspustet.

»Wenn Ihnen einmal etwas fehlt«, wendet sich der freundliche Besitzer des Café Schlagader an Lili, »Milz, Nieren, Galle, Herz, Lunge, gnädige Frau, und Sie wollen sich operieren lassen: Professor Horn, Chefarzt für innere Krankheiten, der Hofrat, ist ein angeheirateter Vetter meiner verstorbenen

Frau. Sie können sich bei ihm auf mich berufen. Sie sehen ein bißchen elend aus, gnädige Frau.«

Lili hat von der letzten Nierenoperation vor einem Jahr noch genug. Ihr Leib braucht nur mehr Ruhe und besseres Futter, und ihre Seele braucht ein wenig Hoffnung. »Wann werde ich das beisammen haben, Konrad«, seufzt sie. Der Faden, der von Schulz-Annaberg zum Operationstisch führt, gefällt ihr nicht.

Andererseits liest aber auch der Sekretär des viel vermögenden Kirchenführers, dessen Empfehlung in allen Anstellungsfragen entscheidet, im Schlagader täglich von fünf bis sechs seine Zeitungen. »Wenn die Herrschaften wünschen«, offeriert der geschäftige Cafetier, »kann ich Sie Monsignore vorstellen. In der Kirche zu den neun Chören der Engel am Hof hört er Beichte. Wenn er Sie regelmäßig da sieht, gibt er Ihnen gewiß eine Empfehlung an Eminenz. Und dann stehen Ihnen alle Türen offen.« Zum Hinausspazieren, das kennt Konrad schon. Auch dieser Faden zieht nicht.

Was aber Konrad und Lili und Ziperny und sogar der Chefarzt Professor Horn von der inneren Klinik nicht kennen, sind jene Fäden, die über den Neffen dieses Hofrats, den stud. rer. pol. Riedel, und dessen Freund, den stud. phil. Theodor Raesch, jetzt eben über die Renaissancerampe der Universität zu den beiden unansehnlichen Mädchen mit den spitzen Gesichterln laufen, die mit großen grauen Augen und nassen Füßen Ecke Mölkerbastei gewartet haben. Niemand sieht den roten Faden, der da gedreht wird und vervielfacht in die Vorstädte rennt, sich teilt und verteilt und in ungreifbare zähe Gewebe schlüpft. Niemand hört die Gespräche, keiner beobachtet die Bewegungen der vier jungen Menschen unter den dünn beschneiten Bäumen im Rathauspark.

»Da sind die Massetten zu Vittorio Rieti«, sagt die bewegliche Relly und schiebt einen Block Kartensätze in die Kollegmappe Riedels.

»Hast du deine Abrechnung über den Kammermusikabend Françaix-Martinu?« fragt der Philologiestudent ihre Schwester.

»Koarl«, antwortet diese und hat die gleichen grauen Wanderaugen wie Relly, »hat noch nicht abgerechnet. Da sind zweiunddreißig Schilling fünfzig.« Sie läßt den abgezählten Betrag in

Riedels Hand gleiten. »Eins fünfundsechzig für mich sind schon abgezogen. Den Favoritnern hats großartig gefallen.«

»Was habens denn gsagt, Mimi?« – »Die Pausen könnten halt etwas länger sein«, fährt Mimi fort. »Man will sich doch untereinander besprechen«, kritisiert Relly. »Sonst hams nix gsagt? Was hat ihnen denn alsdann so großartig gfallen?« will Raesch wissen. Mimi denkt nach. »Na so wörtlich ...! Zum Matusch hat halt einer gsagt, das wärn Parolen, hat er gsagt, ohne Worte, aber man täts schon verstehen, besser als manches Gedruckte und gäb auch mehr Mut, dann wolln viele wissen, was ihr's nächste Mal bringt.« Sie hängt sich in die Studenten, zieht sie zu sich, um es wärmer zu haben.

»Vielleicht das Streichquartett von Cowell, der hat das drüben im Gefängnis komponiert, könnt ihr beim Kartenverkauf erzählen«, antwortet Raesch, während er dem Mädchen seinen Wollschal gibt. Dankbar nickt sie zu ihm herauf. Wenn die sich ein bisserl herrichten könnt und richtig gut essen, denkt er, könnt sie direkt hübsch werden. Und sagt: »Cowell können wir ruhig aufs Programm setzen, den kennens hier net.« – »Habt ihr jetzt endlich einen Saal für Jänner?« fragt Relly und greift nach Riedels Schal. »Leihweise!« Er handle noch etwas herunter, antwortet der Student der Nationalökonomie.

»Zwei Kriminaler warn im letzten Konzert«, meldet Mimi, »glei zwaa. Habt ihr sie gsehn?« – »Gsehn und bezahlt«, sagt Raesch gleichmütig. »Für jeden zehn Schilling.« Relly empört sich.

»Da müssen wir bloß für die Krimi vierzig Stehplätz verbröseln, für die Bagage, die elendige. Als ob net ein Krimi mehr wie genug wär!« – »Von mir aus gar keiner«, sagt der lange stud. rer. pol. »Die Brings kriegt auch noch vier Schilling fürs Stimmenausschreiben, ich kanns ihr aber jetzt nicht geben, und der Saal im Dritten, da steht auch noch ein Rest. Alles wegen der Krimi, die beuten uns aus! Aber da läßt sich im Augenblick nix ändern. Der Rolf war doch selber oben, sich beklagen wegen den zwanzig Schilling Polizeigebühr. Weißt, was die ihm gsagt haben?«

Die vier Musikalischen drängen sich vor der Rathaustreppe enger aneinander. Wie Achtelnoten gehen ihre Köpfe dicht zusammen, hören, was man dem Rolf Satory auf der Polizei gesagt hat. »Zwei Kriminaler wären das mindeste, wo doch in unsern Konzerten die ganzen Anführer der roten Illegalen sitzen täten! Ich kann euch sagen, der Rolf ist sich vorgekommen, wie der Räuberhauptmann in der Gendarmeriestation. Hat sich natürlich nix anmerken lassen. Ja wie wär denn das möglich? hat er getan als ob. Davon weiß i ja gar nix. Aber wir, hat ihm der Obermacher von der Polizei gsagt. Aber das is doch meines Wissens verboten, hat der Rolf ihnen versetzt: Wann Sie die ganzen verbotenen Führer beisammen haben, da verhaften Sie sie doch, bitte! frech wie er is, und gedacht: Jetzt nehmens mich beim Krawattl. Aber wißt ihr, was sie gsagt ham? – A gehns! hams gsagt.« Riedel zieht grinsend das Wort ganz lang und wiederholt: »A geeehns!«

»Alsdann gemma!« endet Relly das eilige Meeting. Sie hat noch nicht alle Karten verkauft, und eher gibt sie keine Ruhe.

Jede verkaufte Karte zieht einen roten Faden in das graue Gewebe der Vindomina. Ihr ist die Farbe gleich. Sie webt und webt. Rote Fäden laufen über St. Margreten, Paris, Barcelona, goldene Fäden spinnen sich über Ärmelkanal und Atlantik, schwarze Fäden nach Rom, braune nach Berchtesgaden und Berlin, und von Wuppertal, Essen, Bochum, Düsseldorf ziehen Stahl- und Eisendrähte zum Knotenpunkt der Alpinen Montan-Aktiengesellschaft. Viele Fäden sind erst vom Blut zu reinigen. Bald sichtbar, bald unsichtbar laufen sie durch das ganze Land. Auch in Gefängnissen und im Anhaltelager Wöllersdorf verknüpfen sich manche. Manche knüpfen sich auf.

Wer Vindomina kennt, weiß auch von ihrer Tante Dorothea. Mit diesem Namen belegt das bedürftige Volk den Gebäudekomplex in der Dorotheergasse beim Graben samt seinen Filialen in andern Bezirken. Tante Dorothea ist das staatlich monopolisierte Pfand-, Leih- und Versatzamt. Nie hätte der letzte Sultan Abd ul Hamid geahnt, daß sein kostbares Gastgeschenk an den Gjaur Kai Nieman Effendi weit unter dem Materialwert um dreihundertfünfzig Schilling bei dieser Tante verpfändet würde. Aber wer kauft noch in Wien ein Zigarettenetui?

Der Himmel über Altmutter Vindomina ist schneegrau wie ihr Scheitel, und durch das Gewand bläst der Wind. Sie aber webt und webt, und die Fäden rennen.

Da kommt auch einer für Lili Crailing gezogen, ein Glücksfaden, in braunbraunem Werg gepackt. Kommt aus Berlin und läuft über die Emigrantenstiege zu Manne Brings und ist ein Buch aus dem Verlag für Nordische Kultur: die epochale Neuerscheinung »Wisent als Erzieher«. Herta Müllhofer hat es spediert. »Sie hat meine Sendung nicht vernichtet«, triumphiert Lili, »nicht denunziert!« und liest die Widmung: »Wisent erwache! H. M.« Das sagt viel. »Die läßt sich jetzt nicht mehr dumm machen!« Die Verbindung ist da.

»Du hast sie geknüpft«, sagt Konrad warm. »Ein glückliches neues Jahr!« gratuliert er, denn es ist Silvester, und küßt sie in der Wohnküche bei Manne Brings. Dann steckt er die Verpackung in seinen Mantel: »Diese Wisentpappe beseitigt jeden Verdacht. Die wird ein plombierter Waggon, ein trojanisches Wisent! Wen tun wir hinein?«

»Die Moorsoldaten!« ruft Lili und ist ein Feuer und eine Flamme. »Moorsoldaten« nennen sich jene Gepeinigten in hitlerdeutschen Folterrayons, welche man mit Vorliebe in sumpfige Moorgegenden legt. Ein Düsseldorfer Kollege Lilis hatte das so benannte Buch geschrieben und es fertiggebracht, das Grauen, das er mit vielen andern im Moor erfahren hatte, in einfachen Worten zu schildern.

Doch waren diese »Moorsoldaten« nicht nur ein Buch der Anklage, es war auch ein schlichtes Lied der Widerstandskraft aller Freien im Geist, das edelste Denkmal einer Solidarität, die selbst unter der Folter nicht aufhört. Überzeugender noch als in andern Kämpfen bestätigte sich im Moor der Glaube an den Sieg über die Peiniger. Sogar in die Folterbaracken der Lichtenburg drang nachts der Geist des unbeugsamen Hölz und pochte an die Schädel: Laßt euch nicht unterkriegen, haltet zusammen, seid stark! rief der Geist. Zusammenstehen, zusammenhalten, das war auch einer der Gründe, weshalb Lili der ruppigen Herta vom Bund deutscher Mädchen gerade dieses Buch schicken will. Sie hat es von einem Schweizer Kollegen, einem begabten Bonvivant, der sich Alberich Meili nennt. Bei langem fruchtlosem Warten im Vorzimmer einer Theateragentur hat er drin gelesen, sie hat von der Seite hineingeschaut, ihn angesehen, der Blick war ihr Ausweis gewesen. Alberich hat ihr am folgenden Tag das Buch gebracht. Weitergeben, hat er gesagt. Übermorgen kommt es auf die Post!

Ein Herz, eine Seele sind sie, heimkehrend von der Silvesterfeier. Sie gehen, eilen und prallen gegen ein plötzliches Hindernis.

»Dürfte ich«, unterbricht eine verschleimte Stimme im Weindunst die Einheit, »entschuldigen die Dame, prost Neujahr, dürfte ich den Herrn da um Zünder bitten, gestatten ergebenst meine Verehrung!«

Konrad gibt Streichhölzer. Der betrunkene Feuerempfänger quillt über vor Dankbarkeit: Das sei die wahre Freundschaft des Wiener Herzens, erklärt er schallend. »Kameradschaft, Herr Baron, was wollens mehr ... das ist Gemüt, das ist Herz ... alle Feuer für einen und einer Feuer für mich, merci monsieur!« Er fällt um Konrads Hals.

Konrad stellt ihn wieder zurecht, darauf stellt der sich vor: »Schaderer Leopold, sagens ruhig Poldi zu mir! Poldi Schaderer, du bist mein Freund ... der Gumpoldskirchner ist ein konzilianter Wein, Herr Nachbar, ein konsolidarischer Wein, verstehens mi? Da kannst trinken, soviel du willst, und kriegst kan Rausch, da wirst nur berauscht davon, merkens den feinen Unterschied, hä? Als Kulturmensch, Sie san a Kulturmensch, das sieht man. Das sieht man an Ihrem Herrn Paletot: alt, aber gut.«

Er fingert an dem Mantel, den sich Konrad aus Niemans Koffer genommen und hat herrichten lassen. »Wie lang tragens den jetzt beiläufig? Der hält eana noch gut scine sieben Winter, ein englischer Stoff, ein Gentleman von einem Stoff.«

Der alkoholische Schneider faßt Lili ins Auge: »Gnädige Miss«, fängt er an und macht eine schwierige Verneigung: »Darf ich Sie auf einen Gumpoldskirchner einladen, beim Deutschmeister is angesteckt, das ist ein toleranter Wein. Seien Sie tolerant, Herr Nachbar, ein Tschent! Herr Satory, schauns, das ist ein Tschent, der kriegt Göld aus dem Ausland, der is net auf unsre lumpigen Schilling angewiesen. Die Pülcher im Reich, die wollen uns zammhauen, kleinkriegen wollen die uns, die Nazis, die Erpresser, die Seeräuber, die Kassenschränker, prost Neujahr! Wanns denen die Hand geben, fehlt Ihna ein Finger hernach! Taschelzieher! Stinkbombenschmeißer!« schreit Poldi Schaderer über den Hohen Markt, als solle es über die Salzburger Alpen und Kalkalpen gehen und bis ins Kechfeld zur Austronazi-Legion: »Luftpiraten! Eisenbahnattentäter! Brandstifter! Saupreißn! Messerstecher! Kommt so a dreckater

Legionär auf so an armen österreichischen Zollinspektor zu-
gerannt, als wollt er ihn umarmen, i bitt Sie, er hat den Mann
gar net kennt, und ruft: ›Wir san ja Brüder, deutsche Brüder, jawohl!‹ und sticht ihm grad mit sein Dolch in den Bauch rein.
Einem Zollinspektor, was kann der dafür! Hochverräter! De-
serteure! Urkundenfälscher! Naderer! Mardeure! Betrüger!
Meineidbauern! Dollfußmörder! Hallodri! Hodalumpen!«
   Der Polizist Ecke Wipplinger hat die Ohren gespitzt, das ist
seine Pflicht.
   »Prost Neujahr, Herr Wachtmeister, sagens selbst, ob i net
recht hab! Nichts gegen unsre Regierung!«
   Beruhigt geht der Wächter weiter. Da braucht man kein
Juniabkommen, denkt er: A Besoffener hat immer noch soviel
Vernunft, daß er von selber aufhört. A Hitler nicht. Er schaut
sich von der Ecke noch einmal um: So is richtig, sie gehn in ein
Tschoch.
   Der Schneider hat sich in Konrad eingehängt. »Gnädige
Lady«, sagt er feierlich, »i bin seit heut früh unterwegs, Sie
werden es net für möglich halten: Zehn Halbe hab ich intus,
es können auch achtzehn sein, macht nix. Der Gumpolds-
kirchner, der is net wie die Nazis, denen fehlt die ältere Kul-
tur, das Konziliante, wie das der Herr Satory, der wohnt bei
mir, im kleinen Finger hat.«
   Er bleibt vor der Eingangstür stehen, wischt sich die Augen:
»Lady, Sie brauchen mir nix zu erzählen ... i hab Ihre Bilder im
Kopf, ich kenne Sie, gestatten: Schaderer, net Naderer, i bin
Legitimist, es ist mir eine hohe Ehre, Ihrer Bekanntschaft teil-
haftig zu werden. Miss, vor mir brauchens keine Angst zu haben, sagens ruhig Poldi zu mir, i bin diskret, Sie sind erkannt.
Wenn Sie ein Schneiderkleid brauchen, edle Lady, das kriegens
von mir so gut wie von an jeden perfekten englischen Tailor
Made, für eine Miss Simpson arbeite ich gratis und franco, bis
mir das Blut aus den Nägeln spritzt, nur für die Ehre!«
   Er nötigt die zwei in das Café Aurel. »Hier, gnädige Lady,
wird Ihnen niemand Ihr Inkognito lüpfen. Herr Haushofer,
drei Mocca für Miss Wallis Simpson und ihre Spezis. Der Wirt
is a mein Spezi, da gibts keine Kellner, da gibts ka Trinkgeld
brauchens da net zu zahlen, hier sa mer ganz unter uns. Bei die
Kellner, Mylady, da san zuviel Naderer, die Hausbesorger und
die Kellner – alles Pülcher. Wir Wiener san, alle san mir Pülcher,

Mylady«, bekennt er stolz. »I bin Anarchist, a anarchistischer Monarchist, Miss Wallis, a echter Wiener zuständig in Graz, i war a schon in England. Sagens nur Ihrem Herrn Bräutigam von England: Wenn er hier König wern will, meine Unterstützung, die hat er von vornherein, sagns ihm das nur: von vornherein. Sie brauchen sich net zu geniern, Wallis, von mir kriegt niemand was raus, net amal der Satory, der zahlt für das Zimmer im Monat sechzig Schilling, a hochanständiger Preis, pränummerando, der is ja bleed, ein Tschent is das, Wallis, a kommunistischer Gent, i bin a Kommunist, nix für ungut, mir san alles bloß Menschen. Wallisl, sagens Ihrem glorreichen schwerreichen Bräutigam King, bei uns hat ers gut, da hat ers glänzend, Ihr Inglischmenn, wir braucheten an König oder Kaiser, jenachdem, da wär der Ihre schon der Gegebene, er redt nix, das tun wir selber, er is ka Wiener, das san wir selber, und Göld hat er, das haben wir leider net, das bringt er unter die Leut: Wo a Hof is, da is auch a Göld. Der Jiddler, der Hiddler, wo hier seine Bilderrahmerln kauft hat für sein Kitsch, wo er gemalt hat – sagens selbst, Miss, wenn Sie die Wahl haben ...«

»Bei Ihnen hat er also kein Glück, der Hiddler?« fragt Lili den legitimistisch anarchistisch kommunistischen Monarchisten. Mit ausgebreiteten Armen wie um ein Rednerpult faßt das Wiener Prototyp um das Kaffeetischchen: »Schendelmenns änd Schendelgörls! Der Hiddler mit sein Nazialismus, der is, das sag ich Ihnen als alter Luegeranhänger, Schober und Schaderer, ein Herz eine Sööl, als alter christlichsozialer Antisemit und begeisterter Verehrer von Rafael Schermann und Karl Kraus, Sie kennen die Wiener Verhältnisse net, nein, Miss Simpson, Kaiserin von Indien: wissens net, was a Pülcher is? Das Pülchern ist des Wieners Lust. Was a Gangster is, wissens, a Pülcher verhält sich zu an Gangster wie a Amateur zu an Professional. Halt wie a Inländer zu an Reichsdeitschen. Der Nazialismus – da hättens letzten Sonntag im Stadion die Prügelei, wenns das gsehn hätten bei dem Fußballmatsch – i bitt Sie, Freilein, is dees Sport? Däs is Blöff. Däs is Schmäh, das werns do gelernt ham, was a Schmäh is. Sie Kaiserin von Britisch Indien und Madagaskar: Der Nazialismus, das kannst mir glauben, Wallisl, sag nur deinem King Bräutigam, i hätts gsagt: Der Nazialismus, das is a großer Schmäh. Ein ganz ein großer Schmäh«, schreit er durch das kleine Lokal. »Aber ein guter«, setzt er dann mit schlauen

tückischen Säuferaugen hinzu. »Aber a guater. Da könnens lang
suachen, bis wieder so aan guater Schmäh finden.«

Die weite Seele des Wiener Mittelstands hat sich ausgesprochen. Lili aber und Konrad, so oft sie auch in künftiger
Zeit an diese heurige Offenbarung einer Neujahrsnacht denken müssen, im Augenblick beschäftigt sie von dem ausgiebigen Suffgered nur ein Wort: der Name Satory.

Sollte das am Ende der gesuchte, verborgene Rolf Satory
sein? Sollten sie hier gegen drei Uhr nachts im Dunkeln endlich den richtigen Faden gefaßt haben?

Behutsam, um den Betrunkenen nicht stutzig zu machen,
stellt Holler die Frage nach dem Vornamen des Untermieters.
Aber der kommt daraufhin nicht zum Vorschein, nicht einmal
wo er wohnt, gibt der Schaderer an. Nur daß sein Mieter ein
Gent sei, Poldi jedoch ehemaliger Gewerkschafter, jetzt In-
nungsmeister der Zwangsinnung: »I bin nämlich, müssens
verstehn, ein gestrickter Gegner der ständigen Gliederung, däs
is ka anständige Gliederung, trinken wir noch an Schnaps,
Herr Haushofer, Hallordi, three Konjäks for Miss Simpson! I
bin durchaus kein Gegner der Monarchie, Wallis, wenn i den
Seitz auf der Straße seh, das war doch a Sozi, der letzte zünftige Bürgermeister von Wien, i hab ihn selber gewählt, i bin a
Demokrat, und wenn ich ihn auf der Gass seh, dann zieh i
mein Huat: Servus, Herr Bürgermeister! Das is a Tschent, der
Seitz, wenn er auch hat abdanken müssen, Ihr Herr Bräutigam, nichts für ungut, Miss, trägt sich ja mit ähnlichen Absichten, wie man hört, i verrat nix. Nie. Meine Freunde verrat
ich nicht, denen zahl ich an Cognac, Spezi, zahlen, keine Widerrede, jetzt kommts alle zwei mit mir hoam, und da stell ich
euch den Rolf Satory vor.«

Endlich wars raus.

8

Die Fliege im Bernstein

Karlgeorg war, was seine eigene Tätigkeit anging, seit je
Anhänger einer vierstündigen Arbeitszeit gewesen. Um so
eher kam er zu seinen ›Überstunden‹. Aber seitdem ihm diese
durch das Müllhofersche Ultimatum gestrichen waren, machte

ihm die ganze Verlagstätigkeit keinen Spaß mehr. Wo sein bester Freund, der Buick Fünfplätzer mit Wirbelmotor, weiß der Teufel zu welchem Zweck, immerzu unterwegs war, wozu da noch ins Büro? Wenn er sich hinbemüht, sitzt meistens dieser Herr Dielke an seinem Schreibtisch und hat unerklärliche Mengen Papier um sich herum. Donz kommt sich vollkommen überflüssig vor in seinem schönen braunen Gehäuse. Genügt wohl, wenn er ab und zu einmal hereinschaut.

Herta und Helmut sind zufrieden, den entmachteten Chef immer seltener zu sehen. Um so regelmäßiger sieht man ihn im Boccaccio, Casanova, Joshiwara und ähnlichen deutschblütigen Befriedigungsanstalten. Für sein Heim hat er eine neue Passion: eine Bernsteinsammlung, die er unlängst ersteigert hat. Süße Kindheitserinnerungen tropfen verewigt aus diesen goldgelben Herzen – wie einst in der väterlichen Bonbonfabrik der Honig gelb in die Kuchenmasse floß! Und dabei vom Standpunkt der Regierung aus völlig einwandfrei. Denn obgleich ihm persönlich ein Bernstein noch von den Sozialistischen Monatsheften her in fataler Erinnerung ist: In der Sprache des Dritten Reichs heißt Bernstein »das deutsche Gold«.

Das deutsche Gold, überlegt der Sammler, während er mit den blutig gesprenkelten Klümpchen spielt: deutsches Gold, also das beste der Welt! Wie wäre es da zum Beispiel mit einer deutschen Bernsteinwährung?! Keine Nation der Welt könnte es da mit uns aufnehmen. Ein Gedanke für Göring! Irgendwie erinnern diese rundlichen speckglänzenden Tertiärklumpen an die NS-Exzellenz, den glänzenden Reichsjägermeister, Generalfeldmarschall, Chef aller Wisente und Staatsschauspieler, Inhaber aller greifbaren Ehrenzeichen, der die ehrfurchtsvolle Widmung von »Wisent als Erzieher« zu Donzens Beglückung huldvoll entgegengenommen hatte. Wie wäre es mit einem noch opulenter aufgemachten Gegenstück: »Das deutsche Gold«? Darin der geniale Vorschlag der Bernsteindeckung als Ausweg aus allen Finanzschwierigkeiten, die sich den caesarischen Plänen des Führers hemmend entgegenstellten, erstmalig ans Tageslicht träte?! Damit wäre zugleich der darniederliegenden Bernsteinfischerei in großzügiger Weise geholfen. Der Einband des Prachtwerks müßte hier wohl am besten eine in ein Stück edlen Bernsteins eingesperrte Fliege zeigen. Vortrefflich! Schon sucht der Beflissene in seinen Behältern nach einem besonders kraftvoll geformten Bernsteinklöben mit gut erhaltenem Inneninsekt.

Dieses! Das braucht man nur zu kopieren, so wie es ist: ein hervorragendes Modell. Und zugleich ein Symbol! Karlgeorg grinst die gefangene Fliege an: Es gibt recht viele Fliegen, die in das deutsche Gold eingeschmolzen sind, eingefrorene Guthaben nennt man sie, Sperrguthaben. Sein Grinsen erstarrt. Im Grunde lebt er ja selbst mitsamt dem Verlag von Idas unverrückbaren Reichsmark-Guthaben als Fliege im deutschen Geld, das immer wertloser wird. O dieses Buch wäre höchst aktuell! Diese Frage darf man natürlich darin nicht anschneiden. Außerdem ist er gehalten, nach Punkt sechs des verfluchten Vertrags, der Müllhofer seine Idee vorzutragen. Ihr Kerl, der Dielke, würde gewiß bei der Besprechung zugegen sein. Weiß der Kuckuck, das hieße Bernstein vor die Säue werfen! Besser, ich rede vorher mit Ida. Sonst fängt er wieder an zu lachen, der Hurenbock! Sogar das ist ihm schon passiert. Als ob nicht gerade Lächerlichkeit heute die größten Chancen hätte! War der Gefreite aus Braunau mit dem Chaplinbärtchen und dem falschen Deutsch, war der fettglänzende Brocken mit Lametta am Busen, war das Humpelbein mit dem Briefkastenmaul etwa nicht lächerlich gewesen? Und heute? Na also. Lächerlichkeit ist jetzt eine Kapitalanlage. Über »Wisent als Erzieher« hatte die Ida auch ihre Witze gemacht: Ich solle mich lieber in eine Eselshaut nähen lassen, und jetzt? Jetzt hat das Hegamt für Wisentzucht tausend Stück mit Lederpressung bestellt, auf einen Sitz!

Er steckt das Bernsteinmodell mit der Fliege zu sich, benutzt das Haustelefon und begibt sich, nachdem er die Anwesenheit seiner Frau festgestellt hat, zu ihr auf das neutrale Gebiet eines Schrankzimmers, wo sie mit dem Sortieren der Wäsche beschäftigt ist. Soll sie ruhig lachen, soviel sie will, soll ihn ruhig auslachen: Je lächerlicher, desto besser! Das war die Parole der NS-Reichskultur und war eine gute Parole für Donz.

Aber Frau Ida Donz nimmt die Ausführungen des Mannes keineswegs lächerlich auf. Sie rechnet ihm nur vor, daß vom Wisent zwar bisher tausend Stück bestellt, aber noch keineswegs vom Hegamt bezahlt seien. Darüber hinaus seien, bei fünfhundert Gratisexemplaren in Leder, ganze neun Bücher reell verkauft. Die Zahl der Nachbestellungen sei null. Kalkuliert aber sei das Verlagswerk auf eine Auflage von fünftausend. Die bestellten Ledereinbände mit Pressung kosteten vermutlich ein Vermögen. Anzahlung bekäme man wohl nicht? Karlgeorg schüttelte den Kopf. Vielleicht, meint Ida ironisch, sei es günstig, ein wenig zu warten, bevor sie ihr gutes Geld in Bernstein wechsle. Dollars oder holländische Gulden seien ihr jedenfalls lieber. Am besten täte man daran, noch so viel wie irgend möglich ins Ausland zu schaffen.

»Ida, wir sind doch keine Devisenschieber«, ruft Donz entrüstet. Das kann die bescheidene Frau nicht ausstehen. Und von einem, der selbst schon Geld im Ausland hat, kommt ihr der Vorwurf besonders unverschämt vor.

»Devisenschiebung«, greift sie das Wort auf. »Du hast dich doch vor unserer Ehe mit Sozialethik befaßt, Karl. Nun sage mir, bitte: Welches sittliche Gebot kann in dieser kapitalistischen Welt einem Kapitalisten verbieten, sein Kapital dorthin zu tragen, zu legen, zu rollen, zu fahren, zu werfen, zu schaffen oder zu schieben, wohin er will? Wo doch bei uns Kapitalbildung zur allgemeinen Bildung gehört. Hab und Gut sind wohlerworbene Rechte, und seine Rechte soll und muß man mit allen Mitteln verteidigen. Hast du nie etwas vom Kampf ums Recht gehört?«

Karlgeorg glaubt, sich dunkel daran zu erinnern. Aber Kampf ums Recht käme in Deutschland jetzt nicht mehr in Frage. »Ich tue nichts gegen das Gesetz. Ausfuhr von Zahlungsmitteln ist gesetzlich verboten ...«

»Ich höre immer Gesetz«, lacht Ida leicht. »Hier gibt es doch keine Gesetze mehr. Gesetze stehen unverrückbar. Bei euch, Gesetzesschieber ihr, ist alles verrückt, verschoben. Eure ganzen Gesetze, Verordnungen, Verfügungen, Maßnahmen, Entscheidungen, Urteile sind doch gar keine Gesetze, sondern ganz einfach Delikte: Erpressung, Raub, Betrug, mein Lieber, und wer sich dagegen wehrt, kämpft für das Recht, die Moral. Wer immer aus dem Bereich der Erpresser Gelder, das heißt Mittel der Unterdrückung, herausschafft, oder wie du, das Geld, was er draußen hat, glücklich vergißt, um es nicht anmelden zu müssen, handelt tausendmal anständiger als jene, die in unserm alten Kinderspiel ›Räuber und Gendarm‹ zugleich die Räuber und die Gendarmen spielen.«

Sie ist über sich hinausgewachsen, die Unscheinbare am Wäscheschrank und spricht wie eine Richterin, bebend und fühlend, ihr Urteil:

»Deine Freunde, Karl, sind meine Feinde. Sie sind die Feinde der Menschen, denn sie wollen die Menschen ersetzen durch Antimenschen, Arier genannt. Wer gegen diese Gesetzesschieber, Rechtsschieber, Moralschieber kämpft, ob mit Worten oder mit Taten, handelt fair. Die Menschheit ist in der Notwehr. In der Notwehr, sagt das Gesetz, ist jede Waffe erlaubt. Was diese Wortschieber ›Devisenschieber‹ nennen, ist ein Werkzeug, unvergleichlich viel sauberer als alles, was auf der Seite, auf der du stehst, an Werkzeug und Waffen angewandt wird. Aus einem unmoralischen Geschäft ziehe ich eben mein Geld heraus, das ist alles, und das ist mein Recht.«

»Also, der langen Rede kurzer Sinn«, sagt Karlgeorg ungerührt, »du willst kein Geld in das neue Verlagsobjekt stecken, sondern es aus dem Geschäft rausziehen, mich ruinieren.«

Es hat keinen Zweck, mit ihm zu reden, denkt sie. Er hat von all dem kein Wort verstanden.

»Weißt du überhaupt, was du willst?« sagt er verdrossen.

»Ich möchte«, antwortet die Frau nach einer Pause, »einmal mit der Müllhofer reden. Nicht über Devisen, keine Angst: nur über das deutsche Gold und ein wenig über den Verlag im allgemeinen ... Hast du das ›Schwarze Korps‹ gelesen? Letzte Woche stand etwas von verjudeten Verlagshäusern drin, die sich arisch gebärden, das geht auf uns, Karl, das ist ein Wink. Es scheint mir richtig, die Müllhofer anzurufen.«

Jetzt springt auch die dem Tiger auf den Hintern, denkt Donz blöd. Das einzig Wahre, man geht erst gar nicht in eine Wüste mit solchen Bestien. In Vaters Bonbonfabrik kann so was nicht vorkommen. »Was kümmert mich, was die schreiben.«

»Es ist das Leiborgan der Gestapo und der SS.«

»Mach, was du willst«, ist alles, was Donz im Augenblick antworten kann.

»Ich will Fräulein Müllhofer zum Tee zu mir bitten.«

»Meine Stenotypistin zum Tee!« schimpft er laut. »Verrückt!«

Ida Donz ist der Ton nichts Neues. Sie schaut nur bitter zur Seite, und ihre Schultern gehen zusammen. So hat sie dagestanden, als sie das von dem Gatten unterzeichnete Ultimatum der Müllhofer zur Kenntnis nehmen mußte. So hat sie geschaut, als Donz die Verbindungstür zu ihren Zimmern zumauern ließ. Jetzt sagt sie nur: »Sie ist nicht nur deine Sekretärin ... Ihr habt einen Vertrag!«

Herta trägt ein dunkelgrünes Kleid mit etwas Stickerei, kein braunes Affenjäckchen wie sonst, auch das Abzeichenblech ihrer verschiedenen NS-Mitgliedschaften hat sie daheim gelassen und statt dessen drei Rosen gekauft. Sie ist kein blöder BDM-Fratz mehr. Der Geist des wachen Gewissens, der sie damals vor dem Rankecafé überrumpelte, hat seitdem mittels Prosa und Vers manche Störungen in ihrem Denken beseitigt. Sie denkt nicht mehr: das Judenweib. Aber sie denkt klar: Warum lädt die Dame mich erst ein, nachdem ihr Mann in der Patsche sitzt? Hereinlegen lasse ich mich nicht, denkt sie.

Aber von Hereinlegen oder Herablassung kann keine Rede sein. Frau Donz empfängt sie im Resedensalon wie eine liebe Freundin, erkundigt sich herzlich nach ihren Eltern. Nun, der Papa, Hausmeister in Zehlendorf, ist mit den Fortschritten seiner Tochter durchaus zufrieden.

Die wunderbaren Rosen gibt Frau Donz in eine irisierende Vase, ihr Geruch mischt sich mit dem Duft des Peccoblütentees, alles sehr fein, sehr kultiviert. Ida hat alles selbst gerichtet: Milch, Rum, Zitrone? Bitte, danke. Es ist nicht so ungemütlich, wie es Herta sich gedacht hat.

Daß ihr der Verlag nie Freude gemacht habe, verhehlt Ida nicht. Als ein Hochzeitsgeschenk habe sie ihn dem Bräutigam verehrt, freilich war er damals noch ›für Europäische Kultur‹ ... Nun aber, findet sie, habe das Spielzeug für ihr ungezogenes Kind keinen Reiz mehr, es sei auch nicht ungefährlich, ihn weiterhin damit spielen zu lassen.

»Er macht ja wirklich nur Dummheiten damit«, spricht sie offen aus. »Sie werden es selbst am besten wissen, gnädiges Fräulein. ›Wisent als Erzieher‹, um Himmels willen«, kommt sie in Rage: Als ob es nicht schon genug Erzieher zur Barbarei gäbe! Kindern dürfe man kein Gewehr in die Hand geben. Sie stockt. Jetzt ist sie wohl selbst leichtsinnig: Erzieher zur Barbarei? Sie sucht das Wort zurückzunehmen: »Ich meine es natürlich nicht im vulgären Sinn, gnädiges Fräulein.«

»Sie brauchen sich nicht zu entschuldigen, gnädige Frau«, sagt Herta und lacht wie zu Hause. »Ihr Mann, verzeihen Sie, ist ein Kindskopf, sehr richtig, und das Wisent ein aufgelegter Quatsch, da ist jeder Pfennig schad, den Sie reingesteckt haben, ich werde versuchen, den ganzen Kitt zu verramschen.«

Auf diese Verlagsankündigung hin hält es Ida nicht mehr für notwendig, die Donzidee mit dem deutschen Gold zu erörtern. »Haben Sie selbst irgendwelche Pläne?« erkundigt sie sich.

»Wir hätten schon«, deutet Herta an. »Es ist unbedingt nötig, daß der Verlag endlich aktiv wird, ich meine in der Bilanz. Wir wollen, damit etwas Geld hereinkommt, eine nette Romanserie bringen, was man so in Bahnhofsbuchhandlungen kauft.«

Ida Donz nickt anerkennend: »Auf so etwas wäre mein Mann nie verfallen. Haben Sie denn gute Autoren?«

Die Müllhofer will nicht recht mit der Sprache heraus. »Wir haben Freunde«, sagt sie vieldeutig, »und die haben auch wieder Freunde, und die können schreiben.« Wer das sei, ließe sich leider nicht sagen. »Vielleicht setzen wir meinen Namen oder den von Dielke aufs Titelblatt.« Sie hat rasch das linke Auge eingekniffen, dann kuckt sie harmlos im Salon herum, ihr Blick streicht über den grüngoldenen Bauch eines Buddhas auf der Vitrine und die Porzellanfigürchen hinter den Scheiben.

Frau Donz hat das Blickzeichen verstanden. Die Vermutung, daß von dem wenigen Lesbaren ein ziemlicher Anteil noch immer von jüdischen Venetianermännlein geschaffen wird, ist nicht von der Hand zu weisen. Ein Theaterstück »Die Mitschülerin«, das dem Nordischen zum Vertrieb angetragen war, hatte Ida vergangenen Sommer in Interlaken unter dem Titel »Eine unentschuldbare Stunde« gesehen. Dort war der Verfasser ein Ungar und Jude, nunmehr mit einem Schlag ein arischer Siegfried; das Stück, von Donz abgelehnt, von vierzig NS-Bühnen angenommen.

Auch Frau Donz zwinkert, und beide Frauen lachen. Dann wird dem Besuch die Villa gezeigt.

Wie zwei getrennte Mietparteien wohnen die Ehegatten nebeneinander.

In der Herrenabteilung, die sie zuerst betreten, ist die Bernsteinsammlung sehenswert. »Das Kind hat also ein neues Spielzeug«, bemerkt die Achtzehnjährige und hängt sich kindlich in den mageren Arm der Neununddreißigjährigen.

»Wollen Sie sein abgelegtes Spielzeug behalten?« fragt diese. Die Junge versteht die Frage nicht. Soll sie vielleicht wieder herausgedrängt werden?

»Ich meine«, sagt Ida und hält den Arm, der sich ihr entziehen will. »An und für sich war es nicht fair, sich durch politischen Druck geschäftliche Vorteile zu sichern. Sie brauchen sich nicht zu verteidigen, ich weiß, daß Sie in Wahrung berechtigter Fraueninteressen gegen meinen Mann vorgegangen sind, der Vertrag äußert sich deutlich genug …«

»Verzeihen Sie, gnädige Frau, ich habe das nicht gern getan.«

»Aber Herr Donz«, sagt die Gattin kalt, »tut so was gern. Ich schäme mich für ihn. Jetzt kann er sich wenigstens nicht beklagen, wenn er dafür bezahlen muß, der Austronazi. Juden sind ihre Geschäfte genommen worden, ohne daß derartige Gründe vorlagen.«

»Aber er behält es ja, ich möchte das Geschäft mit Helmut nur ein bißchen instand setzen und ihn vor zu großen Dummheiten bewahren. Für mich und Herrn Dielke will ich nur ein angemessenes Gehalt, oder halten Sie das vielleicht für zu hoch?«

Frau Donz verneint.

»Ja weshalb reden Sie dann immer von Wegnehmen? Ich denke nicht daran, Dielke auch nicht, wer spricht denn von Wegnehmen?«

»Das Schwarze Korps«, sagt Ida.

»Die sollen nur kommen, die Armlöcher.«

»Die werden kommen. Dann frißt der Schwarzekorps-Verlag den Nordischen samt Wisent und deutschem und jüdischem Gold.«

Schweigsam geht die Besichtigung zu der Damenabteilung. Im Ankleidezimmer vor eingebauten Schränken mit gleitenden Spiegeltüren muß Herta doch wieder denken: Was die reiche Jüdin für Toiletten hat, und unsereins flickt immer am selben Fähnchen herum. Aber davon läßt sie nichts laut werden, und es ergibt sich, daß Ida froh wäre, mehr Platz in den Kästen zu haben. Soundsoviel Kleider trägt sie ohnehin nicht mehr.

Wenn Fräulein Müllhofer dafür Verwendung habe? Gewiß habe sie, gern, sagt Herta und fühlt sich beschämt.

Kleider, Mäntel, Jumper, eine Jacke, ein Pelzkragen, Schuhe, ein Koffer und eine Menge Kleinigkeiten werden aussortiert. Eigentlich hätte ich das der jüdischen Nothilfe überweisen können, fällt Ida ein ... Aber davon läßt sie nichts laut werden, sagt vielmehr: »Ich möchte Ihnen gern noch etwas dazu legen.«

»Aber gnädige Frau, das ist wirklich zuviel.«

»Sie haben mich vorhin wohl mißverstanden, als ich Sie fragte, ob Sie Karls altes Spielzeug behalten wollen«, sagt Ida und klappt den Koffer zu. »Sie sollen es nämlich behalten, ganz, jawohl. Er denkt daran, den Verlag zu verkaufen, aber ich bin heilfroh, wenn wir ihn überhaupt auf anständige Art loswerden, nämlich nicht an Ihre schwarzen Armlöcher«, lächelt sie in ihrer bitteren Art. »Ich hoffe, Sie werden mehr Freude an dem Betrieb erleben als ich, vielleicht holen Sie etwas aus ihm heraus, ich habe immer nur hineingesteckt, und das tu ich nicht mehr.«

Zum Teetisch zurückgekehrt, macht sie vor einer Schale mit Südfrüchten Herta folgendes Angebot: »Sie kriegen von mir den Verlag mit allem Drum und Dran. Das Kapital bleibt drin. Die Miete für siebenunddreißig ist bezahlt. Wenn Sie übrigens für Ihre Romanserie etwas nötig haben, bei solchen Autoren scheint das Geschäft mir aussichtsreich«, lächelt sie freundlich klug. »Ich wäre auch bereit, mich ebenso still zu beteiligen wie die Schriftsteller. Wollen Sie nicht einmal nach Paris oder Prag oder Wien? Da finden Sie Begabungen, die schreiben für ein Butterbrot Herta Müllhofers sämtliche Werke, ich könnte Ihnen Empfehlungen geben.«

Wien, das ist kein schlechter Gedanke! Er beschäftigt das Mädchen in diesem Augenblick mehr als die Schenkung des passiven Verlags. Schön wäre es, wenn Helmut mit könnte, aber einer muß im Betrieb bleiben. Nach Wien ... Der Faden, an dem die Crailing sie hält, zieht mächtig. Einmal heraus aus dem blutroten Reich mit dem großen Haken! Einmal etwas anderes sehen, lesen, hören, schmecken, atmen, reden dürfen. Hinaus in die Ferne! geht ein Lied durch ihren Kopf und bekommt auf einmal den alten handgreiflichen Sinn: »Der Freiheit Hauch geht mächtig durch die Welt.« Und auch an die

»Moorsoldaten« denkt sie, so ein Werk, das zu verlegen! In einer Nacht hat sie es gelesen, am nächsten Tag Helmut, dann ist es, immer im Wisent-Umschlag, weitergewandert. Es ist eine starke Nachfrage nach dem Buch.

9

Melodram

Als eine Woche danach Lili und Konrad ihren häufigen Sonntagsweg nach Döbling und über die Emigrantenstiege machen, finden sie bei der Brings eine entwaffnend kitschige Karte der Berliner Siegessäule, darauf in steilen deutschen Buchstaben die Worte: »Komme demnächst geschäftlich nach dort und hoffe, Sie gesund und munter anzutreffen. Ihr großartiges Kinderbuch hat bei meinen kleinen Brüdern ungeteilten Beifall gefunden. Auf baldiges Wiedersehen, mit deutschen Grüßen, Ihre H.«

Lilis Herz tanzt. Der erste Mensch gelangt über den Abgrund zu ihr, die Brücke ist da, sie wird halten, ein Mensch kommt herüber! In Freude umarmt sie Konrad, Manne und Gäste, die sie noch gar nicht kennt, arme Teufel wie sie, trotz aller Großsprecherei, die sie nicht lassen können.

Da sitzt auf der Couch eine Sängerin, die Mittwoch in der Hofoper vorsingen soll. Hat mit Manne geübt und ist wahnsinnig aufgeregt. Niemand außer ihr selbst zweifelt an der Aussichtslosigkeit des Unterfangens. Vorsingen, Vorsprechen sind wienerisch höfliche Formen der Ablehnung, Matratzen, den Anprall der Arbeitslosen aufzufangen und in ein hilfloses Hopsen zu verwandeln. Die Hochdramatische aber genießt ihre Hoffnung, sie wird die Tosca singen, sie redet schon über Gage und Filmurlaub; der muß in den Vertrag! Niemand widerspricht ihr. Man muß den Menschen hie und da eine Hoffnung geben, denkt Lili und ist dankbar, daß sie eine hat. Die Müllhofer ist herausgeholt, mitten aus dem Lager des Feindes.

Im Lehnstuhl beim Öfchen sitzt ein neuer Gast, ein Schauspieler aus Teplitz-Schönau, Erwin Egdal, mit zerklüftetem Gesicht und leidenschaftlich verträumten Augen. Dumpf wie ein Herz pocht seine Stimme. Er hat ehedem in Berlin gespielt,

auch unter Holler in Frankfurt und München und füllt die ver-
räucherte Emigrantenstube mit Sympathie und Fantastik. In
Teplitz-Schönau ist er auf trügerische Filmaussichten hin aus
dem Vertrag gesprungen, nun sitzt er in Wien, hungert, raucht,
träumt.

»Unlängst hatte ich einen Traum«, erzählt er, und seine
Stimme klingt wie durch eine wattierte Tür, »einen sehr merk-
würdigen Traum wie eine Vision: Da saßen wir alle: Jessner
und Ophüls und die Bergner und Theo Otto und Holler und
die Gert und ich und die Crailing in Berlin im Romanischen
Café und sprachen wie früher. Und wir hatten alle ganz weiße
Haare.«

Aus der Stille, die entstanden ist, zieht Hansel Arlt Lili beiseite und zum Flügel. Er will ihr einen Plan anvertrauen, nur
muß sie ihm die Hand darauf geben, daß sie zu niemandem davon spricht. Dann präludiert er Varianten seiner englischen Seemannslieder, die sie schon kennt, und spricht von seiner unheilbaren Lungengeschichte, die sie auch schon kennt und die
ihr herzlich leid tut. Der lebenslustige und begabte Mensch! Er
habe nur noch ein Jahr zu leben, sagt er. Sie will ihn bemitleiden,
aber da wird sein Gesicht verbissen, er spricht von den nieder-
trächtigen NS-Taten der letzten Zeit; dann sagt er beherrscht,
während unter seinen Fingern seeluftige Klänge aufsteigen:

»Ein Österreicher bringt dieses Unheil in die Welt, und nur
ein Österreicher kann sie davon befreien.«

Lili versteht noch nicht ganz, hört ihn weiter spielen und reden:

»Dann hat mein Leben einen Sinn gehabt. Sterben muß ich
so und so. Ich nehme ihn mit.«

»Aber Hansel, das ist unmöglich, das ist außerdem sinnlos,
du machst alles nur schlimmer dadurch, mit der Person verschwindet doch nicht das System.«

»In zwei Monaten«, sagt Arlt unbeirrt, »bin ich drüben, ich
habe Empfehlungen eines Mannes, dem man dort nichts ab-
schlägt. Ich komme genau an die richtige Stelle. Was nachher
mit mir geschieht, ist mir gleich. Genug.« Und er haut in die
Tasten.

»Nein!« ruft Lili aufgeregt. »Du würdest schon vorher er-
schlagen, du kommst nicht zum Schuß, das wollten schon
manche.«

»Wir können noch ein Glas Wein trinken gehen«, sagt Arlt. »Auf das Gelingen!«

Konrad sieht an Lilis beunruhigten Augen, daß da etwas nicht stimmt. Als die beiden gehen, schließt er sich an.

Im Hinterstübchen beim Weinbauern um die Ecke erfährt er Arlts Absichten und Lilis bewegte Einwände.

»Aber halte ihn doch nicht zurück«, sagt er gleichmütig, »wenn er meint, daß er dazu berufen ist. Ich verstehe das, es ist österreichisch, nur ist es heut in Deutschland nicht mehr so leicht wie früher in Österreich; es genügt nicht, mit einer Pistole zu Meissl & Schadn zu gehen oder mit einer Armbrust nach Küßnacht. Der Tell-Schuß auf das Haupt des Kindes fände heut in einem Gestapo-Hof unter vollkommenem Ausschluß der Öffentlichkeit statt.«

In Lilis Augen steht die Angst um den armen Arlt. Da spürt sie Konrads Schuh auf dem ihren, fängt einen vielsagenden Blick auf und wird ruhiger.

Hansel Arlt hat es plötzlich eilig. »Also das überleg dir noch mal«, sie drückt ihm zum Abschied die Hand.

»Es ist überlegt«, sagt er starr. »Bis in alle Details.«

»Dann sei so gut, Arlt«, bittet Konrad, »und gib vorher Lili noch fünf Schilling für Spanien, sie sammelt.«

»Unzulängliche Maßnahmen«, versetzt der Niederösterreicher verächtlich, »damit gebe ich mich nicht ab.«

Lautlos lacht Konrad hinter den ledernen Kniehosen her. Lili in Zweifel: »Du meinst, es steckt absolut nichts dahinter?«

»O doch. Er will mit dir schlafen. Der Pfau schlägt ein Rad, und der Österreicher macht seinen Schmäh. Wenn es dir Spaß macht, geh mit ihm! Seine unheilbare Krankheit ist auch ein Schmäh, kommt mir vor. Von der droht sowenig Gefahr wie von seinem Revolver, der vermutlich bei ›Tante Dorothea‹ in sicherer Obhut ist. Ich gönne dir jedes Vergnügen, Lili, du siehst heute sehr unternehmungsfroh aus, das macht wohl die Siegessäule von Herta. Wenn du Appetit auf so einen Hansel hast, bitte! Ich möchte bloß nicht, daß du das rote Leuchten eines Affenpopos für die Morgenröte einer neuen Zeit ansiehst.«

Lili lacht nachdenklich, streichelt seine Hand und schlägt einen Spaziergang vor. Sie muß ins Freie, sie fühlt sich so frei. Das macht nicht der Wein, das kommt von der Siegessäule mit der Siegesnachricht.

Unweit dem Wirtshaus liegt ein alter Park, infolge von Straßenbauten schwer zu erreichen und menschenleer. Da klettern die beiden durch Schnee über Schotter, sehen sich in die erfrischten Gesichter, und über die Skythin kommt das Begehren von Monaten.

Plötzlich fährt sie zornig auf Konrad los: »Wie kannst du denken, ich schliefe mit irgend jemandem als nur mit dir, du!«

Er will etwas sagen, aber da haben schon ihre, seine Hände den alten zerrupften Astrachan aufgerissen, den stählernen Gürtelpfeil, der ihr Kleid hält, gelöst.

Zwischen dicken entlaubten Stämmen in der harten Kälte der elften Februarnacht stehen sie, glühen und packen sich an, entzückt ineinander geschleudert und nehmen sich, voneinander besessen im Nu. Und lachen dann und laufen wie die Pferde, Lili, die Leidende, kann lachen und jung sein und wieder rennen, ohne zu fliehen. Aus einem weitläufigen Pavillon mit merkwürdig vergitterten Fenstern kommt ein Lautsprecherkonzert. Ja, was ist denn das …?

»Das ist eine Irrenanstalt«, stellt Konrad, trunken von Lili, an dem Gittertor fest.

Und Lili, trunken von Konrad: »Da wären wir ja richtig … total verrückt wie wir sind! Hätten wir nicht bis zu Haus warten können?«

»Unmöglich«, antwortet Konrad und umschlingt die Geliebte und küßt sie.

10

Der zwölfte Feber

Dann kehren sie zur Emigrantenstiege zurück und schärfen Manne ein, falls im Lauf der nächsten Zeit jemand nach Lili frage, möchte man die Betreffende gleich zum Judenplatz bringen, in Konrads Kabinett im Mezzanin. »Aber nur, wenn es Herta Müllhofer ist!« beschwört Lili; es könnte ja auch jemand aus der Schöllerhofgasse sein, Eltern, Bruder. »Um keinen Preis verraten, daß ihr etwas von mir wißt! Am besten mich überhaupt nicht kennen.«

Lili ist nicht mehr zum Lachen zumute. Der Gedanke an dieses Elternhaus im zweiten Bezirk hat genügt, den seligen

Rausch zu verjagen. Wie der Schauspieler Erwin Egdal aus Teplitz-Schönau hat auch sie Visionen der Angst. Sie sieht den Vater stehen, rotblau im Gesicht vor Wut – so wie er am Schottenring vor dem Polizeirat stand, der ihm zwecks Identifikation ein Foto der Tochter vorlegte. Eine Fester von Crailing im Verbrecheralbum, das war sein Tod!

Aber er lebt noch immer. Neben dem Skat im Café Kriegsministerium hat sein Leben einen neuen Inhalt bekommen. Er wartet auf die Mißratene. Jeden Tag kann sie eintreffen. Dann wird er sie unter die Fuchtel nehmen und ihr die verbrecherischen Ideen austreiben; und wenn er sie soweit hat, wenn sie mürbe ist, zerknirscht, fußfällig, wird er sie neu erziehen, die Vaterlandslose in die Vaterländische Front einreihen, das rotweiße Bändchen muß sie am Busen tragen und eine stramme Monarchistin werden wie ihre in Ehren ergraute Mutter und ihr Vater, der vierte Sieger von Przemysl.

Kurz vor Mitternacht verlassen die Liebenden Mannes Asyl. Sie sind mit Rolf Satory verabredet. Der endlich Gefundene hat sie in ein Altstadtcafé bestellt. Dort will er sie mit Vertrauensleuten bekannt machen, um festzustellen, wie sie sich zu Lilis Vortrags- und Theaterprojekten verhalten.

Der Treffpunkt ist das Café Graf Stürgkh.

»Wenn sichs in Wien drum handelt, daß was geschieht«, hatte der alte Graf Stürgkh, der Ministerpräsident der österreichischen Monarchie, einmal zu dem ihn interviewenden Kai Nieman gesagt (und dieser erzählte es Holler und dieser jetzt Lili): »Wenn in Wien Not am Mann ist, holt man am besten einen Juden. Ich bin ein de-zi-dierter An-ti-se-mit«, hatte der dezidierte Kriegsfreund nasal und gelassen betont (Nieman hatte das gern kopiert, und Holler kopierte Niemans Kopie für Lili): »Und wenn ich einen leichten Schnupfen hab, laß ich einen christlichen Doktor kommen. Aber wenn mir was Ernstliches fehlt, hol ich doch den Bondi. Wenns drauf ankommt, braucht man in Wien ein' Juden. Und wenns einmal den alten Stürgkh umbringen wollen«, sagte der alte Stürgkh, »brauchens a an Juden dafür.«

Ein Jahr danach wurde der gräfliche Träger des österreichischen Kriegsabsolutismus beim Mittagessen im Speisesaal von Meissl & Schadn am Neuen Markt von Friedrich Adler, der ein Jude war, niedergestreckt. Und jetzt hieß nach ihm ein Café.

Lili und Konrad nehmen in einer Ecke Platz. »Siehst du«, sagt Konrad, nachdem sie bestellt haben, »dieser Adler hat nicht vorher gekräht wie der Arlt.«

»Aber bewirkt hat sein Schuß auch nichts.«

»Sag das nicht, Lili! Sein Heroismus hat im Zusammenwirken mit der zähen Weisheit seines Vaters einiges bewirkt, was wir in der ganzen Welt bewirken möchten und immer noch nicht fertigbringen: Die Einigkeit unter den Arbeitern. Die hat in diesem Land der Adler länger gehalten als sonstwo. Und wenn nicht Mussolini mit seinem Suvich den kleinen Dollfuß in das Verbrechen vom zwölften Februar hineingejagt hätte – wie der Göring den kleinen van der Lubbe in den angezündeten Reichstag –, wir hätten ein freieres Österreich, eine Heimat, die sich nicht ducken läßt. Vielleicht ist selbst das ein Verdienst der zwei Adler, daß man bis jetzt hier der braunen Masse nicht gleichgeschaltet ist. Vielleicht ist es ihnen zu danken, daß wir heut noch hier sitzen und in Ruhe auf einen Menschen wie Rolf Satory warten können – da kommt er.«

Wie eine Skizze seiner selbst geht Rolf Satory, der beim Einwohneramt als Rudolf Kleemann gemeldet ist, durch das hell erleuchtete Café, ein sichtbar gewordener Unsichtbarer, unauffällig in einen dunklen Mantel und blauen Cheviotanzug gekleidet. Unauffällig die mittelgroße Normalfigur, unauffällig Gang, Haltung, Gesicht, es hat keine besonderen Kennzeichen, die Haarfarbe zwischen braun und blond, Nase, Mund, Kinn sehr regelmäßig. Alles an diesem Mann ist normal, nur nicht sein Leben.

Bald nach ihm erscheint der stud. rer. pol. Riedel mit der großäugigen Mimi, der Kartenverkäuferin von Favoriten. Relly, ihre Schwester, ist krank. Zeitungen lesend, erwartet man noch den stud. phil. Raesch. Kurz danach ist er zur Stelle.

Die Studenten halten Lilis Anregungen für verbesserungsfähig. Der Philologe schlägt ein »Cabaret 1500« vor. Das klinge so zeitgemäß mittelalterlich, daß man bei der Zensur gar nicht darauf achten werde, wie groß und revolutionär sich damals die Menschheit entfaltete.

Viel Sonne und wunderbare Morgenröte war ausgebreitet um 1500. Mit heftigen beißenden Worten steigen die freien Denker, Satiriker, Sozialrevolutionäre Thomas Murner, Thomas Müntzer, Johann Fischart aus der Mappe des Sozialgermanisten. Der junge Reuchlin und der Rotterdamer Erasmus wetterten gegen die Dummheit der Welt, und der Stratforder Shakespeare, der die Unmenschlichkeit des Feudalismus sich in vielen Königsdramen von der Seele geschrieben hatte, sprach sein letztes Wort. »Der Staat, den ich mir denke« schilderte er:

Der Staat, den ich mir denke, wär in allem
ein Gegensatz zu jedem andern Staat:
Ich würde keine Art von Handel dulden
und keine Obrigkeit. Das Wissen dürfte
für Geist und Herz nur noch ein Glück bedeuten.
Es gäbe keinen Reichtum, keine Armut,
und niemand stünd in Diensten eines andern.

Verträge hörten auf, Besitz und Erbschaft,
von Pacht und Grenze wüßte man nichts mehr.
Metall und Öl, Korn oder Wein – es diente
niemandem mehr zum Vorteil gegen andre,
und niemand hetzte sich mit Arbeit ab,
da Arbeit hier als eine Tugend gilt,
auch nicht die Frauen, da sie rein sein sollen.

In meinem Staat darfs keinen Herrscher geben.

Das war der Schwanengesang des Schwans von Avon, gesungen im »Sturm«. »Heut fiele für solche Worte ein SA-Sturm über den Dichter her«, sagt Raesch und reicht Lili das Textbuch. Sie blättert, und aus den Blättern spricht zu ihr der weltweise Prospero seinen Trost: »Du leidest mit ihren Leiden – glaubst du, daß ich nicht tiefer noch erschüttert bin als du?«

Die Schauspielerin wiederholt den Satz, und die blasse Mimi sieht auf die Uhr und sagt: »Der zwölfte Feber hat begonnen. Vor drei Jahren an diesem Tag haben sie unser Karl-Marx-Haus beschossen.«

»Vor drei Jahren an diesem Tag«, sagt Riedel, »haben sie den Münnigreiter von Hietzing, der schwer verwundet war, auf einer Tragbahre zum Galgen geschleppt, und seine Frau war dabei.«

»Vor drei Jahren an diesem Tag«, sagt Raesch, »hat hinter der Reichsbrücke bei Kagran ein Geschützführer der Regierungstruppen, ein Arbeitersohn, den Geschützschwanz herumgeworfen, er konnte vor Wut nicht mehr an sich halten und hat in die eigene Mordtruppe geschossen.«

»Vor drei Jahren haben sie den Koloman Wallisch durch das Eisgebirge gehetzt, gefangen und an den Galgen gehängt«, sagt Satory, »und den Svoboda, den Bulgari, den Rauschenberger und den Ahrer und den Stanek und ihre Leichen dann eingescharrt in dem Massengrab, das die Stadtverwaltung ihnen am Rand des Zentralfriedhofs zuwies.«

»Ich möchte da hin«, sagt Lili, »morgen früh. Kommt ihr mit?«

Sie werden einzeln an dem Massengrab vorübergehen, wie zufällig, zwei und zwei, und es werden viele zufällig auf dem gleichen Weg sein, verteilt über den Tag. Dicht geschart werden die Geister der großen Humanisten zugegen sein, geführt von Murner und Müntzer, und es werden in endlosen Reihen die Zeugen der Wahrheit sich neigen, die Märtyrer der Konzentrationslager und Kerker, deren Knochen in keiner Kirche ruhen. Und über ihnen, von Morgenröte gefärbt, das himmlische Transparent mit den Worten Ulrichs, des Hutten: Ich habs gewagt.

Eine Woche nach dem Grabgang der fünf, es ist Montag, der neunzehnte, findet sich auf dem Judenplatz in Konrads Kabinett der Student Riedel ein. Er hat Lilis Theaterpläne verfolgt und ist dabei zu Freunden gekommen, die in der Zentrale des Kleinmieterbundes fungieren. »Die Kleinmieter«, referiert nun der tüchtige Student, »haben es unter der alten Regierung gut gehabt. Die Roten«, lacht er, »sorgten für menschenwürdige Wohnungen. Das viel beschimpfte ›rote Wien‹ bestand aus netten Zwei- bis Dreizimmerwohnungen mit Balkon und zu lächerlich niedrigem Mietpreis. Das war schon eine Erleuchtung, das wirkte auf das ganze Preis- und Lebensniveau, das merkt man sogar bei den von früher her ›geschützten Wohnungen‹ noch heut.«

»Das hier«, sagt Konrad und meint den Mezzanin der Frau Zischka, »ist auch noch so eine geschützte Wohnung, sonst käme ich mit der Miete nicht so billig weg. Aber meine Vermieterin weiß den Roten keinen Dank. Die ist Legitimistin.«

»So denken nicht alle Kleinmieter«, widerspricht Riedel; man fände unter ihnen die treuesten Anhänger. Er sei da mit einem Vertrauensmann in Verbindung, der wolle die Sache gern in die Hand nehmen. Allerdings, beginnt der Student zu drucksen, sei ihnen da eine kümmerliche Bedingung gestellt, die nichts mit Kunst zu tun habe; das Stück, das man vor den Kleinmietern aufführen könne, müsse sich vor allem mit den Sorgen und Interessen der Kleinmieter befassen, zum Beispiel: Hausreparaturen, Altbauten, Neubauten, Kündigungstermin, Exmissionen, Mieterhöhung. Ob man in der Geschwindigkeit ein solches Stück zusammenschreiben könne? Ob man das überhaupt könne? Aber anders sei es vorläufig nicht zu machen: Dramen nach ihren Herzen könnten die Vertrauensleute bei dem Veranstaltungsausschuß nicht durchbringen, so groß sei das Vertrauen nun wieder nicht. Aber wenn man so ein richtiges Kleinmieter-Spiel, womöglich »auch mit a bissl Humor« zusammenbringe, seien ein Dutzend Vorstellungen durch die Bezirksverbände gesichert, auch für Dekorationen und Möbel wollen sie dann sorgen. Die Kleinmieter seien in dieser Hinsicht nicht kleinlich.

Ob man nicht Konzessionen machen und rasch so ein Gelegenheitsstück zusammenhauen könne?

Nein, meint Konrad verschmitzt, darin mache er keine Konzessionen, und lächelt wie der Igel im Wettlauf mit dem Hasen: »Hauen Sie nur ein Stück zusammen, Riedel; mein Kleinmieterstück ist schon da!«

Und er erklärt dem Ungläubigen, es sei dies Kleinmieterstück von einem Autor, der, als er es schrieb, noch unbekannt und sozialistisch war, jetzt aber alt und weltberühmt. Er heiße G. B. Shaw, das Stück »Die Häuser des Herrn Sartorius«, beginne auf einem Aussichtspunkt am Rhein, könne aber ebenso gut auf einer schönen Aussicht in Wien anfangen: auf dem Kobenzl, dem Kahlenberg oder am besten oben im Turmhaus-Restaurant in der Herrengasse.

Der seit Jahren entschlafene Regisseur ist wieder in Konrad Holler erstanden und dramaturgisch am Werk: Dadurch, daß sich die von Shaw gegeißelten Mißstände in Londoner, nicht in Wiener Elendsvierteln abspielten (und das dürfe man natürlich nicht ändern!), sei kein behördlicher Einspruch zu fürchten. Für die Kleinmieter werde die Sache schon klar; da sei alles enthalten, was ihren Alltag erfülle, setzt der Regisseur auseinander. Erwin Egdal habe die Rolle des geschundenen

Schinders und Mieteneintreibers in Berlin mit Erfolg gespielt. Richard Bachmann könne man wohl den servilen Kapitalistenknecht William de Burgh anvertrauen, sein ewiges Grinsen paßt ausgezeichnet dazu. Den Schmarotzer Harry mit der scheinaltruistischen Ideologie müsse Alberich Meili spielen.

»Er ist Schweizer, hat die Moorsoldaten aus der Schweiz herein- und Lilis erste Spanienkollekte hinausgeschmuggelt, er muß unbedingt dabei sein«, betont der Spielleiter. Schade, daß für die arme Lili sich in dem Hause Sartorius nur ein geprügeltes Dienstmädchen finde, er hätte ihr etwas besseres gegönnt als Prügel.

»Schad, daß sie nicht da ist«, bedauert der Student. »Morgen also treffe ich unsern Mann. Wenn er ja sagt, woran ich nicht zweifle, können Sie mit den Proben beginnen. Vielleicht kann ich euch dann auch miteinander bekannt machen, er muß nur sehr vorsichtig sein. Jedenfalls haben Sie übermorgen das Resultat.«

Aber schon am Dienstag, als der Student sich mit dem ungenannten Freund unter dem Viadukt beim Hernalser Gürtel trifft, werden beide verhaftet.

Seit Wochen war dem Kleinmieter-Vertrauensmann die Polizei trotz all seiner Vorsicht auf der Spur. Nun fiel auch Verdacht auf den unbeachteten Studenten der Nationalökonomie. Dieser aber will weder Lilis Theaterpläne noch das Cabaret 1500, noch beider Zusammenhang mit den Kleinmietern preisgeben und gibt daher im Verhör keine Auskunft über den Zweck der Hernalser Zusammenkunft mit dem Politischen.

Als Riedel acht Wochen danach dank der Bemühungen seines Onkels, des Hofrats Professor Horn, des großen Internisten, endlich entlassen wird, muß er schleunigst ins Ausland.

Er fährt nach Paris. Und Lili und Konrad sehn ihn nicht wieder. Wieder ist ein Gewebe zerrissen. »Die Häuser des Herrn Sartorius« werden nicht aufgeführt, die Wohltat des Kleinmieterbundes bleibt Crailing und Holler versagt, das Cabaret 1500 findet nicht statt.

»Ja mach nur einen Plan! Sei nur ein großes Licht!« singt nun auch Lili. »Und mach dann einen zweiten Plan, gehn tun sie beide nicht.«

»Einen zweiten?« fragt Konrad.

»Es ist wohl schon der zehnte«, antwortet Lili. Auch die

Müllhofer läßt nichts mehr von sich hören. Ist das Kabel durchschnitten? Die Brücke gesprengt?

»Mit uns verglichen war Sisyphus ein erfolgreicher Jongleur!« seufzt Konrad.

Und auch in der Leitung der zukunftsvollen ›Neuen Konzerte‹ hatte es Streitigkeiten und Quertreibereien gegeben. Ein Kompositeur, der nicht genug aufgeführt wurde, und die hurtige Frau eines Flötisten, der überall die erste Flöte spielen will, lähmen mit vielen Intrigen den Fortgang der Arbeit, und Rolf Satory bedauert tief, kein Stalin zu sein und nicht das ganze klüngelnde Stänkerertum auflösen zu können. Aber er hat nur seinen Taktstock, und auch den wollen die Streitsüchtigen ihm aus der Hand winden. Wie soll er in diesen aufreibenden Kämpfen die Zeit finden zum Wichtigsten: den Zusammenhang mit den musikalischen Proletariern in Ottakring, in Favoriten, in Floridsdorf, Brigittenau zu erhalten und auf Simmerring, Inzersdorf, Neidling, Kagran auszudehnen? Nein, sagt er sich, es hat keinen Zweck mehr.

Kurz entschlossen legt er den Taktstock nieder und löst seine Musik-Gesellschaft auf. Dann begibt er sich in die äußeren Bezirke zu dem Stammpublikum seiner Konzerte.

Seine disharmonischen Stänkerer aber zappeln wie Fische auf dem Trocknen. Mochte der Kompositeur dirigieren, soviel er lustig ist. Kein Publikum kommt mehr zu ihm; die Proleten halten Disziplin. In einigen Bezirken gründet Rolf Chorvereinigungen, in andern gibt er bereits vorhandenen Gesangvereinen neuen Elan. Im Turnverein Inzersdorf arrangiert er einen Vortragsabend für Lili von Crailing.

Ihr Programm, das sie mit Hilfe des Studenten Raesch zusammengestellt hat, beginnt mit dem Vorspruch des alten deutschen Dichters Seume:

> Die Schlechten sind tätig und verwegen.
> Die Besseren – denn Gute kann man sie nicht nennen –
> sind träge und furchtsam.
> Das erkärt den meisten Unsinn, den wir in der Welt
> sehen.

Ehrwürdige Schriftsteller, gegen deren Namen eine Wiener Zensur nichts einzuwenden hat, folgen mit aufwühlenden Versen. Sie spricht Schiller, Grillparzer, Bürger, Freiligrath, Herwegh, Büchner und zum Schluß William Shakespeare.

Die Sammlung, um die Lili, noch ehe der Beifall zu Ende ist, für das verratene Volk der Spanier bittet, bringt vierzig Schillinge.

11

Der Angsttraum

Nicht mehr der Schnee, nur noch die Strümpfe der Austronazis strahlen in unvergleichlicher Weiße. Vom Süden her über die Länder des österreichischen Bundes zieht Föhn, die Wiener stapfen durch gräulich-bräunliches Gemenge, und die Wintersportler müssen weit in die Berge fahren, um auf brauchbare Schneefelder zu stoßen. Weiße Wolken legen sich in weichen Nebelflocken in die Berge, wie Eiszapfen im weißen Gelände. Am Morgen beobachtet die alte Frau Zischka, wie das Quecksilber in der Glasröhre vor ihrem Fenster im Mezzanin über den Nullpunkt hinauskriecht und sagt weise zu ihrem Untermieter, der jemand an der Bahn abholen will: »Der Winter ist milder als die Menschen.«

Der Kohlenvorrat der Zischkabaude war dahingeschwunden wie Lilis und Konrads Vorrat an Barem. Nun kommt man zur Not ohne Heizung aus. Zum Aufenthalt freilich ist es im Kabinett noch zu kalt, aber die Wirtin weiß, wo ihre Untermieter gewöhnlich zu finden sind: im Café Schlagader, wo der treue Schulz-Annaberg durch Onkel Ziperny sie noch immer in Jausenform subventioniert.

Dort wartet Lili schon eine Stunde. Die Zeitungen des gestrigen und heutigen Tages sind durchgelesen, die Illustrierten durchgeblättert. In den reichsdeutschen hat sie viele der fotografierten Gesichter durchbohrt gefunden; es sind Gesichter des Dritten Reichs, dünnlippige kalte Gesichter mit niedrigem Lächeln. In vielen Wiener Caféhäusern kann man diesem Ausdruck der Wiener Volksmeinung begegnen.

Lili wartet unruhig. Sie will mit Konrad zur Generalprobe eines neuen französischen Stücks. Konrad aber ist zur Bahn, eine kranke reiche Großtante abzuholen. Sie ist die erste Frucht, die von seinem Stammbaum fällt, auf dem er, Schulz-

Annabergs Ratschlag folgend, seit Anfang des Jahres herumge-
klettert ist und heftig geschüttelt hat. Lili haßt diese Korrespondenz, die nach allen Windrichtungen geht und die sie als ein
Zwischending zwischen stumpfsinniger Genealogie und Erb-
schleicherei bezeichnet. Warum schreibt er nicht lieber an Feh-
renbeck in Moskau oder an Wanderbühnen im Wolgagebiet? In
ein paar Jahren, meint er, habe es vielleicht Zweck, jetzt nicht.
Jetzt würde er diese Alte umschmeicheln, die zur Erhaltung ihres teuren Lebens die teuersten Wiener Ärzte in Bewegung
setzt! Und er würde doch nichts dabei ernten als Almosen und
Erniedrigung. Wo er nur bleibt? Ist ihm das Theater, ein Blick
in die französische Literatur, ist sie selbst ihm nicht wichtiger als
diese Alte mit der Geldtasche, die sie ja doch nicht für ihn öffnet! Unmutig blättert die Ungeduldige in einem Band, den sie
aus ihrem gemeinsamen Stübchen mit auf den Weg genommen
hat. Bücher oder Broschüren hat sie immer bei sich; die Skythin
ist ebenso lesehungrig wie tatendurstig. Da ihr Taten verwehrt
sind, liest sie jetzt um so mehr.

Es ist das Buch, das Konrad aus Kai Niemans Bibliothek als
volkspsychologischen Reiseführer mit in »das Land der Träumer« genommen hat. Seltsam, wie oft dieser tote Nieman und
wie lebhaft er in ihr Denken tritt. Fast so lebendig wie der ver-
teufelte Hölz in diesen vier Monaten.

Sie liest die Schilderung der ersten keltischen Eindringlinge
in das von Mongolen besessene Donauland. Einige Stellen hat
Konrad angestrichen.

»Der nach dem Osten wandernde Kelte war bereits ein De-
kadent«, liest sie, und weiter: »Alle Eroberervölker sind das;
auch Barbarenvölker können nur im Zustand der Schwäche
sehr kriegerisch sein.« Aha! bemerkt Lili am Rand und: Sehr
wahr!

Sie blättert um: »Der dekadente Eindringling betäubte sich
an Kräuterdämpfen, trank unmäßig und schminkte sich die
Augenlider. Herrschsüchtig und stets zu Streitereien geneigt,
war er unfähig, auch nur eine vernünftige Ratsversammlung
abzuhalten.« Zweitausendfünfhundert Jahre soll das her sein?
Das ist ja heut und morgen. Wo nur der Konrad bleibt?

Sie sieht auf die Uhr und wieder in ihr Buch. Soll sie gehen?
Es ist halb elf. Noch ein paar Minuten!

Das Buch fährt fort: »Skrupellos und genußsüchtig besaßen

die keltischen Taugenichtse alle Eigenschaften, mit denen man Kolonien gründet.« Nun behaupte noch einer, der deutsche Kolonialanspruch sei nicht begründet, notiert Lili und liest in grimmigem Vergnügen: »Sie belohnen sich für ihre Tapferkeit mit großen Schweinefleischstücken vom Bratspieß und prahlen mit ihren Wunden, die sie selbst erweitern, um größere Narben zu haben.«

»Die Wiege des Propagandaministeriums« steht da bereits, von Konrads Hand. »Sie sind gegen jeden gastfreundlich, der ihre Großsprechereien geduldig anhört.« Vielgenannte Groß-interviewer, vertrauensselige Mittler aus mancherlei Ländern und Lagern, hohe Gäste vom Obersalzberg, Geldspenderinnen und Spender der Neubarbarei, Diplomaten und Undiplomaten treten vor Lilis inneren Blick. Ihr Auge sieht ihre Gesichter: da – da – und da – sind sie nicht durchstochen? Was drängen sie sich an ihren Tisch, da steht doch jemand, vielleicht steht er schon eine Weile da. Konrad? Sie blickt auf –

Es ist ihr Vater.

Es ist der Oberst Fester von Crailing wie ihre Angstträume ihn zeigten: Augäpfel, die im Fett der Wülste wütend schmoren, der Mund drohend vorgebaut und wie ein Loch. Ihre Hand ist noch im Schreiben, sie faßt nicht, was Wirklichkeit ist und was Traum. Sie schreibt auf, die Vision rührt sich nicht vom Fleck. Der Unterkiefer klappt zu: »Bist du endlich fertig? Los!«

Der Oberst ruft: »Zahlen!«

Der Ober wundert sich; die Dame hat noch nie gezahlt. Lilis Arme hängen wie lose Ärmel. Ihre Kehle ist gedrosselt. Sie faßt noch immer nicht, was da geschieht.

»Sofort kommst du mit.«

Sie steht auf, geht wie im Schlaf.

In der Kreuzung der schneenassen Gassen blickt sie sich hilflos um. Kein Konrad. Natürlich. Er muß bei der Alten sein. Das ist ihm wichtiger.

Sie möchte ausreißen wie schon als Kind, über die letzten graubraunen Schneehaufen, um die Ecke und weg! Wie der Hölz will sie entfliehen. Schon hat der Oberst sie bei der Hand.

»Bei dem geringsten Fluchtversuch«, lügt er drauflos, »rufe ich den nächsten Wachtmann und übergebe dich der Polizei, da liegt schon dein Steckbrief.«

In erstickendem Schweigen stapft der private Gefange-
nentransport zum Quai, zum Kanal.

Hineinspringen! denkt Lili. Aber selbst diese Freiheit ist ihr
genommen. Die Vaterhand hat sie gepackt wie einen Pferde-
striegel.

Von der Marienbrücke senkt sich ihr Weg hinab zur Schöllerhofgasse, in die Strafanstalt der Familie.

Drittes Kapitel

Die Ungreifbaren

1
Schallplatten

Ein paar Minuten nach der Gefangennahme Lilis durch Crailing betreten die Schauspieler Egdal und Bachmann das Café, begleitet von zwei jungen Mädchen, die eine weißblond mit schmalen Eidechsenaugen, die andre brünett, etwas backenknochig, und beide von einer frischen Glätte des Gesichts. Sie bleiben mit ihren Rucksäcken an der Eingangstür stehen, schauen rundum, Bachmann fragt am Buffet nach Fräulein von Crailing oder Herrn Holler. Der Kellner bietet den jungen Damen Platz. Sie danken. »Wir haben heut früh schon dreimal Kaffee getrunken«, sagt die Kräftige. Der Kellner zieht sich verletzt zurück. Funzen! schimpft er innerlich und sperrt jede Auskunft über eben grad Weggegangene. Fahrts ab, reichsdeitsche Fuchteln!

Die reichsdeutschen Fuchteln Herta Müllhofer und Erika Ehm sind in der Frühe auf dem Ostbahnhof angekommen. Herta hatte das Hausmädchen von Ida Donz kennengelernt, und sie waren gute Freundinnen geworden. Besonders Erikas frische Art und ihre Angewohnheit, alles direkt auszusprechen, hatten es Herta angetan.

Diese Freundschaft war fast in Bewunderung umgeschlagen, als ihr Erika, die Rucksäcke im Blick, nach Überschreiten der Grenze zu Österreich zugeflüstert hatte: »Wir haben noch ganz andere Sachen mit. Ins Ärmelfutter meiner BDM-Jacke habe ich Wertpapiere von fast einer viertel Million hineingestochen, meine Gnädigste hat sie mir mitgegeben. Ich soll auf dem Rückweg durchs Engadin, und wenn ich das Zeugs auf die Schweizer Kreditanstalt bringe, kann ich zehn Prozent behalten.«

Die beiden hatten sich zu der ihnen bekannten Adresse in der Jordanstraße durchgefragt und dort nach Fräulein von Crailing erkundigt.

Nein, die wohne nicht hier, da müßten sie in die Innenstadt, hat ihnen eine kleine Unfrisierte mit umfältelten Gottesaugen gesagt, aber wenn sie Sonntag zum Tee kommen wollten, dann sei sie wohl da, kommen Sie doch nur herein!

Sie waren am Klosett vorbei in eine Wohnküche getreten, die oben Feuchtigkeit durchließ. Dort gab es weitere Unfrisierte, von denen der eine, dessen Gesicht immerzu Falten strahlte, auf den Gedanken geriet, es könne eines der beiden Mädchen die von Lili so sehnlich Erwartete sein. »Mein Name ist Bachmann«, stellte er sich vor. Darauf natürlich: »Herta Müllhofer, richtig, das sind Sie, die die Ansichtskarte geschrieben hat. Ich soll Sie sofort zu ihr bringen. Sie wohnt am Judenplatz«, betont er besonders, er denkt, das schockiert die NS-Mädchen. Aber nein, den Judenplatz empfand Herta so wenig als jüdisch wie die Pariser Straße als französisch. Außerdem interessierte sie der andere Mann.

Egdal, hatte er sich vorgestellt, und sie starrte in sein romantisch zerklüftetes Magiergesicht und die schwarze Mähne, in die sie hineinfahren mochte. So etwas kriegte man nicht in Berlin. Darauf fliegt sie, und Richard Bachmann fliegt auf so etwas Zartes wie diese Erika, die er dann auf dem Weg zum Judenplatz schon poetisch Heidekraut nannte. Diese schmalen Augen sind wie entblößt, sehr reizend das Ganze. Er hatte sich den BDM anders vorgestellt.

»Ist das nicht ein Gemmengesicht?« hatte er zu Manne gesagt, und die hatte beim Kaffeekochen jäh Eifersucht verspürt. Es ist süß zu leiden, empfand Manne und ließ sich von den Reichsdeutschen erzählen. Der Glaserkitt und das Glas seien knapp, berichtete die Glasertochter Ehm, und Herta erzählte auf Befragen Richards von den gelben Judenbänken, und daß sich auch häufig Christen darauf setzten, Adlige zum Beispiel, deren Vorfahren kaiserliche Kammerherren waren und Generalleutnants. Das täten sie aus Trotz, wenn sie zum Beispiel eine Jüdin als Mutter oder als Großmutter verehrten. Trotz heiße bei den Juden Daffke, und daffke sei so viel wie: jetzt erst recht. Drum nenne man allgemein in Berlin die gelben Bänke jetzt Daffkebänke.

Im Mezzanin am Judenplatz erfuhren die vier Suchenden, Fräulein Crailing sei ins Café Schlagader und wolle dann mit Herrn Holler zu einer Generalprobe.

Das könne nur »Die Unbekannte von Arras« sein, im Huttenbund, wußte Bachmann Bescheid.

»Dort treffen Sie Lili bestimmt«, wiederholt er nach der vergeblichen Suche im Schlagader.

Erwin Egdal schüttelt den dunklen Kopf. »Aber laßt ihr euch nicht abhalten, du und Fräulein Ehm«, wendet er sich an Bachmann: »Geht zu der Unbekannten von Arras!«

Er reicht, ohne eine Antwort abzuwarten, Erika und dem Komiker die Hand: »Bei der Manne sehen wir uns wieder.«

Als sie allein sind, sagt er zu Herta: »Man muß dem Zufall gegenüber eine lockere Hand haben. Wir werden genau in entgegengesetzter Richtung gehen.« In jedem seiner Worte klingt Geheimnis.

Sie nehmen den Weg durch weite Torfahrten und Höfe der Burg. Die Crailing ist fern, unerreichbar scheint die Verehrte für Herta. Erwin Egdal aber ist nah und redet berauschend und duldet keine Verehrung als nur für sich. Und da kommt schon um ihre Schultern sein Arm und nimmt von ihr Besitz, und seine nächtlichen Blicke liebkosen sie als Geliebte. Wo ist die Berliner Vernunft, wo die sachlich kluge Geschäftsfrau, wo das hundsschnäuzige BDM-Produkt, wo die Pionierin, die eine Brücke über den Abgrund zog? Ist das alles weggewischt? fragt sie sich verwirrt, wo schleppt er mich hin, was findet er an mir? Dunkel geht seine Stimme über kosmische Zusammenhänge in irdisches Verlangen. Er sieht sie – so hat sie noch niemand gesehen: Sie ist eine Naturkraft, Frucht und Blüte, der Frühling, der kommt. Ich bin eine blöde Gans, denkt sie, ich muß unbedingt noch einmal zum Judenplatz, hätte ich nur hinterlassen, daß ich noch einmal komme und wann.

Wann denn? Er läßt sie nicht los, denkt sie überwältigt, so einen habe ich noch nie erlebt, es wird wundervoll mit ihm sein ... Wenn ich morgen früh die Unbekannte von Wien nicht treffe, dann hat es nicht sollen sein. Sie ist von seiner Mystik schon angesteckt. Der lockere Zufall hält sie mit fester Hand.

Sie sind schon per du. Sie sind sich schon einig. Aus Berlin kann ich der Crailing dann ja ein paar Zeilen schreiben: Es hat sich nun einmal nicht gefügt.

Sie wird heute nicht mehr zum Judenplatz gehen.

»Gemein wie in der Prinz-Albrecht-Straße benehmt ihr euch!« fährt Lili beim Mittagstisch auf.

»Schrei du deine Schande auch noch herum!« tönt die keifende Stimme der Mutter. »Daß jeder weiß, du hast im Zuchthaus gesessen. Verbrecherin! Anarchistin!« Der Vater mit kauenden Backentaschen kommandiert: »Schandfleck! Das hat mir gerade noch gefehlt. Nun soll ich dich mit der knappen Pension auch noch durchfüttern, was bildest du dir eigentlich ein?«

»Ich will keinen Bissen von euch, ich will nur gehen.«

»Das täte dir so passen!« schmettert der Oberst, der den Gulaschbrocken heruntergekaut hat, ihre Antwort zu Boden. »Hier geht es nach meinem Kopf. Das wollen wir sehen, wer hier der Stärkere ist. Hier bleibst du, gescheitere Existenz.«

Er tut sich ein zweites Mal Gulasch auf, dazu reichlich Nudeln und Erdäpfel, die er in Sauce zermanscht. Währenddessen will auch der Bruder etwas zu dem Familiengespräch beitragen.

Er ist kleiner als Lili, und alles, was in ihrem Gesicht groß, gütig und offen liegt, ist bei ihm giftige Karikatur. Infolgedessen ist er ein Austronazi. Sein Äußeres hat eine merkwürdige Ähnlichkeit mit dem der andern Bewohner des Judenviertels Leopoldstadt. Macht das der Sumpfboden, auf dem einst der Habsburger Leopold seine Juden ansiedelte, der Mangel an Sonne, der Daseinskampf, der für alle hier ähnlich verläuft? muß Lili denken. Die brüderliche Nase hat eine semitische Krümmung. Um seine Augen die Fältchen gleichen hebräischen Buchstaben. Was sie vorhin noch in Niemans Österreich-Buch las: Vornehme Budapester Juden seien fast nicht von der magyarischen Gentry zu unterscheiden, gilt umgekehrt hier: Fester von Crailing jun. unterscheidet sich fast nicht mehr von den ihn umgebenden Juden des zweiten Bezirks. Nur durch die Tatsache, daß er wütender Antisemit ist.

Bisher bestanden zwischen ihm und dem Vater politische Meinungsverschiedenheiten. Antisemiten sa' mer eh, betonte der Alte, dazu brauchten wir net noch an Pülcher aus Braunau. Der Schuschnigg – in seinen Augen sei er weiter nichts als der Platzhalter für Kaiser Otto, die Pension würde dann schon erhöht. Der Dollfuß sei auch für den Kaiser gewesen, den hätten sie nicht zu ermorden brauchen, hatte der Oberst dem Sohn öfter vorgeworfen. Jetzt aber gegen Lili, die Rote, die Mittellose, da schließt sich die Front vom Vater zum Sohn.

148

Adolf (Crailing jun. heißt Adolf) ist zwar ebenso arbeitslos und erfolglos wie die Schwester und tausend andre. Aber von früher, als er noch bei dem jüdischen Metallwerksbesitzer die Arbeiter beaufsichtigte, hat Adolf noch siebentausend ersparte Schillinge auf der Bank. Er trägt zu den Kosten der Haushaltung bei. Das ist etwas anderes als das Pack, mit dem sich die Schwester gemein macht. Das muß er mit allem Nachdruck betonen: »Was habt ihr erreicht und was wir?«

Er wirft mit NS-Autostraßen, NS-Things, NS-Flugplätzen und Produktionsziffern um sich, daß Lili speiübel wird. Sie kriegt keinen Bissen herunter. Sie verweist auf die technischen Fortschritte freierer Länder, auf USA, Südamerika, England, Frankreich, Skandinavien, Sowjetunion. Schlimmeres hätte sie gar nicht aussprechen dürfen. Wie großes Orchester brausen die drei Stimmen unisono: Bolschewiken, Mörder, Zarenmörder, Justizmörder, Gottlose! Es ist, als lege man eine bis zum Überdruß gehörte Schallplatte auf. Der Vorrat an solchen Platten bei Crailings ist unbegrenzt. Viele kennt Lili von früher her, die kratzen noch schauderhafter.

Zwischendurch, wenn gerade eine der Nummern abgeschnurrt ist, stichelt die Mutter, hackt der Vater, bohrt der Bruder: Wovon sie denn lebe? Engagement habe sie natürlich nicht. Talent auch nicht. Heiratsaussichten erst recht nicht. Wie heruntergekommen sie aussehe! Wo ihr Gepäck sei? Ob sie überhaupt eines habe? Seit wann sie hier sei?

Lili vermag nicht zu lügen. Seit Ende November. – Ein dreifacher Schrei. Erst seit acht Tagen vermutete man sie in Wien; eine Familienhausschneiderin hatte sie im Schlagader gesichtet. Nicht einmal am Heiligen Abend, schnattert die Mutter, habe es die Gefühllose für geboten gehalten, an ihre Familie zu denken. Es beginnt die Schallplatte: ›Der Bolschewismus zerstört die Heiligkeit der Familie‹. Es folgen die Platten: ›Gen Osten wollen wir reiten‹ und ›Töchter, die sich herumtreiben, gehören ins Arbeitshaus‹.

»In den Reichsarbeitsdienst«, korrigiert Adolf.

Lili kommt zu keinem Wort.

Nach beendeter Mahlzeit muß sie abdecken, das Geschirr waschen, dann Wäsche flicken und Strümpfe stopfen. Dazu spielen die Platten: ›Denkst wohl, du kannst dich umsonst hier durchfressen!‹ – ›Du bringst deinen armen Vater ins

Grab.‹ Und schließlich: ›Wer arbeiten will, findet immer Arbeit. Arbeitslose sind Faulpelze, Faulpelze sind Freimaurer und Bolschewisten.‹

»Man sollte sie alle erschießen«, bemerkt der Bruder tückisch.

»Wo bleibt, zum Donnerwetter, die Jausen?« reklamiert Oberst Fester.

»Topfenstrudel von Neumann«, beruhigt ihn die Gattin. »Hol ihn herein, Lili, und den Kaffee!«

Der Fernsprecher ruft. Der Alte nimmt den Hörer. Eine weibliche Stimme fragt. Er antwortet: »Fräulein von Crailing hat kein Telefon.«

»Immerzu ruft es für dich an«, zankt Frau von Crailing die hilflos empörte Lili. »Meinst du, das kostet kein Geld? Eine Rücksichtslosigkeit sondergleichen.« Der Oberst: »Scheinst ja einen netten Verkehr zu haben, ich kann mir schon denken: Zuchthäusler, Lumpen, Schauspieler.«

»Juden«, setzt Adolf ergänzend hinzu.

»Wenn ich so jüdisch ausschauen würde wie du«, grollt Lili, »wär ich ganz still.« Ihre Stimme steigt: »Ist das eure Ritterlichkeit, euer Adel? Ist das der Willkomm, den ihr für eure Tochter habt? Nicht einmal guten Tag hat mir jemand gesagt. Ein Glück, daß ich nicht gleich zu euch gekommen bin, wenn ich nur erst wieder draußen wäre! Was wißt ihr von meinen Freunden, die sind anständiger, die würden keinen Hund so behandeln wie ihr eine Tochter und Schwester. Das kann jeder Schwachkopf: auf Juden schimpfen und dazu koschere Topfenstrudel von Neumann essen, so was geniert euch anscheinend nicht.«

»Schweig!« kommandiert der Vater. »Auch noch unverschämt werden! Ich mag keine andere Bäckerei als von Neumann. Wo's am besten is und am billigsten, wird gekauft. Ich laß mir von dir keine Vorschriften machen.«

»Ich habe ja nichts gegen Neumann gesagt«, gibt Lili zurück, aber das ist, als wolle sie den Wind, der durch die Wiener Straßen fegt, mit ihrem Atem zurückblasen.

Ihr Blick geht empor zu einem alten Rahmen, aus dem eine Frau, ihr sehr ähnlich, schaut; ihre Großmutter, deren Liebling sie war.

»Das hätte sie erleben sollen, was ihr an mir tut!« Es hat verstehende, vielsagende Augen, das stumme Bild. Vor denen hatte Fester von Crailing noch als Major Respekt.

Und jetzt, wie die Tochter dicht vor ihm steht, drohend und furchtlos – da sieht er, da spürt er: dieselben Augen, der strafende Zorn seiner Mutter. So hat sie vor ihm gestanden. Gleich greift sie zur Rute. Sie hat ihm oft den Hintern versohlt, wenn er arbeitsscheu war, dickköpfig, gemein. Noch nach seiner Verlobung hat sie ihm Maulschellen gegeben wegen einer Pepi, die in Hoffnung von ihm und zu seiner Mutter gelaufen war. Fast hätte die Mutter ihm damals Hochzeit mitsamt der Karriere verpfuscht. Als sie tot war, hat er aufgeatmet: Nun erst war er Herr im Haus und Haupt der Familie, ein Mann.

Und jetzt plötzlich ist die Strafende wieder da. Es ist, als sei mit der Tochter die große Mutter ins Haus gekommen. Sie hat auch die weißen Fäden im Haar und diese Grube über den Brauen.

Seine Oberstenherrlichkeit geht ein wie deutscher Ersatzstoff beim Waschen. Er wird schwach, der Schwächling, der er immer war: ein wichtigtuerischer Bub. Sein Blick ist gesenkt.

Er sieht auf die Uhr. Es ist Zeit für die Skatpartie im Café Kriegsministerium. Haltung!

Er deckt seinen Rückzug durch teppere Befehle an Frau und Sohn. An Lili kein Wort. Soll denken, daß er sie dessen für unwürdig hält. Er brächte jetzt nichts gegen sie aus der Kehle.

So ist er auch vor der Mutter abgerückt, unter irgendeinem Vorwand.

Erst am Franzjosefsquai findet er die Kraft, sich wieder in den Oberst und Sieger a. D. von Przemysl zu verwandeln.

2

Die Dirne

Abermals fünf Minuten, nachdem die nordischen Mädchen mit ihren südlichen Schauspielern Café Schlagader verlassen hatten, war Konrad dort eingetreten. Seine Verwandte aus Rumburg, Großtante Theresa Holler, bittere Frucht vom

Stammbaum der Hollers, war glücklich in der Privatklinik des großen Internisten Professor und Hofrat Horn unterge-bracht. Dort hatte sie kein Kabinett, sondern ein weites Eckzimmer mit Bad, abwaschbaren Tapeten und vier Fenstern. Durch diese konnte die Vorfrühlingssonne vom Morgen bis zum Abend auf die Unzufriedene scheinen, auf ihre silbernen Toilettengegenstände, auf merkwürdig geformten dicken Schmuck, auf Salbendosen und Dragées und auf die mannig-faltigen Hörrohre aus weißem Galalith oder Bein, die auf der sandfarbigen Decke eines Seitentischs wie neolithische Knochenfunde herumlagen.

Die siebzigjährige Theresa Holler mit ihrem langen seide-umkleideten Leib war getragen von kurzen und faulen Beinen; auch ihre Arme waren kurz und dünn, ihr Hals hingegen lang und dick. Er trug einen kleinen runden Kopf mit niedriger Stirn, Backentaschen und Kinn wie aus Gummi aufgeblasen, mißtrauisch funkelnde Augen und einen tellerartigen algen-farbigen Hut. Beim Heraussteigen aus dem Schlafwagen war die pendelnd Umherblickende ihrem Großneffen wie ein Dinosaurier erschienen. Gut, daß sie fast taub war. So hörte sie nicht seinen bestürzten Ruf: »Hilfe, ein Iguanodon!«

Diese dinosaurische Rekonstruktion, die abwechselnd schrie und tonlos hauchte, denn ihre eigene Stimme hörte sie auch nicht, befand sich in Panik vor einem Krebs, den sie ne-ben ihren zahlreichen, teils wirklichen, meist eingebildeten Leiden seit kurzem in ihrem Kehlkopf vermutete. Es beru-higte Konrad, der sie seit seiner frühesten Kindheit nicht mehr gesehen hatte, daß sie beim Frühstück in der Klinik und anschließend im Eckzimmer imstand war, ihm laut die un-angenehmsten Dinge über seine Eltern, Schwester, Onkels, Tanten, Basen, Vettern, Großeltern zuzuschreien oder ein-zuflüstern, nicht einmal die Urgroßeltern wurden verschont. Theresa warf der ganzen Sippe unerträglichen Geiz, Herz-losigkeit, Eigensinn, Lügenhaftigkeit, Trunksucht, Dementia und Paranoia vor, wobei sie jede dieser Eigenschaften durch mehrere Geschichten zu belegen suchte. Konrad saß wie auf Kohlen, dachte an Lili und die Unbekannte von Arras. Aber das Iguanodon duldete keine Unterbrechung seines Rede-stroms. Wie ein Denkmal aus Gummi saß Theresa vor ihren Hörapparaten, die sie ungern benutzte. Ihre grauvioletten

Äuglein stachen entrüstet. In ihren Backentaschen, die glatt waren wie Blasen, kauten die Kiefer und zermalmten die Hollersche Familienehre.

Dann wurde der Dinosaurier sentimental, bedauerte erst sich, hierauf den verstorbenen Gatten und den Großneffen, der dessen Namen trug, daß sie dazu verdammt seien, so einer Familie anzugehören, und drückte zum Beweis, daß sie selbst frei sei von allen erwähnten Familieneigenschaften, dem Geduldigen einen Hundertschillingschein in die Hand; das schien weder geizig noch leichtsinnig. Ihr Vermögen mochte mehr als eine Million betragen, und sie verwahrte es in sicheren Ausländern, in zahlreichen Safes, Bankkonten, Liegenschaften und Pretiosen.

Lili wird wohl voraus zur Generalprobe sein, hofft Konrad, als er kurz vor elf schweißtriefend im Schlagader anlangt, und stürmt ihr nach.

Im Huttenbund wirft er einen Blick in den Saal, sieht aber nur den Komiker Bachmann, der eifrig in ein schmaläugiges Mädchengesicht hineinspricht und ihn nicht wahrnimmt. Lili ist nirgends zu finden, auch nicht hinter der Bühne.

Sollte sie vielleicht eine Benachrichtigung ihres Agenten erhalten haben, sich irgendwo vorzustellen? Unwahrscheinlich, sie hätte ihm sonst etwas aufgeschrieben. Vielleicht hat sie im Café etwas hinterlassen. Gleich noch einmal hin!

Im Schlagader erfährt er, die Dame sei mit einem älteren Herrn weg. Von den reichsdeutschen Fuchteln erwähnt der Kellner nichts; die sind ihm zuwider. Ob er Herrn Holler etwas bringen dürfe?

Einen Cognac!

Konrads Unruhe wächst. War Lili gekränkt? Sie verurteilt seine Familienbettelei, hat ja schließlich nicht unrecht, aber deswegen läuft man doch nicht einfach weg. Ein älterer Herr ...? Keine Ahnung. Wer? Ein Direktor?

Neben ihm, an ihrem Stammplatz, liegen die Zeitungen, die sie gelesen hat, die Zeitschriften mit den durchstochenen Gesichtern. Und hier sein Buch, sie hat es liegenlassen, das Land der Träumer.

Er blättert darin und lacht, als er sieht, daß auch die Freundin Randbemerkungen gemacht hat. Wie ähnlich sie ihm doch ist! Selbst die kleinen Kindereien stimmen überein. Ihre Notizen könnte er selbst fabriziert haben ...

Doch was ist das? Da, hinter einer Reihe von Namen liest er in dünnen weit auseinandergezogenen Buchstaben, wie mit geschlossenen Augen geschrieben: *mein Vater*. Wie Ertrinkende sinken die Buchstaben hinunter und zu Grund, wie SOS-Zeichen rufen sie nach ihm. Es ist klar: Der Vater hat sie getroffen, gefaßt. SOS!

Er springt auf, will ihr nach in die Schöllerhofgasse, läuft bis zur Wipplinger, kehrt um. Nein, er darf nicht zu ihr. Sein Auftauchen würde die Situation verschärfen. Soll er anrufen? Er erinnert sich seines ersten Telefonats. »Fräulein von Crailing ist in Berlin.« Heut würde er wohl noch ganz anders zurückgewiesen. Es wäre gut, wenn eine Dame anläutet. Zur Brings!

Aber bei Manne ist die Tür verschlossen. Heute klappt auch rein gar nichts. Oh diese Großtante mit ihrem geifernden blöden Gewäsch! Wäre er nur eine halbe Stunde früher von ihr losgekommen! Er rennt vor dem kleinen vergilbten Haus auf und ab, blickt die Jordanstraße hinab, da endlich – der erste Lichtblick – kommt Manne aus einem Milchgeschäft.

»Wo haben Sie Ihre zwei Nazinnen?« ruft sie ihm entgegen. »Reizende Mädchen, mit der einen wird Richard mir bestimmt untreu, die ist scharf auf ihn, er hat gesagt, sie hätte ein Gemmengesicht, kommen Sie rauf, ich mach gleich Kaffee.«

Also die Müllhofer ist eingetroffen, ausgerechnet heut, warum kam sie nicht gestern, und alles hat nicht geklappt, kein Treffpunkt, keine Nachricht, nichts klappt, denkt er und dankt für den Kaffee, er muß sofort nach Hause zurück. Hoffentlich kommen die Braunen noch einmal vorbei, diese zwei müßten jetzt zu Crailings in die Wohnung nach Lili fragen, das ist besser als telefonieren.

Falls Richard zurückkommt, schärft er Manne ein, soll er sogleich mit den beiden Deutschen zum Judenplatz kommen. Sollte das Haustor geschlossen sein, sollen sie rufen, er wird sein Licht brennen lassen. Manne selbst soll nicht von zu Hause weg. Warum hat sie den Mädchen die Schauspieler mitgegeben? Die gehen vermutlich jetzt bummeln. Es kann sehr spät werden, bis Lili Befreiung winkt.

Jetzt ist noch früh. Nachmittag. Und wieder kalt geworden. Es schneit in den Sonnenschein.

Konrad hastet wieder nach Haus, klopft bei seiner Zimmernachbarin, der Malschülerin, die sich gerade etwas zum Essen gemacht hat. Victoria Sendler berichtet ihm, was er schon weiß. »Kommen Sie zu mir, ich habe es warm. Ein paar Eier gefällig?«

Er wundert sich, daß er Appetit hat. Aber ihre goldgelben Teller, das nette Tischzeug, der rohe Schinken, die Silberbestecke blinken so appetitlich. Er wundert sich, daß er dafür Augen hat und auch für die Malschülerin; er hat sie bisher nie richtig angesehen. Ihr sportliches Kleid ist einen Grad dunkler als die lockeren Haare, die die Farbe blühender Linden haben.

Sie liegt anmutig gelöst in einem tiefen Sessel und betrachtet ihn sehr genau. Ihre Augen sind grau.

Er erzählt ihr von seiner Irrfahrt. Dabei irren seine Blicke über ihren hohen Spann die schlanken Beine entlang. Durch hauchdünne Florstrümpfe winken temperamentvolle Schnörkel von Härchen, unter dem Knie bemerkt er ein Muttermal, es hat die Form eines Kanus. Ihre Nase hat eine ähnliche Linie.

»Ihr liebt euch wohl sehr?« fragt die Malschülerin.

»Ja.«

Er ist rot geworden. Er schämt sich, daß er in dieser Minute nichts für die Geliebte tut, sich bei einer andern satt ißt, an einer andern satt sieht.

»Wollen Sie mir einen Gefallen tun?« fragt er und legt die Serviette beiseite.

»Gern.«

»Bitte, rufen Sie Fräulein von Crailing an. Melden Sie sich: Hier ist das Volkstheater. Wenn sie zum Apparat kommt, spreche ich.«

Sie gehen zusammen hinunter und in die Telefonzelle eines nahen Durchhauses.

Sie müssen sich eng aneinanderpressen, sonst kriegt man die Tür nicht zu. Er steht hinter ihr, greift um ihre rechte Schulter, wählt. Vielleicht stehen sie schon etwas enger, als es die Enge dieser Kabine erfordert. Sie hören zusammen die Unverschämtheit des alten Crailing: »Fräulein von Crailing hat kein Telefon.«

Victoria blickt über die Schulter zu Konrad, die Schulter geht mit und auch ein Wunsch. Man muß wohl die Situation ausnutzen. Auch die zwanzig Groschen Sprechgebühr, die noch nicht abgelaufen sind, muß man nutzen. Eins nach dem andern! Victoria blättert im Telefonbuch nach der Nummer einer Kollegin, in deren Atelier sie Akt zeichnet. Konrad könnte sich nun wohl dankend verabschieden.

Victoria spricht in den Apparat: »Liebste, ich kann leider nicht kommen, eine wichtige Abhaltung ... nein, nichts Unangenehmes, im Gegenteil.« Die Sprechzeit von sechs Minuten ist ausgenutzt, die Situation noch nicht.

Man läßt eine Chance nicht aus der Hand, hat Konrad sich oft gesagt. Er weiß um Lilis Not, aber was kann er im Augenblick tun? Seine Skythin ist fern, die junge Aktzeichnerin aber nah. Ihre Augen sind ungeduldig und spotten schon. Treue? Er ist zu nervös, um treu zu sein, er kann jetzt nicht allein sein, herumsitzen und vergeblich ins Leere starren.

Er geht mit Victoria Sendler.

Er sitzt bei ihr im Zimmer, liegt zwischen farbigen lustigen Kissen und seidenen Puppen. Wie zwei zappelnde Gliederpuppen des lockeren Zufalls kreuzen sie ihre Beine, purzeln zusammen und fallen zurück.

Liebe war es vielleicht, was in metaphysischem Überschwang von Erwin Edgal zu Herta strömte: »Herrliche Amazone! Unbändige! Leuchtende Klare! Berauschende! Ich habe nach dir verlangt, lang eh ich dich sah!« Kein Wort ist ihm weit genug, die Größe der Liebe zu feiern.

Sie aber, überflutet von Worten und ungekannten Küssen, an sich reißend alle Lust des bezauberten Zauberers, denkt zurücksinkend mit geschlossenen Augen: Und übermorgen, was ist dann? Und nächsten Monat?

Nächsten Monat ist Erwin Edgal für Herta fern wie jetzt Dielke. Sie sehn sich nicht wieder. Dann war ihre Liebe nichts als ein Film, der in Deutschland verboten ist.

Fast so verboten wie die Szene in einem Séparée in der Führichgasse. Dort küßt das süße berlinische Dienstmädel beim Wein ihren Juden. So etwas hat sich die Eidechse längst gewünscht. Man will doch etwas vom Leben haben, wozu fährt man nach Wien! Sie summt Schlager von Lehár, Fall, Strauss, Kalman und gibt keine Ruh und will immer was andres, ist rosig und schwer bezecht und umgibt ihren Juden mit Blumen.

So feiern die Amazonen ihr Rosenfest.

Lili nur liegt allein, hoffnungslos und zerschlagen, auf dem grünen Sofa unter dem Bild des Thronprätendenten Otto, da hat sie ihr Nachtquartier. Nebenan schnarchen die Eltern.

Sie kann nicht schlafen. Sie öffnet das Fenster. Der Sattel- und Seigengeruch soll hinaus. In ihrer Handtasche bei Niemans Pistole steckt eine alte Broschüre von Engels, da hat sie wenigstens etwas zu lesen, sie ist das Lesen so gewohnt: »Die Geschichte der Familie, des Staats und des Privateigentums«. Vielleicht kann ihr das eine Hilfe sein; sie muß fertig werden mit der Familie.

Da knarrt die Tür des Elternzimmers, und die Stimme der Mutter schrillt herein: »Du hast nicht zu lesen, du hast kein Licht zu brennen, du hast nicht das Fenster zu öffnen. Du hast zu gehorchen – Dirne!«

3

Eine kleine Staatsaktion

Das Rosenfest ist beendet. Verkatert tagt am Morgen bei Manne der Kriegsrat. Da sitzen die demütig kichernde Brings, der zerwühlte Egdal, der maskenhaft grinsende Bachmann und Herta und Erika. Mit der ist heut überhaupt nichts anzufangen. Sie will nach Grinzing, das muß sie gesehen haben, und ob dort »fesche Buam« seien und Tanzmusik? Das viele Geld im Rucksack hat sie total verrückt gemacht. Sie möchte ein Kleid kaufen gehen, aber da Sonntag ist, ginge zur Not auch das von der Donz, sie will es nur aufplätten. Manne macht ein Eisen heiß.

Die Hauptperson fehlt: Lili. Konrad berichtet. Aber ehe er noch einen Plan entwickeln kann, sagt Herta: »Die hauen wir heraus.« Sie will dem ›ollen Raubritter‹ aufs Dach steigen, sich als Lilis beste Berliner Freundin einführen und nicht weggehen, bis sie die Amazonenkönigin frei hat. »Gib mir deine Plaketten«, befiehlt sie Erika. »Die steck ich zu meinem Lametta, soviel Blech hat die Welt noch nicht gesehn, laßt mich nur machen!«

Konrad zeigt den Berlinerinnen den Weg. Er selbst muß noch auf einen Sprung zur Privatklinik des Hofrats Horn, einen Blumentopf für die Tertiärtante abgeben, dann rasch zu Satory; er hat versprochen, ihm Hertas Ankunft zu melden.

»Wir treffen uns im Café Schöllerhof, gleich an der Ecke der Gasse.«

»Besser nicht zu nah bei der Wohnung«, warnt Herta.

»Dann also im Quai-Café diesseits des Donaukanals bei der Brücke«, beschreibt Konrad. »Sie werden es schon finden.«

Herta fühlt sich nach ihrer herrlichen Nacht stark und klar wie noch nie. Wien ist für sie nicht die von vielen beseelten Büchern errichtete Geistesfestung des Ostens, auch nicht das kapitulierende, immer wieder sich aufraffende Wien, noch weniger Erikas Operettengefilde. Für Herta Müllhofer ist Wien Operationsgelände: Terrain, auf dem sie den Sieger von Przemysl zu schlagen gedenkt.

Herta setzt Erika im Quai-Café ab. »Daß du dich nicht von der Stelle rührst!« Erika ist außer Rand und Band, findet sie. Schielt schon wieder nach Nebentischen.

Durch ein Gittertor, wie es zu einem Gefängnis paßt, betritt die Müllhofer das feindliche Quartier. Auf der Treppe ordnet sie noch ihre Abzeichen. Und schreit, bevor die Tür sich auf ihr Läuten richtig aufgetan hat, mit erhobener Hand: »Heil-hittla!«

Und sieht und staunt: Der Kleine, der ihr aufmacht und den sie für einen ›totalen Nichtarier‹ hält, erwidert mit funkelnden Äuglein stramm ihren Gruß. Komische Stadt dieses Wien! Adolf Fester von Crailing nennt seinen hochgeborenen Namen.

»Ich bringe einen deutschen Gruß vom Nordischen Verlag, ich komme zu Lili, wo ist sie?« überrennt sie den Fassungslosen. Schon ist sie im Zimmer, auf dessen Parkettboden ihr Vorbild, die Freie, Stahlspäne in Händen, herumrutscht.

»Lili!« umarmt sie das arme gefangene Wesen, das erst gar nicht weiß, wie ihm geschieht. Und hebt sie auf und zwinkert ihr zu und wirft um sich mit NS-Frauenschaft, Kraftdurchfreudefahrt, Heldengedenktag und dazwischen gedämpft: Heil Götz von Berlichingen!

Dann begrüßt sie die Mutter, die mißtrauisch und devot von der Küche hereinschaut.

»Sie gestatten doch, gnädige Frau, wir haben uns ewig nicht gesehen, daß mir Ihr Fräulein Tochter, ich bin hier fremd, ein bißchen Wien zeigt! Heut am Sonntag …«

Und hat schon Lili die Küchenschürze ab- und sich umgebunden, ihr die Stahlspäne aus den brennenden Händen genommen. »Man macht das geschickter mit den Füßen, laß mich nur!«

Frau von Crailing wagt nicht, wider den Sturm zu pusten, der Oberst ist auf seinem Sonntagsspaziergang – Herta hört es mit aufrichtigem Bedauern – und Adolf, der austronazistische Bruder, steht da, als sei sein Namensvetter und Führer persönlich hereingebrochen. Nein, das könnten sie unmöglich annehmen, daß die Parteigenossin ihren Fußboden abzieht!

»Was meine beste Freundin tut, tu ich erst recht«, ruft Herta zackig, »Ihr Fräulein Schwester ist tausendmal klüger und besser als ich. Sie dürfen sie solche Arbeiten nicht machen lassen, sehen Sie nur ihre Hände an, die sind sprechend wie ein Gesicht.«

»Ja, aber ... aber ...«, stammelt Adolf, der sich nicht mehr auskennt. »Verzeihen Sie ... Sie als Parteigenossin ... meine Schwester ist doch, ich meine, links eingestellt ...«

»Aber daß Lili um elf spätestens wieder zu Hause ist«, nörgelt die Mutter, »das müssen Sie mir versprechen.«

»Ihr Diener, Heil Adolf Hitler, habe die Ehre, meine Verehrung, küß die Hand«, dienert Adolf hinter ihr her.

»Mit denen kannst du doch anfangen, was du nur willst«, äußert Herta nach dem gelungenen Handstreich.

»Wenn man von draußen kommt«, antwortet Lili gequält und befreit zugleich. »Als Eroberer. Unsere Österreicher haben alle Eroberer umschmeichelt, von Sigovesus bis zu dir.«

»Da sind aber Sie, gnädige Frau, zum Glück aus der Art geschlagen.« Die ›gnädige Frau‹ verbittet sich Lili: »Sag weiter du ...« Sie hängt sich in die Achtzehnjährige ein, die streichelt ihr die brennende Hand, hebt sie empor, kühlt sie an ihrer frischen Wange.

»Du darfst dir von deinen Leuten so wenig gefallen lassen wie von Fremden«, mahnt sie.

»Ich bin zu schwach«, seufzt Lili.

»Du bist bloß zu anständig«, sagt Herta und wiederholt, was irgendwann in der Nacht Egdals Kopf entsprang:

»Die Anständigen sind eine Minderheit, die nicht den mindesten Minoritätenschutz genießt. Drum müssen sie sich selbst und untereinander helfen.«

»Und wie?«

»Indem sie gegen die andern, die Feinde, hie und da, wenn es nicht anders geht, sauunanständig werden. Wenn es auch schwerfällt, anders gehts nicht. Du mußt manchmal ein so ruppiges, ordinäres, verlogenes Aas sein wie ich. Stell dir vor: Heute nacht habe ich mit der größten Begeisterung meinen Helmut betrogen. Übrigens, dein Konrad erwartet uns hier in der Nähe im Quai-Café.«

Herta wirft den Kopf zurück, schaut in den milchigen Himmel über Kanal und Stadt, nimmt rasch einen hellen Fernblick zum Wiener Wald.

Lili, betroffen, blickt von der Seite: Mit wem hat sie ihren Helmut betrogen, das Mädchen kennt hier doch niemand? Mit Konrad? Unmöglich, das tut er nicht ... oder ...?

Im Quai-Café, das Konrad bald nach ihnen betritt, fragt sie hastig: »Wie habt ihr euch denn gefunden?«

Der völlig harmlose Ton und Inhalt der Antwort: »Heut früh bei der Brings«, läßt ihren Argwohn sinken. Und doch: Irgend etwas mit Konrad stimmt nicht. Da ist eine Veränderung. Wohl trat beim Wiedersehen Freude in sein Gesicht. Aber nicht das Glück, das erwartete, das einzig der Geliebten gilt. Wo ist seine Hand, sein Blick?

An die Arbeit! fährt Lili sich selber an. Arnold von Golssenau, eben dem Konzentrationslager entkommen, hat seinen kaum mehr vorhandenen Leib in die Verteidigung Spaniens geworfen und geholfen, Madrid zu schützen – und da sollst du nicht imstand sein, nach vierundzwanzig Stunden verschärften Hausarrests weiterzumachen? Vielleicht hat Konrad ganz recht, daß er von ihrem wüsten Familienknast kein solches Aufheben macht. Daher dieser Anfall von Eifersucht. Konrad kennt ihn nicht, diesen bürgerlichen Leibeigentumsneid, er ist darüber hinaus.

›Wenn du Lust auf einen Hansel hast, bitte‹, hat er zu ihr gesagt, ›ich gönne dir jedes Vergnügen‹ und hat ihr dann im Dunkel im Park unbändige Wonne eingeflößt. Sie strömt noch in ihr.

Gemeinsam warten sie auf Rolf, der noch nicht eingetroffen ist.

4

Infolge von Grinzing

Der Schauspieler Egdal liegt auf dem Schlafsofa unter der schrägen Dachwand und liest das Drama von der Beschießung von Tschapei, das Herta von einem Freund ihres Freundes Dielke mitgebracht hat. Es ist nicht leicht für ein Stück, aufzukommen gegen die Flut eines Liebestages, einer bewegten Nacht, die über die lesenden Sinne brennende Sturzfluten jagen. Es ist schwer für einhundert Maschinenseiten voll zerrissener Seelen, ein stürmendes Herz an sich zu ziehen und es zu halten. Zu Beginn der Lektüre ist er wohl aufgesprungen und hat in einen aufgestörten Himmel gestarrt. Am liebsten hätte er selbst gedichtet, hätte der jungen Natur, in die er eingedrungen war, seine Erwin-Saga gesungen: die Tragödie vom ewigen Jüngling, dessen Liebe immer enttäuscht wird, weil die Seelen der Frauen enger gebaut sind als ihr Leib.

Anfangs ist es wohl nur ihre Bitte gewesen, ihr Befehl und sein Versprechen, das ihn zurücktrieb zum Manuskript. Das dämmte sein großes Verlangen und zog seine Augen die Zeilen entlang:

Es spricht ein Hoteldirektor, ein Barmixer antwortet. Es liegt etwas in der Luft … Ein Boy bringt ein Telegramm, sein Adressat ist abgereist. Was steht darin? Es liegt etwas in der Luft … Nicht nur der Barmixer, Boy und Hoteldirektor sind auf den Inhalt der Depesche neugierig. Auch Erwin möchte ihn endlich wissen. Es liegt mehr in der Luft um Schanghai als der Geruch von Alkohol, Schminke, Parfum und Haut, der aus der Hotelbar dringt. Die Gäste schwätzen, flirten, trinken, mixen Drinks und Spekulationen, eine verwitterte Lady verlangt nach der »Times«, da steht zwar nichts Genaues drin, aber es liegt etwas in der Luft. Schon hat der englische Oberst Hotelzimmer requiriert, die Gäste ahnen noch nichts, aber im Telegramm steht es, der Direktor hat es geöffnet, der Barmixer organisiert Bomben- und Luftschutz und spricht: »Falls Sie es noch nicht wissen sollten, meine Herrschaften: Es ist nämlich Krieg.«

Erwin befindet sich mitten im Krieg, den das kaiserlich imperialistische Japan gegen das friedliche Land der Mitte begonnen hat. Es krachen die Bomben, Drahtverhaue starren rings um die europäische Siedlung: Kein Chinese darf hier herein. Er muß draußen krepieren; die Mächte sind ja neutral. Sie mischen sich nicht in die Todesängste der kleinen gelben Menschen, die mit irrsinnigen Schreien aus eingeäscherten Hütten in den Schutz der neutralen Sphäre drängen. Dort stoßen Kolben, knattern Maschinengewehre: Zurück! Zurück!

Erwin liest weiter. Er denkt nicht mehr an Hertas festen und kühlen Körper. Er fühlt das Leiden der zerrissenen Kreatur.

Der Schauspieler Egdal liest und liest bis zum Ende. Hinter den Schluß des letzten Aktes schreibt er: »Es wäre eine Schande, wenn dieses Stück nicht aufgeführt wird.«

Endlich wieder ein wichtiges Werk. Um solcher Stücke willen sind Menschen wie er zum Theater gegangen; solche Stücke sind die Daseinsberechtigung der Schauspieler und Theaterdichter. Das sollen sie lesen, die Herren Theatermacher von Wien, die mit einem Strom schwimmen, der längst ausgetrocknet ist. Das wird er dem wohlhabenden Dramaturgen erzählen, dessen frappierende Ähnlichkeit mit dem steinernen Oberpriester am Hohen Markt die Crailing entdeckt hat.

Nein, er wird es ihm nicht erzählen. Es gehört nicht vor seinen dampfenden Amtsblick, dies Stück, das kein Routinier verfaßte und das so ein untheatralisches Wesen auffand. Das Stück muß er selbst auf die Beine stellen, das ist er ihr schuldig, zusammen mit Holler, der Crailing, dem Bachmann, dem Meili wird er es herausbringen. Holler soll inszenieren, für alle sind Rollen darin, er selbst wird den Schwarzen spielen, der die Weißen beschämt. Das ist eine Aufgabe für die arbeitslosen Kollegen, die zu den großen Theatern drängen wie die armen Chinesenkulis zur europäischen Niederlassung und die der Amtsblick wohlgenährter Theaterimperialisten wie mit Kolben zurückjagt.

Er ruft nach Manne. Die kommt gleich herbei: »Ist es was?« Er zeigt ihr sein schriftliches Urteil. »Großartig!« ruft sie. »Da führt es doch auf! Seit er hier ist, sucht Richard ein gutes Stück.«

Aber das gute Stück tuts nicht allein, man braucht Geld dazu. Und wenn auch alle umsonst probieren, und das werden sie, sie sind es gewohnt, nicht einmal die großen umworbenen Bühnen zahlen für Proben, selbst in diesem Fall braucht es noch Geld für Saalmiete, Uniformen, Dekorationen, Werbung, Beleuchtung, Druck der Programme, Schallplatten, Massetten, Rollenausschreiben.

»Das mach ich umsonst«, strahlt die gute Brings: »Das macht mir gar nichts, das macht mir Freude.«

»Und die übrigen Kosten?« fragt Erwin, der in diesen Dingen kein Schwärmer und Mystiker ist, sondern ein Schauspieler mit vielen und bösen Erfahrungen. »Die Kleine, mit der Richard im Separé war, könnte vielleicht etwas machen«, sucht Manne einen Ausweg. »Stellen Sie sich das bloß vor, Egdal: der Richard im Séparée«, kichert sie schrill und hat Tränen in den nervösen Augen. »Da soll das Bamberletsch doch lieber etwas für die Kunst tun. Was denken Sie, Egdal, wieviel für die Aufführung nötig ist?«

Zweihundert Schilling, schätzt der Schauspieler sehr bescheiden.

»Das macht der Plagen doch nichts, wenn sie zweihundert Schilling hergibt«, versichert die Aufgeregte: »Der Autor ist doch ein Freund und der Richard auch, und wenn sie hier bleibt und euch finanziert, hat sie sich bald durch das ganze Ensemble durchgefreundet.«

Nicht selten, daß in Wien und anderswo Aufführungen oder Theater auf solcher und ähnlicher Basis finanziert werden. ›Gefreundet‹, wie Manne sagt, wird doch auf jeden Fall, warum nicht zum Besten der Kunst. »Vielleicht gibt auch die chinesische Botschaft etwas dazu«, kombiniert sie. Wo es sich darum handelt, fremde Geldquellen zu erschließen, ist Manne, sind alle Wiener von todesmutiger Kühnheit und Ausdauer.

»Richard soll mit dem Pupperl sprechen«, sagt die Betrogene selbstlos. Und leise: »Mir zu Liebe tut er es bestimmt. Er kommt gegen vier, hat er gesagt!«

Schon um drei findet sich Richard als erster ein und hat Hunger.

Manne macht Kaffee. Hansel Arlt bringt Kuchen. Bald darauf kommen im Triumph die beiden Preußinnen mit der befreiten Lili und Konrad.

Rolf, der doch noch gekommen ist, hat gründlich mit ihnen gearbeitet. Er hat eigens für sie ein Referat gehalten, eine außenpolitische Übersicht von Spanien bis Japan und eine innenpolitische von den Juni- und Juli-Morden in Wien und

Berlin bis zu diesem Tag. Mit Holler wird er eine Wiener Zweigstelle des Verlags für Nordische Kultur eröffnen, das ist eine völlig unsichtbare Tarnung. Herta wird ihn mit Briefpapier, Umschlägen und Stempel des Verlags versehen, auch mit Büchern natürlich und Schutzumschlägen in Menge. Sie werden an die von Herta gegebenen Adressen in Deutschland das Richtige an Büchern und Zeitschriften senden, teils aus Wien, teils durch Meili aus der Schweiz. Herta ist sehr eingenommen von allem, was der Arbeiter-Dirigent vorgeschlagen hat, Erika mehr von dem Musiker selbst. »Ein Kavalier«, findet sie: »Den nehme ich mir nach Grinzing zum Heurigen.«

Allein Satory ist nicht zu nehmen und nicht zu fassen. Er fährt auch nicht mit nach Grinzing. Er ist schon unterwegs nach Inzersdorf zu seinen Arbeiter-Sängern. Er ist das Haupt der Ungreifbaren.

Doch die Eidechse braucht ihren Kavalier und einen Schwips. Wien ohne Schwips – das ist für sie eine Unmöglichkeit. Als sei sie in Rom gewesen und habe den Papst nicht gesehen.

Richard möchte wohl gern in Grinzing ihr Kavalier sein. Vorerst aber zieht Manne den Widerstrebenden in die kleine Wohnküche und entwickelt in hastenden Worten den vorhin entstandenen Plan.

»Wenn der Hoteldirektor eine schöne Rolle ist«, zögert Bachmann. Egdal und Holler werden als Sachverständige zugezogen. »Die herrlichste aller Komikerrollen«, schwört Erwin. »Sie liegt dir und ist die einzige der Art im ganzen Stück.«

»Hat Fräulein Müllhofer gleich erkannt«, bestätigt Konrad: »Ein talentvolles Mädchen.« Daraufhin macht Richard sich wieder an Erika.

Sie aber widerstrebt ihm noch ungnädiger, als er zuvor Manne: »Stör mich nicht immer!« Sie steht am Flügel bei Hansel Arlt, der ihr seine englischen Seemannslieder zu Gemüt führt. Nach Satorys Rückzug ist die Eidechse auf einen Musiker scharf. In Wien hat alles Musikbegleitung. Da ist nun Hansel der nächste.

In Erikas berlinisch kühlen Eidechsenaugen unterscheidet sich das märzliche Grinzing nur wenig von einem Vorfrühlingstag in Klein-Rachnow bei Berlin. Der Weg ist etwas unebener, mehr Steigung, der Boden kompakter, weniger Sand, es besteht Aussicht auf einige Berge mit Namen Kobenzl, Hermanns-kogel, Kahlenberg, zugegeben, aber sonst? Die ollen Häuschen da, na ja, vermutlich Brauchtum, kennt man schon, die Läden reichlich poplig; es geht eben nichts über ein patentes Weekend-Haus, und wenn schon primitiv, dann zweiundzwei unter Zeltbahn. Na und diese Lokale: Soviel Grinzing-Betrieb gab es im Haus Vaterland am Potsdamer allemal und mit weniger Nepp und mehr Kavalieren. Nur die Weine scheinen ihr besser und gehen tiefer als Hansels uralte Witze, da kennt sie deftigere, fast die ganze Gesellschaft wird rot dabei.

Und Hansel in seinen Lederhosen tanzt vollendet unpassend, und ihre Schillinge flattern davon wie die Tauben am Neuen Markt, wo sich das Tanzpaar nach erledigtem Grinzing in ein altes und komfortables Hotel begibt.

»Unser Geld wird gar nicht all«, gurrt das angeheiterte Hausmädchen der Ida Donz, und es fällt Herta nicht schwer, ihr am Hoteleingang die versprochenen dreihundert Schillinge für Lilis Spanienfonds und das Chinastück zu entreißen: »Gib oder ich sage es Hans!«

»Hans oder Hansel – gehupft wie gesprungen«, kichert Erika. Sie hat noch Appetit auf Scharfes und Süßes. Arlt bestellt im Speisesaal bei Meißl & Schadan. Ihrem Platz schräg gegenüber befindet sich der Tisch, von dem aus der sieben-unddreißigjährige Friedrich Adler den schweren Schritt auf den Grafen Stürgkh getan und Österreichs Kriegsrepräsen-tanten erschossen hatte. Aber daran denkt der Niederöster-reicher so wenig wie an jenen Plan, mit dem er vor sieben Wochen Lili Gruseln eingeflößt hatte. Er hat schon einen andern, sehr andern.

Am folgenden Morgen fährt Erika verkatert und unbeküm-mert vom Westbahnhof in die Schweiz.

Kurz vor der Schweizer Grenze wird sie von der sonst ach so nachsichtigen österreichischen Grenzkontrolle geschnappt, kommt in Gewahrsam und bald vor das Jugendgericht, denn sie ist noch nicht achtzehn. Mit eidechsenartiger Gewandtheit win-det sie sich dort aus der peinlichen Affäre. Ihre Viertelmillion, abzüglich des Wiener Verbrauchs, bereichert den Gold- und Devisenbestand der Schuschnigg-Regierung. Der Verdacht, daß Hansel der Fahndungsprämie zuliebe vom Westbahnhof aus, wohin er Erika begleitete, einen amtlichen Gang getan hat, ist nicht von der Hand zu weisen.

Ida Donz, die vergeblich auf ein vereinbartes Zeichen gewartet hat, fährt eilends nach Zürich, wo sie einen Safe und einen vermögenden Vetter besitzt. Im Schlafwagen liest Ida bereits einen interessanten Bericht des Wiener Journals über die jüngsten Erfolge der österreichischen Fahndungsstelle Vorarlberg.

Eine runde Viertelmillion ist zum Teufel. Oh, diese Erika! Nur dreihundert Schillinge sind durch die Bemühungen Hertas gerettet.

»Oh, wären es dreitausend gewesen oder dreißigtausend!« lautet der in vielen Gesprächen bei Brings monatelang wiederkehrende Kehrreim.

5

Theatervorbereitungen und Krise

Als Herta mit Egdal und Konrad an jenem Grinzinger Abend kurz nach elf Lili zur Schöllerhofgasse begleiteten, hatte Herta der Freundin das Geld eingehändigt. Jeden Dank schnitt sie ab. Sie sagte nur: »Überlege dir, Lili, ob du es nicht besser für dich verwendest; es ist ein Stück Freiheit. Ohne einen Groschen bist du deiner Lausesippschaft, verzeih schon, rettungslos ausgeliefert.«

Egdal stimmte zu, auch Konrad war bereit, auf die Aufführung zu verzichten. Auch Lili sah ein, daß die Freundin recht hatte. Aber sie sagte, indem sie das eiserne Tor aufschloß: »Du bist ein riesig anständiger Kerl, Herta, schau, da kann ich nicht unanständig handeln. Manne und Egdal hatten den guten Gedanken, und der Bachmann hofft jetzt auf seine Rolle, vielleicht ist es die letzte, die er in seinem Leben spielt. Beschäftigung für dreißig Kollegen hängt an dem bißchen Geld, bescheidene Beschäftigung, ja, und doch ist ein Unterschied, ob man sie hat oder nicht. Ich denke auch, daß euer Freund – grüß ihn von mir! –, daß der sich freuen wird, wenn man ihn aufführt.«

Egdals Einwand, er könne das Stück im Notfall auch anderswo unterbringen, tat sie mit müdem Lächeln ab: »Seit dem Giraudoux in der Josefstadt hat man sich nirgends an ein Werk mit Gesinnung gewagt. Es wird immer trostloser hier. Die schwarzbraune Achse läßt ihr Schmieröl tropfen und die ganze Wiener Kultur verschwinden. Habt ihr noch Lust, in ein Theater zu gehen. Vielleicht in ›Die Unbekannte von Arras‹, wenn man sie noch einmal wiederholt?«

»Damit soll es Schwierigkeiten geben«, sagte Holler. »Man wirft ihnen Knüppel zwischen die Beine.«

»Man wird auch uns Knüppel werfen, vielleicht sogar an den Kopf«, prophezeite Egdal.

»Sollen sie!« sagte Lili bestimmt. »Wir müssen bis zur letzten Minute kämpfen. Dort, wo wir hingestellt sind. Auch hier hinter dem Gittertor: um Brot und ein bißchen Schlaf. Dein Geld ist für die wichtigeren Dinge, Herta. Du hast mir wieder Mut gemacht.«

Sie reichte den Männern die Hand, küßte das Mädchen. Das Eisentor fiel ins Schloß.

»Lili!« Herta hat den Arm durch das Gitter gesteckt: »Da, nimm wenigstens die fünfzig Schilling, das mußt du: Nur für dich. Für Portoauslagen«, fügte sie hinzu, als sie ein Zögern bemerkte. Dann eilte sie, eh Lili etwas entgegnen konnte, hinter Egdal und Konrad her in Richtung Quai.

Lili stand in der dunklen Toreinfahrt. Wieder erfüllte sie Glück des Widerstands.

Jetzt kann ich mich in der Leihbibliothek abonnieren, dachte sie. Da war eine, die ging noch mit der Zeit und scherte sich nicht um Verbote.

Hinauf in den Karzer im zweiten Stock. An der Wohnungstür zog Lili die Schuhe aus und ging wie ein Dieb auf Zehenspitzen zum grünen Sofa im Eßzimmer. Daß nur niemand wach wird, losbellt ... der Tag war so schön.

Am Morgen räumt sie geduldig die Stuben, schleppt Möbel auf den Gang, rollt Teppiche, klopft, fegt, wachst, bohnert, schleppt alles wieder zurück. Es geht ein paar Tage ohne Beschimpfungen ab. Die Waffe Müllhofer hat gewirkt.

Kaum aber wissen die verwandten Feinde, daß die Freundin weg ist, erfolgt von neuem ein Angriff. Alle alten Platten spielen ihren stupiden Text, dazu ertönt eine neue, nicht minder verlogen: »Du hast das wackere Hitlermädchen beschwindelt, Heuchlerin verstockte. Sie denkt, du bist bekehrt. Du Feigling wagst nicht einmal, deine Überzeugung zu vertreten, Gesinnungslump! Rühre du bloß noch einmal an das Gedenken deiner Großmutter! Die war aus anderm Holz als du. Im Grab würde die sich umdrehen, wenn sie dich sehen könnte. Ohrfeigen bekämst du von ihr, rechts und links, das geschähe dir recht. Ihr war nichts so zuwider wie Heuchelei, denn sie war eine echte Österreicherin. Geh auf dein Zimmer, marsch!« donnert der Edle von Fester. Augenscheinlich hat er seine Besinnung verloren, denn ein Zimmer besitzt seine Tochter nicht. Sie besitzt nur das grüne Sofa, und auf dem sitzt er selbst. Dennoch entfernt sie sich gehorsam.

Im Vorzimmer nimmt sie Mantel, Hut und ein Buch von Nitti, das sie in ihrer Leihbibliothek gegen den »Reisespaß«, einen neuen Roman, auf den sie vorgemerkt ist, umtauschen will.

Von der Leihbibliothek geht sie zum Judenplatz, ›auf ihr Zimmer‹, wie der Vater befohlen hat. Dort in Konrads Kabinett hat sie Ruhe. Dort hat sie Konrad.

Am Abend gehen die beiden zum Huttenbund. Die Proben zum Chinastück haben seit einigen Tagen begonnen.

Um den granitenen Lessing, den Avantgardisten der Anständigkeit, führt ihr Schritt und vorbei an Häusern der Zopfzeit. Am Hof fängt eine goldene Erdkugel elektrisches Licht, und Feuerwehrhelme blinken. Über der Kirche zu den neun verwitterten Chören der Engel geht der Mond auf.

Das frühbarocke Gebäude mit seinem großen breiten Altan sieht wie ein altmodischer Schreibtisch Gottes aus. Am klaren Abendhimmel über der Naglergasse leuchtet, eine magische Luftbarkasse, von innen her blaurot erhellt, der gläserne Gipfel des Turmhauses. Da war nichts mehr sachlich modern, sondern alles sehr wienerisch, und sie finden es schön und sehen es gern. Und sprechen mit Zuversicht vom Fortgang der Proben und fragen sich, welchen Erfolg ›Die Beschießung von Tschapei‹ wohl haben würde.

Die Weltgeschichte gibt ihrer Frage die vernichtende Antwort.

Es ist nämlich in diesen Tagen die wirkliche Chinesenvorstadt Tschapei im Angesicht der europäischen Reservation von massierten Luftstreitkräften, schwerer Artillerie und Schiffsgeschützen in staubige blutige Moleküle zerschossen worden.

So lautet die Pressemeldung, die in der letzten Ausgabe des Abendkuriers nach Wien und auf die Probe im Huttenbund gelangt.

Ein Weinkrampf erschüttert Lili. Schmerz quillt in ihr auf, schüttelt sie, wirft die Widerstandslose gegen einen der weißen Pfeiler des Podiums.

Da spielt sie jene senile Lady, die im Hotelvestibül mit Behagen ihre Importen raucht und vom Dinner spricht und sich von der Gesellschafterin Neuigkeiten der »Times« in das harte Gehör schreien läßt: »Der japanisch-chinesische Konflikt ist an die Völkerbundkommission verwiesen.« Und Lady lächelt in greisenhaftem Behagen: »Dann ist ja alles in schönster Ordnung«, und draußen krachen die ersten Bomben. Der deutsche Professor mietet das Luxushotel, verwandelt es in ein Lazarett, und die blasierten Gäste werden zu Sanitätern und Pflegerinnen – o wie unsagbar grauenhafter war doch die Wirklichkeit! In Staub und Blut zerschossen: Da steht es. Da gibt es nichts mehr zu pflegen. Das Zeitungsblatt fällt aus Lilis Hand.

Und da reden noch etliche aus der Kollegenschaft, das Stück sei zu kraß, man müsse es mildern; das könne dem Wiener Publikum nicht zugemutet werden. Wien habe eine gepflegte Theaterkultur, vornehme Tradition: gedämpft reserviert, harmonisch behutsam und wie hinter Schleiern. Sie werden zerrissen, eure sanften Schleier, wie die Tapeten in den kleinen Häusern von Tschapei: Der blutige Pfahl im Fleisch der Menschheit, die faschistische Achse, zerreißt sie, und eure Köpfe rollen in den Sand, in den ihr sie stecktet!

Lili kauert in einer Ecke, gekrümmt. Hat die Passion noch immer kein Ende? Sie leidet, da sie nicht helfen kann. Hundertdreißig Schilling für Spanien gesammelt, in einem Monat, was ist das? Ein Glas Wasser, geschüttet in ein brennendes Haus!

Der Frühling ist über den Gassen und Gärten. Vindomina trägt Veilchen am Gürtel, am Busen. Schlüsselblumen blühen an ihrem Ring, der von Flieder duftet, bald liegt sie tief eingebettet in Farben und Düfte. Lili genießt nicht den Zauber der Tage. Eisig weht es von Quadarrama und Alava, sengend vom Hoang-, Tung- und Nanhai-Meer. Leid und Schändlichkeit fällt als ein Fieber über die schwache und starke Frau.

Mit fiebernden Augen und Händen rackert sie in der Hauswirtschaft weiter, im Schüttelfrost taumelt sie auf die Proben, sie will nicht krank sein; sonst ist sie erledigt. Oh, sie ist zäh, die Skythin! Unter dem Spülen der Teller kaut sie Tabletten, die ihr Konrad besorgt hat, fällt in Schweiß gehüllt auf Teppiche, die sie gerollt hat. Daß nur keiner von der Familie es sieht! Sonst darf sie nicht weg, und sie will doch zu Konrad, da darf sie ruhen und langsam aufleben. Sie muß zur Probe. Sie darf nicht nachgeben.

Sie muß an Herta Müllhofer schreiben, an Alberich, ein Manuskript muß an den Nordischen Verlag, Pariser Blätter müssen ausgeschnitten, getarnt, versandt werden, sie hat von Herta sieben Adressen; in Höchst am Main, in Neckarsulm, in Augsburg, bei Maffei in München, in Wuppertal, zwei in Großberlin. Sie darf nicht krank sein, sie läßt sich nicht unterkriegen. Die Krankheit ist wie die Familie, die Familie ist eine Krankheit und will sie zwingen, zu Haus zu bleiben im Kerker auf dem grünen Sofa unter blechernem Gezänk. Das tut sie nicht, das hält sie nicht aus!

Konrad erwartet sie jeden Tag vor der Marienbrücke und bringt sie zum Judenplatz. Man kann da jetzt schon das Fenster offenlassen. Die Sonne will helfen.

Die Proben hat Konrad so angesetzt, daß die Kranke nur selten da zu sein braucht. Er ist sehr behutsam. Auch Schulz-Annaberg kommt manchmal und bringt ihr die Zeitschriften, nach denen sie verlangt. Das Schlafsofa ist zum Fenster gerückt.

Da liegt die langsam Genesende blaß in der Sonne, möchte gesund sein und hofft und schilt sich: Hysterische Ziege, beschimpft sie sich: Nervenfieber, lächerlich, das gibt es nicht, das ist Hysterie – und muß abends wieder auf das grüne Sofa und morgens Großreinemachen; bei Frau Oberst wird immer großreingemacht. Und sie fällt zusammen und rafft sich mit Gewalt wieder auf.

Erst als über Paris zuversichtliche Nachrichten von den Kämpfen der spanischen Brüder nach Wien gelangen, wird Lili besser zumut. Das Fieber weicht.

Es ist Zeit: In sechs Tagen soll die Premiere sein.

6

Der Stänkerer

Es befindet sich aber unter den Schauspielern, die in diesen Frühlingstagen auf der Tribüne des Huttenbundes unter Hollers Regie »Die Beschießung von Tschapei« proben, ein hübscher, glatter, nicht mehr ganz junger Mann namens Ladewig, dem Fach nach mittelschwerer Charakterjunge, der an sämtlichen Bühnen von Wien den Ruf genießt, Österreichs bedeutendster Intrigant und Stänkerer zu sein. Er schwärmt für den bitter ehrlichen Publizisten Karl Kraus, welcher, da er tot war, ihm nicht mehr heimleuchten konnte, und rezitiert seine Verse, wo immer er darf.

Jämmerlich arm war er zu Egdal und Lili gekrochen, hatte sehr warm, sehr menschlich gesprochen und mit rührendem Aufschlag der weichen Augen ihre Hände geschüttelt. Er schüttelte Hände wie eine Magd die Kuh melkt; mit beharrlichen raschen Zügen, und wenn er fertig gemolken hatte, gab er immer noch einen innigen Druck, als wolle er den geschüttelten Fingern das letzte Tröpfchen Wohltat erpressen.

Lilis sozialem Empfinden war er mit gleicher Hingabe begegnet wie Egdals mystisch dumpfem Liebesgrollen. Das Renommee, das ihm vorausging, kannte er wohl, da gab es auch nichts zu vertuschen. Allein dieser Ruf, beteuerte er, sei ungerecht wie so vieles in dieser Welt, ach, und nur dadurch entstanden, daß er sich gegen offensichtliche Ungerechtigkeiten mit Recht empört habe.

Einen solchen Mann konnten Lili, Erwin und Konrad nicht fortschicken. Sie sahen in ihm den Schicksalsgefährten, vielleicht auch einen Gesinnungsgenossen. Sie waren gegen Unterdrückung und bereit, des Bewerbers Können und menschlichen Anstand zu erproben.

Auf diesem Weg war Ladewig zu der kleinen Rolle eines hypochondrischen Zechprellers gekommen, die ihm ausgezeichnet lag.

Doch befriedigt diese Partie, die nur im zweiten und vierten Akt mit einigen markanten Sätzen hervortritt, weder seinen Ehrgeiz noch seinen krankhaften Hang zur Intrige. Geschickt und mit vielen treuherzigen Händedrücken geht er daran, die

Position seiner vertrauenden Gegner zu unterwühlen. Heimlich kommt er mit Informationen: »Aus sicherer Quelle, das Stück wird verboten. Die japanische Botschaft, das Außenministerium dulden das nicht.«

Die Schauspieler werden unruhig. Wenn das stimmte, und man ist ja in dieser Hinsicht an allerhand gewöhnt, hat man vier Wochen umsonst gearbeitet. Fürchterlich wäre das.

»Man muß streichen«, flüstert Ladewig vor, zwischen und nach den Proben. »Das Stück ist zu kraß, das wollen die Wiener nicht. Was weiß so ein Reichsdeutscher!« Dies ist der Punkt, an dem er nach gründlicher Vorbereitung mit seiner Offensive im rechten Moment einzusetzen gedenkt. Konrad Holler ist Reichsdeutscher.

Mit diesem Argument läuft Ladewig zum Ring. Nicht zu dem Ring, der mit reinen Düften und Farben Vindomina schmückt, auch nicht zu dem Ring unbescholtener Kassenschränker und Mansardendiebe – nein, zu dem Ring österreichischer Bühnenkünstler, der in nahen Beziehungen sowohl zu dem österreichischen Einwanderungsamt wie auch zur NS-Kulturkammer in Berlin steht. Reichsdeutsche, die aus der NS-Kammer ausgesperrt sind, dürfen an Wiener Bühnen nicht tätig sein.

Konrad Holler ist aus der Nazikulturkammer ausgesperrt.

In mehreren Fällen freilich hat die Wiener Behörde ein Auge zugedrückt. Im Fall Holler reißt Ladewig es ihr auf. Wie käme, stänkert er los, Österreich dazu, einem Berliner Arbeit zu geben? Wo doch namhafte Regisseure von Niveau, Ludwig Ladewig zum Beispiel, unbeschäftigt herumlaufen oder mit minderen Rollen abgespeist werden. Dagegen empört sich sein Gerechtigkeitsgefühl als Mensch, als Österreicher, als Wiener und als Künstler.

Die Wiener Verwaltung, die – wenn es sich bloß um das Leben eines Bundeskanzlers handelt – bekanntlich gemächlich arbeitet und erst nach vollendeter Tat zur Stelle ist (Engelbert Dollfuß ist an dieser Polizeipraxis gestorben), funktioniert in dem weit unbedeutenderen Fall Holler mit unheimlicher Geschwindigkeit. Warum ist Konrad auch an der Kirche zu den neun Chören der Engel nur immer vorüber und nie zur Beichte hinein und nie im Schlagadercafé um das Kinn des zeitungslesenden Monsignore gegangen? Hat man ihm nicht angetragen, ihm die Verbindungstüren zum Kirchenfürsten zu öffnen, dessen Empfehlung in allen Anstellungs- und Konzessionsfragen entscheidend ist? Solche Beziehungen muß man pflegen wie Gummibäume. Da muß man hinterher sein. Jetzt hätte ihm der Unnützer nützen können. Es wäre für ihn eine Kleinigkeit, die Gegenaktion hinauszuzögern bis nach vollendeter Tat: der Aufführung.

Nun ist es für all dies zu spät. Nun fliegt der erste der Knüppel, den Egdal prophezeit hat, ihm zwischen die Beine, schlägt ihm auf den Kopf. Auf der viertletzten Probe erhält er, mit sofortiger Wirkung, das amtliche Arbeitsverbot.

Er zeigt es Egdal, Meili, Bachmann, zuletzt Lili. Sie stehen betäubt von dem Schlag. Ladewig braucht man es nicht zu zeigen, der Stänkerer ist im Bild. Strahlend und tief durchdrungen von seinem Recht feiert er in bewegten Worten und vor versammeltem Personal den Sieg der österreichischen Unabhängigkeit über reichsdeutsche Einengung. Mitten in seiner Ansprache spuckt Lili vor ihm aus: »Denunziant! Wir ziehen das Stück und das Geld zurück!«

Konrad legt die Hand auf ihren Arm. Er ist blaß. »Hast du gedacht, man kann dreißig Schauspieler von Charakter auf einmal zusammenbringen?«

»Ich bin selbst dran schuld«, klagt Lili. »Ich hätte auf den ersten Blick dieser Visage ansehen müssen, was für ein öliger Lump dahintersteckt. Mit so einem Schwein stelle ich mich nicht auf die Bühne.«

»Wir dürfen die Müllhofer nicht enttäuschen«, sagt Konrad, »da steht Wichtigeres auf dem Spiel.« Dann gibt er die Leitung der Inszenierung und mit ihr seine Hoffnungen in die Hand Erwin Egdals, der Österreicher ist.

Während das Ensemble aufgeregt die neue Lage bespricht, begibt sich der neue Regisseur zum Regietisch und greift nach dem Manuskript. Er lächelt erbarmungsvoll.

»Man muß streichen«, beginnt er. »Was versteht so ein Reichsdeutscher. Wir Wiener haben unsern besondern Geschmack.«

Er macht gesunde Striche. Unter anderm streicht er im zweiten und vierten Akt die beiden Szenen des hypochondrischen Zechprellers: Ladewigs Rolle. Sie sei zu kraß, bemerkt er.

Noch vor Konrad verläßt der Gestrichene das Probelokal. Die Offensive ist gescheitert. Wohin soll der mit den eigenen Worten Geschlagene retirieren?

Da keine Bühnentür ihm mehr Unterkunft verheißt, kauft der Vorkämpfer der österreichischen Unabhängigkeit von seinem letzten Geld weiße illegale Wollstrümpfe, das Abzeichen der Austronazis, schlüpft hinein und gelangt auf diese Art als jüngstes Mitglied in den Gau acht der in den Ländern des österreichischen Bundes sacht untersagten »Nationalsozialistischen deutschen Arbeiterpartei«.

Gau acht heißt in NS-Deutsch das Österreich, dessen unabhängigen Bestand die NS-Regierung in NS-Verträgen gewährleistet hat.

7

Nun gründe dir eine Existenz!

Nach gründlicher Durchleuchtung und erfolgreicher Behandlung durch den hervorragenden Internisten Professor Horn ist die dinosaurische Großtante Holler wieder nach Rumburg gefahren. Ihr gefürchteter Kehlkopfkrebs ist eine leichte Mandelentzündung gewesen, der Zuckergehalt ihres Urins dank Insulin-Einspritzungen von sieben Komma fünf auf null Komma eins gefallen und ihr Vermögen dank einer Erbschaft um dreitausend englische Pfund gestiegen. Das Iguanodon hat allen Grund, der Zukunft mit Zuversicht entgegenzusehen.

Infolge weit vorausschauender Verfügungen ihres Verstorbenen, des Bücherrevisors Konrad Holler, ist der größere Teil ihres Vermögens in hochvalutarischen Ländern angelegt. Selbst über Dollar- und Pfundabwertung ist sie, gleich wie ein Tank über Gräben, ohne Verluste hinweggeglitten. Die Schwerfällige disponiert mit staunenswerter Gewandtheit. Besaßen die Dinosaurier ein besonderes Organ für Börsenwerte? Zur Zeit der deutschen Inflation um die Wende der zwanziger Jahre, als alle Welt Industriepapiere und Devisen erstand, hatten Theresa und Konrad Holler-Rumburg ihr ganzes Bargeld zusammengerafft und dafür einen Wäschekorb voll fast wertloser preußischer Pfandbriefe gekauft. Als dann nach Jahren der Entbehrung die Mark stabilisiert, die großartigen

Industrie- und Bankaktien zusammengelegt, die verachteten Pfandbriefe aber aufgewertet wurden, standen sie plötzlich als Millionäre da.

Vorsicht! »Es gibt keinen gefährlicheren Beruf als den eines Millionärs«, erklärte damals über dem Wäschekorb die Dinosaurierin. Der beste Beweis dafür war ihr Ehemann, den der jähe Umschwung derart in Aufregung versetzte, daß sein altes Herzleiden eine Hausse wie jene Pfandbriefe erlebte. Kurz nachdem der Erlös aus den aufgewerteten Papieren in kreditwürdige Länder gebracht war, setzte eine Angina pectoris dem Dasein des Millionärs ein Ende.

Seinen Triumph als Finanzgenie zu genießen, hatte der Bücherrevisor auf dem Sterbebett seine drei verheirateten Töchter in seine Verhältnisse eingeweiht. Und da diese keine Veranlassung sahen, das Geheimnis zu bewahren, war es der weitverzweigten Sippe der Hollers bekanntgeworden. Die Ansprüche, die hieraus der überlebenden Witwe gegenüber erwuchsen, erbitterten diese in hohem Maß. Sie kämpfte um jedes Pfund, ja um jede Unze und war in kurzer Zeit mit ihren Töchtern, Schwiegersöhnen, Vettern, Geschwistern, Freunden und schließlich mit der ganzen Welt zerfallen. Einsam wie ein echter Dinosaurier verbrachte sie ihre Tage. Nur Bankangestellte, Notare, Apotheker, Doktoren, Professoren und Krankenschwestern bildeten nebst den dazugehörenden Krankheiten ihre Gesellschaft. Und ihr Herz verteilte seine Gefühle auf verschiedene Safes.

In dieser Situation hatten sie die Wiener Briefe des Großneffen, der den gleichen Namen wie ihr Verstorbener trug, betroffen. Sie hatten infolge der Namensgleichheit an das einzige gerührt, was das merkwürdige Hirn hinter der niedrigen Stirn bewegte: an den Mann, der in ihrer Vorstellung eins geworden war mit dem Wäschekorb, den Bankkonten, den Liegenschaften, den Safes, deren Hüter sie war.

Es war eine zwiespältige Empfindung, die aus der Berührung mit Konrad, dem Jüngeren, sprang: Er ist ein Konrad, rief diese diluvianische Empfindung; sein Urgroßvater, Großvater meines Konrad, war Konrad der Erste. Da lebt also ein Konrad, den ich Konrad rufen könnte, ein Konrad zum Herumkommandieren, ein Konrad, wie ich ihn einstmals besaß. Dies war der eine Span ihrer gespaltenen Empfindung, der bessere.

Der andre sprach: Vorsicht! Er ist ein Holler! Vorsicht, ein Erbschleicher! Dieser Nichtsnutz will meine Gutmütigkeit mißbrauchen, ausplündern will er mich, betrügen, Vorsicht! Es gibt keinen gefährlicheren Beruf als den eines Millionärs. Erst nachdem sie sich mit allen erdenklichen Vorsichtsmaßnahmen gewappnet hatte, tat sie dem Großneffen ihre Ankunft kund.

Es ist für Konrad, den Dritten, kein Leichtes gewesen, zugleich mit der Einrichtung der Wiener Zweigstelle des Verlags für Nordische Kultur und inmitten der Vorbereitungen zur »Beschießung von Tschapei« die Zeit und Geduld aufzubringen, um die sich stets in den gleichen Rillen bewegenden Anschuldigungen der Pfandbrieftante mit teilnehmender Miene anzuhören.

»Wie bei uns in der Schöllerhofgasse«, tröstet ihn Lili. »Diese lebenden Grammophone, die immer den gleichen Unsinn herunterschnurren, müssen wohl eine Zeitkrankheit sein. Auch gewisse ›Führer‹ leiden an diesem Übel.«

Nach Lilis Genesung hatte der Großneffe die Dummheit begangen, sie mit in die Hornsche Privatklinik zu nehmen. Sie könnte ihn, hatte er gedacht, bei der Patientin vertreten; die Bühnenarbeit brannte ihm auf den Nägeln. Außerdem wollte Lili, ausgerüstet mit einer Empfehlung des Cafetiers Ziperny an Hofrat Horn, den angeheirateten Vetter seiner verstorbenen Frau, versuchen, den großen Internisten zu einer Spende für spanische Verwundete zu bewegen; ein Versuch, der leider mißlang. Der erschreckende Eindruck, den Theresa Holler bei ihr hervorrief, hinderte sie, in dem vierfenstrigen Eckzimmer diesen Versuch am Iguanodon zu wiederholen ...

So liebenswürdig Tante Theresa ›die Baronesse‹ empfängt, so heftig sind die Anklagen, die sie bei seinem nächsten Besuch dem bestürzten Großneffen entgegenschleudert: »Sie ist deine Maitresse!« tobt die Alte. »Du betrügst deine Frau, du betrügst mich, mir aus den Augen! Du bist genau wie dein Vater, deine Tante Käthe war auch eine Schnepfe, sie hatte es mit einem Infanterieoffizier, sieben Jahre, von April 1889 bis Juli 96, da starb sie, sonst wäre die Geschichte noch nicht aus.«

Konrad kennt die Geschichte von Käthes einziger Liebe und läßt sie in scheußlich entstellter Form über sich ergehen. Im Gespräch mit Tobsüchtigen, weiß er, hilft allein schweigende Geduld. Er kommt sich vor wie der englische Lord-siegelbewahrer Eden bei einer Konferenz mit dem Führer des Dritten Reichs.

Erst beim folgenden Besuch, am Tag vor der Generalprobe, nachdem Egdal die Regie übernommen hat, gelingt es Holler, die Tobende zu beruhigen. Laut wie vor einer Massenver-sammlung spricht er in eines ihrer weißen Hörrohre von der ideal veranlagten Kollegin, ihrer Selbstlosigkeit, ihrer be-drängten Lage.

»Du hast ein ebenso gutes Herz wie ich, Konrad«, haucht Theresa. »Wenn ich nur wüßte, wie ich dir helfen kann. Kon-rad, du bist eine gescheiterte Existenz, hast du mich verstan-den? Dein Pate, der Großonkel, siehst du, das war ein Mann, den nimm dir zum Beispiel, aus kleinen Anfängen, denn wir waren nicht reich, hat er sich in unermüdlicher Arbeit –« Der Rest der Platte ist Konrad geläufig.

Mit den Worten: »Nun gründe dir endlich einmal eine Exi-stenz!« händigt Frau Holler am letzten Tag ihres Wiener Auf-enthalts dem Nichtsnutzigen einen holländischen Hundert-guldenschein ein. Er bedankt sich sehr und begeht eine zweite Dummheit, indem er ein Drittel der Abschiedsgabe für die bevorstehende Premiere verwendet. Erikas Spende ist aufge-braucht. Der geliehene Betrag soll ihm aus den zu erwartenden Einnahmen zurückerstattet werden.

Und nun sitzt er zur Premiere des Zeitstücks an der Kasse im Huttenbund, erspart die Kosten für einen Kassierer und hat die Sicherheit, bei der Abrechnung nicht betrogen zu werden.

Wider Erwarten kommen auch Leute zur Kasse, die ihre Karten bezahlen, sogar den vollen Preis. So zum Beispiel jener Professor und Rotarier Martin, zu welchem in den ersten Stunden seines Wiener Aufenthalts die Empfehlung seiner Schwester Berthel den Kassierer Holler geführt hat. Die holde Schauspielerin, deren Freikarte er damals den Besuch des denkwürdigen Giraudoux »Es kommt nicht zum Krieg« ver-dankte, sitzt neben dem Chefdramaturgen der Josefstadt, der dem Hohenpriester vom Hohen Markt gleicht, hinter ihnen Schulz-Annaberg mit seiner Frau und deren Verwandten Ziperny, deren Tischleindeckdich im Schlagader noch immer bereitsteht. Neben einem chinesischen Varieté-Akrobaten sieht man die Malschülerin Victoria Sendler.

Auch sie ist von Holler zum Besuch der Vorstellung veranlaßt worden. Seit jenem ersten Beisammensein zwischen Kissen und seidenen Puppen hat er Lili nicht mehr mit ihr hintergangen, obwohl die Reizvolle, wie sie sich ausdrückt, die Tür ihres Zimmers nie gegen das Leben absperrt. Während der Probenzeit hat er, wie ein Sportsmann im Training, enthaltsam gelebt. Nach der Affäre Ladewig aber ist er mit seinen Nerven zusammengeklappt.

Von der Uraufführung sieht er nur wenig. Erst muß er seine Kasse abrechnen, wobei sich nach Abzug der Unkosten ein Minus von nur dreißig Schillingen ergibt. Das ist die Existenz, die ihm die filzige Güte der Pfandbrief-Verwandten ermöglicht hat.

Allein für Wiener Verhältnisse ist selbst dies ein Erfolg. Die Unkosten sind gedeckt. Mehr war von einer Premiere nicht zu verlangen. Es besteht begründete Hoffnung, daß bei den Wiederholungen für die armen ›Externen‹ das Abendessen herauskommen wird. Ein Mittagessen entspricht ohnedies nicht den Gepflogenheiten dieser Berufsschicht. »Die Beschießung von Tschapei« ist ein Erfolg.

Dies zeigen auch der Beifall und die Äußerungen des Publikums. Dies bekräftigen die Kritiken, die Konrad durch die südliche Vertretung des Nordischen Verlags an den ungenannten Autor des Dramas gelangen läßt. Dies erhärtet die zweite Aufführung, die nach Abzug der Tagesunkosten für jeden Mitwirkenden einen Schilling und sechzig Groschen erbringt. Das bestätigt die dritte Vorstellung, die für jeden zwei Schillinge übrigläßt.

Zu dieser erscheinen Marianne Brings mit ihrem ganzen Anhang, einschließlich einer weiteren Klagemauer in Gestalt der Familie Friedländer aus Halberstadt; ferner die Tarnfiliale der Nordischen Kultur, vertreten durch den Musiker Satory und den Studenten Raesch. Bei ihnen sitzen die Schwestern Relly und Mimi. Auch Konrads Wirtin Zischka und Satorys Wirt, der Schneidermeister Schaderer mit Frau, sind da, endlich einige Reihen mit den Bekannten der übrigen Mitwirkenden und Mitglieder der großen Bühnen. Fast alle haben sehr reduzierte Preise bezahlt.

Das besondere, durch den Erfolg nicht wettzumachende Unglück ist der Umstand, daß die Tribüne im Huttenbund nur ein Theater für neunundvierzig Besucher ist. Es ist dies eine von Wiens Spezialitäten, die eigens dafür geschaffen scheinen, Herta Müllhofers Behauptung, es ginge kein Unternehmen an zu kleinen Räumen zu Grund, zu widerlegen. Ein Theater, behauptet Wiens Theatergesetz, beginne erst mit fünfzig Plätzen, mithin sei ein Theater für neunundvierzig kein Theater, bedürfe daher auch keiner Konzession. Das war für mittellose Theatergründer ein großer Vorteil. Aber auch die Theaterverleger behaupteten nun, ein solches Theater sei kein Theater und gaben ihm infolgedessen keine Stücke zur Aufführung.

Auch das Publikum scheint sich diese Behauptung zu eigen zu machen und geht, wenn es in ein Theater will, in eines der großen. In die Katakomben des Huttenbundes steigt man nur ungern hinab. Der Raum hat etwas von einer Grabkapelle. So manches Stück und jede Hoffnung auf Aufführungstantiemen wurden in ihr begraben.

Auch die Existenz Hollers, die ihm von der Großtante vorgeschrieben ist, soll hier ihre Ruhestätte finden. So sehr er sich bemüht, aus jedem Besucher das möglichste an Eintrittsgeld herauszuholen: Die Kassenpreise sind selten erzielte Fantasiepreise, hoch über dem Boden der Wirklichkeit.

Nur von einem Besucher nimmt Konrad kein Geld.

Das ist Erika Ehm, die Eidechse vom BDM, das Dienstmädchen vom Haus Donz in Dahlem, welches im Übermut das letzte Wiener Gesinnungstheater finanziert hat. Bei der vierten Wiederholung des Tschapeistücks taucht sie an der Kasse vor Konrad auf.

Ihre schmalen Eidechsenaugen haben nicht mehr das kecke Huschen und Funkeln wie damals, als sie Schillinge in die Gegend gestreut und sich Heurigenmänner gekauft hat, sie scheinen gläsern und sind an den Rändern etwas gerötet. Vom Jugendgericht, auf das ihre Angaben einen glaubwürdigen Eindruck gemacht haben, ist sie mit einer Warnung entlassen und in den Schnellzug nach Kufstein gesetzt worden. »Man wird dich dort in Empfang nehmen«, hat die Jugendpflegerin ihr gesagt. »Du bist avisiert.«

Der Eidechse hat das nicht gepaßt. Bei der Station Wörgl ist sie aus dem Abteil geschlüpft, hat sich im Regencape mit dem Rucksack auf die Landstraße gestellt – auf Trampen verstand sich die Hitlerjugend – und bald einen Austrowagen zum

Stehen gebracht, dessen Inhalt, ein Herr um fünfzig, sie zu seiner Zerstreuung nach Baden bei Wien mitnimmt.

Über Konrads Frage, was sie jetzt mache, geht sie hinweg, lächelt: »Das Stück ist von mir geschrieben.« Die Hände, mit denen sie es getippt hat, stecken in roten Handschuhen. Nach Schluß der Vorstellung ist sie entschlüpft. Einige Tage darauf wird sie von Hansel Arlt am Fleischmarkt gesehen.

Da steht die Lazerte an der Ecke der Rotenturmstraße, trägt ein Monokel im linken Eidechsenauge und versucht auf ihre Art, sich eine Existenz zu gründen.

8
Musik von Weill, Text von Brecht

Der Besuch der kleinen Tribüne im Huttenbund ›zog an‹, wie die Schauspieler sagen. Bescheiden, wie die Not sie gemacht hat, staunen sie über jeden Besucher, der vor ihrer Kasse den Geldbeutel zieht. Anscheinend gibt es in Wien immer noch Leute, die es sich etwas kosten lassen, ein freieres Wort zu hören. Nicht einmal die japanische Botschaft hat Einspruch erhoben. »Wie muß es erst wirklich in Tschapei zugegangen sein«, sagt Lili, als sie sich mit Konrad zur fünfzehnten Wiederholung aufmacht, »wenn diese Vertreter unser Stück ohne Protest und lächelnd hinnehmen?«

Der Schreibtisch Gottes mit den neun Chören der Engel steht barock im violetten Abendlicht. Um ihn am Hof duften aus Marktbuden die ersten italienischen Kirschen. Feldblumen senden Wiesengerüche und Farben und locken Taubenscharen von der goldenen Erdkugel am First der Feuerwache und von den Konsolen der Engelschöre. Im Gleitflug kommen sie an, und wo eines der Marktweiber ihren Stand zu einem nachbarlichen Plausch verläßt, fallen die hungrigen Vögel über Obst, Dörrgemüse, über Erbsen, Bohnen, Linsen und Mohnkörnchen her und verzehren, was für die Menschen zu teuer ist. Über die Dächer der Naglergasse aber leuchtet gleich einer Traumgallione das gläserne Turmstück des Hochhauses.

»Ob wir noch einmal da oben unsern Erfolgscognac trinken?« fragt Konrad, und Lili antwortet: »Du als unbezahlter

Kassierer, ich als schlecht bezahlte komische Alte – nein, als Erfolg läßt sich das nicht feiern.« Konrad nickt: »Wenn wir bei gleichem Besuch wie bisher weiterspielen, braucht es acht Monate, um das herauszuholen, was wir und die Ehm hineingesteckt haben.«

Und wieder singt die Musik von Weill den Text von Brecht: »Ja, mach nur einen Plan! Sei nur ein großes Licht! Und mach noch einen zweiten Plan. Gehn tun sie beide nicht.«

»Und es könnte doch gehn und könnte so schön sein«, sagt Lili und haucht vor fein dekorierten Schaufenstern am Kohlmarkt. »Wien kann schön sein, der Frühling, der Sommer wunderbar ... Aber weißt du, Konrad, mir ist, als wären wir gar nicht in Wien und hätten auch keinen Frühling. Wir haben nur die Sorgen von Wien. Tröste mich ein bißchen, du konntest das immer so gut!«

Aber Konrad hat das Trösten verlernt. Tapfere Gedanken, vordem gehegt, sind fahl geworden wie die neun Chöre der Engel. »Wir sind im Krieg, Lili«, sagt er. »Wir sind auf dem Rückzug. Die Vorhut des Feindes ist ganz nah, seine Patrouillen reiten durch uns hindurch. Das einzige, was uns bleibt, ist mitnehmen, was sich noch mitnehmen läßt: ein Stück Wien, ein Stück Frühling, vielleicht auch ein Stückchen Freiheit.«

Lili preßt im Gehen die Hand ihres Kameraden: »Wenn wir nur zusammenbleiben, Konrad, ich hab solche Angst, du gehst weg. Du verläßt mich wie deine Kinder, deine Frau ...«

Sie schreiten durch Wiens größtes Durchhaus, die Hofburg genannt. In dem panteonartigen Kuppelbau hallen die Schritte der Passanten wie ferne Schüsse.

»Ich habe sie nicht verlassen«, antwortet der Gefährte, »ich habe wohl nie einen Menschen verlassen, der zu mir hielt, und werde es nie. Aber wir sind im Krieg, man kommt ab von seiner Truppe und findet sie nicht mehr. Plötzlich ist man an einem andern Abschnitt der Front. Die Gesichter der Kameraden wechseln unheimlich schnell. Warst du es nicht, die gesagt hat: ›Wir leben nicht, wir werden gelebt‹, oder war es die liebe Jeschaz? Es liegt viel dazwischen, vielleicht war ich es selbst, ich weiß es nicht mehr, aber es ist so: Wir beschließen nichts, wir werden beschlossen ... beschossen ...«

»Jetzt trinken wir aber doch einen Cognac«, bittet Lili. »Mir

scheint, jetzt muß ich dich trösten. Oder soll ich es mit einem
Kuß versuchen?«

Der schmale Weg zwischen der neuen Burg und dem Gitter,
das den weitläufigen Komplex gegen den Ring hin abschließt,
ist menschenleer. Sie küssen sich.

Und als habe sie aus der Berührung der Lippen Kraft ge-
schöpft, sagt die Skythin: »Wir sind doch weitergekommen,
trotz aller Fehlschläge ein Schrittchen. Satory war von der
Aufführung sehr angetan. Das könne auch den Proleten gefallen, meinte er. Man könne auch versuchen, der tschechoslowakischen Kolonie in Favoriten eine Aufführung zu verkaufen; die haben da einen Theatersaal. Wir wollen doch
morgen zu Rolf. Seine Publikumsorganisation ist noch intakt.
Da muß sich etwas erreichen lassen.«

Hat der heimliche zärtliche Kuß wirklich etwas neu aufge-
weckt?

Fast scheint es so.

Ein Trupp von etwa zwanzig Jungen in Jumper, Lederwesten,
Pullover steht an der Kasse.

Konrad gibt ihnen die erbetene Ermäßigung: die Karte zu
einem Schilling; mehr können sie nicht bezahlen. Das ist das
Publikum, das er sich wünscht. Er setzt die Jugend auf die besten Plätze. Auch zwei chinesischen Hausierern, die schüchtern bitten, läßt er um einen Schilling Sitze zu sechs.

Nach Stückschluß stellen sich drei von den Lederwesten
vor. Von der Arbeitersiedlung Birkenhügel kämen sie, und
weil der Höllriegel geschrieben habe, das sei seit langem das
anständigste Stück, das in Wien gespielt würde. Und weil der
Höllriegel, wenn er so etwas schreibt, immer recht habe und
weil sie schon lange nichts anständiges mehr gesehen oder
gehört hätten, wären sie da. Es habe ihnen gefallen, und sie
wollten gern bald wieder etwas anständiges sehen.

»Zum Beispiel?« fragt der Kassierer.

Also beispielsweise die Dreigroschenoper möchten sie
gern, Musik von Weill, das würden sie oben auf dem Birkenhügel oft singen, Text von Brecht: »Ja der Haifisch, der hat
Zähne« und »Nur wer im Wohlstand lebt, lebt angenehm«.
Das sei ja auch wahr, aber sie lebten leider nicht im Wohlstand,
keine Rede, im Gegenteil, aber wenn man ihnen zum Beispiel

die Dreigroschenoper bringen möchte, dann kämen mindestens drei- bis vierhundert ins Theater, außerdem welche aus der Umgebung, da gäbe es mehrere Fabriken, und die wären alle richtig, die Leute, nicht die Fabriken. Und ein Schilling, das ginge zur Not pro Person, aber leichter wäre es schon mit sechzig Groschen zu machen, da kämen Tausende, sechzig Groschen sei viel heutzutage.

Lili, Konrad und Egdal gehen mit dem Trupp auf die Straße. Dort verteilen sie sich; sonst wäre es ja ein Demonstrationszug, meint einer, da können sie sich leicht im Anhaltelager wiederfinden, und sie wollen doch vorher noch die Dreigroschenoper für sechzig Groschen sehen.

Ob sie den Satory kennen, fragt Lili die drei sie umgebenden Burschen.

»Gewiß, der Satory«, sagt Ignaz Burdach, ein gedrungener schwarzer Kerl. »Aber erst seit kurzem, flüchtig«, sie wohnen halt gar so weit draußen. Schad, daß seine Konzerte nimmer wären, bedauert er, »das waren Lieder ohne Worte, aber mit Sinn und Verstand, das war die Internationale ohne Text und mit andrer Musik«. Aber die richtige Musik, sagt Burdach verschmitzt, die würden sie draußen bei sich auch singen, immer noch.

Ob sie denn keine Naderer hätten, erkundigt sich Holler besorgt. Natürlich, die gäbe es; wo wären diese Falotten nicht! Aber da hätten sie vorgebaut, so schlau seien sie lange.

»Da hamer uns an Text zurechtgmacht, so recht an schmalzigen, wie so a richtiger Heurigenschmarrn, und wenn aner in die Näh kummt, dem net zu trauen is, da singen wir halt das Heurigenlied, das is so bleed wie sies nur ham wollen, da kannst zehn Wiener Wachleut neben hin stellen, und sie können uns net fassen. Is aber doch die Internationale, unsre, und wenn er dann weg ist, der Naderer, dann lassen wir erst mal den Text weg, den schmalzigen, und dann, wenn er recht weit weg ist und wir san ganz unter uns, dann singen wir auch den richtigen Text«, lacht sein kantiges Gesicht mit den herausfordernden Backenknochen und der kurzen Nase: »Am Birkenhügel hama halt ganz a bsondere Illegalität erfunden.«

Sie sind beim Donaukanal, der voll von Lichtern ist, die rot, gelb, blau, gleich Schwertern tief in das Wasser stechen.

Die Leute vom Birkenhügel sammeln sich und steigen mit den Theaterleuten eine schmale Treppe hinunter zum Uferpfad. Zwischen Wellblechhäusern und Holzschuppen riecht es nach Fisch. Über Gras und durch Gebüsch gehen sie drei und drei der Strömung entgegen. Dann beginnen sie zur alten aufwühlenden, streng untersagten Melodie zu singen. Und jeder denkt dazu den Urtext: »Steht auf, Verdammte dieser Erde«, denken sie und singen wienerisch:

> In Wien gibt's allerhand zu sehen:
> den Prager und den Stefansdom.
> Es lohnt sich, nach Schönbrunn zu gehen.
> Auch fließet dort der Donaustrom.

> Doch am besten von allen wird ihnen jedenfalls
> die Wienerin gefallen hinterm Gürtel in Hernals.

Beim zweiten Vers – da sind sie an der Brandgasse vorüber und haben zur linken den Prater – kann man auf den Tarnungstext schon weniger Gewicht legen und in die verbrüdernde Melodie mehr Revolution. »Es rettet euch kein höhres Wesen ...«, singen die Herzen, aber die lachenden Wiener Münder legal:

> In Meidling, Hietzing, auf der Wieden,
> in Simmering, am Alsergrund,
> ist ihnen manches Glück beschieden,
> besonders in der Abendstund.

Der Refrain wird wiederholt, dröhnt, hallt. Seine harmloskitschigen Worte gleichen Spaziergängern, die unvermutet in eine Demonstration hineingerissen werden und zu ihrem eigenen Erstaunen plötzlich Parolen mitrufen. So geht es in die dritte Strophe:

> Du darfst es ihr getrost gestehen,
> wie blau ihr Aug, wie blond ihr Haar.
> Bald seh ich euch zusammen gehen
> zum Stefansdom, zum Traualtar.

Da tönt es über den Kanal, vom Schlachthaus her tönt solo fortissimo der richtige Kehrreim und Aufruf:»Völker hört die Signale ...!« Und sie hören und stehen wie überfallen.

»Jo wos war denn des?« Kein Echo ... kein Schmäh ... Das war das richtige Echo auf ihren Schmäh und klang ohne Furcht und Tarnung zu ihnen herüber, als habe es nie eine Dollfuß- und Schuschnigg-Regierung gegeben.

»Wer is jetzt das?« Ein Schlachter? Ein Ochsentreiber? Einer der Wächter vom Schlachthaus? Oder ist, da so viele Menschen unters Tier gesunken sind, mit einmal ein Stier zum Menschen geworden? Wie ein Stier brüllt frei heraus eine menschliche Stimme noch einmal und höher, drängt ungeduldig, jede Silbe Protest und Entschluß:»Erkämpft das Menschenrecht!«

Ein Atemzug lang Stille.

Und dann, wie Fährmannsruf über das nächtliche Wasser herübergetragen, langgezogen die Wiener Parole:

»Denkt an den zwölften Feber!«

Dann Schweigen.

Sie stehen, warten, steigen hinauf zur Schlachthausbrücke und lugen durch die Dunkelheit hinüber zum Schlachthaus: Der muß sich dort melden ... Den muß man doch finden ... Aber es rührt sich nichts.

9

Denn die einen sind im Dunkel, und die andern sind im Licht

Nichts rührt sich in Wien, nichts in ganz Österreich. Nur manchmal ein Aufschrei. Aber das Patriarchat Innitzer-Schuschnigg erstickt ihn ohne Aufhebens und sehr geräuschlos, wie unter einer Tuchent ratlose Mütter ein unwillkommenes Kind ersticken. Die Freunde der Freiheit leben ungreifbar wie eine Melodie, in ihre äußeren Bezirke zurückgezogen, versteckt, verstreut.

In diesem Sommer lernen die ersten die unterirdischen Kanäle kennen, die Gänge der Wasserleitungen und Abwasser, die Hauptlinien des elektrischen Stroms, das Netz der Gasrohre und Kabel und die unterirdischen Kammern der von der »Commission International du Danube« beaufsichtigten Donauregulierung.

Man hört viel auf die Front populaire; ungeführt sehnen die Arbeiter sich nach Einigkeit. »Ist die Berliner Volksfront schon soweit?« fragen die Favoritner die Inzersdorfer und die von Kagran ihren Dirigenten Rolf Satory. »Sind sie soweit, daß sie uns helfen, wenn es hier losgeht?« Aufstand in Wien, in Österreich, fühlen sie, hätte nur dann einen Sinn, wenn zugleich drüben der Kerker des Reichs aufgebrochen würde. Nur wenn beide Völker ihre Signale hören, käme es zum Gefecht. Sonst würde es ein Schlachthaus im Dunkeln.

Es ist die älteste und oft bewährte Regel österreichischer Diplomatie, und auch die Österreicher Proleten beherzigen sie: Nie dürfe man gegen zwei Gegner zugleich kämpfen, stets müsse man Verbündete von der Stärke des Gegners haben, dann sei man selbst ein Überschuß und gebe den Ausschlag. Lieber solle man sich einen Kampf verkneifen, als gegen diese Regel verstoßen, hat der alte Graf Stürgkh einmal gesagt.

Und nun sagt es im Arbeiter-Sängerbund »Franz Lehár« (»Ferdinand Lasalle« hieß er bis zum Feber 34) auf der Probe für Baß und Tenor der Kapellmeister Rolf Satory.

»Was bedeutet das in unserer Lage?« fährt er fort. »Wir werden nicht so dumm sein und gleichzeitig gegen den Schuschnigg und die Austronazis den Kampf aufnehmen. Denn hinter Schuschnigg stehen die vaterländische und die ultramontane Front; hinter den Austronazis die Hitlernazis.«

Der vierstimmige Chor steht, die Notenblätter mit ausgestreckten Armen haltend, die Augen auf den Dirigenten gerichtet.

Den Taktstock in der Rechten spricht dieser weiter: »Herrn Hitler geschähe kein größerer Gefallen, als wenn ein noch so bescheidener sozialistischer Aufstand gegen Schuschnigg ihm jetzt einen Vorwand lieferte, Österreich vor dem Bolschewismus zu retten. Also, meine Herren, lassen Sie sich nicht provozieren – wir singen das Lied Nummer vierzehn.«

Die Tür links von dem Podium, auf dem die Sänger stehen, hat sich geöffnet. Der Taktstock fliegt empor und leicht nach vorn: »Ich küsse Ihre Hand«, säuselte es vierstimmig von den geübten Lippen der Sänger von Schwechat-Zledering-Albern, und hinter den vorgehaltenen Notenblättern grinst es, selbst die Notenköpfe scheinen zu schmunzeln.

Der Fremdkörper kommt von der Feuer-Polizei; es handelt sich um eine ›Kommissionierung‹. Nachdem das dreigliedrige Gremium einiges an den Türen moniert und die vorhandene Randspritze als brüchig abgelehnt hat, zieht es sich unter dem Chorgesang »O Mädchen, mein Mädchen« befriedigt zurück.

»Laßt euch nicht provozieren!« setzt der Dirigent seinen theoretischen Unterricht fort. »Und provoziert selber nicht! Bleibt ungreifbar, haltet euch als Kerntruppe. Es ist im Augenblick nicht wichtig, einzelne für uns zu gewinnen, sondern Gruppen. Schimpft bei den christlich-sozialen Arbeits- und Hungerkollegen nicht auf die Kirche, die religiöse Frage ist nicht aktuell, sondern sprecht von den Barmherzigen Brüdern und Vätern, die in Dachau gequält werden, sprecht von dem tapfern Pater Rupert, der sich auf seiner Kanzel in München das Maul nicht verbieten ließ, das Redeverbot durchbrach und in Dachau gefangensitzt. Denkt, daß endlich die Klerikal-Faschisten von den Nazifaschisten abgespalten sind! Leimt sie nicht wieder zusammen! Die Gleichheit der Unterdrückung, die Gleichheit der wirtschaftlichen Lage ist wichtiger als die Ungleichheit der Frömmigkeit. Denn das ökonomische Sein bestimmt das Bewußtsein. Volksfront, Arbeiterfront, Antifaschistische Front, das bedeutet alles das Gleiche, Notwendige: Die Einheit der Arbeiterschaft.

Noch eins: Merkt euch die Nazis! In eurem Bezirk sind es nur wenige. Anständige Arbeiter überhaupt nicht, nur Pülcher, Lumpenproletariat, der fünfte und sechste Stand, der vor Hunger nicht mehr aus den Augen schauen und aus dem Kopf denken kann. Wir singen das Lied«, klopft sein Stäbchen auf: »Lili, ja, lachendes Glück. Die Herrn vom Tenor, bitte, etwas mehr nach vorn!«

Wiener Musik tarnt die Wiener politische Arbeit, und musikalische Harmonien übertönen die Disharmonie, die sich in den Ländern des österreichischen Bundes ausbreitet.

Mozart, Beethoven, Bruckner, Hugo Wolf, Strauß, Wagner regieren als Sommerkönige über dem Land. Sie residieren in der Erzbischofsstadt Salzburg, neunzehn Kilometer in Luftlinie von Berchtesgaden, wo Adolf der Erste und Letzte als Imperator Germania hofhält. Nur fünf Kilometer Luftlinie trennen ihn von der Grenze des Landes, dessen Eroberung ihm Ziel und nur mehr eine Frage von Monaten ist. Längst hat er das begehrte Land mit Agenten, Gruppenführern und Obergruppenführern, Scharführern und Oberscharführern, Gaugaunern und Obergaugaunern überzogen, es mit Sprengstoffen, Waffen, Hakenkreuzbinden, Fahnen und weißen Strümpfen gefüttert, hat NS-Kuckucksnester in die Verwaltung und die Regierung gebaut. In Schwaben und Franken lagert eine ›österreichische Legion‹ und wird zum Einbruch ins österreichische Vaterland gedrillt. Am Bodensee vor Lindau stehen Panzerzüge fahrbereit in Richtung Südosten.

Aber das Volk der Träumer träumt, wie in allen Zeiten der Unfreiheit und Friedlosigkeit, den Traum von Frieden und Freiheit.

Wie zu allen Zeiten nimmt der Wiener den Schein für das Sein. Bei ihm bestimmt der Schein das Bewußtsein. Alle Schaderers, nicht nur der Schneidermeister Poldi, lesen mit Genugtuung auf vielen Mauern und Giebeln die Initialen der von Schuschnigg geführten »Vaterländischen Front«. Nachdenklich, schlau und versunken steht so ein Schaderer vor dem VF. Und wenn ein Bekannter vorbeikommt oder ein Freunderl, macht er ihn auf die zwei Buchstaben aufmerksam, flüstert: »VF: Volksfront! Wo mar hinschaut: VF, VF. Däs ist recht. Däs is guat. Dä is rech. Jetzt kommt bald wieder der Seitz und Breitner ins Rathaus. Tulli!«

Aber in vielen Nächten werden die Träume zum Alpdruck. In den kleinen idyllischen Orten der Bundesländer, dort, wo sich die Nazis am ungehindertsten entfalten, häuft sich die Zahl der Hoheitsverbrechen, und das Maß der Verrohung steigert sich bis zu einem Grad, daß selbst der trockenste Bericht zur blutrünstigen Schundlektüre wird. Handfeste Frauen zerstückeln mit Hilfe von Liebhabern ihre Ehemänner – oder umgekehrt. Söhne aus bessern Häusern lassen sich, wie Eidechse Erika, auf der Landstraße von vorüberfahrenden Autos ein Stück mitnehmen, zum Dank ermorden sie die gefälligen Insassen, plündern ihre Leichen und annektieren die Wagen.

Die Fremden aber, die der Wolfgangsee, das ›Weiße Rößl‹, Festspiele, der Radetzkymarsch, die Deutschmeister, Irene Harand, die Wiener Madeln, die österreichischen Botschaften in London, Washington und der Sommer in Salzburg ins Land gelockt haben, preisen seine Anmut, seinen Überfluß und seiner Einwohner liebenswürdiges Wesen: Da war alles in Butter. Sie schwelgen in Kunst, Musik, Natur und Reklame und lassen dem Staatsschatz beträchtliche Mengen ausländischer Zahlungsmittel zurück. Nachts aber, während ihre glänzenden Wagen auf stillen Plätzen geruhsam parken, fahren große graue und kleinere schwarzverhängte Polizeiwagen im Mondschein durch malerische Gassen und bringen die ungebärdigsten Weißstrumpfgardisten fürsorglich in Gewahrsam. Kein Mißton trübt die musikalische Fremdenindustrie.

Auch von Bettlern sind, nach NS-Vorbild, die Pfade der zahlenden Gäste gesäubert. In Arbeitshäusern, in befestigten Bettler- und Landstreicher-Lagern werden sie bis zum Schluß der Saison aufbewahrt. Dort sind viele Riegel vorgeschoben, und kein Bettlerkönig Peachum vermag es, ihre mahnenden Scharen – wie dies in »Beggars Opera« geschieht – dem festlichen Einzug der hohen und höchsten Herrschaften entgegenzuwerfen.

»Denn die einen sind im Dunkel«, singen bereits hinter dem Naschmarkt in der stinkenden Leimgrubengasse die fromme Mutter Waschfrau und die arbeitslosen Schwestern jenes Konsulatssekretärs, dessen zerknittertes Gesicht unter dem Bild des ermordeten Dollfuß Lili von Crailing zu Hilfe gekommen war. Und der Bruder, der Kirchendiener, summt, wenn er durch die Capistrangasse zur Stiftskirche steigt: »Und die andern sind im Licht.«

Auf den Naschmärkten quellen die Stände von dicken Salamiwürsten, rosigem und purpurnem Fleisch, reinem Weizenbrot, Butterblöcken, Käsebarren und Obst. Kirschen und Erdbeeren glühen, nackte drängende Himbeeren verspritzen ihren Saft, Ribiseln und Maulbeeren prickeln, Pflaumen, Reineclauden, Mirabellen schmoren in purer Sonne, aber die Kinder des armen Volks kriechen zwischen den Buden und unter den Tischen, stochern in den Kehrichttonnen, essen vom Wegwurf, und Väter und Mütter picken auf Gassen und Plätzen nach halb aufgerauchten Tschiks.

Vor den Kaffeehäusern und Schenken, hinter zierlichen Geländern sitzen Touristen aus aller Welt in elegant stilisierter Alpentracht bei vortrefflichen Speisen, Weinen und Bier.

Wenn sie gehen, langen von draußen über die Balustrade gierige Hände nach dem Übriggebliebenen und führen durstig die Neige der Gläser an rissige Lippen.

Denn die einen sind im Dunkel, und die andern sind im Licht.

Die Dreigroschenoper aber, aus der diese Wahrheit kam, ist verboten und bleibt es zum Schmerz der Jungen vom Birkenhügel, der Huttenbündler, ja selbst zum Leidwesen der großen Theatermacher von Wien, die endlich merken, daß der Strom, mit dem sie schwimmen, vertrocknet ist. Nicht nur der Birkenhügel, auch andre Erhebungen und Senkungen der sanft gewellten Vindomina sehnen sich in diesen Tagen nach einem Dreigroschentrank, gemischt aus bitterer Wahrheit, kräftiger Gesinnung und klarem Lachen.

»Jetzt brauchten wir leichte Kleidung und leichtes Theater«, sagt Konrad zu Lili. »Unser Tschapeistück ist zu schwer, es ist wie ein Wintermantel.«

Die notleidenden Kinobesitzer, die über mehr Einfluß verfügen als die externen Schauspieler, setzen mit der Drohung, es müßten fünfzig Kinos geschlossen werden, die Genehmigung eines zugestutzten Dreigroschen-Films durch. Nun geht trotz Hitze ihr Geschäft. Die Wiener, die einen Schein der Wahrheit verlangen, drängen zu diesem Film und grüßen Macheath und den Tigerbrown und Polly und Lucy und viele ausgebürgerte Schauspieler und Schauspielerinnen. Die großen Theater aber sperren während laut angekündigter Festspiel-Wochen ihre großen Tore, die kleinen Bühnen verriegeln ihre Türen. Die Externen hungern.

Wie Dörrgemüse liegt Wien im Juni.

Immer schlanker wird die Donau, und der Pegel des Schiffahrtskanals sinkt so tief, daß die Schleppschiffahrt stockt und die sonst überwässerten Mündungen der Abflußkanäle zum Vorschein kommen. Es ist kein appetitlicher Anblick. Aber dem Dirigenten Satory und seinen Freunden aus Floridsdorf, Brigittenau, Kagran und den Tüchtigen vom dritten und elften Bezirk scheint er anlockend.

Und sie dringen ein vom Donaukanal bei der Lukschgasse und waten durch den Morast in die engen, feuchten, übelriechenden, von Käfern, Würmern, Mäusen, Ratten besiedelten und von mancherlei Aas verpesteten, zum Teil uralten unter irdischen dunklen Kanäle und wieder zurück und wieder von einer andern Stelle aus ein.

Auf Wohnungssuche sind sie da.

Sie sind wie Forscher in einem unentdeckten Land. In der bombastischen NS-Sprache heißt so etwas: Ein Volk ohne Raum sucht Lebensraum. Wir brauchen Kolonien. Pfadfinder voran!

Aber die aus den finsteren Gründen sagen bloß: »Verkumm! Dena wer mirs zeign.« Einige übergeben sich in dem Schleim der Großstadt; als man sie aber zurückschicken will, weigern sie sich: »Jetzt samarr so weit, jetzt gemarr mit«, spucken sie blaß und erbost.

Immer tiefer dringen sie ein in das weitverzweigte Netz, das im Norden der Stadt vom Domgraben an der Rebellerwiese und den Wasserbehältern von Salmannsdorf begrenzt wird und im Süden zum Praterspitz und durch den Hauptkanal hinter dem alten Aspangbahnhof bis über Schwechat-Kledering und Grammat-Neusiedl reicht.

Östlich der Landstraße am Simmeringer Park liegen die Laichplätze dieser Doppellebigen, hier ist die Brutstätte ihrer Pläne. Hier wohnt auch Satory, ihr Dirigent.

Östlich der Landstraße fängt Asien an, hatte einst Klemens Fürst Metternich, der Staatskanzler, behauptet, der ein Menschenalter lang Unterdrücker jeglicher Freiheit in Österreich und ganz Europa gewesen war. Erst der Ausbruch in den Märztagen des Jahres 1848 hatte seine Entlassung erzwungen, nur seine Entlassung; mehr hatten die Revoluzzer links der Landstraße nicht verlangt, denn sie waren zu anständig. Ihren Robert Blum hat man auf der Brigittenau erschossen.

Heute stößt das asiatische Wien hart an das Diplomatenviertel, welches sich, wie die europäische Niederlassung Schanghais, zwischen Wieden und Landstraße einbaut.

In diesem Wiener Tschapei gibt es eine Netzgasse, eine Fuchsröhre, eine Marxbrücke, eine Marxgasse, eine Marxer Straße, einen Marxer Friedhof, sogar eine Marxkirche und ein Brauhaus zum heiligen Marx. Denn dieser gefeierte Marx ist nicht der semitische Wahrheitsverkünder aus Trier, sondern ein ebenso semitischer Evangelist aus Palästina, Verfasser nicht des Kapitals, sondern des Markus-Evangeliums. Die Doppellebigen kennen den einen wie den andern Marx. Einige von ihnen haben als Ministranten in der St. Marxkirche und andern Kapellen begonnen.

Nun aber tragen sie keine Chorröcke mehr, sondern Lederjacken, Wasserstiefel und über den gewohnten Knickerbocker weite achatschwarze Wasserhosen. Denn trotz der Trockenheit, die auf Erden herrscht, unter dem Erdboden gibt es mitunter Überraschungen: plötzliche Wasserkünste, heiße Ausbrüche, breite Ströme stinkender Lava, chemische Fontänen, organische Tröpfelbäder, freiwillige Gullyspenden, von kräftigen Mägden eimerweise ausgegossen, koloristische Einflüsse von Färbereien, Zuschüsse aus Waschküchen und Dampfbädern und unangenehme Dreckschleudern. Aber daran gewöhnt man sich, meint Heini Sprinzel, ein hoher Tenor aus der Hetzgasse. Selbst Rolf, der Gent, hat sich daran gewöhnt.

Er denkt bei diesen Unterweltgängen manchmal an Mozarts Zauberflöte und an die vielfachen Prüfungen, die Tamino und sein unbekümmerter Papageno mit Heldenmut musikalisch überwinden.

Papageno Sprinzel ist klein, sehnig und so mager, daß er durch unwahrscheinlich enge Kanäle und ovale Eisenverschlüsse immer noch durchkommt. Sein Haar ist millimeterkurz und stachlig. Er ist bei dem österreichischen Jungvolk, einer Jugendorganisation, die Schuschnigg nach dem Muster der Mussolini-Balila und der Hitler-Jugend gegründet hat. Es gibt geschickte, stramme und kluge Burschen in diesem jungen Volk.

Am Landstraße-Gürtel stemmt Sprinzel mit einem Stockheber die große eiserne Gürtelschnalle aus der Umrandung. Seine rötlichen Brauen sind von Anstrengung gerunzelt, seine fixen Äuglein zusammengekniffen; es geht böse, das hat sich geklemmt. Er spuckt in die Hände und flucht ganz legal. Niemand von den Vorübergehenden hält die zwei Wasserdichten für etwas anderes als gewöhnliche Kanalarbeiter.

Von unten hört man es rauschen und rieseln.

Sie steigen hinab.

Auf der Eisenleiter stehend, rückt Rolf den runden Deckel wieder in seine Fassung. Heini Sprinzels Taschenlampe glüht auf.

Ein Blick auf den Kompaß! Dann geht es vollends hinab in nördlicher Richtung zum Belvedere.

Zum Belvedere, wo einmal ein österreichischer Thronfolger wohnte, bevor er von einem serbischen Mann mit Namen Prinzip ermordet wurde. Zum Belvedere, in welches just zwanzig Jahre danach, kurz nach der Ermordung des Kanzlers Dollfuß, der Kanzler Kurt von Schuschnigg einzog. Zum Belvedere, dem anmutigsten aller barocken Gartenpaläste: Die grüngoldene Krone aller Parkschlösser ist Belvedere genannt, und der Cicerone rühmt »seine organische Kraft, die von innen heraus quillt und das Ganze mit unendlicher Heiterkeit des Lebens durchtränkt«.

Zu diesem Belvedere zieht es die beiden Amphibien. Es gibt dort große dünnbödige Bassins und Springbrunnen. Jedes hat seinen Abfluß und Zufluß, und wenn man das rechte Werkzeug besitzt, ist jeder Fluß ein Weg und jeder Weg von Bedeutung.

Es rieselt. Es rauscht. Es hallt. Das Wasser geht bis zu den Knien. Sie werden wohl ein Stück schwimmen müssen.

10

Ferien von Politik

Lilis Badedreß besteht aus leichtem zartgelbem Stoff, der locker um die kleinen festen Brüste und die kräftigen Hüften liegt. Dazwischen ist der Leib frei für Luft und Sonne und den Arm des Freundes, der sie den grünen Uferpfad entlang der Alten Donau geleitet. Auch mit bloßen Füßen ist Lili wohl einen Zentimeter größer als Holler. Die äußere Ähnlichkeit, die zwischen den beiden besteht, hat sich in den Monaten ihres Zusammenlebens und Zusammendenkens verstärkt. Sie sind beide sehr abgemagert. Aber ihre Füße schreiten leicht über den warmen Weg. Mit den Kleidern haben sie die Sorgen des Alltags hinter sich gelassen. »Heut wollen wir Ferien haben«, sagt Konrad: »Ferien von der Politik und allem, was drum und dran hängt.«

»Kann man das?« fragt Lili.

Sanft wie ihr Arm auf Konrads Nacken liegt ein Donauarm zu ihrer Rechten, umschlingt das leicht abfallende Ufer und kühlt die Menschen, die der Sonntag ihm zuführt. Es geht ein kaum spürbarer Wind, man merkt ihn nur an den Treib-Segel-chen der Paddelboote, die langsam, wie über der Landschaft die Wolke, dahinziehen. Das Wasser scheint still zu stehen. Diese Donau ist alt und müde wie ein betagtes Gemälde, Er-innerungsstück vergangener Zeiten.

Konrad denkt an sein Klinkerboot auf der Havel, es heißt Ego und ist aus Eichenholz. Und Lili sieht den hochbordigen Motorrenner, auf dem der blonde Kurt im vorigen Sommer – war es nicht eine Ewigkeit her – wellenwirbelnd mit ihr havelab zum Schwielowsee gejagt war. Und Konrad denkt an Egos Bauch, den er an einem sonnigen Märztag firnißte ... warum an Ego und nicht an Grete ...? Er ist doch mit ihr ver-heiratet ... ist ja nicht wahr ... verheiratet ... wie kam er eigent-lich dazu, muß er sich langsam besinnen ...? Ja, so ... da war sie auf einmal von ihm in Hoffnung gewesen, so hatte es an-gefangen und aufgehört, er hatte Grete umarmt wie so viele ... wer in Hoffnung ist, dem muß man wohl jede Hoffnung er-füllen, das hat er getan ... Sie hat gehofft, sie werde nun seine Frau sein, sie hat auf einen Klaus gehofft, auf einen Kasper ... Hat sie alles bekommen, was will sie denn noch ...? Will sie denn noch?

»Woran denkst du?« fragt Lili überraschend. »Bitte, was hast du eben gedacht?«

Er sieht weg von ihr, antwortet wie im Schlaf: »Meine Ehe ... ein Boot, in dem ich eine Zeitlang gefahren bin. Das ist alles Erinnerung.«

Erinnerungen, denkt sie, können sehr lebhaft sein.

Er sieht in den Wasserspiegel, auf dem rostfarbene Boote wie Weinbergschnecken langsam dahinkriechen.

»Es muß schön sein, hier zu rudern«, findet er, »hier fahren keine Motorboote, es ist wohl verboten. Man will den Ufern nicht weh tun. Sie sind überempfindlich. Es sind Wiener Ufer ...«

»Wir wollen ins Wasser«, sagt Lili, »und dann in der Sonne liegen.«

Der gebrechliche Rahmen der Ufer ist in viele kleine Pri-vatbesitztümer aufgeteilt. Überall, so weit ihre Augen reichen, liegen auf kleinen Holzflößen Eigentümer, Pächter oder Un-termieter, sonnen sich oder lassen die Beine ins Wasser hängen und angeln. Überall sind bunte Schilder angebracht, auf denen steht in hübschen Buchstaben: »Privatbesitz« oder »Zutritt verboten« oder »Betreten bei Strafe verboten«, an einigen Klubhäusern: »Benutzung nur für Klubangehörige«.

Unter Verletzung von Eigentumsrechten, des Einspruchs eines ›Befugten‹ nicht achtend, dringen sie über eines der Flöße zur Alten Donau vor und hinab. Rasch stoßen sie ab von dem ungastlichen Holz und schwimmen langsam, wie es der Stil der Landschaft erfordert, dem jenseitigen Ufer zu. Dort ist eine Wiese, dahinter sind Bäume und Schatten, dort kann man wohl bis zur sinkenden Sonne im Gras liegen, faul sein, vergessen.

Nein, man kann es nicht. Das Ufer entlang, fast noch im Wasser, zieht sich ein hoher, aus Draht geflochtener Zaun. Nicht einmal aus dem Wasser zu steigen, ist ihnen vergönnt. Der Zaun läuft bis in die Unendlichkeit.

»Ein neidisches Volk!« schimpft Lili und zieht sich mit nassen Fingern am Gitter empor. »Sollen wir wie die Fledermäuse bis zum Abend hier hängen?« Das sei die berühmte Wiener Gastlichkeit, grollt sie. »Sogar die Sonne muß man sich erschleichen. Hätte drüben der alte Esel mit seinem dicken Bauch uns nicht einladen können, Platz zu nehmen?«

»Wenn du allein gewesen wärst, hätte er es womöglich getan. Aber ein Pärchen? Gastfreundschaft übt der Wiener von heut nur, wenn er sich etwas davon verspricht. Wahrscheinlich war das vor dem Krieg anders. Die schlechte Wirtschaftslage hört am Ufer nicht auf, sie ist eben uferlos«, spaßt Konrad, und da Lili nicht lacht, fügt er hinzu: »Je ärmer und zahlreicher die Armen, um so geiziger und ängstlicher die Besitzer.«

Schneller als sie gekommen sind, schwimmen sie vom Ufer wieder weg. »Ärgere dich nicht!« bittet Konrad.

»Doch«, stößt Lili, fest kraulend, hervor. »Es empört mich. Da hast du deine Ferien von Politik.«

Ein Ruder geht über sie hinweg, ihren Nacken beträufelnd, ein Lachen spielt.

»Victoria!« ruft Konrad, die Rudernde erkennend. Es ist die Malschülerin Sendler in einem Einsitzer ohne Steuermann, ohne Mann, mit nacktem Rücken und nackter Taille.

»Bitte, steigen Sie ein!« ermuntert sie und dreht zum Ufer. »Three men in a boat, der Kahn wird schon nicht untergehen … wollen Sie ans Ruder, Herr Nachbar?«

Konrad auf dem Rollsitz, die Frauen an Heck und Bug, fahren sie der Sonne entgegen. Lili sitzt vorn, eine aufrechte Gallionsfigur. Victoria ruht geringelt zwischen bunten Kissen, die Konrad bekannt vorkommen.

Es tut gut, wieder einmal zu rudern, die Beine anzustemmen, die Riemen weit ausholend, durch das weiche Wasser zu ziehen, fühlt Konrad; so hat er es sich gewünscht, warum blickt Lili so düster ...? Mit dem Rücken zur Fahrtrichtung sieht er, den Kurs zu halten, bei jedem zweiten Ruderschlag rasch über die Schulter flußabwärts an ihr vorüber. Ihr ist, als sähe er durch sie hindurch, als sei sie nicht da ... Er aber fühlt bei jedem zweiten Ruderschlag Victorias Fuß, angenehm zufällig an ihn rührend ein sanftes Kitzeln, kühl wie kleine Wellen, ihre Finger plätschern im Wasser ... Unter einem modischen Strohteller hervor springen ihre Lockenspitzen, lockt ein Blick aus halbgeschlossenen grauen Augen ... auffällig schon klopfen ihre Zehen bei ihm an, bei jedem zweiten Ruderschlag, wenn er wegschaut: Schau her! klopfen die Zehen, warum kommst du nicht mehr? fragen die Augen, komm doch! lachen die Wimpern: sei nicht blöd! Ich bin da, winken die hellen Härchen der schlanken Beine, da ist auch das Muttermal, unter dem rechten Knie ... Der Ruderer sieht weg und hin, weg, hin, er sieht zuviel ... Ihre Nase lacht aufwärts, rümpft sich, denn Lili spricht von politischen Dingen.

Sie spricht zu Konrad, und es ist ihr ernst. Von den Ufern des Baskenlandes spricht sie, der Zerstreute hört es kaum. Von der grauen Luft um Oviedo spricht sie: Luft in Gift und Eisen gehüllt von fliegenden Mördern ... von dem Kindermord zu Guernica spricht sie: Wie könne man sich der Sonne und dieser Ufer erfreuen, sich hier in Sicherheit wiegen, wenn geschehen kann, was dort geschieht, täglich, stündlich, in dieser Minute ...!

»Ich kümmere mich nicht um Politik«, unterbricht Victoria Sendler, die von zu Hause dreihundert Schilling monatlich hat. »Nicht kümmern?« stößt Lili hervor und ist voll Haß. »Das kann ein Mensch? Kalt bleiben, wenn die deutschen Flieger ein Volk in Tod und Wahnsinn hetzen?«

»Ich bleibe nicht kalt«, antwortet die Malschülerin zweideutig frivol, und ihre Zehen zucken an Konrads Fuß. »Ich kenne die baskische Architektur genau, ich habe Vorlesungen gehört«, betont sie fast gekränkt, da Konrad die Stirn runzelt.

»Es ist ein unersetzlicher Verlust an uraltem Kulturgut, ein nie wiedergutzumachender Schaden, den man da anrichtet.«

»Man?« klingt Lilis Stimme über das Wasser. »Warum nennen Sie nicht den ›Mann‹, der dies und noch viel mehr anrichtet? Kultur, Architektur – warum sprechen Sie nicht von den Menschen, die diese Führer in die höllischste Hölle führen. Das älteste Kulturgut ist die Menschlichkeit. Früher als alle andern Völker hat dieses verzeihungsbereite Volk der Basken die Menschlichkeit zur Grundlage seiner Verfassung gemacht.«

Ihre Augen brennen, Empörung durchblutet ihr Gesicht. Da fällt ihr Blick auf Victorias Zehen, die auf den rudernden Beinen des Mannes spielen.

Sie sinkt in sich zusammen. Ekel erfüllt sie vor dieser banalen Einfängerin, und Verachtung steigt auf für den Menschen, der ihr am nächsten war und dem sie vertraut hat. Und nun läßt er sich einlieben, duldet die geschmacklose Annäherung. Duldet? Oder hat er sie herausgefordert? Hat er sich wohl schon einfangen lassen ...? Tür an Tür schläft er mit ihr – nicht auch Seite an Seite? Wie käme sonst diese Fuchtel zu Intimitäten?

Sie sagt kein Wort, sie kann es nicht. Aber nun wird ihr klar: Damals hat es angefangen, als er zum ersten Mal ohne sie war: in der Nacht vor dem Wiedersehen im Quai-Café, als Herta sie aus der Schöllerhofgasse geholt hat. Hat sie es nicht gleich gespürt? – In der ersten Nacht, da sie nicht bei ihm war, in der gleichen Nacht, die sie verzweifelt, zerstört und in Tränen verbrachte, war er in das nächstliegende Frauenzimmer gestürzt und hatte sie betrogen. Ein anständiger Kerl, wenn er der wäre, er hätte es wenigstens bekannt. Vielleicht hätte sie ihm dann verziehen, obwohl es niedrig gemein war; es ist ja so furchtbar schwer, einen Freund zu verlieren. Ein stechender Schmerz ist in ihr, trostlose Leere. Es ist ja nicht möglich, sie faßt es nicht und weiß doch alles ... Es ist nicht möglich.

Stärker als je fühlt sie in diesen Augenblicken, daß sie ihn liebt. Wie Schnittwunden graben sich dunkle Falten in ihre Stirn. Stumm sitzt sie, die Beine aneinandergepreßt.

Victoria aber, die Taktlose, singt. Von einem Plattenspieler aus einem vorübergleitenden Kanu ist eine Weise herübergeweht, die hat sie aufgefangen: »Und es war das Boot am Ufer losgemacht ...«, singt sie und biegt sich zurück. Und ihre Stimme, die belegt ist, schmachtet: »Ja da muß man sich doch einfach hinlegen, ja da kann man doch nicht kalt und herzlos sein ...«

Es ist Pollys Song aus der Dreigroschenoper. Aus ihrer Dreigroschenoper! Es ist ein Hohn.

»Ich will umkehren«, sagt Lili schroff. »Zum Ufer.«

»Frierst du?« erkundigt sich Holler.

»Nein«, sagt sie, und ihre Zähne schlagen aufeinander.

»Begleitest du mich?« fragt Lili knapp, als sie bei der Urania zu dritt aus der überfüllten Elektrischen steigen. Sie merkt Konrads kurzes erstauntes Zögern und fängt einen Blick, den die Rivalin ihm wie eine Einladung hinwirft. Das hinterher geschickte Lachen scheint zu sagen: Gestohlene Männer schmecken am besten.

»Natürlich, wenn du erlaubst«, hat Konrad einen Grad zu harmlos geantwortet, sich dann von der Sendler verabschiedet und bricht nun mit den Worten: »War doch am Ende recht nett, der Sonntag« das Schweigen ihres Heimwegs.

»Geschmacklos, mehr als geschmacklos.«

Sie hat das Gefusserl gemerkt, sagt sich Konrad und lacht: »Sei doch kein Kind: eine kleine Sonntagnachmittagsunterhaltung.«

Das rührt die Empörte nur heftiger auf. Wie Steine wirft sie ihm ihre Wahrheiten an den Kopf; für sie gibt es keine Kompromisse, in der Liebe so wenig wie in der Politik. Das Ende einer unzerbrechlichen Freundschaft steht ihm bevor. Qual strömt in ihre Anklagen, die streng sind und ihm zu schwer. Das geht zu weit. Er hätte sie stehenlassen mögen im Finstern der Schüttelgasse.

Doch wie zuvor in der Abendsonne der Donau-Auen in ihr, der unbändigen Skythin, entsteht jetzt in ihm eine schmerzhafte Leere, die kann keine Victoria ausfüllen, nur sie, die mit ihm geht, am Kanal auf und ab. Heftiger als der Nachtwind, der über die Lande bläst, tiefer als die Lichter der Häuser und Brücken, die rot, gelb, blau gleich Schwertern in das fließende Wasser stoßen, dringt ihre weibliche Glut in ihn ein.

Er muß sie immer nur ansehen, sie schenkt ihm keinen

Blick und ist ihm doch nie so herrlich erschienen wie jetzt, da sie gegen ihn kämpft.

Mit Worten, Gründen, Entschuldigungen kann er dagegen nicht an. Er wirft den Arm um die zürnende Wilde, hält die Widerstrebende fest, daß sie ihn fühlt, ihr Kopf und Schoß biegen sich seitwärts, aber er gibt sie nicht frei: »Ich liebe nur dich und dabei bleibts, ich kann nicht mehr anders. Ob ich hundertmal bei ihr lag, wie du glaubst, oder einmal, wie es zufällig geschah, ist doch so gleich, Lili, Große, du, jede Zärtlichkeit hat doch nur den Wert, den unser Empfinden ihr gibt. Ein Kuß nur in deine Hand enthält viel mehr von mir als in dem einen nervösen Zusammenfall war ...« Sie hört: »Ich war schrecklich nervös, als du damals nicht kamst ... dann diese Antwort am Telefon, all das vergebliche Suchen, ich will mich ja nicht herausreden, Liebe, dir auch nicht sagen, sie hat es drauf angelegt, es scheint mir heute so nebensächlich wie damals.«

Er sucht nach ihren Lippen, die sagen: »Mir nicht«.

Er spricht: »Die Treue, Liebe, ist eine schwierige Disziplin, ich habe sie nie so wichtig genommen. Wenn du viel Wert darauf legst, will ich mich gründlich damit beschäftigen.«

Dicht beieinander gehen sie den vertrauten Weg zum Judenplatz, und die Eifersüchtige beginnt ihre Lektion: »Gastfreundschaft üben sie nur, wenn sie sich etwas davon versprechen. Kaum hast du das treffend bemerkt, kommt schon das krasse Beispiel angefahren: Ich lasse dich in mein Boot, dafür läßt du mir den Mann – Fuchtel elendige! Dir werde ichs zeigen.«

Und die Skythin zeigt es, mit hinreißender Weiberbosheit. Rache nehmen, großartig sich verschwendend, schamlose Rodope, tummelnde Amazone, große Geliebte, kleine Lazerte, herrliche Schauspielerin ihrer losgelassenen Fantasie. Heimlich preist er die leicht havarierte Treue am Rollsitz, die sie entflammt. Als nebenan in Victorias Zimmer die Tür und gleich darauf die Wohnungstür heftig ins Schloß fällt, rollt Lili kindlich lachend zur Seite und ruft: »Victoria!« Und ihr Herz triumphiert: Ich bin nicht grad schön, ich bin nicht mehr jung, ich bin krank und sehr arm. Ich bin nur noch halb, aber er liebt mich sehr. Er verläßt mich nicht, denkt sie, während sie sich anziehen.

11

Der Störungsfilter

Erika Ehm, die aus Heideunkraut zum Gassenunkraut geworden war, aber hatte noch etwas weiteres mitgebracht und inzwischen an den Studenten Raesch verkauft: das Modell eines Störungssiebs, das Freunde von Dielke, die auch ihre Freunde waren, entwickelt hatten. Mit Hilfe dieses Filters war es möglich, Störungen von Sendern aufzuheben oder abzumildern, auf deren Stimmen und Nachrichten sie warteten und nach denen sie beinahe süchtig waren. Raesch hatte das Modell daher mit Begeisterung in Empfang genommen. Dies war etwas, worauf sie lange gewartet hatten. Und schön war auch, daß es von Unbekannten aus dem nationalsozialistischen Reich gekommen war.

Seit sie das junge Ding am Fleischmarkt weiß, überwindet Lili ihre Aversion gegen diesen Verkehrsweg Vindominas und kommt mit Konrad des Abends mitunter zur Rotenturmstraße und plaudert mit der Lazerte. Solang »Die Beschießung von Tschapei« gespielt wurde, hatte Konrad ihr den kleinen Anteil ausgezahlt, der sonst auf Ludwig Ladewigs hypochondrischen Zechpreller gefallen wäre. Das gehöre sich, war er mit Egdal, Bachmann und dem ganzen Kollektiv einig, das Mädchen vom Fleischmarkt hat sie finanziert.

Und sie hat das Modell des Störungsfilters mitgebracht.

Vor dem Jugendrichter hatte der Apparat ihr selber zur Rettung gedient. Er war auf ein rohes Brett montiert und sah etwas komisch aus. Da hatte sie dem Richter mit kindlicher Stimme erzählt, das habe sie selbst gebastelt, Basteln sei ihre Lieblingsbeschäftigung, hatte das Modell wie eine Puppe auf den Arm genommen, dran herumgedreht und eifrig erklärt, er funktioniere nicht immer, der Apparat, aber das sei eine Störung, die sie bald beheben werde.

»Brav!« hatte der Jurist sie belobigt. »Nur bastle in Zukunft hübsch für dich allein und laß dich von andern Leuten nicht zu Dingen mißbrauchen, die du nicht verstehst, Kind! Deine Gnädige werden sie schon kriegen.« Er meinte damit Frau Donz. Aber die war bereits in der Eidgenossenschaft und in Sicherheit.

200

Nun befindet sich der Berliner Störungsfilter in dem schönen Elternhaus des Germanisten Raesch im Wiener Cottage, unweit der Sternwarte. Hier besteht keine Gefahr einer Haussuchung, denn das Cottage ist der vornehmste Stadtteil Wiens, und wer im Wohlstand lebt, wie der Zahnarzt und Kieferchirurg Dr. Raesch mit Gemahlin, lebt angenehm und sicher. Im Sommer leben sie am Mondsee. Diese doppelte Sicherheit nutzen die Doppellebigen aus.

Die bleiche spitznasige Mimi war während der gemeinsamen Arbeit unmerklich Raeschs Freundin und seit dieser Zeit merklich hübscher geworden. Die helle, fast unbenützte Wohnmaschine Dr. Raeschs mit ihrem reichen Obstgarten ist ihre Sommerfrische. In Abwesenheit seiner Eltern wohnt sie hier bei dem Freund, da bekommt sie gleich Farbe in das blutarme Gesicht, auch die Nase springt nicht mehr so verzweifelt vor. Sie ißt Obst von den Bäumen, und ihr Haar gewinnt Glanz und lockt sich, was zuvor nie der Fall war.

Im Souterrain, im Arbeitsraum des Studenten, ist Jause für sieben Personen bereitet. Es kommen aber neun, die Mimi in der Dämmerung durchs Gittertor einläßt.

Lili und Konrad bringen den lebenserfahrenen Schulz-Annaberg mit, Satory erscheint mit Sprinzel und einer schwarzgekleideten Frau namens Muth. Schwester Relly kommt allein. Sie sieht ihrer Schwester gar nicht mehr ähnlich. Sie ist nicht so hübsch, nicht so glücklich. Sie hilft beim Servieren.

Raesch bedient den Rundfunk-Apparat, ein besonders kostbares Stück. Das Störungsprisma sieht neben ihm ärmlich aus.

Auf bequemen Sesseln und Klappstühlen sitzt man in dem quadratischen Zimmer, in dem es Bücher, Noten, einen Konzertflügel und einige andere Musikinstrumente gibt; die Raeschs sind durchweg musikalisch.

Allein der Radioempfang, der nun beginnt, ist von grausiger Unmusikalität. Die Störungsmaschinen des Dritten Reichs lassen ihre Wolkenbrüche über die Sender der Wahrheit prasseln; Gießbäche rauschen, Bergstürze donnern, es zischeln Erynnien, Harpyen krächzen, Megären heulen, und die Sirenen pfeifen rückkoppelnd hinter den ausgebürgerten Worten der Wahrheit her.

Langsam beginnt der Student an dem Störungsfilter zu schalten.

Es ist, als schiebe sich eine Wand vor das infernalische Johlen und Toben. Fauchend ziehen sich die NS-Erynnien zurück. Sie flattern fern, der Wolkenbruch wird zu einem gewöhnlichen Regen, und eine Stimme dringt aus dem Chaos, Schulz-Annaberg glaubt sie zu kennen. Sie spricht die Worte: »... sich noch ein letztes Mal unter die unbekannten Soldaten der Freiheit ...« Dann schlägt es vernichtend wie mit Bomben und Granaten in den Satz. Ein zweiter Sperrsender ist in Aktion.

Raesch schaltet erregt. Wie ein Steuermann im Sturm steht er vor der rauhen Scheibe aus Holz. Seine Finger zittern. Dann stellt eine weitere Wand sich schützend vor den fernen Sprecher, und die Tongranaten der Einmischung krepieren fast lautlos. Immer deutlicher kommt Barcelona, und es gelobt ein Kombattant: »... werden wir kämpfen, daß die große Illegalität der unterdrückten Menschheit aufhört und die Legalität des Rechts und der Freiheit beginnt.«

Es pochen die Herzen im Kreis um die Apparatur und geloben Gleiches.

Der Tee wird kalt. Niemand verlangt jetzt belegte Semmeln und Süßigkeiten. Der freigelegte Kurzwellensender führt aus dem Wiener Cottage zur Guadalajara-Front.

Dort seien ›die Roten‹ geschlagen, hatten Wiener Blätter gelogen. Rot wird ja immer geschlagen, behaupten sie, und Weiß ist immer im Vormarsch. Man glaubt ihnen nicht bei den Doppellebigen, die überschlagen die Berichte aus Salamanca. Und doch gibt jede tückische Schlagzeile einen Stich ins Herz. Schämen muß man sich dessen; denn wären die Lügen keine Lügen – das kann man sich an den fünf Fingern abzählen –, längst schon wäre das freie Spanien untergegangen. Aber es lebt noch. Es kämpft noch, es gibt Kunde. Es gibt eine Internationale Brigade und in ihr ein österreichisches Bataillon, sein Name dringt durch alle Störungen, er heißt: »Der zwölfte Feber.«

Ein Soldat von diesem Bataillon berichtet aus dem Lautsprecher: »... dann ging es wieder zum Angriff. Die Italiener waren auf der Flucht. Die nie besiegten Abessinienkämpfer liefen wie Hasen und ließen Waffen, Munition, Autos, Ausrüstung im Stich, um nur nicht«, ein Lachen erscholl, »den roten Horden in die Hände zu fallen.« Dies war, vernehmen sie, unter Führung des deutschen Emigranten v. Golssenau – den roten

Winkelried und Xenophon, hat ihn Kai Nieman genannt – der erste Sieg, den die Internationale Brigade errungen hat. Deutsche Flüchtlinge sind zu Siegern geworden, und die Niederlage des zwölften Feber ist ausgelöscht.

Und tief in ihr Herz und ihr Gedächtnis nimmt die geflüchtete Lili von Crailing vier Zeilen, die Erich Weinert für seine Brigade dort gedichtet hat und die eine Altstimme klar herträgt:

> Wir, im fernen Vaterland geboren,
> nahmen nichts als Haß im Herzen mit.
> Doch wir haben die Heimat nicht verloren,
> unsere Heimat ist heute vor Madrid.

Hier kann sie mit einstimmen, hier fühlt sie mit: Unsere Heimat liegt heute vor Madrid. – Aber in einem Jahr …? zagt es in ihr: in zweien …? Wo ist sie dann, die Heimat …?

Und sie gibt sich selbst die Antwort: Überall auf dieser Erde, wo unsichtbar oder sichtbar für die Legalität des Rechts und der Freiheit gekämpft wird. Überall, wo sie errungen ist.

Der Student schaltet um: Langwellen und Kurzwellen, London, Paris, Prag, Straßburg, Luxembourg, Moskau kommen, befreit von jeder Störung.

»Wenn erst die Länder so frei von jeder Störung wären!« sagt Raesch zwischendurch. Vor den Augen der Welt arbeitet der Weltfriedensstörer Berlin, wirbelt Wellen vom Pazifik bis zum Atlantik, spinnt sein Garn, knüpft viele Netze, stellt sie in alle Länder, senkt sie in alle Meere.

»Wer hindert ihn?« fragt aus einer Ecke der Dirigent.

Und Schulz-Annaberg, der Vorsichtige, Umsichtige, antwortet im schärfsten Sächsisch erbittert: »Niemand. Sie wissen alles, unsere großen und kleinen Demokratien: Der vollständige Feldzugsplan des Faschonazismus liegt bei ihren Akten, in jeder NS-Buchhandlung ist er zu haben. Sie kennen die Doppelzüngigkeit des Feindes, seine Verräterei, Unmenschlichkeit, Gier, Feigheit, sie haben gesehen, wie er zur Macht kam, wie er seine Bundesgenossen und jene, die ihn gewähren ließen, erstickte, ermordete, sie wissen alles, ja, und was tun sie dagegen?«

»Nichts«, ruft die schwarzgekleidete Frau Muth, deren

Sohn man in Berlin aus einem höher gelegenen Fenster des Columbiahauses heruntergeworfen hat.

»Nichts«, ruft sie heiß, »sie verhandeln, und das ist ärger als nichts. Sie machen Zugeständnisse, sie nähren die Bestie. Mit Schonung und viel Verständnis für ihre NS-Mentalität suchen sie ihr Wohlwollen zu gewinnen. Es ist, als wolle man einen tollen Hund unschädlich machen, indem man ihn hin und wieder ein paar Kinder beißen läßt.«

Fast jeden Abend, solang Raeschs Eltern am Mondsee weilen, schiebt das Modell des Tonprismas im Souterrain seine Raster vor den heulenden tollen Hund und seine Meute.

Und man vernimmt an den Endpunkten dieser ungreifbaren Achse Wien-Berlin Worte des Edelsinns, nachdenkliche, von Empörung durchbebte Sätze, die ein Wahrer deutscher Kultur im Exil nach NS-Deutschland geschrieben hat. Und dort schreibt man sie nach und tippt sie ab, versteckt sie, lernt sie auswendig, vernichtet die Niederschrift ängstlich und spricht ihren Wortlaut herum wie einst die Sagen der Vorzeit.

Der Dichter der Tristan-Novellen und der Buddenbrook-Saga ist hervorgetreten aus seinen Zauberbergen im Züricher Oberland. Sein Rücken ist im Alter nicht krumm geworden, seine Augen sind hellsichtig und schielen nicht wie die berühmter Kollegen aus seiner Generation nach Tantieme-Geldern und Honoraren. Dieser Mann in höheren Jahren auf höherer Warte sieht klar und denkt nicht an sich. Er denkt nur an das okkupierte Land, dessen Verderber ihn exkommuniziert haben mitsamt der ganzen deutschen Kultur. Und wirft von seiner Höhe in die Niederung Sätze und spricht zu einem, der in Beethovens Geburtsstadt die Jugend verbildet: »Sie haben die unglaubwürdige Kühnheit, sich mit Deutschland zu verwechseln! Wo doch vielleicht der Augenblick nicht fern ist, da dem deutschen Volke das Letzte daran gelegen sein wird, nicht mit Ihnen verwechselt zu werden.« Und er spricht von dem Krieg, der bevorsteht: »Kein Volk der Erde ist heute so wenig in der Verfassung, so ganz und gar untauglich, den Krieg zu bestehen, wie dieses.« Und spricht als Prophet: »Deutschland würde allein sein, furchtbar gewiß immer noch in seiner Verlassenheit; aber diese wäre furchtbarer, denn es wäre eine Verlassenheit auch von sich selbst.«

Auch von sich selbst, klingt es wieder aus den Leisesprechern des unterjochten Landes. Bis in die Büros seiner Generalstäbler dringt diese Prophetie: »... übler Ahnungen voll«, ja, da haben sie es schwarz auf weiß, »würde es in diesen Krieg gehen ... Zehn Prozent unmittelbare Nutznießer des Systems ... würden nicht hinreichen, einen Krieg zu gewinnen, in welchem die Mehrzahl der andern nur die Gelegenheit sähe, den schändlichen Druck abzuschütteln, der so lange auf ihnen gelastet, – einen Krieg also, der nach der ersten Niederlage in Bürgerkrieg sich verkehren würde.«

Auch die Häupter des österreichischen Bundes haben den mannhaften Brief an Deutschland gelesen und sich entschlossen, seine Verbreitung im Buchhandel vorläufig nicht zu verbieten. Ein negativer Entschluß ist von je die Stärke Österreichs. Auch damit rechnet man in Berlin-Berchtesgaden. Man kennt die Hohlheit der eigenen Herrschaft und füllt sie mit Roheisen und Rohreden, man schleift die Massen kolossal preußisch und ist wie die Mannen des Sigovesus sehr kriegerisch, prahlerisch und impotent. Und während alle NS-Sender überquellen von Kriegstüchtigkeit und Kriegsbereitschaft, spottet der Freiheitssender auf unangreifbarer Kurzwelle:

»Der Krieg soll gut vorbereitet sein. Ungeheure Lebensmittel sollen in den Kellern einer Villa in Berchtesgaden liegen. In den Palästen des preußischen Ministerpräsidenten soll es schon soviel Lumpen geben, daß das Dritte Reich mindestens zehn Kriege damit führen kann. In Spandau soll ein Förster leben, der im Fall eines großen Krieges zehn Zahnpastatuben aus echtem Zinn der Reichsregierung zur Verfügung stellen will. Das Wichtigste aber: Die Kraftdurchfreudeorganisation soll drei Millionen Anmeldungen von Arbeitern empfangen haben, welche in ihren hübschen Tanks je bälder je lieber an die Somme, in die Argonnen und nach Masuren fahren wollen. Alles dies ist absolut verbürgt. Unter uns: Die Nachricht kommt aus dem Propagandaministerium.«

All das ist nun manchmal zu hören, nachdem der Störungsfilter seinen Einzug in den Kreis der Ungreifbaren gehalten hat.

12

Das Seeungetüm

Am Abend vor der Rückkehr des Zahnchirurgen Dr. Raesch sind in seiner Villa im Souterrain etwa dreißig zuverlässige Ungreifbare zum letzten ungestörten Empfang versammelt. Satory hält eine Schlußansprache.

»Der Dollfußkurs«, endet sie, »muß zu einem Dollfußende führen. Und hier steuert man weiter den Dollfußkurs. Am fünfundzwanzigsten Juli vierunddreißig haben die Nazis nur eine SS-Standarte eingesetzt, nicht viel. Es ist denkbar, daß sie einmal eine ganze Armee zu demselben Zweck in Bewegung setzen. Seid auf alles gefaßt!«

»Es gibt eine Geschichte«, sagt Lili, während sie mit Konrad und einigen andern durch duftende Alleen zur Stadt hinabgeht. »Es war eine fantastische Reiseerzählung, die tiefen schaurigen Eindruck auf mich machte. Sie fiel mir heut während Rolfs Referat ein. Schiffbrüchige waren da mit einem Rettungsboot nach langer Irrfahrt bei einer kleinen Insel gelandet. Sie kletterten empor, trockneten ihre Kleider an der Sonne, fühlten sich geborgen, bauten ein Zelt, schossen Vögel, die da Nahrung aufpickten, und dankten ihrem Gott für die Rettung. Dann zündeten sie, das Geflügel zu braten, ein Feuer an. Das Feuer brannte, die Haut der Vögel färbte sich braun, und auf einmal merkten sie an verschiedenen beunruhigenden Anzeichen, daß ihre Rettungsinsel in Wirklichkeit ein Seeungetüm war, das von der Hitze der Feuerstelle erregt mit ihnen dahinschwamm. Jede Sekunde konnte es untertauchen und sie im Weltmeer ersäufen.

Mir scheint: Auf so einem Ungetüm leben wir. Der ahnungslose Österreicher weiß es noch nicht. Er singt, tanzt, musiziert. Aber jeden Augenblick kann der Boden zu seinen Füßen im braunen Meer versinken. Der Strudel, der da entsteht, zieht alles mit sich, auch unser Boot.«

»Sollten wir es besteigen? Gleich?« fragt Konrad. »Wenn man nur wüßte wohin!«

»Irgendwohin, nur fort von Wien!« sagt Egdal, der Vielenttäuschte, und seine dumpfe Stimme pocht: »Diese Stadt eignet sich nur noch zum Wegfahren.«

Doch Sprinzel, der schmale Molodjetz von Sankt Marx, erklärt: »I laß mir Kiemen wachsen, i zieh auf n Meeresboden. I hab a Kabinett unter der Wien. Ziagst mit, Relly?«

Sie machen Pläne, sie sinnen auf Veränderung, sie sind auf vieles gefaßt, nur nicht auf eine glückliche Zukunft, sie hören über sich Harpunen sausen und bleiben auf dem Rücken des Ungetüms.

Und sie pflücken die Tage des Sommers.

Sie hüllen eifrig Bücher in Wisentkartons, enthüllende Biographien von Zweig, Olden, Ludwig, Heiden, Natonek, Marcuse, Kesten. Sie gehen ins Schlagader, stärken sich und lesen Pariser, Londoner, Prager Zeitungen, sehen im Kino amerikanische und französische Filme, sitzen zusammen in einem unterirdischen Kabarett, dessen schärfster Sketch aus Angst vor dem Überfallkommando in lateinische Sprache gehüllt ist. Und der Schauspieler Bachmann macht enorme Fortschritte in Kochkunst, Raesch nimmt seine Doktorarbeit »Über den Einfluß des Humanismus auf die Gegenwart« in Angriff, Rolf Satory schult das musikalische und politische Verständnis eines neugegründeten Arbeiterinnenchors in Hietzing, der Chefdramaturg der Josefstadt bearbeitet Gorkis »Nachtasyl«, die Arbeiter und die Kleinbürger beginnen einen stillen Boykott gegen japanische Waren, und der Kanzler des österreichischen Bundes liegt an einem warmen und stillen See in den Bergen Österreichs und spricht mit Vera, die schön ist und ihm so ähnlich, über sein Amt und ihre Trauung: Wenn er einmal nicht mehr Kanzler sei, dürfe er die Geliebte, sie ist eine Geschiedene, unbekümmert um die Meinung der Gentry, heiraten. Und Vera küßt Kurt und bittet ihn, sein Amt niederzulegen.

Und Erdarbeiter reißen die alte Römerstraße im Zug der Wipplinger auf und finden keltische Schwerter von Mannen des Sigovesus, Straßenbau-Arbeiter asphaltieren den Judenplatz, Anstreicher streichen die Sezession weiß, ihre Verwaltung hängt Hitlerfahnen heraus.

Erika trägt allabendlich ihr Monokel über den Fleischmarkt, Hansel gibt ihr gelegentlich ein paar Schillinge zu verdienen. Erwin unterschreibt einen Vertrag an das deutsche Theater im polnischen Bielski, Lili und Konrad steigen sonntags die Emigrantenstiege oder zum Latisberg empor, baden in Luft und

Wasser, legen sich dann ins Gras und lesen Bücher aus Lilis unbekümmerter Leihbibliothek. An Wochentagen rezitieren sie vor den Turnproleten Nestroy und Heine, Walt Whitman, Daniel Spitzer und Li-Taipeh und was sonst die Zensur eben zuläßt. Eines Tages fährt Lili nach Salzburg.

Gewichtige Fürsprecher, vom Oberst in Bewegung gesetzt, haben vollbracht, daß die Tragödin Lili von Crailing im Lauf von drei Wochen sechsmal zu je zwanzig Schillingen in den Meistersingern statieren kann, die Reisekosten darf sie selber tragen.

In der Festspielstadt trägt sie ein Kleidchen, das sie rasch zusammengenäht hat und das sich in Muster und Schnitt der Salzburger Mode anpaßt, darüber meist Konrads unverwüstlichen Regenmantel, denn es regnet viel. In der Manteltasche steckt William Shakespeares Letzter Wille: »Der Sturm«.

Sie schläft im Kloster des heiligen Sebastian, dort hat der Oberst sie hingesteckt, und hat als Nahrung Tee, Brot, billige Wurst und hat Festspiele, wo sie nur hinsieht, und fast noch mehr Barock als in Wien, hat den Anblick von Filmstars, Feudalherren und Millionären in Märchenautos. Als seidene Bauerndirnen mit Brillantklips und raren Blumen in starren Frisuren radeln Geldgirls durch die Stadt und stehen abends in Prunktoiletten, von Salzburger Stallhüten überdacht, vor dem Festspielhaus, viele binden sich auch ein ländlich kariertes Tuch um Kopf und Kinn, eine Tracht, die man im Lande vordem nie beobachtet hat. Nachts hört Lili wie durch dicke Gefängnismauern das dumpfe Gemurmel nie endender Gebete.

Andere Statistinnen schlafen in anderen Klöstern und leben von Tee, Brot, Wurst. Es gibt Reinhardtschüler mit kleinen Rollen und großen Erwartungen. Die Leitung der Festspiele hat sie sorgsam gesiebt, nicht auf Begabung, sondern streng darauf, daß keiner aus Reinhardts oder Davids Stamm sich unter ihnen befände. Lili sieht eine Ausstellung guter Bilder, die arbeitslose Arbeiter gemalt haben und die niemand kauft, sieht im Basar der Eitelkeiten berühmte Puppengesichter mit starrem Süßlächeln und lackiert, sieht Victoria Sendler, die geschlagene Rivalin, auf Männer- und Zelebritätenjagd, sieht den massiven NS-Theater-Staatsrat, der zu Goethes »Faust« den Teufel spielen soll, in pomphaftem Wagen anrollen, die Montur seines Chauffeurs erinnert sie an die Mörderuniform der SS. Nun probt er seinen Part in der Faust-Stadt und buhlt mit krausen Einfällen um die Beachtung des emigrierten Inszenators Reinhardt. Doch dieser übersieht den charakterlosen Charakterschauspieler, dessen Karriere er einstmals begründet hat.

Und wie dieser Kaliban mit obszönen Gebärden um ein Wort des verbannten Meisters der deutschen Theaterkunst, wirbt mit flackerndem Blick ein berühmter NS-Dirigent um Prospero, den Herrn der Musik: Arturo Toscanini, um dessentwillen viel Welt nach Salzburg gepilgert ist. Schon auf der Probe seines Konzerts hat Lili den Reichsdeutschen beobachtet, wie er sich vor den Wiener Musikern aufreckt und überflüssige Worte macht, hat das heimliche Lächeln der Philharmoniker hinter den Pulten wahrgenommen. Sie hört auch den heftigen Tadel, den der Homo optimus et liberalis im Weltreich Musik über den beflissenen NS-Satrapen ausspricht, der den hohen Geist deutscher Musik mißhandelt.

Vor dem Festspielhaus, während einer Pause, zwischen den heiter schweigenden Steinkulissen des Platzes, wird sie Zeugin eines kurzen Gesprächs, in dem sich vor Prospero, dem Alten, Erhabenen, der NS-Musikleiter zu rechtfertigen sucht. Er redet eilig und viel und geschwollen, bis ihm die Antwort zuteil wird, die er verdient.

»Sie sind ein Schwein«, heißt die Antwort Arturo Toscaninis.

Und als der Betroffene vor dieser entschiedenen Haltung, die Vorbild hätte sein können für manchen Ministerpräsidenten, nach Nazi-Manier zurückweicht, sich auf die Überparteilichkeit der Künste beruft und beteuert: Nein, er sei gar nicht so; er besuche im Ausland sogar nach wie vor seine alten jüdischen Freunde, sogar koscher habe er mit ihnen gespeist – da spricht der andre: »Dann sind Sie ein noch größeres Schwein.«

Und Prospero gibt seinem Landsmann recht: »Ich denke an die Schurkerei der Welt.« So steht es in dem Shakespeare-Text in Lilis Manteltasche.

Sie geht einsam still durch dünnen Regen und denkt an die Schurkerei und die Schönheit der Welt und genießt die Ruhe der Wiesen und uralter Friedhöfe, dort findet sie auch unterirdische Zufluchtsstätten, welche zu Sehenswürdigkeiten geworden sind: Katakomben frühchristlicher Kommunisten mit Grabstätten gemordeter Anhänger.

Als Lili einmal sehr hungrig ist, lädt sie ein Oberförster, der sich aus der Umgebung in den Allerweltsbasar verirrt hat, in den St. Peterskeller neben dem Märtyrer-Friedhof zu Wein und Dinner. Mönche servieren, und Lili ißt viel. Der Oberförster aber, der sich in das Gewand eines Gesellschaftskritikers gehüllt hat, macht beim Nachtisch der Frau, die ihm gefällt, einen Antrag.

Lili sagt darauf, sie habe schon einen Freund.

Dies alles und noch viel mehr trägt sich auf der kleinen Insel zu, welche in Wirklichkeit ein tausendjähriges Monstrum ist.

Viertes Kapitel

Harpunen

1

Die Ratten und andere Versuche

Oberst a. D. Fester von Crailing holt in eigener Person die Tochter am Westbahnhof ab. Es erfüllt ihn mit Genugtuung, daß seine Taktik Erfolg gehabt hat und ihm gelungen ist, was der Mißratenen nie geraten wäre: Das Salzburger Engagement zu erkämpfen. Niemand außer ihm hätte das fertiggebracht. Er allein spielt seit dem Frieden von St. Germain im Café Kriegsministerium Skat mit Hofrat Camska, und nur dem Camska ist es zu danken, daß Lili bei der Festspielleitung überhaupt vorgelassen worden ist. Wenn in ihrer verkommenen Seele auch nur ein Funken von Anständigkeit lebt, müßte sie ihm dafür auf den Knien danken.

Aus einem Fenster des einlaufenden Zuges sieht er Lilis gebräuntes Gesicht. Und leuchtet, als sie ganz vorn auf dem Bahnsteig neben dem letzten Eisenträger Konrad erblickt. Die Augen grüßen, ihr Taschentuch ist heraus, um zu winken – doch da zieht sie es rasch wieder ein. Sie hat den Kerkermeister gesehen. Ihr Gefängnisurlaub ist zu Ende.

Konrad geht hinter der Festgenommenen her. Sie fühlt es, wagt aber nicht, sich umzusehen. Im Gedränge der Sperre streifen sich ihre Hände. Erst am folgenden Vormittag finden sie sich.

Seit einer Stunde wohl steht er schon unten, neben dem Gotthold Ephraim Lessing, und wartet. Nun küßt er ihre Hand. Ihre Arme, Blicke und Worte greifen ineinander, sie sprechen zugleich auf der Straße, der Stiege: »Mit dem Salzburgfilm war es nichts, total verregnet.«

»Du spielst deine Frau John in den Ratten.«

»Ich habe dich gleich gesehen, ich bin fast verrückt geworden, ich konnte nicht weg.«

Da sind sie schon in dem Kabinett und sinken sich in die Arme, können nicht mehr reden und nicht so viel küssen, wie nötig ist, sie halten sich in den Haaren, ihr Hut fällt, er küßt die sommerlich bloßen Arme, Mund, Augen, Hals, sie vergessen

Salzburg und Rattentheater und Toscanini und die Kleinmieter und Reinhardt und das tausendjährige Ungetüm, auf dem sie dahinschwimmen, vergessen die Welt ...

Sie haben sich sehr entbehrt.

Als sie wieder auseinander und zu sich und zu Atem kommen, und das dauert einige Zeit, erinnert sich die Schauspielerin und fragt: »Hast du nicht von der Frau John in den Ratten gesagt, die ich spielen soll, oder habe ich das eben geträumt?«

Er erzählt ihr von der Arbeit, die er in diesen Wochen geleistet hat. Zusammen mit Egdal und Satory hat er eine neue Verbindung zu der Kleinmieterzentrale aufgetan und – nein, er kann noch immer nicht sachlich berichten, er muß fühlen, daß sie wieder da ist, sie fest an sich pressen.

»Ich war dir treu«, lacht er kindlich und ohne daß sie drum fragt. »Das habe ich gar nicht gewußt, daß das schön sein kann: Treue«, gesteht er und fragt töricht: »Hast du mich mit dem Oberförster betrogen?«

Es kommt im Tumult der Küsse keine überflüssige Antwort. Romantisch wie Liebhaber auf der Bühne, liegt er zu ihren Füßen, sie fühlt seine Küsse auf Zehen und Fesseln, ist selig und zieht ihn empor.

Sie sagt: »Wie hast du denn das nur fertiggebracht, das Treusein? Weißt du, die ganz Verführerischen waren ja auch in Salzburg, Victoria inklusive. Wie habt ihr das mit der Kleinmieter-Zentrale geschafft? Das muß schwerer gewesen sein als das treu bleiben!«

Das könne er später erzählen, das habe Zeit, sagt Konrad und trägt die Große, sie ist nicht leicht, hinüber zum Bett, und sie sehen sich wieder, sie haben sich wieder, wieder!

Sie haben Freude und viel zu tun. Sie müssen einig gehen, Lili muß über alles im Bild sein. »Wir rücken von dem liebedienerischen NS-Schriftsteller Hauptmann ab«, erklärt ihr Konrad die Grundzüge der beabsichtigten »Ratten«-Aufführung. Und der Ladewig oder andere dieses Gelichters könnten ihnen diesmal nichts anhaben.

»Diesmal nimmt Egdal gleich die Regie, er hat einen Vertrag nach Bielski, aber das macht er noch vorher. Ich besorge mit Schulz-Annaberg die Texteinrichtung, alles Verschwommene, Kleinbürgerliche muß aus diesem Hauptmann raus. Hauptmann gegen Hauptmann. Wir haben eine alte Laterna magica aufgetrieben, die zeigt zu Beginn das Bild des jungen hagern Sozialisten: Genossen Hauptmann. Und ein Ansager – dafür haben wir einen Reinhardtschüler, der als Jude nicht mit nach Salzburg durfte, ein Ururwiener –, der spricht dazu, Moment!«

Von Theatereifer besessen, hat er die Liegende losgelassen, um die drei Bögen zu holen, auf denen steht, was der junge Ansager dem Publikum und dem gleichgeschalteten Autor zu sagen hat. Er liest gleich so, wie er es sich vorstellt: auf die Art eines Wiener Proletariers, der manches erlebt hat und sich bemüht, reines Deutsch zu sprechen. So spricht er kühl mit einer fast hinterhältigen Harmlosigkeit:

»Als der Verfasser dieses Theaterstücks noch arm war und jung und unberühmt, lebte er zwischen armen Leuten und erlebte die Schicksale der vielen, die in der Tiefe geboren sind und nicht hinaufgelangen zum Licht trotz aller Mühe, die sie sich geben, trotz guter Veranlagung und vieler anderer Tugenden. In ihrer Armut haben diese armen Leute dem Dichter Gerhart Hauptmann doch viel geschenkt, eigentlich alles, womit er sich seinen Ruhm erwarb (hier zeigt unsere Laterna magica Bilder aus dem »Weber«-Zyklus der Zeichnerin Käthe Kollwitz): Gestalten wie diese hungernden Weber und das geschundene Hannele und die arme, zu Tod gehetzte Rose Berndt hätte er sonst überhaupt nicht schaffen können, der Hauptmann. – Eines Tages blieb das Auge des jungen Dichters an dem unschönen Bau einer ehemaligen Kavallerie-Kaserne hängen, welche für militärische Zwecke zu schlecht geworden und deshalb in ein Wohnhaus umgewandelt worden war. Im Erdgeschoß dieser Mietskaserne befanden sich eine Milchhandlung, eine Reparaturwerkstätte, ein Gemüseladen und die Wohnung des Hausmeisters, der in der Sprache jenes Landstrichs ›Portier‹ genannt wird. Denn das Stück, das wir Ihnen vor Augen führen, ist ein Stück Berlin. – Auf dem Dachboden hat der ehemalige Theaterdirektor Hassenreuter die in seinem Besitz befindlichen Theaterkostüme eingemottet. Das ist sein sogenannter Fundus. Der Frau eines im zweiten Stock wohnenden Maurerpoliers Paul John ist es zu danken, daß dieser Fundus nicht längst Beute der Ratten geworden ist, welche diese Bruchbude vom Keller bis zum Trockenboden bewohnen, die keine Miete zahlen und sich doch nicht exmittieren lassen, recht ham sie.«

Lili, gepackt vom Trieb ihres triebhaften Berufs, hört, auf dem Bett kauernd, zu, wie sich der Ansager nach dem ersten Fallen des Vorhangs über Theaterdirektor Hassenreuter ausspricht: »Über den brauchen Sie sich keine Gedanken zu machen. Der Mann geht nicht unter. Der hat Protektion. Das heißt: Schutz von oben. Um den brauchen Sie keine Angst zu haben. Aber um das arme Dienstmädchen. Die hat keinen Schutz. Die wird man noch umbringen. Die ist so hilflos wie das Kind, das sie eben da oben auf dem Trockenboden zur Welt bringt. (Kleine Pause.) In diesen alten verdreckten Mietskasernen werden viele Kinder geboren. Deutschland braucht Soldaten. Aber die Kinder, die in diesen lichtlosen Lichthöfen geboren werden, die werden keine Soldaten. Die sterben ...«

»Auf die Art«, sagt Lili überzeugt, »wird es ein Stück für uns und für die Kleinmieter, das verstehen sie« und blickt über die Schulter des Geliebten und liest aus dem Manuskript, was der Ansager gegen Ende des Stücks – da es rings im Gebälk des Hauses kracht und das Publikum fühlt: Das ist Berlin, das ist Deutschland, was da kracht – den Zuhörern in den äußeren Wiener Bezirken zu sagen hat: »Ja, da sollte sich mal die Hauspolizei drum kümmern, meinen Sie nicht? Das bricht ja alles zusammen! Und wo bleibt die Sittenpolizei? Und das Jugendamt? – Sagen Sie nicht, das sei nur eine Dichtung, und die alte Kavalleriekaserne sei längst demoliert und an ihrer Stelle befinde sich jetzt vielleicht eine neue Kaserne mit Luftschutzkeller und überhaupt: So etwas gäbe es bloß in Berlin! Sagen Sie das nicht! So was gibt's überall. Und wenn sie auch die verlauste Kavalleriekaserne demoliert haben – was kann die alte Kaserne dazu? Menschenleid ... Menschenelend ist überall. Fragen Sie nur die Ratten! Die werden Ihnen sagen, wer daran schuld ist. – Die Ratten nicht ... Die Ratten nicht.«

»Der Spitta übrigens«, sagt Konrad, »dieser Theologiestudent, der mit der Gottesgelahrtheit nichts mehr zu tun haben will – der soll uns ein Spiegel des besseren Hauptmann werden: daß, wenn er ihn sähe, Herr Hauptmann vor sich selbst das große Kotzen bekäme. Denn dieses, sein Urbild, macht seinem Ehrgeiz und seiner Position keine Konzessionen, lieber krepiert er.«

»Gar nicht schlecht«, sagt Lili, »wenn man im Unnützer-Wien einmal so einen Theologen zeigt.«

Konrad steckt den Kopf und die Arme in das kleine Waschbecken hinter der Gardine, und Lili fragt, während er prustet: »Und die Frau John? Darf ich sie so spielen, wie ich sie sehe: ein abgekapseltes Proletarierweib, ohne Licht und Luft, durch Fehlgeburten und Arbeit ausgehöhlt, gefährlich in ihrem irren Säugetiertrieb, selbst fähig zum Mord, wie ihr Bruder, den sie beherrscht?«

»Das sollst du«, sagt Konrad. »Du wirst schon richtig«, und freut sich und kost ihre sonnenfarbene Haut und läßt sich erzählen vom großen Jahrmarkt der Eitelkeiten und der Abfuhr, die der große freie Italiener dem deutschen Furtwängler erteilt hat.

»Maestro Toscanini wird sich nicht mehr mit Nazi-Sängern und -Sängerinnen abgeben«, berichtet sie. »Der macht auch keine Konzessionen.«

Wie denn nun dort die Stimmung in der Bevölkerung sei, möchte Konrad wissen.

Bevölkerung, antwortet Lili, habe sie kaum gesprochen, nur der Oberförster, von dem sie geschrieben habe, hätte ihr einiges mitgeteilt.

»Es gäbe in seinem Revier eine ganze Anzahl Grenzwächter, Gendarmen, Eisenbahner, Zollbeamte, Feuerwehrleute, Polizisten, Revierförster, Forstadjunkten, Forstassessoren, Waldarbeiter, Kohlenbrenner, bis in die entlegensten Gebirgsdörfer gäbe es solche, die absolut nichts von den Nazis wissen wollen, die sich auch nicht bestechen ließen, weder durch Bargeld noch durch Reden und schöne Versprechungen, und die bereit wären, gegen alle Nazis loszugehen, auch gegen die deutschen. Auch den Bauern, lauter kleinen Leuten, sei eine reinliche Demokratie bedeutend lieber, aber –!

Aber, sagen fast alle diese Leute, Bauernbündler, Monarchisten, Demokraten, Sozialdemokraten, Christlich-Soziale, alte Gewerkschaftler, ehemalige Schutzbündler, Austromarxisten: Wenn wir uns heut exponieren, wissen wir denn, ob sich der Herr Chef net morgen mit dem Feind ausgleicht? Wissen wir denn, ob er soviel Courasch aufbringt, wie er von uns verlangt? Es schaue nicht danach aus, sagen diese Leute. Und nachher stecken wir mitsamt unsern Familien im Dreck, sagen sie und erkundigen sich sehr genau, was denn jetzt das mit der Teinfalstraß sei: Da stehe doch das ›braune Haus‹. Ob denn die Nazis net mehr verboten wärn, das verstünden sie net, und wie sei denn so etwas möglich, daß eine von der Regierung verbotene Partei allweil mit der Regierung verhandelt und an der Spitze so ein außi geschmissener, aus dem Bundesheer ausgestoßener Hauptmann! Da müßten sie blöd sein, wenn sie da für den Herrn Chef ihren Kopf hinhalten täten.

Nein, schönes Fräulein, sagte mein Oberförster: da tu i net mit, das is mir viel zu riskant, ich hab mich auf all Fall bei den Nazis einschreiben lassen, das sag ich ihnen im Vertrauen, liebes Kind, das Landwirtschaftsministerium darf das net wissen, vorläufig. Obwohl auch diese Herren – ä die ham ja auch alle Brotangst, Amtsangst, Pfründenangst! meinte er verächtlich. Ich habe ihm daraufhin nur gesagt: Mit einem eingeschriebenen Nazi, Herr Oberförster, geh i scho gar net ins Hotel. Suchen Sie sich eine mit weißen Strümpfen! Und bin aufgestanden: besten Dank für die schöne Jausen! – So. Lieber, jetzt weißt dus –«

Es klingelt.

Es ist die Post. »Eine Karte für Sie!« ruft die singende Stimme der alten Wirtin. »Danke, Frau Zischka!«

Die Postkarte, reichsdeutsch frankiert, trägt den Poststempel Wannsee, die Unterschrift: Lotte.

»Wen hast du denn da schon wieder?« mißtraut Lili.

»Die Müllhofer!« lacht Konrad sie aus. Mit Satory habe sie sich ein etwas kompliziertes Nachrichtensystem ausgetüftelt, und jetzt käme alle paar Tage so eine NS-Ansichtskarte: harmlose Zeilen, zwischen denen man lesen müsse! Die Unterschriften wechselten in alphabetischer Reihenfolge, manchmal ein Vorname, manchmal nur der Buchstabe. Vorname bedeute, daß die Mitteilung eine Fortsetzung sei. L – Lotte –, der elfte Buchstabe, sei also die elfte Nachricht und gehöre zu den Kartengrüßen von Irene und Käthe, die in den letzten Tagen gekommen seien. Er holt sie aus der Tischschublade.

Es klingelt wieder. Die Schwestern Mimi und Relly kommen mit Sprinzel. »Habts ihr gelesen?« ruft dieser. »Um Spanien rum werden englische und französische Schiffe von U-Booten unbekannter Herkunft torpediert. Unbekannter Herkunft, ist gut! Ich kenn sie, die Herkunft, Falotten, elende!«

Zwei Stunden fast haben weder Lili noch Konrad an Zeitungen gedacht. Auch von Zeitungen gibt es keine Ferien, keine Ferien von Tagesnachrichten, keine Ferien vom Krieg.

»Harpunen«, sagt Konrad, »da sind sie. Sie treffen auch uns. Einschüchterungen, Drohungen, Terrorakte, Torpedos – die Außenpolitik der Faschisten ist aufs Haar wie ihre Innenpolitik, und ihre Innenpolitik ist Gangsterei.«

»Eh die net amal a ganz a Furchtbare aufs Dach kriagn«, erklärt Sprinzel, »eh gibts ka Ruh. Die Mäureißer, die Aufdrarer!«

»Jetzt sekkiern sie die Engländer und Franzosen, damit die uns sowenig zu Hilf kommen wie den Spaniern«, folgert Relly.

»Die Pariser Zeitung«, sagt Mimi, »ist uns jetzt auch verboten. Vom Sicherheitsministerium, a Haufen Bücher a wieder, nette Sicherheit!«

Harpunen.

Doch als sei nichts geschehen, nichts zu befürchten, kommt Sprinzel auf den besonderen Zweck des Besuchs. Als Kartenverkäufer – und das sei ein Vertrauensamt – wolle er zu bedenken geben, ob man zum fünfundsiebzigsten Geburtstag des Dichters statt seiner »Ratten« nicht lieber seine Weber aufführen solle. »Bitte, ich stells bloß zur Diskussion, Mimi und Relly wärn dafür.«

»Die andern Kartenvertreiber auch«, sagt Mimi. Da könne mancher auf einen Hieb Stücker fünf- bis sechshundert absetzen, die größten Säle würden sie vollkriegen.

»Geh, machts doch die Weber!« bittet Relly. »Rolf ist auch dafür.«

Ich könnte die Weberin Hilse Luise spielen, denkt Lili gleich, es ist eine kleinere Rolle als die John, aber loslegen kann man da und ist mittendrin im Schicksal der Arbeiter, nah, ganz nah möchte ich sein.

»Es ist das Stück der Verelendeten«, stimmt sie den Kartenverkäufern zu. »Das Drama der Not, des Lebens der Wiener Proleten, in die man hineingeschossen hat wie in die Webersleute von Langenbielau und Peterswaldau. Es ist das Schauspiel des zwölften Feber.«

»Drum wird man es auch verbieten«, sagt Konrad. »Genau wie die Pariser Tageszeitung. Die Kleinmieter werden es uns gar nicht abnehmen, die Kleinmieter sind halt auch eingeschüchtert, kein Wunder. Seien wir froh, wenn die Ratten durchschlüpfen! Ohne die Kleinmieter geht es nicht, sie zahlen einen Vorschuß, ohne Vorschuß geht es nicht; wir haben nicht einmal Geld für die Kartensätze.«

Er wendet sich an die Verkäufer: »Kinder, ihr dürft nicht ungeduldig sein. Das Werkel muß sich erst einfahren. Werbt für die Ratten, daß wir sie oft wiederholen können.«

»Stier sa ma schon lang«, gibt Sprinzel unter Wahrung seines Standpunkts nach. Außerdem seien, bemerkt Konrad, die auf dem Birkenhügel mit Ratten einverstanden.

»Hoffentlich auch der Herr Gerhart Hauptmann«, kommen Lili plötzlich schwere Bedenken.

»Der?« springt Sprinzel auf. »Der wird erst gar net gfragt. Der wird expropriiert.«

»Soll glücklich sein, daß sein ichweißnichtwievielter Geburtstag von anständigen Leuten gefeiert wird«, grollt Relly.

»Wozu sa ma in Wien!« beschwichtigt Konrad. »Das läßt sich richten. Geben wir das Stück als Vereinsvorstellung. Nach Floridsdorf kommt er eh nicht, der Hauptmann. Uns liegt am Geburtstag unseres Theaters, dafür sind diese Ratten gut. Die ganze Hauptmannfeier ist ein Schmäh, den brauchen wir für die Behörden, zur Tarnung. Sagt das nur dem Satory, der versteht's.«

Sie brechen auf und trennen sich bei den Tuchlauben. Lili und Konrad betreten einen Buchladen.

»Meinst du«, fragt sie, nachdem sie ohne Ergebnis wieder herausgekommen sind, »daß man auf dem Rücken unseres Seeungetüms noch ein Theater errichten soll? Lohnt es sich noch … ich weiß nicht …«

»Versuchen muß man es«, antwortet er. »Da, wo wir hingestellt sind, müssen wir kämpfen – ich glaube, du hast einmal so etwas gesagt, vor euerm Gittertor in der scheußlichen Gasse. Und wenn ich mir unser altes Monstrum Österreich so ansehe: Gern geht es nicht auf den Grund; es liebt die Luft und die Oberfläche. Es hat auch ein dickes Fell. Eine Harpune gibt ihm noch nicht den Rest. Es wäre denkbar, daß es noch einmal um sich schlägt. Es wäre denkbar, daß der Verein zur Erhaltung sterbender Tiergattungen sich seiner annimmt, er soll in den westlichen Demokratien zahlreiche Mitglieder haben. Die könnten, wenn sie nur wollten, den braunen Harpunenjägern das Handwerk legen. Vielleicht, daß ein Meerwunder geschieht!«

2

Symphonia domestica

Auch in der scheußlichen Schöllerhofgasse haben sie in den Wochen von Lilis Abwesenheit etwas ausgetüftelt und setzen es, als Lili gegen zwei Uhr mittags nach Hause kommt, ihr zum Kalbsbraten vor. Es ist wieder einmal ein Anschlag auf ihre Freiheit, die sie eben jetzt am notwendigsten braucht.

»Das haben wir uns jetzt lange genug angesehen«, intoniert die Mutter. »So geht das nicht weiter«, fällt der Vater ein. »Bilde dir bloß keine Schwachheiten ein!« setzt der Bruder den Kanon fort. Lili fällt aus. Der Oberst steigert sich: »Lotterwirtschaft! Du mußt endlich einen anständigen Beruf ergreifen.« – »Du mußt«, repetiert die Mutter.

»Wenn sich Berufe nur so ergreifen ließen«, sagt Lili einfach. »Zum Beruf gehört eine Arbeitsstelle. Zeigt mir die, bitte!«

»Kuck in die Zeitungen«, kommen die Gegenstimmen. »Tüchtige Sekretärinnen werden da täglich gesucht. – Was die schon für Zeitungen liest! – Fremdländische! Hetzblätter! Die liberale Lügenpresse«, trillert es gehässig. »Kuck ins Tagblatt! Schreib Offerten! Man muß sich nur umtun«, vereinigen sich die Stimmen.

Lili setzt dagegen: »Für solche Posten nimmt man ein junges Mädchen wie Herta Müllhofer, und davon gibt es unzählige. Es wird auch enorm viel verlangt, was ich nicht kann: perfekt Stenographie, Maschine, Sprachen, unter allen Umständen fließend Englisch, Französisch, wie kann ich denn das?« – »Aber zum Lesen französischer Hetzblätter, da reichts«, sticht es staccato dazwischen.

»Wenn man ernstlich will«, geigt die Mutter verstimmt.

»Man will eben nicht«, brummt der Vater.

»Wer arbeitslos ist«, variiert der Bruder das alte Thema, »hat es allein sich selbst zuzuschreiben.«

»Du bist doch auch ohne Arbeit«, bemerkt Lili sanft. »Ich stehe in Unterhandlungen«, wehrt Adolf von Crailing hochmütig ab. »Du bist gar nicht berechtigt, dich mit mir zu vergleichen.«

Sein Gesicht zieht sich giftig zusammen.

221

»Du wirst einen Kurs mitnehmen: Stenographie und Schreibmaschine«, verkündet der Oberst. »Ich werde auch dieses Opfer noch bringen.«

»Obwohl du es nicht verdienst«, schaltet die Frau Oberst dazwischen. »Und dann wirst du dich umtun, bis du das richtige findest.«

Der Bruder pausiert.

»In jedem Amt, in jedem Büro, in jedem Geschäft braucht man Sekretärinnen«, schließt der Oberst.

»Und hat längst, was man braucht«, bietet Lili ihre ganze Beredsamkeit auf.

»Bitte, versteht mich doch!« beginnt sie friedfertig. »Ich vervollkommne mich ja gern, auch in Stenographie und Maschine –« In unserm Theater der armen Bezirke, denkt sie dabei, wird es viel zu schreiben geben, eine eigene Kraft können wir uns nicht leisten. »Es ist sehr freundlich, Papa, daß du mir einen Kurs zahlen willst. Aber das tust du doch nicht, damit ich etwas Neues lerne, sondern damit ich wo unterkomme. Und ich komme nicht unter: Wenn ich so einen Kurs hinter mir habe, bin ich immer erst Anfängerin, und wer nimmt eine Frau in meinem Alter als Anfängerin? Seht ihr das nicht ein? Wir können ja mal zur Berufsberatung und hören, was die sagen.«

»Ich sehe nur ein, daß du nicht willst«, sagt die Mutter prompt. Ihr kleines Gesicht ist rot.

»Du bist einfach faul«, sagt der Vater.

»Geh doch gleich nach Steinhof in die Irrenanstalt«, führt Adolf das Thema aus. »Da ist bestimmt noch eine Stelle für dich frei.«

Lili sagt kein Wort. Sie steht auf und geht.

Sie geht zur Berufsberatungsstelle, wo ihr die eigene Ansicht fast mit den gleichen Worten bestätigt und schriftlich gegeben wird. Hingegen bestünden, sagt ihr die Beraterin, zur Zeit im Frisiergewerbe Aussichten, zumal in den kleineren Orten der Bundesländer.

»Bodenlose Frechheit«, erklärt der Oberst, als seine Tochter mit diesem Gutachten erscheint. »So etwas ist mir noch nicht untergekommen, die wissen wohl nicht, wen sie vor sich haben? Meine Tochter eine Frisiermamsell! Ich müßte mich ja vor meinem eigenen Friseur schämen, und du hast das so ruhig hingenommen. Du wärst noch imstand und gingst in eine Fabrik!«

»Wenn sie mich nehmen«, sagt Lili einfach, »warum nicht ...?«
»Da sieht man, wie tief du gesunken bist«, greift der Bruder
an. »Zum Donnerwetter, laß uns nur erst ans Ruder kommen,
da wirst du mitsamt deiner blödsinnigen Berufsberatung erst
gar nicht gefragt. Dann wirst du einfach in ein Arbeitslager gesteckt.«

»Das wäre dann allerdings standesgemäß«, sagt Lili, und
wieder steigt ein Wort Prosperos in ihr auf. »Wie niederträchtig selbst ein Bruder sein kann!«

Es bleibt in ihrer Seele, und immer mehr verwandelt sie sich
in die gehetzte, Staub, Haß, Ärger schluckende Reinmachfrau
John, die sie zum fünfundsiebzigsten Geburtstag des Dichters
der »Weber« zu spielen gedenkt.

3

Deutschland,
du bist noch weit vom Ziel

Es kommen heut viele: Schauspieler, Schauspielerinnen,
Kartenverkäufer, Vertrauensleute, Kleinmieter, und reden
schon alle von ›ihrem Theater‹. Aber Geld haben sie keins.

Die Zischkabaude wird immer voller. Es ist drückend
schwül. Sechs sitzen auf dem Schlafsofa, das in die Mitte
gerückt ist, zwei auf der Truhe. Und alle reden und finden es
wichtig; bei der Bühne und in der Politik ist alles wichtig, um
wieviel wichtiger erst bei so einer politischen Bühne!

Durch das geöffnete Fenster blickt Gotthold Ephraim, der
Avantgardist, in den Mezzanin. Über dem Barockgebäude gegenüber türmen sich Wolken und sind grau wie seine Fassade.
Schwalben streichen tief übers Dach. Aus dem Zimmer
nebenan stört der Lautsprecher der Zischka mit unverständ-
lichen amtlichen Nachrichten. Die Gespräche gehen überein-
ander. Am Fenster schnappt ein Kleinmieterpaar Luft. Das
waren Zeiten, als sie für ihre saubern drei Zimmer im Wohn-
block fünfzehn Kronen im Monat zahlten, heiliger Breitner.
Herr Jägers ist bei der Bahn. Seit über zehn Jahren fährt er als
Schlafwagenschaffner, da kennt einer die Welt und auch den
Zustand der gleichgeschalteten Eisenbahnen.

»Soviel Eisenbahnunglücke wie jetzt im Reich, so was hats noch nie gegeben«, erzählt er der Muth. Und die Szenen, die sich so an der Grenze mitunter abspielen: »Herrschaften, das ist ein Theater, das sollte man aufführen!«

»Das wird man auch mal«, meint die Muth.

Von dem Schriftsteller Hauptmann will das Mieterehepaar Jägers nichts wissen: Ein Preuß und ein Nazi, sagen sie, es sei eine ziemliche Opposition dagegen. »Seine eigenen Ratten sollen ihn beißen!« »Die Weber«, das sei etwas anderes. Die habe das arme Volk selbst geschrieben, mit seinem Blut. Oder seien die Weberaufstände etwa von Herrn Hauptmann erfunden? fragt die Muth erbittert. Heut stünde der Herr ja auf der Seite der Dreißiger und Konsorten. Und das Lied der Empörung, gibt Raesch ihr recht, »Das Blutgericht von Peterswaldau«, das der Höhepunkt des Weberdramas sei, habe damals vor hundert Jahren das Webervolk gesungen, selbst geschaffen den Text und die Melodie.

Eine Schauspielerin, die den Urwiener und alten Sozialdemokraten Arnold Lessing mitgebracht hat, schlägt »Die Macht der Finsternis« vor. Wo jetzt die Josefstädter das »Nachtasyl« zeigten ... wenn man den Gorki erlaube, könne man keinen Tolstoi verbieten.

»Die Macht der Finsternis ist allerdings heute enorm«, bemerkt Schulz-Annaberg.

Lili bangt um ihre Frau John, denn schon redet der Schauspieler Lessing in Rage von einem urösterreichischen Stück, das man unbedingt spielen müsse. »Sie wollen doch immer österreichische Stücke, gebts ihnen mal, aber gründlich!«

Seine langen krausen Haare stehen zu Berge, die schwarzen Augen runden sich drohend nach vorn. Komiker ist er nur auf der Bühne, im Leben ist er besessen, verbissen, immer dabei, jemand anzufallen. Jetzt fällt er die ganze Gesellschaft an und hat dabei Holler an der Hemdbrust gepackt, seine Worte im äußersten Wienerisch drängen: Das sei das großartigste politische Stück und passe wie kein zweites in die Situation: ein Bombenerfolg! Man müsse doch auch aufs Geschäft schauen. Kein Mensch kenne das Stück, damit müßten sie rauskommen, je eher, je besser.

»Wir wollen doch schließlich auch etwas verdienen, ich hab ein Kind zu Haus ... Aus dem Nestroy wollen sie allweil so an gemütlichen Wiener machen, dabei hat er auf den Barrikaden gestanden, der Nestroy, oh, der kann verdammt ungemütlich werden, ich übrigens auch. Ausgeschlossen, daß man von dem ein Stück verbietet!«

Wie es denn heiße, wollen die Anwesenden endlich wissen.

»›Der alte Mann und die junge Frau‹«, nennt Lessing den Titel.

»Eine gute Idee«, lobt Holler, der das Stück vor Zeiten gelesen hat und sich erinnert: »Da kommt ja auch ein Holler drin vor: ein Blutundbodenholler, die Sippe der Hollers ist weit. Aber –«

»Nicht schon wieder ein Aber!« sprudelt der aufgeregte Urwiener. »Das ist aktuell, das handelt von den politischen Flüchtlingen, und ein anständiger Mensch treibt praktische Gefangenenhilfe, rote Hilfe, und nimmt sich der Frau und der Mutter des Politischen an, ist das nicht anständig? Das Lied, was der anständige Kerl da singt – da hams die ganze heutige und zukünftige Lage in zwei Zeilen, gleich im Auftrittslied:

> Unsre Lag is deswegen so abnorm,
> weil die Würfel fallen in Kugelform.
> Da braucht man nix mehr hinzuzufügen.«

Schulz-Annaberg fragt nach der Handlung des Stücks.

»Sehr dramatisch«, verkündet der wilde Schauspieler. »Der Politische schlägt im Gefängnis den Wärter nieder – schon großartig, net? –, wird dann von dem Sympathisierenden versteckt, und zwar unter Holzarbeitern. Der sagt da: Man spricht so viel von einem gewissen Abraham und seinem Schoß, aber das is nix gegen das, was einer unter unsern Holzarbeitern is.«

»Das gibt demonstrativen Beifall«, nimmt ihm das blonde Fräulein Korneisel das Wort aus dem Mund.

»Und so geht das in einer Tour«, sagt Lessing und wischt sich Schweiß aus den langen Kraushaaren. »Also da darf keine Silbe gestrichen werden, höchstens ein paar Rollen zusammengespielt, damit etwas mehr auf den Anteil kommt, das können wir brauchen.«

Er kann sich nicht von dem Textbuch trennen, schaut immer wieder hinein, entdeckt immer neue Wahrheiten. »Da ist ein Satz, Kinder, hörts nur, da sagt der Politische: Deutschland, du bist noch weit vom Ziel!«

»Donnernder Beifall!« verzeichnet die vorahnende Blonde.

»Und zum Schluß«, erläutert Lessing, »emigrieren alle anständigen Menschen, jawohl. Sie wollen in einem Österreich der Reaktion nicht länger leben. Recht hams.«

Während Konrad sich das Stück notiert, redet ein älterer Schauspieler namens Sandmenger. Er hat ein angelsächsisches Gesicht, das die Herzen öffnet, gebräunt, helle liebende Augen unter weißen Locken.

Er schlägt vor: »Laßt doch die Ratten als zweites Stück für gleich danach; es ist immer gut, wenn man etwas Vorrat hat. So ein unmittelbares Stück, das ist doch wichtiger, als daß ihr dem Preußen seine Gesinnungslumperei unter die Nase reibt. Ist ja ganz schön, aber das weiß er ja eh, das weiß die ganze Welt.«

Die Flügel der Fenster schlagen, Wind fegt mit Ungestüm, Wildtauben verbergen sich in den Ausbuchtungen der Barockarchitektur, Sperlinge schreien ungewöhnlich laut. Donner rollen von fern heran. Ein Fieber glüht durch alle Versammelten. Sind es die Spannungen der Atmosphäre, die Parolen Nestroys oder die Spielwut? Es ist, als habe keiner mehr Zeit zu warten. Alles drängt wie Erntearbeiter vor dem Gewitter. Eh noch der erste Blitz zuckt, muß die Ernte unter Dach sein, jeder will das Seine beitragen. Mit Sandmenger und Lessing spricht Egdal über Rollenverteilung, Holler mit Satory über die Komposition der Couplets, Lili sammelt Groschen für ihr Spanien, Raesch instruiert die Kartenverkäufer. Sandmenger verspricht: »In die Vorstellung bring ich auch Leute von der Gesamt-Gewerkschaft und vom Bildungsausschuß.« Satory läßt sich die Namen geben, er sieht sich vor.

Man braucht nicht abzustimmen. Man ist soweit einig. Die »Ratten« werden für Herbst angesetzt, und Johann Nepomuk Nestroy, der Mann mit dem revolutionären Humor, ist der Mann des Tages, der Stunde. Der Schauspieler Lessing schüttelt Egdal, Sandmenger, Holler die Hände.

Während die ersten Blitze zucken, Gedonner kracht und großer Regen Erfrischung bringt, ist es, als nicke von draußen der steinerne Dramaturg und Wortführer des Weltgeistes Beifall.

4
Erntezeit

Die Rotarier, im Reich von den Braunariern verboten, beschließen in Wien ihre freiwillige Auflösung.

Die österreichische Gemeinschaft der blinden Musiker und Klavierstimmer wird von echtem NS-Gemeinschaftsgeist erfaßt, stößt ihre Mitglieder jüdischer Abkunft aus und nimmt ihnen zum Augenlicht auch das Brot.

Der Leiter der jüdischen Wenderer-Fürsorge in Wien, ein Doktor Abeles, der das Elend der Heimatlosen nicht mehr mitansehen kann, nimmt sich an seinem Schreibtisch das Leben.

In Bielski, an dessen hübschem Theater Egdal ein Engagement gefunden hat, brechen von NS-Deutschland inspirierte Judenverfolgungen aus, das Theater wird gesperrt.

Einem Märtyrer des Weltfriedens, der seit vier Jahren den Martertod am Hakenkreuz starb, wird der ihm verliehene Nobelpreis des Friedens durch ein der Gestapo gut bekanntes Subjekt geraubt. Im NS-Deutschland wird der Friedenspreis durch einen Unfriedenspreis ersetzt, dessen man niemand für würdiger hielt als einen Anführer, welcher die Jugend des Landes in Kriegsverhimmlung und Rassenhaß führte.

In Ungarn veranstalten Faschisten zweideutiger Herkunft einen Naziputsch, den der Ministerpräsident niederschlägt. Der deutsche Gesandte im Gefühl seiner völligen Unschuld ergreift die Flucht nach Berlin.

Nach Berlin begibt sich auch Italiens Duce. Hinter einem undurchdringlichen Wall aus Fahnen, Uniformen, Girlanden, Pylonen, Draperien, Scheinwerferstrahlen, Aufmärschen, Huldigungen und Reden werden gefährliche Anschläge geheckt. Frühere Diskrepanzen entpuppen sich als tiefinnere Übereinstimmung zu gemeinsamem Ziel. Den Kanzler Dollfuß hatte der Duce nur zur Vernichtung der Arbeiterfreiheit getrieben, damit der Vernichter durch die Kreaturen des NS-Führers ungehindert gekillt werde. Und nun werden die Rollen für Gegenwart und Zukunft verteilt.

Der eine brach ein, und der andre stand Schmiere.

In Spanien brachen sie gemeinsam ein.

Bei der Wacht im Mittelmeer standen sie gemeinsam Schmiere.

Ebenso bei dem Einbruch Japans in China.

Bei einem Einbruch in Österreich würden Rutenbündel und Pfeile Schmiere stehen.

Und warum soll nicht auch, gelegentlich, einmal der eine Freund beim andern einbrechen? Wälzt der eine doch bereits ein Plänchen, ein einfältiges, bei sich selbst einzubrechen: in der eigenen Gesandtschaft zu Wien und in Schuschnigg-uniformen maskiert, den eignen Gesandten zu morden; den-selben, der einst den Chef der Einbrechenden zum Chef gemacht und von vielen heimlichen Dingen Kenntnis hatte.

Und es schwören die Sturm-Gesellen sich ewige Treue.

Und das gute alte Seeungetüm schwimmt auf der Ober-fläche und freut sich der herbstlichen Sonne. Harpunen sau-sen und treffen. Aber sein Fell ist dick. Es läßt sie ruhig drin stecken. Am ersten Oktober schreibt der Kanzler des Mon-strums in ein Buch: »In der außenpolitischen Lage hat sich im letzten Jahr nichts geändert. Es wird sich auch in Zukunft nicht viel ändern können.«

So kann der Mensch sich irren …

Auf dem breiten Rücken des Meertiers gibt es eine gute Ernte. Es erschallen Lieder. Sogar russische Weisen ertönen. Seit Jahren hat kein Theater solchen Erfolg gehabt wie die Josefstadt mit dem »Nachtasyl« Gorkis. Albert Bassermann spielt den alten weisen Weltwanderer, ganz Wien jubelt ihm zu und huldigt dem großen Dichter der Menschlichkeit. Bis tief in den Winter.

Und die nordische Kultur erhält eine Leinwand in der Ura-nia. Sowjetfilme laufen drüberhin und begeistern Wien. Sie zeigen schlicht die friedfertige Eroberung des Nordpols und lehren den menschenwürdigen Gebrauch von Flugmaschinen im Dienst des Fortschritts. Bis tief in den Winter.

Und die Kleinmieter und Bewohner der finstersten Wiener Bezirke bekommen den hellsten Nestroy. Das Werk der »Rat-ten« aber beginnt auf dem Birkenhügel und verbreitet sich über Favoriten und Ottakring. In Meidling, Hietzing, auf der Wieden, in Simmering, am Alsergrund sieht man die Rein-machfrau John, gespielt von der Crailing.

Rührige kleine Bühnen spielen anstelle des gleichgeschalteten Jubilars ausgebürgerte Dichter, Exkommunizierte des Dritten Reichs: Hasenclever und Feuchtwanger und Arnold Zweig, und die Wiener lassen sich das nicht entgehen. Bis tief in den Winter.

Das Dritte Reich aber sieht mit scheelem Blick auf das wache Bemühen eines noch nicht völlig geknechteten Volks, beobachtet und nimmt durch seine Naderer jeden Wachen zu Protokoll.

Und richtet einen neuen Gesslerhut auf in Gestalt eines NS-Reisebüros am oberen Ende der Kärntnerstraße, drin riesengroß und in Öl und weithin bis auf den Fahrdamm sichtbar das Bild des NS-Chefs in braunem Hemd, den man den Österreichern als höchsten Machthaber aufzwingen will. Es ist eine scheußliche Malerei, die Wiener stehen davor und schütteln ihre Köpfe. Auch Lili und Konrad schütteln sich.

Einmal fliegt, gut gezielt, von der Bordschwelle her aus einem Auto eine schwere stählerne Kurbel gegen die Glasscheibe und zerschlägt sie. Klirrend prasseln tausend Splitter durch das Verkehrsbüro.

Der symbolische Attentäter ist ein österreichischer Aristokrat, und das Wiener Publikum, das seine kräftige Geste versteht und würdigt, zollt ihm Beifall. Wie seit Jahrtausenden nimmt es den Schein für die Realität, das Bild für die Wirklichkeit und steht in bewundernder Neugier.

5

Die Donau fließt über den Ring

Es war eine symbolische Achse, welche die Zauberlehrlinge von Predappio und Braunau, der Maurer und der Anstreicher, zusammengeschweißt hatten.

Wann saust sie nieder, die Ochsenachse? Wer wird sie schwingen? Und was bringt der Spaß den NS-Neandertalern und Böotiern? Was kostet er sie?

Die Besprechung dieser Fragen, die hinter einem undurchdringlichen Wall von Fahnen, Uniformen, Girlanden, Pylonen, Draperien, Scheinwerferstrahlen, Aufmärschen, Huldigungen und Reden erfolgt ist, hat den obersten Bauführer des

Dritten Reichs sichtlich mitgenommen. Er bedarf dringend einer Erholung und findet sie auf seinem friedvoll mit Stacheldraht, Gendarmerie und Leibgarde geschützten Berghof in Berchtesgaden.

Was braucht die Welt einen Frieden, wenn er ihn nur hat! Er ist der größte Friedensfreund der Welt, sein Verlangen nach Frieden ist so immens, daß er ihn keinem andern gönnt. Für sich allein beansprucht er ihn, denn er allein weiß, was damit anzufangen ist.

Aufgeräumt und beschwingt hat er sich aus dem Bett auf eine genußreiche Fußwanderung durch die Waldungen seines Obersalzbergs begeben. Es ist halb zwölf. Elastischen Schritts wie nur irgendein Habsburger wandelt er durch herrlichen Buchenbestand zum idyllischen Röslerhof. Der Forst hat ihm zu Ehren sein braunstes Gewand angelegt. Jeder Baum ein SA-Mann.

In dem bodenständigen Gasthof hat ihm Kathi, die muntere Wirtin in ihrer schmucken Tracht und in tiefster Ehrfurcht, ein Glas schäumender Milch kredenzt.

Es war gerade zehn Jahre her, da hieß Kathi noch Kitty und spielte in der Wiener »Komödie« unter Hollers Regie eine kleine Suffragette. Höher hinauf war sie als Schauspielerin nie gelangt. Wohl aber als Komödiantin, auch der Mann, dessen Namen sie trug, war kein schlechter Komödiant. Er war ein feister skrupelloser Patron mit schlauem dunkelhaarigem Gesicht und dem falschen Lächeln der Diktatoren. Jahrelang hatte er sein Brot mit unanständigen Stammtischanekdoten verdient, die er geschickt ›auf anständig‹ herrichtete und mittels seines Korrespondenzbüros an Zeitungen jeglicher Richtung versandte. Im zweiunddreißiger Jahr, da eben sein Vorrat zur Neige ging, war ihm die glänzende Idee gekommen, zusammen mit seiner schmucken Kitty am Obersalzberg einen Hof zu eröffnen. Er hatte von je eine gute Witterung für Unanständigkeiten gehabt, gab also seine liberalistische Korrespondenz auf und korrespondierte nur noch mit dem Mythos des Dritten Reichs und dem Brauchtum des zwanzigsten Jahrhunderts vor Christi. In der geheiligten Nähe des hohen Ankurblers seiner Wirtschaft schenkte er gepflegte Biere, Weine, Schnäpse und die Milch der deutschen Denkungsart ein. »Wohl bekomms, mein Führer!«

Dem Führer sind Milch und Spaziergang bekommen. In seinem holzgetäfelten Arbeitsraum, dessen Riesenfenster einen weiten Ausblick in das abgesperrte Land eröffnen, sitzt er an einem bodenständigen Eichentisch und schafft.

Vor ihm liegen Buntstifte, Bleifedern und ein großer Stadtplan von Wien.

Die künftige Gestaltung eines neuen Wien, seines Wien, reift unter seinem gepflegten Scheitel.

Daß die deutsche Donau, die auf deutschem Boden entspringt, durch die unschönen gottverlassenen Proletarierviertel von Floridsdorf und Brigittenau fließt, hat ihn schon damals verdrossen, als er, ein bösartiger Lumpenproletarier, im Männerasyl zum Zusammenleben mit dem fünften und sechsten Stand der Haderlumpen genötigt war.

Warum fließt die Donau nicht über den Ring?

Der gegenwärtige Zustand verletzt sein ausgeprägtes Empfinden für monumentale Wirkung. Sein Wien, seine Donau müßten sich anders zueinander einstellen. Zwingen wird er sie. Die Frage ist nur: Verlege ich Wien zur Donau oder die Donau zu Wien?

Nach tiefem Sinnen entschließt sich der Führer wie immer für das Gigantischere und dekretiert: Die deutsche Donau fließt in deutscher Zukunft über den deutschen Ring.

Er greift zum Blaustift.

Der deutsche Blaustift fährt über den Wiener Stadtplan. Schwierigkeiten sind dazu da, um überwunden zu werden. Das Deutschmeistermuseum in der Kaserne der Rossauer Lände verschwindet unter blauem Geschmier. Ganz andere Kasernen, ganz andre Museen wird er errichten im ganzen Land. Die Deutschmeister? Weg damit! Es gibt nur einen Deutschmeister, und das ist ER, in seiner Vertretung Feldmarschall Göring. Der armselige Donaukanal von der Augarten- bis zur Franzensbrücke wird ausgeschüttet. Das Judenviertel wird aufgeschüttet. Dort wird der neue große deutsche Hauptbahnhof erstehen, die Juden werden die Kosten tragen.

Dies für später. Bleiben wir bei der Donau! Quer durch das Areal der Rossauer Kaserne, ein Eck des angrenzenden Häuserblocks abschlagend, wird sie zum jetzigen Schottenring fluten, welcher entsprechend verbreitert wird. Die Namen Schotten-, Burg-, Kärntner-, Stubenring, und wie sie alle heißen, verschwinden. In Zukunft gibt es nur einen einzigen: den Deutschen Ring. Vor dem jetzigen Burgtheater und dem Rathaus verbreitert sich der Deutsche Strom zu einem Deutschen See. Gotische Zugbrücken vermitteln den Verkehr. Juden ist die Benutzung verboten. Die Hofburg wird zu einer Wasserburg, eine Sehenswürdigkeit allerersten Rangs. Das Denkmal der Habsburgerin Maria Theresia wird aus der Stadt auf die Habsburgwarte am Hermannskogel verbannt. Der viel zu niedrige Messepalast, einst Marstall, wird abgetragen. An seiner Stelle, bis hinauf zur Mariahilfer Straße, wo jetzt sich noch jüdisch-bolschewistische Warenhäuser breit machen, wird aus den gewaltigen, bei den Ausschachtungsarbeiten zutage geförderten Erdmassen ein weithin ragender Berg errichtet: Der Berg des deutschen Glaubens, der Berge versetzt. Am Fuß dieses Berges mündet in die Donau die Wien.

Sie wird freigelegt und in ungeahntem Ausmaß verbreitert werden. Das Gebäude der Wiener Sezession, die verbrecherische Geburtsstätte der entarteten Kunst, wird niedergerissen. Auch andere Baulichkeiten, vor allem die nach nichtswürdigen Plänen der jüdisch-marxistischen Regierung errichteten Wohnblöcke mit ihren siebzigtausend Wohnungen, Brutstätten des Bolschewismus, sind für die Spitzhacke reif. An ihrer Statt werden Kolossalbauten aller Art, Nationalhallen, Thingplätze, Denkmäler, Grünflächen und ein gigantisches ostmärkisches Gausportfeld die Macht Großdeutschlands bezeugen. In ehrfurchtsvollem Staunen werden in tausend Jahren deutschblütige Nachkommen vor dem einzig dastehenden Wunderwerk verharren. Und so wie auf diesem Papier mit den überwältigten Wasser-, Erd- und Steinmassen wird gleich nach errungenem Sieg mit der Masse des österreichischen Volkes verfahren werden.

6
Endlich können sie ihr Gelübde
wahrmachen

Der erste Erfolg ist da, und die Unzertrennlichen dürfen um einen Schilling hinauffahren ins Turmrestaurant, dürfen oben sitzen, Cognac nippen und hinausblicken wie Sonnengott

Helios und hinunterschauen auf die Dunkelmänner von Wien. Grau ist der Tag, aber schön.

Wie Flußfische liegen die schuppigen Dächer unter ihnen, weich schwimmend in sanften Wellen wie über ihnen die Wolken, zarter noch. Mit Liebe greift die ergraute Vindomina von oben und unten nach ihren zahlreichen Sorgenbezirken. Alle finstern Gründe haben gleich Einrichtungsgegenständen alter Schlösser ihre Staubüberzüge, so sieht man sie nicht. Dort unter der Rauchschicht liegt Floridsdorf, das arme. Und Lili zitiert den Hausdichter der armen Gassen, ihren Nestroy: »Die Vorsehung hat mit die Reichen so viel zu tun, für die Armen bleibt ihr ka Zeit.« Und Konrad fährt fort im Zitat: »Ich bin ein Proletariatsbeflissener, der den ganzen praktischen Kurs von Pauperismus durchgemacht hat.«

Und sie nehmen das Schwere leicht.

Sind es auch bloß »Vereinsvorstellungen« ohne Pressestimmen, Bildreportagen, Interviews und den üblichen Zauber, es ist doch Erfolg, den sie trinken. Was brauchen sie Zeitungskritiken? Ihre Gutachter sind die Arbeitsleute, mit denen sie nach den Aufführungen sitzen und gehen und sprechen, sie sind ihr Ansporn.

»Das haben sie alle bemerkt«, sagt Lili, »wie unheimlich rattenhaft diese Rattenaufführung war. Wir hatten doch alle Rattengesichter: der vermoderte Hofschauspieler, die Kindsabtreiberin, der borstige Schutzmann, die hämischen Theaterschüler, der Strolch, der Bruder.«

»Und du«, sagt Konrad und streichelt sie mit Lob und Verständnis, die tun ihr wohl, und sie wagt nicht, ihm zu glauben, daß sie erschütternd und wunderbar sei.

Sie blickt hinaus in das graue Gewoge von Wolken, Dächern und Wind und zitiert abermals: »Es gibt zwei Sorten Ratten: die hungrigen und die satten ...«

Der Ansager Lessing hatte den Vers Heines auf Anregung des Studenten Raesch hin in einer Pause während des Umbaus gesprochen, und die Menschen im Zuschauerraum hatten gespürt, daß nicht nur dort oben auf der Bühne, sondern auch unten Ratten waren: verfolgte hungrige Ratten mit scharfen Zähnen.

»Es könnte so schön sein«, versinkt Lili in alte Gedanken. »Es läßt sich noch viel anfangen mit diesen Menschen. Es gab eine Zeit, da sagten wir alle: Der Mensch ist gut. Heut, wo Menschen so tief stehen, daß man sie nicht einmal Bestien heißen kann, es würde die Tiere beleidigen, heut klingt das fast wie ein bösartiger Witz.«

»Jaja«, antwortet Konrad und wieder in Nestroys Sprache: »S gibt viel gute Menschen, aber grundschlechte Leut!«

»Dann heran an die vielen Guten!« wird Lili lebhaft. »Man muß sie heranholen und ihnen den Mut zu ihrer Güte geben. Sie sind doch da, sie haben sich nur verkrochen wie die Ratten. Auch unter den Nazis haben sie sich verkrochen«, behauptet sie. »Ich habe doch in Berlin mit so manchem diskutiert, du weißt, ich kann es nicht lassen und will es auch nicht. Die glauben, was ihnen der sogenannte Führer vorredet, und wenn man ihnen die Scheußlichkeiten vorhält, sagen sie: Übergangserscheinungen, die wir bedauern. Jede Umwälzung bringt sie mit sich, auch die Natur ist grausam.«

»So grausam nie«, ruft Konrad dazwischen.

»Vielleicht hast du recht«, gibt Lili zu. »Wer heut über den Kämpfen steht, ist ein Feind der Geopferten. Trotzdem darfst du nicht alles in einen Topf werfen, du mußt zwischen Hochstaplern und ihren Opfern unterscheiden. Wir sind doch für die Ausgebeuteten, und wenn sie noch so dumm sind? Je harmloser, dümmer ein Mensch von Natur ist, um so eher fällt er auf die Werbungen dieser Bauernfänger hinein, um so leichter glaubt er an ihren Schwindel. Wenn mir das nicht immer klar gewesen wäre, hätten wir die Herta Müllhofer nie gewonnen.«

»Dein Wohl, Lili!«

»Auf die äußern Bezirke und ihr Theater! – Und jetzt wirst du mit mir tanzen.«

»Wenn ich dir groß genug bin, Große?«

Und sie tanzen zu der Musik, die sie aus unsichtbarer Kapelle von oben her faßt, Shimmy, Blues und einen Walzer von Wien.

Dicker zieht sich der Dunst vor den blanken Scheiben und bunten Lämpchen des Turmrestaurants zusammen. Sie tanzen wie in erleuchteter Wolke.

Dann gehen sie durch enge Gassen und über den Hof, wo Arbeiter die neuen Chöre der Engel anstreichen, zum Judenplatz.

Im Mezzanin, als Konrad eben die Flurtür öffnet, stürzt die alte Zischka den beiden entgegen, macht unverständliche Zeichen, weist auf die Tür zum Kabinett, flüstert: »Sie haben Besuch« und zieht Lili zu sich in die Küche. Schreck. Auf reichsdeutsch heißt ›Besuch‹: Polizei. Doch soweit ist die Wirtin noch nicht. Auf österreichisch heißt Besuch auch immer Besuch.

Als Konrad die Tür seines Zimmers öffnet, sitzt auf dem Ledersofa in lehmfarbenem Mantel, den flachen Hut tief in der flachen Stirn, die Backentaschen rund wie Blasen, sitzriesenhaft ein massiges Denkmal aus Hartgummi: Frau Theresa Holler aus Hamburg. Ihre Reptilaugen liegen auf Lauer.

7

Aber das ökonomische Sein
bestimmt das Bewußtsein

Die Zimmervermieterin hätte sich getrost laut und deutlich ausdrücken können, denn das Iguanodon ist noch immer fast taub und so neugierig wie früher. Seine Wartezeit zu verkürzen, hat es in der Korrespondenz des Großneffen gestöbert. Auf dem mit Papieren bedeckten Tisch herrscht daher eine außergewöhnliche Unordnung. Außerdem sind die Truhe und eine Kommodenschublade nicht richtig geschlossen.

Während Konrad dies feststellt, läßt die Dinosaurische ältere Schallplatten abschnurren: die Platte ihrer unheilbaren Krankheiten, sie wolle wieder den Hofrat Horn konsultieren, er habe ihr gutgetan; die Platte des Gattenlobs, an der hat sich nichts geändert; die Platte von Konrads verfehltem Beruf, die läuft mit verstärktem Ton. Die vierte Scheibe ist dem Großneffen neu. Sie handelt von den Zeitereignissen und dem selbst für ihre tauben Ohren deutlich vernehmbaren Nazigeschrei, Henleinradau und Hitlergebrüll der Sudetendeutschen von Rumburg.

Das ginge doch nicht, entrüstet sie sich: Nazis in Rumburg! Das würde, befürchtet sie, ihrer Lebenshaltung, dem Kurs ihrer Papiere und im weiteren Verlauf auch ihrer Ernährung Abbruch tun. »Wenn Krieg kommt! Was meinst denn du?«

Der Großneffe hält das nicht für ausgeschlossen. Er hält es sogar für sehr wahrscheinlich.

»Aber da muß man doch rechtzeitig Vorkehrungen treffen, das hat dein Großonkel schon immer gesagt, das war sein Grundsatz.«

Hoffentlich hätten die Staatshäupter der Tschechoslowakei, Österreichs und ihre nördlichen, östlichen und westlichen Freunde den gleichen Grundsatz wie der Onkel, meint der Neffe. Rechtzeitig Vorkehrungen treffen, ruft er in das weiße Hörrohr, sei ein ausgezeichneter Grundsatz. Es gäbe heutzutage Möglichkeiten, selbst ein kleines und armes Land vor Angriffen, auch vor solchen aus der Luft, zu schützen.

»Fliegerangriffe!« Das beinerne Rohr entsinkt den verdickten Fingern, die Äuglein verkriechen sich.

»Ich bin eine wehrlose Kranke! Warum hast du mir das nicht schon längst geschrieben, du willst meinen Tod, das ist dein ganzes Interesse an mir, schweig!« Sie tut das Hörrohr beiseite. »Ich weiß schon allein, was ich zu tun habe, die Staaten wissen das nicht, und du auch nicht. Ich fahre jetzt in die Schweiz, daß du mir niemandem etwas davon verrätst, ich will in Zürich einen Professor konsultieren«, flüstert sie, »mein Gepäck ist unter Zollverschluß schon voraus. Ich werde nicht in Rumburg sitzen und auf Fliegerbomben warten. Vorkehrungen treffen, rechtzeitig, wie dein Onkel«, wiederholt sie und äugt über den Tisch. »Nimm dir am Onkel ein Beispiel!«

Das täte er ja, beschwichtigt Konrad, es sei nur in heutiger Zeit sehr schwer.

»Du hast es gut, ich bin vom Schicksal verfolgt«, kommt unvermittelt quäkendes Gejammer. »Der Dollar ist abgewertet, die Papiere sind gesunken, mein Zucker ist gestiegen, ich zehre vom Kapital, ich gehe auf meinen letzten Füßen, kein Mensch, der sich um mich kümmert! Meine Gesellschafterin mußte ich entlassen, sie wollte sonntags mit ihrem Freund gehen, meine Köchin mußte ich rausschmeißen, sie war so neugierig, und die Zugeherin war unbotmäßig. Jetzt gehen wir essen«, bestimmt sie und richtet sich auf.

»In das Imperial, ich bin dort abgestiegen«, raunt das Iguanodon geheimnisvoll und schießt, mit unheimlichen Schwimmbewegungen der kurzen Arme die Luft zerteilend, über den Korridor zur Küche, als habe sie Lili gewittert.

Die Unvorsichtige – warum hatte sie sich nicht davongemacht? – findet keine Zeit, sich zu verbergen. Schon steht vor ihr der Dinosaurier, grinst giftig und spricht sehr vornehm und hinterhältig: »Erfreut, Sie wiederzusehen, Baronesse. Auf der Fotografie, die ich zufällig bei meinem Neffen fand, hätte ich Sie fast nicht wiedererkannt; das Kleid, das Sie da anhaben, steht Ihnen nicht.«

Es sei ein Rollenbild, klärt Lili durch das Hörrohr auf. »Aus den Ratten.«

»Ratten hast du hier!« schreit die Harthörige auf. »Grauenhaft!« Gekränkt und würdevoll donnert Frau Zischka eine vergebliche Aufklärung in das weiße Horn.

»Lade sie doch zur Aufführung am Mittwoch ein!« rät Lili. Die Großtante stößt auf den Großneffen los: »Was hat sie dir eben über mich gesagt?«

»Nichts«, versichert Konrad und schüttelt energisch den Kopf.

»Du lügst!« fährt ihn die Mißtrauische an. »Ich habe es an ihren Lippen abgelesen, sie hat etwas gegen mich gesagt. Ich kann ablesen, ich habe in Reichenberg einen Kurs mitgemacht, ich sehe jedes Wort.«

Konrad begibt sich zum Sprachrohr. Diese hoffnungslose Art, sich verständlich zu machen, erinnert ihn an den diplomatischen Verkehr mit faschistischen Regierungen. »Sie hat etwas gesagt, liebe Tante«, stellt er richtig, »aber keineswegs gegen dich.« Mit Donnerworten übermittelt er Lilis Einladung zur »Ratten«-Aufführung.

Schiefen Blicks gibt sich Theresa zufrieden. »Ich muß mir das sehr überlegen. Seit der Onkel nicht mehr am Leben ist, geh ich in kein Theater. Ich hätte dort immer das Gefühl, er sitzt neben mir.«

Das müsse für sie doch ein sehr schönes Gefühl sein, schreit der Neffe. Ein drohender Blick stößt ihn zurück.

»Ich danke für Ihr liebenswürdiges Angebot«, flüstert Theresa heiser, »aber ich habe gegen Ratten eine ausgesprochene Antipathie. Baronesse, darf ich Sie einladen, mit mir zu speisen?«

»Nimm an!« flüstert Konrad, das Gesicht von der Schwerhörigen abgewandt, »so sind wir wenigstens zusammen.«

»Du kannst mir nicht ins Auge sehen«, stellt Theresa Holler fest, »du hast ein schlechtes Gewissen genau wie der Vater deiner Mutter, das war auch so ein Heimtücker, deine Mutter ebenfalls. Sie machen sich keinen Begriff«, wendet sie sich an die staunende Zischka, »was ich mit der Familie schon ausgestanden habe, aber ich werde mein Möglichstes tun, dich zu bessern«, dreht sie sich wieder Konrad zu.

In dem spiegelnden Speisesaal des Hotels wird sie deutlicher.

»Sie ahnen nicht, Baronesse, wie leid mir mein Großneffe tut. Er hat doch schließlich das gleiche Fleisch und Blut wie mein verstorbener Gatte, oder wenigstens ähnliches. Und sitzt nun hier, von seinen Lieben getrennt, ohne Sinn und Verstand und hat keinen Menschen, der auf ihn schaut. Hast du schon daran gedacht, daß bald Weihnachten ist?« Konrad nickt.

»Wenn ich dann noch am Leben bin«, spricht sie gerührt über einer Hühnersuppe, »darfst du das Familienfest bei deiner Tante verbringen, und wenn ich inzwischen nicht sterbe, an meiner Seite ins neue Jahr gehen. Es ist so furchtbar, allein zu sein.«

Da man im Speisesaal nicht allein ist, greift Konrad zu einem Täfelchen, das die Alte zum Zweck lautloser Verständigung bei sich trägt. Es ist ein beliebtes Patent: eine mit Zellstoff geschützte Schreibplatte. Wenn man sie aus dem Rahmen zieht, ist die Schrift weggewischt.

Mit einem Zahnstocher schreibt er auf die graue Fläche: »Vielleicht wäre die Baronesse geneigt, deine Gesellschafterin zu werden, ich kann sie dir sehr empfehlen.« Und denkt: Dann bleiben wir über die Feiertage zusammen, wären in Zürich und Lili könnte aufatmen ...

Das Hartgummidenkmal liest, schiebt dann als Antwort die Wachsfläche heraus, herein. Das freundliche Angebot sei Verschwendung!

Aber das Essen ist reichlich und gut und die Situation – immerhin nicht ganz so scheußlich wie in der Schöllerhofgasse, sagt sich Lili. Und der Chablis schmeckt wundervoll.

Die Rechnung wird enorm. Die Hälfte von dem Geld für mein Spanien! denkt Lili mit sehnsüchtigen Augen. Aber Theresa, die wie immer scharf und falsch beobachtet, sagt sich, über die Addition schielend: Nur an Geld denkt diese Person!

Wie sie es anstarrt! Keinen Groschen kriegt der Junge, solang sie in seiner Nähe ist, sie beutet ihn aus. Sie ist sein Ruin, ich muß ihn befreien, zerspringen soll sie.

»Den Kaffee nehmen wir in der Hotelbar«, bestimmt sie und rudert kurzarmig durch Saal, Foyer und Gang in den Drinkraum.

Wie schaffe ich dieses Weib beiseite? brütet Theresa und trinkt ein starkes Gemisch. Sie ist der Dämon des Jungen, denkt sie sich.

»Möchten Sie mir«, beginnt sie endlich, »den Gefallen erweisen und meinem Stubenmädchen etwas ausrichten?« Sie flüstert die Zimmernummer. Aus dem Rohrplattenkoffer Nummer neun solle das Mädchen Leintücher, Kissen, Kissenüberzüge, Steppdecke nehmen und ihr das Bett zurechtmachen. Sie könne, erläutert sie, nur in ihrem eigenen Bettzeug schlafen!

Lili geht zu der Zimmerfrau im ersten Stock. Inzwischen spricht das Iguanodon rasch und gerissen: »Ich habe sie absichtlich weggeschickt. Diese Frau hat auch nicht das leiseste Taktgefühl. Sie hätte doch merken müssen, daß ich mit dir über Familienangelegenheiten sprechen will.«

Ihre Stimme wird fast lautlos. Er solle ihr nur bei der Abfassung einer neuen letztwilligen Verfügung in Zürich zur Seite stehen: bei der Auswahl und Kontrolle des Anwalts, damit der sie nicht beschwindle, sie wolle auch an seine Kinder denken. Sie haucht etwas von fünftausend Gulden.

Konrad drückt ihr dankbar die Hand. Sollte vielleicht auch ein Dinosaurier irgendwo so etwas wie ein Herz haben? denkt er.

»Du wirst mir die letzte Bitte nicht abschlagen«, schluchzt es aus dem breiten Mund. »Gib mir die Hand darauf! Du kommst auch zu meinem Begräbnis, nicht wahr? Ich kann jeden Tag sterben.«

»Ich auch«, schreibt Konrad zum Trost auf die Wachsplatte.

»Du hast keine sechs Prozent Zucker und Azeton«, weist ihn die Alte in die Schranken. »Du kannst überhaupt nicht mitreden. Aber ich sterbe gern; dann bin ich bei meinem alten Konrad, dem guten, der ist mir treu.«

»Wenn einer tot ist, kann er leicht treu sein«, spricht Konrad, der jüngere, ohne die Lippen zu rühren.

Während die Todbereite einen Cherry Cobler verschluckt, kommt Lili zurück.

»Wo haben Sie denn so lange gesteckt, Baronesse?«

Lili zuckt die Achsel. Ihr glückt es nicht wie Konrad, diesen Sudetenschreck von der komischen Seite zu sehen. Dieses halb wahnsinnige Wesen ist ihr unheimlich. Hatte sie nicht, als habe sie es geahnt, von Anfang an Widerwillen gegen Schulz-Annabergs und Hollers Stammbaumgekletter bekundet?

Sie verabschiedet sich: Sie werde daheim erwartet. Das Gesicht der Alten erglänzt. »Mein Neffe will mir noch ein bißchen Gesellschaft leisten.« Aus ihren bissigen Augen leuchtet Triumph.

»Warte im Schlagader!« bittet Konrad, die Hand vor dem Mund: »Ich komme, sobald ich mich losmachen kann.«

»Ich danke«, sagt Lili verstimmt.

Niedergeschlagen geht sie die Eisengitter des Stadtparks entlang. Sie weiß um die Kampfmittel der Familie und kennt ihren Konrad. Man muß jede Chance wahrnehmen, wird er ihr vorreden; zum Donnerwetter: Er muß sich doch fragen, wohin eine Chance führt! Wien eignet sich gut zur Abreise, hat Egdal gesagt und sitzt jetzt in Bielski, und nun fährt Konrad ab in die Schweiz ... Wenn einer erst fort ist ... Nur sie kann nicht weg, wenn sie um einen Paß einkommt, wird man nach dem vorigen forschen ... Und sie will auch nicht weg. Keinen Tag will sie die tapfer erbaute Publikumsorganisation Satorys, Sprinzels, Mimis, Rellys, der Muth, der Jägers und all der andern im Stich lassen. Aber was vermag sie allein ohne Konrad oder wenigstens Egdal! Da ist kein Regisseur, der weiß, worauf es den Arbeitern ankommt. Die passen scharf auf, da müssen die Gegensätze klar ans Licht, es gibt kein Vertuschen, keine Schönfärberei, da ist schon Konrad der einzige, er hat es auch Egdal gezeigt. Nur sich selbst macht er nicht klar, was eine Abreise jetzt bedeutet. Und was er mir antut, das weiß er nicht. So leicht streift er mich ab, läßt die Liebe links liegen und geht nach rechts.

Erst am nächstfolgenden Abend, bei der vorläufig letzten Rattenaufführung, zu der sie die Alte eingeladen hatten, sieht sie Konrad wieder.

»Daß auch von dir eine Harpune käme ... ach Konrad, hätte ich nicht gedacht ...«

Dieser Seufzer in der engen Garderobe, wo Lili sich abschminkt, geht tiefer in Konrad ein als später am Donaukanal zwischen Lichtern die Empörtheit, in die das verwundete Herz der Skythin sich flüchtet. Sie nennt den Freund servil, eine Sklavenseele und wirft ihm Kompromißlertum vor, Verrat: »Das ökonomische Sein bestimmt das Bewußtsein, das sieht man wieder einmal sehr deutlich an dir!« Er aber sieht nur das Angstvolle ihrer Augen.

»Wenn du nicht magst, gut«, sagt er, »dann fahre ich nicht. Du sollst nur später nicht sagen: Wenn wir Geld von der Alten hätten, dann könnten wir weiterspielen. Das ökonomische Sein bestimmt auch unser Theater: Einige hundert Schillinge, die ich kriegen soll, wenn ich dort bin, vielleicht auch mehr. Die Pfandbrieftante gibt mir außerdem schon hier das Geld für Schlafwagen zweiter Klasse. Ich fahre dritter, die Differenz kommt in die Spanienkasse.«

»Nun willst du auch mein Bewußtsein ökonomisch benebeln«, sagt Lili, und ihre Stimme ist wieder weich. »Hundert Schillinge in Patronen verwandelt, sind vielleicht für unsern Kampf entscheidender als alles, was wir hier aufstellen.« Sie sieht dem Freund ins Gesicht, sieht seine Blässe und streicht mit den nächtlichen Händen darüber.

Ganz zart streichelt sie und sagt: »Du siehst sehr elend aus, Lieber, in der letzten Zeit. Das bildet wohl auch einen Teil des Seins, das jetzt dein Bewußtsein formt. Ausgehungerte sind leicht zu verführen. Du mußt dich wohl wirklich einmal herausfuttern, das sehe ich ein, und dafür wird deine Verwandte ja sorgen. Ich habe nur Angst –«

Nein, sie brauche keine Angst zu haben, nicht die geringste, versichert Konrad: Vierzehn Tage Ferien, das sei das Höchstmaß, sie würde ihn inzwischen vertreten, und das könne sie, da sei ihm nicht bang. Wenn er zurückkomme, kurz nach Neujahr, ginge es mit gesammelten Kräften und gesammeltem Geld frisch in die neue Bühnenaktion.

»Vorausgesetzt, daß uns von hoch oben nicht in die Suppe gespuckt wird; Italien tritt aus dem Völkerbund aus«, meint Lili.

Jetzt müßten, sucht Konrad nach Hoffnung, die Westmächte aufstehen, aber energisch, mit vorgehaltenem Revolver sozusagen: Demarchen und ähnliche sanfte Mittelchen seien da nutzlos. England habe es in der Hand, es müßte sie nur zur Faust ballen.

»Aber dafür sind unsere Gentlemen zu vornehm. An ihrem Fair play geht die Freiheit, die letzte Freiheit zugrunde.«

Sie gehen durch die dunklen Anlagen des Franz-Josef-Quais. Unter ihnen rollen die letzten Züge der Stadtbahn. Und Lili bemerkt: »Solange es den westlichen Diplomaten nicht an ihre eigenen tadellosen Krägen geht, betreiben sie die hohe Politik noch immer wie eine Art Tennis. Sie haben ausgezeichnete Spieler in ihrer Mannschaft. Aber was hilft das, wenn die Gegenseite anstelle von Rackets Maschinengewehre benutzt. Sollen die Fairen mit Fairen fair sein, nicht mit den Antifairen!«

»Am zweiten Jänner bin ich wieder hier«, versichert Konrad.

Das versichert er auch nach Abreise der vermögenden Tante, die ihm in der Kärntnerstraße noch einen Hut und Mantel gekauft hat; so abgerissen, erklärt sie, lasse sie sich nicht mit ihm sehen. In acht Tagen solle er nachkommen. Bis dahin, bemerkt sie geheimnisvoll, habe sie noch Vorkehrungen zu treffen.

»Vielleicht triffst du in Zürich alte Bekannte«, sagt Lili und gönnt dem Geliebten die Erholung der Reise.

Konrads Zug geht um acht. Nach acht soll auch, in Hütteldorf, eine Wiederholung ihres Nestroy beginnen. Sie steigen zusammen in die Elektrische, fahren die Mariahilfer Straße hinauf.

»In vierzehn Tagen!« sagt Konrad.

»In vierzehn Tagen!« sagt Lili. »Ich werde inzwischen nach neuen Stücken und Abschlüssen suchen. Du sollst mit deiner Sekretärin zufrieden sein«, scherzt sie.

Am Westbahnhof verläßt er die Tram. »Fröhliche Weihnachten! Glückliches neues Jahr! Unser Wiedersehen ...!«

Er trägt seinen Niemankoffer zum Bahnhof, und sie fährt weiter nach Hütteldorf.

8
An diese Möglichkeit
hat er nicht gedacht

Durch Nacht und weißen Wind, durch Tunnels und Täler, über beschneite Brücken und vereiste Viadukte schläft Konrad Holler der Grenze entgegen.

Der Rhein ist jung, der Morgen kommt klar. Er ist in der Schweiz. Er atmet tief.

Er sieht die Landstraße, auf der mancher Spanienschilling und mancher Spanienkämpfer hinübergelangt ist, denkt: Lili, wäre sie hier! Auf der nächsten Station springt er aus dem Wagen, kauft Weltzeitschriften und Arbeiterblätter, rasch! Im Zurücklaufen zum Coupé fällt sein Blick auf eine der Überschriften: »Gibt England Österreich preis?«

Die traurige Frage enthält schon die Antwort, und er denkt an das Land, aus dem er kommt und das ihm im Wandel von vier entbehrungsvollen Jahreszeiten lieb geworden ist, trotz allem, was Regierungen von Seipel bis Schuschnigg an ihm gesündigt haben; das ihm zu gut, zu menschlich, zu hoffnungsvoll scheint, um blutgierigen Nichtmenschen preisgegeben zu werden. Gibt England Österreich preis? fragt die Weltwoche, fragt die Welt.

Er blickt durchs Fenster in den sanften und hellen Thurgau, dessen Dörfer so blank sind wie der Schnee, moderne Dörfer mit Asphaltstraßen, Bogenlampen, Fontänen, Parks, Kinos, Hotels, Konzertsälen, stattlichen Schulhäusern. Dann sieht er in seine Druckschriften. Bis Zürich wird er alles gelesen haben.

Wie vor einem Jahr, als er die Tschechoslowakei durchfuhr, trinkt er Satz für Satz, schult sich sogar an Annoncen, die ihm melden, daß in den freieren Staaten der Erde ein neues Stück Weltliteratur in deutscher Sprache gewachsen ist.

Wintersportler, die in St. Gallen zugestiegen sind, haben das Abteil wieder verlassen. Er ist allein im Coupé. Er ist froh und liest. Dann kommt der Schaffner und sammelt die Fahrscheine bis Zürich ein. Konrad liest, bis der Zug bremst.

Die Pfandbrieftante hat versprochen, ihn abzuholen. Er hätte lieber einige Stunden Zürich allein genossen. Aber er kommt nicht als Gast, sagt er sich, er tritt einen Dienst an, der darin besteht, die Reiche zufriedenzustellen und damit für sein und Lilis Werk eine Grundlage zu schaffen, auf der sich weiter bauen läßt.

Als er aus dem Wagen herausklettert, hört er seinen Namen. Ein aufgeregt lächelndes Gesicht drängt sich aus der Vergangenheit dicht, rot, blond zu ihm hin: »Konrad!« Er fühlt sich umarmt, geküßt, von ungeduldigen Kinderhänden erfaßt: »Papa! Väterchen! Ich hab dich zuerst gesehen!« Träumt er? Das ist doch Grete, das ist sein Klaus. »Conny!« – »Papa!« Und da der kleine, der die Gesichtszüge seiner Familie trägt und schüchtern kuckt, wie sein Bruder als Kind gekuckt hat, der runde Bub muß sein Kasper sein, wie der sich entwickelt hat, mächtig. Er hebt ihn hoch.

Dabei fühlt er Freude und zugleich einen Druck, der beklemmt. Er besitzt eine Familie.

Da steht sie.

»Das ist eine Überraschung«, schnaubt die Stimme der Tante Theresa heran. Von einem schlanken Eisenpfeiler halb gedeckt, hat sie die Szene des unerwarteten Wiedersehens beäugt. Ihr oberer Körper schaukelt.

Der neunjährige Klaus bemächtigt sich des Koffers: »Ich bin stark, gestern sind wir angekommen, rodelst du mit uns, Väterchen, das ist die Schweiz, da kannst du Milch trinken, soviel du willst, und Butter, und das Brot, das sollst du mal sehen, Papa, das ist gar kein Brot, das schmeckt so gut in der Schweiz, die Eisenbahnen, schau, die sind hier alle elektrisch«, sprudelt er hervor, und Grete sagt: »Ist das nicht rührend von deiner Tante, Conny? Ich bin so glücklich, ich bin ihr so dankbar.« Sie küßt das Gummigesicht, dessen kleine Augen gleich Schießlöchern auf Konrad zielen.

»Du machst ja den Mund nicht auf«, lächelt sie gütig verschlagen. »Hast vor lauter Freude die Sprache verloren?« Er küßt der Alten die Hand.

Sie gehen durch den lichten Bahnhof, in dem es keine Sperre gibt, sondern Läden, Schaukästen, gläserne Schautempel mit Blumen, Eßwaren, Büchern und gigantische Reklame-Käse, Milchkrüge, ein sehenswertes Gebirgspanorama, sogar eine Drehbühne mitten im Bahnhof, darauf ist das Berner Oberland aufgebaut mit lustigen Chalets, Kühen, Ziegen und vielen komischen Figuren. Da haben die Buben zu staunen, zu zeigen, zu fragen. Ringsum die Menschen sind fröhlich, und ihre Sprache, das Schwyzerdütsch, sprudelt wie ein Gebirgsbächlein über Geröll.

»Wir wohnen in einem feinen Hotel«, ruft Klaus, »das ist beinah so groß wie das Luftfahrtministerium, ich habe ein Zimmer mit Kasperle, das ist blau, und du eins mit Mutti, das ist wie ein Eierkuchen so gelb, gestern zu Abend haben wir einen gegessen, das gibts hier, und weiße Brötchen zum Frühstück und Butter, aber richtige, Papa, und Honig gibts«, verkündet er strahlend. »Und mittags und abends Fleisch und um vier Schlagsahne auf der Schokolade.«

»Du wirst dir den Magen verderben, Junge«, ist der erste Satz, den der Vater hervorbringt.

»Wir fahren in einem Auto«, jubelt Kläuschen beim Ausgang des fröhlichen Bahnhofs und verstaut den Koffer.

Die Backenblasen Theresas scheinen mit einem Gas praller Zufriedenheit angefüllt. Die Baronesse kann einpacken, denkt ihr Hirn, und Grete preßt den Arm des lang Entbehrten. Ich habe dich wieder, denkt sie. Klaus hält die Linke des Vaters umklammert. Ich bleibe beim Väterchen, ich laß ihn nicht los, denkt er. Kasperle sitzt auf Konrads Schoß und bestaunt das Hörrohr der Alten. So fahren sie unter den Linden von Zürich die schneeige reiche Bahnhofstraße dahin. Eine undurchdringliche Hollerhecke umgibt Konrad. An diese Möglichkeit hat er nicht gedacht.

Eine Harpune sitzt ihm im Nacken.

Stumm steigt er aus.

Da ist das Hotel.

Er ist in der Schweiz.

Und im Gefängnis der Familie.

9

Eto moshno, eto wosmoshno

Die Harpune saß. Lili, du hattest recht, so recht! denkt er bei jedem Atemzug. Sobald es nur geht, muß ich ihr schreiben, laufen seine Gedanken zu ihr. Sie wartet auf Nachricht, ich muß es ihr schreiben, sie wird empört, betrübt sein, mit Recht.

Wie soll ich nur diese Harpune herausziehen? Und ohne Grete dabei zu verletzen; sie ist ein Mensch, ein treuer, sie hat das bißchen Freude redlich verdient, ich darf ihr nicht allzu weh tun, das würde auch Lili nicht wollen. Und doch wird es weh tun, ich muß ihr weh tun.

Lili! In ihr verkörpern sich nicht nur Sehnsucht und Liebe. Sie ist ihm Brennpunkt aller Ziele geworden, die sein Dasein bewegen. Die erotische Treue, die sie ihn gelehrt hat, ist über das Erotische hinausgewachsen, ist Ausdruck geworden für die Treue zu sich selbst.

Und Grete? Er hat gedacht, sie sehn sich nicht wieder, und wenn, dann in später Zeit, mit weißen Haaren, wie es Egdal geträumt hat. Und nun ist das Wiedersehen über ihn hereingebrochen.

Während er sich in dem goldgelben Schlafzimmer wäscht und auspackt, läßt er Grete erzählen. Sie hat ihm viel zu berichten, was sich nicht hat schreiben lassen. Auch die Buben haben alles mögliche auf dem Herzen. Sie spricht von ihrem Fleischhauer, den man abgeführt hat, weil er auf dem Schlachthof den ihm zugemessenen Teil als Dreck bezeichnet hatte. Sie kommt auf Bekannte, die verschwunden sind. Sie hat auch eines jener Kästchen gesehen, die Ehefrauen per Nachnahme geschickt wurden: Das sei ihr Mann. Und drin war Asche.

»Ich bin ja so froh, daß du draußen bist, so schwer es mir wurde, Conny. Aber tausendmal froher, daß du jetzt da bist.«

Sie erzählt von niedergerissenen Straßen, von prunkenden Festen aus sinnlosem Anlaß, von den steigenden Kosten des Haushalts, auch von der Haussuchung, die Ursache seiner Flucht war. Die SA hatte nichts gefunden, keine verbotenen Schriften, keine verdächtigen Briefe, kein entartetes Bild, obwohl sie die ganze Wohnung auf den Kopf stellten und sogar den Garten aufgruben. Aber der Scharführer habe höhnisch erklärt: Das eben sei besonders verdächtig; da habe der Herr Gemahl vorher gut aufgeräumt, ein Beweis für sein schlechtes Gewissen. Bis in die Nacht hätten die Kerls auf seine Rückkehr gewartet und dann dem Hausmeister den Auftrag gegeben, sie zu verständigen, wenn ›das Subjekt‹ zurück sei und es nicht fortzulassen. Am folgenden Morgen um fünf seien sie wieder da gewesen und im Lauf der nächsten acht Tage noch mehrmals.

»Ein Vierteljahr war ich wie eine Gefangene, Conny, ich bin so glücklich, wieder bei dir zu sein. Ich schneidere jetzt für deine Tante ein Winterkostüm; für die Figur, ich kann dir sagen, das ist keine Kleinigkeit, so einen Schnitt gibts überhaupt nicht. In Berlin hatte ich zuletzt ganz nett zu tun, aber man kriegt ja nichts für sein Geld, und was meinst du, was der Butz schon vertilgt, wirst ja sehen, hier kann er mal ordentlich futtern, was, Butz?«

Konrad wendet sich seinen Jungen zu; den Kasper muß er doch erst kennenlernen. Er hat noch nie so ein ernstes Kasperle gesehen. »Lacht er denn gar nicht?« Der Vater versteht die Wörter nicht, die das hohe Stimmchen seines Kindes spricht; er hat diese Sprache nicht wachsen hören. Er möchte den Bub einmal lachen hören und macht ein Theater mit Fratzen schneiden und Tanz und dummem Zeug, hat aber keinen rechten Erfolg. Das Kind bleibt ernst, kuckt still mit großen Augen: Das also ist ein Papa.

Er tollt mit den Buben auf dem Teppich und über die feinen Betten, schmeißt mit den Kissen, neckt Klaus. So erholt er sich langsam von dem Schreck dieses Wiedersehens. Die Aussprache kommt noch früh genug, Grete ist völlig ahnungslos und so zärtlich, erwartend ... Konrad fragt sachlich und fragt und hört zu.

Klaus plaudert von der Schule. Nein, ein Pimpf sei er nicht, versichert er.

»Das haben wir immer hinausgezogen«, erklärt Grete, »erst sagte ich, du seist weg, ich brauchte deine Einwilligung. Ich stellte mich halt entsetzlich dumm, das ist das beste. Dummheit steht hoch im Ansehen, da drücken sie schon ein Auge zu, und dann sahen sie, daß bei uns nichts zu holen ist. Ich hätte kein Geld für die Hitlerjugendkluft, hab ich gesagt, da drängten sie schon weniger. Deine Großtante will den Buben neue Kleider kaufen und dir einen Anzug, sage aber nicht, daß ich es dir verraten habe. Sie bereitet so gern Überraschungen.«

Die Frau kommt ins Schwätzen, das erleichtert sie und die Situation. »Du hast mir sehr gefehlt«, beteuert sie immer wieder.

Das Mittagessen ist fabelhaft. Die Kinder hauen rein, es ist ein Vergnügen zuzusehen. Doch mit dem Appetit der gewaltigen Tante können auch sie es nicht aufnehmen. Die verschlingt mit Genuß Schnecken, Kalbsnierenbraten, Erbsen, Bohnen, geröstete Kartoffeln, zwei Stück vom Huhn, eine Schleie mit Butter, Schweizer Käse, Patisserien und Obst. Der Arzt hat ihr in der Zwischenzeit Insulin eingespritzt, das ist wie eine Beichte, daraufhin kann die Diabetische sündigen.

»Hast du dich nach einem Anwalt umgetan?« fragt sie, ein Mokkatörtchen löffelnd.

»Wozu?« schreibt Konrad etwas ratlos mit dem Fingernagel auf das Patenttäfelchen, dessen Montage die Kinder enorm interessiert.

»Verstehst du denn nicht?« ärgert sich das gesättigte Iguanodon. »Habe ich dir in Wien nicht gesagt, du sollst einen Spezialisten für Erbrecht ausfindig machen? Oder hast du kein Interesse daran?« setzt sie drohend hinzu.

Konrad, der sich an keinen Auftrag erinnern kann, nickt dennoch als kundiger Angestellter beflissen: Natürlich hat er sich umgetan, schon in Wien: Nach Tisch erhält er von einem hiesigen Freund die genaue Adresse. Dann werde er hinfahren, nur habe er leider kein Geld mehr.

Die Alte gibt Geld, forscht aber genau nach dem Verbleib seines Reise- und Zehrgelds. Die Kinder bekritzeln die graue Wachstafel mittels Kompottlöffeln, ziehen und löschen. Der Vater nimmt sie ihnen weg, schreibt aus der Fantasie einige Ausgabe-Posten auf und holt die unterwegs gekauften Zeitungen: »Für dich gekauft, liebe Tante; in eurer Gegend tut sich ja allerhand, es dürfte dort ungemütlich werden. Dieser Turnlehrer und NS-Oberagent stammt ja aus Reichenberg.«

»Mir kann gottlob nichts mehr geschehen. Das Haus verkaufe ich«, erklärt die Egoistische. Dann schickt sie den Neffen nach der Adresse.

Grete möchte gern mit, aber da sich das Gesicht verzieht, verzichtet sie. »Vielleicht kannst du Klaus mitnehmen, daß er ein bißchen an die Luft kommt!« Schon springt der Junge nach Mantel und Mütze. Kasperle tröstet sich mit dem Printator-Patent.

Im Handumdrehen hat Konrad sich vom Hotelportier den tüchtigsten Anwalt nennen lassen. Die also gewonnene Zeit gehört dem Sohn und der Freiheit, gehört dem See, den blendenden Möwenschwärmen, dem Blick auf die Alpen. Frei schweben die Berge in der Wintersonne.

Klaus sagt, und die Wangen sind rot von Luft und Erregung: »Ich möchte mit dir eine Wanderung machen, über die Berge, immer weiter bis in die heißen Länder, ein ganzes Jahr, durch die ganze Welt. Wenn wir alles gesehen haben, kommen wir wieder hierher.«

»Aber du mußt doch nach Berlin in die Schule.«

»Mag ich nicht«, sagt Klaus bestimmt. »Da hinauf möchte ich klettern.«

Das ginge im Winter nicht, erklärt der Vater. »Dann im Sommer«, gibt Klaus sich zufrieden: »Hier kann man fein paddeln und rudern. Unsern ›Ego‹, den lassen wir nachkommen.«

»Sonst willst du nichts von Berlin, nur das Boot?«

»Sonst nichts.«

Vor einer großen ansteigenden Mauer erzählt Vater Konrad von der großen Chinesischen Mauer und dem chinesischen Volk, das sie tapfer verteidigt und sich wehrt gegen Eindringlinge. Am Fuß der Mauer kauft er in einer Buchhandlung ein Stück, das fern von Deutschland in deutscher Sprache wuchs. »Die Gewehre der Frau Carrar« haben seine Kollegen jetzt in Paris gespielt, hat er im Coupé hinter St. Gallen gelesen. Die Carrar scheint eine Rolle für Lili zu sein. Er kauft auch »Die Mutter« von Gorki. Einen Satz aus dem Buch hat er 1933 in seiner Gefängniszelle gelesen. »Auch in einem Meer von Blut könnt ihr die Wahrheit nicht auslöschen«, stand dort mit Bleistift an die Kalkwand geschrieben.

Einige Häuser oberhalb auf der Post schreibt er an Lili, bittet um Rat. Der Brief ist etwas verwirrt.

Klaus ist ungeduldig geworden, will weiter, will sehen, Geschichten hören. Vater Konrad erzählt vom Naschmarkt, dem herrlichen Obst, das es da gibt, und den vielen Armen, die nichts davon kriegen. Dann von den Jungen am Birkenhügel und wie sie jetzt unter der Erde herumkriechen. Am Hirschengraben zeigt er so einen eisernen Deckel: »Den heben sie auf und steigen hinein mit Wasserstiefeln, Lämpchen und Kompaß, waten durch Wasser und kommen auf einmal in einem wunderschönen Schloß heraus, in das man sie sonst nicht läßt.«

Wie verzaubert starrt Klaus auf den Deckel, aus dessen Rillen es dunkel rauscht. Am liebsten möchte er ihn hochheben wie der Sprinzel und hinuntersteigen: »Wenn dann die SA kommt, ist man fortgehext. Praktisch.«

249

»Hier ist das nicht nötig«, sagt der Vater, »hier sind die Menschen noch frei. Hier gibt es keine SA.«

»Papa, hier bleiben wir.«

»Ja, wenn das so einfach wäre, mein Junge!«

Bergauf, bergab sind sie durch alte schmale Gassen geklettert, ziellos durch ein schnurriges, kellerisches Häusergewinkel mit schwarzen Greifen, silbernen Schlüsseln, goldenen Hirschen und roten Ochsen, weißen Schäfchen, buntfarbenen Pfauen, springenden Fischen und purpurnen Glücksgöttinnen unter den Dächern.

»Das hatte man früher statt Hausnummern«, erläutert der Vater, »und alle Städte waren so eng gedrängt. Ringsherum waren Mauern und schützten das Volk vor den Feinden. Heut schützen keine Mauern.«

»Heut kommt so ein Bomber«, weiß Klaus, »und schmeißt alles in Klump.«

»Hier nicht. In der Schweiz hat es seit weit über hundert Jahren keinen Krieg gegeben.«

»Da sind aber die Schweizer gescheit«, ruft Klaus. »Hier geh ich nicht weg. Hab nur keine Angst, wir werden schon eine Wohnung finden.« Und kuckt sich gleich um auf dem kleinen Platz, der nicht eben verlockend aussieht. Beschneite Balken, Bretter, Stämme liegen unordentlich vor einem halb abgerissenen Häuschen. Gegenüber ein zweites mit blassem Erkerchen und niedrigen Fenstern mit grünen Klappläden, unter denen eine helle Marmortafel angebracht ist:

»Hier wohnte im Winter 1836–37 und starb 23jährig der Dichter und Naturforscher Georg Büchner.«

Klaus liest und Vater Konrad erklärt ihm: »Dieser Georg, der da vor hundert Jahren gestorben ist, war aus Darmstadt, wo dein Urgroßvater geboren ist, und war ein politischer Flüchtling wie dein Vater. Den Georg haben die Deutschen zu Tode gehetzt. Sein Wahlspruch war: ›Friede den Hütten, Krieg den Palästen!‹ In dieser Hütte ist er gestorben. Er war ein großer Dichter. Er hätte noch viele wunderbare Bücher schreiben können; er war ja erst dreiundzwanzig.«

»Ich möchte auch ein politischer Flüchtling werden«, sagt der Junge.

»Lieber nicht, Klaus. Das ist kein angenehmer Beruf. Das ist überhaupt kein Beruf, mein Junge, das ist ein Elend. Aber wir werden uns davon nicht unterkriegen lassen, gelt? Von keinem Elend der Welt.«

»Da ist noch eine Tafel, Papa«, weist Klaus auf ein Haus, das bescheiden daneben steht. Die Marmortafel, kleiner und leuchtender als die des Darmstädter Emigranten, trägt die Inschrift: »HIER WOHNTE V. 21. FEBR. 1916 BIS 2. APRIL 1917 / LENIN / DER FÜHRER DER RUSSISCHEN REVOLUTION.«

Alles Harte, Gehetzte schwindet aus Konrad Hollers Gesicht. Sehr ähnlich wird er seinen Kindern, so froh.

Das also war hier. Hier war er ...

Der junge Klaus kennt den Namen nicht. In dem Land, aus dem der Junge kommt, darf niemand von Lenin erzählen, totgeschlagen wird er sonst.

Hier aber, in der proletarischen Spiegelgasse der Zürcher Altstadt, wo der Name in goldenen Buchstaben leuchtet, darf ein froher Vater seinem Sohn von dem Mann erzählen, der den Arbeitern und Bauern seines weiten Landes den Weg in die Freiheit gezeigt und sie mit ihnen erkämpft hat. Ohne die Stimme zu dämpfen, darf er das erzählen.

Er spricht von dem Bund der sozialistischen Republiken. Er spricht von dem größten Dichter der Welt, der Jahrhunderte vorher schon wünschte: »Das würdelose Schauspiel eines Menschen, der in verzweifelter Hast sich um sein Brot müht, gibt es nicht mehr.«

»Alle, die heut in Rußland sind«, sagt der Vater, »arbeiten auf mannigfache Weise dafür.«

»Da gehen wir lieber gleich hin«, entschließt sich der Sohn. »Nach Rußland ... Wenn das möglich wäre ...«

»Eto moshno«, kommt treuherzig aus dem frischen Knabenmund: Das ist möglich. Klaus hat seine ersten russischen Stunden nicht vergessen.

Er wird auch diese Stunde nicht vergessen. Für ihn ist alles möglich, und das läßt auch der Vater sich gesagt sein. »Hast recht, Klaus, es wird einmal möglich sein. Eto moshno, eto wosmoshno. Komm, gehen wir da hinauf! Wir wollen sehen, wie der Lenin gewohnt hat. Das hat damals auch kein Mensch für möglich gehalten, daß der Emigrant Lenin durchsetzen würde, was er hier oben geplant hat.«

Sie steigen die enge Holztreppe hinauf. Vom ersten zum zweiten Stockwerk wird sie noch schmaler. Links dicht an den

Stufen ist eine Tür, man sieht sie kaum, sie steigen daran vorbei und müssen zurück: Da geht es hinein. Steht nichts von Lenin an der Tür, ist auch nicht das kleinste Museumsstück da. Nur ein rundliches Frauchen, das jetzt da wohnt. Seit draußen die Tafel ist, kommen oft Leute, um einmal dort zu stehen und sich umzusehen, wo ein großer Geist wirkte.

Eine Tür zur Linken geht auf: In dem kleinen Zimmer hat der Flüchtling mit seiner Freundin gewohnt. Die Decke ist so niedrig, daß man sie mit der Hand erreicht. Die Wände sind grüngestrichen, aus Holz, das hat man viel in der Schweiz. Beim Fenster ist ein Schränkchen eingelassen, da hob er wohl seine Papiere auf und das Brot. Das Kabinett nebenan ist schmal wie eine Gefängniszelle. Hier haben zwei schmale Betten gestanden, die Verbindungstür hatte er meistens auf, erzählt die Vermieterin. Sie wohnte vor neunzehn Jahren drüben in dem halbabgerissenen Häuschen, da konnte sie oft beobachten, wie die Arbeiter zu ihm kamen.

»Die haben von ihm das Denken gelernt«, sagt der Vater dem Sohn, »das Unterscheiden und das Ergreifen des rechten Moments, auf den es ankommt.«

»Das war alles in dem kleinen Zimmer?« wundert sich Klaus. »Donnerwetter«, staunt der Bub und sagt leise, als schäme er sich: »Und wir wohnen in dem Riesenhotel.«

Wahrscheinlich versteht er nicht jedes Wort, das der Vater so redet, er ist doch im August erst neun geworden; aber den Sinn versteht er schon. Während sie die Emigrantenstiege hinunterklettern, spricht er vor sich hin:

»Eto moshno ...«

10

Die andere Josefsehe

Mit Einbruch der Dunkelheit kehren sie in den Hotelpalast zurück. Das ist doch was andres mit so einem Vater als ohne, sagt sich Klaus. Und Konrad fühlt beruhigt: Dieser Junge ist nicht dem verdummenden Einfluß des Zwangsreichs erlegen. Kaum ein paar Wörter hat er übernommen und ist dabei ganz natürlich geblieben, sein Bewußtsein hell wie sein junger Verstand. Ob viele so sind? überlegt er. Eine Ausnahme ist

sein Sohn sicher nicht. Der Jugend wird einmal ein Licht aufgehen, und Klaus wird helfen, es anzuzünden.

Beim Portier findet sich eine Karte von Alberich aus Biel,
die seine Ankunft zum dritten Feiertag ankündigt.

»Ihr habt euch aber lang herumgetrieben«, empfängt ihn das
Iguanodon. Konrad wäre am liebsten gleich wieder umgekehrt. Aber nun gilt es zu warten, das Begonnene fort-
zuführen und mit Grete ins Reine zu kommen. Nach dem
Besuch in den weltweiten Kammern der Spiegelgasse, nach
dem Gang mit dem herzhaften Kind, fühlt er sich in der Lage,
das schwierige Problem in Angriff zu nehmen.

Er gibt der Tante Anschrift und Telefonnummer des juristi-
schen Spezialisten, empfängt Aufträge für den nächsten Tag,
dann wird gegessen und der brave Kasper zu Bett gebracht.
Nachdem auch das letzte Gespräch mit der gähnenden Alten
erledigt, ihre letzte Schallplatte abgeschnurrt ist, stehen die
Eltern eine Minute vor ihren schlummernden Buben, decken
sie zu und gehen dann in ihr Zimmer. Konrad müsse nach der
langen Reise wohl müd sein, hat die Tante wohlwollend gemeint. Er ist es auch.

Grete zieht sich vor seinen Augen aus. Etwas herausfor-
dernd tut sie das. Ihre Haut ist rosig und glatt.

»Grete, ich möchte dir etwas sagen …«

»Weiß schon«, sagt sie, knipst die Deckenbeleuchtung aus
und legt sich neben ihn. »Deine Tante hat mir vorhin so einiges geflüstert: Dein Flirt mit der Baronesse. Du bist doch ein
blöder Kerl. Wozu mußt du die alte Dame so etwas merken
lassen?« Sie lächelt krampfhaft. »Meinst du, es ist für mich angenehm, solche Geschichte zu hören? Es hat der alten Madame direkt Behagen verursacht, mir das zu versetzen, das ist
ein Fressen für sie, hat die ganze Zeit von nichts anderm geredet! Sogar ob ich mich nun scheiden ließe, wollte sie wissen,
lächerlich, das ist nicht entscheidend, eigentlich nur ganz
natürlich. Ich bin doch deine vernünftige Frau, das weißt du.«
Sie nähert ihm ihr Gesicht.

»Du hast mir noch keinen richtigen Kuß gegeben, seit du da
bist«, sagt sie mit Vorwurf. »Hast ein schlechtes Gewissen?
Ich verzeihe dir ja. Das konnte ich mir denken, daß du nicht
wie ein Mönch lebst. Ich war dir treu, aber ein Mann, der kann
das wohl nicht.«

Ein Mann kann es auch, denkt Holler.

»Was meinst du, wie mir die Zeit über zumut war«, klagt Grete, »wenn die Verwandten immerzu fragten: Wann läßt er dich nachkommen? Und die Bekannten: Besuchen Sie ihn nicht bald, wie lang ist er denn schon weg? Und die Kinder: Wann kommt der Papa? Und ich selbst: Wann nimmt er mich wieder? Küß mich!« wirbt sie ungestüm, »sonst werde ich doch noch eifersüchtig. Ist sie schön? Ist sie jung? Ich wollte die Tante nicht fragen.«

Konrad setzt sich auf.

»Du bist eine vernünftige Frau«, wiederholt er ihre Worte. »Dann mußt du auch wissen oder wirst es verstehen, daß ich nicht so von der einen Frau zur andern stürzen kann. Sie ist nicht jung. Sie ist keine Schönheit. Aber … ich liebe sie.«

Wie ein Ball prallt Grete zurück. Ihr Gesicht ist verzerrt.

»Das ist der Dank …«, atmet sie schwer.

»Dankbar bin ich dir immer, von Herzen, und bleibe es. Ich sehe, wie gut du die Kinder erziehst. Klaus ist ein prachtvoller Junge. Aber deswegen muß man doch nicht – ich bitte dich, sei vernünftig –!«

»Nein«, schreit sie, »ich will nicht vernünftig sein. Ich will nur dich, du bist mein Mann, ich habe mich ein Jahr lang nach dir gesehnt, jede Nacht. Es war so furchtbar das Jahr! Und ich hatte doch nicht das Geld, dich zu besuchen, und wohin inzwischen mit den Kindern? Dann wäre das alles nicht passiert. Gleich hätte ich dir nachkommen sollen, ich war ja dumm.«

Tränen laufen über ihre vollen Wangen. Sie fängt an zu schluchzen.

Er schweigt. Nun ist es überstanden, denkt er. Ich konnte nicht anders. Es geht nicht, ohne weh zu tun.

Er legt sich zurück, schließt die Augen.

Aber es ist noch nichts überstanden.

»Wenn du meinst, ich lasse dich einfach der Baronesse, täuschst du dich«, fährt die Frau plötzlich los. »Liebe! Das bildest du dir alles bloß ein. Dir imponiert, daß du eine Baronesse zur Geliebten hast, das ist das Ganze: Eitelkeit! Und du willst ein Proletarier sein?«

Höhnisch, verletzend lacht sie auf. »Natürlich, die feine Dame! Tut nichts, kann nichts, taugt zu nichts, als einer andern den Mann wegzuschnappen. Und ich muß mich Tag und

Nacht abrackern, um das Essen für deine Kinder herbeizuschaffen, ich arbeite für zehn: Haushalt und Kochen und Kinder besorgen und schneidern, zur Kundschaft rennen und einkaufen und Rechnungen und Mahnungen schreiben und Schlange stehen nach Butter und Fett. Und du läßt es dir gutgehen, amüsierst dich mit deinem Baroneßchen, gehst nach Grinzing, machst ein bißchen Theater, sehr bequem! Und dann gehst du her und gibst mir einen Tritt. Sehr sozial gedacht, sehr anständig, weiß Gott!«

Ihre Stimme klingt schrill und schriller, ihre Anklagen werden immer bösartiger. Soll sie nur alles herausreden, denkt Konrad. Sie ist ja auch nur ein armer Hund wie wir alle.

»Siehst du«, gehen die Vorwürfe weiter, »darauf kannst du kein Wort erwidern. Du handelst wie ein niederträchtiger Lump, wie ein Kapitalist, der ein armes Weib ausbeutet und wegwirft.«

»Jetzt hör aber auf, Grete!« fährt er sie an und sagt dann besonnen: »Ich verstehe, daß du verzweifelt bist und leidest. Aber von all dem, was du da sagst, stimmt kein einziges Wort. Augenblicklich bist du es, die mir einen Tritt nach dem andern versetzt. Glaubst du, ich habe mich nicht abgerackert? Hast du eine Ahnung! Und eine feine Dame, eine Nichtstuerin ist Lili nicht. Wie du aus einer kleinbürgerlichen, kommt sie aus einer deklassierten Aristokratenfamilie ins Proletariat. Sie ist eine Kämpferin.«

»Und ich eine Kleinbürgerin, das willst du wohl sagen.«

»Wenn du redest wie eben, allerdings«, gibt Konrad ruhig zurück. »Du sollst aber nicht so reden und denken. Ich bin mir meiner Pflichten gegen dich und die Kinder immer bewußt, Grete, das kannst du mir glauben. Ich lasse euch nicht im Stich. Aber ich habe meine Aufgabe wie du deine. Ich habe meine Arbeit, die ich nur gemeinsam mit Lili durchführen kann.«

»Redensarten! Erst heißt es: die große Liebe und jetzt auf einmal: die Arbeit. Diese gemeinsame Arbeit kenn ich«, höhnt sie.

»Es ist beides«, sagt Konrad ruhig. »Arbeit und Liebe.«

»Entschuldige, daß ich so tief unter euch stehe!« spottet Grete bitter und wund.

Alles hat sie ausgehalten – das nicht. Sie kann nicht. Hat sie denn keine Waffe, die stärker ist als er? Und wenn er noch so starr ist und rücksichtslos: Die andre soll ihn nicht haben. Sie ist auch eine Kämpferin. Er darf nicht nach Wien zurück, beschließt sie im stillen. Ich halte ihn fest. Die Alte wird mir helfen, sie kann dieses Weib nicht ausstehen. Und die Kinder, ich sehe doch, wie er sie liebt. Die Kinder liebt er, die werden der Mutter helfen, da kann er nicht gegen an.

»Gute Nacht«, klingt es zu ihr herüber. Das Lämpchen am Nachttisch geht aus.

»Gute Nacht«, wirft sie trotzig zurück.

Und während sie kläglich an ein Weihnachtsgeschenk denkt, das sie in Berlin mit kindlichem Eifer für den Treulosen ausgesucht hat, an frühere glückliche Weihnachten, an Geburtstage der Kinder, an Hochzeit, Verlobungszeit und viele Umarmungen, kommen langsam Traum und Schlaf über sie und Ruhe und Kühle.

11
Im goldenen Käfig

Als Grete am Morgen im weiten Daunenbett aufwacht, ist der Platz neben ihr leer. Konrad! erschrickt sie und fährt auf.

Aber da hört sie von nebenan durch die Tür das Gelächter des Neunjährigen, das Piepsen und Schnattern des Dreijährigen und die Stimme des Mannes. Sie horcht.

Jetzt singt er das Liedchen von der Genossenschaftsmolkerei, es geht nach einer preußischen Melodie, und er kann nur einen Vers, den Kasperl mehrmals verlangt. Dann kommt ein altes Heurigenlied und »Bauer, der so lange schlief, arbeitet im Kollektiv«, auch davon gibt es nur die ersten Zeilen, was Klaus beanstandet. Allein von dem Gesang der Birkenhügelbuben weiß der Vater alle drei Verse, Burdach hatte sie ihm aufgeschrieben, und singt mit Schwung zu der feurigen Weise: »In Wien gibts allerhand zu sehen ...«

Gott, ist der Mann doch kindisch, denkt die Frau, während sie sich wäscht. Das war heute nacht nichts als Eigensinn, vielleicht war er auch bloß zu müd. Ich hätte netter zu ihm sein müssen, nicht gleich so wütend.

Die Mutter begrüßt Mann und Buben unbefangen mit herzlichem Kuß. Dann geht es in den appetitlichen Frühstückssaal zum Schweizer Frühstück, das den Hungrigen mehr Vitamine und Kalorien zuführt als daheim in Berlin ein ganzer Tag. Als sich der Honig in barocken Goldfiguren über Löffel, Kipferl und Händchen kräuselt, lächelt das ernste Kasperle still vor sich hin.

Vor elf, weiß Grete von gestern, wird der Dinosaurier nicht aus seinem Bau kommen. Also können sie noch hinaus zu den schwarzen stolzen Schwänen der Limmat und den Möwen am See. Mochte das Winterkostüm etwas später fertig werden, denkt die Schneiderin: Um so länger währt unser Aufenthalt. Wenn sie nur den Mann bei sich hat, sie wird ihn schon mit der Zeit von seinem Seitensprung abbringen. Das ist die Hauptsache: ablenken das große Kind, wie sie die kleinen ablenkt, wenn eines heult.

Sie kommen an eine zugefrorene Bucht, werfen Brotkrumen, Frühstücksreste in die roten, aufgesperrten Schnäbel eines flatternden Möwenschwarms. Schade, daß sie keine Schlittschuhe mitgebracht haben, sie laufen alle so gern.

Noch immer hatte Kasper nicht richtig gelacht. »Fehlt ihm etwas?« fragt der Vater und nimmt das runde Köpfchen mit den hellen glatten Haaren in beide Hände. Nein, so sei er immer, erklärt die Mutter. »Ein Kind seiner Zeit«, sagt Konrad, »seine Zeit ist ernst.«

Klaus schlittert. Auch Kasper versucht es, fällt hin und heult. Ablenken! Der Vater nimmt ihn auf den Arm, tanzt und ruft: »Wenn dem Esel zu wohl ist, geht er aufs Eis tanzen.« Ein Glück, daß die Kinder dabei sind, denkt er, da hat Grete ihre Ablenkung und fängt nicht wieder von vorne an.

Aber Grete fängt nicht an. Sie hütet sich. Sie kennt ihren Mann und seine Schwächen, weiß: Er läßt sich gern treiben ...

Nun hat er sich in den Kopf gesetzt, Kasperl zum Lachen zu bringen. Nah dem Hotel, zu dem sie pünktlich zurückkehren, sind Buden mit Christbaum-Tand und Spielwaren aufgeschlagen. Da führt er die Jungens hin.

Während er für Kasperl ein richtiges komisches Kasperl kauft, ist Grete rasch im Hotel verschwunden: Sie wolle nach Frau Holler senior schauen. Beim Portier fragt sie hastig nach Post für Herrn Holler. »Nichts da.«

Nachdenklich geht sie die Stiegen hinauf, dann rasch in die Schneiderei. Das Iguanodon, dessen langer Hals sich bald darauf zur Tür hereinstreckt, lobt ihren Eifer. Aber wichtiger als das Kostüm scheint die Frage, was zwischen den Gatten besprochen wurde. Jedes Wort, das gefallen ist, möchte sie wissen und quetscht es aus Grete heraus.

Grete ist nicht dumm. Die Alte soll ihre Bundesgenossin sein. Da darf sie ihre Niederlage im Nachtgefecht nicht eingestehen. Bundesgenossen sind gegen Niederlagen empfindlich.

»Wenn du mir hilfst, beste Tante«, ruft sie in das weißbeinerne Rohr, »kommt alles ins rechte Gleis. Er sieht sein Unrecht schon ein.«

»Ich helfe dir gern«, bläht Theresa die Backen. »Aber was kann eine alte Frau dabei tun?« Aus ihren tiefgebetteten Augäpfeln blitzt Neugierde wie Glassplitter.

Grete entwickelt ihr Programm, das Ergebnis des nächtlichen Grübelns. Es soll die liebste beste Tante den Verirrten möglichst lang fern von Wien und der Wienerin halten, ihn hier beschäftigen, ihm Arbeiten auftragen; er arbeite gern, er sei versessen auf Arbeit.

Das könne geschehen, lächelt die Tante mit gerissener Güte. »Ich werde ihn hinhalten, auch das Legat«, flüstert sie, »kann ich noch lange hinausziehen« und seufzt: »Wenn ich nur mein Leben so lange hinausziehen könnte! Ich werde ihn der Familie erhalten, obwohl die Familie es in keiner Weise verdient hat, nur du. Wann ist denn die erste Anprobe?«

Selbst Dinosaurier, obwohl sie keinen Karl Marx studiert haben, sind sich darüber klar, daß das ökonomische Sein das Bewußtsein bestimmt. Sie drücken es nur mit andern Worten aus, zum Beispiel: »Die Liebe geht durch den Magen« und »Weß Brot ich eß, deß Lied ich sing«.

Zufrieden gluckert Theresa. Am ersten Feiertag will sie die Familie zu einer Spazierfahrt einladen; etwas der Art kann die Baronesse nicht bieten.

»Vielleicht im Schlitten«, schlägt die Großnichte vor.

Aber die Großtante mag keinen Schlitten: »Daß ich mir den Tod hole?« schlägt ihr Mißtrauen aus. »Nein. Eine geheizte Limousine«, ordnet sie an. Wenn es um ihr Behagen geht, erklimmt sie die Höhen des Fortschritts. »Dein Mann soll sehen, wo er eine auftreibt. Nach den Feiertagen nehme ich ihn mit zum Anwalt, da kriegt er zu tun. Und heute nachmittag gehen wir einkaufen. Ich werde ihm auch einen Frack machen lassen, das dauert seine Zeit; der Schneider braucht sich ja nicht zu beeilen«, grinst sie diebisch.

»Weihnachtsgebäck muß auch besorgt werden, wir gehen zu Sprüngli, da muß er dabei sein. Dann muß er alles zum Schreiben besorgen, viel Papier und eine Maschine, denn von heute abend an werde ich ihm diktieren, er soll schon genug Arbeit bekommen.« Sie massiert ihre verdickten Finger. »Ich werde ihm meine Erinnerungen diktieren. Oh, ich erinnere mich an alles. Ich könnte Bände erzählen, was ich mit dieser Familie ausgestanden habe, Bände! ›Eine furchtbare Familie‹ werde ich das Buch nennen. Wie findest du das?« stiert sie erwartungsvoll in Gretes Gesicht. Die findet den Titel vortrefflich.

»Du bist eine gescheite Frau«, lobt die Schwiegergroßtante. »Du hast ein gesundes Urteil. Mit der Hungerbaronesse werde ich fertig. Da kannst du Gift drauf nehmen.«

Grete küßt der hohen Verbündeten dankbar die Hand.

12

Weihnachtsoffensive

Grete ist mit dem Kapital Theresas verbündet, um der Unabhängigkeit Konrads ein Ende zu bereiten.

Am Morgen hat Grete einen Brief aus Wien abgefangen, dessen Inhalt sie zugleich enttäuscht und beruhigt. Auf dem großen Doppelbogen steht weiter nichts als: »Herzliche Weihnachtsgrüße wünschen die Amphibien von Wien.« Kein Liebesbrief, wie sie erwartet hat, nur Kinderei, sagt sie sich und bringt Konrad das Schreiben. Seine Post hat sie in früheren Jahren stets öffnen dürfen; zwischen Ehegatten gibt es kein Geheimnis. Er sagt auch jetzt nichts dagegen.

Es ist eine reiche Bescherung, die sich unter der glitzernden leuchtenden Edeltanne ausbreitet: Spielzeug, Zuckerzeug, Weißzeug, Rauchzeug, Schreibzeug, Kleidung. Auf Konrads Platz liegen auf Tannengrün zwei Hundertguldenscheine. Es gibt dankbare Rührung und strahlendes Staunen. »Stille Nacht, heilige Nacht«, intoniert die Pfandbrieftante mit gräßlichem Krächzen.

Doch hat die große Urtante ihre kleinen Urneffen noch zu

einer besondern Überraschung aufgeboten, von der sie sich große Wirkung auf das Herz des Verstockten verspricht. Klaus hat dem Vater schon etwas angedeutet, er ist daher gefaßt. Das Poem, welches das Iguanodon mit Hilfe eines Reimlexikons selbst fabriziert und den folgsamen Kindern eingetrichtert hat, wird von Kasperle in unverständlichem Ernst, von Klaus mit verlegenem Lächeln aufgesagt:

»Ach liebes Väterlein / beim trauten Lichterschein / beim lieben Mütterlein / und gutem Gänseklein / und beim Champagnerwein / siehst du wohl endlich ein / daß Liebe nur allein / der deinen Liebe rein / von allem falschen Schein / dein Herze kann befrein.«

»Zum Spein!« murmelt der Angedichtete einen im Reimlexikon nicht verzeichneten Reim, macht der Verfasserin eine Verneigung und erduldet den zweiten Vers, den diese mit lauter Stimme begeistert mitkräht:

»Das sieht doch selbst ein Blinder / dein Weib und brave Kinder / machen zum Überwinder / der Sorgen dich geschwinder / als solch ein schlechtgesinnter / Vamp, da steckt nichts dahinter / Drum bleib noch manchen Winter / und treu als wohlgesinnter / Papa!«

»Und den Mist ham die oarmen Buam auswendig lernen müssen!« knurrt der Angedichtete. »Wo in der Schweiz Kinderarbeit verboten ist! Müssen sich halt auch mit schwerer Müh ihr Essen verdienen.«

Während die Frauen sich endlich umziehen gehen, bleibt Konrad mit den Kindern vor dem Weihnachtsbaum zurück. Er hebt das Kasperle vom Boden empor, damit er die Lichter ausblase. »Weg mit dem Zauber!« Dann setzt er es wieder zu seinen Bauklötzchen.

»Die Tante Theresa«, tratscht Klaus und hat ein kritisches Lächeln um den kleinen Mund, »hat gewollt, wir sollen beim Schluß von ihrem Gedicht noch die Hände falten und so zu dir heben, aber das war mir zu doof.« Er setzt sich zum Vater hinter den Baum.

»Laß dir nichts anmerken, Junge, sonst sperrt sie euch aus; sie ist unser Brotgeber. Das Brot ist gut.«

Der Bub nickt lebhaft und streichelt Konrads Rücken, als fühle er, was darauf lastet. Fast väterlich tut er das und sagt: »Wir bleiben zusammen, Papa.«

Konrad steht auf.

Klaus kommt sich wie abgeschüttelt vor, als er hört: »Man kann sich einig sein und muß deswegen doch nicht immer auf demselben Fleck zusammenhocken. Du kannst hier sein, ich dort, und doch sind wir einig und halten zusammen, auch an sehr getrennten Orten.«

Konrad sieht die bekümmerte Miene des tapferen Kleinen, sieht, daß er mit Tränen zu kämpfen hat, und will ihm helfen: »Der Lenin, siehst du, der war hier in Zürich und doch einig und verbunden mit den Arbeitern und Bauern in dem fernen russischen Reich.«

»Ja, aber Papa«, wendet Klaus logisch ein, »du sollst doch in der Schweiz bleiben, hat die Mutter gesagt, und wir auch. Die Mutter kann hier nähen, und du kannst für die deutschen Arbeiter und Bauern arbeiten. Wie der Lenin für die russischen.«

Klaus wird es heiß im Gesicht, an den Händen. Es scheint ihm ein karges Wiedersehen voll Trennung und Schmerz. Er liebt den Vater, er braucht einen Vater und kämpft um ihn. Er kämpft besser und ehrlicher als die verbündeten Frauen.

»Bleib du ruhig bei uns«, fährt er fort, als der Vater schweigt. »Ich helfe dir auch, Papa, bei deiner Arbeit, du mußt mir nur sagen, was ich machen soll, das mach ich dann. Kannst dich drauf verlassen, Papa.« Konrad schweigt immer noch.

»In Wien ist nichts los«, kämpft Klaus allein weiter. »Hast du selber geschrieben. Mutti hat es mir vorgelesen und geweint. Du hast geschrieben, es wäre wie Steine melken. Steine kann man doch nicht melken, Papa. Das würde ich an deiner Stelle bleibenlassen.«

Der Vater holt den Jungen zu sich heran und sagt, den Rücken zum Weihnachtsbaum: »Ich habe aber dann in Wien eine Arbeit angefangen, bei der mehr herauskommt als beim Steinemelken. Und da sind ein paar Leute, die haben das feste Vertrauen, daß ich die Arbeit nicht hinschmeißen werde. Sonst kann sie niemand, und ich habe versprochen, ich komme wieder.«

»Nimm mich mit, die Mutter kann mit Kasperle bei der Tante bleiben. Wenn du mit deiner Arbeit fertig bist, machen wir eine große Wanderung bis hierher zurück.«

»Mutti will aber nicht, daß du weg von ihr gehst.«

Das Herz des Vaters ist schwer. Jetzt, da er den fast schon

Vergessenen neben sich erlebt, wird ihm deutlich, daß dieser wache, behende, liebe Junge nicht nur sein Sohn ist, ihm ähnlich in vielem, sondern zugleich auch sein Kamerad. Er darf ihn nicht enttäuschen, ihn nicht zurückstoßen.

»Vertrau mir, Klaus«, sagt sein Herz laut zu dem Kind. »Es kommt eine Zeit, da wirst du neben mir stehen, dann bist du groß und verstehst deinen Vater und vieles andere auch. – Und später, Klaus, wirst du an meiner Stelle stehen … Und in all der Zeit, solang du lebst, werden wir einig sein und zusammengehören, auch wenn du mich nicht mehr siehst. Ort und Zeit können die Verbundenen nicht trennen.«

Klaus will etwas sagen – aber da kommen die Frauen zurück.

Der Sternhalder Riesling Beerenauslese, die sie nach reichlichem Nachtmahl trinken, ist kräftig und rein und geht tief. Jede Beere ist voller Würde, jeder Schluck eine lockende Traube aus Erregung und Traum und freier Betäubung, ein Mund voll Gährung. Mit Lippen, Zähnen, Zunge, Gaumen, Schlund nimmt Konrad Glas um Glas in sich auf, Weinstock um Weinstock. Grete schenkt ihm ein, lächelt ihm zu, schenkt ein …

Er sieht sie nicht und sieht nicht das vorsintflutliche Hartgummidenkmal. Er trinkt, und vor ihm steht seine Skythin, die Große, die wild und stark ist und tiefer geht als der Riesling.

Und die Pfandbrieftante erzählt endlos von den herrlichen Zeiten, da sie noch so arm war und sich im Jahr nur eine einzige Sommerreise leisten konnte; da sei sie mit ihrem seligen Konrad von Rumburg zur Spindelbaude gefahren: vor fünfzig Jahren. »Gott, müßt ihr da aber arm gewesen sein!« trinkt der gegenwärtige Konrad ihr zu und spricht wie ein Bauchredner mit unbewegtem Mund: »Herzzerreißend, nur eine einzige Sommerreise!« Und ruft, indem sie anstoßen: »Die Spindelbaude soll leben und die Zischkabaude daneben!« Und sitzt in der Zischkabaude am Judenplatz, raucht Weihnachtszigaretten, und die Große spricht: Komm herunter vom Stammbaum, lege dich neben mich, es ist gut, einen Menschen wie dich bei sich zu fühlen – und ist eine Sternhalde, trinkt sie mit Lippen und Zähnen, mein Riesling, mein Liebling …

Er hat wohl schon einen kleinen Weinberg getrunken.

Seine Pupillen in den tiefliegenden Augen sind starr wie die Linse eines Fernrohrs, mit dem er hinaussieht ins wogende Meer. Stürmisch die Nacht, das macht mir gar nichts ... das Schiff findet den Weg, auch wenn der Steuermann einen sitzen hat, den Kurs hält er doch! Lili, mein Leuchtturm, quer durch den Saal mit der Ochsenachse und durch das schwankende Vestibül und zum Lift Nordnordwest. Haltung, Haltung: »Gute Nacht, teure Tante, vielen Dank für den reizenden Abend!«

Er steht am offenen Fenster im gelben Zimmer, der Winterwind bläst durch seine Haare, die Lichter von Zürich, eine See von Lichtern, fluten auf und heran, darüber zuckende Sterne, tanzende Raketen, kreisende Kometen, besessene Harpunen, und pfeilschnell schwimmt das tausendjährige Monstrum mit ihm durch die Nacht und singt eine Gangsteroper, Musik von Schulz-Annaberg, Text von Satory, nein umgekehrt. Ich möchte gern Schlittschuhe laufen, Grete, ich bin für eigenes Bettzeug. Man kann auch ohne Schlittschuhe schlittern: Die Frau wird ins Bett schlittern, das Nazireich wird in den Krieg schlittern, ich mag nicht ins Bett, wir spielen die Gangsteroper, der Cantus steigt: »Im Hydepark, da darfst du nicht schlafen zu zweit auf der Bank bei der Nacht« – falsch! Umgekehrt:

Im Hydepark, da gingen wir schlafen
zu zweit von drei bis um vier.
Die Streifer, die uns da trafen,
die nahmen uns mit aufs Revier.
Ach du lieber Augustin, ach du lieber Augustin,
hau dich auf die Pritsche hin ...

Fräulein Crailing, jetzt fallen Sie dem Captain um den Hals und saugen sich an seinen Lippen fest, Anordnung der Regie, die Gangster singen vergiftet, Kapellmeister bitte:

Im Hydepark, da darfst du nicht schlafen
zu zweit auf der Bank bei der Nacht.
Es halten die Paragraphen
an der Pritsche getreuliche Wacht.
Ach, du armer Augustin, ach du armer Augustin,
alles – ist –

Der Regisseur liegt im Bett, im Weltmeer, im Hydepark, in Wien, in der Zischkabaude, in Whitechapel, in der Gangsteroper, im Zürchersee ... Wir leben nicht, wir werden gelebt, wir ziehen uns nicht aus, wir werden ausgezogen ... Kobaltkobolde tanzen, und auf einmal ist eine Frau nackt über ihm. Im Hydepark, da darfst du nicht schlafen zu zweit auf der Bank bei der Nacht, Fräulein Grete, beherrschen Sie sich!

Seit mich meine Polly nahm,
bin ich nicht mehr polygam!

Es reicht nur zum Zitat, zum Gelächter. Der Leib hat sich selbständig gemacht, das betrunkene Sein bestimmt das Unterbewußtsein, ach du armer Augustin, au du armer Augustin, man kann auch ohne Schlittschuhe hineinschlittern. Ist das da oben nicht Grete? Betty Kokser fällt dem Captain um den Hals und saugt sich an seinen Lippen fest, das ist doch keine Rolle für dich, Grete, nicht wieder von vorne anfangen, hier wird nicht ... die Sache ist mir noch äußerst unklar, wenn dem Esel zu wohl ist, geht er aufs Glatteis, hat ihm schon, äußerst unklar ... ich bin doch nicht etwa betrunken, es war doch beschlossen auf keinen Fall – jetzt ist auch nicht mehr viel dran zu ändern ... eine schwierige Disziplin ... eine einzige Sommerreise ...

Grete hat das vorgesetzte Ziel erreicht.

Gegen Morgen befällt den schlafenden Konrad ein Alpdruck. Er träumt, er ist mit Lili allein in der Zischkabaude. Sie haben das Licht ausgemacht. Nur die Logenlampe über dem steinernen Gotthold Ephraim wirft ihren Schein in das Kabinett. Er liegt auf dem Schlafsofa. Da geht die Tür auf, die vorher verriegelte. Ohne Anklopfen geht sie auf ... und ein altes zerklüftetes Weib, wie eine Ratte kommt sie herein und auf ihn zu, geradewegs auf ihn zu: die Trud! Und ist noch entfernt von ihm, weit, und drückt ihm schon grauenhaft schwer auf die Brust. Er heult auf.

Er wacht auf, fährt auf.

Die Trud hat mich heimgesucht!

Er ist dumpf benommen und fast nüchtern. Nur Kopfweh.

Neben ihm schläft Grete. Ihr Gesicht ist rund und zufrieden.

Seltsame Formen nimmt der Kampf in der Ehe an, denkt der Mann. Aber was sind das für dumme und plumpe Mittel! Jetzt einfach zum Bahnhof und fort! Das beste wär's. Aber es geht nicht. Die Großtante hat sich den Rückfahrschein zeigen lassen, mit Reptilienaugen studiert und dann, in Gedanken schien es, in ihre dickleibige Handtasche versenkt. Er hat sie drauf aufmerksam machen wollen, aber sie hatte keines ihrer vielen Alphörner bei sich, um hineinzututen. Absicht, merkt er jetzt, alles Absicht. Was für dumme und plumpe Mittel!

Er kleidet sich lautlos an, geht zum Schreibtisch.

Er wird einen langen Brief an Lili schreiben. Das hat die Müllhofer gut gemacht damals, als sie die überwältigte Skythin aus dem Familiengefängnis heraushieb. Wenn es jetzt die Geliebte zustande brächte, so geschickt, so energisch! So, daß noch die Feinde vor ihr dienern: Meine Verehrung! Und die Testamentstante ihr Vermächtnis für Klaus und Kasper nicht umstößt – das will er nicht, hat sich genug dafür gefallen lassen. Er deckt das Licht gegen die Betten hin ab, schreibt weiter.

Auch er hat seine Verbündeten. Sie sollen ihm schreiben. Meinetwegen, der Bundeskanzler wolle ihn sprechen, warum nicht? Würde dem Musterschüler Schuschnigg nichts schaden, spräche er mal mit wem anderm als mit dem Kirchengauführer und Herrn von Papen; die lassen ihn doch bloß hineinschlittern. Er wird seinem Schreiben die Hälfte der Weihnachtsgulden beifügen. Dann können sie sich wieder regen, können Briefpapier für das Theater der Außenbezirke drucken lassen, das fehlte bisher. Auf richtigem Firmenbogen müssen sie ihm schreiben, sonst macht es auf die Tante keinen Eindruck: mit Maschine, Gummistempel und zwei Unterschriften, amtlich! Sie werden schon wissen, wie.

Der Brief ist fertig. Vor dem Erwachen der Kinder soll er noch abgehen. Die Heiligabend-Offensive ist nach dem ersten Überraschungserfolg der Angreifer zurückgeschlagen. Gute Nacht, Lili!

Guten Morgen, Lili!

Konrad öffnet das Fenster. Das trunkene Wogen der Lichter hat sich gelegt. Still steht der Himmel über Schnee und See. Darüber Venus, das Sternbild des Morgens.

Fünftes Kapitel

Anfang ...

1

Stella Matutina

Das ist der Stern des Morgens, der Tag-Bringer, der Licht-Träger: Phosphorus nannten ihn die hellenischen, Lucifer die lateinischen Weisen. Die Scholastiker aber, der Kirche Diener, hießen ihn – und (nach ihm) die Kirchenschule zu Feldkirch, die eine Musterschule der Jesuiten war und ihren Muster-schüler zum Kanzler des österreichischen Bundes geformt hatte – Stella Matutina.

Stella Matutina Aeternae Veritatis war der Stern des ewigen und des österreichischen Bundes, denn er war Sinnbild der Magna Mater Austriae. Wie Stella Matutina der Erde das Leuchten, brachte Maria Mater den Heiland, der seit neun-zehn Jahrhunderten der Welt das Licht des Friedens bringen sollte: das erste und letzte Tagesgestirn.

Die Venus.

Durch eine elfenbeinfarbene Fenstertür im Schlafgemach seines Dienstschlosses Belvedere blickt der Kanzler zu ihr em-por. Sie ist auch sein Stern, vor dem er sich grüßend neigt: »Meerstern, ich dich grüße, o Maria, hilf!« Seit früher Jugend fühlt er sich mit ihm verbunden, von ihm begnadet, von seiner Klarheit und Wahrheit; er selbst war viel im unklaren. Nur in der frühesten Frühe, im Zeichen des Morgensterns, waren der Himmel und auch sein Kopf oft erschreckend klar.

Das machte der Luzifer.

Nannte man ihn nicht auch Diabolus, Verderber, Lügner, Wanzerich? Von je hatten Menschen ihren eigenen Unflat ge-gen die hohe Wahrheit emporgeschleudert, Reinheit in Lüge verkehrt. Frieden in Unfrieden ... Da hat man ihm gestern – es ist diabolisch – das freche Interview durchgesagt, das dieser NS-Ingenieur, der Tavs aus der Teinfaltstraße, einer englischen Zeitung erteilt hat! Zynisch hat sich dieser ›betont Nationale‹ vor aller Welt der konspirativen Zusammenarbeit mit dem NS-Ausland gerühmt, die Bundesregierung, in die er delegiert ist, und ihr Verbot der NS-Partei verspottet, auf die Frage, ob er von dem NS-Auslandführer Befehle erhalte, gelächelt: »Wir lesen ihm ohnehin jeden Wunsch an den Augen ab.«

Und das ist erst der Anfang gewesen! Bei der Haussuchung, die alsbald auf seinen, des Kanzlers, Befehl im Haus Nummer vier der Teinfaltstraße erfolgte, kamen teuflische Pläne ans Tageslicht: Eine NS-Standarte sollte, in österreichisch legale Uniformen gesteckt, die deutsche Botschaft in Wien überfallen, den deutschen Gesandten von Papen ermorden und dann – dann sollte die nazideutsche Blutschuld durch nazideutsche Divisionen an Österreich gerächt werden.

Grimmig blickt Kurt Schuschnigg zum Stern des Ostens empor. Hat er nicht alles getan, um die maßlosen Ansprüche des Nachbarreiches zufriedenzustellen? Ist er nicht mit wahrer Engelsgeduld ihren vernunftlosen Argumenten begegnet, hat das zweideutige Abkommen des vorigen Jahres unterzeichnet, stillschweigend und zähneknirschend das Treiben der einheimischen NS-Agenten übersehen, alles zu ihrer Befriedung getan? Stern der Wahrheit, Stella Vera, was wollen sie noch?

»Die Diktatur der Schurkerei«, fällt die Antwort wie ein Komet in die erschrockene Brust des Schülers von Feldkirch.

Der Komet drückt sich wohl etwas zu heftig aus. Das ist kein österreichischer Komet, ein österreichischer würde erwidern: »Wir wollen die deutsche Lösung.«

»Damit wäre ich durchaus einverstanden«, redet der Kanzler Stern Phosphorus an: »Großdeutschland wird zu gegebener Zeit wieder sein. Darin sind wir uns einig, alle.«

»Wer hat es kaputtgemacht, dies Großdeutschland?« katechisiert Luzifer. »Die Habsburger?«

»Nein. Die Preußen. Bismarck«, antwortet der Musterschüler. »Vor zweiundsiebzig Jahren.«

»Und wer hat nach Wiedervereinigung gerufen?« geht das Examen weiter.

»Wir. Ganz Österreich, nicht zuletzt unsere Sozialisten. Solang wir ihnen das Rufen überhaupt noch gestattet haben, riefen sie: Anschluß! Anschluß! Ein Volk, ~~ein Reich!~~«

»Aber fair soll es geschehen. Selbstbestimmung!« kommt es deutlich vom Morgenstern her, und Kurt stimmt zu: »Man darf unser Österreich nicht mundtot schlagen.«

»Wie Schober, Dollfuß und ein gewisser Kurt Schuschnigg die Arbeiter von Österreich«, sagt der Katechet.

Der Kanzler im Morgengewand weicht vor Luzifers Wahrheit zurück. »Da sind halt Fehler mit unterlaufen, auf beiden Seiten, seien wir ehrlich, Phosphorus!«

Er klingelt dem Diener, bestellt ein Bad.

Wie dem auch sei, denkt er wartend, Österreich muß bleiben, sein Stern geht nicht unter.

Er blickt in das leichte weiße Gewölk, das sich von unten her zart zu färben beginnt.

Blasse gelbe, violette und bezaubernd rosige Töne wehen. Die Stella Matutina, Stern Österreichs, Stern Schuschniggs wird blässer, blässer ... Wie Schlußlichter eines Fliegers verschwimmt sie im weißen Luftmeer.

Aber von unten, aus der Dämmerung des dünn überschneiten Parks quellen gleich Abbildern der wolkigen Wunder schwebende Fantasien aus Stein, grauweiß und gelb wie Winternebel, tanzen aus feuchten Hecken und Bäumen Bildwerke von Göttinnen, Heroen, Putten, dem gleichen Rhythmus gehorchend wie das alte, üppige Österreich mit seinen Tänzern und Betern, seinen Streitern, Denkern und Sängern. Wie Weihrauchwolken steigt es zum Himmel empor, es tönt wie von Geigen und Bratschen, und Vater Haydns Streichquartett, das Gott erhalte, klingt ins Ohr des Schülers von Feldkirch.

Das breite hohe Fenster klappert im Morgenwind.

Es klopft.

In vokalisch nasaler Landessprache meldet der Diener das Bad bereit.

Kurt steigt hinein, und während eine wohlig kräftige Wärme durch die helle gesunde Haut in den ausgekühlten Körper dringt, spricht er Verse, Lieblingsverse, die er sich zum Leitspruch seiner Politik erwählt hat.

> »Denn immer noch, wenn des Geschickes Zeiger
> die große Stunde der Geschichte wies,
> stand dieses Volk der Tänzer und der Geiger
> wie Gottes Engel vor dem Paradies«,

spricht er halblaut. Jedes der Worte durchzieht ihn wie die Wärme des Wassers: Steht doch dieses Volk der Tänzer und der Geiger wie Gottes Engel ...

»und hat mit rotem Blut und blanken Waffen
zum Trotze aller Frevelgier und List
sich immer wieder dieses Land erschaffen,
das ihm der Inbegriff der Erde ist.«

Wie aber – kommt ihm jäh in den Sinn –, wenn diese Engel
Gottes aus grauen dröhnenden Flugmaschinen mit Hochbrisanzbomben beworfen werden? Um Gottes und Himmels
heiligen willen: Die schimmernden Engel sind doch nur Menschen, ihre blanken Waffen werden mit ihnen in Atome zerrissen. Sie wohnen in Häusern, deren Wände werden zer-
drückt, die Fassaden krachen zuammen, oh, ihr armen Engel
Gottes! Wo sind eure Frauen und Kinder, Geschwister und
Bräute, sie hängen doch alle am Leben ...
Er denkt an seinen eigenen Sohn.
Er fühlt mit seinem alten Vater und sehr mit Vera, der jungen, deren Augen den seinen gleichen und zu ihm wie die seinen zum Venusstern in Zuversicht aufblicken. Und er ist doch
auch nur ein Mensch und kein Licht. Kein Heiland hat noch
der Welt den Frieden gebracht. Wie soll ich es können? Gott
im Himmel, sag es mir!
Wie in das warme Wasser der marmornen Mulde hüllt er
sich in Vertrauen auf Gott und die Lehren seiner Vorgänger,
die er treu bewahrt und befolgt hat.
»War das am Ende falsch?« flüstert Luzifers Zunge. »Ein-
tausenddreihundertunddreißig Jahre Kerker und zehn Todes-
urteile, Schuschnigg, die durch deine Gerichte nach jenem
zwölften Feber verhängt und vollstreckt wurden an Männern
der Unabhängigkeit – war das am Ende richtig? Diese Verdammten werden nun nicht mehr als Engel Gottes vor dem
paradiesischen Österreich und seiner Unabhängigkeit stehen.
Sondern vor Gottes Richterstuhl als zürnende rächende Geister, Kurt!«
Stünden sie doch als Mitstreiter neben ihm! Hat man sein
behutsames Werben ganz überhört? In seinem Buch, das seit
Monaten offenliegt, hat er es ausgesprochen, das Eingeständ-
nis seines furchtbaren Irrtums: »Ich habe neuerdings« – hören
sie nicht dies neuerdings? – »die Erkenntnis gezogen« – hören
sie nicht dies Wort: Erkenntnis? –, »daß in den Städten die
Arbeiter« – warum hören sie's nicht, die Arbeiter? – »und in

dem ganzen Staat die Armee die ersten Säulen des aktivistischen vaterländischen Gedankens sind.«

»Aktivistischen vaterländischen Gedankens«, hatte Vera beim Lesen des Manuskripts so ganz nebenbei gefragt. »Was ist das? Das versteh ich nicht recht. Kann man das nicht etwas deutlicher ausdrücken?«

Vera Fugger war ein ehrliches kluges Menschenkind, aber eben kein Diplomat. Sie kannte seine Schwierigkeiten nicht, nicht die Hemmungen, die ihm Umwelt und Vergangenheit anlegten: die bedeutsamen Winke vom Ausland, um nicht zu sagen: Adolf Hitler und Benito Mussolini, nicht die geheimen Konferenzen mit der Montanindustrie und dem Kardinal, nicht die Unterredungen mit dem deutschen Gesandten in Sondermission, den jetzt seine eigenen Auftraggeber in Sonderaktion totschlagen wollten und der immer wieder versichert hatte, er werde die Unabhängigkeit Österreichs bis zum letzten respektieren. Hatten sie ihn deshalb ermorden wollen?

Er öffnet die kalte Brause. Der kräftige Körper des Kaiserjägers strafft sich unter der prickelnden Kälte. Sie tut ihm gut. Er ist sie von Kind auf gewöhnt wie Gehorchen und Beten. Dann begibt er sich in das große weiße Frottiertuch und denkt an den kommenden Sommer, an den warmen geliebten See und an Vera.

Die hat sich gottlob nie in die Politik gemischt, soll sie auch nicht; nur zu leicht entsteht Gerede über Unterrock-Politik, dabei hat sie nie einen getragen, nur hauchzarte Kombinationen in wechselnden Farben. Ihre Liebe, jetzt und in Zukunft, soll frei sein von häßlichen Kämpfen der Politik. Selten, daß sie einmal unter vier Augen eine Bemerkung macht. Dann aber trifft sie oft merkwürdig, mit einem hingeworfenen Satz, das Wahre.

Jene Arbeiter, die seine grausamen Gerichtshöfe damals verurteilt hatten, waren die tapfersten im Lande gewesen. Wie hatten diese entflammten empörten Gesellen, Schutzbündler, Metallarbeiter, Holzarbeiter, Straßenarbeiter, Straßenbahner, Elektriker, Berg- und Hüttenarbeiter von Linz, Graz, Eggenberg, Bruch, Bruck, Leonen, Steyr, St. Pölten, Wörgl, Häring, Kirchbichl, Athang-Puchheim, von Wien-Floridsdorf-Favoriten-Döbling-Simmering-Neidling-Hietzing-Kaisermühlen sich gehalten!

»So hat in allen Isonzo-Schlachten das ganze k. u. k. österreichische Heer nicht gekämpft wie die!« hatte Vera gesagt.

Und jetzt sind sie eingescharrt in dem Massengrab des Zentralfriedhofs am Rand der großen Totenstadt oder lebendig
begraben in Wöllersdorf im Anhaltelager und in den Zucht-
häusern der Bundesländer.

»Amnestie!« hat Vera einmal im Gras beim Baden leicht
hingeworfen.

Als ob das so leicht wäre! denkt Kurt, während er sein weiches blondes Haar frottiert und bürstet. »Ausgeschlossen«,
hat er ihr damals geantwortet. »Ich kann dem Herrn Bundespräsidenten unmöglich die Marxisten allein zur Begnadigung
empfehlen, selbst wenn sie sich hinter die Regierung stellen
wollten. Servus, da könnte ich ebensogut gleich demissionie-
ren.«

»Tu's doch und demissioniere!« bat Vera, »dann heiraten
wir. Geld haben wir genug, und Dank hast du von niemandem,
nur von mir.«

Eine politische Amnestie, hatte er sie belehrt, müßte die
ganzen Nazibüttel umfassen. »Dann ständen wir wieder da, wo
wir im zweiunddreißiger Jahr standen: bei der NS-Sprengstoff-
politik, bei Tränengasanschlägen, bei NS-Papierböller- und NS-
Bombenattentaten, NS-Höllenmaschinen, NS-Fehmemorden,
NS-Wirtschaftsboykott ...«

Kann er ihr heute eine andere Antwort geben? Nicht mit
Worten, Worte sind unnütz. Es müßte etwas geschehen.

Oder doch mit Worten? Worte sind mächtig. Wie, wenn er
das aufgedeckte Verbrechen der Teinfaltstraße veröffentlichte? Wort für Wort. Mit fotografierter Wiedergabe sämt-
licher Schriftstücke, das niederträchtigste war von dem Stellvertreter des Führers persönlich gezeichnet! Wenn er einmal
mit offenen Karten spielte: dem Volk, der Geistlichkeit, dem
Heiligen Vater, der Presse, den Vertrauensleuten der Arbeiterschaft und der Bauern, dem ganzen Ausland Kenntnis gäbe
von den verruchten Plänen der Böotier? Wenn er mit dieser
Losung in Österreich die Volksabstimmung veranstaltete, zu
der seinem Londoner Gesandten vergangenen Monat Englands König selber geraten hatte! Wenn er die Arbeiterschaft
versöhnte? Jetzt war der rechte Moment. Jetzt brauchte man
keine Totalamnestie; die Nazis hatten Gnade verwirkt.

Ganz Österreich würde ihm zujubeln. Die Welt würde aufatmen.

Rasch verkleidet sich der Bundeskanzler in die Uniform der V. F., Vaterländischen Front. Du würdest nicht länger mehr als Zwangs- und Zweckverband dastehen, als Hülse ohne Frucht, sagt er sich, schlank und gerüstet: Du wärest wirklich die Front des Vaterlands, V. F. – V. F.!

Er sagt die zwei Buchstaben gern vor sich hin. Es sind die Initialen seiner Geliebten ...

Frisch und mit schnellem Gruß: »Östreich!« eilt er an Bediensteten vorüber, folgt dem lächelnden Schwung der Treppe hinab zum Portal, vor welchem sein Austro-Wagen bereitsteht. Die Herren von der Teinfalt- und Wilhelmstraße sollen sich in ihm verrechnet haben. Er wird ihren Schlag, noch eh er getan ist, parieren, der Kaiserjäger! Um neun kommt der Minister des Äußern, um halb zehn kommt Seine Eminenz, der Herr Kardinal, um elf kommt der Sicherheitsminister, um zwölf kommen die Landeshauptleute der V. F.

Er fährt zum Ballplatz.

Dort erscheint pünktlich um neun der Doktor Guido Schmidt, den der Bundeskanzler auf besondere Empfehlung des Kirchenfürsten zum Minister des Äußern ernannt hat ...

Um halb zehn kommt der Kirchenfürst selbst ...

Um elf kommt der sogenannte Sicherheitsminister ...

Um zwölf kommen mutige Landeshauptleute der V. F. und sprechen ein offenes Wort, ein bißchen zu offen, findet der Chef. Sie sagen Du zu ihm und sind zum Widerstand entschlossen. Als sie weg sind, rufen der Kirchenführer und sein Protegé Schmidt noch einmal an. Zur Sicherheit.

Als es ein Uhr schlägt, wird Kurt von Vera im Wagen erwartet.

Er ist etwas müde.

Die Augen, kurzsichtig hinter der Brille, blinzeln. Der Duft von Veilchen, die sie am Gürtel trägt, tut ihm wohl. Er beugt sich darüber. Sie fährt ihm lind über die Schulter. Dann aber möchte sie hören, was in der Teinfaltstraße geschehen sei, und was weiter geschieht.

Das sei schon erledigt, antwortet er. »Wollen gar net mehr drüber reden. Die Bulle Quadragesimo Anno ... das Juniabkommen ... die Konferenz zu Venedig ... die Wacht am Brenner

... ich kann dir das im einzelnen nicht alles so auseinandersetzen, mein Kind, nur keine unnötige Aufregung! Mir kann man
mit so etwas nicht kommen; auch Doktor Schmidt meint ...«

»Vor dem hat man uns doch gewarnt ...«

»Er ist durchaus ein gewissenhafter Mensch, ein praktizierender Katholik.«

»Uninteressant.«

Kurt lächelt. »Ja, das hat man in London auch über ihn gesagt. Aber danach geht es doch nicht.«

»Vielleicht doch«, wird V. F., ohne zu wollen, lebhaft politisch: »Vielleicht wäre es besser gewesen, du hättest selbst die
Reise gemacht, der junge Mann hat doch nicht das geringste Ergebnis mit heimgebracht, auch nicht aus Paris; das wäre dir
nicht passiert, du bist halt interessanter. Früher bist du viel mehr
gereist, zu Flandin, Laval, Benesch, Macdonald, Sir Simon,
Eden, und es hat sich mitunter gelohnt. Warum reist du nicht?«

»Wenn wir verheiratet sind, tu ich's«, lacht der Kanzler kna-
benhaft ahnungslos. »Hoffentlich bald. Dann kann ich dich
mitnehmen.«

»Jetzt soll ich womöglich noch schuld sein, sei so gut!« sagt
sie und hat ein glückliches Gesicht. »Schick wenigstens jemand
anders als diesen Guido; der gefällt mir ganz und gar nicht.«

»Wenn ich dir nur gefalle!« steuert Kurt, diplomatisch galant, das Gespräch aus der Politik heraus. »Du gefällst mir unendlich«, sagt er wie ein Gymnasiast und sieht auch so aus.

Während der Wagen scharf die Kurve zur Einfahrt nimmt
und zwischen mythologischer Plastik eine festliche Auffahrt
emporgleitet, kommt er mit kurzer Bitte auf ihr Thema zurück:
»Nicht wahr, Vera, du sprichst kein Wort über die Angelegen-
heit, es wird schon alles gerichtet. Nur soll möglichst niemand
etwas davon erfahren, es ist nicht der rechte Moment ...«

2

Kurt und Konrad gingen auf alles ein, jedoch ...

Das Iguanodon Theresa hat seltsame Wahnvorstellungen, fixe
Ideen, Machtgelüste und vorsintflutliche Begriffe, die Konrad
Holler wie Launen eines kranken Kindes mit grenzenloser

Geduld hinnimmt. Kaum anders als Kurt von Schuschnigg geht er auf alles ein, was seine Umgebung aufstellt – auch Fallen. Denn nicht anders als Kurt denkt Konrad: Ich werde schon wieder herauskommen!

Wie Kurt dem sakralen Kirchenchef, küßt er dem Hartgummidenkmal ehrerbietig die Hand, küßt des Abends je einmal Gretes verlangenden Mund, feiert Silvester, Neujahr und Kaspers Geburtstag, zieht galoppierend die Buben auf einem Rodel den See entlang, saust mit ihnen hangabwärts quer über die funkelnde Freiheitsstraße – da lacht das Kasperle endlich zum ersten Mal lang und von Herzen. Im Händchen hält es als Hupe eines von Tantes weißbeinernen Hörrohren, das es hat mitgehen lassen, und tutet hinein: »Tuhu, Huhu!« Unten füllt es das Alphorn mit Schnee, den wolle es seiner Mutti mitbringen.

Jeden Abend läßt Konrad sich in die Hotel-Schreibmaschine bösartige Erinnerungen diktieren, setzt den immer wieder veränderten »Letzten Willen« der Alten auf und ab und läßt sich mit dem Legat von fünftausend holländischen Gulden hinziehen, blenden und foppen.

Seine Brotgeberin, die Frau mit dem breiten Gesicht, den blasenartig geschwellten Backentaschen, dem Röhrenhals und der Gummihaut, kommt ihm nun schon, wie sie Lili erschienen war, unheimlich vor wie sein Traumbild, die Trud – gespenstisches Symbol eines kannibalischen Zustands, Gleichnis der Weltpolitik. Die Österreichpolitik der ganzen Welt scheint ihm harthörig geworden zu sein, taub allen Vernunftgründen. Und wenn wenige Kluge mit deutlichen Buchstaben in Weltzeitschriften und Zeitungen die Wahrheit aufschrieben und alle üblen Folgen dazu – es geschah damit weiter nichts als mit den Schriftzügen auf dem grauen Patenttäfelchen Printator: Einmal geschoben, schon waren sie weggewischt.

Er kann sie nicht mehr komisch nehmen, er findet sie grausig, diese Übereinstimmung: wie die Trud Theresa alles, was sich in ihrer Nähe befindet, in ihre bauchige Handtasche einheimst ... und wie sie Wohlwollen darstellt, kinderlieb tut, wie auf Ansichtskarten der Nazichef. Dann wieder sieht er, wie Wahnsinn durchbricht und sich in wilden Schmähungen, Verdächtigungen und Zumutungen Luft macht. Das hat sie mit allen, die ihr einmal nahestanden, verfeindet, hat sie isoliert.

Nun sucht sie mit Gewalt Anschluß: ganz wie das kannibalische Reich. Und er will doch nur wie Österreich seine Ruhe und Erholung, die Lili ihm wünscht, und seine unentbehrliche Unabhängigkeit.

Die Familie aber will ihn gleichschalten.

Seit der »Heiligen Nacht«, da Grete ihn mit Unterstützung des Sternhalder Rieslings überfallen hat, hält sein Bewußtsein sich streng getrennt vom ökonomischen Sein, sein Durst vom Alkohol, sein Fleisch von Gretes Begehren. Er schläft bei Klaus und Kasper, nicht bei Grete im Zimmer. Seine Anwesenheit ist eine Anstellung, er bekommt als Gehalt reichliches Futter, einen Winteranzug aus bestem Stoff und findet es in Ordnung, etwas dafür zu leisten, sei es auch nur Gesellschaft.

Also steht er getreulich Wache vor der kolossalen Bank, wenn drinnen Theresa mißtrauisch in einem ihrer Safes herumwühlt. Er lauscht geduldig, sooft auch die alten Jahrgänge ihrer Platten ablaufen. Er bringt ihr Nachrichten über die Lage in Reichenberg, die sich zuspitzt, geht mit ihr zu Juwelieren, wo sie einen Teil ihrer Gelder in Juwelen anlegt oder sich ihre Eheringe erweitern läßt: Das muß sie von Zeit zu Zeit, denn ihre Finger werden immer dicker.

Mehr aber ist mit ihm nicht zu wollen. Er hat sich organisiert und vertritt seiner Arbeitgeberin gegenüber seinen Standpunkt wie eine Gewerkschaft. Auf den Frack verzichtet er. »Die feinen Wiener Rotarier sind in der NS-Wäsche eingegangen, ›Die Weber in Frack‹ sind leider nicht zeitgemäß, Flüchlinge in Frack ebensowenig, also wozu?«

Bis die ersehnte Hilfe der Verbündeten käme – käme sie nur bald! –, will er lieber mit seinem Jungen Stadt und Umgebung genießen: den See, den Spiegel des Glücks, wie Gottfried Keller, Zürichs Homo Magnus Liberalis, ihn hieß. Von Freienbach im vereisten Kahn, aus dem sie den Schnee herausschaufeln helfen, lassen sie sich zu einer kleinen Insel hinüberfahren: zur Ufenau.

Und wieder erzählt der Vater dem Sohn von einem Emigranten. Dieser heißt Ulrich von Hutten und hat gegen die Dunkelmänner von Deutschland gekämpft. Sein Wahlspruch war: Ich habs gewagt! »Weißt du, was das heißt?«

Vom Landungssteg über festen Schnee stapfen sie langsam empor. Über ihnen, wie schützende Arme und Hände, weißes weiches Geäst. Und der Vater fährt fort: »Wenn etwas sehr gefährlich erscheint – wenn es nötig ist und gut, dann muß man es tun. Der Hutten hat es getan, das sind jetzt über vierhundert Jahre her. Der hat gekämpft, bis er nicht mehr konnte; dann ist er in die Schweiz. In Basel hatten sie Angst, ihn aufzunehmen, aber in Zürich, der Huldreich Zwingli – an der Limmat vor der alten Kirche hast du sein Denkmal gesehen –, der hat sich nicht geniert und ihn hier auf die Insel gebracht.«

»Das war brav von ihm, dafür hat er auch das Denkmal bekommen«, meint der Junge und sieht von der Anhöhe über das Inseltal und die sanften Ufer. »Hier hat der Ulrich es dann aber gut gehabt?« fragt er, ein glückliches Märchenende erhoffend.

»Zwei Wochen lang«, sagt der Vater, »dann ist er gestorben.«

Das weiche Kinderherz weint, aber der Vater gibt Trost: »Für uns lebt er. Er lebt in jedem, der für die Freiheit des Geistes kämpft. Wir haben in Wien einen Huttenbund.«

Sie gehen weiter zum andern Ufer rings um das Eiland, auf dem der Flüchtling Hutten begraben liegt. »Niemand weiß wo.«

»Die alten Bäume, die werden es wissen«, sagt der Junge.

Alberich Meili hat an dem versprochenen Feiertag infolge Repertoirestörung nicht abkommen können. Eines Morgens aber erscheint er unangemeldet in aller Früh und holt Holler aus dem Bett. Dann läuft er mit ihm im Sturmschritt den See entlang unter Platanen und Linden bis zum roten Schornstein von Goldbach.

Er ist ein Junge von gutem Aussehen, wetterbraun, lebhaft mit freiem sorglosem Schweizer Blick. Doch sieht er nicht ohne Sorge die Lage der Schweiz. Von Norden und Süden droht nazifaschistische Lava den freien Bergen, im Innern wimmeln die bezahlten Spitzel und Büttel und in vielen kleinen Vereinen organisiert die Kolonne der Helfershelfer, ›Bündische‹ und ›Frontisten‹ und ›vaterländische‹ Aktionäre, gewillt, aus Eidgenossen Meineidgenossen zu machen; immer dabei, das weiße Kreuz auf rotem Grund zu schwärzen und mit schwarzen Galgenhaken zu verschandeln. Sie beziehen auf krummen Wegen NS-Alimente, sprechen für Entgelt von dem ›von Gott gewollten Führer‹ und schreiben vom ›neuen ehrlichen freien Volkssozialismus‹ und anerkannten ›wahrheitsgemäß‹.

Die Arbeiter aber, die wie Lili Franken auf Franken für die spanischen Brüder zusammentragen, sind noch immer gespalten. Ein politischer Flüchtling hat ihnen ein treffendes Lied gedichtet, das proben sie mit Sorgfalt in ihren freien Chorvereinen:

Unterschiede, die uns trennen,
müssen wir vergessen können
fünf Minuten vor zwölf.

Denn es gilt aus guten Gründen
das Gemeinsame zu finden
fünf Minuten vor zwölf.

Wozu streiten, wozu reden,
müssen wir uns denn befehden,
fünf Minuten vor zwölf?

Du stehst hier, und ich steh dort.
Setzt den Bruderkampf nicht fort
fünf Minuten vor zwölf!

Rechter Flügel, linker Flügel,
gleicher Hunger, gleiche Prügel.
Sprecht nicht mehr von euern Sünden,
es ist Zeit, sich zu verbünden
fünf Minuten vor zwölf.

Aber sie verbünden sich nicht. Der Geist jenes Rauschebarts, der einst Lenin eine Wanze genannt hat, geistert noch immer am Ort, der rechte Flügel zeigt dem linken die kalte Schulter.

»Er hat wohl noch nicht genug Prügel«, meint Konrad.

»Die werden nicht ausbleiben«, befürchtet Alberich. Dann erzählt er von mutigen Theatern der Schweiz, und Konrad spricht von der Arbeit der Ungreifbaren in Wien. Dort sei es nur noch Sekunden vor zwölf.

»Vielleicht schlägt schon die Armesünderglocke, während wir hier reden.«

Konrad bittet Alberich, eine Zweigstelle des Verlags für

Nordische Kultur zu errichten. Material hat er mitgebracht, weiteres würde von der Müllhofer eintreffen. Alberichs Exemplar der »Moorsoldaten«, die ein Züricher Verlagswerk sind, hat vor einem Jahr die Brücke geschlagen. »In diesem Sinn weiter!« ruft Konrad beim Abschied dem neuen Freund zu.

Schon hat Konrad, wie einst in der Schutzhaft in Moabit, damit begonnen, am Fenster für jeden Tag einen Strich zu machen, als endlich das ersehnte Schreiben der Freunde eintrifft. Am Morgen, während er mit den Kindern schlittert, hat Grete, die mit dem Saurier-Winterkostüm fertig ist und an einem Saurier-Morgengewand arbeitet, die Botschaft aus Wien beim Portier abgefangen. Mit den Worten: »Conny, das ist ja fabelhaft, du! Da kann ich wohl bald nach Wien«, gibt sie ihm Umschlag und Brief, welche beide den Aufdruck »Theater der Außenbezirke. Bühne der Wiener Gewerkschaften« tragen. Die Hotelwelt um ihn versinkt wie ein Lift, und das Getippte singt zu ihm mit Lilis Stimme:

»Sehr geehrter Herr Direktor, auf Grund des vorzüglichen Eindrucks, den unsere bisherigen, von Ihnen ins Werk gesetzten Vorstellungen sowohl bei den zuständigen Behörden wie auch in weitesten Kreisen des Wiener Arbeiterpublikums gemacht haben, dürfte gemäß Beschluß der gewerkschaftlichen Bildungsinstanzen nunmehr unser Unternehmen für den Rest dieser sowie für die folgende Spielzeit gesichert sein. Monatlich zwanzig Vorstellungen sind durch die Gesamtgewerkschaft garantiert, die übrigen Tage werden an größere Betriebe, Organisationen sowie im freien Verkauf vergeben. Die künstlerische Leitung ist auf besonderen Wunsch aller Vertrauensmänner Ihnen übertragen. Ein Programmausschuß wird Ihnen mitbeschließend zur Seite stehen. Ihre Arbeitserlaubnis ist dank Intervention zuständiger Stellen gesichert. Eröffnungsvorstellung Mitte März: ›Die Weber‹. Probenbeginn am Vormittag Ihrer Rückkehr, die wir baldigst erwarten. Drahten Sie, bitte, Einverständnis und Eintreffen. Es soll diese großzügige Förderung kultureller Betätigung im Zug der von oben gesuchten Versöhnung mit der Arbeiterschaft erfolgen und dieselbe feierlich dokumentieren. Die Frage der Spielorte (Rückgabe der ehemaligen Gewerkschaftshäuser an ihre rechtmäßigen Besitzer) rückt ihrer günstigen Lösung näher. Bei den diesbezüglichen Abschluß-Verhandlungen ist Ihre Anwesenheit behördlicherseits dringend gewünscht.«

Konrad springt in den Lift. Oben beginnt er zu packen. »Ich fahre heut abend.« Daran ist nicht zu rütteln. Jeder Widerstand wäre sinnlos gewesen.

Und es erfolgt auch keiner. Die giftgeschwollenen Erinnerungen des Iguanodons bleiben Fragment. Mit ihrem Testament soll der Anwalt oder der Teufel Schluß machen.

Konrad fährt.

»Ich fahre nicht nur für mich, Klaus, es geschieht auch für dich«, sagt er seinem Jungen zum Abschied. »Von allen Überraschungen, die man mir hier bereitet hat, Klaus, warst du die beste. Wir sind einig, wir zwei. Leb wohl, mein Junge, bis zum glücklichen Wiedersehen und denk an alles, was ich dir gesagt und erzählt habe!«

»Ich denke dran«, sagt der Sohn aus ernstem Gesicht.

Mit Segenswünschen, Tränen und Küssen fährt Konrad davon. Über ihm auf dem Gepäckbrett ruhen zwei neue Koffer, deren Böden mit Werken des Ansporns und der Erkenntnis bedeckt sind. Mit Dank für die Treuen von Wien lehnt er sich in seine Ecke zurück.

Dann liest er noch einmal in Ruhe den Brief der Befreiung. Wenn nur die Hälfte davon zutreffen möchte! spricht er halblaut vor sich hin.

Aber seltsamerweise, in dem Zug der Versöhnung mit der Arbeiterschaft, dem letzten Rettungszug des Schuschnigg-Regimes, trifft im Lauf der nächsten Tage sogar das Ganze ein.

3

Konrad verließ die Falle –
Kurt geht hinein

Neun Tage, nachdem Konrad, mit Lili in Liebe und Freude und Arbeit vereint, die Proben der »Weber« begonnen hat, geht der Kanzler des österreichischen Bundes und mit ihm sein hundertmal beschworenes Österreich in eine überdimensionale Falle, die die gerissenen NS-Fallensteller in Berchtesgaden für ihn aufgestellt haben.

Am zwölften Feber des Jahres achtunddreißig, an einem Samstag.

Seit Kurt entrüstet das braune Hauptquartier in der Teinfaltstraße hat ausheben und die im Schreibtisch des Hitlerschen Austro-Agenten Tavs entdeckten Beweise abgründiger Nibelungen-Untreue hat fotografieren lassen, ist es in Österreich zwar sehr ruhig, um so lebhafter aber draußen im Reich des ersten Adolf zugegangen.

Da kracht es wie in der Rattenkaserne der Mutter John. Da stinkt es wie im Fundus des Herrn Theaterdirektors. Und wer ist schuld daran?

Die Ratten nicht ...

Sondern zum Beispiel in La Spezia am Hafen jener gut genährte Major der Infanterie, der nach Spanien verschifft werden soll, als Freiwilliger natürlich, mit etlichen tausend andern Freiwilligen, und der am Abschiedssteg aufschluchzt: »Mamma mamma, non mi lascia partire!« Ein Mann des Nachrichtendienstes der deutschen Generalität hat dies Wort mit ›Mutter, Mutter, laß mich nicht wegfahren!‹ übersetzt und die seltsame, wenn auch keineswegs seltene Beobachtung weinender Fascio-Krieger an seine Auftraggeber in Deutschland gemeldet.

»Das einzig Freiwillige an diesen Freiwilligen sind ihre Tränen«, setzt der geheime Nachrichtenmann seinem Bericht hinzu.

Die Ratten nicht.

Sondern ferner ein Steinbrucharbeiter aus Kuba, der die faschistischen Invasionstruppen bei Talavera und Guadalajara in der unverschämtesten Weise belästigt, um nicht zu sagen: geschlagen hat. Jüngst bei Teruel hat er mit seiner Brigade der Franco-Offensive die Spitze abgebrochen, dieser Steinbrecher. Es gab noch viele Steinbrucharbeiter in Spanien und viele Arbeitersöhne.

Auch Ratten.

Und es gibt viele Millionen gelber Menschen, die wollen nicht, daß ihr großes Land und sie selbst in blutige staubige Atome zusammengeschossen werden wie bei Schanghai die Chinesenvorstadt Tschapei. Es gibt auch in Japan Menschen, die das nicht wollen. Auch in Deutschland. Auch in der deutschen Armee.

Das alles wissen die Generäle in Deutschland und noch einiges dazu. Sie hatten auch letzten Herbst bei den Manövern auf der Tür zu einem Pferdestall einen Vers gelesen:

Sie tragen uns ein Kreuz voran
auf blutig roten Flaggen.
Für Arbeitsmann, für Bauersmann
hat das den größten Haken.

Ein Glück, daß das der hohe verbündete Manövergast, der Maurer aus Predappio, nicht zu Gesicht bekommen hatte. Der Vers wurde sogleich übermalt.

Aber er rotiert weiter in den Gehirnen der alten Herren vom Stab.

Auch bei ihnen, sagen sie sich, könne es einmal Tränen geben wie im Hafen La Spezia, auch bei ihnen helle Arbeitersöhne, die eine klare Vorstellung darüber besitzen, auf wen sie mit ihren Waffen zu zielen hätten. Die konservativen Herren Generäle kennen auch die Waffen und die dazugehörige Munition, kennen die Gegenwaffen der Großmächte, kennen die unüberwindliche Rüstung des eigenen Landes und nennen sie in vertrautem Kreis ›Bruch‹. Mit ›Bruch‹ kann man keinen Krieg gewinnen, sagen sie sich. Wenn schon im Frieden die Sabotage leise anfängt, was soll dann erst werden, wenn es richtig losgeht und die ersten unausbleiblichen Rückschläge kommen?

Der vertraute Kreis der Senioren sieht ziemlich klar. Für den gigantesten Autarkieplan der wandelnden Zeugmeisterei Hermann Göring haben sie die Bezeichnung »wirtschaftliche Onanie«.

Es herrscht ein rauher Soldatenton unter den alten Kriegskameraden von anno vierzehn.

Sie verspüren auch nicht die mindeste Lust, gegen die österreichischen Kameraden von anno vierzehn zu Felde zu ziehen, wie ihnen der Anstreicher von Braunau zumutet. Freiwillig wollen sie ihre deutsche Soldatenehre und ihren gesunden Menschenverstand nicht in die braune Kloake schmeißen. Sie wissen aber noch mehr. Sie kennen den kläglichen Zustand der NS-Eisenbahnen, den Mangel an Rohstoffen, Nahrungs- und Zahlungsmitteln, sie kennen den großen Schmäh, genannt: das Dritte Reich.

Der Begabteste unter ihnen kennt auch den mannhaften Brief, den ein Wahrer deutscher Kultur aus dem Zürcher Oberland in die NS-Niederung geschickt hat. Und obwohl der General wenig auf Literatur und noch weniger auf das Geschreibe von Emigranten zu geben pflegt: In diesem Brief stehen einige Sätze – die unterschreibt er ohne weiteres: »Kein Volk der Erde ist heute so wenig in der Verfassung, den Krieg zu bestehen, wie dieses.« Und: »... übler Ahnungen voll würde es in diesen Krieg gehen ...«

Das könnte er selbst geschrieben haben.

Übler Ahnungen voll, hat er sich auf den Obersalzberg begeben und seinem abenteuerlichen obersten Kriegsherrn in vorsichtig gesetzten Worten die Lage geschildert. »Wenn Österreich oder ein anderes Land Widerstand leistet«, hat er dargelegt, »wird es Hilfe bekommen. Und wenn es Hilfe bekommt, bekommen wir Schläge.«

Als ein Geschlagener ist er selbst nach Berlin zurückgekehrt.

Wenn jemand Schläge bekommt, hat der Gefreite von Braunau auf dem Obersalzberg gewettert, sollen es die unbotmäßigen Generäle sein. Alle hätten sie Angst vor dem Krieg: die Generäle, das Volk, das Heer, die Welt. Er auch, er auch. Er lasse es sich bloß nicht anmerken. Im Herrenklub einst in Berlin, da hätten sie es gemerkt und wären dafür nun auch tot. Den »Doktor Unblutig« hätten sie ihn damals getauft, weil er schlau genug gewesen war, legal an die Macht kommen zu wollen.

Immer legal! Das ist auch jetzt noch sein Wahlspruch. Hat er dann mit legalem Betrug, legaler Erpressung die Macht und das Land gepackt, kann Blut fließen nach NS-Herzenslust; es ist ja nicht sein Blut. Das ist Blut von Verbrechern, Pazifisten, Demokraten, Freimaurern, Bolschewiken, Marxisten, Presseschweinen, Katholiken, Juden, Untermenschen und ähnlichem Ungeziefer, das ist kein Menschenblut. Er handhabt den Krieg wie einen geladenen Revolver: Hände hoch! Dann fessele ich dich und dreh dir die Taschen um.

Man braucht den Revolver nicht abzudrücken. Man muß nur den Auszuplündernden vor dem Lauf haben. An einem möglichst abgelegenen Ort. Zum Beispiel in Berchtesgaden. Da möcht ich den Schuschnigg schon kleinkriegen. Windelweich werde ich ihn da kriegen. Ich kenne meine Landsleute: Doktor Unblutig, einer wie der andre.

Und es ergeht eine höfliche dringliche Einladung an Doktor von Schuschnigg zum Wochenende auf den Obersalzberg. Der deutsche Gesandte in Wien soll sie überbringen. Ist das nicht wunderbar ausgeheckt? Derselbe Mann, den man zur höheren Unehre des Dritten Reichs hat ermorden wollen und dem der Schuschnigg das Leben gerettet hat? Wunderbar!

Wenn Herr von Papen, der selbst in Sondermission das Opfer eines NS-Anschlags werden sollte, mit gutem Gewissen rät, diese Einladung anzunehmen – kann der tapfere Kaiserjäger von Schuschnigg da zögern?

Am heimatlichen Eichtisch sitzend, lacht der Führer schief vor sich hin: Dem werden wir schon die heiligen Weihen verabreichen. Soll ihm der Papen vorreden, was er will, soll mich ruhig schlechtmachen, nur herbringen muß er mir ihn. Weh ihm, wenn er ihn mir nicht bringt! Dann hat sein letztes Stündchen geschlagen. Unwiderruflich. Er wird ihn bringen. Der Mann spielt um seinen Kopf.

Wenn einer um seinen Kopf spielt, ist er zu allem fähig. Und erst ein Papen, dessen Element und Sondermission die Intrige ist. Schuschnigg ist nicht das erste Staatsoberhaupt, das er beschwindelt. Wie hat er den alten von Hindenburg angelogen! Eine goldne Medaille verdient er im Schwindeln.

Ganz so einfach freilich geht es am Ballplatz nicht. Ein gewisses Mißtrauen ist vorhanden. Ein wenig hat sogar der Kanzler des österreichischen Bundes gelernt. Beim ersten Versuch, den er anstellt, holt sich der Gesandte einen mit Komplimenten garnierten Korb: Aufrichtig danke er für die hohe Auszeichnung, sagt Kurt, und die besondere Ehrung, doch sei er gehalten, sich vor einer Zusage mit seinem Ministerium ins Einvernehmen zu setzen.

»Wir leben«, fügt er mit verbindlichem Lächeln hinzu, »in keinem totalen Staat, sondern nur in einem autoritären, da muß sich die Autorität erst durchsetzen.«

Nein, das dauere viel zu lang, wendet von Papen ein.

»Ich muß Ihnen ein Geständnis machen, Herr Kanzler, Hitler befindet sich in der schwierigsten Lage. Der Duce in Rom ist über die Enthüllungen aus der Teinfaltstraße empört, um so mehr, als sich auch ein Anschlag auf sein Südtirol bei den Akten befindet.«

Schuschnigg nickt befriedigt. Er hat Fotokopien des Materials an Mussolini gesandt.

»Der Führer muß ihn nun schnellstens beruhigen. Das kann er am besten durch Sie, Herr Bundeskanzler. Sie haben das Heft in der Hand. Sie haben die Teinfalt-Dokumente in der Hand. Sie haben die Situation in der Hand. Man muß das Eisen schmieden, solange es warm ist. Vielleicht ist nächste Woche die günstige Gelegenheit schon dahin. Jetzt tobt der Führer über die Teinfaltigen. Der Tavs und der Leopold haben für alle Zeit bei ihm ausgespielt. Jetzt sind Sie am Zug, Herr Bundeskanzler. So ein Moment kommt nie wieder.«

Wie ein Gaul unter Peitschenhieben legt sich der Gesandte ins Zeug. Es handle sich, betont er plötzlich, um keinerlei offizielle Fühlungnahme, bei der die Minister hineinzureden hätten: ein Plauderstündchen, eine freundschaftliche Aussprache – als solche sei die Zusammenkunft gedacht – von Mann zu Mann, von Österreicher zu Österreicher. Wer dabei im Augenblick das Übergewicht habe, sei wohl klar!

Wie ein aufdringlicher Reisender seine Ware preist der Gesandte die Falle an, in die er den noch immer Zaudernden hineinlocken muß.

»Ein kordiales Beisammensein am Weekend auf dem idyllischen Berghof. Sie wissen, da ist der Führer immer in seiner besten Laune, da können Sie alles aus ihm herausholen. Er steckt in der Klemme. Er fürchtet, daß nun Mussolini den Briten ins Netz geht. Mit Ihren Tavs-Dokumenten, mein Kompliment, Herr Bundeskanzler, haben Sie sämtliche Trümpfe in der Hand. Sie brauchen sich bloß an den Spieltisch zu setzen«, mischt er auf wie ein Bauernfänger. »Ganz unter uns: der Mann ist schon matt.«

Und mit angewärmtem Gefühlston: »Ich spreche zu Ihnen als Ihr Freund, ich spreche zu meinem Lebensretter, Sie können jederzeit über mich verfügen, ich möchte mich Ihnen dankbar erweisen, Ihnen, Herr Bundeskanzler, nicht Hitler. Ich schätze mich glücklich, es auf diese Weise zu können. Folgen Sie meinem Rat, ich habe Ihnen nie schlecht geraten – und nie besser als heute. Wenn Sie jetzt seine freundschaftlich harmlose Einladung zurückweisen – der Führer wäre mit

Recht tief gekränkt. Es würde mir in diesem Fall unendlich schwerfallen, die gegenwärtigen freundschaftlichen Beziehungen wiederherzustellen. Schließlich kann er dem Duce auch andere Garantien geben, besonders was Südtirol angeht. Geben Sie einen Beweis Ihres guten Willens! Sie wahren damit die Unabhängigkeit Österreichs auf lange Zeit, vielleicht für immer. Sie wissen, wie tief ich mich ihrem Lande verbunden fühle. Ich verehre seine alte Kultur, seine holde Anmut, seine seelische Reinheit.«

Seelische Reinheit, sagt der alte Heuchler, und der Arglose fällt darauf hinein.

»Wenn er etwas von dir will«, sagt Vera, die sich mit dem Geliebten zum Essen trifft, »warum kommt er dann nicht zu dir?« Die Unpolitische trifft den Nagel auf den Kopf: »So ein gemütliches Zusammensein, wie sichs der Papen denkt, wäre zum Beispiel in Grinzing beim Heurigen viel gemütlicher.«

Vera sei keine Diplomatin, außerdem tränke der Führer des Dritten Reichs keinen Wein, ist alles, was Kurt zu erwidern hat.

»Zum Eden, zum Blum, zum Hodza, zum Mussolini fährst du nicht«, trotzt sie schmerzlich, »aber zum Hitler. Ausgerechnet zu dem. Und wenn du nicht wieder zurückkehrst aus der Höhle des Löwen?« fragt sie. Ihre Lippe bebt. »Geh nicht!« bittet sie.

Er beruhigt sie mit vielerlei Gründen. Doch als er von der Geliebten Abschied nimmt, sitzt in beider Augenpaar, das eines dem andern so ähnlich ist, die gleiche Unsicherheit.

Und wenn er nun wirklich nicht mehr zurückkehrt? bedenkt er den äußersten Fall: Wenn er einem geschickt angelegten Unfall zum Opfer fiele? Wie seine Gattin vor wenigen Jahren ... Was wird dann aus meinem Österreich? Wer wird den unausbleiblichen, von draußen geschürten Aufstand der Austronazis niederschlagen? Wer den autoritären, den einzig wahren Dollfußkurs weiter verfolgen? Wer das Land vor den Nazihorden bewahren? Wer die Versöhnung mit der Arbeiterschaft, die glücklich begonnene, zu Ende führen? Wer?

Er beschließt, noch heute mit dem Bürgermeister von Wien zu sprechen. Der Schmitz ist noch einer der Dollfußgarde: Engelbert Dollfuß hat ihn selbst in sein Amt gesetzt, so wie er ihn sterbend zu seinem Nachfolger bestimmte. Möge der

Schmitz, wenn wirklich das Ärgste eintritt, des Verewigten Erbe und Schuschniggs Nachfolger sein! Vielleicht macht er dann im Zug der Versöhnung seinen abgesetzten Vorgänger, den Seitz, wieder zum Bürgermeister von Wien: Die Wiener vergöttern den alten Sozialdemokraten, er ist ein anständiger Mensch, man könnte ihn auch in die Regierung bitten, wenn – Wenn was? – Das sind ja alles nur Hirngespinste!

Am frühen Morgen des zwölften Feber tritt der Kanzler des österreichischen Bundes, der Musterschüler von Stella Matutina, noch einmal an das gewohnte Fenster des Schlafgemachs.

Alle Sterne sind bleigrau überstrichen.

Er denkt an jenen zwölften im Feber – vier Jahre sind es her –, da er am Morgen dem Dank-Tedeum in St. Stefan beigewohnt hatte. Denn der zwölfte Feber ist für die Kirche der Krönungsgedenktag des Heiligen Vaters, die ganze Bundesregierung befand sich im Dom. Die Papsthymne hub ab – und da erloschen mit einmal in der ganzen weiten Kathedrale die Lichter. Es streikten die Arbeiter im Elektrizitätswerk. Und während in Innsbruck in die Privatwohnung Minister Schuschniggs NS-Sprengkörper geworfen wurden, die explodierend sein Heim zerstörten, zerstörten zur selben Stunde die Truppen seiner Polizei und der österreichischen Wehrmacht die Heime der österreichischen Arbeiterschaft.

Der zwölfte Feber. Ein grausiges Datum.

Was wird man heute zerstören?

Er spricht ein Stoßgebet in den verschlossenen Himmel: »Mein Gott, nimm mich, nimm mir alles, so wie du die erste geliebte Frau von mir nahmst – ich halte stand. Nur schütze mein Österreich!«

Wie Weihrauchwolken wehen die Steingebilde der kahlen Alleen zu ihm empor, feierlich ernste Musik.

Es ist nicht das Gotterhalte, Vater Haydns herzbebende Bogenstriche ... es sind andere Klänge, Blut eines Erschlagenen fließt hervor und versickert langsam auf einem roten Sofa im Ecksalon am Fenster; jedesmal, wenn er am Ballplatz daran vorüberkommt, schaudert ihn. Er kennt die Musik. Arturo Toscanini hat sie bei der Totenfeier des ermordeten Engelbert Dollfuß dirigiert. Prosperos Zauberstab spielt sie ihm zum Abschied, zur Warnung.

Gespenster! Halluzinationen! schüttelt der Kanzler die

Warnungen seines Unterbewußtseins ab. Er hat versprochen zu kommen.

»Ich fürcht mich nit«, sagt der Kaiserjäger. »Tiroler fürchten sich nicht.«

Er steht im dunklen Anzug, greift in den Mantel.

Den Kopf im Pelzkragen, Zigarette im Mund steht er im Westbahnhof, zur Fahrt in die Falle bereit. Um ihn Treulose und Getreue. Zivilisten und Militärs.

Der Zug fährt.

4

Horch, der Wilde tobt schon
an den Mauern

Es ist um die fünfte Nachmittagsstunde, und noch immer ist das von Herrn Papen angepriesene Plauderstündchen, das kordiale Beisammensein auf dem idyllischen Berghof, nicht beendet, noch immer der Kanzler nicht aus Deutschland über die Grenze nach Salzburg zurückgekehrt, wo ihn sein Gefolge unruhig erwartet.

Nur seinen Außenminister, den jungen Schmidt, der ein heimlicher Nazi ist, hat er bei sich.

Während Stunde um Stunde verrinnt, hat sich auf der Obersalzberger Zitadellen-Villa folgendes zugetragen:

Dreimal Begrüßung durch NS-Gesichter, deren Fotos in den Illustrierten der Wiener Cafés meist an mehreren Stellen durchstochen sind. Dreimal das gleiche schiefe Lächeln.

So lächeln Falschspieler, eh sie ihr Opfer ausmisten.

Hierauf zeigt ein Stellvertreter des Führers dem Gast das mit jeder erdenklichen Sicherheitsmaßnahme gehegte Berghaus. Zwing-Uri, Zwing-Österreich, denkt der Kanzler. Seltsam, daß man in diesem Idyll nur Männer mit Dolchen sieht!

Er zündet sich eine Memphis an.

Überall stehen und gehen und schlagen die Hacken zusammen – Offiziere, feldgraue, braune, schwarze Uniformen, Scharführer und Oberscharführer, Gaugauner und Obergaugauner. Auch einige Landsleute sieht der Kanzler da: solche, die wegen NS-Morden, NS-Räubereien, Landes- und Hochverrats von seinen Gerichten verurteilt sind.

Sehr aufmerksam, findet er, und es wird ihm heiß. Da tritt auch schon einer der Herren auf ihn zu und ersucht ihn, das Rauchen einzustellen, der Führer liebe das nicht. Sehr aufmerksam.

Bei dem Imbiß, der ihm im Kreise von Dolch- und Ordensträgern serviert wird, sitzt der Schmidt neben ihm und schräg gegenüber ein gewisser Mühlmann, der wegen staatsfeindlicher Handlungen in Österreich gesessen hat. Sehr aufmerksam.

Hierauf läßt man Kanzler und Außenminister des österreichischen Bundes geraume Zeit warten.

In dem holzgetäfelten Zimmer, in das man endlich den hohen Gast geleitet, hängt an der Wand bei dem sehr breiten Fenster eine Landkarte von Österreich. Die nordwestliche Grenze ist hübsch mit Kriegsfähnchen besteckt. Wirklich sehr aufmerksam.

Und sein Kollege, der Kanzler von Deutschland, der endlich mit fetter Locke als Clou in Erscheinung tritt, tituliert ihn zwanglos: »Herr Schuschnigg!« Eine hohe Auszeichnung, in der Tat, und durchaus kordial.

Und es beginnt die freundschaftliche Aussprache von Mann zu Mann, von Österreicher zu Österreicher.

Aussprache? Ist das Aussprache? Ist das überhaupt eine Sprache, was da gegen Kurts Ohr dringt? Daß er fürs erste nicht zu Wort kommen werde, hat er sich gedacht, des Führers Redseligkeit ist bekannt. Das war in Berlin dem Lordsiegelbewahrer Eden und allen, die je einer ›Aussprache‹ mit dem Zwingherrn Germaniens gewürdigt wurden, nicht anders ergangen. Doch der Lordsiegelbewahrer des britischen Weltreichs hatte es leicht, denkt Kurt und hat noch Humor: Eden konnte auf englisch ›legmimoasch‹ oder etwas Ähnliches sagen und dem Wortmacher den Rücken kehren. Das kann der Österreicher nicht. Er ist ja so gut wie gefangen.

Er muß sich anhören, wie der Schnaubende seine, des Bundeskanzlers Kurt von Schuschniggs, Legalität bestreitet, die von allen Regierungen der Welt und in feierlichen Abkommen auch von dem reichsdeutschen Oberhaupt anerkannt ist. Er muß sich vorwerfen lassen, sein Vok hungere – und wie steht es denn mit dem deutschen Volk?

Aber da gibt es keine Debatte und nicht die bescheidenste der Fragen, die Kurt auf der Zunge liegen: Warum denn die Zahl der

Krankheiten, Todesfälle, Selbstmorde, Unglücksfälle, Verbrechen hier in dem herrlich geführten Deutschland so rapid ansteige? Oder ob er nicht einmal im Original das Testament Präsident Hindenburgs einsehen könne, auf das allein sich die Legalität eines reichsdeutschen Oberhaupts gründe – nicht einmal zu denken wagt er solchen Einwurf.

Schon kommt er sich nicht mehr wie ein Gesprächs- oder Verhandlungspartner vor – so fühlt sich eher ein Irrenwärter, der, aus Versehen mit einem Tobsüchtigen in die gleiche Zelle gesperrt, ausharren muß.

Erst hat er dem unbeherrschten Herrscher fassungslos in das rote schreiende Gesicht geblickt. Nun senkt er den Kopf und starrt auf die Platte des Eichentischs. Denn nun kommen die Forderungen des Gegners.

Wie Bomben auf das unbewehrte Guernica knallen sie auf sein Haupt:

Absetzen! Absetzen! Abdanken! Einsetzen! Absetzen! Einsetzen! Abdanken! Abdanken!

Ein Sperrfeuer der Maßlosigkeit. Es sperrt das Land Österreich von jeder Selbständigkeit, liefert es entrechtet und gebunden der plündernden Willkür des Wilden aus.

Schon will der Kanzler aufstehen, mit einem klaren »Unannehmbar«, schon ruckt sein Stuhl – da kommt aus dem aufgerissenen Mund unter dem Bartfleck das Ultimatum:

»Drei Armeekorps sind mobilisiert, zum sofortigen Einmarsch bereit, ihre Befehlshaber, hier versammelt, erwarten den Marschbefehl.«

Binnen drei Tagen: Wenn bis dahin nicht die Befehle des Führers erfüllt sind, lautet das Ultimatum, fallen die Bomben herab auf das Brudervolk.

Kurt sieht sie fallen.

Bomben auf Sankt Stefan, Sankt Peter, Sankt Michael, Sankt Marx, auf Augustiner, Kapuziner, Minoriten.

Bomben auf Maria am Gestade und die neun Chöre der Engel Gottes und das Haus der Vaterländischen Front.

Denkt etwa einer, es würden NS-Bomber die Hofburg verschonen, das Belvedere? – Der NS-Chef des fliegenden Mords, Herr H. Göring, hat »das Sodom und Gomorrha von der Luft her« verkündet und läßt nicht erst nach zehn Gerechten suchen; er ist nicht so mild wie das Alte Testament aus den Zeiten der Barbarei. Er haßt dessen Ethos, doch der Pech- und Schwefel- und Feuerregen gefällt ihm. Wien ist sein Sodom und Prag sein Gomorrha, und er hat noch ganz anderes Material als Schwefel, Pech, Feuer.

Auch der oberste Herr deutschen Kriegs im Himmel, auf Erden, im Meer haßt das Alte Testament der Hebräer. Dennoch bedient er sich mit Vorliebe seiner Ausdrucksform: All seine Reden, soweit sie der Vielredner selber gebaut hat, beruhen auf dem typischen Schema altjüdischer Poesie: dem Parallelismus Membrorum, der in fortlaufender Aneinanderreihung von Sätzen gleichen Inhalts besteht. »Träufle wie Regen meine Rede / fließe wie Bäche mein Wort« – nach diesem Paradigma erscheint in der Dauerrhetorik von Berchtesgaden jeder Satz, jeder Satzteil in zwei- oder viermaliger Umschreibung.

Gewiß ist dieses mehrmalige Wiederholen der gleichen Dinge der Grund, weshalb das Gefolge des Bundeskanzlers in Salzburg, Zivilisten und Militärs, mit immer bängeren Ahnungen der ungewissen Rückkunft des Chefs entgegensehen.

Adolfs Rede fließt noch immer wie Regen, und seine Worte strömen wie Bäche.

Und Kurt schweigt noch immer. Ohne mehr an das Verbot zu denken, hat er eine Zigarette entzündet. Das ist eine schweigende Antwort, die sein Unterbewußtsein dem geifernden Widerpart erteilt, eine viel zu subtile.

Plötzlich steht der mit der fettigen Locke auf, sagt: »Ich lasse Sie jetzt einen Augenblick allein – Herr Schuschnigg.«

Und geht.

Betäubt steht Kurt, der sich zugleich mit dem Kollegen erhoben hat, am Tisch.

Wie im Traum tritt er an das endlose Fenster.

Priamos großer Heldenstamm verdirbt, denkt er wie so oft in klassischen Versen, die er auf der Schule zu Feldkirch gelernt und geliebt hatte.

> Du wirst hingehn, wo kein Tag mehr scheinet,
> der Cocytus durch die Wüste weinet ...

denkt er mit Hektor von Troja, in dessen Geschick er – fünfzehn Monate sind verflossen – sein eigenes vorausgesehen hat.

Er sieht zu dem Fenster hinaus und hinab in die Tiefe. Die Diktatur der Schurkerei, des methodischen Wahnsinns! denkt er und findet das Wort nicht mehr zu stark ... und da sich hinabstürzen, ich halte den Mann nicht aus: ein Sprung hinunter ... viele haben ihn getan.

Oder gehorchen und abdanken? Ein freier Mann sein, Vera heiraten, den Schuschnigg- und Fuggerbesitz verwalten ...? Nein, nein – nicht das eine, nicht das andre, Gott! Vera! Österreich! Denn immer noch, wenn des Geschickes Zeiger die schwere Stunde der Geschichte wies, stand dieses Volk der Tänzer und der Geiger – auch der Schuschnigg steht seinen Mann, immer noch. Keine Flucht! Ich bleibe bei Österreich und sterbe für Österreich, »sterbend für den heiligen Herd der Götter fall ich« – nein, keinen Vers mehr und keine Phrase! Im Angesicht des Todes ganz ein Österreicher sein: Dazu hilf mir, mein dreimal geliebtes Österreich mit deiner uralten Mongolentechnik, die noch jedem Überwinder standhielt! Laß mich ihn hinhalten, hinauszögern, liebenswürdig um alle Kanten biegen, viel versprechen und im Tempo der heiligen Kirche halten, die mit Jahrtausenden rechnet, hilf Magna Mater!

Manches von dem, was der oberste Knüttel gefordert hat, ließe sich wohl auch einräumen und ausführen ... Obzwar solche Einmischung in die innerösterreichischen Angelegenheiten diametral dem Juliabkommen widerspräche ... Des lieben Friedens willen wäre ich mit einigen personellen Veränderungen im Ministerium einverstanden, unbesorgt: Man wird die NS-Favoriten schon in Schach halten. V. F.! Auch die Umwandlung der österreichisch-matriarchalischen Links- in die europäische Rechtsfahrordnung, die der Hitler kindisch heftig begehrt hat – Kinder, warum nicht? Ob sie nun auf der linken oder rechten Straßenseite mein Heimatland überfallen wollen, bitte, wie es den Herren bequemer ist ...!

Die geforderte Amnestierung der NS-Mörder, NS-Attentäter, NS-Briganten, NS-Verräter – mit aufeinandergebissenen Zähnen würde er auch darein willigen. Seine Polizei wird die entlassenen Halunken schon nicht aus den Augen lassen. Der Skubl ist ganz der Mann dazu. Und niemand, niemand kann ihm nun wehren, endlich auch den Stimmen seiner Vernunft und seines Gewissens zu folgen und im Zug der Versöhnung Freiheit zu geben denen, die für die Freiheit im Kerker liegen.

Die Tür geht auf.

Ein General tritt ein: ein Herr von Keitel, der bei den Herbstmanövern aus seiner Büro-Unbekanntheit plötzlich als ein oberster Heerführer aufgetaucht ist. Doktor von Schuschnigg kennt ihn nicht, beim Imbiß ist er nicht zugegen gewesen.

Von Keitel sagt nur: »Auf Befehl des Führers mache ich Sie auf folgendes aufmerksam.«

Er tritt auf die Karte des Staates Österreich zu, die an der Wand beim Fenster befestigt ist, hebt einen langen Bleistift, deutet Richtungen von Westen und Nordwesten gen Südosten und Süden, längere und kurze Pfeile und sagt lässig:

»Binnen zwei Stunden sind drei marschbereite Armeekorps in Österreich. Spätestens binnen zehn Minuten sind unsere Flug-Geschwader über den österreichischen Städten. Sonst habe ich Ihnen nichts zu sagen.«

Kehrt.

Zwischen den Türpfosten stößt er auf den Führer, der hereinprescht wie ein Gaul auf Parforcejagd.

»Na«, fragt Hitler. »Hat ers jetzt endlich kapiert?«

Nie, noch nie in der Weltgeschichte hat ein Regierungschef den Regierungschef einer befreundeten Macht, der Gastgeber den Gast derart traktiert. Es beweist von Schuschniggs geistige Selbstzucht und tapfere Kultur, daß er danach noch imstande ist, ganz Österreicher zu sein, zäh und verbindlich Punkt für Punkt des NS-Ultimatums durchzusprechen, Einwände und Gegenvorschläge in unangreifbarer Form vorzubringen. Beherrscht wie die Patres des Jesuitenkollegs zu Feldkirch sagt er sich: Wenn der Mann fest entschlossen wäre, in Österreich einzufliegen, warum gibt er sich dann mit mir diese gewaltige Mühe? Warum verhandelt er überhaupt mit mir? Er hat doch behauptet, ich bin illegal ...

Er fängt den Führer in dessen eigener Schlinge: »Da ich nach Ihrer Meinung nicht legal bin – ich lasse es dahingestellt, wir wollen es hier nicht untersuchen –, müssen wir uns leider versagen, bindende Abmachungen zu treffen; sie wären ja illegal, ich muß den gesamten Fragenkomplex der Entscheidung dem Herrn Bundespräsidenten unterbreiten, das müßte ich auch ohnedies. Die Legalität des Herrn Bundespräsidenten wird ja wohl nicht in Zweifel gezogen.«

Und jener Humor, der sich oft in verzweifeltsten Augenblicken, in Kerkern selbst und Konzentrationslagern, selbständig macht und neben dem Unglücklichen ein eigenes Dasein führt, spricht zu ihm auf gut wienerisch:

»Alles Schmäh!« sagt der Galgenhumor.

Es ist eine diplomatische Meisterleistung, ein psychiatrisch-klinisches Glanzstück, was da der Doktor zuwege bringt. Einen Metternich hätte diese behandelnde Verhandlung charmiert, Talleyrand hätte den Hut davor abgezogen, Schrenk-Notzing ihm gratuliert. Ein Hitler kann nur bellen und widerbellen.

Doch wird seinem Ultimatum ganz sachte von Schuschnigg die Spitze abgebogen. Der Hausherr von Obersalzberg gestattet seinem Gast, auf daß seine eigene Tücke verborgen bliebe, daheim seine Niederlage zu verschleiern.

»Ich gebe Ihnen einen guten Abgang, Herr Schuschnigg.«

Das Ultimatum soll verheimlicht und Reden sollen gehalten werden. Nach dem ungebildeten Führer soll der gebildete Kanzler zu den Völkern Deutschlands und Österreichs sprechen. Wie an Caesars Leiche nach Brutus Marc Anton, sagt sich der Gebildete und denkt leichtsinnig schlau: Ein vertrauliches Ultimatum ist kein Ultimatum mehr, und es hofft sein gewitzter Kopf, den Gegner auf diese Art überlistet zu haben.

Doch zugleich überlistet er auf diese listenreiche Weise sich selbst.

Er schaltet damit die Helfer aus, die er noch hat: Arbeiter, Bauern, Soldaten des bedrohten Österreichs, des geknechteten Deutschlands und Meinung und Willen der Welt.

Er nimmt sich seine beste Waffe und letzte Parole.

Elf Stunden hat das von Papen so genannte Plauderstündchen gewährt.

Ein Wagen bringt den Erschöpften über die Grenze und zurück zu seinem Gefolge, das ratlos düster, gleich den Gefährten des Dulders Odysseus, fast schon die Hoffnung aufgegeben hatte, ihn lebend wiederzusehen.

Die Worte: »Ich habe elf Stunden mit einem Irren verbracht«, sind das erste, was sie von dem Zurückgekehrten vernehmen.

Dann sinkt er zusammen.

5
Im Zug der Versöhnung –
fünf Minuten vor zwölf

Da hilft nun alles Vertuschen, Verschleiern, Verheimlichen nichts. Die Arbeiter von Wien, und das ist die Hälfte seiner Bevölkerung, weiß bereits am folgenden Morgen, was gespielt wird. Sie kapieren, und besser als ihr Herr Bundeskanzler. Sie wissen, was sie von dem jäh zum Innenminister ernannten Rechtsanwalt Dr. Seyß-Inquart zu halten haben. Einen »Verkehrtschreiber« nennen sie ihn, und die Setzer der Zeitungsdruckereien setzen unter sich hinzu: »Schyß in Quart, scheiß in Folio!«

Den Schuschnigg beruhigt es, daß der Seyß ein praktizierender Katholik ist und zur Beichte geht. Die Wiener aber durchschauen: Er ist ein praktizierender Hochverräter und geht nach Berlin. »Scheyß in Quart!« rufen sie. »Lump in Folio!« Das Volk der Tänzer und Geiger und Hungerer strömt auf die Gassen und schreit nach Österreich, seinem Österreich.

»Wir lassen uns nicht an Hitler verkaufen«, ist die Parole der Streiks, die am gleichen Tag in mehreren Großbetrieben ausbrechen. Seyß, der Verräter in Folio, bringt die Kunde davon nach Berlin, wohin sich auch sein Führer begeben hat.

Während Schuschnigg folgsam Bedingungen des verheimlichten Ultimatums erfüllt und mit den Gesandten Frankreichs und Englands konferiert, mit Coudenhove, dem Vorkämpfer eines Paneuropa, und mit Miklas, dem Bundespräsidenten, dessen Söhne heimlich bereits bei der nationalsozialistischen Sturm-Abteilung Mitglieder sind, steht in den Bahnhofshallen und vor den Kerkertoren das Volk und wartet auf die von der eben erlassenen Amnestie Befreiten: Nazis und Sozis, die aus Eisenbahnzügen und Gefängniszellen herauskommen und nicht voneinander zu unterscheiden sind. Sie haben Gefängnisgesichter, proletarische Gesichter, österreichische Gesichter. Alle lieben die Freiheit, die lang entbehrte, alle lieben das Land und wollen es sich ansehen. Im Kerker, im Anhaltelager haben sie sich nicht schlecht miteinander vertragen, Nazis und Sozis, haben die gleiche Meinung gehabt über ihre Ankläger,

Richter, Kerkermeister und das gleiche Fressen, die gleiche Wut. Jetzt haben sie den gleichen Hunger.

Doch da die Nazivögte, reichlich mit deutschem Geld versehen, den Hunger jedes Anhängers zu stillen bereit sind und die Benebelten als NS-Demonstranten die Stunde zu fünfzig Groschen in Lohn nehmen, knetet das ökonomische Sein das Bewußtsein von Tausenden.

»Bis die es einsehen!« sagen ihre sozialistischen Gefängniskameraden zu ihren Arbeitskollegen und Angehörigen. »Da muß es noch ganz ganz anders kommen.« Diese Hungergewohnten sind in ihrem Bewußtsein klar. Sie haben den siebenjährigen Krieg 1927/33 gekämpft, Proletarier gegen Faschisten, haben in sieben Sommer- und Winterschlachten am Wiener Justizpalast, bei Innsbruck, bei Bruck an der Mur in St. Lorenzen Wunden empfangen und den Heimwehrmarsch auf Wien im September 29 zurückgeschlagen.

Nun treten die Veteranen der alten Zeit vor den Kanzler.

Freundlich empfängt er die Abgesandten in Audienz. Sie kommen ja als Bundesgenossen, und Bundesgenossen tun ihm not. Und er spricht zu den Opfern seines Regimes, Beklommenheit liebenswürdig verbergend:

»Es sind halt damals Fehler mit unterlaufen, auf beiden Seiten, seien wir ehrlich. Am zwölften Februar 34 –«

»Den zwölften Feber 34«, fällt der Wortführer der Delegierten ihm in die Rede, »vergessen wir nicht, Herr Kanzler. Vom zwölften Feber wird jetzt nicht gesprochen, Herr Kanzler. Wir sprechen von unserm Land. Geben Sie uns nur soviel Freiheit, daß wir es verteidigen können! Denn mit gebundenen Händen geht das nicht.«

Da kann der Patriot Schuschnigg noch etwas lernen. Und er lernt. Aber zu spät.

Er antwortet bewegt und erschüttert und zuversichtlich und schließt: »Rotweißrot bis zum Tod.«

»Bis zum Tod«, betonen die Arbeiter. »Dann werden wir Ihnen folgen, Herr Kanzler.«

Und sie kehren in ihre Betriebe zurück und stellen Betriebswehren auf.

In diesen Tagen erfahren die vielen ungreifbaren und greifbaren Netze Vindominas Verstärkung, es rührt sich überall.

Menschen und Worte, Wünsche und Forderungen treten ans Licht. Die vom Birkenhügel verstärken sich durch die Gesamtamnestie fast auf das Doppelte. Die Väter der Jungen sind zurückgekehrt, und große Freude herrscht unter den kahlen Birken.

Da ist es klar: Man muß dem Schuschnigg den Rücken stärken. Man muß den Zwangsgewerkschaften den Rücken stärken. Es wäre ja nicht das erste Mal, daß Österreichs Reaktionäre zur Demokratie gezwungen werden. »Anders tun sie's ja net«, heißt es unter den Birken: »Bloß wenn sie müssen. Sie müssen. Sonst gehts ihnen ja diesmal selbst an den Kragen!«

Und Lili und Konrad und Rolf und Honderka und Raesch und Mimi und Relly und die Muth und Koarl und Matusch und Hirth und die Korneisel und der alte Sandmenger und der junge Lessing und Schulz-Annaberg und Frau und die Sänger vom Liederkranz Lehar, der früher Lasalle hieß, und der Sängerbund LLL, was offiziell ›Lustige Lieder-Laube‹, illegal jedoch ›Lenin, Liebknecht, Luxemburg‹ bedeutete, und die Söhne und Väter vom Birkenhügel und Sprinzel und der Mann mit dem tiefen Baß, der Wächter vom Schlachthaus am Donaukanal, der im LLL Solo sang, und die dienstfertige Manne Brings und tausend andere laufen durch Betriebe und Häuser und sammeln Unterschriften: Unterschriften zu einem Aufruf, der ein freies, unabhängiges Österreich fordert.

Sie dringen ein in die Amtsstuben, in Fabriken, Geschäfte, Büros, in die Theater, Kabaretts, Kinos, Restaurants, Hotels und Arbeitslosenstellen, in die Suppenküchen, die Wohlfahrtsämter, ins Arsenal, auf die Bahnhöfe. Aus allen Ländern des österreichischen Bundes kommen die Unterschriften nach Wien.

Lili geht in die Kasernen.

»Wollen Sie, bitte, hier unterschreiben!« sagt die Tochter aus alter Soldatenfamilie dem Bataillonskommandanten, der sie empfängt. Dieser, ausbiegend, liebenswürdig ausweichend: »Gewiß, an sich recht gern, Gnädigste, nur wissens: Das österreichische Bundesheer ist halt unpolitisch.«

»Das österreichische Heer ist österreichisch«, sagt Lili heiß: »Wenn es kein Österreich mehr gibt, dann gibt es auch kein österreichisches Heer.«

»Da ham Sie wieder recht«, räumt der Kommandant ein,

gibt seine Unterschrift und die Erlaubnis, daß Lili weiter in der Kaserne sammeln dürfe. Sie bleibt den ganzen Tag und sammelt herzhaft, nicht nur die Unterschriften, sondern auch Menschen, sammelt Soldaten für das Bataillon »Der zwölfte Feber« und Gelder für den spanischen Hilfsfonds in Genf.

»Ihr müßt kämpfen, und wenn hier nicht gegen den Nazifaschismus gekämpft wird, müßt ihr dort sein, wo man ihn abwehrt«, sagt sie.

Und man gibt ihr die Hand: »Mit den Nazis machen wir nicht mit.«

Und die Zettel und Bögen des Aufrufs, mit Unterschriften bedeckt, häufen sich, füllen pralle Säcke und Kisten und Fässer, die rollen auf Handkarren und Camions und Autos heran über Gürtel und Lastenstraße und Ring, ein gewaltiger Troß, über eine halbe Million am ersten, eine ganze Million am zweiten Tag, und noch immer flutet es aus dem ganzen Land.

Da verbietet Schuschniggs neuer Innenminister, der Seyß, der instruiert aus Berlin zurückgekehrt ist, die Kundgebung für die Regierung, der er selbst angehört. Sein oberster Polizist stoppt die spontane Aktion, und seine Wachmänner holen aus den Caféhäusern die Zeitungen des Auslands, auf daß kein wahres Wort an die Wiener kommt.

Die Birkenhügler, die eben mit ihrem zweiten Sack Unterschriften unterwegs sind, ziehen es auf Grund dieser Maßnahmen vor, das schriftlich fixierte Ergebnis der Sammlung statt im Bundeskanzleramt in der Privat- und Dienstwohnung des Kanzlers abzuliefern.

Nach vier Jahren der Lethargie springt endlich wieder Mut durch das Land. Das tausendjährige Monstrum Austria schwimmt und bäumt sich auf, trunken vor Lebenslust. Keiner der Siedler auf seinem Rücken, keiner der Geiger und Tänzer, der Ackerbauer und Arbeiter will an seinen Untergang glauben.

Sie preisen ihr Österreich in Morgenfeiern des Theaters der Josefstadt und huldigen ihm in Versen und Prosa seiner Dichter Schnitzler und Auernheimer und Grillparzer und Stifter und Polgar und Friedell und Hofmannsthal und Beer und Hoffmann und Werfel und Bauernfeld und Wildgans und Anzengruber und Nestroy und Stefan Zweig. Zweig verehrt der österreichischen Nationalbibliothek viele kostbare Handschriften der Freiheit. Gorki, Rolland, Selma Lagerlöf, Dehmel, Gandhi, Dreiser, Sinclair, Bahr, Schnitzler, Ibsen, Tolstoi demonstrieren mit allen Göttern Griechenlands gegen die Diktatur der Schurkerei.

Wenn irgendeiner der Holler-Crailing-Gruppe in diesen Tagen bei Organisationen, Behörden, Zeitungen von den Theatern der äußern Bezirke anfängt, heißt es nur immer: »Geduld, das hat Zeit. Erst muß man abwarten, was die zwei Reden bringen: die reichsdeutsche und unsere.«

Denn so ist es zwischen den zwei ungleichen Partnern vom Obersalzberg abgemacht: Sonntag den zwanzigsten Feber soll der deutsche und drei Tage danach der österreichische Kanzler sprechen.

Ganz Österreich wartet auf das geistige Turnier.

»Vielleicht«, sagt Lili nach einer »Weber«-Probe zu dem Freund, »ist es die letzte Ruhepause, die uns gegönnt ist. Siegt Hitler in dem Duell, ist es das Ende. Siegt Schuschnigg mit Worten, dann wird Hitler die Unterhaltung mit Bomben fortsetzen.«

Konrad bricht los: »Und wenn der alte Stefansdom, für dessen Stützung sie jetzt sammeln und mehr zusammenkriegen als wir für die blutende Jugend Spaniens, darunter zum Krachen käme: immer noch besser, als daß der letzte Rest Freiheit in diesem Land in Trümmer geschlagen wird.«

Sie stehen in ihrer Zischkabaude. Lili hat den Arm um Konrads Schulter gelegt. Er fühlt den Schlag ihres Herzens.

Honderka, der durch die Amnestie freigekommen ist und gerade an dem Entwurf einer Resolution gefeilt hat, hebt den breiten Kopf: »Ihr kennt den Schuschnigg nicht, Kinder, ich kenne ihn. Nach dem Gesetz, nach dem einer angetreten ist, muß er marschieren, da hilft alles nichts. Der Mann hat persönlichen Mut, aber politische Angst. Er fürchtet die klassenbewußten Arbeiter selbst dann, wenn sie ihm helfen. Bei allem denkt er: Was wird der Mussolini dazu sagen? Was wird der Hitler dazu sagen? Was wird Innitzer dazu sagen? Was hätten Seipel und Dollfuß dazu gesagt? – Ich wette: Unsere schöne Unterschriftensammlung ist ihm im tiefsten Herzen peinlich. Sonst hätte sie der Seyß nicht verbieten können. Er kann nicht aus seiner Haut heraus, zu so etwas braucht es Jahre, und solang hat er nicht Zeit. Aber das soll uns nicht hindern. Wie weit seid ihr mit euern Webern?«

»Das Stück steht«, antwortet Konrad.

»Gut. Haltet dann gleich etwas in Vorrat: so ein Stück vom Widerstand, ihr werdet schon etwas finden. Das werden wir gut brauchen können.«

Dann nimmt er das beschriebene Blatt vom Tisch, steckt es ein und geht.

Lili liegt auf dem Bett und raucht.

»Ich glaube, ich bin gar keine Frau mehr«, sagt sie. »In diesem Treiben verlernt man die Liebe. Leg dich zu mir!« Sie wirft die Zigarette weg. »Verfluchte Politik! Vielleicht ist das heut die letzte Stunde, die wir füreinander haben, rasch, sonst klingelt es wieder!«

Sie wirft den Rock weg: »Weg mit der Politik! Ich war in achtzig Mannschaftsstuben, in der Artillerie-, Kavallerie- und Infanteriekaserne, Himmel, haben die nach mir gelangt«, lacht sie ohne Scham, »da kann man allerhand zu hören bekommen. Aber ich habs ja verlernt, mein Leib funktioniert nur für dich. Es gab welche, die wollten ihn für einen Spanienschilling, da fehlt mir die Lust! Ich dachte nur an Unterschriften, Geld für Maschinengewehre, an Spanien, Österreich. Konrad – warum bist du noch nicht ausgezogen, ich habe nicht gedacht, daß ich dich so lieben würde.«

Er küßt in Hast jede Stelle des Körpers, die sie ihm frei macht, lacht: »Schimpf bloß nicht so auf die Politik, du bist ja voll davon!«

»Eine Liebeserklärung!« befiehlt die Skythin. »Ich habe dir auch eine gemacht. Was siehst du?« lacht sie weich.

»Augen der Ungeduld und der Tiefe. Schultern, die viel tragen. Ungezähmtes Haar über Schläfen voll Leid.«

»Genug!« stoppt sie und küßt ihn. »Laß mich dich fühlen, Konrad!«

»Was fühlst du?«

»Glück …«

Sie können nicht voneinander lassen, halten sich fest. Sie wollen das Glück nicht lassen. Da klingelt es.

»Verdammt. Die Politik.«

»Es gibt keinen Urlaub von Politik.«

Schon sind sie in den Kleidern, das geht sehr rasch. Dann öffnen sie Satory die Tür.

»Crailing, Sie müssen heut abend in Döbling sprechen, ich

komme mit, es ist vorher eine Versammlung, ich halte das Referat. Sie können rezitieren, was Sie wollen; die Polizei weiß nicht mehr, was sie verbieten soll und was nicht. Sind alle hysterisch und wollens mit keinem verderben. Wenn jetzt der Schuschnigg ein Kerl wäre – er könnte ... wir könnten ...! Haben Sie Vortragsmaterial beisammen?«

Lili braucht nicht zu suchen. Heut rezitiert sie aus dem Gedächtnis. Endlich wieder ihr altes Programm: Dreimal Erich.

6
Die Unzertrennlichen gehen auf in der Masse

Wie wenn Säcke mit Erdäpfeln auf eine Tenne geschüttet dahinrollen, breit bullernd, hohl und ohne Bedacht und fern von jedem Prinzip des Geistes: So klingt in den Ohren des zuhörenden Kanzlers von Österreich die Stimme seines Kollegen vom Obersalzberg, als dieser am folgenden Sonntag vor versammelter Reichstagsmannschaft seine Ansprache an die Völker von Deutschland und Österreich hält. Die Rede eines Jahrmarktanreißers, denkt Kanzler Kurt: nur leider ohne die bildhaften Einfälle und den Humor, womit solche mundfertigen Ausrufer mitunter begabt sind.

Kopfschüttelnd sitzt er da.

In seinem Buch vom dreimaligen Österreich hat er auf seine bescheidene Art gegen Schluß einige Zahlen gegeben: über die Entlassung von Nazis aus der Gefängnishaft, über die österreichische Produktion an Weizen, Kartoffeln, Zucker, Milch, Butter, Käse und andern nahrhaften Dingen. Das hat den andern, den Lautredner aus der Berliner Oper, nicht ruhen lassen, und nun schüttet er ununterbrochen NS-Produktionsziffern – keine nahrhaften, sondern sehr kriegerische – über die Köpfe seiner Zuhörer aus. Endlos!

»Die Produktion an Eisenerzen betrug ... Die Produktion an Roheisen betrug ... an Kraftfahrzeugen betrug ... an Erdöl betrug ... Kohle betrug ... Mangan betrug ... Aluminium betrug ... Kupfer betrug ... Zinn betrug ... Autostraßen betrug ... Kraftdurchfreudefahrten betrug ... betrug ... betrug ...

betrug ...!« Man hört nur immer das eine Wort, welches das Wesen des Mannes und seiner Lehre in sich schließt: »Betrug«! Und hinter jedem Betrug kommt eine Ziffer von schwindelhafter Höhe, kein Mensch kann sie kontrollieren.

Nichts bleibt dem Kanzler von Österreich von dieser endlosen Rede als dieses eine Wort: Betrug.

Handgreiflicher Betrug, auch an ihm verübt. Denn nichts enthält die Rede von dem, was ihm für alle Opfer als magere Gegengabe versprochen war. Sie enthält nicht einmal mehr das Wort Österreich. Nur von Deutschösterreich ist da die Rede, mit dem Ton auf: deutsch.

Und es gedenkt der Kanzler seiner Bundesvölker, deren Hirne und Herzen und Knochen und Säfte und Knorpel und Drüsen vielen Völkern und Rassen entstammten. Zwergvölker, Mongolen, Hetiter, Semiten, Etrusker, Kelten, Germanen, Slaven, Hunnen, Magyaren, Juden, Türken, Avaren hatten sich da hineingemischt, Franzosen, Polen, Tschechen, Serben, Bayern, Galizier, Italiener hatten befruchtet. Von allen Teilen Europas war das Becken der Donau das europäischste. Je österreichischer es war, um so europäischer mußte es sein.

In Kunst, Wissenschaft, Wirtschaft, Politik.

Kurt denkt an den Grafen Coudenhove-Kalergi, Österreicher halbmongolischen Geblüts, der für dies europäische Österreich wirkte. Er denkt an den Grafen Fekete de Galanka, der von den Wienern gesagt hatte, sie seien bereit, der Spielball jedes Schwindlers zu werden, aber mißtrauisch gegen jeden, der ihnen helfen wolle.

Und das will er doch: Helfen, um Christi willen retten, was noch zu retten ist! Mißtrauen sie ihm denn noch immer? Würden sie lieber Spielball des Schwindlers sein, als ihm ihr Vertrauen schenken?

Er denkt an die spontane Kundgebung, die ihm der Ostwind bis zur Rampe der Auffahrt, bis in die Gesimse seiner Schlafzimmerfenster gewirbelt hat.

Nein, antwortet er sich: Ich kann auf sie zählen.

Er sagt nicht: Sie können auf mich zählen.

Und nun ist endlich die Dauerrede zu Ende.

Es wird gesungen. Zu der vergröberten Weise des Gotterhalte ein Deutschlandüberalles und zu der gestohlenen Kommunistenmelodie der Straßefreidenrotenbataillonen die

NS-Hymne eines vergotteten Zuhälters namens Wessel. Kurt stellt den Lautsprecher ab.

»Ich möchte«, spricht er zu Vera, die während der Wortkanonaden stumm neben ihm gelitten hat: »Ich möchte nur einmal eine Stunde lang so völlig engstirnig sein wie dieser Mensch zeit seines Lebens.«

Um seine kurzsichtigen Augen ist ein müdes ironisches Lächeln. Es ist das Lächeln des Österreichers, des Wieners. Der Wiener Hugo von Hofmannsthal hat es gedeutet in den Worten: »Ganz vergessener Völker Müdigkeiten kann ich nicht abtun von meinen Liedern.«

Vera hatte sich bemüht, die feindliche Großsprecherei nicht nur mit den Ohren Kurts zu hören, sondern so, wie sie wohl andre vernahmen: Pensionierte Beamte und Militärs, Kastellane, Marktmänner und Marktweiber, Oberförster und Gutsverwalter, Angestellte mit Brotangst, Landgeistliche mit Pfründenangst, Landwirte mit Defizit, Hausbesitzer, Gutsbesitzer, Hoteliers, Restaurateure, Montanindustrielle, Autobesitzer und was ihr sonst von dem sogenannten Volk bekannt war, und war zu dem Ergebnis gelangt: All denen würde die Rede großartig gefallen. Denn sie versprach allen alles, und selbst, wenn man einen großen Prozentsatz davon abstriche, blieb immer noch für jeden genug.

Und sie fragt, und ein trauriger Zweifel ist um die Winkel ihres schönen Mundes:

»Was wirst du ihm nun am Mittwoch erwidern, Kurt?«

»Er hat nichts von Österreich gesagt. Er weiß ja auch nichts davon«, antwortet Schuschnigg. »Ich werde von Österreich sprechen.«

Und es raten die Abgesandten Italiens und anderer Großmächte zum äußersten Entgegenkommen und zur mählichen Erfüllung der ultimativen Forderungen.

Und Hektor Schuschnigg tut, was die sagenhaften Vorfahren, die Gründer Vindobonas, Vindomalas, Vindominas getan hatten: die Kinder und Enkel Hekubas und Priams. Er zieht das hölzerne Pferd in die Mauern von Ilion. Und Laokoon Innitzer, Oberpriester von Vindomala, gibt seinen Segen und ordnet heilige Messeopfer an in allen Kirchen der Erzdiözese: für die Freiheit des österreichischen Vaterlandes. Und kein Gott sendet ein Schlangenpaar, ihn zu erwürgen.

Dem trojanischen Pferd aber entquellen Minister, hohe Beamte, Söldner und Agenten der Böotier, viel braunes Pack, ganze Kolonnen, in Bayern gedrillt, entquellen Haufen von Armbinden, Brandfackeln und blutroten Fahnen, alle mit dem Brandmal des vierfach geknickten Kreuzes. Dazu viel Unrat und üble Dünste der Verleumdung und Lüge.

Es stinkt.

Wie Gift aus einem Tropfenzähler tröpfelt aus vielen Gassengesprächen das dürftige dünne Wort, der häßliche Name: Hitler.

Da aber kommt über den Ozean herüber die Stimme Prosperos, des Herren der klingenden Geister, in dessen Zauberstab das Genie Österreichs eingeschlossen war und der es aufsprießen ließ aus Partituren Mozarts, Schuberts, Beethovens, Bruckners. Arturo Toscanini sagt seine Mitwirkung an den Salzburger Festspielen ab.

Arturo Toscanini schließt Salzburg ab von der Welt.

Nicht zu leerem Pomp hatte er für den ermordeten Dollfuß Verdis Requiem dirigiert. Mit Entsetzen erkennt der feurige Alte, der Weise: Umsonst ist dieses Blut geflossen. Umsonst haben Koloman Wallisch und Münnichreiter und Weiße und der Knabe Gerl, die Arbeiter aus dem Kohlenrevier von Thomasroith und über fünfhundert Schutzbündler des Rechts und der Verfassung ihr junges Leben hingeben müssen. Umsonst. Nun fällt auch der letzte Schein von Freiheit und Menschenwürde.

Prospero sieht in das Wesen der Dinge, in Zukunft und Vergangenheit.

Er kennt den Mann mit dem giftigen erbärmlichen Namen. Seit Jahrtausenden kennt er diese Sorte der hoffnungslos Niedern. Mit Shakespeares Worten hat er es in den Sturm gerufen:

»Ein Teufel bleibt ein Teufel, und kein Mühen
um niedere Naturen kann sich lohnen;
der Unmensch bleibt dem Menschlichen entfremdet.«

Kaliban bleibt Kaliban.

Hitler bleibt Hitler.

Am folgenden Mittwoch im Feber hört Kaliban die Gegenrede des Kanzlers Doktor von Schuschnigg, bleich vor Wut, höhnisch auflachend, tobend: »Der Lump! Das soll er mir büßen! Das Maul soll er halten«, brüllt mit Kalibanstimme im Palais zu Berlin Reichskanzler Hitler seinen Lautsprecher an: »Maul halten!«

Aber der Schuschnigg im Wiener Bundesrat, in dem man zu ahnen beginnt, was Freiheit heißt, redet weiter und weiter, von Beifall umbrandet.

Dem Herrn des Dritten Reichs, dem Meister des Bierbankgebrülls, verschlägt es den Atem. Dieser Duodez-Kanzler, dieser Metternich en miniature wagt es, ihm zu trotzen, auf Verträge sich zu berufen, Frechheit! Sich auf ein Volk zu stützen, das sich freiwillig ohne Gestapo und Propaganda um ihn schart und ihm den Mut gibt, eine Grenze der Willkür zu setzen, zu sagen: »Bis hierher und nicht weiter!«

Die Stimme des Österreichers ist warm und blüht – so würde sein Land blühen, wenn es frei wäre von fremdem Druck und Verrat. Wie ein umsichtiger Arzt spricht Doktor Schuschnigg, erkennt den braunen Tumor und die Notwendigkeit, ihn zu beseitigen. Dann kannst du ewig leben, spricht er zu Mutter Austria, seiner Patientin; du hast eine gesunde Natur, Mutter.

Er spricht auch von Deutschland. Von Großdeutschland. Der Habsburger Rudolf hat es aus dem Chaos eines Interregnums geschaffen. Rudolf, nicht Adolf. Habsburg, nicht Berchtesgaden. Und es hat Jahrhunderte überdauert. – Nicht, daß er das wörtlich gesagt hätte, aber es sind seine Gedanken, die vorsichtig hinter diplomatischen Gardinen aus den Fenstern der Worte hervorlugen. »Scheißjahrhunderte!« schäumt und rennt Hitler vor dem zitternden Funkapparat in Berlin. »Unser Jahrtausend hat erst begonnen, und in dem haben die Schuschnigger die Schnauze zu halten!«

Die Ätherwellen kuschen nicht. Selbst ungreifbar sind sie den Ungreifbaren gut. Gekuschte Arier, die Rede des aufrechten Österreichers vernehmend, atmen bessere Luft. Die abgesetzten Generäle, Deutschlands tüchtigste Soldaten, raunen: »Von Österreich aus ließe sich die Nazifront aufrollen … Schuschnigg in Wien hat ein besseres Heer als Juli 36 Azana in Madrid, gar kein Vergleich! Er hat da bei Boehler ein Flugabwehrgeschütz – alle Hochachtung!«

»Wenns erst in einer Ecke losgeht«, flüstert es bei den

Soldaten. Trotz diplomatischer Gardinen – so eine Sprache haben sie aus ihren Volksempfängern noch nie gehört ...

Ähnliche Stimmen vernimmt man in den Wiener Außenbezirken während der Rede, die schön ist und so gut gebaut wie der Ritter von Schuschnigg und ebenso diplomatisch. Über die Unterschriften-Aktion, die eine bedeutende Leistung der Arbeiter war: fast zwei Millionen Stimmen in zwei Tagen aufgebracht ohne Pressepropaganda, ohne Beamtenapparat ...

»Raus auf die Gassen!« ruft es in allen Bezirken, als mit dem »Rotweißrot bis zum Tod« die Kanzlerrede endet.

Und viele Züge formieren sich.

Alles marschiert mit. Sehr viele tragen das rotweißrote Band der alten Farben von Österreich, das zum Zeichen geworden ist einer VF, die die vaterländische und Volkes Front in sich einschließt.

Lili trägt es mit den Inzersdorfern, Konrad mit Schauspielern des Theaters der äußern Bezirke, Satory mit seinen geschulten Sängerinnen und Sängern, Raesch mit vielen katholischen Studenten, Mimi und Relly mit den Weißzeugnäherinnen, die Jägers mit vielen Kleinmietern, die Muth mit den Kurz- und Akkordarbeiterinnen der Woll- und Leinwandweberei, Oberhauser mit den Holzarbeitern, Matusch mit den Bauarbeitern, Hirth mit den Metallarbeitern, Honderka mit den Konsumvereinlern, Koarl mit den Chauffeuren, der riesige Kitzelberger mit den Schlachthausangestellten, Manne Brings mit ihren Schülern und Emigranten, und die Väter und Jungen vom Birkenhügel gehen im Gleichschritt mit den Siedlern aus den Baracken von Döbling und Grinzing. Jeder ist in seiner Gruppe Freund und Kamerad – und weit und breit kein Nazi! Nur in der Brigittenau werden Weißstrumpfler, die sich wichtig machen, verhauen. Im übrigen sind sie aus der Welt: Das zahle ihnen niemand, nach so einer Rede eine Gegendemonstration ...? Da ziehen sie besser gleich mit einem der vielen Schuschnigg-Züge mit, man kann nie wissen, besser man steckt sich ein VF-Bändchen an und weg mit dem Hakenabzeichen.

»Bis in den Tod!« brüllt Kitzelberger, seine Stimme donnert über den Ring und ums Denkmal Maria Theresias. »Wir fressen kein Eintopfgericht!«

»Wir fressen kein Eintopfgericht«, skandiert zehnmal hintereinander der Zug.

Sprinzel in einer Jungvolk-Abteilung ruft: »Wir wollen Butter statt Kanonen!«

»Wir wollen Butter statt Kanonen«, hallt es wider durch Straßen und Gassen. Und: »Nieder mit den Austronazis! Nieder mit den Weißstrumpfisten! Schuschnigg! Schuschnigg! Schuschnigg!«

Die Jungens vom Birkenhügel singen:

>»Hiddler, Himmler, Göbbels, Göring
>stehlen Butter, schicken uns Hering.«

Konrad sieht empor in den gestirnten Himmel. »Keine Bomben?« fragt er Lili, als ihre Züge sich vereinigen. »Wenn Schuschnigg ernst macht, uns Waffen gibt, kommen die Bomber nicht. Er muß nur ernst machen.«

»Wir fressen kein Eintopfgericht!« schreit Konrad im Übermut, und der Getreidemarkt und der Waschmarkt stimmen ein, Passanten und Demonstranten: »Schuschnigg! Schuschnigg! Schuschnigg! Schuschnigg!« Es klingt wie eine Beschwörung: Schuschnigg, bleib fest und werde fester! Schmeiß die Bagage raus! Nieder mit den Austronazis! Nieder mit den Nazis, Schuschnigg!

»Schuschnigg, Schuschnigg, rotweißrot bis zum Tod, bis zum Tod!« beschwört das Volk ihn rings um das Belvedere die ganze Nacht.

Und Schuschnigg hört.

Und er entschließt sich in derselben Nacht, den lange erwogenen Plan auszuführen und das Plebiszit zu veranstalten, zu dem Hitler früher gedrängt und zu dem ihm im letzten Dezember der König von England durch Österreichs Gesandten in London geraten hatte: Ein Ja für Österreich und seine Unabhängigkeit innen und außen. Ständestaat? Nicht mehr. Das muß er der Arbeiterschaft zugestehen, das kann er, es soll wieder werden wie vor dem zwölften Feber im vierunddreißiger Jahr, er will die Illegalen wieder legal machen, zu ehrlichen offenen Mitkämpfern, als die sie sich heute gezeigt haben, die christlichen Arbeiter sollen ihm dabei behilflich sein. Auch mit dem Seitz will er die Verbindung jetzt aufnehmen. Er hört noch die Worte, die das volkstümlichste aller Wiener Stadtoberhäupter vor fünf Jahren im Parlament gesprochen hat – heut könnte er selbst so sprechen:

»Wenn sich der Faschismus zu Gewalt aufrafft, wächst in dem Arbeiter die Erkenntnis: So friedlich ich bin, ich muß meinen Mann stellen auf dem Boden der Gewalt. Und dann wird die Arbeiterschaft Gewalt anwenden und ihr Recht verteidigen, auf ihre Wehrhaftigkeit bedacht sein. Dann muß sie die Gewehre heilig halten.«

Es ist Zeit, das Wort wahrzumachen. »Mander, es isch Zeit!« hatte einst Hofer, Andreas aus dem Passeiertal bei Meran die Tiroler aufgerufen zum Kampf gegen die Bayern.

Wieder steht ein bayrisches Korps an der Grenze.

Mander, es isch Zeit! denkt der Doktor von Schuschnigg, der plötzlich aus einem autoritären Bundeskanzler zum Anführer nationaler Erhebung geworden ist.

»Mander, es isch Zeit!« ruft er am neunten März Tirolern und Steyrern, Vorarlbergern, Kärntnern und Burgenländern, Ober- und Niederösterreichern zu. Zeit zu der Volksabstimmung, die am kommenden Sonntag frei von Formelkram nach österreichischem Recht und Gesetz vor sich gehen soll.

Mander, es isch Zeit!

Seine Österreicher werden ihn nicht verlassen. Nach diesem Plebiszit wird kein Hitler mehr seine Legalität bezweifeln.

Als Hitler die Proklamation von Innsbruck vernimmt, zerschmettert er den unschuldigen Lautsprecher.

Vor dem tobsüchtigen Mund steht der Schaum.

Wozu hat er seinen Komplizen den Eintritt ins Wiener Ministerium erzwungen, wenn sie nicht einmal das haben verhüten können, Idioten die! Aber natürlich, der Schuschnigg, der Hund, hat ihnen nichts davon gesagt. Fragen hätte er sie müssen, das ist Rebellion. Ihn vor allem hätte er fragen müssen. Das ist Verrat!

»Bomben, am besten Hochbrisanzbomben, Brandbomben! Und wenn darüber ganz Innsbruck und Wien und Österreich in Flammen zergeht, Brandbomben!« tobt er sich aus.

Man kennt diese Anfälle in seiner Umgebung. Austoben lassen; hintennach überlegt er sich's. So etwas kann leicht ins Auge gehen, das hat der Teppichbeißer an Spanien gesehen. Wie einfach schien es da, das Ding zu drehen: im Handumdrehen! Und nun dreht sich die Hand nun schon bald zwei Jahre und ist nur noch ein Klumpen geronnenes Blut. Ohne Blut diesmal, besinnt sich der Teppichbeißer. Blut darf erst fließen nach der Tat.

Das hat er los: Blut ohne Risiko. Macht ergreift man am besten wie ein Juwelendieb im Laden ein Perlenkollier: wenn kein Browning droht, kein Schutzmann in Sicht ist. Die NS-Diplomatie und NS-Politik ist nicht bei Metternich, Disraeli, Bismarck, Clemenceau, Briand in die Schule gegangen, sondern bei Nik Carter, Al Capone, Karl May.

»Hände hoch!« So ergreift man die Macht.

So würde er sie ergreifen. Rasch, es ist grad kein Engländer, Franzose, Russe, Italiener in Sicht. Hände hoch, Schuschnigg!

Bombenflugzeuge startbereit.

Marschbereit drei kriegsstarke Armeekorps.

»Hände hoch, Schuschnigg!«

Blufft nicht einer den andern? Schmäh gegen Schmäh?

Die Drohung mit Krieg hat in diesem Augenblick für Hitler Wert nur als Drohung. Als Krieg nicht. Andererseits ist der Andreas-Hofer-Ruf »Mander es isch Zeit« eine Schuschnigg-sche Wahlparole und kein Aufruf zur nationalen Erhebung. Das Arsenal ist streng bewacht. Es werden keine Waffen ausgegeben.

Der Ritter von Schuschnigg ist fest entschlossen – entschlossen zu sein. Er ist entschlossen, das Ergebnis des Plebiszits abzuwarten.

Warnt ihn ein Kamerad von der Vaterländischen Front: »Warte nicht ab! Paß auf! Es kommt noch was: Ein Reichstagsbrand kommt noch vorher!« Dann lächelt er freundlich: »Hirngespinste, was sollen sie denn schließlich machen? Wir sind doch Deutsche wie sie.«

Er hat noch immer nicht kapiert.

»Wenn ihr Deutsche seid und die da drüben für Deutsche haltet«, kommt es aus der nichtdeutschen Welt, »dann laßt euch in Dreiteufelsnamen einsacken und eindeutschen und einsperren. Für solche Deutsche riskiert die Welt keinen Kopf.«

Die Welt verzichtet auf Deutschland.

7

Euphorie

»Für den März«, sagt Konrad beim Bildungsamtmann im Gaststättengewerbe und macht keinen Schmäh, »sind ›Die Weber‹ ausverkauft.«

»Dann also erster bis vierzehnter April für uns. Kann man sichs vorher mal anschauen?« fragt der Bildungsmann.

»Morgen ist Generalprobe«, lädt der Theaterleiter ihn nach Floridsdorf ein.

Lili hat erreicht, wofür sie ein Jahr und drei Monate gegen allen Unglauben, Warnungen, ökonomische Schwierigkeiten gearbeitet hat: Das Theater der äußern Bezirke steht.

Mit einem Packen von Manuskripten und Büchern sitzt sie vor dem hellgelb lackierten Schreibtisch des Zensors im Rathaus.

»Ich werd Ihnen doch nichts in den Weg legen«, sagt der und ist so gemütlich wie sein Wiener Gesicht. »Spielers, es isch Zeit, ihr habts halt guat gtroffen. Im Zug der Versöhnung auf kulturellem Gebiet sa mer tolerant.«

»Das dürfen wir also alles spielen?« Lilis Wangen blühen mädchenhaft zart, sie atmet auf am Rande der Freiheit.

Das angegraute Bürgergesicht besinnt sich. »Natürlich dürfens net provozierend auftreten, das möcht i schon bitten, Gnädigste. Auch der Zug der Versöhnung, müssens bedenken, rollt vorläufig noch immer per ›Achse‹. Woran hams denn als nächstes gedacht?«

»An ›Die heilige Johanna der Schlachthöfe‹«, gibt Lili an.

»Warum net?« sagt der richtige Österreicher und entzündet den Strohhalm seiner Virginia. »Nur möcht ich Ihnen halt doch empfehlen, schreibens auf das Programm und die Ankündigungen net grad ›Heilige‹ drauf und ›Schlachthöfe‹, das paßt net zamm, schauns, so was irritiert die Herrn Geistlichen, und dann ruft der Herr Kardinal oder der Monsignore die Kunststelle an und die mich, und nachher ham mir beide Verdruß. Spielens das Stück unter dem Titel: ›Die Jungfrau von Orléans‹. Dann kräht kein Hahn danach. Kann Ihnen doch gleich sein, was das Kind für ein Namen hat, wenn's nur Ihr Kind is, net wahr?«

Er zieht an seinem Tabakstengel, blättert in den Zensurexemplaren.

312

»›Die Mutter‹«, findet er, »das is ein konzilianter Titel. ›Mutterherz‹ wär noch besser für Wien, das sag ich Ihnen als erfahrener Zensor. Und vor allem, Gnädigste: Spielens nur immer hübsch im Kostüm. Recht antik: Rokoko oder Barock oder Biedermeier. Immer zurückspielen! Sie ahnen ja net, wie beruhigend so Allonge- oder Rokokoperücken auf die maßgebenden Kreise wirken, drum ham mir damals auch den Giraudoux erlaubt, und dann stört auch der Capek net. Das ist dann die guate alte Zeit, die tut uns in Österreich nit weh.«

Er erhebt sich: »Jederzeit gern zu Ihrer Verfügung, kommens nur immer zu mir, Fräulein von Crailing, folgens nur immer dem Rat der Zensur, da läßt sich schon einiges richten, wir sind gar net so schlimm, also auf Wiedersehen morgen bei der Generalprob. Wenn ichs irgendwie richten kann, komm ich persönlich.« Er notiert das Floridsdorfer Lokal. »Wir haben jetzt schandbar zu tun, die Wahl, wissens.«

Er wird privat und politisch. »Wieviel Prozent geben denn Sie unserem Schuschnigg?«

»Siebzig«, vermutet Lili.

»Aber allermindestens«, dreht er auf: »Alles, was gegen den Schuschnigg war, stimmt doch jetzt für ihn: Für Schuschnigg gegen den Schuschnigg-Kurs. Da ham mir sogar zünftige Nazis, die geben ihm am Sonntag ihre Stimm. I bitt Sie: Wer san denn unsere Nazis? Vor dreißig Jahrn warens Christliche, vor zwanzig Jahrn warens Sozis, vor zehn Jahrn warens bei der Heimwehr. Nazis, däs san bei uns die, die immer zur Majorität rennen, heut da, morgen da. Aber sagens niemand, i hätt das gsagt: I hab nix gsagt. I bin nur froh.«

Alle sind froh.

Ein Westwind weht.

Wahlzettel, Flugblätter, Aufrufe flattern wie die Wildtauben am Hof, an der Freiung, am Stock im Eisen, am Graben, am Ballplatz, am Hohen-, Neuen-, Bauernmarkt, am Juden- und Heldengedenkplatz und über Ring und Gürtel und Lastenstraße in die finsteren Gründe. Vier Jahre Erstarrung lösen sich.

Man darf wieder den Mund auftun. Man darf demonstrieren: für ein freies, unabhängiges, soziales, einiges Land. Man darf seine Meinung bekennen.

Vindomina bekennt ihre Meinung.

Die Weber-Spieler haben heut probenfrei, frei zum Demonstrieren. Sie demonstrieren für ihre Kunst, die in der Unfreiheit verhungert, in der Freiheit gedeiht. Sie haben die letzten Wochen unermüdlich probiert. Nun ziehen sie durch die Verkehrsader der Kärntner- und Rotenturmstraße. Und wo die NS-Demonstranten für fünfzig Groschen die Stunde demonstrierend skandieren: »Ein Volk ein Führer ein Reich«, da dröhnen sie gegen: »Eine Pleite, eine Scheiße, ein Konzentrationslager!« Und der Bürgersteig stimmt mit ein. Die bezahlten NS-Parolen versinken in dem Schuschnigg-Schuschnigg-Schuschnigg-Triumphruf der Masse.

Ein Westwind weht.

Die Skythin löst sich aus dem Ensemble, der Sprechchor klappt auch ohne sie. Sie stößt in das dickste Gedränge der Schuschniggrufer, erspäht die entschiedensten Mienen, ruft: »Non pasaran!«, den Trutzruf der spanischen Brüder und fühlt sich am östlichsten Punkt der antifaschistischen spanischen Front.

»Sind Sie eine Spanierin?« wird sie gefragt. Sie weist auf das Band Rotweißrot. »Zweimal rot auf einmal weiß! Non pasaran, sie kommen nicht durch!« Und heimst Spaniengroschen, Antifaschistenschillinge für das Österreicher-Bataillon »Zwölfter Feber«.

Ein Westwind weht.

Lili ist wieder beim Sprechchor. Beim Fleischmarkt, von Huren durchsetzt, stockt ein Klumpen Lohn-Demonstranten, skandiert: »Heil A-dolf-Hit-ler.«

»Verrecke!« setzen die Schauspieler, setzen die Wiener darauf. »Hahhh, das tut gut!« atmet die Skythin tief. »Eine Wohltat nach all diesen Jahren. Verrecke!« ruft sie aus tiefster Seele: »Schluß mit Hitler! Nieder mit den Faschisten! Schuschnigg, wir fressen kein Eintopfgericht!«

»Paß auf, Große«, mahnt lächelnd ihr Regisseur. »Sonst ist deine Weberluise morgen stockheiser!«

»Nieder mit den Austronazis!« ruft mit Tragödinnenstimme die Sprachschülerin der Bleibtreu. »Nieder mit den braunen Banditen! Da schau dir nur diese blödsinnigen Ziegen an!« deutet sie mit dem Finger auf hakenkreuzgespickte Fettweiber. »Wie die sich nach Gestapo sehnen und nach Karten und Brotersatz!«

»Wir fressen kein Eintopfgericht!« wiederholt, aufgebracht, mit ihr der Fleischmarkt. Einer mit Hakenkreuz versucht, Holler den Hut herunterzuschlagen. Der Hut hält sich auf seinem Kopf.

»Net amal an Huat könnt ihr runterschlagn«, lacht Konrad den Untam aus. »Und ihr wollts Österreich schlagn? Kappelbuam! Letfeign! Hundsgefraßt!« schimpft er im Wiener Idiom, das er gelernt hat.

Die Schlagader des Verkehrs ist Schlagader der Freiheit geworden.

Aber am späten Nachmittag dieses herzhaften Tags werden vom großen NS-Hauptquartier viele brüllende Verstärkungsscharen in die Adern der Innenstadt gepumpt. Sie gehen in Reih und Glied und haben ihre NS-Kontrolleure, die aufpassen, daß jeder das ihm vergütete Quantum an Stimme und Lunge abliefert. Für den Fall eines Handgemenges sind Zulagen bewilligt. Ebenso für die vorgesehene Nachtaktion.

Unter den NS-Chorführern aber beobachten die Schauspieler der äußern Bezirke viele Nichtösterreicher: Büttel aus Bayern und Franken, Gruppenführer und Obergruppenführer, Scharführer und Oberscharführer: Kalibangesichter. Kannibalengesichter. Fünf, zehn, fünfzehn Jahre SA-Verrohung ist in ihnen zu lesen. Solche Visagen hat man bis dahin nirgends in Österreich gesehen.

Aber auch diesem Abschaum halten die Wiener stand.

Beim Einbruch der Nacht prescht, von NS-Strategen gelenkt, aus dem Gewirr der Strauch-Fahnen-Wallner-Nagler-Korpl-Bogner-Färber-Drahtgassen ein Invasionskontingent durch Freiung, Heidenschuß, Haarhof, Judenplatz gegen das Haus der Vaterländischen Front am Hof.

Die Polizei der legalen Regierung schlägt zu Pferd und zu Fuß die Strauchdiebe ohne Mühe zurück. Sie verschwinden teils im Arrest, teils durch Draht-Färber-Bogner-Korpl-Nagler-Wallner-Fahnen-Strauchgassen. Der Stundenlohn für die Unfreischärler des Dritten Reichs war nur bis zur zwölften Stunde bezahlt.

Nach Mitternacht ist alles friedlich und still.

8

Das Blutgericht

Am Morgen aber pumpen wieder mit Gewalt Nazidruck-
pumpen ihre Anhänger aus den Nachbargauen in die Wiener-
stadt, Kalibanstandarten und Kannibalensturm haben die Leitung, und der NS-Lügenfunk stänkert durch den Äther.

Die Wiener Morgenblätter, restlos auf seiten der Regierung,
die fest im Sattel sitzt, warnen vor allen Gerüchten, besonders
dem einen: Das Plebiszit werde aufgeschoben. Das Plebiszit
findet bestimmt Sonntag statt; wer etwas anderes behaupte
oder verkünde, sei ein Verräter an Österreich.

»Rotweißrot bis zum Tod«, rufen die Morgenblätter.

In Fabriksälen und Kantinen finden nach Jahren zum ersten
Mal wieder ungehindert Betriebsversammlungen statt, auch in
den Bezirken. Noch viele Arbeiter sind nicht eben geneigt, zu
Schuschniggs Begehren Ja zu sagen. Denn wo vergißt man
eine von Kugeln getroffene Mutter, einen erhängten Vater? In
Wien in den finsteren Gründen nicht.

In diesen Köpfen, in diesen Mündern ist Schuschniggs
Name gefüllt mit Haß.

Aber da stehen Arbeiter auf, nennen die Zahl der Monate
und Jahre, und meistens sind es Jahre, die sie in Wöllersdorf im
Anhaltelager oder im Kerker gelegen haben, und nennen ihre
Parteizugehörigkeit: »An der hat sich in Wöllerdorf nichts
geändert. Den zwölften Feber haben wir nicht vergessen, jede
Nacht haben wir dran gedacht. Und trotzdem müßt ihr für
Schuschnigg stimmen. Es kann ein Anfang sein. Man muß die
Dinge heut anders anfangen als früher. Die Schuschnigg-
maschine kann auch einmal anders laufen. Und wenn sie
versagt: Niemand kann sagen, daß wir Schuld tragen.«

Auch der schwere Honderka spricht so und die graue Muth,
deren Sohn man aus einem höhergelegenen Fenster des
Columbiahauses, Berlin, hinuntergeworfen hat.

So jeder in einem anderen Betrieb.

In Waffenfabriken in Wien und Steyr bei Boehler und
Hirtenberg trauen die Arbeiter dem Frieden am wenigsten.
Sie sehen nicht Schuschniggs ernstes, nicht Doktor Schmidts
menschenleeres Gesicht, nicht das falsche Geschau des

Kirchengauführers. Sie sehen nur, daß ihre Fabrikhallen voll sind mit Maschinengewehren und Flugabwehr-Geschützen. »Was haben die hier noch zu suchen?« fragen die Männer, die sie geschaffen hatten.

»Warum stellt man die Dinger nicht in den Grenzschutz?«

»Damit könnt man die deutschen Bombenschleuderer runterholen.«

»Die Dinger sind gut. Man soll uns nur ranlassen.«

»So ein Material ham die drüben nicht, auch nich das System.«

»Wenn das Zeug an der Front stünde, könnt der Kurt ganz anders aufdrehen.«

»Schade.«

»Schlimm.«

»Verdammt.«

Sprechen die Facharbeiter.

Und die Theaterleute der äußeren Bezirke halten es für ihr Glück, daß ihre Vorstellungen, beginnend mit der morgigen Premiere, verkauft sind: Es mochte sonst kein Mensch ins Theater gehen. Alles drängt auf die Straßen.

Durch die Verkehrsader fließen rechts hinab die Faschisten, links V. F. und V. F.: Vaterländische und Volkes Front. Zwischen den feindlichen Strömungen auf dem Fahrdamm in aufmunternder Frühlingssonne Wagen hinter Wagen mit Arbeitern und jungem Volk, das ruft: »Bis in den Tod, bis in den Tod!« Und gespickte Weiber stöhnen »Adolf« und schreien »Hitler!«, als müßten sie ihn noch einmal gebären.

»Diese jämmerlichen Kühe!« Lili kann sich nicht beruhigen, springt über den Damm in die feindliche Strömung. Viele Bekannte erblickt sie da unter der freiwilligen NS-Statisterie: Mannes Hausherrin aus der Jordanstraße, die Hofrätin Attinger mit der gellenden Stimme, und schau: auch die verführerische Victoria Sendler! Und externe und interne Kollegen ohne Talent, allen voran Ludwig Ladewig, der herzliche Händeschüttler.

Lili sieht auf die Uhr: Zeit zur Generalprobe.

Sie kauft für zwanzig Groschen Kastanien zum Mittagessen und schiebt sich durch Schuschnigg- und Hitlerrufe. In der Führichgasse trifft sie auf Sandmenger, der in den »Webern«

ihr Vater ist. Ein besserer als der leibliche, hat sie unlängst zu ihm gesagt.

Seitdem ruhen die Augen des Weißhaarigen zärtlich auf ihr.

Es ist weit bis hinaus nach Floridsdorf, und mehrmals muß ihre Tram warten, bis wieder ein Zug Demonstranten vorüber ist. Man könnte die Zeit wohl nutzen, die Rollen noch einmal durchzulesen. Aber in Sandmengers Rolle des alten Hilse steckt eine Zeitung, ein Prager Blatt, das der Väterspieler in seinem Tschoch vor der Konfiskation gerettet hat: Gestern ist die französische Regierung zurückgetreten, eine neue noch nicht gebildet.

Schlimm.

Lilis Gedanken, fern von Luise Hilse und Floridsdorf, rennen nach Paris, zur Bodenseegrenze, zum Brenner, zum Prager Tagblatt, ins englische Unterhaus, hören den Sprecher der englischen Opposition: »Will der Ministerpräsident in Anbetracht der besondern Lage Österreichs nicht wenigstens« – ihre Gedanken stehen wie atemlos, still steht ihr Herz – »nicht wenigstens die Hoffnung der Regierung ausdrücken, daß diese Volksabstimmung ohne auswärtige Einmischung und ohne ausländischen Druck stattfindet?«

Ministerpräsident Chamberlain schweigt.

Keine Hilfe von außen.

Die Tram fährt über die blasse Donau am Rande des Stadtplans und über die Schlachtfelder vom zwölften Feber.

An der weißen Wand des Ganges und die Treppe hinauf, die zur Saalbühne führt, stehen Schauspieler, Schauspielerinnen, Komparsen, in Weberlumpen gekleidet.

Da stehen sie wie auf einem Blatt der Radiererin Käthe Kollwitz, so eingefallen, die Gesichter so hoffnungslos starr.

Proben die hier auf dem Gang?

Sie sind so unerhört echt, diese Hoffnungslosen, Enttäuschten.

»Ist etwas passiert?« fragt Sandmenger.

Die erste Webersfrau antwortet: »Die Volksabstimmung ist abgesagt.«

Da ist sie, die Wahlbombe.

Die erste. Um dreiviertel acht hat der Schuschnigg im Rundfunk eine Mitteilung zu machen.

Vergessen die Probe, das Theater.

Die Vertrauensleute, die zuschauen wollten, steigen über die Bühne in die Enge der Garderoben, des Bühneneingangs. Von oben aus der überfüllten Männergarderobe hört man die Stimme des Schauspielers Lessing.

Er spricht aus seiner Rolle. Aber es ist keine Rolle mehr. Es ist das »Blutgericht«, das Blutgericht von Peterswaldau in Preußisch-Schlesien vor hundert Jahren. Es ist das Schicksal Österreichs und seiner Bewohner, das sich jetzt gleich vollzieht.

> Hier am Ort ist ein Gericht,
> viel ärger als die Fehmen,
> wo man nicht erst ein Urteil spricht,
> das Leben schnell zu nehmen.
> Hier wird der Mensch langsam gequält.
> Hier ist die Folterkammer.
> Hier werden Seufzer viel gezählt
> als Zeugen von dem Jammer.

Blutgericht über Österreich.

In ihren Lumpen sitzen die Weber im Wirtshaussaal unter den Leuten von Floridsdorf, Männer und Frauen, meist Arbeitslose. Ihre Kostüme fallen nicht auf. Die Wirtshausgäste sehen nicht anders aus. In allen Stilepochen hat Armut das gleiche Kostüm getragen.

Die Arbeitslosen, Schauspieler und Handarbeiter warten auf das Urteil des deutschen Blutgerichts.

Es wird kaum gesprochen.

Viermal hat der Hitler mit vorgehaltenem Ultimatum gepreßt, heute allein dreimal.

Viermal nach seinem Elfstundentag zu Berchtesgaden hat der Schuschnigg zur Lage gesprochen, davon zweimal zu Arbeitern. Vielerlei hat er geredet, aber kein Wort von dem Ultimatum. Jetzt, fünf Minuten nach zwölf, spricht er davon. Und daß die Truppen des Angreifers schon im Anmarsch sind. Und: »Wir haben unserer Wehrmacht den Auftrag gegeben, ohne wesentlichen Widerstand«, er macht eine Verbesserung, »ohne Widerstand sich zurückzuziehen.«

Und zieht sich selbst zurück. Man hört noch zweimal aus seinem Mund das Wort ›deutsch‹, das tausendfach geschändete:

»Weil wir um keinen Preis deutsches Blut zu vergießen ge-
sonnen sind« – viel deutsches Blut, Angstschweiß und Tränen
werden vergossen werden –, »so verabschiede ich mich von
dem österreichischen Volk mit einem deutschen Wort.«
Hände hoch!
Beim vierten Anruf des Räubers hat Kurt die Hände er-
hoben und betet:
»Gott schütze Österreich!«
Und es erklingt Streichquartett ... das Gotterhalte – es ist,
als führe er selber den Taktstock.
Marche funèbre.
Er läßt sehr langsam spielen. Es schluchzen die Geigen. Das
Volk der Geiger weint in der Welt. –
Das Tausendjährige geht zugrund.
Und es versinkt der edle Ritter von Schuschnigg in den
Strudeln des braunen Meeres.

Die Männer stehen machtlos in Wut. Die Frauen schluchzen
wie hinter Gefängnismauern.
»Zur Bühne!« gibt der Regisseur leise durch.
Satory ist nach kurzer Weisung verschwunden. Die Spieler
verlassen das Wirtslokal. »Auch, bitte, die Kartenverkäufer
und Vertrauensleute!«
»Vorhang herunter!«
Der alte Hilse, Sandmenger, sitzt wie von einer Kugel getroffen, zusammengesackt. Er kann nur in Österreich atmen.
Er ist wie im Exil plötzlich, kriegt keine Luft. Luise Hilse ist
bei ihm, seine Tochter, die Lili.
»Zieht euch aus, Kinder«, sagt der Regisseur. »Schminkt
euch ab, Generalprobe ist nicht. Es gibt keine Gewerkschaft
mehr, keinen Kleinmieterbund, kein Österreich ... und kein
Theater der äußern Bezirke. Unsere Kollegin Crailing hat es
auf die Beine gestellt, hat fünfzehn Monate daran gearbeitet
und jetzt ...«
Eine Grabrede. Die Leidtragenden blicken auf die Kollegin,
drücken ihr wie einer Verwitweten die Hand ... und sind selbst
verwaist. Dann sammelt Lessing die Rollen ein.
Leise, von dem zu jenem, geht die Aufforderung: »Halb
zehn Brigittenauer Lände unter der Friedensbrücke.« Nur unbedingt Zuverlässige erhalten sie.

Zur gleichen Zeit rollen deutsche Korps durch die Vorarl-
berge. Motorbatterien sorgfältig verpackt, um nicht Schaden
zu leiden, fahren per Bahn. Flugzeuge schrauben sich durch
den nächtlichen Himmel.

Silbrig wie ein hüpfender Fisch kommt ein Viertelsmond
aus fließenden Wolken.

Unter der Friedensbrücke treffen sich die Friedlosen. Die
am meisten Gefährdeten sind bereits unten in dem weitverzweigten Netz, das im Norden der Stadt vom Domgraben an
der Rebellerwiese und den Wasserbehältern von Balmannsdorf
begrenzt wird und im Süden zum Praterspitz und durch den
Hauptkanal hinter dem alten Aspangbahnhof bis über
Schwechat-Kledering und Grammat-Neusiedl reicht. Da hat
jede Widerstandszelle ihren Schutzkeller.

Nun steigen, während vom Donaukanal her ein dummes
Gebrüll tönt, auch die Neuangekommenen ins Feuchte hinab.

Unten gibt Honderka Anleitungen. Zwar werde es, sagt er,
nicht nötig sein, sich hier auf Dauer niederzulassen, trotzdem
sei es ratsam, sich so dauerhaft wie nur möglich einzubauen.
»Also: Decken mitbringen, aber so, daß es nicht auffällt, lieber ein paarmal gehen, auch Kissen und Mäntel; es ist kalt hier
unten das ganze Jahr.«

»Inwieweit einer gefährdet ist, ob mehr, ob weniger, muß jeder selbst wissen«, gibt Satory zu bedenken und: »die größte
Vorsicht beim Ab- und Aufstieg! Einige werden über die
Grenze müssen, die sollen Verbindung mit uns halten, wir besprechen das später.«

»Jetzt weiß wenigstens a jeder, wo er sich verkriechen
kann«, sagt der Sprinzel, »meine neue Adreß –«

»Ruhe!« gebietet Honderka. »Gegenseitige Kontrolle. Es
darf sich keiner schnappen lassen. Den Kurierdienst übernehmen unsre Frauen. Heute und morgen ist wohl noch nicht
ganz so viel zu befürchten wie später, nutzt also die Zeit!«

»Vor dem Gemetzel werden NS-Feste gefeiert«, erklärt
Holler, »altes Nazibrauchtum. Wenn erst die Gestapo sich
richtig hineinkniet ...«

»In den Morgenstunden darf keiner zu Hause sein«, warnt
Rolf. »Und auf keinen Fall so blöd sein, irgendeiner Vorladung, sähe sie auch noch so harmlos aus, Folge leisten, sondern sofort damit hier runter in die Nazischutzkeller! Und

nur solche Arbeitskollegen mitbringen, die ihr seit dem vierunddreißiger Jahr genau kennt! Später werdet ihr eure Schlaf-
stellen und Wohnungen untereinander tauschen, so, daß jeder
woanders wohnt, das hat aber noch Zeit.«

Lili fügt hinzu: »Und rettet die Bücher, wir sind ohnehin
schon sehr knapp damit. Rettet den Geist!«

Honderka fährt fort: »Mit den Kanalarbeitern habe ich gesprochen. Sie werden nichts sehen. Tut ihr auch, als ob ihr sie
nicht bemerkt! Aber im übrigen: Augen auf! Ohren auf! Die
droben gesammelten Beobachtungen hier unten genau auf-
schreiben – Papier wird besorgt. Die Welt soll wissen, wie dieses Land verreckt.«

Rolf hat inzwischen einigen abseits Stehenden Zeichen gemacht: mit Blick auf die graue Muth seine flache Hand mehrmals nach unten gedrückt. Die Verstehende nickt, weiß: die
Druckpresse! Er zählt an den Fingern auf – drei, stößt dann
die drei Finger abwärts.

Ihr Lächeln signalisiert: verstanden, die Kochkiste mit der
Presse kommt in den dritten Bezirk ihrer Unterwelt.

9

Zeitenwende

Und es wälzen sich die deutschen Korps unter General Keitel
und General Reichenau durch das beschlagnahmte Land. Als
letzte Nachzügler, einen Tag vor dem »Führer«, kommen die
Munitionswagen der Motorbatterien. Man braucht sie weder
zum Einschüchtern noch zum Begeistern.

Die Begeisterung der Wiener ist eine Ausgeburt ihres
Schreckens. Unter den grauen Bombern, die im Tiefflug über
den Dächern durch die Morgensonne rattern, schreit das
betäubte Wien zum Himmel empor: »Heil Hiddler!« Und die
entwienerten Wiener füllen Mariahilf und den Ring mit Jubel-
ruf wie bestellt.

In ihren Huldigungen, die nun in allen Gassen losgehen wie
läufige Hündinnen, sind sie ihrer alten Art treu geblieben. So
haben schon ihre gelben Urahnenvölker die Eindringlinge des
Sigovesus umschmeichelt. So haben die Altväter beim Einzug

Napoleons »Vive l'empereur!« geschrien. Schmeichelei ist ihre einzige Waffe, in ihrer Handhabung sind sie Meister. Die Ex-stadt Wien verschwendet Österreichs Erbschaft an Byzanti-nismus auf Adolf, den Ersten und Letzten.

»Heil Adolf Hitler!« schreit Alt und Jung, kreischen Schul-kinder, Muli, erste Semester, bemooste Häupter, Steißtromm-ler, Turn-, Zeichen-, Rechenlehrer, Hausbesorger, Naderer, Kiberer, Budiker, Kellner, Heurigenwirte, Heurigensänger, Huren, Barmädchen, Kassenschränker, stellungslose Einbre-cher, die mit einemmal ihre uniformierten Berufskollegen als Triumphatoren erblicken, dekoriert mit Armbinden und Arier-Abzeichen.

Alle Pülcher, Taschendiebe, Lumpenproletarier, Lumpen-bourgeois, Lumpenaristokraten, alle, die gern etwas ergattern wollen – und wer will das nicht? –, schrein aus Leibeskräften: Heil Adolf Hitler!

»Wo sind die Zehntausenden, die bei Gorki waren, im Nachtasyl?« fragt Lili und geht mit Konrad am Morgen durch das gestaute Gebrüll. »Und im Dreigroschenfilm? Und in der Urania, als man den Wodopjanow vorführte und ›Der Nord-pol winkt‹? Wo sind die Millionen, die eben noch ihre Stimme und Unterschrift einem freien Österreich gaben? Alle schon gleichgeschaltet?«

»So wenig wie wir, Große. Sie sind unsichtbar. Wie wir.«

»Oder sind«, lacht Lili bitter, »dem Tiger auf den Rücken gesprungen. Ganz Wien ein Donz, ganz Österreich sitzt mit verzerrtem Grinsen auf dem Rücken der Bestie, die seinen Kanzler im blutigen Maul davonträgt.«

»Heut ist der zwölfte März«, sagt Mimi, der sie bei der Lastenstraße begegnen. Sie trägt ein Paket mit Spirituskocher drin und Salami.

»Das ist der Tag der Märzgefallenen von achtundvierzig, Kinder, den haben wir früher anders gefeiert.«

Aber Lili hat für Diskussionen jetzt keine Zeit! Den Geist gilt es zu retten: Was sie an Zeitschriften und Büchern noch in der Zischkabaude haben, muß geborgen werden. »Die heilige Johanna der Schlachthöfe«. »Die Geschichte der Familie des Staats und des Privateigentums«, »Das Land der Träumer«, »Die Mutter« von Gorki, »Die Mutter« von Capek, »Die weiße Krankheit«, »Die Rundköpfe und die Spitzköpfe«, »Der falsche Nero« – jede Seite hat jetzt hundertfachen Wert, jede Zeile muß in ihr unterirdisches System der Gänge und Leitungen und Ganglien münden. Eine Bibliothek brauchen sie unten, es wird sonst grausig in dem freiwilligen Gefängnis. Rettet den Geist vor der Tyrannei! Haltet ihn wach! Erfreut ihn!

»Vielleicht, Konrad, spielen wir unten die Weber, wenigstens einzelne Szenen ...? Ginge das nicht ...?«

Ihr skythisches Gesicht hat ein Leuchten. Ihr rebellisches Herz ist erfüllt von dem Spieltrieb der Schauspielerin, der unterdrückbar ist wie ihr Drang nach Freiheit. Sie sieht nicht mehr die blutroten Flaggen, die schwarzverschandelten, sie preßt Konrads Arm: »›Die weiße Krankheit‹ könnten wir spielen und ›Professor Mannheim‹. Es wird Höhlenschauspieler geben: Sandmenger, Lessing, die Korneisel, du und ich und noch mehr. Wir müssen für Textbücher sorgen – um Himmels willen«, fällt ihr dabei ein: »Die Leihbibliothek! Die haben doch hoffentlich ihre Kartothek vernichtet, da stehen ja alle drin, alle Links-Leser! Schnell hin!« Sie eilen über den Hof.

Dort hat Nazibegeisterung eben an das Haus der Vaterländischen Front ein wenig Feuer gelegt. Bei den neuen braunen Herren geht es nun einmal nicht ohne Brandstiftung. Die Feuerwehr hat es nicht leicht, muß abwechselnd in den Brand und in die Brandstifter spritzen. Weiter! Weiter! Durch die Tuchlauben zur Bücherei! Tausende haben sich dort im Lauf der letzten Jahre auf Bücher der Wahrheit vormerken lassen, auf deutsche Weltliteratur im Exil. Da findet die Gestapo ihr Adressenmaterial alphabetisch geordnet, Himmel!

»Sie stellen sich das zu schlimm vor«, beruhigt die kleine rundliche Ausleiherin. »Bei uns erhält niemand Einblick in die Wunschzettel. Haben Sie vielleicht Angst?«

So ahnungslos sind noch die Wiener. Es hält schwer, der Unbekümmerten klarzumachen, daß jede Kundenkarte den Kunden ins Foltercamp bringt. Sie versteht es ganz einfach nicht: Sie sei doch konzessioniert, die Bücher wohl nicht verboten ...

Lili schleppt ohne Erlaubnis den Inhalt der Kartotheken zum Ofen, Konrad feuert hinein. »Ihr ganzer Laden«, erklärt sie unter der Arbeit, »ist verloren. Wenn Sie nicht fliehen, sind Sie es auch. Haben Sie denn nie selbst diese Bücher gelesen, die Sie verleihen?«

»Nur Jack London und Pitigrilli«, erwidert die Wienerin. Mehr durch Lilis verzweifelte Entschlossenheit als durch ihre Argumente beeindruckt, gibt endlich die Inhaberin nach: »Ja, wenn Sie wirklich meinen ...?« Ohne ihn in eine Liste zu setzen, läßt sie Konrad einen Stoß Leihbücher: Döblin, Feuchtwanger, Frank, Graf, Heiden, Keun, Mann, Benn, Seghers, Traven, Upton Sinclair – »In Gottes Namen, daß ich bloß keine Unannehmlichkeiten krieg, bitte, bedienen Sie sich!« Sie bündelt die Bände in Packpapier. »Weg damit!«

Es war Zeit. Beim Graben vor der Zentralbuchhandlung hält schon ein Überfallwagen. Hakenkreuzler schleppen Bücherhaufen, Büchergebirge zusammen. Die Gipfel des Geistes werden eingeebnet. Rasch steigen Lili und Konrad in einen Bus.

Am Abend ist Fackelzug.

Aus jeder Fackel züngelt NS-Brandstiftergier. Im Qualm der Magnesiumfackeln verbrennen die Leichen der großen Mütter Austria, Vindomina. Hände hoch, Wiener!

Alle Hände fliegen empor. Das ist der deutsche Gruß.

In vielen Augen sind Tränen. Das ist der letzte österreichische Gruß. Es ist nicht leicht für ein Volk, plötzlich kein Volk mehr zu sein.

Zur Zischkabaude! Da wäre noch einiges fortzuschaffen, und vielleicht stiftet die gute Frau Zischka ein Kissen. Seit gestern hat Konrad sie nicht mehr gesehen ... Lili möchte noch einmal an der vertrauten Stätte schlafen.

»Wir wußten gar nicht, wie schön es da war ... Ob mans riskieren soll? Heut ist noch keine Gefahr für uns, oder ...? Fackelzug und Führerempfang ...«

»Und Gestapo.«

»Ich möchte auch nicht ins Familiengefängnis, es wäre nur wegen der Decken ... Morgen steigen wir bestimmt in unsern unterirdischen Safe. Mein Vater ist natürlich auf die Sekunde eingeschwenkt, kannst du dir vorstellen.«

Konrad stellt es sich lebhaft vor.

»Ich kann dir nur sagen, unsere Unterwelt ist mir lieber als die Schöllerhofgasse. Es wäre nur wegen der Woilachs, die liegen da noch vom Krieg her, ein Berg. Niemans Revolver habe ich auch noch daheim, den brauchen wir unbedingt. Und meine Kleider; ich möchte mich vor den Molchen und Asseln nicht schämen müssen«, scherzt sie krampfhaft. Es ist nicht leicht für Phoebus und Helios, plötzlich zu Nachttieren zu werden.

Konrad wird Lili zum Schöllerhof begleiten. Er könnte, wenn die Luft halbwegs rein ist, einige Woilachs wegschaffen. Die Altstadtgassen, durch die sie gehen, sind entleert. Die Einwohner Wiens sind jetzt mit Geschrei beim Fackelgelichter oder vergraben in trüben Wohnungen oder gedrängt, zurückgejagt, betastet, verhört, angeschnauzt an einem der Bahnhöfe. Nicht einmal mehr zur Abreise eignet sich diese Stadt.

Es sind auch schon viele im Gefängnis.

Am Hohen Markt vor dem Denkmal der Josefsehe steigen Erinnerungen auf.

»Ob sie dort den Oberpriester in Israel auf seinem Posten lassen?« fragt Lili. »Und den alten weisen Moses am Franziskanerplatz?«

»Ein Jud und ein Denkmal? Im Dritten Reich setzt man nur Mördern ein Standbild.«

Schüchtern fragt Lili: »Fändest du es sehr stillos, Konrad, wenn wir zusammen noch ein Glas Wein trinken? Vielleicht das letzte … komm!«

Dort ist der Deutschmeister, Schaderers Stammlokal, wo Vindomina, die Weberin, ihnen den Faden Satory in die Hände gespielt hat. Am Rundtisch in der hinteren Ecke trinken Wachleute vom Revier. Tragen alle schon Hakenkreuzbinden, tragen noch leicht daran.

Der Kellner mault gedämpft über entgangene Einnahmen. »Gestern zu. Heut zu. Morgen wieder den halben Tag zu. Wo soll denn das hinführen?«

»Wohin sie der Führer führt«, sagt Lili sanft betont und mit Blick auf die Wachmänner. »Vorsicht, mein Lieber!«

»Heilhitler!« ruft der Ober erschrocken, bringt Gumpoldskirchner und zieht sich zurück. »Fünf Sport!« rufts vom Polizistentisch. Der Kellner bringt, reicht Feuer. »Der Kurt is furt, ich rauch a Spurt«, reimt einer der fünf Regierungsstützen. Ein zweiter fügt hinzu: »Der Zernatto is ausgerückt.« – »Zwei Millionen Schilling hat er mitgehn lassen, der Pülcher«, dichtet der dritte Gleichgeschaltete. Der vierte zieht ein Spiel Karten hervor. »Wer gibt?«

»Ob wir lang unten wohnen?« fragt Lili.

»Bei Tag gehts hinauf«, flüstert Konrad zuversichtlich, »und wir kucken herum wie ein Periskop. Es wird einen Widerstand geben, ganz anders als in Deutschland. Ich muß schauen, daß ich österreichische Ausweispapiere kriege, dann ziehen wir als ganz wer anders oben irgendwo ein. Mach dir darüber vorläufig keine Kopfschmerzen, es wird schon werden, Große!«

Die Irrlichter des Fackelzugs sind erloschen, schwelen am Donaukanal, zischen ins Wasser.

Nun kommt der Durst. Beim Deutschmeister wird es voll. Auch der Schneidermeister Schaderer, Poldi findet sein Stammlokal und hat bereits einen sitzen. Der Sonntag ist sein Rauschtag – und wenn die Welt und wenn Österreich untergeht! Er sucht einen Platz.

»Gestatten die Herrschaften?« – »Bitte, Herr Schaderer!« Da erkennt er die Schauspielerin: »Mein Kompliment, Heilhitler, einen halben Gumpoldskirchner, meine Verehrung, bringens meinetwegen einen ganzen. Das habens großartig gmacht mit dera Beschießung von Tschapei, meine Dame, nur halt a bisserl alt hams ausgschaut, so wie jetzt gfallens mir besser.

Schön is g'weng und net amal teuer, hams mi net gsehn? Ganz vorn hab i gsessen neben dem Pupperl, was mit dem Satory war, mein Gschmack wär die net, alle Hochachtung: die Beschießung von Tschapei, Achtung, Feuer! Was braucheten wir an Feuer auf Tschapei, wir ham unser Feuer auf Wien, hams den Zug gsehn, grandios, und die Begeisterung, geltens da staunens, i hab ja immer gsagt, mir Wiener Heilhitler wie wir da san – alles Pülcher! Ihr Wohl, Herr Nachbar, was brauchen wir die Japaner dazu, wir ham«, ruft er laut in das rauchgefüllte Lokal, »unsern Adolf Hitler! Sie kennen die Wiener Verhältnisse net, wir Österreicher san alles Pülcher, net wahr, der Gumpoldskirchner is guat? Unser Adolf Hitler, das is an Österreicher, da gibts nix. Hams net zufällig mein Satory gsehn, Sie kennen ihn doch, das i a Gent, heut nacht is er net hoamkumma, der Hoaderlump, gestern a net, der wird sich do net vor Begeisterung was angetan ham?«

Seine Alkoholstimme ist wieder vertraulich geworden: »Wir Wiener san a net so blöd wie i ausschau. Wir lassen uns mit der größten Freud verkaufen, warum net, wer biet mehr? Bloß für dumm soll uns kaner verkaufen, wir san die Gscheiten, das san wir von Geburt, wenns gstatten. Schau Tschaperl, wir kriechen jetzt alle dem Hitler in Oarsch, nix für ungut. Wissens warum, Herr Nachbar? Weil das zur Zeit der sicherste Ort in ganz Wien is. Es kann sich do niemand selbst in Popo beißn, net amal der Hiddler, Heil Adolf Hitler«, gebietet er abermals, und das Lokal stimmt ein, auch der Kellner.

»Das is die Wiener echte Begeisterung«, schwadroniert der ungreifbare Sonntagssäufer weiter. »Däs san ja alles Deppen gemma ins Marc Aurel! Da hat no a alte Kultur und an Cognac, noch älter, der Wirt is mein Spezi. Zahlen! Da san mer ganz unter uns!«

Lili ist froh, aus dem nazisierten Wirtshaus herauszukommen, sie hat sich die Stunde des Ausruhens mit Konrad anders gedacht, aber das ist sie gewohnt.

»Is das net großartig«, findet der Schneidermeister unter der Tür, »was die Deitschen hier für an Wirbel machen? Und alles – wie nennens das? – schlaganfallartig, an dena ihre Sprach muß ma sich halt gwöhnen«, erklärt er am Hohen Markt: »Schlaganfallartig hams den Verkehr gelähmt, schlaganfallartig machens die Geschäfte kaputt, kan Jud verkauft mehr was, meinens es läßt sich heut no aner an Anzug machen? Das is do kan Antisemitismus, i bi a gelernter Antisemit, aber was die da treibn, das sag i Eana als alter Luegermann, das is kan Antisemitismus, der Antisemitismus, der hat eine uralte Kuldur, a Büldung hat er, wo bleibt denn dahier die Büldung? Geht so a siebzigjähriger Jude, a Uhrmacher, über die Taborstraßn und denkt an nix, höchstens an Uhren – dreimal Einspänner, Herr Haushofer, die Herrschaften sind meine Gäste, nehmens Platz, der Haushofer kann das ruhig hören, der hat scho ganz andre Sachen ghört, Ihr Mantel, Fräulein, ghört aber mal in Reparatur – also, was soll ich Ihnen sagen, da sans mit dem Uhrmacher im Café Nestroy, da hat er müassen die Scheiben reiben im Café Nestroy, daß nur die Hallodris draußen es sehn. Net er allein, no so zehn, zwanzig außerdem, lauter bessere Leut, und er hat müssen die Scheiben anhauchen, goar kein Atem hat der Oarme mehr gehabt, immer hauchen und putze, wo er ihnen doch gar nix tan hat, so alt der Mann war, sein ganzes Leben net, ich hab ihn doch kennt, er heißt Hirsch, und wie er dann fertig war im Nestoy und die Scheiben waren blank, also tadellos wie noch nie in demLokal, da hams ihm den Spucknapf hingestellt aufn Tisch: »Saujud, den trinkst jetzt aus, Befehl!« Und ham gschlagen, den Uhrmacher, der war wie a Leich, ärger. I bitt Sie, is das an Antisemitismus? – Wenn das Antisemitismus is, dann werd i Semit, da steign einem ja die Grausbirnen auf. Drei Cognac, Haushofer!«

Das Lokal muß geschlossen werden. Befehl. Zur Feier des Tages wird alles geschlossen, auch morgen, auch übermorgen. »Wie hält das die Wirtschaft aus!« klagt der Wirt.

Der Schaderer hat wieder sein schlaues Säufergesicht. »Däs ist eine wohlüberlegte Maßnahme«, spricht er gebildet. »Die Preißn vertragen so ein guaten Wein net, san ihn ja gar net wert. Nacher liegens bsoffen da rum, wo bleibt dann der Respekt der Bevölkerung? frage ich Sie. Die mit ihrn Führeransprüch, die ham Angst, die ham bloß Angst, daß sie hier so was über die Köpf kriegen wie ein Bartholomäusnachtgeschirr, die san ja bled, Bartholomäusnacht, dazu hams hier kein Schneid, dazu san wir in Wien viel zu konziliant.«

Das nimmt kein Ende. Lili verabredet sich mit Konrad getrost auf morgen an der Marienbrücke. Er will noch einmal ins Café Schlagader schauen, ob er dort etwas zu essen bekommt.

»Machens sich keine falschen Hoffnungen!« sagt der Schneidermeister und lädt ihn zu sich nach Hause ein. »Der Herr Satory is eh net zu Haus, da könnens bei ihm übernachten.« Satory wird wissen, warum er nicht kommt, sagt sich Holler und dankt.

»Gute Nacht, Herr Schaderer«, verabschiedet er sich am Donaukanalquai, hört noch die Schimpflitanei, mit der sich der Davontorkelnde Luft macht: »Urkundenfälscher! Messerstecher! Verräter! Hochverräter! Marodeure! Räuber! Meineidbauern! Erpresser! Seeräuber! Kassenschränker! Hochstapler! Gauner! Straßenräuber! Wanns denen die Hand gibst, fehlt die nachher an Finger! Taschelzieher!«

Ein Wachmann mit Hakenbinde greift ein. Konrad hört, wie der Urwiener sagt: »Aber Herr Chef, man wird do jetzt endlich die Wahrheit über die Schuschnigg-Regierung äußern dürfen ... als Arier ...« und sieht ihn hinter der Urania verschwinden. Der Wachmann hat salutiert.

Zipernys Café ist geschlossen. Der Name über der Tür trägt bereits den neuen Zuständen Rechnung. Zwei Buchstaben

sind ausgewechselt. Es heißt jetzt statt Schlagader »Schlage-
ter«. Ade, Tischleindeckdich.

»Lebe wohl, Gotthold Ephraim, freier Lessing!« grüßt Konrad, sein Haustor aufsperrend, das granitne Gegenüber:
»Avantgardist! Humanist! Kulturbolschewist, wirst nicht
mehr lang über den Platz der Juden stapfen. Komm mit in
unsre Katakomben, Prediger in der Wüste der Intoleranz!«

Die Luft in dem Stiegenhaus ist dumpf. Er fühlt sich am
Geländer im Dunkeln empor. Ein fader Geruch kommt näher,
näher... Man meint, das wäre... Er öffnet die Korridortür. Ist
die Leitung undicht, das ist doch... Er kennt den Geruch seit
dem ersten Morgen in Wien in der Cimanigasse, so roch es,
Zigarette aus! beim Spediteur Heidenreich, der ein Vetter seiner Mutter war: Gas! Erbarmen, die Arme, die Alte! »Frau
Zischka! Zischka!«

Fenster auf! Er weiß, was er jetzt sehen wird. Wo ist der
Haupthahn?

In der Küche, neben dem Gasrechaud in ihrem weißen wal-
lenden Gewand, ihr Granatkreuzchen an der Brust, liegt die
arbeitsame Österreicherin, die ihr Österreich nicht überleben
wollte.

10

Auf der Rebellerwiese

Das einzige, was unter dem Landvogt in dem einstigen Österreich noch frei war, war nämlich der Tod.

Viele machen von dieser letzten Freiheit Gebrauch und stei-
gern so in den folgenden Monaten die Ziffern des Gaskon-
sums zu einer unter früheren Regierungen auch nicht im ent-
ferntesten erreichten Höhe. Ebenso übertrifft der Umsatz an
Veronal, Strychnin, Arsen, Belladonna, Opium und anderen
Giften die kühnsten Erwartungen. Bald ist in allen einschlägi-
gen Geschäften Giftware ausverkauft, so daß selbst begüterte
Todeskandidaten zu Hanfstricken greifen. Die Fachschaften
der Seiler, Sargtischler, Leichenbestatter, Totengräber, Grabsteinmetzen danken dem Führer für nie dagewesene Hoch-
konjunktur. Nicht einmal Pest und Cholera ist es laut Statistik
so wie ihm gelungen, das Land zu entvölkern.

Zwar gehen durch diese NS-Methoden auf Österreichs letztem Ausweg einige Berufsgruppen ihrer geschätzten Kundschaft verlustig, und die tapferen Naschmarktweiber schreiben in metergroßen Lettern auf die Bretterwände der Verkaufsstände ihren Dank an den Zwangsführer: »Heil dir, du hast uns von Juden, Kunden und Lebensmitteln befreit!« und zeigen der einschreitenden SA den blanken Hintern – aber was wollen sie eigentlich? Soll vielleicht der Herr Reichskommissar ein Gesetz erlassen: »Selbstmord bei Todesstrafe verboten«?

Der Todesfall der alten Frau Zischka am Judenplatz ist ein gänzlich belangloser Fall, von dem niemand Notiz nimmt. Da gibt es ganz anderes: Kollektiv-Selbstmorde.

Paarweise, gruppenweise, familienweise begeben die Menschen sich aus dieser so unblutigen Umwälzung nach dem Tod der Freiheit in die Freiheit des Todes, und an vielen dieser Gruppen verdienen weder die Gasanstalt noch Pharmazeuten, Seiler, Grabsteinmetzen. Sie springen über die Geländer der neuen schönen Reichsbrücke in die schöne blaue Donau. Oder aus irgendeinem bescheidenen Fenster in irgendeinen bescheidenen Lichthof.

Der größte Wiener Kinderarzt schreibt einen Abschiedsbrief: »Ich habe sechzigtausend Kindern das Leben gerettet, jetzt muß ich mir das meine nehmen.« Der Mann hat das Verbrechen begangen, in dem überfallenen Land ein Jude zu sein.

Als Konrad von der nächtlichen Fernsprechanlage im benachbarten Durchhaus die Rettungsgesellschaft vom Gastod Frau Zischkas verständigt, erhält er die Antwort: »Soll warten. Alle Rettungswagen sind unterwegs.«

Das sind die Bomben, die niemand sieht.

Viele ergreifen die Flucht, und manchen gelingt sie. Sie ist nicht leicht, denn das Konzentrationsland, das nun Gau Ostmark heißt, ist abgeriegelt. Geübte Schwimmer gelangen über die Grenze im Bodensee oder über den jungen Rhein, tüchtige Bergsteiger vom Patznauertal über das Fluchthorn, es gibt vielerlei Schleichwege, aber sie sind schwer zu finden. Man ist ja das Emigrieren nicht gewohnt, man hat es nicht gelernt, man war alteingesessener Altösterreicher, wie die gastote Zischka gewesen war. Man hat auf den Kurt Schuschnigg gebaut und sich nicht im mindesten vorbereitet. Nicht einmal der Rothschild hat sich vorbereitet.

Da haben die Doppellebigen von Floridsdorf und Brigittenau, die Amphibien von Favoriten, die Ungreifbaren vom Birkenhügel und St. Marx mehr Voraussicht gezeigt.

Keiner von ihnen wird gegriffen.

Aber sie sind da. Überall tauchen sie auf und unter, gleich U-Booten unbekannter Herkunft die Geschwader des Feindes beunruhigend.

Am ersten Abend glückt es Sprinzel, dem Spezialisten des U-Netzes, im Hof einer Stellmacherei in der Kährgasse einen neuen Zugang zum Tiefsystem ausfindig zu machen. Der Stellmacher, einer mit guter sozialdemokratischer Vergangenheit, wird am nächsten Tag von Honderka vorsichtig eingeweiht.

Burdach findet trockene Zugänge in Kagran und unweit davon bei Breitenlee.

Auch hinter der Woll- und Leinenweberei, in der Mutter Muth in Akkord gearbeitet hat, gibt es auf einem kleinen unbewachten Holzlagerplatz einen geschützten Eingang zur Unterwelt. Zwar muß man dort bis zu den Knien durch Gewässer und stinkt, wenn man herauskommt, aber er wird trotzdem benutzt. Bei der starken Vermehrung der Amphibien ist Dezentralisation geboten.

Auch Obleute, eitle Hüter von Parteigenossen, kommen da nun hinab und lernen in der neuen Dezentralisation die Kunst zur Zentralisierung. Sie lernen Abwehr und Kampf in gemeinsamer Front.

Wachdienst, Postverkehr sind eingerichtet und funktionieren, den Umständen angemessen, nicht schlecht. Die trockensten Teile der unteren Gründe dienen zur Aufbewahrung von Waffen und Munition. Es gibt auch Maschinengewehre. Es gibt eine Verbindung zur Heeresverwaltung. Es gibt Verbindungen in mehrere Kasernen. Es gibt sogar Leute in höheren Stellen, die stehen mit in der gemeinsamen Front. Es gibt beträchtliche Vorräte. Nie haben Naderer und Kiberer sie entdeckt. Nie würden NS-Spitzel sie auskundschaften.

Es ist System in dem unterirdischen System, und gute Stimmung herrscht wie an den Fronten der Brüder in China und Spanien. Honderka, Satory, Holler, Crailing, Muth, Raesch fungieren als Instruktoren der finsteren Gründe.

Auf den zwanzigsten März, einen Sonntag, berufen sie eine

Versammlung zum Wiener Wald, zwischen Rebellerwiese und Toiflhütte.

Dort, in dem nächtlichen Buchenhorst, hatte man schon anno achtundvierzig getagt: Wiener Rebellen, Bürgerliche mit Freiheitshüten, Biedermeier mit Demokratenbärten. Nun sollen Proletarier kommen, unauffällig in Lederhosen und mit den Hakenkreuzbinden, die jedem überall aufgedrängt werden.

Am Nachmittag schon fahren die Frauen Muth, Mutter Burdach, Crailing, Liesl Jägers und Stöger mit der Elektrischen bis Neuwaldegg, das war seit langem eine Hochburg der Nazis, da fühlen sie sich sicherer als in Abrahams Schoß.

Lili trägt ihre Salzburger Dirndl-Maskerade, sieht sehr unverfänglich aus, sie hat sie am zwölften noch aus der Schöllerhofgasse gerettet. Schwatzend und eingehängt gehen die fünf an der Polizeiwache vorbei, tun ein wenig beschwipst, und zum Exelberg quer durch den Buchenwald. Dort machen sie halt, verzehren etwas vom Mitgebrachten aus bunten Beuteln. Dann teilt die Muth die Patrouillen ein. Sie selbst geht mit Lili, sie hat ihr etwas zu sagen. Ihr Weg führt den Domgraben abwärts zum Ende der Waldung. Bis zum Weidhof ist alles ruhig, so scharf sie auch aufpassen. Die Vertrauensleute können vertrauensvoll kommen.

In der Dämmerung rückwandernd zur Rebeller- und Roßkopfwiese, erzählt Frau Muth von der Leinwand- und Baumwollweberei. Es ist ein kleiner Betrieb und schwach beschäftigt. Aber jetzt in den letzten Tagen sind Aufträge hereingekommen, sie haben nämlich noch reichlichen Rohvorrat, und die Deutschen sind scharf auf Textilien. Haben mit ihrem Schundgeld Läden und Lager ausgekauft. Da gibt es wieder zu tun, solange der Garnvorrat reicht.

»Ich denke schon die ganzen Tage, Lili, ob du nicht bei uns eintreten könntest. Wir stellen neu ein, und wo ich jetzt die Personalabteilung leite – entschuldige, es ist nur so eine Idee –, ich könnte es dir schon richten.«

Die Dreiundvierzigjährige, die aussieht wie sechzig, verschnauft und setzt sich. Lili geht auf und ab.

Ist das der Ausweg aus der beruflichen Krise? denkt die Schauspielerin. Seit Ausbruch der völkischen Überhebung ist sie, das hat sie sich schon in Berlin gesagt, keine richtige

Schauspielerin mehr. Im Huttenbund, ja, bei der Beschießung von Tschapei, draußen bei den Ratten, im Nestroy, ja – aber das ist jetzt alles vorbei. Man muß doch von etwas leben ... Zurück in die Schöllerhofgasse – nie! Ein ausgebrochener Häftling stellt sich nicht freiwillig. Selbst in dem Moderduft der Kanäle atmet sie freier.

Ich bin keine Schauspielerin mehr. Ich bin Instruktorin. Politkommissionärin. Die Politkommissionärin hält Berufsberatung: Hast du nicht selbst gesagt: Zeigt mir eine Arbeitsstelle! – Da ist sie. In einer Fabrik. Warum nicht? Wenn sie mich nehmen, hast du gesagt. Bleib bei dem, was du gesagt hast! Nun bist du mittendrin in den Webern und bist dabei. Besinn dich nicht lang.

Es wird ihr nicht leicht. Es gibt keinen Beruf, dem man so schwer entsagt wie dem des Theaters. Die Fäden, die sie mit der Bühne verbinden, sind Herzfasern. Das Herz tut ihr weh. Sie setzt sich zu Mutter Muth.

Die sagt: »Ich werd dir schon helfen, Kind.«

Es ist dunkel geworden im Wald.

Man muß auf die Schritte achten und auf den Weg. Sonst kommt man ab.

Die Rebellerwiese liegt wohl mehr links. Ein Teil der Vertrauensleute muß jetzt schon da sein. Wir müssen Honderka melden, daß alles in Ordnung ist.

Ob alle kommen? Hat die Organisation funktioniert? Ist eine Verbindung gerissen? Am Webstuhl reißt wohl auch manchmal ein Faden, dann muß man ihn wieder knüpfen. Die Schauspielerin hat manchen Faden geknüpft. Ihr Theater war nicht bloß Spiel. Daß wir jetzt hier so zusammenkommen – das hat auch ihre Bühne bewirkt.

Sie denkt an die Jungen und Alten vom Birkenhügel, an die Kleinmieter, den Eisenbahner Jägers, an Herta Müllhofer, an die Turnproleten von Inzersdorf ... Sie denkt an die neuen Konzerte Satorys, an die Kartenverkäufer, an Alberich Meili in Biel – das alles hat eigentlich erst das Theater zusammengebracht und ineinander verwoben. Ein großes Gewebe, spricht sie zu sich, und noch immer nicht stark genug. Das kann auch Theater nicht schaffen. Das Theater hat seine Pflicht erfüllt.

Worte, die sie in Inzersdorf und Bernals rezitiert hat, stehen im Finstern zwischen den Bäumen, raunen ihr zu: »Alldeutschland, wir weben dein Leichentuch. Wir weben hinein den dreifachen Fluch. Wir weben. Wir weben ...« Und sie drückt den Arm der alten Weberfrau, und Stimmen sind zwischen den Stämmen, ein Lämpchen wischt über Erdreich, Gezweig und ihr Gesicht. Liesl Jägers ruft von irgendwoher: »Hallo.«

Wir sind am Ziel, hier ist das Rütli, steigt in der Schauspielerin das Szenenbild uralter Schweizer Verschwörung auf, denn unzerreißbar sind die Fäden, die sie mit der Bühne, die Bühne mit den Trieben der Freiheit verbinden. Ist der Umweg über die Leinen- und Baumwollweberei der richtige Weg zur Befreiung? fragt Lili, die Schauspielerin. Er ists, antwortet die Politkommissionärin Lili.

Ihr Ziel ist das Theater der Freiheit.

Es ist sehr still auf der Wiese, im Wald, obwohl etwa siebzig Freunde zur Stelle sind.

Kein Unerprobter ist unter ihnen, kein Spitzel! Die Vorposten patrouillieren. Es ist Neumond.

In dichten Kreisen treten die Arbeiter um ihre Sprecher. Wind bläst kalt.

Satory gibt kurz einen Rückblick. Die Arbeiterschaft sei bereit gewesen, gegen den Nazifaschismus und für die Freiheit des Landes zu kämpfen. Sie wäre in diesem Kampf nicht ohne Bundesgenossen geblieben. Schuschnigg aber habe sich mit kühnen Parolen zwischen sie und die Feinde gestellt, zwischen den Kampf und die Freiheit.

»Mit diesem Spiel hat er uns mattgesetzt. Die drei Tage aber, die es gewährt hat, haben gezeigt, daß die Riesenkraft in den Arbeitern Österreichs durch keinen zwölften Feber zerbrochen ist. Jetzt gehen die Unbelehrbaren durch einen Schulungskurs, der sie lehrt, wie der Feind aussieht. Österreich, sagen sie, soll kein Spanien werden. Nun ist es eine Sklavenkolonie geworden. Das ist ein furchtbarer Kurs.«

Nun hört Lili auch Rolf ihren Schiller zitieren: »Vor dem Sklaven, wenn er die Kette zerbricht – vor dem freien Mann erzittre nicht!« Sehr ungemütlich würden die gemütlichen Wiener den Sklavenhaltern werden. – Unzählig die Fäden vom wahren Theater zur Freiheit. Rolf zitiert weiter: »In gärend Drachengift hast du die Milch der frommen Denkart ge-

335

wandelt.« Nun gelte es, die Gewandelten einzureihen in die gemeinsame Front. – Er bricht ab.

Fern Hundegebell. Es klingt in der Stille sehr nah.

Dies geschieht zur gleichen Stunde, da jüngere Menschen auf Wiener Gassen eingefangen werden und mit zwölfhundert andern bereits Gefangenen als Moorsoldaten die Reise in einen süddeutschen Sumpf antreten müssen.

11

Die Helden von Ilion
schämten sich nicht

Honderka zeigt die Kette, Glied für Glied, die in den letzten sieben Jahren des unerklärt tobenden Kriegs um Freiheit und Frieden der Völker gelegt wurde: Die Hochfinanz finanzierte Japan, Japan brach ein in die Manschurei, da konnte Hitler das Rheinland besetzen, Mussolini Österreich das faschistische Herrschsystem aufnötigen, Abessinien überfallen, sich mit Hitler auf die Menschen und Bodenschätze Spaniens stürzen, mit Japan und Deutschland zusammen Österreich und Abessinien zu Aufmarschgebieten machen gegen die Tschechoslowakei, gegen Ungarn, gegen Rumänien, gegen die Türkei, gegen Ägypten und diese Länder zu Aufmarschgebieten gegen die ganze Welt ...

»Wenn sich die Arbeiter aller Länder, aller Richtungen, aller Parteien nicht wehren, wenn sie nicht einig sind!« spricht die Gruppe im Roßkopfwald und ist einig.

Und es erhebt Stöger-Simmering, dessen Frau mit der Muth in der Woll- und Leinwandweberei arbeitet, in Gruppe zwei die Frage, ob überhaupt Widerstand möglich sei.

»Entschuldigt, ich bin ja noch wie vor den Kopf geschlagen, daß so etwas möglich ist, ich denk immer: Marx hat recht und hat doch mal selber gesagt, ich weiß net, obs stimmt: Die einzige Möglichkeit, unsern Sozialismus noch abzuwenden, sei für die Bourgeoisie die Rückkehr in die Barbarei, ja ham die das net schon gemacht? Ham die net das Rezept von dem Marx schon befolgt? Wir san doch mittendrin in dera Barbarei, da gibts nix als Sklaverei und Leibeigenheit und Christen- und

Judenverfolgung und Faustrecht, Menschenfresserei tät denen a net mehr schwerfallen, wollt ihr vielleicht noch mehr Barbarei? Wir sind ja schon Höhlenbewohner geworden!«

Wie ein Jammern klingt seine Frage: »Ist damit der Eintritt des Sozialismus auf tausend Jahr zurückgedrängt, das behaupten sie doch und das wär mir zu lang, ich bitt euch, Genossen, ich hab net den Kopf: Sag mir bloß einer, ob das jetzt stimmt!«

In der dritten Gruppe spricht Raesch über die Möglichkeit eines eigenen geheimen Senders der Freiheit, Satory über Verbesserung des Zeitungsdienstes, das Blatt der Ungreifbaren soll künftig täglich erscheinen. Das mit dem Sender müsse möglich sein, es fehlten nur leider noch die technischen Voraussetzungen. Dann sucht Rolf im Finstern nach Konrad. Der bildet mit Lili auf der Rebellerwiese eine Gruppe für sich.

»Sind Sie im Besitz eines Passes?« fragt Satory. »Er läuft noch bis Mai«, bejaht Konrad.

»Dann müssen Sie so schnell wie möglich hinaus«, verlangt Rolf. Alberich Meili genüge nicht, eine halbe oder viertel Arbeitskraft sei das, es sei ihm immer zu gut gegangen, dreiviertel erfülle ihn das Theater und im entscheidenden Augenblick gänzlich.

Dann setzt er dem Überraschten die Aufgaben auseinander, die er zu erfüllen habe: die Verbindung mit dem Freiheitssender draußen, die technische Vorbereitung für einen Freiheitssender drinnen, auf Welle Wien. »Haben Sie Reisegeld?«

Es sei noch welches vom Theater der äußern Bezirke da: Vorschüsse der Gewerkschaften.

»Gewerkschaften gibt es nicht mehr. Die Vorschüsse werden den Menschen der äußern Bezirke zugute kommen, ihrer Aufklärung und der Hilfe von draußen. Am besten, Sie fahren gleich morgen«, sagt Rolf.

»Aber Lili ...«, stößt Konrad hervor. Er weiß, sie hat keinen Paß. Und selbst wenn es möglich wäre, illegal einen zu beschaffen oder über die Grenze bei Nacht: »Wir brauchen sie hier«, kommt Rolfs kühle Stimme von fern. »Wir werden sie in den Kasernen nötig haben, das kann sonst niemand. Ihre Verbindungen dort sind unschätzbar, dazu wenigstens war die Unterschriftensammlung gut. Dort muß man jetzt vorstoßen, zuallererst. Auch der Geheimsender soll in Kasernen, da ist er am sichersten.«

Außerdem, bemerkt er leichthin und zu Lili gewendet, käme sie jetzt in die Zentrale der Gemeinschaftsaktion.

»Aber ich soll doch zur Muth in die Weberei.« Sie fühlt sich auf einmal emporgehoben, die Brust erfüllt und zugleich bedrückt: Zuviel ... zu schnell ... auf einmal alles. Und Konrad ... alles das ohne Konrad ... Es ist nicht zu fassen, ohne Konrad ... Konrad!

Sie hört Satory: »Ja, zur Muth. Das wußte ich früher als Sie. Das ist gut.« Unter dem Wasserbehälter am Neuberg würden sie alles Weitere besprechen. »Höhe 418. Ist der Eisenbahner da, der, wie heißt er ... Jägers?«

»Seine Frau.«

Dann möge sie mitkommen. Aber rasch. »Warten Sie an der Rebellerwiese, unteres Ende links!«

Sie warten am Waldrand.

Sie halten sich bei den Händen, ratlos, hinausgeschleudert. Ihr Herz schlägt in den Händen.

Zuviel ... zu schnell ... ohne Lili ...

Ohne Konrad ...

Ihre Finger umklammern sich.

Es tut so weh.

Schon kommen die andern, auch die Muth ist dabei. Sie legt ihren Arm um Lili, sie weiß es schon ...

»Du bist wenigstens untergebracht ... Ich werde dir helfen, Kind, und du kannst wieder in einem richtigen Bett schlafen, die Stöger hat eins frei. Sie ist in deiner Abteilung, die Stöger ist nett!«

Während sie, mit Taschenlampen suchend, zwei Kilometer Kammweg gehen, hat Konrad mit Rolf und der Liesel Jägers, Lili mit der Ruth das Wichtigste besprochen. Der Schlafwagenschaffner Jägers kommt morgen früh zurück von der Tour. Abends geht es wieder in Dienst. Holler soll mit ihm fahren, der Mann hat seine Erfahrungen und seine Bekannten bei der Kontrolle. Der wird ihn schon durchbringen, gewiß, versichert die Frau: »Du bist nicht der erste.«

Und Lili braucht der Muth nur ihren Meldeschein in die Personalabteilung zu geben. Gut, daß er auf den Namen Fester lautet, kein ›Crailing‹, kein ›von‹ – wie es in dem zurückerstatteten Paß vermerkt war. Ausgezeichnet, da kommt ihr kein Himmlerspion auf die Schliche, Mutter Muth wird alles erledigen.

Am Fuß des Dreimarksteins steigen sie in die Tiefe, gehen zwischen Betonwänden weiter bergab, etwa fünfhundert Meter. Dort ist eine Kammer, zwei Wände Basalt, Natur, zwei Eisenbeton. Da hausen die Pötzleindorfer im Dumpfen.

Einige schlafen schon, einige kleiden sich aus. Sie haben Stroh auf Zeltbahnen, darüber Pferdedecken. Eine Stallaterne dreht sich an einem Strick. Auch ein Klappstuhl ist vorhanden, leere Seifen- und Weinkisten mit Kleidern und Büchern belegt, Konserven auf einem Stein und ein Spirituskocher, Töpfe, Körbe, Handkoffer aus Vulkanfiber und Stroh, ein Nudelbrett – Strandgut aus Schiffbruch und Seenot gerettet, kostbar gewordenes Überbleibsel im Untergang, Grundstock für neuen Anfang.

Satory leiht die Laterne aus. »Morgen kommt der Installateur und bohrt die Gasleitung an, dann könnt ihr kochen.«

Er leuchtet voran in den Gang ... Leise! Ein Liebespaar! »Laßt euch nicht stören!«

An Kabeln und Leitungsröhren entlang kommen sie weiter, machen halt. Alles wird bis ins Detail besprochen, es darf kein Fehler gemacht, auf Monate hinaus muß die Verbindung durchdacht werden: Deckadressen drüben und hier, Geldverkehr, Briefwechsel, Daten, Kennworte, Notverbindungen, falls eine versagt oder ausfällt. Konrad macht sich Notizen. Er wird schon durchkommen, da ist ihm nicht bang.

Nur um Lili ist ihm sehr bang.

Und ist doch alles so logisch. So vernünftig. Oh, diese endlos trocknen Gespräche! Sie müssen noch etwas Unvernünftiges tun, sie leben nur so kurz noch zusammen und haben immer so logisch gelebt ...

Einmal noch in unsrer Baude liegen, flüstert er ihr zu, drängend wie ein Liebhaber der ersten Stunden, mit vielen Gründen schwermütig überredend: Keine Kleinmieter und Kartenleute würden mehr klingeln, und es sei auch keine Gefahr. Aus ist die Aktion gegen Illegale, erfolglos geblieben. Es macht der SA und SS mehr Spaß, Loyale zu malträtieren, es bringt auch mehr Geld.

»Lili, unsere letzte Nacht!«

Er hat die Hausschlüssel, die Wohnung gehört jetzt der Tochter, die Märzmiete ist im voraus bezahlt.

Es ist spät, ein Uhr. Da sieht sie kein Hausbewohner, kein Nachbar. »Kommst mit?«

Er braucht nicht zu fragen. Und hätten sie auch der Liebe nicht, acht Nächte, die Knochen auf Stroh und Steinmatratzen, schaffen unwiderstehliches Bettverlangen.

Sind es wirklich erst acht Tage, daß sie hier waren? Es ist, als kehrten sie nach Jahren in den verlassenen Mezzanin zurück.

Konrad hilft Lili beim Ausziehen, das tut er gern, das hat sie gern. Ihre nackte Gestalt ist schön und jung und kühl wie Rodope.

Er küßt sacht in ihre nächtliche Hand, die wie aus weiter Ferne über sein Gesicht hin streichelt. Er hält die Pyjamajacke. Sie schlüpft hinein. Sie legt sich nieder. Er deckt sie zu. Es ist alles wie einst.

»Mach das Fenster auf, Konrad! Bist du nicht müd?«

Er kommt an ihre Seite.

Sie liegen ganz still. Nur ihre weiche Wange reibt sich an seinem Kopf, wie die Pferde es tun, und er nimmt die Erinnerung auf ...

»Du Liebe ...«

»Still!«

Ihre Herzen schlagen und tun so weh.

Ihr Schlaf ist tiefer Kuß.

Maria Zischka, eine ältliche Tochter in schwarz, ist sehr verwundert, den verschwundenen Mieter zu sehen. Am letzten Dienstag habe ein Wachmann nach ihm gefragt, er solle auf den Bezirk. Sie habe gesagt, er sei abgereist und ihn abgemeldet. Zur Vorsicht nennt Konrad eine Fantasieunterkunft in der Währingerstraße.

»Es ist schrecklich«, sagt die Tochter bekümmert. »Wien ist eine Hölle geworden. Mutter ist jetzt im Himmel. Ich kann darüber nicht traurig sein.« Sie trägt am Hals das rote Granatkreuz der Toten.

Zertretenes Muttertier Wien.

Wiener, gescheuchte getretene Kulis. Wie die kleinen Bewohner der armen Chinesenvorstadt, deren gelbe Gesichter grau sind vor Angst, drängen sie, hasten sie aus dem faschistischen Kreis zu einer Niederlassung der Westlichen.

Links von dem Paar, das wie unsichtbar durch die Stadt

geht, ist die Kirche zu den neun Chören der Engel am Hof. »Unnützer«, bemerkt Konrad, »hat das Rezept des besoffenen Schaderer aufs Wort befolgt: ist dem braunen Führer hineingekrochen ins Hotel Impérial.«

»Davon wird er bis in die Vatikanstadt stinken«, spricht Lili zwischen Blumengebinden, die auf den Marktständen duften. Die Veilchen an ihrer Brust hat Konrad gekauft und geküßt.

Konrads Zug, in dessen Schlafwagen ihn der Jägers erwartet, geht abends um sieben. Sie haben noch Zeit. Wohin so lange, so kurz ...? Sie müssen vorsichtig sein. In die Tiefe? Nein. In die Höhe. Unter dem pathologischen NS-Regiment ist das Unvernünftige, Unlogische meistens das Sicherste. Schwerlich wird die geheime Staatspolizei ihre Opfer im Turmrestaurant suchen.

Sie fahren hinauf.

Außer Kellnern ist niemand zur Stelle. Die Menschen in Wien haben andre Gedanken.

»Diesmal«, erinnert Konrad, »hatten wir keinen Plan und keinen zweiten Plan und waren kein großes Licht – wie von selbst kam es an uns heran: Arbeit, Mitarbeit, Lili, du hast eine Zukunft, du hast einen Anfang: Nun sei ein großes Licht!«

»Wir leben. Wir wirken. Wollen wir darauf trinken?« Ihre Fingerspitzen berühren sich. Vor ihren Augen, schwimmend im Feuchten, tanzen bunte und dunkle Lichtflecken. Er faßt ihre Hände, streicht zart über die Adern.

»Wer hätte mehr Recht zu leben, zu wirken, in der Höhe zu atmen als die unter der Erde ...«

Zusammen blicken sie in die sinkende Sonne, in die verdämmernden äußern Bezirke ...

Sie soll ihn nicht bis zur Bahn begleiten, sie wissen, wie es da zugeht. Bewaffnete mit geladenem Gewehr scheuchen die Angehörigen von der Sperre zurück. Kein Abschied, Geliebte, wir sehen uns wieder! Immer größer wird unsre Liebe.

Er ist aufgestanden, steht im Regenmantel. Voll Liebe blicken zwischen den schmalen Schläfen besorgte Augen. Die sehen auch seinen Sohn Klaus, und er sagt zu ihr, zu ihm: »Solang du lebst, werden wir einig sein und zusammengehören, auch wenn du mich nicht mehr siehst. Ort und Zeit können die Verbundenen nicht trennen.«

Sie stehen im Lift. Ihr Mund ist auf seinem.

Sie steht am Posteck des Turmhauses, winkt.

Fünf Schritte – dann ist er nicht mehr zu sehen.

Nicht an NS-Gefahr denkt sie beim Abschied. Nicht an Krieg oder Küsse.

Nur: Ob er sich noch einmal nach mir umdrehen wird ...

Nachbemerkung

1

In dem 1980 erschienenen Band »Rudolf Frank, Theatermann – und vieles mehr«, der Zeitzeugnisse, Texte und Selbstaussagen zum Inhalt hat, schreibt Walter Heist: »Als was soll man ihn vorstellen? Theatermann, Journalist, Romanautor, Verfasser (oder Mitverfasser) von Theaterstücken und Hörspielen, Herausgeber, Übersetzer – das alles war er!«

Ich möchte diese Gedanken mitnehmen in eine Betrachtung, die sich nicht dem ganzen Werk Franks zuwenden kann – dazu wäre eine längere essayistische Arbeit nötig. Versucht werden soll, einige Motive seines Lebens zu umreißen, die zu dem erstmals vorgelegten Roman »Fair play« hinführen.

Tatsächlich ist die Entwicklung des 1886 in Mainz geborenen Rudolf Frank von vielfältigen Umbrüchen begleitet, die Berufe sind einem Leben gefolgt, das ›umgetrieben‹ war und sich selbst umgetrieben hat. Walter Heist nennt »... eine in ihm veranlagte, gewissermaßen freischwebende Begeisterung ... für die er immer neuen Ausdruck suchte«. Diese Begeisterung wendete er den verschiedenen ›Feldern‹ zu, ohne einen Unterschied zu machen: Leidenschaftliche Hingabe an die Aufgabe und ein aufklärerischer Impuls haben die divergenten Arbeiten Rudolf Franks stets begleitet; sowie ein romantisches Empfinden, das mir ebenso konservativ wie progressiv erscheint in dem Bemühen, die bleibenden Werte am Leben zu halten, sie mit der Zeit und den Zeiten und mit den Völkern zu verbinden.

Das ist ein bemerkenswertes Talent, und was mag solchen Anlagen näher liegen als das Theater, in dem die Dinge des einzelnen und der Welt verhandelt werden, öffentlich und unmittelbar. Hier ist Rudolf Frank mitten ›hineingesprungen‹, schon vor dem Ersten Weltkrieg und erst recht danach, als sich das künstlerische Leben in Deutschland wie nach einer großen Befreiung entfaltete. Viele kommende Berühmtheiten hat er kennengelernt, mit einigen zusammengearbeitet, man mag die Art der Begegnungen in den Lebensdaten nachlesen. Er hat Elisabeth Bergner entdeckt, Karl Valentin an die Münchner Kammerspiele geholt und dort auch die Uraufführung von Brechts »Trommeln in der Nacht« durchgesetzt. Fast zur gleichen Zeit gab er die »Sämtlichen Werke und Briefe« von Heinrich Heine heraus und ebenso jene von E. T. A. Hoffmann – willkürlich genannt. Daneben entstanden Abhandlungen zum Theater, Drehbücher und Hörspiele. Was mag solcher Bewegung zugrunde liegen?

Vor allem wohl der Wunsch nach einem ›ganzen Leben‹, das mit allem in Verbindung kommen will. Das »geformte Wort, der erhebende Gedanke« (Walter Heist) – gesprochen oder geschrieben, auf der Bühne oder im Buch, sie gelten gleichviel. In der Autobiographie »Spielzeit meines Lebens« (1960) hat Rudolf Frank diese Zusammenhänge in bezug auf die Schauspielkunst festgehalten: »Denn der große Schauspieler veraltet so wenig wie die Ewigkeit, die er in einer Geste, in einem Blick, in einem Laut auffängt.« Solche Ausdrücke des Zaubers und des Zauberns finden sich häufig. Das ist sicher konservativ (im Sinne des Bewahrens) gefühlt und gedacht, ebenso aber gegen das Vergessen gerichtet. Denn die großen Schauspieler sind jener Kosmos, nach dem Frank inständig auf der Suche ist.

»Einmal wollte er das Leben und die Menschen, denen er begegnete, ... regelrecht ›besingen‹ – ... zum andern wollte er jeweils die gesamte Epoche, in der er sich agierend bewegte, lebendig werden lassen«, schreibt Walter Heist über »Spielzeit meines Lebens« und hat dabei die Richtung der Arbeit Rudolf Franks im Blick. Vielleicht liegt in diesen Verbindungen die tiefste Ursache für die Bemühungen, die im Werk Franks deutlich werden. Er war bewegt vom Schicksal des einzelnen, den er als Verantwortlichen begriff; ebenso bewegte ihn die Epoche, deren Einfluß er ahnte und an der er mit einer Vielzahl von Gestaltungen teilnehmen wollte. Beide Aspekte werden in dem Roman »Fair play« eine entscheidende Rolle spielen. »Spielzeit meines Lebens« aber ist eine intensive Rückschau, und wir erkennen darin, wie sehr Rudolf Frank vor allem Theatermann gewesen ist. Doch verdeutlicht das Buch auch den großen Zusammenhang, der Frank beim Ansehen der Aufführungen von Otto Brahm wie eine jähe Erkenntnis überfällt: »... daß das Theater vertieftes Leben ist«. Solchem »vertieften Leben« gelten seine Anstrengungen überall, und er dringt zu einer Betrachtung des Schöpferischen vor, die man ungewöhnlich nennen darf, da sie Motive einbezieht, die meist nicht beachtet werden: »In allem Schöpferischen und auch in dem, was man als nachschöpferisch bezeichnet, ist die dichterische Vision das Bestimmende ... In jeden Autor lebte ich mich genau wie als Schauspieler in die seelische Situation meiner Rolle ein. Ohne dichterischen Impuls schriebe ich auch keine Theaterkritik.« Solche Identifikation liegt sicher auch dem Buch »Der Schädel des Negerhäuptlings Makaua. Kriegsroman für die junge Generation« (1932) zugrunde, der das Leben eines afrikanischen Freiheitskämpfers symbolisch für eine Geschichte aus dem Ersten Weltkrieg verwendet; um den Schädel des toten Häuptlings von den Weißen zurückzuerhalten, werden die Schwarzen veranlaßt, in dem großen europäischen Krieg zu kämpfen. Und auf ähnliche Weise werden auch alle anderen kleinen Leute für den Krieg gewonnen, jeder mit einer anderen Illusion oder Vorstellung: »Wir alle, Schwarze und Weiße, sind in den Krieg gezogen für einen Wahn, jeder für einen andern, aber alle diese Wahnbilder sind im Blutdunst der Schlachtfelder zu nichts zerronnen.« In der Geschichte eines polnischen Jungen, der die Geschehnisse eine Zeitlang auf deutscher Seite begleitet, stellt das naive Erleben die Absurdität der Kriegsereignisse bloß; als Jan »zu einem Symbol in der Art des Schädels des Makaua« (Vincent C. Frank-Steiner) gemacht werden soll, verschwindet er. Der Roman ist bei seinem Erscheinen als entschiedenes Werk des Pazifismus erkannt worden. Qualitäten, die auch den Nazis in Erinnerung blieben: Am 10. Mai 1933 wurde das Buch, das eine neue Generation hatte mahnen wollen, zusammen mit vielen anderen Büchern verbrannt. Lange nach seiner Entstehung, in den frühen achtziger Jahren, sollte der Roman unter dem neuen Titel »Der Junge, der seinen Geburtstag vergaß« auch internationale Anerkennung und Verbreitung finden.

2

»Warum ich erst 1936 emigrierte? Mein Gott, uns erschien die ganze Hitlerei so grenzenlos albern, daß wir vor ihr nicht auskneifen wollten. An allen Dingen sehe ich immer zuerst das

Komische, und vor dem Komischen hat man doch keine Angst!«, schreibt Rudolf Frank. Ein Irrtum, den viele mit ihm teilten und viele mit dem Leben bezahlten. Gelang es ihm zunächst, sich im nationalsozialistischen Deutschland über Wasser zu halten – er veröffentlichte unter fremdem Namen Unterhaltungsromane in Zeitungen und Zeitschriften –, so wurde die Situation nach dem Erlaß der Nürnberger Gesetze 1935, die Juden jede berufliche Tätigkeit verboten, immer katastrophaler. Rudolf Frank emigrierte nach Wien. Dort arbeitete er vor allem an einer von Emigranten geführten Kleinkunstbühne mit, bevor er nach dem Einmarsch der Nazis in Österreich im März 1938 nach Meran und von dort nach Zürich floh.

Mit dieser ›zweiten Emigration‹ beginnt die Geschichte eines Manuskripts, das hier, nach sechzig Jahren, zum ersten Mal als Buch erscheint. Die Arbeit daran begann 1938 und wurde im gleichen Jahr abgeschlossen, wie der Freund aus der Wiener Zeit, der Dramatiker Fritz Hochwälder, berichtet: »Im Hochsommer 1938 begegneten wir einander wieder in der gemeinsamen Emigration in Zürich. Dr. Frank hauste damals in einem ebenerdigen Mietzimmer in der Obstgartenstraße. Bei einem meiner Besuche war er damit beschäftigt, einen weitgehend autobiographischen Roman abzutippen.«

Dieser Roman ist »Fair play«, und er hat eine kleine Vorgeschichte. Dr. Richard Bermann, der in Österreich Vertrauensmann der »American Guild for German Cultural Freedom« war und in Wien unter dem Namen Arnold Höllriegel publizierte, ermunterte Frank, an einem literarischen Wettbewerb teilzunehmen, den die Gesellschaft »für das beste freiheitliche Buch in deutscher Sprache« ausgeschrieben hatte. Rudolf Frank teilt nun mit, daß ihn die Anregungen Bermanns an eine Jugendlektüre denken ließen, an eine phantastische Geschichte, in der Schiffbrüchige sich auf eine kleine Insel retten und erst später erkennen, daß sie sich auf einem Seeungeheuer befinden, das jeden Augenblick untertauchen und sie ertränken kann. Frank schreibt in »Spielzeit meines Lebens« weiter: »So eine Insel war unser Wien, und wir lebten auf ihr, spielten, lachten, liebten, aber jeden Moment konnte der Boden unter den tanzenden Füßen zu Grunde gehen, im braunen Ozean versinken.« Dies mag die Initialzündung für den Beginn der

Arbeit an dem Roman gewesen sein; die Geschichte wird hier der Protagonistin Lili von Crailing in den Mund gelegt und auch im ganzen thematisiert. Rudolf Frank hat für den Text einen 2. Preis in dem genannten Wettbewerb erhalten. Unter den Preisrichtern befanden sich Thomas Mann, Bruno Frank und Lion Feuchtwanger.

Der Roman aber wurde ein episches Dokument aus der Wiener Emigration, wie es ähnlich kaum zu finden ist, Walter Heist spricht sogar von der einzigen romanhaften »Darstellung der Monate in Wien vor dem Zusammenbruch Schuschnigg-Österreichs und seiner Kapitulation vor Hitler«. Er enthält jenes schwebende Ungleichgewicht, das die dreißiger Jahre beherrschen sollte: den schmalen Grat zwischen Frieden und Krieg, der keines von beiden war und auf den sich viele Hoffnungen gründeten einer in den Abgrund taumelnden Welt. Diese Hoffnungen und Befürchtungen sind Hintergrund des Romans, so daß wir dem Titel »Fair play« einen zweiten hinzugefügt haben: »Es kommt nicht zum Krieg«. Aber auch der Titel »Fair play« ist nur aus der Zeit heraus zu verstehen. Er ist zum einen ironisches Bild, das das Verhalten der Westmächte gegenüber Hitler meint, deren Appeasement den Ausbruch des Zweiten Weltkriegs begünstigt hat; er deutet weiter eine Begründung des Widerstands an als Ausdruck der ›Anständigkeit‹; er ist schließlich eine Wortverbindung im Stil der Zeit, etwas luftig geraten, die tieferen Strömungen jedoch berührend.

Worum geht es, und worin besteht die Anziehungskraft des Buches nach sechzig Jahren?

Der Roman erzählt eine Liebesgeschichte in der Emigration und gibt zugleich eine Analyse der Zeit. Hier kann man sich an vielem erfreuen: an Genauigkeit und satirischer Schärfe; an Kenntnissen, Bildung und Geist. Auch von den Unterhaltungsromanen Franks der mittleren dreißiger Jahre hat der nachgelassene Roman seinen Teil: in mancher detailreichen Abschweifung und in genießerisch vorgetragenen Pikanterien; journalistische Einflüsse sind in einigen didaktischen Passagen spürbar. Jedoch: Der Impuls ist ein ernsterer, dem Schicksal einiger Menschen folgender und das Bild einer Epoche herausarbeitend.

Lili von Crailing und Konrad Holler sind die Protagonisten

im Zentrum der Erzählung. Ihnen werden viele Bestrebungen der Zeit zugeordnet – auf der Seite jener, die gegen den Faschismus stehen. Zusammen mit anderen versuchen sie, aus den verbliebenen Möglichkeiten etwas zu machen. Viele sind es nicht mehr im Bereich einer Macht, die unberechenbar ist, so daß es am Anfang zu einer sarkastischen Definition kommt: »Denn der Mensch ist eine Gattung, der zweibeinige Nicht-Menschen in deutscher Sprache Vernichtung geschworen haben.« Einige Exemplare der Gattung aber stellen sich auf die Füße und leisten Widerstand: Studenten, Musiker, Arbeiter, kleine Leute, denen das Unrecht zum Himmel schreit, Lili und Konrad mittendrin – in der noch freien Stadt Wien. Sie organisieren Lesungen, spielen Theater, spüren Schlupfwinkel für kommende Zeiten auf, sammeln Spenden für die Kämpfer des republikanischen Spanien und hören Sender, die im »Reich« verboten sind. Nicht nur in der Verdichtung dieses Alltags leistet Frank Außerordentliches: Parallel läuft eine Zeitanalyse, deren Radikalität ihresgleichen sucht. Die Naziverhältnisse werden benannt und ihre Folgen ahnungsvoll gesehen: Dagegen wird alle Leidenschaft des Denkens und Handelns gesetzt, so daß wir auch einen politischen Roman vor uns haben. Die Hoffnungen von nachher sind schon die Hoffnungen von vorher, und sie strahlen in einem eigenen Licht, das die Personen erhellt: Mutter Jeschaz und Herta Müllhofer, Marianne Brings und Richard Bachmann, Rolf Satory und Heini Sprinzel, Herrn Jägers, Arnold Lessing, Frau Muth und viele andere, die der Autor mit einem gewissen Pathos die Ungreifbaren nennt. Dies ist eine der Übertreibungen, die wohl aus der extremen Anspannung kommen, der die Widerstand Leistenden unterworfen sind. Die Protagonisten der anderen Seite werden vor allem ironisch gesehen. Darunter findet sich ein brillantes Porträt des österreichischen Kanzlers Kurt von Schuschnigg, das ebenso persönliche Geschichte wie historische Studie ist und die Vorstellung des Erzählers Rudolf Frank von der eigenen Arbeit vielleicht am besten erfüllt: die Geschichten der einzelnen zu erzählen und dabei die Epoche zu beleuchten, in der zu leben ihnen aufgegeben ist. Denn um nichts anderes geht es in diesem Buch und auf vielen Ebenen: darum, was das rechte Leben sein könnte. Nach den Grundlagen eines anständigen Verhaltens wird gesucht, in Gegenwart und Vergangenheit, das nur in dem Verhalten jedes einzelnen gefunden werden kann. Eine Lebensaufgabe, vielleicht eine Aufgabe für immer: »Ort und Zeit können die Verbundenen nicht trennen.«

»A Besoffener hat immer noch soviel Vernunft, daß er von selber aufhört. A Hitler nicht«, denkt ein Polizist bei den Tiraden des Poldi Schaderer, Vertreter des Wiener Schmäh und Kleinbürger, der weder auf den Kopf noch auf den Mund gefallen ist. Er gehört zu den vielen Randgestalten, die den Roman wie ein Mosaik zusammensetzen. Verschiedene Bilder werden so zusammengetragen, zur Ehre des Menschen, des »homo liberalis«, wie es ihn weiterhin geben soll. In Geschichten und Geschichte gibt der Roman ein farbiges Panorama der Zeit, mit allen Irrtümern, die der Zeit eingeschrieben sind: Die Rolle Stalins wird neben anderem nicht erkannt und die Sowjetunion verständlicherweise vor allem als Kraft gegen den Faschismus wahrgenommen. Auch um die Person von Trotzki werden wilde Spekulationen angestellt, die aus heutiger Betrachtung kaum haltbar sind. Der Roman aber bleibt ein epischer Entwurf, weil seine komplexe Anlage einzusehen ist: tragikomisch im ganzen, berührend im einzelnen. Eine sozialistische Zukunft war Hoffnung und Postulat eines Teils der Generation, die die großen Kriege in diesem Jahrhundert erleben mußte. Unmittelbares Erleben und eine dem Sprechen nahe Erzählweise erreichen eine Authentizität, aus der das Erlebnis des Lesens immer wieder neu entsteht: »Alle Hände fliegen empor. Das ist der deutsche Gruß. / In vielen Augen sind Tränen. Das ist der letzte österreichische Gruß. Es ist nicht leicht für ein Volk, plötzlich kein Volk mehr zu sein«, heißt es in jenem Augenblick, der nicht nur einen Staat, sondern in der Folge viele Existenzen vernichtet.

»Dem Andenken an die Vielen / zu Unrecht Vergessenen« – dieses Motto hat Rudolf Frank seinen Erinnerungen »Spielzeit meines Lebens« mitgegeben. Es könnte auch über »Fair play« stehen, dem man seine autobiographischen Grundlagen ansieht. Dem Buch kann man viel entnehmen über eine vergangene – und einiges über die kommende Zeit. So eine Lesart hätte dem Autor wohl entsprochen, der an den Kämpfen teilgenommen hat; sicher der Gedanke, daß die Menschen zuständig bleiben, jeder einzelne und alle zusammen für alles. In

einer Zeit, in der die Ideologien versagt haben und eine allge-
meine Orientierungslosigkeit um sich greift, mag eine solche
Botschaft, die von dem Roman ausgeht, mit Aufmerksamkeit
gehört werden: als Nachhall auf ferne Ereignisse und im Vor-
griff auf das, was kommen wird.

3

»Das älteste Kulturgut ist die Menschlichkeit«, antwortet Lili
von Crailing einer jungen Kunststudentin und Rivalin, die die
Zerstörung von Kulturgütern in Spanien durch die deutschen
Faschisten bedauert, die Menschen aber aus dem Blick verloren hat. Diesen Gedanken könnte man auch unserer Zeit ins
Stammbuch schreiben, als Erinnerung daran, was immer neu
zu bewahren ist in einer chaotischen Welt.

Nach dem Krieg ist es Rudolf Frank nicht mehr gelungen,
in jenem Beruf zu arbeiten, den er wohl am meisten als seinen
angesehen hat: als Theatermann. Aber er war ja »vieles mehr«,
wie es treffend in der am Anfang genannten Publikation über
ihn heißt. Er arbeitete weiter als Übersetzer und Theaterkritiker, schrieb Radiobeiträge und wurde Mitglied des PEN-
Clubs der Schweiz. Seine Autobiographie konnte erscheinen.
Am 25. Oktober 1979 ist Rudolf Frank in Basel gestorben.

Vielleicht hat er seiner vielen und vielem zugewandten Bewegung in »Spielzeit meines Lebens« einmal selbst am besten
Ausdruck gegeben, mit der heimlichen Geste des Abschieds,
dem der Anfang noch immer eingeschrieben ist: »Die himm-
lisch irdische Spielzeit läuft, rennt, trabt wie seit Anbeginn.
Ich sehe das Ende so wenig, wie ich den Anfang sah.«

September 1997   *Wolfgang Trampe*

Lebensdaten

1886	Am 16. September wird Rudolf Frank in Mainz geboren. Vater: Holzhändler, Mutter: Arzttochter aus Bingen. Besucht das Humanistische Gymnasium. Erste Rezitationsabende (u. a. Richard Dehmel) im Freundeskreis sowie erste literarische und journalistische Versuche.
1904	Abitur.
1904/05	Studium der Staatswissenschaften in München. Zum Freundeskreis gehören u. a. Romano Guardini, Theodor Heuss und Rudolf Steiner. Lernt Lion Feuchtwanger kennen.
1905/06	Studium in Zürich. Hört Internationales Privatrecht bei Professor Friedrich Meili, dem er später seine Dissertation widmet. Schreibt Monographie über Richard Dehmel, die 1907 erscheint.
1906	Fortsetzung des Jurastudiums an der Universität Heidelberg.
1906/07	Studium in Berlin. Gibt im Inselverlag den Roman *Lucinde* von Friedrich Schlegel neu heraus. Besucht häufig Aufführungen im Lessingtheater (u. a. mit Albert Bassermann) sowie im soeben von Max Reinhardt gegründeten Deutschen Theater. Schwärmerische Freundschaft zu der Schauspielerin Ida Orloff. Entschluß, Schauspieler zu werden.
1907/08	Fortsetzung des Jurastudiums an der Universität Gießen.
1908	Mai: Promotion zum Dr. jur. in Gießen.
1908/09	Schauspielunterricht bei Emanuel Reicher in Berlin.
1909	Vortragsabend im Kunstsalon Cassirer mit Kritiken von Alfred Kerr. Erfolglose Bewerbung am Lessingtheater und Kgl. Schauspielhaus Berlin. Nimmt kleine und kleinste Rollen in der Provinz an. Arbeit an der Anthologie *Goethe für Jungens*, die 1910 erscheint. Wird Volontär unter Max Reinhardt am Deutschen Theater, spielt im *Faust* mit.
1909–12	Dreijähriges Engagement als Herzoglicher Hofschauspieler am Hoftheater Meiningen unter dem Intendanten Max Grube. Sommer 1910 und 1911: Engagements an Sommertheatern.
1911	November: Führt zum erstenmal Regie (Molière, *Die Mitschuldigen*).
1912	Oberregisseur.

1912	Sommer 1912 und 1913: Leitung verschiedener Festspiele. Schreibt Theaterkritiken für die *Vossische Zeitung*, Berlin, und die *Schaubühne* (später: *Weltbühne*).
1913	Regisseur am Frankfurter Schauspielhaus unter Felix Holländer. Arbeitet u. a. mit Alexander Moissi.
1914	Kündigt wegen interner Schwierigkeiten.
	1. August: Ausbruch des Ersten Weltkriegs. Frank kommt zur Artillerie. Ausbildung im Rekrutendepot Ebersheim und Trebur. Kommt als vorgeschobener Beobachter des Fußartillerieregiments 1 an die Ostfront. Schreibt nebenbei Feuilletons »aus dem Felde« für die *Frankfurter Zeitung* und die *Vossische Zeitung*.
1916	Besucht während eines Heimaturlaubs das Debüt der Tänzerin Valeska Gert in Berlin.
	September: Versetzung nach Bukarest. Wird mit der Leitung des dortigen Teatrul Nazional betraut, bildet ein rumänisch-deutsches Ensemble. Eröffnung mit Goethes *Iphigenie*. Arrangiert Gastspiele des Theaters an der Wien und der Darmstädter Oper (Orchesterleitung: Erich Kleiber). Lernt seine spätere Frau Otty kennen.
1917	Wegen der Erfolge Querelen mit der Militärverwaltung. Wird verhaftet. Vorübergehende Rückversetzung zu seinem Regiment nach Königsberg. Danach Versetzung nach Targu Jíu (Rumänien), eröffnet dort ebenfalls ein Theater mit rumänisch-deutschem Ensemble.
1918	Daraufhin Strafversetzung zum Feld-Infanteriedepot in Targoviste. Versuch, diesen Befehl zu umgehen. Wird als Dramaturg und Regisseur an die Darmstädter Oper verpflichtet und deshalb vom weiteren Kriegsdienst suspendiert.
	24. Oktober: Erneuter Marschbefehl. Simuliert Krankheit. Kommt ins Lazarett.
	November: Wieder am Darmstädter Theater. Inszeniert Johannes von Saaz, *Der Ackermann von Böhmen* in eigener Bearbeitung (erscheint 1921 als Buch).
1919	Umzug nach Frankfurt am Main. Geburt der Tochter Renate. Theaterkritiker der *Frankfurter Nachrichten*.
	28. Juni: Friedensvertrag von Versailles.
1920	Wird fristlos entlassen, als die Zeitung an einen konservativen Inhaber verkauft wird. Regisseur und Dramaturg am Frankfurter Neuen Theater. Inszeniert Wedekind, Schnitzler, Shaw, Hanns Johst. Gibt Helene Weigel ihre erste große Rolle.
1921	Seine Abhandlung *Das expressionistische Drama* erscheint.
1921–24	Regisseur an den Münchener Kammerspielen (Direktor: Otto Falckenberg). Inszeniert u. a. Stücke von Lion Feuchtwanger und Giraudoux. Entdeckt Elisabeth Bergner.

1922	Begegnet bei Lion Feuchtwanger Bertolt Brecht. Sorgt für die Uraufführung von Brechts Theaterstück *Trommeln in der Nacht* in den Münchener Kammerspielen.
1923	Oberregisseur und Direktionsstellvertreter. Übernimmt außerdem die Leitung verschiedener Gastspiele des Ensembles in anderen Städten (u. a. in Zürich), um die finanzielle Krise des Theaters zu überbrücken. Brecht wird Regisseur und Dramaturg an den Kammerspielen.
	9. November: Hitler-Putsch. Während dieser Zeit läßt Frank jeden Abend Strindbergs *Totentanz* spielen.
	Gibt *Sämtliche Werke und Briefe von Heinrich Heine* neu heraus.
1924	Zieht in Brechts Wohnung, Akademiestr. 15. Ermöglicht die Uraufführung von *Leben Eduards des Zweiten* in der Bearbeitung von Brecht und Feuchtwanger nach Christopher Marlow, bei der Brecht Regie führt. Finanzielles Debakel. Nachtvorstellungen mit dem Komiker Karl Valentin, den Frank aus den Bierlokalen holt und salonfähig macht. Engagiert Carola Neher. Gibt Sämtliche Werke, Briefe, Tagebücher von E. T. A. Hoffmann neu heraus.
1924–26	Regisseur der »Compagnia primaria di prose Alda Borelli« in Italien. Zieht mit Familie nach Mailand. Inszeniert in rascher Folge 18 Stücke. Reist mit der Compagnia durch ganz Italien.
1926	Herbst: Wieder in Deutschland. Trennt sich von seiner Frau. Lebt vorerst in Berlin. Sucht vergeblich ein Engagement. Schreibt Zeitungsartikel und Radiosendungen.
1927	Die Abhandlung *Das moderne Theater* erscheint.
1927/28	Gastinszenierungen in Wien und Düsseldorf. Gibt zwischendurch Schauspielunterricht in Berlin.
	Ab August: Fester Vertrag mit den städtischen Bühnen Düsseldorf.
1929	Lernt seine zweite Frau, Anna, Malerin und Großnichte von Max Liebermann, kennen. Heiraten im Juli und ziehen nach Berlin-Lichterfelde.
1929/30	Gastregie an Barnowskys Komödienhaus in Berlin.
1930	Frühjahr/Sommer: Führt Regie bei Tournee mit Elisabeth Bergner, Hans Otto u. a. *Der Schädel des Negerhäuptlings Makaua* entsteht. Synchronisiert amerikanische Filme für die Tobis-Film AG, schreibt den Text teilweise neu.
	Geburt des Sohnes Vincent Carl.
1931	Juni: Drehbuch *Wir arbeiten* wird als »bester deutscher Friedensfilm« ausgezeichnet. Hörspiel *Die Schlacht bei Petritsch fand nicht statt* wird vom Berliner Sender gesendet. Hörspiel *Paulskirche 1848* (zusammen mit Georg Lichey) wird bereits zensiert gesendet.

1932	Herbst: *Der Schädel des Negerhäuptlings Makaua* erscheint im Verlag Müller & Kiepenheuer, Potsdam. Filmmanuskript für Hans Albers (*Hans in allen Gassen*) wird nicht verfilmt. Leitet im Auftrag der Genossenschaft Deutscher Bühnenangehöriger Tournee mit arbeitslosen Schauspielern.
1933	Im Zusammenhang mit Verfolgungen linker Intellektueller nach dem Reichstagsbrand im März: Verhaftung. Nach 26tägiger Haft durch Vermittlung entlassen. Die Familie zieht nach Berlin-Ruhleben.
	10. Mai: Bücherverbrennung »wider den undeutschen Geist«, von R. Frank dabei *Der Schädel des Negerhäuptlings Makaua*.
1934–36	Veröffentlicht Unterhaltungsromane unter Pseudonym in verschiedenen Zeitungen und Zeitschriften. Schreibt den Erzählband *Ahnen und Enkel*.
1936	Geburt des Sohnes René Antonio.
	Dezember: Emigriert ohne Familie nach Wien.
1936/37	Mitarbeit an einer von Emigranten gegründeten Kleinkunstbühne (*Theater für Neunundvierzig*).
1938	12. März: Einmarsch deutscher Truppen in Österreich. Flucht nach Meran.
	Mai: Übersiedlung nach Zürich. Begegnet hier Else Lasker-Schüler. Schließt seinen Emigrantenroman *Fair play* ab, der beim Wettbewerb »American Guild for German Cultural Freedom« mit dem 2. Preis ausgezeichnet wird. Verfaßt nach der »Reichskristallnacht« zusammen mit A. Halbert das Drama *Kraft durch Feuer*, das 1939 unter dem Namen Albert Rudolph in Zürich erscheint.
1938/39	Die Söhne Vincent und René dürfen in die Schweiz ausreisen.
1939	Offizielle Ausbürgerung aus dem Deutschen Reich. Unterliegt dem Arbeitsverbot für Emigranten in der Schweiz. Arbeitet heimlich als Lektor im Leuenverlag. Bearbeitet und übersetzt Theaterstücke (u. a. *Leuchtfeuer* von Robert Ardrey) unter dem Pseudonym Frank C. Ruddy. Filmdrehbuch und Liedertexte für *Emigrantenfilm* (Vorführung auf der Schweizerischen Landesausstellung). Übersetzt Thomas Wolfe, Pearl S. Buck, John Steinbeck u. a.
	1. September: Ausbruch des Zweiten Weltkrieges.
1942	Gibt *Gustav Schwabs Sagen des Klassischen Altertums* unter dem Namen von Prof. Keller, Zürich, im Leuenverlag heraus.
	Sommer: Denunziation und Internierung wegen Verstoßes gegen das Arbeitsverbot.
1943	Wird aufgefordert, die Schweiz zu verlassen. Wird jedoch Lagernachtwächter im Flüchtlingslager in Lugano und

St. Cergue am Genfer See. Auf Einladung eines Psychiaters Aufenthalt in einem Sanatorium am Bodensee. Trifft sich mit seinen Söhnen in Kreuzlingen.

1944   Erreicht Niederlassung im Kanton Baselland. Zieht nach Binningen, nahe Basel.

1945   8. Mai: Ende des Zweiten Weltkrieges.

1946   Vergebliche Bewerbung als Regisseur und Schauspieler an Schweizer Bühnen. Seitdem weiterhin als Übersetzer und Theaterkritiker der *Basler Zeitung* tätig. Radiobeiträge. Mitglied des PEN-Clubs. Veranstaltet Andersen-, Heine-, Eichendorff- und Wedekind-Abende.

1960   Veröffentlicht im Verlag Lambert Schneider, Heidelberg, seine Autobiographie *Spielzeit meines Lebens*.

1961   Der Novellenband *Das Doktorshaus in der Judengasse* erscheint.

1962   Umzug nach Basel.
        Am 25. Oktober stirbt Rudolf Frank in Basel.

(Die Lebensdaten wurden der *Zeittafel* entnommen, die dem Band: Rudolf Frank: *Der Junge, der seinen Geburtstag vergaß*, Otto Maier Verlag Ravensburg, 1992, beigefügt wurde.)

Zu dieser Ausgabe

Die vorliegende Ausgabe folgt dem maschinenschriftlichen Originalmanuskript, das sich im Besitz des Sohnes von Rudolf Frank, Herrn Dr. Vincent C. Frank-Steiner in Basel befindet. Dieses Manuskript umfaßt 310 eng beschriebene Seiten. An der Urschrift aus dem Jahre 1938, die innerhalb weniger Monate in Meran und Zürich entstand, ist vom Autor nicht mehr gearbeitet worden. Eine Straffung des Textes und einige darüber hinausgehende Veränderungen waren daher unumgänglich.

Die Straffung betrifft im Prinzip folgendes:

Einige Nebenhandlungen mit gestalterischen Schwächen wurden herausgenommen. Der nun vorliegende Text konzentriert sich (mit Ausnahme des ersten Kapitels) auf die Emigrationszeit in Wien;

einige ausufernde essayistische Passagen wurden gestrichen, um eine Konzentration auf die zentralen Linien der Geschichte zu ermöglichen;

die gelegentlich entsprechend dem Pathos der Zeit einfließende Propagandasprache wurde ›im Zaum‹ gehalten: d. h. zurückgedrängt;

der Hang des Autors zu ›doppelten Ausdrücken‹ wurde mitunter durch die Entscheidung für einen Ausdruck begrenzt;

bei der Textbearbeitung wurden Orthographie und Interpunktion dem gegenwärtigen Sprachgebrauch angeglichen. Charakteristische Eigenheiten sowie Eigenheiten des Wiener Dialekts blieben bestehen.

Veränderungen im einzelnen sind:

Dem originalen Romantitel »Fair play« wurde wegen seiner möglichen Mißverständlichkeit und leichten Ungenauigkeit ein zweiter, der thematischen Grundsituation entsprechender Titel hinzugefügt, der der Bezeichnung des 3. Abschnitts des zweiten Kapitels folgt: »Es kommt nicht zum Krieg«;

die als »Bücher« ausgewiesenen fünf Teile des Romans wurden – Umfang und Bedeutung entsprechend – in »Kapitel« umbenannt;

die Erzählzeit wechselt im Originalmanuskript ohne erkennbare Gründe zwischen Präsens und Imperfekt. Sie wurde (mit den gebotenen Ausnahmen) generell zum Präsens geändert, da dies den Erzählformen mit den oftmals szenischen Aufrissen sowie der Unmittelbarkeit des Erlebens entgegenkommt;

im zweiten Kapitel wurde unter der Ziffer 4 aus inhaltlichen Gründen ein neuer Titel eingefügt; aus gleichen Gründen wurden die Abschnitte 7 und 11 gestrichen;

im dritten Kapitel erhielt der Abschnitt 3 einen neuen Titel; unter Ziffer 5 wurde ein neuer Titel eingefügt; die Bezeichnung des Abschnitts 11 wurde herausgenommen und der folgende Text an das Vorhergehende angeschlossen;

im vierten Kapitel erhielt der Abschnitt 1 einen neuen Titel;

im fünften Kapitel wurde der Abschnitt 5 herausgenommen; der Anfang des Abschnitts 9 wurde an den Abschnitt 8 angefügt. Abschnitt 9 erhielt einen neuen Titel;

an vier Stellen (im Abschnitt 1 des ersten Kapitels; im Abschnitt 6 des zweiten Kapitels und in den Abschnitten 1 und 11 des dritten Kapitels) wurden einige Sätze hinzugefügt, um Anschlüsse zu ermöglichen, die durch die Kürzungen nicht ganz gegeben waren; ebenso wurden des öfteren durch kleinere Veränderungen entsprechende Übergänge geschaffen.

Der Bearbeiter ist sich bewußt, daß jede Veränderung des Fragens würdig bleibt. Eine Veröffentlichung des überlieferten Manuskripts schien ihm und dem Aufbau-Verlag ohne Veränderungen jedoch nicht möglich. Auf diese Notwendigkeit hat auch Walter Heist in seiner Publikation »Rudolf Frank, Theatermann – und vieles mehr« (Kleine Mainzer Bücherei, Band XIV, 1980) hingewiesen und dort den ersten Abschnitt des Romans mit Kürzungen abgedruckt.

Allen, die zum Zustandekommen dieser Ausgabe beigetragen haben – insbesondere Herrn Dr. Vincent C. Frank-Steiner und der Lektorin Frau Dr. Almut Giesecke –, sei herzlich gedankt.

W. T.

Inhalt

Drittes Kapitel
Die Ungreifbaren

Viertes Kapitel
Harpunen

Fünftes Kapitel
Anfang ...